임화문학예술전집

3

지은이 **임화**는 1908년 서울 낙산(駱山)에서 태어났으며, 본명은 인식(仁植)이다. 이후 필명으로 성아(星兒), 임화(林華), 임(林)다다, 쌍수대인(雙樹臺人) 등을 사용하였다. 시인, 문학평론가, 문학사가, 영화배우 등으로 활동했던 임화는 한국 근대문학 100년사의 질곡을 온몸으로 겪으며 살았던 문인 중 한 명이다. 특히 그는 카프의 서기장을 역임하고, 해방 이후 조선문학가동맹을 실질적으로 주도하는 등 프로문예운동사에서 독보적인 이론가・실천가였다. 김남천과 함께 월북하여 남로당 계열의 입장에서 활동하였고, 한국전쟁 중에는 종군체험을 담은 시 「서울」 「너 어디에 있느냐」 등을 발표하였다. 이후 북에서 숙청・총살당하는 비운으로 삶을 마감했다.

임화문학예술전집 3—문학의 논리

초판인쇄 2009년 5월 23일 **초판발행** 2009년 5월 29일
지은이 임화 **엮은이** 임화문학예술전집 편찬위원회 **펴낸이** 박성모 **펴낸곳** 소명출판 **출판등록** 제13-522호
주소 서울시 서초구 서초동 1621-18 란빌딩 1층
전화 02-585-7840 **팩스** 02-585-7848 **전자우편** somyong@korea.com

값 40,000원

ISBN 978-89-5626-394-6 93810
ISBN 978-89-5626-391-5 (세트)

임화문학예술전집

3

문학의 논리

책 임 편 집
신두원

소명출판

◉ 일러두기

1. 발표 당시의 표기 방식을 따르지 않고 오늘날의 표기 방식으로 수정하되, 원 텍스트의 모습에 훼손이 가해지지 않는 선에서 수정하였다.
   ㉮ 띄인 → 띤, 끄으렀다 → 끌었다, 도웁지 → 돕지, 난호이는 → 나뉘는, 卄年 → 20년, 卅年 → 30년
   - '푸로'와 '뿌르'는 각각 '프롤레타리아' '부르주아'의 준말로서 '프로', '부르'로 표기한다.
   - 及, 그實, 그他 등과 같은 표현은 한자는 병기하되 수정하지 않고 살린다.
2. 한자 표기는 한글화하되, 한글만으로 의미가 모호해질 경우 한자를 병기한다.
   - 특수 사례 : 『林巨正』의 경우는, 『임꺽정林巨正』
3. 외국어 표기는 전부 현대식으로 전환한다. 외국어 고유명사의 경우 초출 시 외국어를 병기한다. 일본어 고유명사 역시 원문에 주로 한자로 표기되어 있으나 모두 일본어 발음대로 한글로 표기하며, 역시 초출 시 한자를 병기한다.
   ㉮ 골키 → 고리키M. Gorki, 甘粕石介 → 아마카스 세키스케甘粕石介
   - 단, 東京, 大坂, 明治, 大正, 昭和의 경우는 동경東京, 대판大坂, 명치明治, 대정大正, 소화昭和와 같이 한글 식으로 읽는다. 초출 시 한자 병기하고, 이후는 그냥 한글만으로 쓴다.
4. 외국어 표기에서 따옴표는 없앤다. ㉮ 「코스모폴리탄」 → 코스모폴리탄
5. 숫자의 한자 표기 중 아라비아 숫자로 교체하여 자연스러운 것은 교체하였다.
   ㉮ 三人 → 3인, 二三의 → 2, 3의
6. 원문의 복자는 복원할 수 있을 경우 복원하며, 복원하기 어려운 경우는 복자의 모양(×, ○ 등)은 그대로 둔다. 복자를 복원할 경우에는 복자 다음에 [ ]를 두어 복원한다. 아울러 한두 글자의 탈자를 복원할 경우에도 [ ]를 사용한다.
   ㉮ ××적 계급 → ××[혁명]적 계급
7. 판독불능인 글자는 □로 처리한다.
8. 복자의 복원 이외에 원문을 수정할 경우에는 모두 각주에서 수정이 어떻게 이루어졌는지 밝혀준다. 단 조사의 경우 명백한 오류인 경우는 주석 없이 수정한다.
9. 모든 주석은 각주로 처리하며, 임화 자신의 주는 주석 말미에 (원주)라고 밝힌다.
10. 인용문은 5행 미만일 때는 본문 내에서 따옴표 처리하고, 5행 이상일 때는 가능한 본문으로부터 한 행씩 띄어 인용문임을 쉽게 구별할 수 있도록 한다.
11. 방점에 의한 강조는 의미에 따라 고딕체에 의한 강조로 교체하기도 하였다.
12. 이해를 돕기 위해 인용부호를 첨가할 수 있다.
    ㉮ 思想을 가지고 作品가운데 드러가지 못한다 할지라도 常識으론 이러한것임에 不拘하고 眞狀은 어떠한것이냐 하는 常識에 對한 懷疑에서 시작하는게 언제나 文學의 出發點이고 思考의 始初다. → 사상을 가지고 작품 가운데 들어가지 못한다 할지라도 '상식으론 이러한 것임에 불구하고 진상(眞狀)은 어떠한 것이냐' 하는 상식에 대한 회의에서 시작하는 게 언제나 문학의 출발점이고 사고의 시초다.

간행사

시간이야말로 인간을 지배하는 자라고 셰익스피어는 말한 바 있다. 무엇보다 역사 속의 인물들을 생각할 때 그런 시간의 진정한 무게는 더욱 막중해지는 듯하다. 한때 한 시절을 풍미한 인물이 언제인지도 모르게 자취를 감추고, 전혀 이름없던 어떤 인물이 순식간에 역사의 전면에 내세워지기도 하는 것을 우리는 곧잘 목도한다. 실제로 임화란 한 문제적 인물을 떠올릴 때도 시간의 결이 펼쳐내는 시대의 풍속화는 참으로 달랐다. 1980년대 말엽에 보여준 임화의 화려한 부활과 지금의 적막은 너무도 대비된다. 물론 역사는 아무렇게나 되풀이되는 게 아니라는 사실을 유념할 때 이 적막의 역사적 간지奸智 또한 예사롭지 않을 것이다. 그러나 새로운 21세기적 전환을 위해서라도 식민지와 분단으로 점철된 우리는 상처투성이 20세기를 먼저 생각하지 않을 수 없다. 20세기의 '청승'과 '궁상'이 싫어 하루라도 빨리 벗어나고 싶은 오늘이기도 하지만 조상들이 익지 않은 포도를 먹었기 때문에 자손들의 이빨이 아프다는 말처럼 전前 세대의 빛과 그늘을 우리는 지워버릴 수는 없다.

오히려 오늘의 우리는 난장이이지만 '과거'라는 거인의 어깨 위에 올라타고 있어서 그만큼 위대해진다고 하는 만큼, 지금 우리가 소유하고 있는 과거는 어느 만큼 풍부하며, 그리하여 우리 자신의 현재는 과연 풍요로운 것인지 자문할 일이로다. 새삼 그렇게 역사의 발치를 들여다보면 다른 어느 시대보다도 새로운 것에의 질주와 과거로부터의 탈주가 왕성한 지금이야말로 참된 과거와 대면하는 일이 절실하며, 무엇보다 잠들 수 없는 과거의 거인들과 만나는 일이 중요함을 깨닫게 된다.

우리는 그렇게 역사의 무덤에 그냥 잠들게 할 수 없는 지상의 별 하나로 임화를 선택했다. 무엇보다 당대의 시간 속에서 가장 설득력 있고 영향력이 가장 큰 목소리를 냈을 뿐만 아니라, 이후의 역사에서도 항상 살아있는 문학사적 인물로 우리와 미래를 놓고 이야기를 나눌 수 있는 가장 대표적인 문학인이라는 판단 때문이다. 불과 20세의 젊은 나이에 카프KAPF의 지도적 인물로 부상한 그의 활동은 일제하 프로문학운동과 해방직후 민족문학운동의 전개과정과 그 성과, 모든 면에서 결코 뗄 수 없는 깊은 연관을 가지고 있다. 또한 시인으로서, 비평가로서, 조직운동가로서, 그리고 한때는 영화배우가 되기도 했던 그의 다방면에 걸친 정력적인 활동은 참으로 눈부시다. 가히 그 자체가 하나의 문학사라 할 만하다.

실제로 많은 연구자들이 임화를 '넘어서야 할 벽'으로 생각하고 그에 대한 암묵적 겨냥 속에서 자신의 논리를 펴고 있을 만큼 임화는 근대문학사에서 가장 문제적인 인물이기도 하다. 임화는 짧지만 강렬한 삶을 살았다. 그는 자기 조국의 문학과 사회의 진보를 향해 비장할 정도로 헌신을 투여했다. 임화의 글에는 언제 어느 때나 열기가, 심장의 피로써 키운 언어의 박동이 느껴진다. 그래서 항상 역사의 바람소리가 있고, 방향을 다투는 화살의 속도가 있다. 임화는 식민지 조국에서 언어의 임시정부를 지켜낸 선각자 중의 한사람이다. 문학의 자유뿐만 아니라 문학의 방법까지 고민한 실천적 문학인이었다. 그는 비평의 정신에 현실의 육체를, 문학의 육체에 혁명의 입을 부여했다. 현실과 민중이야말로 가장 견실한 문학의 친구이며 그런 관계적 삶의 연대감이 문학의 원천임을 입증해주었다. 물론 이 모든 것을 그 혼자 다 했다는 것은 아니다. 오히려 그는 성공과 실패로서 이것이 한 사람의 힘으로 충분하지 않다는 것을 보여준 좌절의 인물이기도 하였다.

그런 임화의 목소리를 이제야 비로소 견고한 하나의 성채로 모아냈다. 이 작업을 하면서 우리 편자들은 예술의 역사란 걸작의 역사이며, 결코 실패작과 범작凡作의 역사가 아니라는 에즈라 파운드의 말을 절실히 깨달았다. 벌써 그 성채로부터 때로 고독한 독창이, 때로 폭풍과도 같은 합창이 여기저기서 울려퍼져 나올 듯하다. 그래서일까, 좋은 책이란 것도 마음대로 출간되는 것이 아니라 사람처럼 감당할 만한 고통과 인고의 세월을 통과해서야만 가치있는 '역사의 장부丈夫'로 태어날 수 있음을 깨달았다. 예정보다 훨씬 늦게 책이 나오게 되었지만 그만큼 전집의 완성을 위해 편자들이 최선을 다한 결과라는 사실을 변명삼아 덧붙여둔다.

본 전집은 무엇보다 지금까지 알려지지 않은 많은 자료들을 수합하여 '전집'이란 말에 진정으로 부합할 만큼의 성과를 담아냈다. 또한 전공자뿐만 아니라 누구나 읽을 수 있게끔 현대어로 고치고, 거기에 주해작업을 철저히 하여 현재화된 정전으로 바람직한 모델이 될 수 있게끔 편집에도 혼신의 노력을 기울였다. 하여 지금까지 말없이 기다려준 소명출판 식구들이나 말 그대로 거인 '임화'의 출현을 손꼽아 기다린 독자 모두에게 다시금 감사드리며, 무엇보다 임화 탄생 100주년을 기념해 전집 출간의 기쁨을 모두와 함께 하고자 하는 바이다.

2009년 3월
편자 일동

차례

제3부_

제4부_

제5부_

제6부_

제7부_

제8부_

제9부_

제10부_

제1부

낭만적 정신의 현실적 구조•

신창작이론(新創作理論)의 정당한 이해를 위하여

우리들의 문학, 예술을 일층 높은 발전의 계단으로 높이어 나가고 진실로 풍부하고 위대한 예술적 달성의 수준으로 그것을 이끌어 나아갈 새로운 창작이론은[1] 한번 이 땅에 수입되자 진실로 유해한 형태로 왜곡되면서[2] 유포되고 있다.[3]

• 『조선일보』, 1934.4.14~25.

1 사회주의리얼리즘론을 말한다. 사회주의리얼리즘론은 그 이전의 좌파의 문학이론들에 비해 '객관적 현실'을 중시함으로써 이 무렵 좌파문학인들의 전향의 빌미 역할을 하기도 했다.

2 진실로 유해한 형태로 왜곡되면서 : '그것은 眞實로 有害한 形態로 特殊化되고 歪曲되면서'(원 발표문).

3 이 다음에 원 발표문에서의 다음 단락이 생략되었다. "이 榮譽 잇는 特殊化, 具體化의, 創作的 理論的 實踐의 代表者가, 그 大部分을, 過去의 '카프' 藝術運動 가운데서 만흔 '不名譽의 名譽'와 함께 그 日常活動을 裝飾하든 諸君들 가운데서 發見할 수 잇는 것은, 조음도 偶然한 事實은 아니다. / 웨 그러냐 하면, 이 創作理論은 이러한 諸君들의 思想的 範圍 내에서 理解되고, 그들의 藝術的, …… 路線에서 具體化되엇기 때문이다. / 그럼으로 '…… 레아리슴'의 理論은 그 理論의 核心的 思想인 藝術文學團體 再組織에 關한 '러시아'의 '四・二三 테-제'가 말하는 바와 가티 藝術文學

혹자에[4] 있어서는 형식주의의 부활에, 혹은 예술지상주의에의 복귀를 위하여, 혹은 시민문학으로의[5] 일직선적인 전회轉回를 은폐키 위하여, 혹은 불성실한 자기의 과거를 위한 변해辯解 등등, 실로 헤일 수 없을 만치 다양한 방면에[6] 이 이론은 귀중하게 사용되고 있다.

이 모든 것을 설명하고 이론적으로 체계화함에 역시 그들은 이 이론에다 기초를 두고 있는 것이다.

이리하여 어느 때 또 누구의 소위所爲인지도 모르게 이 이론은 막연한[7] '리얼리즘의 실천'이란 간소한 개념으로 바꾸어 놓아버리었다.[8]

'현실의 있는 그대로를 그려라!' 과거의 문학의 제諸 실천은 이데올로기만 중시하고 형식의 특수성을 무시하였기 때문에 '얻은 것은 이데올로기요, 잃은 것은 예술이다.'[9] 그러므로 이데올로기를 문학[10]으로부터 떼어버리고 예술의 고향으로 돌아가자! 동시에[11] 아무것도 섞이지 않은 증류수와 같은 순수한 예술 위에 서야 한다는 절규가

의 事業을 엇더케 보다 더 긴밀히 …… 實踐에 有用하게 結付식힌다는 입장에서가 아니라 엇더케 藝術과 그 運動에서 '이데오로기-'를 逐出하느냐 하는 데 卽 그들의 日常 主張하는 바와 가티 藝術 一般으로부터의 政治의 완전한 驅逐을 爲하야 그것은 盛히 논의되고 잇다." 여기서 '러시아'의 '4·23 테-제'란, 라프 해산을 명한, 소련 공산당 중앙위원회의 1932년 4월 23일자 결의 「문학·예술단체의 재편성에 대하여」를 말한다. 이 테제에 기초하여 라프는 해산되고 이후 사회주의리얼리즘론을 둘러싼 논의를 거쳐 소비에트작가동맹의 결성으로 이어졌다.

4 혹자에 : '그리하야 或者에'(원 발표문).

5 시민문학으로의 : '뿌르文學으로의'(원 발표문). '뿌르문학'이란 부르주아문학의 준말. 이하 원 발표문에는 '뿌르조아(지)'로 씌어진 것이 『논리』에서는 거의 모두 '시민'이라는 용어로 대체되고 있다.

6 방면에 : '曲藝的 行爲의 技術로'(원 발표문).

7 막연한 : '그 모든 本來的 核心的 具體性이 除去되고'(원 발표문).

8 놓아버리었다 : '노혀버리엇다'(원 발표문).

9 박영희(朴英熙)가 「최근 문예이론의 신전개와 그 경향」(『동아일보』, 1934.1.2~1.11)이라는 글에서 제기한 내용이다.

10 문학 : '푸로레타리아文學'(원 발표문).

11 이 사이에 원 발표문에는 다음 구절이 삽입되어 있다. "運動으로서의 文學, 藝術도, 그 指導의 思想, 精神을 放棄하고"

울리기 시작한 것이다.

이것은 설명과 주석을 필요로 하지 않는, 누구의 눈에도 명확히 이해될 수 있는 한 개의 특별한 사상으로, 한편으로는[12] 예술문학의 당파성의 완전한 부정이고, 문학적으로는 낡은 18세기의 소위 '절대객관적 몰아沒我의 사실주의'에로의 복귀이다.

다시 말하면 우리들의 문학은 한 백년 전의 과거로 퇴각해야 한단 말이다.[13]

그러나 인간이나 자연의 제 역사 가운데 있어 동일한 것이 반복하는 예는 없다.[14] 그들은 문학이[15] 현실을 반영하는[16] 성질, 한계에 대하여 전全혀 추상적인 객관주의의 망령에 사로잡혀 리얼리즘을 마치 맑은 호수가 하늘의 별을 반영하는 것같이 절대 몰아沒我의[17] 사실寫實로 이해하게 된다.

그리하여 사실주의적 방법만 가지면 호수가[18] 날으는 새도 지나가는 구름도 공허한 하늘도 모두 있는 그대로 무엇이고 반영할 수 있는 것과 같이 문학은 현실의 전부를 그 가운데 반영할 수 있으며, 반대로 현실이면 아무것을 그려도 훌륭한 문학이 될 수 있다는 기괴한 견해

12 한편으로는: '政治的으로는'(원 발표문).

13 이 다음에 원 발표문에서의 다음 한 문장이 생략되었다. "이 文學理論의 核心 思想은, 辨證法的 唯物論으로부터 俗流 實在論으로의 滑走 그것이다."

14 것이 반복하는 예는 없다: '것의 反復이란 그 例가 업는 것이며'(원 발표문). 그리고 이어서 원 발표문에서의 다음 문장들이 생략되었다. "萬一 그럿타 하면, 歷史는 成立하지 안으면, 따라서 세계는 存在하지 안케 될 것이다. / 그럿치 안으면, 時間 업는 運動과 그 變化를 內容으로 하지 안는 '純粹 時間'이나 藝術의 不變的 恒文性['恒久性'의 오자일 것이다.—편자]의 概念이라, 觀念論의 世界로 들어서고 말 것이다."

15 그들은 문학이: '뿐만 아니라 이것과 同程度로 文學이'(원 발표문).

16 반영하는: '映影하는'(원 발표문).

17 몰아의: '沒我主義의'(원 발표문).

18 호수가: 원 발표문에 의거하였다. 『논리』에는 '湖水도'로 되어 있으나 문맥상 원 발표문의 것이 타당하다.

에[19] 도달하게 되는 것이다.

그러나 리얼리즘에 대한 이러한 이해를 가지고 있는 사상가는 한 개의 최중요最重要의 사실 앞에 맹목이라는 것을 곧 폭로하고 마는 것이다.

즉 문학은 호수의 물과 같이 무의지無意志한 자연의 산물이 아니고 인간의 정신적 활동의 소산이라는 점을[20]…….

왜 이것이 중요하냐 하는 것은 긴 설명을 요하지 않아도 충분할 것이다.[21]

문학은 인간의 것이다.[22] 그러므로 인간의 의식성, 주관이 전면前面에 서 있는 문학적 조류인 낭만주의문학은 물론이어니와 우리들이 즐기어 예 드는 발자크H. Balzac・스탕달Stendhal의 사실주의도 결코 완전한 몰아주의요 절대적 객관성 위에 서 있는 것이 아니다.[23]

이것은 단순히 이론을 위한 논리가[24] 아니라 실제로 과거의[25] 사실주의문학을[26] 면밀히 연구한 결과로 도달한 것이다.[27]

발자크, 스탕달, 톨스토이L. N. Tolstoi[28]의 사실주의문학은 호수에 의

19 견해에 : '理論에'(원 발표문).

20 점을 : '것 압헤'(원 발표문).

21 이 다음에 원 발표문에서의 다음 문장이 생략되었다. "人間이 업시 文學이 잇슬 수는 업는 것임으로……. / 願컨대 이러한 學識 잇는 寫實主義 文學理論家 諸君은, 人間이 發生하기 前, 人間이 自然的 生物－動物的 人間으로서 다시 말하면 意識을 가진 人間－人間的 人間으로 進化되기 以前에 文學作品을 그 빗나는 論文에서 例語해 주엇으면 얼마나 조흘지?"

22 원 발표문에서는 이 문장이 빠져 있다.

23 있는 것이 아니다 : '잇지 안타고 말할 수가 잇는 것이다'(원 발표문).

24 논리가 : '逆說인 論理가'(원 발표문).

25 과거의 : '우리들의 過去에'(원 발표문).

26 문학을 : 『논리』의 원문에는 '文學의'로 되어 있으나 문맥상 수정하였다.

27 문학을~도달한 것이다 : '文學의 綿密한 研究의 結果로 到達한, 一個의 常識에 不過하는 것이다'(원 발표문).

28 톨스토이 : "'메리메', '뒷츠겐''(원 발표문).

하여 씌어지지 않고, 인간인 작가의 머리를 통해서 씌어졌다. 이러한 의미에서 과거의 사실주의문학은 주관과 자아로부터 진공眞空을 새에 두고 격리되어 있지 않다. 즉[29] 낭만주의문학으로부터 절대적으로 절연絶緣되어 있지 않았다.

그러므로 문학사 가운데서 절대적으로 순수한 사실주의와 조금도 사실적이 아닌 낭만주의를 구별하는 것은 오직 추상계抽象界[30]에 있어서만 가능한 것이고, 현실적으로[31] 양자가 다 상대적인 한에 사실적이고 낭만적이다.

그러나 이 상대적이란 것은 일정한 한계를 가지고 있는 것으로 양자가 가지고 있는 엄밀한 불가침의 특수성은 결코 부정되지 않는다.

뿐만 아니라 이 특수성의 강조 없이는 모든 것이 혼돈하고 역사에 있어 평가가 불가능케 된다.[32] 문학 가운데는 보다 사실적인 시대, 보다 낭만적인 시대가 있으며, 작품과 작가에 있어서도 사실적인 것이 낭만적인 것에 비하여 지배적인 수가 있으며, 또 그 반대의 경우가 있는 것이다.

그리고 문학의 역사 위에서 이러한 사실적 · 낭만적인 것은 지배적인 2대 경향으로 표현되어 문학사의 현실은 이 양대 조류의 상호 삼투滲透, 대립, 상충의 복잡한 작용으로 각각 그 특수화된 성격을 구현하게 된 것이다.

그리하여 나는 문학상에서 주관적인 것으로 표현되는[33] 모든 것을 낭만적인 것이라고 부르며, 그것이 사실적인 것의 객관성에 대하여

29 있지 않다. 즉: '잇지 안으며 同時에'(원 발표문).
30 추상계: '非現實的인 抽象界'(원 발표문).
31 원 발표문에는 이 사이에 '그것은'이란 단어가 삽입되어 있다.
32 된다.: '되는 것으로'(원 발표문).
33 표현되는: '現象되는'(원 발표문).

주관적인 것으로 현현現顯하는 의미에서 '낭만적 정신'이라고 부르고 싶다.

따라서 이곳에서 부르는 낭만적 정신이란 개념은 어떤 특정의 시대, 특정의 문학상의 경향을 의미하는 것이 아니라 한 개의 원리적인 범주로서 칭호稱呼되는[34] 것이다.

왜 이것을 원리적인 범주라고 부르느냐 하면 먼저도 잠깐 말했지만 문학이라는 것은 자연, 인간 그 어느 것이나 혼자가 고립적으로 생산하는 것이 아니라, 자연과 인간의 생활적 관계 가운데서 형성되는 것이고 직접적[으]로는 인간의 의식적 활동의 일 소산인 점에서,[35] 문학적 현실이란 현실적이면서 동시에 낭만적인[36] 것의 상호관계라고 부를 수 있는 때문이다.[37] 따라서 문학적 현실의 세계라는 것은 객관과 주관의 상극적相剋的 운동에서 현실적인 것과 낭만적인 것의 모순되는 관계 가운데서 형성되며 반대로 문학적 현실은 현실적인 것과 낭만적인 것으로 전부가 환원되기 때문이다.[38] 이러한 의미에 있어 문학에 있어 사실적=서사적인 것과 낭만적=서정적인 것은 진실로 원리적인 양대의 범주다.

그러므로 문학사 상에 명멸한 수다數多의 경향의 문학적 조류도 이 양대 범주의 역사적인 운동 형태로 볼 수가 있다.[39] 이것은 문학사의 평가에 있어 극히 중요한[40] 계기의 하나다.

그러나 이 두 개의 개념의 역사적 활동은 단지 시간적일 뿐만 아니

34 칭호되는: '構成되는'(원 발표문). 원 발표문의 것이 더 타당해 보인다.
35 '점에서,'는 원 발표문에 따른 것으로, 『논리』에서는 생략되어 있다.
36 동시에 낭만적인: '全浪漫的인'(원 발표문). '全'은 '소'의 오자일 것이다.
37 때문이다: '때문이고 이 以外의 아무것도 아닌 것이다'(원 발표문).
38 환원되기 때문이다: '還元되면 그 남어지는 無이기 때문이다'(원 발표문).
39 운동 형태로 볼 수가 있다: '運動 以外의 아무것도 아닌 것이다'(원 발표문).
40 극히 중요한: '最重要의'(원 발표문).

라, 역사 자체가 그러한 것과 같이 공간적인 것, 즉 역사 그것의 각 시대가 되고 있는 사회적 내용에 의하여 다시[41] 제약되는 것이다.

뿐만 아니라 역사적 시대 가운데에 생활하는 인간들의 사회적 제 관계가 오히려 문학의 역사에 있어서는 역사의 자연사적 방면보다도 지배적인 힘力을 발휘한다.

물론 사회의 생활적 제 관계는 그 시대의 인간이 자연과 관계하는 정도, 바꾸어 말하면 사회적 생산력의 발달 수준에 의존하는 것으로, 이 생산력의 발전과 생산관계, 그 위에 서는 사회적 제 관계가 모순하느냐 안 하느냐 하는 조건으로 말미암아[42] 일층 더 문학적 성격은 좌우되는 것이다.

문학 가운데서 사실寫實과 낭만, 두 개의 운동을 어떻게 제약하느냐 하는 것은 대단히 큰 논문을 하나 필요로 하는 것이나 이곳에서[43] 간략한 윤곽을 그리면 대체 이렇지 않은가 한다.

첫째 문학이란 관념적 산물이 모두가 그러한 것과 같이 항상 그 시대, 그 사회를 경제적 정치적으로 지배하는 계급의 세계관을 반영하고 그 계급에 의하여 지배되어 있다.

(… 약略…)[44] 과도적 시대의 문학은 대단히 복잡한 형태를 띠는 것으로, 전자가 내용적으로 과거와 결부되어 가는 대신 형식적인 완미完美를 추구하여 공허한 스타일의 균제均齊만이 남아서 일종의 형식주의가 지배적 경향으로 나타나는가 하면, 후자에 있어서는 미래에[45] 대한 뜨거운 정열과 커다란 공상이 앞을 서서 형식, 스타일에 대한 배려는

41 다시 : '두번 細密하게'(원 발표문).
42 원 발표문에서는 '말미암아'라는 구절이 빠져 있다.
43 원 발표문에는 이 사이에 '不充分하나마'라는 구절이 삽입되어 있다.
44 원 발표문에는 이 사이에 '이러한'이란 단어가 삽입되어 있다.
45 미래에 : 『논리』에는 '去來에'로 되어 있으나, 원 발표문에 의거해 바로잡았다.

제이의적第二義的인[46] 위치에 있게 되어 내용의 편중주의偏重主義가 지배적으로 문학 위에 나타나게 되는[47] 것이다.

이것은 순전히 새로운 문학의 역사적 담당자가 아직도 물질적으로 성숙치 못하고 문화적으로는 과거의 문화에 대하여 아직 자기의 문화의 독특한 형식을 획득하기 전의 문학적 경향인 것이다.

이것은 18세기의 최후의 30년과 19세기의 최초의 20~30년간을 통하여 구라파歐羅巴 문학사 상에 출현한 문학적 경향으로서 낭만주의에서 그 가장 적당한 예를 찾을 수가 있다.

그리하여 중세적 고전주의에 대하여 대두한 이 몰아주의沒我主義는 단일적 개념으로서의 낭만주의가 아니라, 국민적 — 영英 · 독獨 · 불佛 등등의 특수적 낭만주의로 표현되었다.[48]

왜 그러냐 하면 이것은 단지 각국의 문학의 전통이나 사회 정치적 조건이 틀리다는 데서뿐만 아니라 근본적으로 고전주의가 세계주의 — 초민족적 인류애를 염두에 둔 기독교적 세계관의 기초 위에 서 있는 대신,[49] 낭만주의는 국민주의 — 신흥 부르주아지의 민족 통일과 국민적 국가의 형성의 세계관 위에 서 있는 데 그 핵심적 이유가 있다.

그리고 더욱이 고전주의가 전 사회의 공통한 논리를 대전제로 한 대신 낭만주의가 개인적인[50] 생활 감촉, 태도 등의 표현임을 알 수 있다.[51] 고전주의적 문학에 있어 성격의 논리적 보편화가 지배적인 대신에 낭만주의적 문학은 극단의 개성화를 대치하였다. 그들은 그때의[52]

---

46 『논리』나 원 발표문 모두 '第二意的인'으로 되어 있다.
47 나타나게 되는: '顯現되는'(원 발표문).
48 로 표현되었다: '를 들 수가 잇는 것이다'(원 발표문).
49 있는 대신: '잇는 것과는, 反對로'(원 발표문).
50 원 발표문에서는 '개인적'에 방점이 찍혀 있다.
51 알 수 있다: '제볼 卽'(원 발표문), '제볼'은 '볼 제'의 오식일 것이다.
52 원 발표문에는 이 사이에 '뿌르주아지 — 적'이 삽입되어 있다.

세계관 위에 서 있었던 것이다.

그러나 낭만주의문학은 근대 시민사회의 고유한 예술인 리얼리즘을 실현하기 위한 일 전제로서 고전적 문학을 '부정'하고 '비판'한 대신[53] 새것을 구체적으로 명확히 제시치 못한 것으로 역시 과도적 경향이었다.

그러나 이 낭만주의는 명확히 사회적 진화의 노선 상에서 귀족, 자산가의 문화로부터 공업, 자본가의 문화로의 추이기推移期인 사회적 전환기에 조응하는 경향이었다.

그러므로 19세기 후반의 귀족적 낭만주의가 신흥하는 사실주의에 대하여 반항을[54] 시試한 것에 대하여, 이 시대의 낭만주의는 역사주의적인 다시 말하면 진보적 낭만주의라고 볼 수 있다.

여기서 우리는 첫째 지금까지 구체적으로 역사를 놓고 이야기할 수 있는 사실주의, 낭만주의라는 것은 지금까지의 것, 주로 르네상스를 중심으로 구라파문학 상에 나타났던 고전주의로부터 낭만주의를 거쳐 사실주의에 이르는 그것을 가지고 이야기하는 것이므로 이것의 역사적 사회적 구체성을 드러내야 할 것이다.

둘째로는 문학이 대체로 객관적 현실을 반영하는 것, 그리고 그 반영을 가장 객관적으로 실행하는 사실주의문학이란 어느 정도의 한계하에 있는가, 하는 이 두 개의 사실을 해명해야 한다. 위선爲先 일반적 기초적인 테마로서 후자의 것부터 이야기하자면, 문학이란 그 정도나 한계에 다소간 상거相距가 있을지언정 그것이 어떤 의미로서이고 객관적 현실세계를 내용으로 하지 않고는 존재하지 않는 것은[55] 그리스 시

53 '부정'하고 '비판'한 대신 : "'否定' 한 '批判'하고"(원 발표문).
54 반항을 : '投矢를'(원 발표문).
55 원 발표문에는 이 사이에 '도대체'란 단어가 삽입되어 있다.

대의 옛날로부터 부정할 수 없는[56] 진리다.

옛날 그리스 아리스토텔레스Aristoteles의 『시학』에서부터 예술은 '자연의 모방'이라고 불러왔고 또 사실 서정적·낭만적인 것에 비하여 서사적·사실적인 것이 본원적인 것은 다음의 사실에 의하여 진리가 아니면 아니 된다.

즉 문학은 그 원시적 형태에서부터 서정시로서보다는 서사시로서 발전해왔고, 혹은 서사시적 요소를 점점 더 많이 가해가면서 서정시로서의 발전을 꾀한 것이다.

그것은 문학이 본래[57] 언어적 형상을 통한 감정이나 정서의 전달이기 때문에[58] 그 감정 정서를 생생한 힘力으로 남에게 전하려면 그러한 감정 내지 정서를 일으키지 아니치 못한 일정한 상태의 사실적事實的[59] 형상을 제시하지 않고는 불가능하기 때문이다.

그러나 다시 그것은 언어적 수단에 의한 사실적 형상의 구성이란 의미에서 한 개의 한정을 갖는 것이다. 즉 언어는 인간이 말하는 언어이며 동시에 그것은 인간의 인식 사유 등의 주관적[60] 과정을 통과하는 것이므로 비자연적 정신적인 요소가 숙명적으로 가미하게 된다.

그리하여 이 주관은 작자가 현실 가운데서 어떠한 대상을 선택하느냐 하는 것과, 그 대상을 어떻게 형상화하느냐 하는 두 가지 영역에서 표현되어 결국 리얼리티란 한정적인 개념에 지나지 않는 것이다.

즉 리얼리즘의 이상은 자연이나 현실 생활을 있는 그대로 재현하는

56 부정할 수 없는 : '定式化된'(원 발표문).
57 그것은 문학이 본래 : '文學이라는 것이 또'(원 발표문).
58 이기 때문에 : '이라면'(원 발표문).
59 『논리』와 원 발표문 모두 '事實的'이라 되어 있으나 문맥상 '寫實的'이 더 타당하겠다. 다음 문장의 '사실적'도 마찬가지이다.
60 『논리』에는 '客觀的'으로 되어 있으나, 원 발표문에는 '主觀的'으로 되어 있다. 문맥상 원 발표문의 것이 옳은 것으로 보인다.

것이 아니라, 인간이 이해하는 범위에서 최대한의 실감을 주게 하는 방법, 그것을 말하는 데 지나지 않는다.

그러므로 결국 어떠한 문학에 있어서이고 주관은 불가분의 것이며,[61] 문학의 사실적寫實的 이상의 실현이란 것은 작자가 인식하고 사유한 객관적 현실과 독자가 그 작품을 통해서 인식하고 사유한 현실이 근사近似하고 접근하고 조화될 때 비로소 그 상태에 도달한다.[62]

다음으로 고전주의로부터 낭만주의, 사실주의의 과정은[63] 먼저 절에서 약간 말한 바도 있으므로[64] 간약簡約하게 말하면 대개 다음과 같을까 한다.

전체로 고전, 낭만, 사실寫實에, 그리고 사실로부터의 자연주의문학이 발흥하는[65] 과정은 봉건적 중세에 대한 시민계급의 충돌과 전 사회생활에 있어서 평민계급의 지배권 확립의 제 과정의 반영이며, 사상적으로는 시민적[66] 세계관과 봉건적인 그것과의 사이의 세계관상의 충돌의 일 표현이었던 것이다.

그러므로 고전주의에 대한 안티테제로서 낭만주의가 성립하였고, 진정한 개인주의와 실증적 세계관 상에 선 사실주의문학의 성립과 함께 반半과거적이고 반半미래적이며 현실적인 것을 관념적 외피 가운데에 쌓던 과도적 양식으로서의 낭만주의는 부정된 것이다.

사실주의문학의 성립과 함께 사회생활에 있어 자본주의 체제는 승리적으로 확립되고 르네상스 이래로 부절不絶히 인간적 생활 위에 씌

61 원 발표문에는 이 사이에 '따라서,'라는 단어가 삽입되어 있다.
62 상태에 도달한다: '完美한 狀態를 차즐 수가 잇슬 것이다'(원 발표문).
63 사실주의의 과정은: '寫實主義로의 迫切은'(원 발표문).
64 있으므로: '잇스며, 또, 編輯의 關係도 잇고 함으로'(원 발표문).
65 문학이 발흥하는: '文學의 勃興의'(원 발표문).
66 시민적: '資本的'(원 발표문).

워졌던 종교적 교권적敎權的인 일체의 정신적 우상은 제거된 것이다.

그러므로 문학상의 리얼리즘적 정신은 생산력의 발전, 자연과학의 흥륭과 함께 생탄生誕한 실증적 사상과 개인주의의 문학상 반영이다.

그러나 사실주의와 자연주의가 구별되는 것은 전자가 긍정적인 대신, 후자가 부정적인 데 있다.

즉 전자는 지배적 시민이[67] 확립된 체제에 대한 평화적 긍정과 만족에 서 있는 대신, 후자는 그 사회 확립 후에 얼마 안 가서 정치적 경제적으로 불리한 입장에 선 소시민의 불평불만의 반영이다.

그러므로 자연주의는 대시민大市民이[68] 어떠한 사회 조직을 만들었나 하는 것을 과학적인 정밀성을 가지고[69] 묘출描出하는 것을 임무로 한다.[70]

이 경향 내에 졸라E. Zola・입센H. J. Ibsen 등 많은 구라파문학의 거성巨星이 자리를 차지하고 있다.

그리고 현실로부터 아주 눈을 감아버리는 부정적인 것의 하나로 '예술을 위한 예술'의 사상이 또한 머리를 들고 발전한 것이다.

발자크, 스탕달, 메리메P. Mérimée 등 사실주의 작가의 '몰아'적 태도란 한계적인 것이어서 결국 그들 리얼리스트에게 있어 공통적인 것은 개인주의적 기분이었다.[71]

스탕달의 에고이즘, 메리메의 객관주의적 협애성挾隘性, 발자크의

---

67 시민이 : '뿌르주아지-가'(원 발표문).

68 대시민이 : '政治와는 無端이라 말하며 그들은 大뿌르주아가'(원 발표문). '無端'은 '無緣'의 오식인 듯하다.

69 정밀성을 가지고 : '精密性 가운데서'(원 발표문).

70 한다 : '할 것이다'(원 발표문).

71 사실주의~기분이었다 : "寫實主義의 代表에 作家가, 모두가 — 그 '沒我'의 限界가 그어저서, 結局, 모든 '레알리스트'에게 잇서 共通的인 것은, 個人主義 그것이다."(원 발표문)

해부학적 방법, 부분에 대한 편애 등에 있어[72] 주관은 빠짐없이 작용하였다.

그러나 스탕달과는 반대로 외면적 현실을 통하여 내부 현실을 파악하려는 발자크는[73] 세목細目의 선택에 그치지 않고, 능히 세계 사실주의문학, 아니 문학적 불란서의 수령首領[74]이 된 것이다.

이러한 것은 시민사회적 흥륭기의 대표적 사상가인 콩트A. Comte가 그의 철학 가운데서 힘찬 전진의 논리를 발전시킨 '진보'의 개념과 더불어[75] 곧 '질서'의 개념을 대립시킨 것과 동일한 것이다.

요컨대 이러한 제諸 사실적인[76] 것 가운데 내포된 낭만적 정신은 발전의 개념의 반대의 것으로서 19세기 문학상에 작용하였고, 18세기에서 그와 반대로 낭만주의는 과거로부터 발을 빼자는 미래에의 이상으로 특징화된 것이다.

다시 말하면 18세기의 낭만주의문학의 낭만적 정신은 사실적인 것과 일치하지 않고 오히려 그것과 모순되면서 그것의 부정자否定者 대립자對立者로서 존재했던 것이다.

그러므로 이때까지의 문학에 있어서는 사실적인 것과 낭만적 정신은 통일되지 않고 항상 서로 모순되고 대립해온 것이다.

그러나 이러한 양자의 분리는 이때까지 문학이 생산된 사회의 성질에 의존하는 것으로 간단히 말하면 내적으로[77] 분열된 사회이었기

72 스탕달~ 등에 있어 : '「스탄다-르」의 「에고이즘」에 밋['잇'의 오식-편자]서 「메리메」의 客觀은['主'의 오식]義的 狹隘性에 잇서, 「빠르삭크」의 解剖學的 方法에 잇서 部分에 대한 偏愛 가운데서'(원 발표문).

73 원 발표문에는 이 사이에 '表意的인'이라는 단어가 삽입되어 있다.

74 원 발표문에서는 이 사이에 '-(졸라)'라고 인용의 출처를 밝히면서, '문학적 불란서의 수령'에 따옴표를 붙여두고 있다.

75 개념과 더불어 : '概念에도'(원 발표문).

76 제 사실적인 : '諸 主觀, 寫實的인'(원 발표문).

때문이다.

왜 그런가를 한 말로 말하면 이때까지의 사회에서는 진보와 질서라는 것은 대부분 일치하지 않고 서로 반발하였기 때문에 사실적인 것과 낭만적 정신은 항상 배치背馳한 것이다.

즉 현실에[78] 만족하려면 일체의 진보를 부정하여야 되고, 그 진보의 입장에 서자면 현실을 부정해야만 하였으며,[79] 그것은 또다시 역사적으로 등장하는 새 주인에 의하여 부정되었기 때문에 현실성과 의식성을 문학 상의 완미完美한 형태로 통일하지를 못한 것이다.

이것은 전혀 인류의 사회생활의 내적[80] 대립과 분열의 사실이 문학을 제약한 것이다.[81]

[82]그러므로 그들은 완미한 역사주의와 진보의 입장에 설 수가 없고, 일시적으로 그것을 실현하는 체하다가 곧 그 반대자의 입장, 즉 그들이 일찍이 투쟁의 대상으로 삼았던 낡은 세대와 근사近似한 반反역사주의적인 질서 옹호자로[83] 변한 것이다.

그러므로 이러한 사회적 사실이 문학상에 반영한 최대의 사실은 서구 자연주의문학에 있어서의 부정적 리얼리즘의 발생 그것이다.

따라서 일정한 한정 내에 있던 사실주의나마도[84] 주관적 낭만적인 소시민의[85] 리얼리즘에 의하여 다시 사실적인 것과 낭만적인 것은 우심尤甚한 상충의 시대로 들어가게 되는 것이다.

---

77 내적으로 : '階級的으로'(원 발표문).
78 『논리』에는 '現實은'으로 되어 있으나, 원 발표문에 의거해 수정했다.
79 입장에~하였으며 : '立場에만 서자면 現實의 否定에 서야만 하며'(원 발표문).
80 내적 : '階級的'(원 발표문).
81 것이다 : '結果이다'(원 발표문).
82 원 발표문에는 이 앞에 '(中略)'이라고 표시되어 있다.
83 옹호자로 : '擁護者의 立場으로'(원 발표문).
84 원 발표문에서는 이 사이에 '보다 더'라는 구절이 삽입되어 있다.
85 소시민의 : '소뿌루주아'(원 발표문).

그리고 양자의 범주가 최대한의 명확성을 가지고 대립된 것도 시민의[86] 문학이며 양자를 다 같이 그 독자적 특성 위에서 실현해본 것도 시민의[87] 사회였다.[88]

즉 이 시대의 문학 이외에 어떠한 시대의 문학도 이만치 명확히 사실적인 것과 낭만적인 것이 대위적對位的으로 최대한도에서 대립된[89] 예는 없는 것이다.

그러므로 신화, 구비口碑의 원시적 문학에서 볼 수 있는 사실과 낭만의 불분명한 상호관계로부터 18~9세기의 낭만주의적, 사실주의적 문학이 도달한[90] 과정은 의심할 것도 없이 문학의 발전과 자기완성의 오랜 과정이다.[91] 이 기초에는 고대사회로부터 자본주의사회로 이르기까지의 전全 진화의 역사가 가로놓여 있는 것이다.

뿐만 아니라 이러한 역사적 발전의 전全 도정은 다음의 특징적 사실을 명확히 한다.[92]

이 가운데는 콩트의 사회의 진보와 질서의 개념 가운데 내포하고 있고, 칸트I. Kant에 있어 이성의 실천성과 순수성의 대립으로[93] 표식화表式化되었던 기간적基幹的인 것인, 생산력과 생산관계의 대립이[94] 가로놓여 있는 것이다.

이러한 모순은 주지周知와 같이 계급사회에 고유한 것이며, 시민사

86 시민의 : '資本主義'(원 발표문).
87 시민의 : '資本의'(원 발표문).
88 이 다음에 원 발표문의 다음 문장이 생략되어 있다. "古典主義 文學에 대하야 浪漫主義 寫實主義가 順序는 달리 하여도 結局 極端的으로 自己를 特徵化한 것은 事實이다."
89 대립된 : '明確한'(원 발표문).
90 도달한 : '成就한 具體化의'(원 발표문).
91 과정이다 : '過程이며'(원 발표문).
92 원 발표문에는 이 다음에 '(中略)'이라 표시되어 있다.
93 실천성과 순수성의 대립 : '實踐的 純粹的 對立'(원 발표문).
94 생산관계의 대립이 : '生産關係가'(원 발표문).

회[95]에 와서 최대한도로 확대된 것이다.[96]

물론 리얼리즘은[97] 현실의 있는 그대로를 그리는 것이다. 그러나 주의할 것은 현실이란 고정한 것이 아니라 부절不絶히 변하고 발전하며 소멸하는 긴 과정임을 이해하는 것이다.[98]

그러므로 우리의 '사실주의'는 과거의 것이 고정적 정력학적靜力學的이었음에 반하여 그것은 동적 다이나믹한 것이다.

따라서 현실에[99] 만족치 않고 명일과 미래에로의 부단한 전진을 위하여 활동하는 것이다.[100] 즉 이것은 키르포친V. Y. Kirportin의 용어를 빌면 '현실적인 몽상', 현실을 위한 의지, 그것이 이 낭만적 정신의 기초이다.[101]

동시에 중요한 것은 과거의 리얼리즘이 몰아적 객관주의로 말미암아 도달치 못한 객관적 현실의 진실한 자태를 파악할 수 있다.[102] 고정한 표면적인 것만을 묘사하는 게 아니라, 현실을 그 발전에 있어서 본질적인 제 관계에 있어 파악하는 것이다.

그러므로 진실한 낭만적 정신 — 역사주의적 입장에서 인류사회를

95 시민사회 : '資本家 社會'(원 발표문).

96 이 다음에 원 발표문에서의 다음 단락이 생략되었다. "그럼으로 프로文學에 잇서서의 浪漫的 精神은 決코 過去 文學에서 보든 바와 갓치 寫實的인 배[것과—편자] 矛盾하는 것이 아니라 오히려 寫實的인 것의 完實한 理想이다."

97 리얼리즘은 : '「레아리슴」이우리는'(원 발표문).

98 과정임을 이해하는 것이다 : '過程을 말하는 것이다'(원 발표문).

99 원 발표문에서는 이 사이에 '絶對的으로'라는 단어가 삽입되어 있다.

100 원 발표문에는 다음 단락이 여기 삽입되어 있다. "同時에 우리들은 언제나 未來에 대한 끄님업는 理想이 存在한다. / 이 理想은 決코 非科學的인 非現實的인 想像의 産物이 아니라 現在의 現實의 發展하는 運動의 將來가 우리를 爲하야 가저올 必然的인 世界에 對한 憧憬 그것이다."

101 이 다음에도 원 발표문에는 다음 문장이 삽입되어 있다. "말할 것도 업시 이 意志 그것은 (略) 非科學 非現實과 關係하는 데[‘게’의 오식—편자] 아니며 科學과 現實과, 未來 가운데 그 現實的 基礎를 가지고 잇는 것이다."

102 원 발표문에는 '파악할 수 있다'라는 구절이 빠져 있다.

광대한 미래로 인도하는 정신이 없이는 진정한 사실주의도 또한 불가능한 것이다.

즉 주관과 객관을 진실로 통일하고, 현실 가운데서 비본질적인 일상성의 속악한 제이의적第二義的 쇄사瑣事만에 종사하는 것이 아니라, 그것을 제거하고 혹은 그것을 뚫고 들어가 그 가운데 움직이는 본질적 성격의 제 특징을 파악하는 것이, 우리들의 새로운 창작이론과 문학의 이상이다.

그렇지 않으면 일상성의 속악한 실재에 만족하고 본질을 빼어 놓고 비본질적 쇄사에만 종사하는 표면적인 공허한 리얼리즘에—트리비얼리즘에[103] 그치고 만다.

이것은 신문학新文學을 낡은 문학 이하의 수준으로 몰아넣는 허위의 사실주의이다.[104]

---

103 원 발표문에는 '—트리비얼리즘에'라는 구절이 빠져 있다.

104 원 발표문에는 이 다음에 다음 문장들이 삽입되어 있다. "'未來가 그 根本 特徵에 잇서 이만치 똑똑히 人類의 압헤 明示된 일이 업는' 이 時期에서 '未來가 바로 우리들의 生活의 한가운데 잇는' 莊大['壯大'의 오식일 것—편자]한 時代의 文學이 現實의 巨大한 發展과 未來를 正確히 하고 커—다란 情熱을 가지고 把握치 안는다면 寫實主義는 不可能하다. (…중략…) / 藝術文學의 이 功利的 意義는 無理로 結論되는 것이 아니다. 必然의 길에서, 不可避的으로, 同時에 文學이 眞實한 理想과 一致하면서 統一되어가는 것이다. / 그럼으로 藝術에 관한 '典型的 環境 가운데의 典型的 性格'을 똑똑히 具體化하는 文學 가운데서 兩者는 統一되어가는 것이다. / 이것이 우리들의 文學의 綜合「스타일」로서의 性質의 本質的 一面이다. (…下略…) / 「追記」 이 課題는 다음에 詳論해야 할 것을 말해두고 이곳에서는 問題의 提出에만 긋칠 수박게 업다."

위대한 낭만적 정신•

이로써 자기를 관철하라!

나는 문학상에 있어 다음과 같은 조건하에 낭만주의적인 것에 대하여 완전히 찬의를 표하는 자이다.

문학은 단지 어떠한 상태를 긍정하는 것이 아니라 항상 의욕하는 곳에서 시작되는 때문에 …….

그러므로 나는 여사如斯한 의미에 있어 '시는 자연의 모방이다'라는 아리스토텔레스Aristoteles의 명제에 반대한다.

'존재하는 것은 무엇이고 합리적이며 합리적인 것은 모두가 존재한다'는 헤겔W. F. Hegel의 변증법적 합리주의를 역사적으로 수용한다.[1]

작가는 문학에 있어 의욕하는 데 물론 자유이다. 여기에 문학이 자유스러운 창조 행위가 되는 근거가 있다.

• 『동아일보』, 1936.1.1~1.4.

1 수용한다 : '取容한다'(원 발표문).

그러나 이 자유는, 존재자存在者가 합리적인 것은 그것이 생탄生誕에 있어 합리적이었던 것에 기인하여 그것이 자기의 대립자에 의하여 부정되는 곳에서도 합리적이라는 역사적 합리성에서 파악되어야 할 것이다.

다시 말하면 태어난 마당에[2] 있어 합리적인 것은 사멸하는 마당에서도 합리적인 역사 과정, 즉[3] 가능성으로서 예상된 것이 존재자로서 형성됨으로 역사 과정은 변증법적으로 갱신된다.

문학이 일반으로 존재의 자연한 상태의 긍정자肯定者 — 모방 — 로 끝나는 것은 우열愚劣한 것이다.

그리하여 문학은 인간생활에 참여하고 그것과 더불어 생활하는 대신, 항상 생활의 뒤에서 과거를 기록하는 무의미한 연대기年代記에 그칠 것이다.

그러므로 나는 인간생활에 적극적으로 가담하고 생활이 의욕하는 바를 의욕하는 창조의 문학의 찬동자이다.

문학이 비로소 예술의 이름에 해당하는 것은 바로 이 창조의 정신에 의하여 가능하다.

그러므로 문학상의 일 방향으로서의 낭만주의는 꿈꾸는 것을 알고 또 그 몽상을 문학의 현실을 가지고 구조構造한 문학 위에 씌어지는 성격적 칭호다.

그러나 나는 낭만 정신을 모든 꿈을 의미하는 것이라고 해석하는 대신 창조하는 몽상이라고 생각한다.

왜 그러냐 하면 창조한다는 것은 회상하는 것도 아니고, 긍정하는 것도 아니며, 정히 꿈꾸는 것이라고 믿기 때문에 …….

---

2 마당에 : '것에'(원 발표문).

3 역사 과정, 즉 : '한 개 歷史的 過程으로'(원 발표문).

이러한 꿈은 때로 문학이 생활의 현실로부터 뒤떨어졌을 때 생활의 수준으로 등척登陟하려고 꿈꾼 것이다.

'나폴레옹이 칼을 가지고 성취한 일을 나는 펜을 가지고 정복하리라.' 발자크H. Balzac는 이러한 꿈을 그의 대작 『인생희극人生喜劇』 가운데서 문학화 하였다.

이것은 꿈으로써 산[生] 성공한 예이다. 그러나 우리의 저명한 작가 춘원春園은 생활과 문학이 오래 전에 지나온 세계를[4] 꿈꾸는 것으로, 그의 소설 『단종애사端宗哀史』를 어떻게 만들었는가는 쉽게[5] 알 일이다.

꿈은 어떤 때에 있어서는 문학을 예술적으로 비대肥大케 하고 어떠한 경우에는 예술적으로 수척케 하였다.

이곳에서 판별되는 것은 꿈은 여러 가지가 있다는 결론이 아니라, 발자크가 꿈꾼미래를 향하여 대신 춘원은 회상과거로!한 것이다.

진실한 꿈은 미래에의 지향, 창조만을 체현한다.

그러므로 회상에는 비애와 감상感傷이 따르고 몽상에는 즐거움과 용기가 상반相伴한다. 그러나 꿈과 현실은 모순하는 것이다. 몽상하는 표상이란 현실과 일치하지 않으므로 그것은 꿈이다. 그러면 문학은 몽상과 현실 가운데의 모순과 부조화로 분열되어 있어야 하는 것일까?

이곳에 문학의 존재 이유, 즉 창조의 체현자로서의 문학이 성립하는 것이다.

물론 이것은 세계문학사 상의 대가군大家群에게만 비할 수 있는 가치 있는 문학이다.

왜 그러냐 하면 문학은 현실과 이상—꿈이 모순하고 조화하지 않는 가운데서 그것을 통일 조화시키려는 열렬한 행위적 의욕의 표현인

4 세계를 : '世相을'(원 발표문).

5 쉽게 : '讀者의'(원 발표문).

때문에…….

이상에의 적합을 향하여 현실을 개조하는 행위, 즉 이미 존재한 것을 가지고 존재하지 않은, 그러나 존재할 수 있고, 또 반드시 존재할 세계를 창조하는 그것이 문학의 기본적 성질이다.

그러므로 문학은 꿈 없이는 존재하지 않는다.

이러한 꿈은 필연적으로 사물의 자연적인 성질을 부정한다. 자연적인 진행의 속도를 인위적 행위로 보다 빨리 이상에로 접근시키므로 그것이 원칙적으로 존재의 자연성의 상위에 있다.

물론 꿈은 회상의 대립자이나 동시에 환상으로부터도 구별되어야 한다. 환상은 허무맹랑한, 다시 말하면 존재할 수도 없고, 또 반드시 존재하지도 못할 것을 그리[劃]는 데 지나지 않는다.

꿈의 반反자연성은 결코 비자연성이 아니다.[6] 가능한 당위를 자연적 진행으로가 아니라 인위적 행위에 의하여 실현시키는 그것이다.

그러므로 꿈은 진지한 대신 환상은 불성실하고, 전자가 행위인 대신 후자는 단순한 추상―무행위적이다.

환상은 원래의 성질상, 그것이 현실적으로 불가능한 것을 꿈꾸는 곳에서 회상과 무차별의 것이다.

인간은 태초로부터 이러한 꿈을 가진 것으로써 비로소 인간이동물이 아닌! 된 것이다.

만일 인간이 꿈꿀 자격을 상실하여 때로 미래로 뛰어본다든가 겨우 그의 손에서 만들어지기 시작한 창조의 전모를 상상으로써 꿈꿀 수가 없다면 그의 모든 정력을 소모해버릴 광대한 계획을 세우고, 까아맣게 먼 곳에 있는

6 아니다 : '아니라'(원 발표문).

그 종국으로 향하여 그것을 어떻게 인도할 수가 있겠는가? 꿈꾸자! 그러나 우리들의 꿈에 있어서는 현실의 생활을 주의 깊게 음미하여 우리들의 꿈과 우리들의 관찰을 조응(照應)시켜 우리들의 몽상을 실현할 것을 진실하게 믿는다는 조건하에 ……[7]

즉 행동과 함께 있는 꿈 …… 이것만이 창조의 꿈으로서, 이러한 꿈으로 현 세기를 대표하는 저작은 『카피탈』[8]일 것이다.

이러한 과학상 저작의 수준과 어깨를 나란히 할 문학적 몽상의 기념비는 아직 건설되지 않았다.

"『카피탈』의 저자가 과학과 행동을 가지고 성취한 사업을 나는 펜을 가지고 정복하리라"고 [할] 제2의 발자크는 과연 누구일까?

나는 이러한 몽상의 낭만주의에 전력全力을 가지고 찬동한다.

우리 조선의 문학이 무엇으로 특징화되었느냐 하면 나는 즉석에서 '꿈의 결핍'에 있다고 대답코자 한다.

일련의 전통주의적[9] 대가들은 이미 회상한 지 오래였고, 중견 작가들은 단지 환상하거나 단지 모방하고, 경향작가군傾向作家群[10]은 몽상에서 모방으로 후퇴하고 있다.

이들 아무에게서도 몽상의 '로망'은 가치 적은 것이고 그 색채는 희박해지고 있다.

정채육리精彩陸離한 '낭만'이 진실에 의하여 풍부화되어 있는 대신,

7 원 발표문에는 이 다음에 '(레닌)'이라고 출처를 밝혀놓고 있다. 이 인용은 그러나 레닌의 『무엇을 할 것인가』에서 인용된 피사레프(D. I. Pisarev)의 글(「미숙한 생각의 잘못들」)의 재인용이다. 물론 레닌 역시 이 인용과 함께, '우리는 꿈꾸어야 한다', '불행하게도 우리 운동에는 이러한 종류의 꿈이 너무나도 적다'고 적고 있다.

8 『카피탈』: '『資本論』'(원 발표문).

9 전통주의적: '民族主義的'(원 발표문).

10 경향작가군(傾向作家群): '프로作家'(원 발표문).

'회상'은 경향적인 허위로 충만되고, 환상은 공허로 포만되어 있으며 모방에는 죽은 자연이 있을 뿐이다. 이곳에서 문학 가운데 표시되는 가장 큰 결과는 인간의 불임증이다.

작가는 대개 그 창조하는 인물에 의하여 영향력을 부식付植하는[11] 것이다. 이것은 작가와 문학의 생명력이기도 하다.

그러나[12] 독자에게 기억되고, 또한 그 인물에 의하여 무엇이고 배울 가치가 있는 인간적 형상이란 명확하게 비자연적이고, 비일상성적非日常性的이다.

즉 헉슬리A. L. Huxley의 말과 같이 "위대한 예술작품 가운데서 인물이나 사물의 제반 시추에이션이 실생활에 있어서보다도 일층 명확히 나타나는" 그러한 성격이다.

어떠한 의미에서 보면 그 인물이란 한 개 비실재적인 가공적 존재이다. 그러나 그 인물은 일상생활에서 견문見聞하는 그러한 인물보다 이상적理想的이어야 한다.

그것은 분명히 실재한 인간의 모방이 아니다. 한 개의 창조된 개성이다.

예술적으로 창조된[13] 개성은 그의 전부의 특징을 가지고 모든 인간과 같으면서 동시에 모든 인간과 같지 않다.

즉 아무데서도 찾아볼 수 있는 특정한 개인적 경력을 가진 인간이나, '그 가운데는 보통사람 가운데 있는 사상·욕망·정열·계획이 마치 에센스와 같이 뭉켜 있는' 그러한 보편성이 부여된 성격이다.

11 인물에 의하여 영향력을 부식하는 : '人物의 影響으로 讀者 가운데 自己의 影響力을 築造하는'(원 발표문).

12 원 발표문에는 이 사이에 '이러한'이 삽입되어 있다.

13 창조된 : '創作된'(원 발표문).

성격적 창조의 기초에는 작가의 꿈이 실현돼 있는 것으로, 이 문학적 몽상의 지주적支柱的인 표현자는 인간적 형상이다.

그러므로 위대한 꿈에 의하여 관철되고 그것을 체현하고 있는 가치 있는 예술문학의 작품이란 항상 그 작품이 창조한 몇 개의 대표적인 인간적 형상의 이름과 함께 기억되는 것이다.

햄릿, 동키호테, 오블로모프 등등으로 셰익스피어W. Shakespeare, 세르반테스M. Cervantes, 곤차로프I. A. Goncharov는 영원하며 독자들은 그곳에서 세계적인 남자의 형상을 본다면, 카추샤, 카르멘, 엘레나 등으로써 톨스토이L. N. Tolstoi, 메리메P. Mérimée, 투르게네프I. S. Turgenev는 불사不死의 것이며 우리들은 그곳에서 세계적인 여자의 형상을 보는 것이다.

왜 그러냐 하면 문학적으로 가치 있는 타입이란 항상 어떠한 의미에서이고 모방할 가치가 있는 인물이어야 하는 때문에…….

따라서 인간적 형상이란 비일상성적인 전형典型임을 요하는 것이며, 통상의 인간을 전형화하는 데는 실재성 위에 작가의 이상꿈이 작용하는 것은 상상키 어렵지[14] 않다.

인간적 형상의 전형성은 곧 문학의 몽상성의 최중요한 표현으로, 진실한[15] 몽상이 문학 가운데 결핍될 때 그 문학은 인간적 형상의 창조적[16] 무력無力을 폭로한다.

어떠한 의미에 있어 문학이 독자 가운데 얼마나 애독되고 기억되며 따라서 생명력이 있는 불멸의 것이 되어 있는가를 측량할 지수指數는, 책의 출판 부수가 아니라 그 문학이 창조한 인간이 얼마나 독자 가운데 전형으로서의 영향을 주고 있는가 함에 의존한다고 생각할

14 어렵지 : '難치'(원 발표문).
15 진실한 : '眞心한'(원 발표문).
16 창조적 : '創造上의'(원 발표문).

수 있다.

이것은 곧 문학의 보편적 영향력을 의미하는 것으로, 작가가 자기의 문학적 창조에 있어 얼마[만]큼 독자讀者의 이상理想을 가지고 몽상하였는가를 짐작케 하는 것이다.

『장한몽長恨夢』! 오늘날 우리 작가의 누구를 물론하고 이 속문학俗文學보다도 떨어지는 문학의 작가라고 불러짐으로 만족할 사람은 없을 것이다.

그러나 한 번 '이수일李守一'과 '심순애沈順愛'보다 훌륭한 전형적 인물을 창조한 사람이 누구이냐고 물어볼[17] 때 '내다!'고 직답直答할 사람이 누구일지 나는 심히 의심스럽다.

그러나 만일 문학계에 예술가적인[18] 자존심과 용기를 가지고 '내로라!'하고 손을 들고 나서는 사람이 있다면 독자가 손을 저으며 웃을 것이다.

'문학자란 실로 무분별하고 우둔하다!'고. 사실 우리 조선의 독자들은 유감된 일이나 '수일'이 '순애', 그리고 좀 옛날로는 '춘향이' 만치도 친접親接할 수 있는 인물을 우리 조선의 예술문학 위에서 발견하기는 곤란하였다.

'영채英彩', '형식亨植이', '선형이' 등 몇 개의 인물로 겨우 춘원의 『무정無情』이 기억되고 있을 뿐이고, 우수한 자연주의 작가 염상섭廉想涉, 김동인金東仁 등의 가작들도 고본상古本商[19]에서 때때로 찾아오는 문학애호가 혹은 비평가들의 손으로 먼지를 털리울 뿐이다.

---

17 원 발표문에 의거한 것이다. 『논리』에는 '불러볼'로 되어 있으나, 문맥상 원 발표문의 것이 더 적절하다.

18 원 발표문에 따랐음. 『논리』에는 '藝術的'이라 되어 있다.

19 고본상 : '古本屋의 冊肆'(원 발표문).

신문학 발생 이후 그렇게 많이 씌어진 소설, 시편詩篇의 대부분은 독자의 누구에게도 기억되지 않고 벌써 옛날에 망각되어 지금은 그때 명성이 자자하던 대표작까지 일률로 기억의 권외圈外에 있다.

대체 이러한 작품들이 아직도 독자에게 영향을 준다고 생각할 수 있으며, 지금까지 또는 미래에까지 생명력을 유지하리라고 생각할 수는 없는 것이다.

이것은 결코 편견이 아닐까 한다.

단지 『무정』의 인물들이나 '수일이', '순애'가 사람들에게 사랑받고 기억된 것은 그 인물들이 되나 안 되나 당시 독자들의 일반적 이상의 일부를 남녀관계, 부자관계를 통하여 보편적으로 표현하고 있던 단 한 개의 이유 때문이다.

신문학의 최량의 보고寶庫라고 볼 자연주의적 제 작품이 부당하게도 기억되지 않음은 그것이 자연의[20] 모방의 문학이었던 때문이다. 동인·상섭·빙허憑虛의 작가가 특색 있는 인물을 하나도 창조하지 못함은 교훈적이다. 자연주의의 이상은 실험실적 태도이고 현실의 폭로[21] 등으로 결국 소극적으로 현실과 관계한 것이다.

그러므로 그들의 인간적 형상에 대한 태도는 창조적이 아니라 단순히 '성격의 묘사'라는 일점에 머물러 한 개 세태 묘사의 문학임을 면치 못하였다.

그러므로 자연주의 작가의 많은 문학적 공적에 불구하고 그들의 작품은 독자의 머리 속에 오랫동안 기억되지 못한 것이다.

일반으로 현재의 조선문학의 수준이란 자연주의문학의 인간관인 '성격 묘사'를 거의 돌파치 못하고 있다고 보아 과언이 아닐까 한다.

20 원 발표문에는 이 단어 '자연의'가 빠져 있다.

21 폭로 : '描寫'(원 발표문).

낡은 문학이 성격의 창조를 과장성, 환상성으로 무력하게 만들고 있을 때, 그것을 자연적 방법으로 구출한 '성격 묘사'의 방법을 그 뒤의 조선문학경향문학[22]을 제한은 고맙게 받아가지고 안일安逸하고 있다.

이곳에는 다른 이유가 조응하는 것으로 그 이유는 곧 조선문학이 가진 비낭만성에 있다.

회상의 문학인 전통주의[23] 문학은 매력 없는 진부한 허구에 찬 인물밖에 만들지 못하고 야담과 경계를 나누기 어렵다.

문제되는 것은 예술적이려는 모든 종류의 문학인데, 이곳에서 작가들은 대개 환상하든지 그렇지 않으면 모방하는 경지를 더 나가지 못하고 있다.

모방적이고 환상적인 문학이란 근본적으로 낭만적인 문학과 구별되는 것으로, 결정적으로 전형적인 인간을 창조할 자질이 없다.

지상주의적至上主義的인 시가詩歌, 소설의 주인공들은 독자에게 완전히 무흥미적으로, 우리들이 그래도 기대를 두는 주인공들도 우리들이[24] 모방할 수 있는 전형적인 인물로부터는 훨씬 멀다.

이러한 것들이 이 시대 혹은 당년當年이 물러감과 함께 독자의 기억으로부터 소실消失됨을 누구나 의심하랴.[25] 프롤레타리아문학이 이 영야領野에 있어 공헌한 것은 분명히 크다. 그러나 이 문학의 여태까지의 주요 결함이었던 도식적 낭만주의그것은 도식적 리얼리즘의 다른 반면半面이다!에 의한 인간적 형상의 구체성의 결핍으로 말미암아 소기의 성과를 곤란케 하였다.

22 경향문학 : '푸로文學'(원 발표문).
23 전통주의 : '民族主義'(원 발표문).
24 원 발표문에 따랐다. 『논리』에는 '우리들의'로 되어 있다.
25 원 발표문에 따랐다. 『논리』에는 '疑心하리라'고 되어 있다.

때로 가장 투철한 천품天品의 소유자는 소설 『고향』 가운데서 행동하는 '김희준金熙俊', '안승학安承學' 등, 조선문학사상 최대의 성격 창조의 길을 열고 있기도 하다.

그러나 『고향』 가운데서나 가장 주요한 인물이고 또 가장 완성에 가까운 성격인 '안승학'舍音에서 우리가 느끼는 바와 같이 그 묘사는 완전하고 박진력이 있고 자연스러우면서 전형으로서의 보편성은 '김희준'의 경우에서보다도 약한 것이다.

'김희준'을 생생한 생활적 인간적 모순을 통하여 보편화하고 있는 대신 '안승학'에 있어서는 전형성으로서의 예술적 보편화는 위험한 도식성으로 영향받고 있지 않는가 하고 생각된다.

뿐만 아니라 엄흥섭嚴興燮을 위시로 한 많은 신인들은 이미 획득된 『고향』의 수준으로부터 명확히 자연주의의 고지故地로 후퇴하고 있음은 부정할 수가 없다.

문학의[26] 본래의 이상, 즉 현대문학이 그 '로망'으로만 자기의 예술 가운데 영원화될 생명력을 주입하는 '꿈'으로부터 안가安價의 모방자로 변하고 있는 것이다.

이러한 제 작가와 문학이 가진바 인간적 불임성不姙性은 그것이 곧 예술적 불임성임을 기억해야 한다.

나는 영원히 생명력을 가지고 독자에게 영향을 주고 독자로부터 기억되고 애호될 조선문학을 위하여, 생생한 낭만주의를 가져 자기를 반성할 것을 성실한 작가들에게 제안한다.

이러한 몽상의 낭만주의는 결코 작품에 있어서의 사실성寫實性을 제외하는 것은 아니다.

26 문학의 : '푸로文學의'(원 발표문).

견고한 현실적 구조 위에 선[27] 낭만주의, 즉 단지 현실을 자연스럽게 모방묘사하지 않고 모방을 위대한 몽상에 종속시킴으로 그것에 보편적 성질을 부여하는 그러한 낭만주의이다.

신시대의 낭만주의문학은 기본적 성격에 있어 창조적으로, 비속한 일상적 공리성과 무의욕無意欲의[28] 사실주의로부터 자기를 구별한다.

무의욕적인 사실주의란, 엄밀하게는 자연주의와 동일한 것이며 그것은 문학을 창조로부터 세태의 모방에 그치게 하는 것이다.

앙드레 지드André Gide가 모스크바[29]작가대회[30]에서 청년들이[31] 작가들을 향하여 "우리들의 일을 써주시오! 우리들을 표현해주시오!" 하고 요구한 데 대하여 일종의 불안을 느끼었다는 고백은 어떤 의미에서 경청할 바가 있다.

"문학은 거울의 임무를 가지고 있지 않다. 적어도 거울의 임무만을 가지고 있는 것은 아니다. 이곳[32]의 현대문학은 종래 이 임무로[33] 만족해온 것 같다. 그리하여 이 방면에 주목할 몇 개의 작품을 우리들에게 주었다. 그러나 그것만에 머물러 있을 것은 아니다. 우리들이 사랑하고 우리들이 희망하는 신인이, 차조且燥와[34] 투쟁과 방황[35]으로부터 초탈超脫할 수 있게 원조해줄 것이 또한 필요하다. 이것은 아마 가장 필

27 위에 선 : 원문에는 '우에는'이라 되어 있으나 '위에 선'으로 바로잡는다. '는'은 '슨'(=선)의 오자일 것이다.

28 무의욕의 : 『논리』에는 '無意味의'로 되어 있으나 원 발표문에 의거해 바로잡는다.

29 모스크바 : 원문에는 '모스코'로 되어 있다. '모스코'는 모스크바의 영어식 독음. 이하 '모스크바' 표기는 모두 마찬가지이다.

30 1934년 8월 17일부터 9월 1일까지 모스크바에서 개최된 제1회 소비에트작가동맹의 전(全)연방작가대회를 말하는 듯하다.

31 청년들이 : '勞動者들이'(원 발표문).

32 이곳 : '싸벳트同盟'(원 발표문).

33 임무로 : '任務에'(원 발표문).

34 차조와 : '가갑증과'(원 발표문).

35 방황 : '假象'(원 발표문).

요할 것이다. 그들이 스스로 자기를 만들고 자기를 성장시킴을[36] 원조할 것이 필요하다.” 이것은 모스크바대회에서 부하린N. I. Bukharin, 고리키M. Gorki, 그 외의 사람들이 역설한 바이다.

“문학은 모방하는[37] 것으로 만족하지 않는다. 문학은 형성하고, 제안하고, 창조한다.”

앙드레 지드의 말은 단순한 사실주의를 날카롭게 부정했을 뿐만 아니라 비속한 공리성에도 반대하고 있다.

사실 목전의 공리성만을 목표로 하는 문학은 그 자체가 사실상에 있어 별개의 의미의 모방의 문학이다.

“우리들은 투쟁을 투쟁 자신을 위하여 사랑하는 것도 아니고 또 욕망하는 것도 아니다. 투쟁의 성과를 위하여 그것을 사랑하고 그것을 욕구하며, 우리들은 전투원인 것보다도 개척자이다.”지드

우리들의 낭만주의는 그러므로 동시대적 공감뿐만 아니라 미래에의 공감에[38] 의하여 성격화된다.

그러므로 우리들의 문학의 주인공과 그들이 체험한 꿈은 현대에서[39] 뿐만 아니라 미래의 변화한 조건 가운데서도 역시 공감을 환기하는 것이다. 이러한 낭만의 정신을 가지고 우리는 자유로 과거의 역사적 주제를 현대와 미래로 살리고, 모든 대상을 자유로 풍자하며, 비극을 인내로 고치며, 괴로움을 명랑한 의지로, 영원한 생명력을 주면서 우리들의 ‘꿈’을 풍부한 자재성自在性으로 윤색한다.

36 자기를 성장시킴을 : ‘자기를(描)게’(원 발표문).
37 모방하는 : 『논리』에는 ‘模倣하든’으로 되어 있으나, 원 발표문에는 ‘模倣하는’으로 되어 있다.
38 동시대적 공감뿐만 아니라 미래에의 공감에 : 원 발표문에 따랐다. 『논리』에는 ‘同時代的 共感에’로 되어 있다.
39 현대에서 : 『논리』에는 ‘時代에서’로 되어 있으나, 원 발표문에 의거해 바로잡는다.

나는 낭만적 정신으로 문학을 관철하는 데서 작가들이 그르치기 쉬운 많은 위험에 대하여 눈을 감을 수는 없다. 그러나 이 희생은 문학을 모방의 복사화複寫畵로 끝마치는 것보다는 장래將來할 조선문학 위에 더 많은 것을 기여하리라고 믿는다.

물론 우리들의 현재의[40] 환경 조건은 더한층 이 위험, 즉 부당한 과장과 불분명한 상징에로 우리의 문학을 몰아넣을 조건을 조장한다.

그러나 낭만적 정신의 현실적 구조를 일층 견고히 축조하는 것으로 우리는 이 위험을 피하여야 한다.

뿐만 아니라 이 낭만주의는 가진 바 본래의 성질인 강고한 리얼리즘에 의하여 그것은 스스로 배제될 것이다.

조선문학은 이러한 낭만주의로 말미암아 의욕하고 행위하는 문학이 되며 그 생명력은 전全 시대에뿐 아니라 미래에까지 공감된다.

필연적으로 이 문학은 불란서나 영국의 사실주의에서만 아니라 독일 등의 낭만주의문학으로부터는 최대한의 영양을 섭취하는 것으로서, 문학적 고전의 일체에 대하여 탐욕적이다.

그러므로 우리들의 문학이 민족주의문학과 날카롭게 대립하는 것은 자연한 것이다.

"나는 생겨날 적부터 불란서인 이었기 때문에 민족주의의[41] 적"이라는 앙드레 샹송Andre Chamson과 더불어, 우리는 한살 때부터 조선인인 때문에 조선문학의 창조적 정신을 회상적 감상感傷으로 짓밟는 경향과 적대한다.

뿐만 아니라 문학을 환상의 공어空語로 또한 모방의 기록으로 저하시키는 지상주의至上主義와 자연주의―객관주의에 반대한다.

40 현재의 : '現在 生活의'(원 발표문).

41 민족주의의 : '國家主義의'(원 발표문).

이 낭만주의는 강하게 역사적이고 무비無比하게 사회적이며 근본 성격에 있어 리얼리즘으로서 자기를 형성한다.

구체적인 현실성 위에서[42] 가장 명확한 장래로 향한 이상과 자기를 결합시키면서 창조하기 때문에 필연적으로 농후한 향토성[43]민족주의적이 아니다!으로 자기를 조색調色한다.

그러므로 이 낭만주의는 그 기도企圖하는 이상理想에 있어 역사적인 필연성 위에 놓인 것으로, 문학을 순간적 기술記述과 일상적 공리성의 도식으로부터 분리하여 영속적인 생명력을 가지고 독자 가운데 살아나게 하는 방향이다.

따라서 이 낭만주의는 새[44] 리얼리즘이라고 부르는 문학의 불멸의 내용이고 그 빛나는 일면이다.

이것은 아마도 일편一便으로서는[45] '신新[46] 로맨티시즘'이라고 불러질 것으로, 리얼리즘 가운데 시를 존재케 하는 것이다.

그러므로 이것은 분명히 당파적이다. 왜 그러냐 하면 현재에 있어 당파적인 문학만이 미래에 있어 비당파적－전인류적 공감 가운데 설 수 있으므로…….

공간적으로만 아니라 우리의 문학은 시간적으로 보편적이로라고 한다.

적어도 현재의 순간, 조선의 성실한 문학은 이 낭만적 자각—그것은 사회적, 역사적 자각과[47] 불가분이다—을 통과하는 것으로서, 그

42 위에서 : '우에서서'(원 발표문).
43 향토성 : '民族性'(원 발표문).
44 새 : '社會主義的'(원 발표문).
45 일편으로서는 : '推想으로서는'(원 발표문).
46 신 : '社會主義的'(원 발표문).
47 자각과 : 원 발표문이나 『논리』의 원문에는 '自意과'로 되어 있으나 '意'는 '覺'의 오자일 것이다.

것의 진실한 로맨티시즘과 광의의 리얼리즘이 영속적으로 통일된 문학 가운데로 들어갈 수 있다고[48] 나는 믿는다.

이 자각은 적어도, 그 역사적 의미에 있어 결정적 모멘트일 수가 있을 것이다.

48 들어갈 수 있다고: '들어간다고'(원 발표문).

주체의 재건과 문학의 세계•

*

창작방법을 논의하기 전에 위선爲先 문학하는 태도부터를 결정해라!

재삼 들어온 이 한마디 속에는 분명히 우리의 머리 위에 중압이 되어 누르는 바 그 무엇이 있다.

어째서 문학을 하느냐? 무엇 때문에 문학이 필요하냐? 정히 문학하는 인간에게 있어서 피할 수 없는 생사의 문제가 근본적으로 해결되지 않은 채 창작하는 방법을 논의함은 자명한 요설饒舌이다.

그러나 문학하는 태도가 작가에게 있어서 어째서 사느냐는 근원적인 생활 이유의 극히 집중된 첨단尖端이 아닐까?

• 『동아일보』, 1937.11.11~16. 원 발표문에는 '現存 作家와 文學의 새로운 進路'라는 부제가 붙어 있다.

일찍이 나옹奈翁[1]의 장검에다 자기의 예술을 비유한 대大 발자크H. Balzac의 일언一言은 일개 시인적 방언放言에 끝나는 것이 아니다.

생활하는 것처럼 문학을 하는 작가의 태도야말로 위대한 작품 창조의 기초였을 것이다. 사실 어느 시대나 진지한 작가에게 있어서 문학을 한다는 것은 사는 것 그 자체였다고 말할 수가 있다.

그러나 생활과 문학과의 합일은 반드시 위대한 예술의 모태라고만 생각할 수는 없다.

우리는 생활에 있어서 무위無爲한 것과 같이 문학에 있어서도 무위한 어떤 작가의 입장을 상상할 수도 있는 것이다.

문학을 위한 문학이란 정히 생활과 예술이 소극적으로 합일한 전형적 입장이 아닌가? 그러므로 문학하는 태도에 대한 반성은 작가가 여하히 하여 생활 현실로부터 초연超然히 자립할까 하는 문학주의적 동혈洞穴에의 통로와는 엄격히 구별되는 것이다.

위대한 생활을 하는[2] 것과 같은 광영光榮 있는 길이 문학세계엔 어느 곳에 있는가를 찾아내려는 것이 오늘날 우리가 문학하는 태도를 자문自問하는 근본 대의大義일 것이다.

그러면 창작방법은 차등此等 일체의 생사를 도睹한 문제를 떠나 시구詩句에 사용될 일개의 어휘나 소설에 삽입될[3] 일편一片의 장경場景을 탐구하는 공장工匠의 영역인가 하면, 이런 해석은 창작방법에 대한 무한히 유치한 무이해無理解나 악의에서 나온 비방의 경지를 넘지 못하는 것이다.

창작방법이란 본시 문학이 어떤 세계관과 합일될 때 위대한 예술

1 나폴레옹(Napoléon Bonaparte)을 의미함.
2 하는 : '사는'(원 발표문).
3 삽입될 : '挿入될'(원 발표문).

을 창조하고 그것이 체현할 문학적 경향과 특색을 해명할뿐더러, 작가가 과학적 세계관을 획득하는 고유한 과정을 지시하는 실천적 이론이었다.

물론 문학 이전의 문제를 창작방법 문제보다 선결하라는 부르짖음엔 과학적 문예이론에 대한 일부인一部人의 명백한 악의가 들어 있다.

그러나 중요한 것은 급박急迫하고 있는 작가들의 사상적 붕괴가 이 요망要望의 근저가 되고 그것을 지지하고 있는 침통한 현실이다.

우리가 빠져 있는 사상적 문학적 심연으로부터 재생할 구체적 혈로血路를 비춰주지 못하는 이론에 대하여 지지의 손을 들어야 할 작가의 대의명분이란 과연 무엇이냐?

우리 문예이론은 작가들 속에 병균처럼 만연하고 있는 이론에의 불신을 자업自業에 대한 고가高價의 속물贖物로 감수甘受해야 할 것이다.

그러므로 창작방법이란 작가에게 창작하는 방법뿐만 아니라 생활하는 방법까지를 암시할 수 있지 않으면 아니 된다.

이곳에 문예이론의 지도적 임무란 것이 발휘된다고 나는 믿고 싶다.

뿐만 아니라 오늘날 작가들이 이론에게 제출하는 기본 요구도 이곳에 있을 것이다.

왜 그러냐 하면 방금 작가들이 해결해야 할 초미의 급무는 결코 일개 문학상 과제가 아닌 때문이다.

작가로서보다도 한 인간으로 현실의 파랑波浪을 횡단할 길은 무엇이냐는 완전히 엄숙한 세계관상의 대문제다. 무엇이 한 사람의 백면작가白面作家를 절박한 세계관상의 결정적 국면하에 직립直立시키는가? 실로 오늘날 이곳 현실이 갖는바 늠렬凜烈한 성격이 여기 있다.

일찍이 취할 듯한 정열을 가지고 문학을 사회적 투쟁의 한가운데로 끌고 들어갔던 그 장면을 회상해보라!

그러나 오늘날 우리의 문학 가운데는 이런 골수骨髓에 철徹한 대립은 자취를 감추고 한 줄기 카오스와 같은 탁류가 범람하고 있지 않은가? 주지周知와 같이 이 사실은 현실로부터 갈등이 소멸한 표적은 아니었다.

오히려 보다 거대하고 결정적인 사회적 스트러글이 추이推移하는 시대의 중압이 되어 문학세계를 우뢰雨雷와 같이 엄습한 결과였다. 피차彼此를 얽어맸던 조직적 유대는 끊어지고 의지할 최후의 지주支柱로서 양심을 가슴에 안은[4] 채 외로운 사슴처럼 작가들은 방황하였다.

그러나 폭풍은 자지 않았을 뿐더러 빗발은 한층 격렬히 퍼부어 양심이란 한 장 옷자락이 잡아 찢기는 것은 그리 어려운 일이 아니었고 야만인 같은 벌건 육체가 드러날 것은 목전에 절박切迫하였었다.

드디어 두려운 광란 속에 최후의 일선一線으로 의거依據하려던 것이 예의 지성의 옹호였다.

그러나 비참한 일은 지성이란 양심적인 시민 작가가 이미 상실당하기 시작한 취약한 진지였다.

문화의 옹호를 위하여 초집招集된 문화인의 국제적 회합은[5] 이러한 정세가 낳은 현대의 아름다운 에피소드의 하나일 것이다.

멀리 파리의 창공에 닿았던 우리의 기대와 우정은 실로 현실의 가혹과 자신의 무능에 대한 항의와 일편一片의 자긍이 어우러진 눈물겨운 심정의 발로였었다.

*

4 안은 : 원 발표문이나 『논리』에는 '앉은'으로 되어 있으나 문맥에 맞게 바로잡았다.
5 1935년 6월 21일에서 26일까지 앙드레 지드를 중심으로 하여 파리에서 24개국 대표 230인의 문학자가 모여 개최했던 문화옹호 국제 작가회의를 가리킨다.

그러나 문화는 역시 지성의 옹호에 의하여 유지되는 것은 아니다. 마치 평화란 국제연맹 결의로 유지되지 못하는 것과 같이.[6] 문화는 특정의 생활 실천과 공연히 결합됨으로 자기를 발전시킬 수 있다는 낡은 명제가 새삼스럽게 확인됨에 불과하였다.

우리는 요컨대 유리창 너머에 빵을 둔 채 굶주리게 된 것이다. 한 장의 유리창을 뛰어넘기 위하여 과연 이렇게 고민해야 하는가?

자유주의・행동주의・낭만주의・휴머니즘, 우리는 손에 잡히는 일체의 철편鐵片을 들어 통로를 천착穿鑿하였으나 손끝은 용이하게 빵 위에 도달치 않았다.

'자유'・'행동'・'낭만'・'인간' 등 일련의 개념은 '누구의', '어떠한'이란 구체성을 띠지 않는 한 아직 날이 없는 칼에 불과하여 신시대 문학의 확고한 기축機軸이 될 수는 없는 것이다.

그렇다면 우리는 철봉을 칼로 오인하는 어리석은 희극을 일장一場 되풀이하는 데 불과할 것이고, 비극은 역시 진리를 눈앞에 두고 휘어잡지 못하는 부끄러운 무능으로 환원된 것이다. 우리는 여하한 악천후에도 위협되지 않는 확고한 자기 주체를 재건하지 않으면 아니 된다.

그러나 주체의 재건이란 어떤 세계관을 다시 한번 이론적으로 재인식하는 정도에 그치는 것은 아니다.

일찍이 이론적으로 파악되었던 세계관이 실천의 마당에서 산새와 같이 우리를 두고 떠나간 쓰라린 경험에 아직도 혈흔血痕이 생생하지 않은가? 패배의 황야에서 우리는 정신과 육체가 승려와 같이 분열된 추한 시체로서의 자기를 폭로한 것이다.

6 원 발표문이나 『논리』에는 여기에 마침표가 없어서 앞뒤가 한 문장으로 연결되어 있으나 문맥상 두 문장으로 나누어주는 것이 타당하겠다.

우리는 이론이란 것이 대뇌의 일부에만 아니라 나의 육체, 나의 모세관의 세부까지를 충만시킬 한 사람의 순화된 사상인思想人으로서의 자기를 갈망하고 있다.

여기서 처음 우리는 정서의 지향이 모순되고 사상이 주의周衣 속에 감춘 몽둥이처럼 붉어지는 공식의 문학이 아니라, 혼연渾然한 사상으로서의 문학을 창조할 진지한 모태母胎로서의 자기를 형성하는 것이다.

물론 일직선으로 그곳에 접근하는 강행적 방법이 있다. 그러나 불행히 그것은 작가의 길이 아니고 정치가의 길이었다.

만일 작가가 아니라 검을 든 인간이었다면 우리는 죽어 기념비 위에 성명을 남겼을망정 과일過日의 비극은 경험치 않았을 것이다.

사실 우리는 비상飛翔하고 질주할 힘만 아니라 실로 직립할 기력조차 상실하고 있다. 역시 우리는 비근卑近하고 가능한 일로부터 시작하는 것이 가장 솔직한 일이다.

이 한계 안에서만도 실로 우리는 하지 않으면 안 될 너무나 많은 일을 가지고 있는 것이며 그것만이 우리를 일층 참혹한 와해로부터 구출하고 한 걸음씩 높은 계단으로 성장시키는 것이다. 왜 그러냐 하면 대언장어大言壯語는 걷지도 못하는 유아幼兒에게 질주를 가르치는[7] 때문이며 문학자에겐 문학자다운 자기 재건의 길이 고유한 때문이다.

'비록 적더라도 선한 것을—' 우리는 일순一瞬일지라도 멸시해선 아니 된다. 너무나 미미하여 그것은 사태를 근본적으로 개변하는 정도에서 아직 요원할지도 모른다.

그러나 자기를 재건하고 다시 문학을 사회적 실천에로 접근시킴으로써 우리는 서서히 또는 간접으로일지라도 일반적 사업에 기여하게

---

7 원 발표문이나 『논리』에는 '가르키는'으로 되어 있으나 오늘날의 표기법에 맞게 수정했다.

되는 것이다.

양심이란 한 개의 공허한 언어나 희망에 대한 하염없는 사모만은 아니다.

지난 번 우리가 휴머니즘과 논쟁하였을 때 윤규섭尹圭涉 씨가 발發한 비난과 야유는[8] 분명히 유감된 것이었다.

고민하는 정신[9]과 양심이 미소微少할지라도 현실의 정확한 파악 가운데 표시되지 않고 오히려 그것의 이론적 예술적 파악을 저해하는 유해한 심리로 일탈해 갈 때, 예술학상의 제 문제를 발전시킴이 무엇 때문에 심장이 강한 치행痴行이냐? 고민하는 성실이란 감상感傷 가운데 일체의 이성을 매장하는 열광은 아니다. 작가가 불안과 회의 속에 신음할 때 모든 문자를 감상의 술회[10]로 채우는 것이 비평가의 임무는 아니다.

만일 이런 태도만이 시대적이고 현실적이라면 우리는 희지도 않고 붉지도 않은 제3의 입장을 찾아 휴머니스트[11] 같이 분주하지 않으면 안될 것이다. 결국 실천성을 잃은 이론인理論人으로서의 비참이 이론까지도 잃어버리는 최악의 참경으로 떨어지고 만다.

이곳에서 이윤을 거두는 인간은 대체 누구일까? 한설야韓雪野, 임화 등에 대한 비판이 백철白鐵 씨 등을 원조한 것이 아니라는 보장을 윤씨

---

8 윤규섭의 「휴매니즘론—인테리겐차와 관련시켜서」(『비판』, 1937.7)를 가리킨다. 이 글에서 윤규섭은 임화의 「조선문화와 휴머니즘론」(『비판』, 1937.4)에 대해, 오늘날 휴머니즘을 제창하는 주체, 그것이 제창되는 시대성 등의 파악에서 '주관적 독단론, 기계론적 소박유물론, 청산론적'이었다고 비판하고 있다. 그 과정에서 윤규섭은 임화와 한설야를 두고, '氏等이 갖인 腦漿을 다짜내인 該博한 唯物論的 智識'이 오늘날 조선의 모든 지식 영역에서 희비극을 연출시키는 '唯物論에 대한 無識 及 그의 生呑粗嚼'의 표본이라고 야유하고 있다.

9 정신 : 원 발표문에는 '情熱'이라 되어 있다.

10 술회 : 원 발표문에는 '迷懷'로 되어 있으나, '迷'는 '述'의 오자일 것이다.

11 휴머니스트 : '휴매니즘'(원 발표문).

는 어디서 찾을 것인가? 우리는 입으로 대선大善을 외치면서 손으로 소선小善을 밀쳐 버리는 허위가 자기를 파멸로 인도하는 마수魔手임을 각오覺悟해야 한다.

이것은 현재 입으론 어떤 사상을 이론적으로 긍정하고 그럴 듯하게 실천상의 유리遊離를 비탄悲嘆하면서, 행동에선 그 이론의 최후의 일편一片까지를 미련 없이 포기하는 일부 인텔리겐차의 비열한 심리의 반영이다.

왜 그러냐 하면 소선에의 경멸은 실천적 무위無爲와 이론적 이반離反의 최악의 구실이니까.

물론 과학적 예술학은 작가의 세계관이 결정적으론 작가의 사회적[12] 실천에서 확립되고 실천의 장구한 과정을[13] 통하여 주체적으로 혈육화됨을 말하고 있다.

이 명제는 어느 때일지라도 변하지 않는 진리이다. 동시에 현재 우리 작가들이 생활 실천을 통하여 자기 주체를 재건한다는 사업이 불가능에 가까우리 만치 절망적이란 것도 전술前述한 바와 같다.

남은 것은 한 가닥 작가적 실천의 길뿐이다.

*

그러나 작가에 있어 예술적 실천이 전全 생활의 집중된 첨단이란 중요한 사실을[14] 재기再記할 필요가 있다.

다시 말하면 작가의 세계관을 좌우하는 것은 다른 사회 성원과 같

12 사회적 : 『논리』에는 '社會'로 되어 있으나, 원 발표문에 따라 '사회적'으로 고친다.
13 과정을 : '過程으로'(원 발표문).
14 사실을 : 『논리』에는 '事態을'로 되어 있으나, 원 발표문에 따라 '사실을'로 고친다.

이 생활적 실천이나, 작가에게 있어선 대부분 예술적 실천이 그것을 매개한다는 사실이다.

즉 일상적 외적 실천이 작가의 세계관의 형성과 개변을 자극하고 촉진하나 예술적 실천이 그것을 체계화하고 확인하지 않는 한, 그 사상은 작가의 기본적 실천인 예술 창작까지를 지배할 만큼 강한 것이 되지 못한다. 그러므로 어떤 때 작가의 예술은 세계관과 모순하게 되고 때로는 세계관 그것을 개혁할 수까지 있는 것이다.

이 모순은 생활 실천에 대한 예술적 실천의 승리를 의미한다.

과거의 수다數多한 대작가에 있어 이 모순은 빛나는 예술상의 공적을 남긴 일도 있다. 그러나 모든 생활 실천이 예술적 실천에 떨어지고 어떤 예술이든지간에 작가의 세계관을 좋은 방면으로 개변시키는 것은 아니다.

주지와 같이 계급사회의 문학사 상上에서만 보는 고유한 모순이다.

작가가 진보적인 생활 군단群團의 실천자이었을 때 예술은 생활 실천에서 거대한 호영향好影響을 받으며, 반대로 작가가 비진보적 생활 군단의 일원이었을 때 예술은 자기 발전상 크나큰 제한을 그곳에서 감感한다.

그러나 예술적 실천이 진보적 생활 실천과 모순하지 않고 또한 비진보적 생활 실천에 제한하지 않고 그[15] 비진보적 생활 실천의 제한을 벗어나 승리하려면 작가가 리얼리스트인 데만 한하는 것이다.

그러므로 작가가 진보적 생활 실천자임에 불구하고 예술 경향상 반反리얼리스트이었다면 예술 창작 그것뿐만 아니라 생활 실천 그곳에까지 악영향을 미칠 수 있다 할 것이요, 작가가 비진보적임에 불구하

15 그: '또한'(원 발표문).

고 예술 경향상 리얼리스트이었다면 예술을 비진보적 생활 실천이 파급하는 악영향에서 최대한으로 방어할 수 있고 나아가서는 비진보적 세계관 그것을 개변시킬 만큼 반작용을 할 수도 있는 것이다.

따라서 작가에게 있어서는 예술적 실천이란 것이[16] 매개하는 중심 계기라는 데 작가의 세계관이 형성되는 과정의 특수성이 있는 것이다.

유명한 엥겔스F. Engels의 발자크론 가운데 적용된 분석 방법은 사적史的 이론의[17] 일반공식이 아니라 예술 실천의 이러한 구체성에서 출발한 것이라고 나는 생각한다.

그러므로 우리들이 자기 재건의 노선으로 고를 것은 예술적 실천 일반이 아니라 리얼리즘적 실천 그것이다.

발자크론에 의하면 리얼리스트 작가 발자크와 왕당파王黨派 정치가 발자크가 대립하였다고 하였다. 왕당파 정치자政治者 발자크의 사상은 물론 불란서 인민으로, 즉 문학 이전의 과정에서 성립한 것이다.

그러면 예술을 통한 현실 인식, 다시 말하면 리얼리즘을 통한 예술 창조상의 결과는 과연 하나의 사상이라 볼 수가 없을까?

신념 · 희망으로서는 왕당 · 귀족의 승리를 바랐음에 불구하고 그가 작품을 통하여 표시한 귀족의 몰락과 시민의 승리의 필연성이란 확고한 사상이 아니고 무엇일까?

리얼리즘의 승리! 그것은 사상에 대한 예술의 승리에 그치는 것이 아니라 그릇된 사상에 대한 옳은 사상의 승리다. 리얼리즘은 그릇된 생활 실천에 의하여 주체화된[18] 작가의 사상을 현실의 객관적 파악에 의한 과학적 사상을 가지고 격충擊衝한 것이다.

16 실천이란 것이 : '實踐은'(원 발표문).

17 이론의 : '唯物論의'(원 발표문).

18 주체화된 : '主觀化된'(원 발표문).

그러므로 과학적 문예학은 리얼리즘을 현대 유물론에 의하여 승인되는 유일의 정당한 문학적 방법이라고 선언한 것이다.

단순히 발자크, 톨스토이 같은 역사상의 대작가大作家를 이해할 진실한 관건을 줄 뿐 아니라, 와해된 주체가 문학적으로 재건되는 실천적 노선을 지시함으로써 또한 리얼리즘은 과학에 의하여 확인되는 것이다.

즉 리얼리즘은 생활적 실천을 작가에게 매개하는 예술적 실천의 하나임에 그치는 것이 아니라, 적극적으로 작가를 좋은 생활 실천으로 인도하는 데 높은 사상적 의의가 있다.

리얼리즘은 와해된 주체를 객관적 현실의 양양洋洋한 파악으로 끌어가고, 확립된 세계관은 생활적 예술적 실천에로 작가를 인도하여, 작가는 실천을 통하여 자기의 세계관을 혈육으로서 주체화시키는 것이다.

이 과정이 작가에게 과학과의 결합을 교시敎示하고 실천과의 접근을 또한 암시하는 것이다.

그러므로 엥겔스의 발자크론을 비롯하여 신창작이론新創作理論은 일一타국他國 현실에만 일치되거나[19] 혹은 문학의 형식적 반면半面에만 적용되는 것이 아니라 우리들의 주체 재건에 있어 막대한 실천적 의의를 갖는 것이다.

*

동시에 우리는 예술적 완성에의 가장 적확適確한 길을 이 가운데서 찾을 수 있다는 또 한 개의 사실 앞에 관심을 경주해야 한다.

19 '신창작이론'은 당시 소련에서 제기된 사회주의리얼리즘론을, '일 타국'은 당시 유일한 사회주의 국가였던 소련을 가리킨다.

모든 작가에게 있어서 예술적 완성이란 사실 최대의 관심사가 아닐 수 없다.

솔직히 말하면 예술적 완성 없는 진보적인 작가는 무의미한 일이다. 고민으로부터 해방되고 싶다는 심리에서나 순화된 사상인이고 싶다는 기망冀望에서만 주체의 재건을 서두르고 있는 것은 아니다.

주체의 확립은 위대한 문학의 전제인 때문이며, 예술적 완성을 가지고서만 작가는 사회생활에 공헌할 수 있는 때문이다. 그러면 리얼리즘이 우리를 예술적 완성의 영역으로 인도하는 노순路順은 어떤 것인가?

위선 우리는 좋은 사상이 곧 훌륭한 예술이 아님은 누구보다도 잘 알고 있다. 공식적 문학이란 좋은 사상이 예술적으로 완성되지 않은 한 개의 대명사다. 그러면 사상이 예술로 번역되는 관문은 무엇인가 하면, 그것은 현실이다.

그러나 사회학과 예술의 차이는 결코 형식에 있는 것은 아니었다. 문학에는 고유한 구조와 자기의 법칙이 있는 독립한 세계다. 따라서 현실을 매개로 사상을 문학의 문자로 번역한다는 것은 일단 비유에 불과하다.

실제론 문학이란 사상그것을 철학이라 가정하고과 같이 독자獨自의 방법으로 현실을 인식하는 한 관념 형태 즉 광의의 사상의 일 형태다.

이만하면 벌써 문학 가운데 한개 예비된 선입견을 가지고 들어가는 게 얼마나 부당한가를 알 수가 있다. 문학적 형상이란 것을 예로 든다 해도 그것이 황당한 주관의 피조물이 아니라 객관적으로 실재한 인간을 보편화하였을 때 비로소 독자가[20] 공감하는 대상이 될 수 있지 않

20 원 발표문이나 『논리』의 원문에는 '讀者의'로 되어 있으나, 오늘날의 주어 표기방식으로 수정했다.

은가?

요컨대 예술적 인물이 되는 것이다. 그러므로 모든 대문학大文學이 전부[21] 작가의 상상을 통한 주관의 피조물임에 불구하고 예술이 된 것은, 작가가 실존한 인간생활에서 출발하여 잡연雜然한 세부를 정리하고 중요하고 중요치 않은 것을 나누어 실제 있는 것보다 일층 정교한 전형으로 재현시켰기 때문에 예술이 된 것이다.

그런 때문에 예술가의 임무란 한 사람의 인간이 평생 동안 경험해서도 다 알지 못할 인간생활을 몇 시간의 독서에서 알 수 있도록 정제精製하여 시나 소설로 써내는 데 있는 것이다.

과학과 문학은 그러므로 본질적으로 차이가 없는 것이며 또한 훌륭한 문학이란 아무의 손에서나 함부로 생산되는 것이 아니다. 투철한 몇 사람의 인간만이 문학사 상의 대작가로 남게 되는 것이다. 동시에 이 사실은 현실이란 말하기는 쉬우나 알아내기 얼마나 지난한가를 이야기하는 것이다.

관조주의觀照主義 — 사진기적寫眞機的 리얼리즘 — 란 현실의 잡연雜然한 표면을 그대로 수용하는 태도요, 주관주의란 그것의 표면적 평가자評價者라 할 수가 있다. 그러나 표면이란 수포와 같이 현실의 한 면용面容에[22] 불과한 것이다. 혼탁한 수면 하에 청정한 조류가 흐르는 바다처럼 현실의 심부深部란 표면과는 엄청나게 다른 것이다.

그러므로 현재 우리 문학을 독毒하고 있는 두 경향은 붕괴한 주체의 직접 소산이었다.

왜 그러냐 하면 표면적 수용이나 표면적 평가나 현실의 오처奧處를 투시 못하긴 동일하기 때문이다. 전자가 만일 암담한 현실의 강사强射

21 전부 : '모두가'(원 발표문).
22 면용에 : '心影의'(원 발표문).

로 다른 것을 볼 시력을 잃었다면, 후자는 암연暗然한 색조에 안구가 착색되어 온 세계가 암흑 일색으로밖에는 안 보이는 것이다.

다시 말하면 이것은 이 현실의 문학적 반영이었고 또한 주체의 붕괴가 문학상에 지불한 침통한 희생이었다. 이곳에서 우리가 김남천金南天 씨의 '고발의 문학'론을[23] 다시 한번 기억해본다면 심장深長한 교훈을 받을 수 있다.

'고발의 문학'론은 명백히 우리 문학을 관조주의와 주관주의의 미몽迷夢에서 각성케 하는 최초의 경종이었다. 더욱이 장구한 창작방법 논쟁의 숙폐宿弊인 추상성을 자충刺衝하고 조선적 현실의 궤도 위로 이끌어온 공적은 특기特記에 족한 바가 있었다. 그러나 '고발하는 정신'은 불행히 두 경향을 철저히 극복치 못했고, 신창작이론을 구체화하려는 고가高價한 의도에 불구하고 결과는 의도에 일치하지 못하였다.

위선 기본적인 과오는 논자가 창작 과정에의 선입견의 삽입을 극도로 경계했음에 불구하고 논자 자신이 벌써 한 개 선입견에서 출발한 데 있었다. 그것은 '고발문학'론이 작가에게 현실에의 심오한 침잠을 지시하는 대신 미리 준비된 한 개 현실 평가—더욱이 그릇된 평가—를 투여한 점에 나타났다.

사실 오늘날의 현실은 우리들에 의하여 고발되어야 할 내용으로 충만되어 있다. 그러나 과연 현실은 긍정될 아무것도 없는 단순한 오예汚穢의 세계로 그치는 것일까. 그러나 현실이란 암흑 가운데 광명이, 광명 가운데 암흑이, 명멸소장明滅消長하는 모순하는 과정이며 운동 발전하는 것의 대명사가 아닌가? 그렇지 않으면 사실의[24] 현상

23 김남천은 「고발의 정신과 작가」(『조선일보』, 1937.6.1~6.5), 「창작방법의 신국면—고발의 문학에 대한 재론」(『조선일보』, 1937.7.10~7.15) 등의 글에서 고발문학론을 제기하고 있다.

과 본질은 일치할 것이다.

만일 현상과 본질이 동일하다면 '선철先哲'[25]의 말과 같이 과학도 예술도 소용이 없는 것이며 우리는 세계관을 고쳐야 할 것이다. 왜 그러냐 하면 이렇게 암담한 현실 속에 광명이 들었다는 [것은] 명백한 허위니까……. 우리들에겐 절망밖엔 길이 없는 것이며 고발할 필요도 소멸되는[26] 것이다. 그러나 우리가 절망하지 않고 고발하려는 의도만이라도 가진 것은 아직도 암운暗雲 뒤에 숨은 커다란 태양의 존재를 믿기 때문이 아닌가?

명백히 '고발의 문학'론은 현실의 부정적 방면의 평가에서 출발한 것이다. 더욱이 잘못된 것은 그 흑안경黑眼鏡을 모든 작가에게 권한 점이다.

*

만일 우리가 일제히 흑안경을 썼다면 결과는 어찌될 것인가? 현실은 언제나 모두가 암흑 일색으로 투영되고 말 것이 아닌가? 그러면 조선 리얼리즘문학이란 부정적 리얼리즘의 일 분파에 불과할 것이 아닌가?

사실 '고발하는 정신'이란 작가가 현실의 객관적 자태를 투시하는 육안肉眼 위에 가로걸린 한 개의 흑안경임을 면치 못하였다.

이 속엔 아직 현실 가운데서 찬양할 하자何者도 발견치 못한, 실천에서 유리된 양심적 지식인의 암담한 기분과 그 기분을 양출釀出한 관조

24 사실의 : '事務의'(원 발표문).
25 선철 : '맑쓰'(원 발표문).
26 소멸되는 : '消滅된'(원 발표문).

적 현실관이 삼투滲透되어 있는 것이다.

그러므로 이러한 입장이 관조주의와 주관주의를 철저히 비판치 못한 것은 자명한 일이다. 그럼에도 불구하고 '고발문학'론이 우리에게 느끼게 한 매력은 결코 그 문자의 신선미新鮮味에[27] 있던 것이 아니라, 어느 이론보다도 한 걸음 더 현실에 육박한 점에 있었다.

주관주의와 같이 꿈꾸거나 감상感傷하고 관조주의와 같이 안한安閑히 포복匍匐하는 대신, '고발하는 정신'은 현실과 격투하러 나섰고 우리는 그곳에서 논자의 격렬한 비타협의 정신을 보았다.

그러나 고임돌이 없이 시대가 그어 놓은 무자비한 일선一線을 뛰어넘을 수는 없었다.

'고발의 문학'론은 실로 우리가 사력死力을 다하며 초극超克하려 하다가 초극치 못한 날카로운 절벽 앞으로 우리를 이끌어온 것이다. 그리하여 자신은 절벽 밑에 넘어져서 우리로 하여금 절벽을 초극하기 용이케 하는 뜻깊은 일석一石이 되지 않았는가 한다.

'고발하는 정신'은 그 한계에 불구하고 암담한 현실에 처하여 분명히 작가를 현실의 대해大海로 유도하는 유력한 동력이 된다.

그러나 '고발하는 정신'은 현실 중에 침잠하여 오직 현실 그것의 본질을 추구하는 정열로 변화해야 한다. 그때는 이미 흑색 안경은 무용無用의 장물長物이다.

그러나 '고발하는 정신'과의 결별과 더불어 작가는 모든 '선입견', 즉 일체의 주관적 활동을 포기해야 하는가?

이곳에도 역시 '고발하는 문학'론의 관조주의적 과오가 있었다. 김씨는 창작과정 중에 '선입견' — 주관이 가담하는 일체의 문학을 레볼

27 신선미에 : '新鮮에'(원 발표문).

루셔널 로맨티시즘에 이르기까지 아이디얼리즘이라 배기排棄하였다. 그러므로 '고발의 문학'론은 필연적으로 문학상에서 세계관의 의의를 무시하는 중대한 오류에 접근했던 것이다.

김씨가 리얼리즘 가운데 허용한 유일의 주관적인 것이 '고발하는 정신'이었고 소시얼리즘적 의식이 아니었던 것은 무엇을 의미할까? 더욱이 논자는 이것을 객관적 존재의 반영이라 고조高調하였다.

자본제적 현실의 객관적 반영은 '고발하는 정신'에 그치는 것일까?

우리는 리얼리즘을, 창작과정 중에서 일체의 주관적 활동을 배제하려는 경화硬化한 객관주의로부터 엄격히 구별해야 한다. 반대로 리얼리즘이야말로 대규모로 과학적[28] 추상抽象과 결합하고 작가의 주관이 치연熾然히 활동하는 문학인 것이다.

왜 그러냐 하면 리얼리즘은 과학과 모순하지 않고, 과학은 작가의 현실 파악을 지도 원조하고 진보적 의식의 활동은 인식되는 현실을 일층 생생한 예술로 장식하기 때문이다.

그러므로 작가가 과학을 학습한다는 것은 자기 재건의 길인 동시에 예술적 완성에의 유력한 보장이다.

이렇게 현실에 침잠하여 그것을 추구하는 정열은 급기야 현실의 오처奧處에 이르러 사회적 대립의 장렬한 본질과 조우할 것이며 암담한 현실이란 심각한 내적 갈등의 일 포말에 불과함을 최종적으로 인식할 것이다.

이것이 우리가 현실의 객관성 앞에 자기 해체를 완료하고 과학적 세계관으로 주체를 재건하는 노선이며 우리의 문학이 협애한 현재 수준에서 역사적 지평선 상으로 나아가는 구체적 과정이다.

---

28 과학적 : 원 발표문에는 '俗學的'이라 되어 있으나, '俗'은 오자일 것이다.

마음의 고민이나 희망, 영탄, 또는 빈궁의 기술記述이나 부정면否定面의 폭로 등에서 우리의 문학은 해방되면 실로 거대한 역사적 실천적 의의를 갖는 인간적 형상과 사건, 실제의 생활보다도 더한층 다이나믹한 골격을 가진 대문학의 길을 향하여 서서한, 그러나 정확한 보무步武를 옮길 것이다.

그러나 이 길이 사회적 실천의 그것과 같이 탄탄한 포장도로가 아님은 자명한 일이다.

그러면 이러한 문학적 노선은 무어라 명명될 것인가? 이 리얼리즘은 과연 '소시얼리즘적 리얼리즘'이라고 불러 부당할 것인가?

신창작이론은 본시 고정화한 주문呪文은 아니었을 것이다. 그것은 다만 '어느 한곳'에 있어 그곳 현실을 반영하고 권외圈外 작가를 유도하는 데 구체적일 뿐만 아니라, '다른 한곳'에 있어 작가들이 현실을 예술적으로 파악하며 붕괴된 주체를 재건해가는 데 더한층 적절한 구체성을 갖지 않았는가?

중심을 가진 문학계가 비진보적[29] 작가를 재교육하는 방법이, 중심 없는 문학계에 있어서 양심적 작가가 자기를 재건해가는 방법으로 적용되지 않는다면 그것은 명백한 모순이다.

그러므로 나는 그 이론이 우리의 현실 가운데 적용되매, 적용되는 근거와[30] 노순路順은 조잡하나마 대략 서상敍上과 비슷하지 않을까 한다.

따라서 이런 노선이 곧 우리의 특수한 생활적 예술적 조건 가운데 구체화된 신창작이론이 아닌가 하는 것으로 결론을 짓고 싶다.[31]

29 비진보적 : '非푸로的'(원 발표문).
30 근거와 : 『논리』에는 '根據의'로 되어 있으나, 원 발표문에 의거하여 바로잡는다.
31 원 발표문에는 글 말미에 '十月三十一日'(1937)로 집필 날짜를 구체적으로 밝혀놓았다.

사실주의의 재인식•

새로운 문학적 탐구에 기(寄)하여

1

수년에 긍亘하는 문학적 혼돈의 과정을 지나 최근의 논책論策들이 재출발의 방향을 탐색하기 비롯하였다는 것은 의의깊은 일이다.

아직 혼돈의 전폭全幅을 파악함에 있어 소소한 견해의 차이가 있다든가, 또는 방향의 설정에 있어 완전한 일치를 발견할 수 없다든가, 혹은 부분적인 과오가 따른다든가 하더라도 이 모든 것이 혼돈으로부터의 재출발에 있어 피할 수 없는 일시적 희생이란 것을 각오치 않으면 아니 된다.

그러므로 우리는 독단을 피하여 토론 가운데 노선을 찾으려 하는 것이요, 그러기 때문에 이 논의는 피차의 과학적 신중과 높은 협동의

• 『동아일보』, 1937.10.8~14.

정신을 요구하는 것이다.

누구를 물론하고 개개의 언구言句나 상대자의 부분적 약점에 구애되지 말고 그가 근본적으로 무엇을 이야기하는가를 들어야 한다.

다시 말하면 우리들의 논쟁이 가졌던 적년積年의 악폐惡弊로부터 해방되지 않으면 아니 된다.

그러기 위하여는 무엇보다도 우리는 출발에 있어 조급히 방향의 지시로부터 시작할 것이 아니라 혼돈의 본질을 파악하는 데로부터 출발하지 아니하면 아니 된다.

그렇지 않으면 모처럼 살리려는 방향은 사태의 평가 위에 수립된 것이 아니라, 주관적인 추리의 결과로 떨어지고 말지 않는가?

예例하면 방금 우리가 그것 가운데 재출발의 계기와 노선을 찾으려는 리얼리즘 논의에 있어서도 여태까지의 창작적 비평적 논구論究의 결론으로서의 타당성이 확인되지 않는 한 실천에서 유리된 공론空論으로 끝날 위험성이 다분히 있다.[1]

사실 리얼리즘이 과학적 이론에 의하여 철저적으로 승인되는 유일의 문학적 경향이라든가, 인식 활동으로서의 문학의 본질이 다시없이 명확하게 표현된 문학적 '이즘'이라든가, 경향문학傾向文學[2]의 기본적 성격이라든가는 반복할 여지조차 없는 것이다.

그러나 리얼리즘으로 자기를 관철하지 않으면 아니 된다는 제창은 이 땅의 경향문학으로선 결코 처음 듣던 부르짖음이 아니다.

프롤레타리아 리얼리즘으로부터 비롯하여 변증법적 사실주의, 소시

1 다분히 있다: '分明한 것이다'(원 발표문).

2 '경향문학'이란 일반적으로 사회적 경향성을 공공연히 드러내는 문학이란 의미이지만, 당시에서는 카프 진영의 프로문학을 지칭하는 의미로도 사용되었다. 특히 1937년 들어서 '프로문학'이란 단어의 사용이 급격히 줄어들고 이를 대신하는 용어로 사용되었는데, 이는 아마도 일제 식민지 당국의 압력과 무관하지 않을 것이다.

얼리즘적 리얼리즘 등등 여러 번째 우리는 리얼리즘론과 해후하였다.

이러한 현상은 경향문학이 리얼리즘과 떠날 수 없다는 증좌일 뿐 아니라 보다 중요한 것은 리얼리즘 논의論議 변천 과정의 각 단계가 문학적 발전의 복잡한 과정을 반영하고 있다는 것이다.

주지周知와 같이 소시얼리즘적 리얼리즘까지의 각 발전 계단은 조선 경향문학의 사실적寫實的 예술로서의 자기 완성의 과정이었을 뿐만 아니라 실로 당파적 문학으로서의 성장 과정을 구체적으로 표시하는 각 계단이었다.

그러나 소시얼리즘적 리얼리즘의 제창 이래 잡다한 경향의 교류를 통하여 현재의 리얼리즘 논의까지의 과정은 도저히 직선으로 형용할 수는 없다.

이 과정에는 경향문학의 상승운동이 아니라 그 정체, 혼돈, 후퇴의 와상운동渦狀運動이 표현되어 있다.

전술前述과 같이 소시얼리즘적 리얼리즘은 한 개 자의적恣意的인 제창이 아니라 여태까지의 세계문학의 결론으로서 또는 경향문학이 도달한 최고의 일반적 방법으로서 수입되어 문학활동의 통일적 표지標識로 수립되려 하였던 것이다.

다시 말하면 일반적으로나 대내적으로나 낡은 계단에 대한 자기 비판의 결론으로서, 겸하여는 새로운 출발의 방향으로서 우리들의 일치된 의사의 반영이라고 볼 수가 있었다.

그러나 문학활동의 공동형태와 통일적 방향이 상실된 이후 로맨티시즘 혹은 휴머니즘 기타의 대두는 모두가 일치된 의사의 반영이라기보다는 서투른 창의創意의 소산이었다.

이 과정에는 통일된 방향의 소실과 혼돈한 암중모색의 제 요소가 명백히 반영되어 있었고 그만치 각종의 제창에서 일치된 의사의 반영을 볼 수는 없었다.

그러나 이 자의恣意와 혼돈의 현상은 비단 로맨티시즘, 휴머니즘 논의에만 고유한 것이 아니라, 실로 금일의 리얼리즘 논의 가운데도 이미 싹트고 있음을 나는 본다.

그렇다고 나는 먼저도 말한 것처럼 각인各人이 소신을 피력함을 비난하는 것은 아니다.

각인이 '인민의 문학'을 제창하든지, '고발의 문학'을 주장하든지[3] 또는 무슨 문학을 제안하든지, 그것은 온전히 각인의 자유에 속하는 일이다.

그렇지만 이러한 '무슨 문학'이 단순히 제창자 일 개인의 방향 선언이 아니라 혼돈 가운데 상실된 일반적 방향을 재건하려는 한, 수모誰某의 비판이나 위태로운 독창獨創에서 출발할 것이 아니라 문학적 현실의 철저한 인식과 자기의 소론所論이 일치되는가 여부를 묻지 않으면 안될 것이다.

어떤 이론이 보편타당성을 갖는 것은 각인에게 편의하기 때문이 아니라 객관적 현실의 심오한 파악의 결과인 때문이란 것은 예나 지금이나 일반이다.[4]

그러므로 각이各異한 관사冠辭 밑에 리얼리즘의 문구가 붙었다고 경솔히 통일적 방향에의 경향이라든가 재출발의 일반적 기초를 찾을 것이 아니다.

경우에 따라서는 터무니없는 주관, 엉뚱한 관념주의를 리얼리즘 형

3 '고발의 문학'을 제창한 것은 김남천(金南天)이다. 김남천의 「고발의 정신과 작가」(『조선일보』, 1937.6.1~6.5), 「창작방법의 신국면—고발의 문학에 대한 재론」(『조선일보』, 1937.7.10~7.15) 등의 글 참조.

4 예나 지금이나 일반이다 : '예전에 알려진 事實이 아닌가?'(원 발표문).

식 가운데 포장할 수가 있다.

이상李箱 씨의 순수한 심리주의를 리얼리즘의 심화, 박태원朴泰遠 씨의 파노라마적인 트리비얼리즘[5]을 리얼리즘의 확대라 선양宣揚하던 것과 같은[6] 리얼리즘론이 대도大途를 활보하지 않는가?[7]

그러므로 우리는 리얼리즘이란 문구만 있으면 급급히 그 아래 서명해버리는 우거愚擧를 감히 할 것이 아니며 또한 리얼리즘에 마음대로 생각나는 문자를 기입하는 경솔도 버려야 한다.

2

우리들이[8] 상상하는 리얼리즘은 위선 모든 종류의 포복적匍匐的인 경험론, 그 위에 성장한 소박한 파행적인 리얼리즘으로부터 순결하게 구별되어야 한다.

주지와 같이 사물에 대한 관조적 태도로부터 출발하여 현상의 수포水泡만을 추종하는 외면적 리얼리즘은 문학의 깊은 인식적 기능을 감쇄減殺할 뿐만 아니라 그 실천적 의의를 불문不問에 부付함으로 현실에 대하여 완전히 타협적인 태도를 반영한다.

포복하는 파행적 리얼리즘이란 것의 타협적 본질은 무엇보다도 소시얼리즘적 리얼리즘 논의과정 가운데 표명된 박영희朴英熙 씨의 견해

5 파노라마적인 트리비얼리즘 : '純粹히 形式的인 構造의 小說'(원 발표문).

6 선양하던 것과 같은 : '宣揚하는 似而非'(원 발표문).

7 최재서(崔載瑞)의 리얼리즘론을 가리킨다. 최재서는 이상의 「날개」를 리얼리즘의 심화로, 박태원의 『천변풍경』을 리얼리즘의 확대로 평가한 바 있다. 최재서, 「리얼리즘의 확대와 심화」, 『조선일보』, 1936.10.31~11.7 참조.

8 우리들이 : 『논리』나 원 발표문 모두 '우리들의'로 되어 있으나 오늘날의 주어 표기 방식으로 수정하였다.

에서 전형적 표현을 얻었다.

연전年前 『동아일보』 신년호에 발표된 「최근 문예이론의 신전개와 그 경향」을 통하여 박영희 씨는 신창작방법을 경향문학으로부터 일체의 경향성을 방축放逐하는 이론을 안출案出하였다.[9]

문학적 진실이란 것은 박씨에 있어서는 마치 생활적 진실의 부정과 같아서 그 뒤에 온 리얼리즘 비평·창작의 기본 경향이었던 단순한 리얼리즘의 선편先鞭을 친 것이다.

다시 말하면 본래에 있어서는 그 전의 경향문학의 발전된 형태의 고양高揚인 소시얼리즘적 리얼리즘은 과거의 모든 성과를 부정, 파괴하는 도구로서, 소시얼리즘적이란 산 내용을 거세한 채 향수享受된 것이다.

그러므로 리얼리즘은 우리의 현실생활과 문학에 적응하는 구체적 내용으로서가 아니라 형해적形骸的으로 섭취된 것이다.

이러한 형해로서 사화死化한 리얼리즘에 이르러 문학은 현실의 철저한 인식과 생활적 과제의 실천이란 높은 기능으로부터 생활 현상의 단순한 기술記述의 지위로 떨어져 버렸다.

지금 생각하면 리얼리즘의 섭취에 있어서 소시얼리즘적이란 기본 내용을 거세한 리얼리즘만이 쳐지게 된 이유로서, 당시 경향문학 자체가 빠졌던 세계관과 내용 편중의 공식에 대한 자기비판의 불충분이란 사정도 불소不少한 역할을 하였다고 볼 수가 있다. 팔봉八峯의 박씨에 대한 비판은 이러한 불충분의 전형적 표현이 아니었던가?[10]

---

9 1934년 1월에 발표된 박영희의 이 글은 그의 전향 선언문으로 유명하다. 이 글에서 그는 '다만 얻은 것은 이데올로기며 상실한 것은 예술 자신이었다'라는 표현을 하였다.

10 팔봉(八峰)은 김기진(金基鎭)의 호. 팔봉은 박영희의 윗 글에 대해 곧바로 「문예시평—박군은 무엇을 말했나」(『동아일보』, 1934.1.27~2.6)라는 글을 통해 비판을 가하고 있다. 그러나 팔봉의 비판은 당시 카프의 프로문학의 문제점을 주로 세계관과 이데올

팔봉은 새로운 리얼리즘 즉 경향문학의 오류를 자기비판한 고처高處에서 박씨를 비판한 것이 아니라, 전專혀 낡은 입장에서의 비판에 불과하였다.

그러므로 박씨의 비판에 있어 효과적이 되지 못했을 뿐만 아니라 우리들[11] 자신에 대하여도 충분히 이해되지 못하였다.

그러나 사태의 본질은 이곳에 있지 않았다.

자기비판의 철저, 신이론의 충분한 섭취가 완성되기 전에 전全혀 외적인 조건이 우리들의 작가, 비평가들을 내부적으로 붕괴시키고 있었다.

정치적 논리적으로는 그러한 리얼리즘론의 오류를 기피하면서도 실천적 심리적으로는 세계관의 퇴거, 포복화한 리얼리즘에로 이끌리고 있었다는 것이 아마 사태의 솔직한 승인일 줄 안다.

그러나 새로운 외적 압력에 대한 경향문학 전반의 대응 태도가 소박素朴 리얼리즘이었다고 판단할 수는 없다.

주로 작가들, 디테일의 리얼리티 없이는 문학이 될 수 없는 소설에 종사하고 있던 이들이 이런 경향을 대표했다고 볼 수가 있다.

반대로 디테일의 리얼리티가 불가결의 조건이 아니었던 문학 장르, 주로 시인들은 주관주의, 추상적 낭만주의에 기울어지고 있었다는 것을 잊어서는 아니 된다.

얼뜻 보면, 이 두 경향을 시인과 소설가의 기질의 차이라든가 혹은 단순하게, 시인과 작가의 정치적 교양의 차이 등으로 돌리기 쉬우나, 역시 두 개의 문학 장르가 가진 본질적 산물이 아닌가 한다.

로기를 작품화하는 데 대한 작가들의 실력 부족과 카프의 조직적 문제(기술자조직과 대중조직 사이의 모순)로 돌리고 있다.

11 『논리』에는 '우리를'로 되어 있으나, 원 발표문에는 '우리들'로 되어 있다.

그러나 이것은 다음의 논제이고, 무엇보다 소시얼리즘적 리얼리즘이 파행적 리얼리즘화한 본질적 계기가 새 현실에 대한 작가들의 대응 태도의 반영이란 점을 주목해야 한다. 다시 말하면 진정한 리얼리즘을 파행하는 리얼리즘으로 전화시키는 속에서 작가들은 문학으로부터 세계관이 퇴거하는 사실의 이론적 구실을 찾을 수 있을 것이다.

현실을 그려라! 그럼으로써 작가들은 특별히 작품 가운데서 무슨 사상을 주장할 필요가 없지 않은가?

엥겔스F. Engels가 규수 작가 하크니스M. Harkness에게 보낸 짧은 서간이[12] 우리에게 예상치 안 했던 해독을 끼쳤다는 것은 가소로운 사실이 아닐 수 없다.

그러나 왕왕 작가의 세계관과도 모순하면서 위력을 발휘하는 리얼리즘이란 것은 결코 문학으로부터 세계관을 거세하고 일상생활의 비속한 표면을 기어 다니는 리얼리즘과는 하등의 상관이 없는 것이다.

이러한 리얼리즘은 작가의 그릇된 세계관을 격파할 만큼 현상의 본질에 투철하고 협소한 자의식과 하등의 관계없이 현실이 발전해가는 역사적 대도大途를 조명하려는 작가의 고매한 정신의 표현이다.

그러므로 발자크H. Balzac적 리얼리즘이란 죽은 현실과 타협하려는 주관에 항抗하여 산 현실의 진정한 내용을, 잡울雜鬱한 현상의 표피表皮를 뚫고서 적출摘出해 놓은 천재적 방법[13]을 가리키는[14] 이름이다.

포복하는 리얼리즘이 어리석게도 세계관과 현실에 대한 비타협 정

12 정치적으로는 왕당파임에도 불구하고 자신이 애호하는 귀족계급의 몰락의 필연성을 그려낸 발자크를 두고 리얼리즘의 승리라고 논한 글로서, 엥겔스의 '발자크론'으로 잘 알려져 있다.

13 천재적 방법 : '□古의 天才'(원 발표문).

14 원 발표문이나 『논리』에는 '가르치는'으로 되어 있으나 오늘날의 표기법에 맞게 바로잡는다.

신의 몰각沒却을 리얼리즘을 통하여 합리화하려는 의도는 현실이란 것을 일상적, 신변적 사소사些少事와 혼동하는 데서 원인하는 것이다.

왜 그러냐 하면 무엇이고 있는 것을 있는 대로 그리면 문학이 아니냐는 옹졸한 트리비얼리즘을 곧 리얼리즘이라고 고집하는 강한 심장과 소박한 논리를 문학적 진실이라고 믿기 때문이다.

이 경향은 일찍이 안함광安含光 씨가 지적한 바와 같이[15] 소시얼리즘적 리얼리즘 수입 후 우리 문단의 기본 색조로서 엄흥섭嚴興燮 씨의 작품에 집중적으로 표현되어 그 뒤의 이기영李箕永 씨를 위시로 한 대소大小의 작가를 풍미하고 있다.

이것이 일찍이 비난의 대상이 되었던 '주제의 적극성'이란 낡은 표어를 비판한 실천적 결과라고 보기엔 너무도 처참의 도度가 심하다.

물론 일찍이 공식주의에 얽매여 알지도 못하는 영역의 생활을 추상적으로 얽어맨 과거에 비하여 각자가 자기의 경험을 조직하려고 힘쓰며 숙지熟知하는 세계의 형상을 만들려는 노력은, 많은 결함을 수반하면서도 각 작가들로 하여금 독자獨自의 양식상 탐구를 조장助長하는 원활한 창작적 분위기를 빚어[16] 주었고, 동경東京 문단 같은 곳에는 불소不少한 성과를 거두었으나 불행히 우리 문단엔 성과라고 이름지을 만한 작품은 발견되지 못했다.

뿐만 아니라 일찍이 우리가 부르문학이라고 매도하던 작품들에 비하여 새로운 작품이 과연 어느 점에서 구별되는가를 분간分看할 수 없을 만치 예술상의 질은 저하하였다.

그 중엔 나의 단안斷案이 가혹한 독단獨單이라고 비난할 수 있는 근

15 안함광의 「쏘시알리스틱 레아리즘 제창 후의 조선문단의 추향」(『조선일보』, 1936.1.3~10)을 가리킨다.

16 빚어 : 『논리』에는 '빚어'로 되어 있으나, 원 발표문에는 '비저'라 되어 있다.

거가 되리라 생각하는 몇 개의 작품을 나도 잊지 않고 있다.

안함광 씨가[17] 추천한 엄흥섭 씨의 「번견탈출기番犬脫出記」나 「숭어」,[18] 설야雪野 씨의 몇 편, 이기영 씨의 소설, 특히 이원조李源朝 씨가[19] 칭찬한 「산모産母」나[20] 김용제金龍濟 씨가 리얼리즘의 표본처럼 천거한 「맥추麥秋」[21] 등을 들 수가 있으리라.

그러나 우리가 섹트적[22] 한계나 조그만 자존심이란 것을 떠나 경향문학의 역사적 발전, 신리얼리즘이 요구하는 구체적 입장에서 씨 등氏等의 작품을 거듭 읽어볼 때 상기上記한 제씨諸氏가 내린 판단에 간단하게[23] 서명할 수는 없다.

오히려 차등此等의 비평이 문학적 평가의 실제에 있어 비상히 기민치 못하고 역사적 전망에 있어 우매하며 한갓 작품의 뒤를 추수하고 있다는 다른 한 개의 사실 앞에 직면하게 되는 것이 엄숙한 사실이 아닌가 한다. 「숭어」 등 엄씨의 최량의 소설을 통하여 우리는 경향문학의 이전 수준으로부터의 하등의 전진을 발견할 수 없을뿐더러 사상적 수준에 있어 신경향파 시대의 원시주의原始主義로 퇴화하고 있음을

17 역시 원문에는 '安含光氏의'로 되어 있으나 수정하였다.

18 안함광은 위의 글에서 엄흥섭 작품에 나타나는 소박한 경험주의와 관조주의를 비판하면서도 「번견탈출기」와 「숭어」는 '좋은 작자적 의도를 보여주는 작품'이라고 간주하고 있다.

19 원 발표문이나 『논리』에는 '李源朝氏의'로 되어 있으나 수정하였다.

20 「六月創作評」(『조선일보』, 1937.6.20~25)에서 이원조는 이기영의 「산모」를 두고, 심한 빈궁 속에서도 작중인물의 휴머니티가 죄악에 이르지 않게 형상화한 점에서 가륵하다고 칭찬하고 있다.

21 김용제는 「문학의 건강성과 퇴폐성」(『조선일보』, 1937.5.19~5.23)에서 '우리 농민문학의 新生面을 보여'준 작품, '리얼리즘문학의 건강성'의 한 예로 이기영의 「麥秋」를 들고 있으며, 또 「조선문단 상반기 총결산 其一—농촌 취재와 여성애의 작품」(『동아일보』, 1937.8.8)에서도 이 작품을 '現代的 農村小說의 한 典型을 具象化시킨 作品'이라 평하고 있다.

22 『논리』에는 '「ㅋ트」的'이라 되어 있으나, 원 발표문에는 '「□트」的'이라 되어 있다.

23 원 발표문에서는 이 사이에 '아모래도'가 삽입되어 있다.

볼 수가 있다.

이러한 퇴화, 정체는 설야 씨의 소설 「태양」, 「임금林檎」, 「후미끼리」 등 일련의 작품에서도 인정할 수 있는 것으로 새로운 관조주의와 아울러 낡은 공식주의의 잔재가 혼합되어 있다. 예例하면 소설 「후미끼리」, 「임금」 등에선 노동에 대한 무원칙적 찬미라는 낡은 사상과 아울러 명백히 소시민화하고 있는 주인공의 생활과정이, 그가 인민적 성실을 다시 찾고 인간의 생활 속에로 들어간다는 외형만이[24] 전前 사회운동자의 전형적 갱생 과정처럼 취급되어 있는 데서 적례適例를 볼 수 있다.

이 소설은 우리의 주관이 양심과 성실과를 잃지 않았다고 자부함에 불구하고 객관적으론 알지 못하게 나락의 구렁으로 이끌려가는 과정이 반대의 관점에서 형상화되어, 작품은 전체로 전도顚倒된 모티브 위에 구성되어 있다.

이 전도 가운데 작자의 양심적 주관은 공식주의로서 나타나고 작품에 그려진 온갖 사실을 표면적으로 긍정하는 데서 작자는 명백히 관조주의자이었다.

이러한 공식주의의 잔재와 관조주의의 결합은 이북명李北鳴 씨의 작품에도 독특히 표현되어 있다.

그밖에 민촌民村의 「산모」에선 빈곤의 단순한 기술 이외에 아무것도 볼 수 없으며, 「맥추」는 전자의 씨의 가작인 「서화鼠火」, 『고향』 등과는 비교될 수도 없는 평판平板한 리얼리즘과 형해화形骸化한 공식주의의 모티브 외에 새로운 아무것도 없었다.

대체 어떠한 근거에서 비평가들은 이 작품들을 추천할[25] 용기를 얻

24 외형만이 : '外形만으로서'(원 발표문).
25 원 발표문이나 『논리』에는 '推薦한'으로 되어 있으나 문맥에 맞게 바로잡는다.

었는가?

생각컨대 갈수록 저하해가는 경향문학 가운데서 이 작품들이 상대적으로 기분간幾分間 과거의 면영面影을 전하고 있었다는 외 다른 것은 없었을 것이다.

물론 나 자신도 이러한 상대적 우월을 부정하지 않으나, 그러나 이것은 우리 문학의 전진의 표징標徵은 아니었다.

단지 정체, 퇴화의 일 음영陰影이 아니었는가? 이러한 작품의 객관적 특징과 역사적 지위를 무시하고 과거의 면영 하나만을 가지고 추천의 이유를 삼는 데는 현하 문예비평의 명백한 질적 저하가 반영되어[26] 있음을 지적 않을 수가 없다.

이것은 비평의 사상적 질의 강하降下, 역사적 전망의 결여, 작가와 독자에 대한 지도적 임무의 포기, 작품에의 무제한적인 추종으로 나타나는 비평 퇴화의 명확한 표징이 아니냐? 비평의 추종주의는 실로 파행적 리얼리즘의 이론적 표현이다.

김남천金南天 씨가 일찍이 김용제 씨의 「맥추」 평을 가리켜[27] 관조주의의 이론적 표현이라고 단정한 것은[28] 비록 극단에 치우쳤다 하더라도 본질적으론 그릇됨이 없다고 볼 것이다.

통틀어 이러한 창작상의 경향은 일반이론의 영역[에]도 명백히 자기의 족적을 남기었다.

작금간昨今間에 가장 많이 활동한 한식韓植 씨의 예를 보더라도 우리

26 반영되어 : '表現되어'(원 발표문).

27 원 발표문이나 『논리』에는 모두 '가르처'로 되어 있으나 문맥에 맞게 바로잡는다.

28 김남천이 '비속한 리얼리즘에 의한 문학적 활동을 이론적으로 옹호하고 합리화한 논문'의 예로 김용제의 「문학의 건강성과 퇴폐성」을 비판하고 있는 「고발의 정신과 작가」(『조선일보』, 1937.6.1~5)에서이다. 또 김남천은 「최근 평단에서 느낀 바 몇 가지 ―5. 주제의 적극성」(『조선일보』, 1937.9.16)에서도 김용제의 「조선문단 상반기 총결산」에 대해, 과거의 카프가 지녔으나 이미 청산된 '공식주의의 잔재'라고 평하고 있다.

문학이 당면한 모든 근본적 문제를 일부러 골라가면서 집요하게 회피하고 있음을 볼 수가 있다.[29]

언어, 감상鑑賞, 대중화, 혹은 누구 누구의 위인을 기념하는 것이 하나도 필요치 않은 것은 없다.

그러나 언어도 감상도 대중화도 역사적 제재도 우리의 문학이[30] 근본적으로 재건되는 방향이 발견되지 않는 한 무의미한 논의에 끝나고 마는 것이다.

차등此等의 제씨諸氏물론 필자도 그 중의 1인이나를 가리켜[31] 김용제 씨가 기본적 문제를 회피하고 있다는 지적은 엄숙히 긍정하지 않으면 안될 것이다.

대체 1년에 수십 편 논문을 쓰고 매일같이 신문 잡지를 대하는 이론가가 인간 탐구, 휴머니즘론 등 우리 문학의 결정적 이해利害를 다투는 논쟁에 관광객과 같이 지나감은 허용되지 않는 일이다.

실천으로부터의 유리! 아니 실천으로부터의 의식적인 도피!

우리들의 이론적 사업은 모름지기 비실천주의를 청산하지 않으면 아니 된다.

지도적 비평, 문학사, 문예학의 건설.

29 한식의 「문학의 대중화와 언어 문제」(『조선일보』, 1937.7.2~7.7), 「문학의 형상화와 언어의 확립」(『동아일보』, 1937.7.21~7.24), 「문학상의 역사적 제재」(『조선일보』, 1937. 8.29~9.4), 「역사문학의 재인식」(『동아일보』, 1937.10.3~10.7) 등의 일련의 글을 가리킨다.

30 원 발표문이나 『논리』에는 모두 '文學의'로 되어 있으나, 오늘날의 주어 표기방식으로 수정했다.

31 역시 원문들에는 '가르처'로 되어 있으나 문맥에 따라 수정했다.

3

그러나 새로운 고차高次의 리얼리즘은[32] 비단 파행주의의 청산으로만 발육되는 것은 아니다.

주관주의라는 또 한 개의 강대한 '에니미'가 있다.

만일 파행적 리얼리즘이 사물의 현상과 본질을 혼돈하고 디테일의 진실성과 전형적 사정 중의 전형적 성격이란 본질의 진실성을 차별하지 않고 현상을 가지고 본질을 대신하였다면, 주관주의는 사물의 본질을 현상으로서 표현되는 객관적 사물 속에 현상을 통하여 찾는 대신 작가의 주관 속에서 만들어내려는 것이다.

주관주의의 기원은 역시 우리들로 하여금 신창작이론의[33] 수입 당시로 소급케 한다.

직접적으로 신리얼리즘의[34] 관조주의적 섭취에 대한 반발에서 주관주의가 출발하였다는 사실은 지금 주목을 요청하고 싶다.

나는 전술前述에서 팔봉의 박영희 씨 비평이 낡은 공식주의적 입장을 지양치 못한 것이라고 하였다.

그러나 직접으로 논쟁적 형태를 띠지 못했다 하더라도 주관주의의 단초로서의 낭만주의는 심리적으로는 팔봉과 박영희 씨의 입장을 종합적으로 지양하려는 의도에서 출발한 것이다.

단순히 있는 것만이 아니라 있을 수 있는 것, 인식뿐 아니라 의욕과 창조를, 묘사뿐 아니라 판타지 · 감정 · 사상 · 주관을 새로운 리얼리

---

32 원 발표문에 따랐다. 『논리』에는 '~의'로 되어 있다.

33 '신창작이론'이란 1933년 경부터 우리나라에 유입되기 시작한 사회주의리얼리즘의 이론을 가리킨다.

34 신리얼리즘 역시 사회주의리얼리즘 수용 이후의 리얼리즘, 곧 사회주의리얼리즘을 의미한다.

즘은 갖지 않으면 아니 된다.

이러한 키르포친V. Y. Kirportin과 와실리예프스키의 로맨티시즘론을 중심으로 만들어진 것이 필자의 「낭만 정신의 현실적 구조」란 논문이었다.

이러한 입장을 낡은 공식주의에 대한 비판으로서 또는 관조주의에 대한 반발로서 설정하려고 하였던 일방一方 나는 시의 리얼리티를 고매高邁한 시대적 로만티카 가운데서 찾으려고 했던[35] 것이다.

이것은 작년 초까지의 나의 이론상 입장으로, 충분한 책임과 아울러 기회를 보아 자기비판할 과제이나, 오류의 출발점은 전기前記 논문의 제목이 말하듯 시적 리얼리티를 현실적 구조 그곳에서 찾는 대신 정신을 가지고 현실을 규정하려는 역도逆倒된 방법에 있었던 것이다.

물론 현재일지라도 나는 김남천 씨와 같이 일체의 로맨티시즘을 부정한다거나 김용제 씨처럼 로맨티시즘 하면 그 개념이 19세기에 만들어졌다는 간단한 이유로써 복고주의의 낙인을 찍는 데는 철저하게 반대하나, 나의 로맨티시즘론이 의도 여하를 물론하고 신리얼리즘으로부터의 주관주의적 일탈의 출발점이었다는 점은 지적하기에 인색하고 싶지 않다.

생각하면 이러한 과오는 당시 유형적 매너리즘 가운데 빠졌던 시의 상태가 대단히 딱했던 사정과, 현상을 통하여 본질을 적출摘出하는 예술적 인식과정 중에서 주관적 추상, 예술적 상상력 등이 연演하는 역할에 대하여 명백한 이해를 가지지 못한 데 인因하지 않았는가 한다.

당시에 우리는 엥겔스의 발자크론을 읽고 있음에도 불구하고 세계관과 예술적 방법, 사상과[36] 리얼리즘의 관계에 대하여 명백한 이해를

---

35 했던 : 『논리』에는 '했는', 원 발표문에는 '햇는'으로 되어 있다.

36 예술적 방법, 사상과 : 원 발표문에 따른 것이다. 『논리』에서는 '방법'이 빠져서 '藝術

가졌었다고는 말할 수가 없었다.

요컨대 공식주의를 진실로 높은 입장에서 지양할 준비가 우리들에겐 충분치 못했던 것이다.

4

그러나 우리는[37] 자기의 과오를 시대의 죄로 돌리려는 것은 아니다.

그릇된 방법으로 문학의 경향성을 완강히 옹호하려는 것이 우리의 본원本願이었다는 점을 밝히고자 함에 불과하다.

아직도 작년에 씌어진 나의 낭만주의론을 반反리얼리즘처럼 오인하는 이가 있는 듯하므로 재언再言하거니와 나는 결코 리얼리즘 대신에 로맨티시즘을 주장한 것이 아니다.[38] 관조주의로부터 고차적高次的 리얼리즘으로 발전하기 위한 일 계기로서 그것을 제안한 것이다.

그러나 과오는 의연히 과오로서, 문학에 있어 주체성의 문제를 낭만주의적으로밖에 이해하지 못한 곳에 병인病因이 있었다.

즉 경향성 자신이 철저한 리얼리즘 그것의 고유한 것이 아니라 작가에 의하여 부가되는 어떤 것으로 생각했던 것이다.

그러므로 리얼리즘과 병행하여 로맨티시즘을 생각하였다.

그러나 본래로 레볼루셔널 로맨티시즘은 신리얼리즘의 일 측면, 한 속성, 한 요소에 불과하였고, 그것은 주관의 토로에서가 아니라 객관

的 思想과'로 되어 있는데 문맥상 원 발표문의 것이 타당하다.

37 우리는 : '나는'(원 발표문).

38 아니다 : 원 발표문에서는 '아니라'로 되어 있으며 다음 문장과 이어져 한 문장을 이루고 있다.

적 현실과 우리들의 주체가 실천적으로 교섭하는 데서 일어나는 우리의 고매한 파토스를 의미하는 것이었다.

낭만주의의 주관주의적 본질은 이 제안이 파급한 영향, 예例하면 김우철金友哲 씨의 「낭만적 인간 탐조探造」[39]라는 논문 등에서 전형적으로 나타났으며, 더욱이 창조적 실천 위에 일층 구체적으로 결과하였다.[40] '마음의 리얼리즘'이 아닌가?

이러한 '마음의 리얼리즘'은 비평상에 나타날 제 일찍이 백철白鐵 씨가 고조高調한 것과 같은 극단의 감상주의感傷主義, 인상주의의 이녕泥濘 속으로 떨어지는 것이며, 문예이론으로선 무이론주의無理論主義, 불가지론不可知論을 지나 풍류설風流說과 같은 복고주의나 기타 모든 종류의 유해한 경향과 결부될 수 있는 것이다.

요컨대 주관주의적 일탈이란 파행적 리얼리즘과는 다른, 그러나 본질적으론 동일한, 고차의 리얼리즘으로부터 유리하는 노선의 한 분파라는 것은, 객관적 현실 그것과 예술적·생활적으로 교섭함으로 상실된 자기를 찾고 소시민으로서의 자기를 재교육하는 것이 아니라, 긍정될[41] 자기를 현실 가운데서 애써 유지하려고 노력함으로 어느 때까지나 이론과 실천, 이상과 현실의 비극에 관한 비가悲歌를 읊조리게 된다.

이것은 정正히 신낭만주의가 낳은 몇 편의 시가의 내용이 아니었던가?

---

39 임화의 원문에는 '「浪漫的 人間의 探究」'라 되어 있으나 김우철 글의 원제목에 따라 고쳤다. 김우철의 이 글은 『조선중앙일보』, 1936.4.15~4.28에 발표되었으며 '文學의 貧困과 作家 個性 等'이란 부제가 붙어 있다.

40 원 발표문에서는 이곳부터 편집이 잘못되어 총 7단 중 3단의 내용은 5단에, 5단의 내용은 3단에 위치하고 있다. 『논리』에서는 물론 위치가 교정되어 있다.

41 긍정될 : 원 발표문에는 '否定될'로 되어 있는데, 문맥상 『논리』의 '긍정될'이 타당하다.

일찍이 우리가 20대에 그러했듯이 여하히 필자나 윤곤강尹崑崗 씨 등의 시편은 의욕이라든가 희망이라든가, 대부분 괴로운 현실 속에서 자꾸만 상실되는 것을 붙잡으려 노력하였음에 불구하고 내성內省과 양심 등의 영탄咏嘆의 굴레를 벗어나지 못하였다.

요컨대 생활적 실천에서 유리하고 광범한 현실 파악에서 격원隔遠되어, 마치 관조주의적 소설이 일상 신변사身邊事에 구애되고 있듯이 인텔리의 마음의 노래로 퇴화한 것이다.

한편 주관주의는 백철 씨 등의 인간탐구론, 휴머니즘론 등을 통하여 경향문학에서 공연히 분리하는 유력한 통로가 된 것이다.

다시 말하면 차등此等의 제설諸說에 있어 주관주의는 극단의 명료성을 가지고 자기를 완성했다고 볼 수가 있다.

관조적으로 보아진 현실에서만 아니라 낭만적으로 생각된 경향성으로부터도 떨어져 추상적인 인간 내지 인간성이란 데로 귀착할 것이다.

파행 리얼리즘이 외적 자기로 돌아갔다면 주관주의는 내적 자기로 돌아간 것이다.

이곳에서 우리는 두 개의 경향이 정반대의 선을 걷고 있음에 불구하고, 본질적으론 경향문학의 소시민성에의 굴복이란 한 점으로 환원된다는 결론에 도달한다.

5

일찍이 『경험비판론經驗批判論』의 저자[42]가 경제주의의 비판에 있어 테러리즘이 역립逆立된 자연생장성自然生長性의[43] 아래 굴복하고 있다는 다음과 같은 뜻깊은 일구一句를 기억할 수가 있다.

"경제주의자는 '순 노동자운동'의 자연생장성 앞에, 테러리스트는 열정적 사업을 노동운동에 결부할 줄 모르고 내지는 가능성조차 못보는 인텔리겐차적 분격憤激의 자연생장성 앞에"[44] 한가지로 머리를 숙이고 있다는 것이다. 우리들의 문학이 하자何者를 물론하고 목전의 사실외적, 내적 위를 포복하고 있다는 단안斷案을 내릴 수가 있지 않을까?

예例하면 이기영 씨의 소설 「배낭」, 「도박」, 「인정」을 분석하면 작자는 일상적 현실 앞에 고두叩頭하고 있을 뿐만 아니라 의리 인정 등 낡은 윤리 위에 작품이 구성되었음을 볼 수가 있다.

바꾸어 말하면 작자는 외적으로만 아니라 내적으로도 일상 사실 위에 머물러 있는 것이다.

뿐만 아니라 두 경향의 혼합으로 된[45] 김남천 씨 작품에서 보는 교묘한 공서共棲에도 두 경향의 일치는 표현되어 있다.

소설 「제퇴선祭退膳」은 인텔리적 양심, 인도적 감정의 허망을 표현하려고 한 작품이나 결과는 의도에 부합치 않았다.

왜 그러냐 하면 그것을 폭로해주는 것은 작자의 윤리관도 아니며, 일 기생도 아니며, 정히 엄숙한 생활 그것이었었음에도 불구하고, 작자는 주인공의 환상을 짓밟는 생활의 본질에 대하여 중요한 발언을 회피하였다.

이 경향은 「남매」 이후 작자가 빠져 있는 일반적 함정이라고 지적

---

42 레닌(N. Lenin)을 가리킴. 『경험비판론』은 레닌의 『유물론과 경험비판론』을 의미함.

43 역립된 자연생장성의 : 원 발표문에는 '自然生長性의 正反對의 一百'으로 되어 있는데, '一百'은 '一面'의 오식일 것이다.

44 이 구절은 레닌의 『무엇을 할 것인가』 3장 4절(경제주의와 테러주의 사이의 공통점은 무엇인가)로부터의 인용이다.

45 두 경향의 혼합으로 된 : '□流의 混合이나'(원 발표문).

할 수 있다.

김씨의 지론인 고발문학론도 역설일지 모르나[46] 관조주의와 주관주의와의 접부接付가 과도히 교묘한 때문에 딜레마 가운데 고민하지 않는가?

분명히 현대는 작가가 대담히 자기를 주장할 시대다. 관조주의에 항抗하여!

또한 현대는 분명히 객관적 현실의 반영 위에 작품이 구성될 시대다. 주관주의에 항하여!

그러나 고차의 리얼리즘을 떠나 어떠한 예술적 방법 속에서 양자는 변증법적으로 통일될 수 있는가?

고발의 문학인가? 인민의 문학인가?

아니다! 만일 여사如斯한 어떤 종류의 중간물로 리얼리즘에의 계기를 삼는다면 그것은 일찍이 낭만주의론이 빠졌던 계기론契機論의 과오를 반복할 것이다.

또한 혹종의 안출물案出物로서 리얼리즘에 대신한다면 리얼리즘에 대한 주관주의적 왜곡을 폭로할 것이다.

왜 그러냐 하면 우리들이 객관적 현실의 반영으로서의 리얼리즘 가운데 표현할 주체성은 일 개인의 국한된 주관이 아니라 현실의 묘사로서의 의식인 때문이다.

이러한 주체성만이 비로소 리얼리즘과 모순하지 않는 것이다.

그러면 이러한 주체성, 작자의 의식이 어떻게 현실의 반영인지 아닌지를 아는가? 그것은 예술적 생활인 실천을 통해서이다.

일찍이 포이에르바하론의 저자가[47] 실천으로부터 유리된 사유가 현

46 원 발표문에서는 '역설일지 모르나'라는 구절이 빠져 있다.
47 칼 맑스(Karl Marx)를 가리킨다.

실적이냐 비현실적이냐는 논쟁은 한 개 스콜라 철학적 문제이고 실천만이 차안성此岸性을 증명하리라고 말한[48] 것을 기억할 필요가 있다.

우리는 생활 그것과 같은 문학을 요구하지 않는가?

정히 한 개의 생활적 실천인 문학 그 가운데서 주체성은 자기의 정당성을 증명하고 객관적 현실과 통일되는 것이다.

그것은 오늘날의 문학처럼 현상의 표면에 집착하는 것이 아니라 그 뒤에 숨어 있는 심오한 본질을 계시啓示하는 문학이다.

문학적 진실이란 세부의 진실 외에 정황과 성격의 진실성을 의미하지 않는가?

리얼리즘이란 본래 현상의 표피가 아니라 깊다란 본질을 계시하므로 비로소 현실적일 수 있는 것이다.

이러한 문학은, 과학과 더불어 인간생활에 있어 깊은 실천적 의의를 갖는 것이다.

그러므로 리얼리즘이란 결코 주관주의자의 무고誣告처럼 사화死化한 객관주의가 아니라 객관적 인식에서 비롯하여 실천에 있어 자기를 증명하고 다시 객관적 현실 그것을 개변해가는 주체화의 대규모적 방법을 완성하는[49] 문학적 경향이다.

그러나 이런 리얼리즘은 결코 리얼리즘 일반이 아니다. 마치 19세기에 시민적 리얼리즘이 당시의 구체적 리얼리즘이었던 것처럼 소시얼리즘적 리얼리즘 그것이 금일의 유일의 리얼리즘이다.

왜 그러냐 하면 이 리얼리즘만이 금일의 현실에 있어 그 주체성이 객관적 현실의 반영과 모순하지 않고 오히려 그것을 조장하기 때문이다.

48 칼 맑스의 「포이에르바하에 관한 테제」 2항의 내용이다.
49 완성하는 : '提供하는'(원 발표문).

이것은 우리들 소시민 작가에 있어 자기의 한계를 떠나 객관적 현실에의 침잠이란 과정을 통해서만 달성되는 것이다.

이곳에서 우리는 예술적 인식에 있어 추상과, 상상력의 작용에 있어 세계관의 압도적 역할을 망각해서는 아니 된다.

대략 이런 것이 혹종의 작위적 창의나 중간적 리얼리즘[50]을 계기로 해서가 아니라 리얼리즘의 재인식을 통하여 신방향 탐구의 기본 노선을 찾자고 제안하는 이유다.

이 논문은 실로 일개 제안에 불과하다.

50 리얼리즘 : 원 발표문에는 '「리즘」'이라 되어 있다.

현대문학의 정신적 기축(基軸)•

주체의 재건과 현실의 의의

주체의 문제가 온갖 과제를 제쳐놓고 우리의 관심[의] 초점[이] 되는[1] 것은 전일前日에도 말한 바와 같이[2] 오늘날의 문학 정신이 비류比類 없는 불안 가운데 방황하고 있는 때문이다.

그러면 주체성이란 무엇인가 하면 일언一言하여 문학하는 작가의 자기에 관한 문제라 할 수 있다. 어째서 문학을 하며, 작가는 창작한다는 사실 속에 과연 어떠한 의의를 발견하는가?

이러한 일련의 물음이 부절不絶하게 작가의 심리 속으로 육박할 때 문학은 비로소 주체의 문제를 초미焦眉의[3] 일정으로 택하게 되는 것

• 『조선일보』, 1938.3.23~27.

1 관심[의] 초점[이] 되는: '關心焦點되는'(『논리』), '關心하는 焦點 우에 滲出되는'(원 발표문).

2 이 글보다 수개월 앞서 발표한 「思想은 信念化, 彷徨하는 時代精神」(『동아일보』, 1937.12)을 가리킨다. 이 글은 「방황하는 문학정신」이라는 제목으로 『논리』에 수록되어 있다.

3 초미의 : '最初의'(원 발표문).

이다.

그러므로 문학은 본시 개인의 각도에서 세계를 보는 관념형태라든가 전일의 작가들이 자기의 문제를 떠나 문학을 생각했기 때문에 주체를 성찰한다든가 하는[4] 것은 상당히 무의미한 일이다.

이런 의미의 주체성이라든가 주체에 대한 반성은 모든 시대의 문학에 편재遍在했던 것이라 말할 수가 있다. 문학은 자기를 표현함으로써 세계를 인식하는 예술이었었고 작품은 제 구조와 더불어 항상 제 정신을 가져온 것이다.

작품이 갖는 정신이란 것이 작가에 있어선 자기의 문학하는 이유일 뿐 아니라 사는 의의라든가 생의 가치 그것을 의미하게 되는 것이다.

그러므로 문학이 주체의 각도에[서] 반성될 때는 반드시 그 시대의 문학 정신이 좁고 얕은 황무지를 저미低迷하고 있는 것이다.

다시 말하면 일개의 작가적 현실에서가 아니라 넓은 문학적 현실 그것에 대한 하나의 시대적 역사적 반성으로서 주체의 성질이 물어지는 것이다.

그러므로 작가의 주체에 대한 반성은 이 시대의 인간이 존재하고 살아가는 방식과 의의에 관한 근본 성찰에 너무나 밀접하게 연결되어[5] 있다.

이런 입장에서 주체에 대한 반성을 생각할 제, 우리는 인간이 외부를 향하여 작용하는 힘이 약해질 때, 바꾸어 말하면 외계의 힘이 우리의 능력으로 좀처럼 어찌되지 않을 제, 인간은 자기 내부 가운데 서식할[6] 세계를 발견하는 것이 아닌가 한다.

---

4 성찰한다든가 하는 : '省察한다는'(원 발표문).
5 연결되어 : '連絡되어'(원 발표문).
6 서식할 : '接見할'(원 발표문). '接見'은 '棲息'의 오식일 것이다.

요컨대 대외적 활동으로부터 대내적 성찰에의 귀환! 따라서 우리가 주체의 본성을 묻는 근거는 단순히 경향문학傾向文學의 존립이 위기하에 있다는 간단한 곳에 있는 것이 아니라 현대의 문학 정신이 빠져 있는 함정 가운데 있는 것이다.

이 사실은 우리가 아직도 그 대기大氣 가운데서 호흡하고 있는 근대문학 가운데 문학 정신이 걸어온 과정을 보면 영롱한 영상을 얻을 수 있지 않은가 한다.

일찍이 19세기 문학의 거장들은 지성의 승리를 확신하여 콜럼버스 C. Columbus가 아미리가亞米利加[7]를 발견하듯 근대문학의 신대륙을 발견한 것이다. 그들에게 있어 자기에 관한 의식은 외계를 정복하는 능력이 된 것이다. 그러나 전세기 말로부터 현세기 초에 이르는 사이에 다수多數한 작가들은 지성의 만능을 믿을 수 없었고 자기에 관한 의식은 벌써 외계를 정복할 힘일 수는 없었다.

지성의 문명이 낳은 비극 속에서 작가들이 지성의 패배를[8] 의식했음은 결코 우연이 아니었다. 이 속에서 세기말의 페시미즘이나 데카당스 예술이 생겨났다.

이때부터 지성은 작가의 과중한 부담이 되었고 작가들은 자기 자신의 의지의 능력이란 것을 시험하려 하였다. 의지만이 우리가 살아 있는 확실한 표적이고 의지만이 지성으로서 패배한 문학 정신을 구하리라고 믿었던 것이다. 우리는 인간의 의지에다 금세기 초의 철학자나 시인이 얼마나 큰 창조적 의의를 부여하였는가를 아직도 기억할 수가 있을 것이다.

그리하여 인간의 박물지博物誌를 쓴다든가 풍속의 역사를 읽는다든

7 America의 한자식 표기.
8 패배를: 『논리』에는 '敗北을'로 되어 있고, 원 발표문에는 '敗北를'로 되어 있다.

가 하는 광장廣場에서 문학하는 기점基點은 비로소 작가의 자기 가운데로 돌아온 것이다.

*

그리하여 20세기는 전세기가 항상 경도傾倒해오던 '사회'로부터 '생'이란 곳으로 문학하는 중점을 옮겼다. 다시 말하면 사회를 알아내는 데서 유열愉悅을 찾는 대신 의지를 가지고 사는 가치를 찾고 증명하려는 데 의의를 찾으려 한 것이다.

그러나 산다는 것은 의지가 부단히 무엇인가를 실현해가는 과정이 아닐까? 의지하는 정열이란 언제나 대상을 정복하고야 말려는 갈망의 열광이라 할 수 있다. 의지는 의지의 실현으로써만 비로소 충족될 수 있는 것이다.

여기서 의지는 일찍이 지성을 때려눕힌 세계라는 '마몬'[9]을 향하여 고함을 치고 뛰어든 것이다. 그러므로 의지의 문학은 지성의 문학을 격파한 마몬에 대한 인간의 분노에 타는 보복이었다. 다시 말하면 인간은 지성을 통하여 파악할 수 없는 세계를 의지의 힘을 가지고 정복하려던 것이다.

따라서 의지의 정신이 문학의 방방곡곡에서 지성을 소탕하려던 심사心思를 우리는 능히 짐작할 수가 있다.

문학이 아직 지성의 잔재를 용인한다는 것은 이미 무용無用에 귀歸한 연장을 가지고 재생을 꾀하는 것이고 그 기도企圖가 패퇴에 끝날 것은 자명한 일이니까…….

9 원문에는 '「마몽」'이라 되어 있는데, '부(富)의 신'을 위미하는 'Mammon'을 가리키는 듯함.

이곳에 현세기에 생존한 대개의 지적 작가들이 19세기적 풍모를 벗지 못한 데 비하여 의지적 야성적인 작가들이 보다[10] 현대적인 이유가 있다.

예例하면 지드André Gide와 니체F. W. Nietzsche, 헉슬리A. Huxley와 로렌스D. H. Lawrence, 톨스토이L. Tolstoy와 도스토예프스키F. M. Dostoevskii와[11] 같은 대조.

그러나 일찍이 신의 손아귀로부터 세계를 탈환한 위대한 지성이, 다시 말하면 지성의 힘으로 말미암아 인간의 발밑에 정복당한 세계가 다시 지성을 이겨 넘겼다는 데는 세계 그것의 변화를 생각지 않을 수가 없다.

마치 어린애를 지배하던 어른이 노쇠하여 다시 그 어른된 아이에게 지배되는 것처럼 세계의 성장에 비하여 지성은 노쇠하였다고 말할 수 있을것이다.

그러므로 문제는 실상 노쇠한 지성과 장성한 세계와의 힘관계, 즉 위치의 전도와 역전에[12] 있다. 즉 노쇠한 지성은 장성한 세계의 위력 아래 패산敗散한 것이다.

그러면 일찍이 지성의 힘으로 종순從順히 파악된 세계는 오늘날의 세계의 미성년 시대였던가?

여기에 대하여 그렇다고 대답할 수도 있고 그렇지 않다고 대답할 수도 있는 것이다. 왜 그러냐 하면 세계란 것을 역사적으로 계기繼起하는 물건으로 고쳐 이해하지 않고는 이 물음에 충분히 대답할 수가 없기 때문이다.

10 『논리』에는 '모다'라고 되어 있으나, 원 발표문에 의거하여 바로잡는다.
11 원 발표문에는 톨스토이와 도스토예프스키의 예는 나와 있지 않다.
12 힘관계, 즉 위치의 전도와 역전에 : '힘 關係의 逆轉에'(원 발표문).

단순한 의미에서 보면 지성이 만능을 자랑하던 시대에 현 세계는 기어다니는 어린애였다고 말할 수도 있다. 그러나 역사적으로 보아진 세계는 결코 한 번 난 채 영구히 죽지 않고 자라기만 하는 것은 아니다. 그것은 인간이나 생명 있는 모든 유기체와 같이 나서 자라서 늙어서 죽는 것이다. 또한 낡은 세계는 아직 장년기의 동물처럼 생식작용을 영위하는 것으로 새 세계는 낡은 세계가 죽기 전에 이미 생탄生誕하는 것이다.

그러므로 역사 과정에도 세대 교체의 긴 과도기가 있는 것으로 이동안 젊은 새 세계와 늙은 세계가 한 영역 내에 공서共棲하게[13] 된다.

따라서 이 과도기는 구세계와 신세계의 충돌이 일어나고 역사의 영역은 한 혼란상混亂相을 정呈하는 것이다.

그러면 어째서 지성은 패배하였는가? 우리가 지성이라고 부르는 것은 실상 19세기적 세계가 의지한 바를 지식화한 것에 불과한 때문이다. 그것은 19세기적 세계 바꾸어 말하면 시민사회의 세계관에 불외不外하였다. 그러므로 우리의 어버이들의 도덕률이 젊은 자녀들의 자유연애를 제어할 수 없는 것처럼 시민사회의 세계관은 그 자녀인 연소한 사람들의 행위를 통어統禦할 수 없는 것도 당연한 일이다.

오히려 그것은 새 세계의 지성에 의해서만 달성되는 것이다.

그러나 의지하는 정신은 지성의 이 역사적 한계를 의식치 못했고, 낡은 지성의 패배는 지성 일반의 폐기에서가 아니라 새 지성의 형성으로[14] 회복되는 줄을 몰랐다.

실상 지성이란 개개인에게서 의지되는 것을 제한된 역사적 조건하에서 보편화한 데 불과한 것이다. 의지는 지성 가운데 일반화되고 개

13 공서하게 : '共接하게'(원 발표문). '接'은 '棲'의 오식일 것이다.
14 형성으로 : '形式으로'(원 발표문).

인은 지성 가운데서 사회화되는 것이다.

그러므로 새로운 지성을 자각하지 못한 의지는 일반적 성격을 얻지 못하고 분산된 개개의 의식으로서 고립화하고 만 것이다. 그러나 전술前述과 같이 새 세계는[15] 일반적으로 구세계와 대립하고 모든 개인은 그 가운데 포섭되는 법이다.

그러나 의지의 정열은[16] 불행히 이 일반화를 피하여 고립함으로써 혼란한 세계를 정복하려 한 것이다.

그러므로 의지의 정열은[17] 지성을 대신하여 세계를 잡으려 분투하였음에 불구하고 지성과 같이 새 세계를 잡을 능력은 없었다. 결국 의지는 비극에 끝나지 않을 수가 없었다.

의지의 비극이란 실로 모든 합리주의지적!를 싫어한 자의식自意識의 당연한 운명이었고 고아가 된 개인의 어찌할 수 없는 비극이었다.

이곳에 외부 현실의 추구로부터 '자기'의 탐구로 돌아온 현대문학이 거대한 절망의 심연을 헤매는 연유가 있다.

그러나 현대적 불안은 결코 보들레르C. P. Baudelaire가 도달한 지옥의 단순한 번복飜覆[18]은 아니었다.

『악惡의 화華』[19]의 세계가 19세기적 지성이 패퇴한 직후 인간 정신 앞에 전개된 첫째 번 지옥의 황야였다면, 현대적 불안은 의지의 비극으로 말미암아 더한층 깊이 패인 절망의 심연이다.

그러므로 '사형수인 동시에 사형 집행인'인 지옥 가운데서 보들레

15 원 발표문에는 이 사이에 '항상'이란 단어가 삽입되어 있다.
16 정열은: '精神은'(원 발표문).
17 앞의 주와 같음.
18 원문대로인데, 임화는 '반복'이란 의미로 이 단어를 자주 사용하고 있다. 여기서도 '반복'이란 의미에 해당한다.
19 보들레르의 작품 『악의 꽃』을 말한다.

르는 '회한'의 열정을 가지고 회생하였으나,[20] 현대적 심연 속엔 '회한'의 정열까지도 용납될 여지가 없는 것이다.

요컨대 비극은 가중되어버렸다.

*

이런 의미에서 우리는 보들레르 다음에 도스토예프스키의 이름을 생각한다.

보들레르는 인간의 혼 가운데 파진 자기 분열의 과정을[21] 완성하였으면, 도스토예프스키는 실로 가중된 비극을 계시啓示한 사람이다.

작가는 회한의 정열을 노래할 수는[22] 있다. 그러나[23] 비탄의 오열도 죽음의 공포도 이젠 노래할 수 없는 심리, 심연이란 실로 죽기 벌써 전에 죽어버린 인간들이 알 수 없는 선풍旋風 속을 방황하는 세계다.

이것은 아마[24] 절망한 인간의 의식계意識界가 아니라 산 망령의 의식계다.

이러한 두려운 상태를 그려낼 수 있는 힘이 아직도 작가에게 부여되었다는 것은 하나의 기적이 아닐 수가 없다. 실로 기적에 대한 경탄의 염念 없이 도스토예프스키를 읽을 수는 없는 것도 이 때문이다.

도스토예프스키는 무엇을 증명하고 있는가? 우리는 다시 의지하는 자기의 문제로 돌아간다.[25]

20 회생하였으나: '回生하랴 하엿스나'(원 발표문).
21 과정을: '諸君을'(원 발표문).
22 수는: '수'(원 발표문).
23 그러나: 원 발표문에는 이 단어가 빠져 있다.
24 아마: '이미'(원 발표문). 원 발표문의 것이 문맥상 더 타당해 보인다.
25 돌아간다: '도라가라'(원 발표문).

자기에 관한 의식이란 영원한 비극의 상징이냐 하면 그렇지 않았다. 일찍이 자기에 대한 의식이 한 개 희열이었고 제 가치에 관한 자각이었던 시대가 있었다. 개성에 눈뜬다는 것이 인간의 굳셈의 선언인 때가 있었다.

이 시대에 있어 개인이란 것은 헥토르의[26] 이름처럼 굉굉轟轟히 울렸었다.

그러나 우리의 시대에 와선 자기를 의식한다는 것은 너무나 쓰라린 일이 되어버렸다.

자기! 개성! 그것은 벌써 인간 사회에 있어 그 중 무력한 존재의 칭호다.

요컨대 자기를 의식한다는 것은 제 굳셈과 힘에 대한 의식이 아니라, 제 약함과 무력無力에 대한 의식이 된 것이다.

무력에 대한 의식! 그것은 절망의 사멸死滅에 대한 공포다. 우리들은 도저히 공포란 상태를 오래 참을 수는 없는 것이다.

이런 때 인간은 공포로부터 탈출하려는 본능의 최후의 시험을 하는 것이다. 여기서 나는 라스콜리니코프를[27] 생각한다. 제 약함과 무력에 대한 의식을 사멸의 의식으로 절망하고 싶지 않았던 총명한 일 청년이 무고한 빗쟁이 노파를 죽여 본다는 것은 결코 유희가 아니다. 더구나 단순한 범죄는 아니다. 나폴레옹이 세계를 정복키 위하여 무수한 인명을 죽일 수 있다면 한 사람의 무명 청년이 제 무력을 부정하기 위하여 어째서 버러지 같은 노파 하나쯤을 실험대 상에 올려놓을 수 없느냐? 라스콜리니코프의 머리 속을 스치고 지나간 이 상념의 섬광

26 헥토르: 원문에는 '헥터'로 되어 있는데, 호머의 『일리아드』에 등장하는 트로이의 영웅 헥토르를 가리키는 듯함.

27 도스토예프스키의 『죄와 벌』의 주인공.

은 상식을 가지고 율律할 수 없는 것이다.

그러나 과연 버러지와 같은 일 노파를 찍어 죽인 팔의 선혈을 바라보며 그는 제 강함을 의식하였을까? 『죄와 벌』 한 권은 실로 이 시험이 헛됨에[28] 대한 절망의 서書라 할 수 있다. 버러지와 같은 일 노파가 죽어간 외에 이 지상엔 라스콜리니코프의 굳셈을 반증할 변화는 일호一毫도 없었다. 이 결과의 공허함에 대한 그의 공포는 그를 일층 깊은 심연 속으로 밀어 넣었다. 그는 이 시험을 통하여, 자기에게 있어 전 생애와 전 세계를 도賭한 운명적 시험을 통하여 그는 다시 한번 제 무력에 대한 의식을 강화시켰다.

모든 것을 도賭하여 제 절망의 반증을 얻는다는 것은 진실로 두려운 시험이 아닐 수가 없었다.

이 장면은 실로 현대인의 자의식이 체험한 절망적 비극의 거대한 심볼이다.

보들레르적 자기 분열은 허망의 공포가 된 것이다.

그러므로 라스콜리니코프가 쏘냐의 인도로 신의 나라의 문을 두드려 본다는 것은 하나의 공허한 소설적 픽션에 불과하다.

그러면 자기의 약함에 대한 의식이 아직 죽음의 절망이 아닌 것을 시험할 장소는 어딘가? 그것은 보들레르적 회한의 세계도 아니며 도스토예프스키적 신의 천국도 아니다. 오직 '회한'에 의하여서도 '신'에 의하여서도 구원되지 못한 비극적 자기가 서 있는 세계, 우리를 무력하고 약하게 만든 그 장소가 있을 뿐이다.

28 헛됨 : 『논리』나 원 발표문에는 모두 '험됨'이라 되어 있으나 수정하였다.

*

그것은 결코 버러지와 같은 일 노파로 대표될 만치 초라한 세계는 아니었다. 우리의 의지는 그 침통한 사실을 깨닫지 않으면 아니 된다.

노파를 죽인 피묻은 팔이 걷잡을 수 없는 허망에 떨린 것은 실로 새 세계를 파악할 수 없는 의지의 절망적 전율이었다는 것을 깨달아야 한다.[29]

새 세계 앞엔 낡은 지성도 새 의지도 한가지로 무력하였었다.

그러면 새 세계를 정복할 인간의 능력은 무엇으로 대표될 것인가?

여기서 우리는 소여所與한 세계를 정복하는 데 인간의 어떤 능력이 가장 성공적이었는가를 반성하지 않으면 안 된다.

예例하면 중세로부터 탄생해 나와 장성한 시민사회를 정복한 것은 무엇이었던가?

우리는 그것이 지성이었음을 잘 알고 있다. 그러면 그 지성은 어떤 것이었던가? 그것은 중세기를 때려 엎고 새 세계를 건립하려는 근대인의 의지 그것의 일반화된 체계였다. 의지가 지성으로서 일반화되기 전에 광대한 세계를 한아름에[30] 파악할 수는 없었던 것이다. 근대인은 제 의지를 어떻게 일반화하였는가 하면, 그들은 세계를 앎으로써 단순한 의지를 세계를 정복할 지성으로 고친 것이다.

'아는 것은 힘이다!' 의지하는 것은 단순히 '힘'의 단초, 전제에 불과하였다.

---

29 떨린 것은~것을 깨달아야 한다 : 원 발표문에 따른 것이다. 『논리』에는 단지 '떨린 것을 깨달아야 한다.'로 되어 있는데, 신문 연재본인 원 발표문의 2행 정도가 『논리』 인쇄 과정에서 착오로 누락된 것으로 보인다.

30 한아름에 : '한다름에'(원 발표문).

그러므로 의지는 인간의 손이고 지성은 그물[網]이라 할 수가 있다. 그물을 만드는 것도 인간의 힘이고 그물질을 하는 것도 인간의 힘이나, 어류를 잡는 것은 결국 그물이다. 손으로는 결코 그물이 잡아내는 고기를 잡을 순 없다.

그러므로 지성의 패배나[31] 의지의 비극은 결국 새 세계를 잡을 지성의 확립으로써만 구원될 수 있는 것이 아닌가? 다시 말하면 새 세계를 파악키 위하여는 새 지성이 필요한 것이었다.

그러면 새 지성의 체계는 어디 있는가? 우리는 일부러 탐색의 모험을 하지 않고라도 새 세계의 젊은 의지가 만들어낸 지성의 체계를 찾아낼 수가 있었다. 우리는 많은 지혜로운 작가들이 이 지성을 가지고 새 세계를 파악하려던 사실을 숙지하고 있다. 어쩌면[32] 현재 주체의 행방을 논하는 우리들 자신이 그러한 일인一人이었을 것도 알 수 없다.

그러나 이곳에도 통절痛切한 비극의 오열이 울렸다. 그들은 정당하게[33] 새 지성의 힘으로 새 세계를 파악하려 하였음에 불구하고 불의의 패배에 떨었다.

이것은 대체 어떠한 비극일까? 많은 사람들은 이 비극을 역시 지성을 가지고 세계를 파악하려는 사람들의 일반적 비극이라고 생각하였다. 그리하여 한 번 패배한 지성이란 것을 다시 들고 나온 이들의 우愚를 비웃었다. 그러나 과연 새 지성은 낡은 지성과 같이 그것이 지성이었으므로 패배하였는가? 우리는 여기에 별다른 해답을 준비하지 않으면 아니 된다. 새 지성은 결코 그것이 지성적이기 때문에 패배한 것이

31 패배나: 원 발표문이나 『논리』에는 '敗北이나'로 되어 있다. '敗北'를 '패북'으로 읽었기 때문일 것이다.
32 어쩌면: 원 발표문이나 『논리』에는 '어떠면'으로 되어 있다.
33 『논리』나 원 발표문 모두 '正當하고'로 되어 있으나 문맥에 맞게 수정했다.

아니다. 오히려 우리가 아직도 단순한 의지의 인ㅅ이었던 때문이라 할 수 있다. 그것은 낡은 지성의 패배와는 하등의 공통성이 없을 뿐 외外라, 낡은 의지의 비극과도 공통되지 않는다.

낡은 의지는 온전히 자기의 힘으로 세계를 시험하려 하였으나, 새 의지는 세계를 앎으로써 세계를 움직이고 자기를 굳세게 하려 하였었다.

그러므로 새 의지의 비극은 새 세계를 아직도 충분히 알아내지 못한 채 있었다고밖에 할 수 없다. 다시 말하면 새 지성의 체계 가운데로 제 의지를 충분히 일반화시키지 못한 것이다.

그러므로 이 비극을 통하여 지성과 의지의 괴리가 나타난 것이다.

바꿔 말하면 일종의 자기 분열, 그러면 이 새로운 의미의 내적 분열은 보들레르의 '나'와 '나를 벌하는 자'[34]의 분열과 어떠한 관계가 있는가?

자기 고발을 주장하는 일 논자가 이 양개의 자기 분열을 작가의 심리적 유사성에서 파악하려 한 것은 흥미 있는 일이다.[35]

제 자신 가운데 제 자신의 대립자를 발견하고 그것 때문에 고통의 처벌을 받는 것은 동일한 것이다.

그러나 우리들을 괴롭히는 것은 보들레르를 괴롭힌 것처럼 지성의 패퇴에서 오는 단순한 무력감이 아니다. 오히려 분열을 극복할 새 지

34 작은 따옴표는 원 발표문에 따른 것이다. 『논리』에는 '나'에만 작은 따옴표가 붙어 있다.
35 김남천을 가리킨다. 김남천은 1937년 6월 '고발문학론'을 제창한 뒤(「고발의 정신과 작가」, 『조선일보』, 1937.6.1~5; 「창작방법의 신국면」, 『조선일보』, 1937.7.10~15), 임화로부터 현실의 암흑면만을 강조하는 부정적 리얼리즘, 관조주의로 흘렀다는 비판을 받자(「사실주의의 재인식」, 「주체의 재건과 문학의 세계」), 보들레르에 기대어서 자신이 주장하는 자기 고발의 정신이 소시민 문학인이 겪는 자기 분열을 초극하고자 하는 더 높은 긍정을 향하고 있다고 반박하였다(「유다적인 것과 문학」, 『조선일보』, 1937.12.14~18; 「자기분열의 초극」, 『조선일보』, 1938.1.26~2.2).

성과 용기의 형성을 현실 가운데 보면서도 그것을 자기의 연장으로 조작하지 못하는 분만憤懣이다. 다시 말하면 라브린J. Lavrin의 말과 같이 '진실로 개성적인 자기 주장은 오직 초개인적인 의지와 가치 속에만' 가능한 것임에 불구하고 우리가 조그만 제 '자기'라는 곳을 탈출할 수 없는 데서 비극은 시작된 것이다.

요컨대 진정한 자기의 전개 앞에 '저'라는 것이 온전한 장애물로 화한 것이다.

그러므로 다시 라브린의 말을 빌면 '저'란 명목하의 모든 자기 주장과 같이 결국은 자기 붕괴의 위기하에 적당한[36] 것이다.

이곳에서 주체론은 우리의 당면 과제로 등장한 것이며, 또한 이 점에서 보들레르와 우리는 결별할 뿐 아니라, 고발문학론과 우리는[37] 손길을 나누는 것이다.

보들레르는 조금도 자기를 초월하고 자기를[38] 새 세계의 일반적 자기로 전화시킴으로써 내적 분열을 초극하려고 생각한 사람은 아니다.

보들레르는 이것을 알 능력이 없었고 또한 시대의 한계가 그것을 허락치 않았다. 그러므로 보들레르는 내적 상극相剋의 슬픈 향락자이었다.

그러나 고발의 문학론자는 우리와의 동시대인이다. 자기 자신 속의 악마가 결국은[39] 초자기超自己의 완성으로만 극복되리라는 것을[40] 모르지 않는다. 그러므로 자기의 악마를 — 그는 이것을 '유다'란 기독교

36 적당한: 원 발표문이나 『논리』 모두 '適當한'으로 되어 있는데, '봉착(逢着)한'의 오식으로 추정된다.
37 우리는: '우리도'(원 발표문).
38 초월하고 자기를: '超自己—'(원 발표문).
39 결국은: '終局은'(원 발표문).
40 『논리』나 원 발표문 모두 '것은'으로 되어 있으나 수정했다.

적 칭호로 형용한다! —[41] 용기를 가지고 증오하며 고발문학론은 제 악마의 고발자가 된다.

그러나 우리는 이러한 포즈의 차이로써 과연 양자를 정신적으로 구별할 수 있을까? 이곳에 우리의 문제의 초점이 있다.[42]

*

보들레르와 고발문학론자를 구별하는 제일 큰 표치標幟는 전자가 제 악마의 정체를 명백히 몰랐던 대신 후자는 제 유다를 소시민이라고 적발한 데 있다 할 수 있다. 그러나 양자가 다같이 제 악마와 유다를 제 자신 가운데서 찾으려 하는 데서는 조금도[43] 구별되지 않는다. 다시 말하면 주체의 문제를 자기 분열과 심리 상극의 범위 안에서 파악하는 데선 양자를 구별할 수가 없다.

이 점에서 즉 주체 문제를 자기 분열, 내적 상극의 측면에[서] 파악치 않았다고 고발문학론자는 우리들 약간의 논자를 비난하였는데, 이 비난은 우리에게 있어 아직도 하나의 영예라고 생각한다.

왜 그러냐 하면 주체론의 심리적 파악은 그 극복의 방법을 제약함으로써다.

그들은 자기 분열을 온전히 내부의 심리적 자기 투쟁으로만 해결되리라고 믿는 때문이다.

보들레르의 한계는 실상 유다를 악마라고 부른 데 있는 것이 아니

41 『논리』에는 —부호가 사용되지 않았으나, 원 발표문에는 —부호를 사용하여, 이 사이 문장이 삽입된 것임을 드러내고 있다.
42 이곳에 우리의 문제의 초점이 있다: '이곳이 우리의 問題의 焦點이엇다'(원 발표문).
43 원 발표문이나 『논리』에는 모두 '죽엄도'로 되어 있으나 문맥에 맞게 바로잡는다.

라 자기 분열을 내심의 상극으로 파악하고 그것을 내심의 격투로써 해결하는 데 있었다.

자기 고발이 어떻게 하여 보들레르의 아류임을 면할 것인가? 자기 내부에 있는 유다, 소위 소시민을 낱낱이 적발하여 공중公衆의 면전에 고발함으로써인가? 그러면 자기 고발문학의 예술적 가치는 역시 문학적 정열의[44] 표피하에 숨은 모든 추악상醜惡相을 공개하는 데 있을 것이다.

그러나 이것만으로써 보들레르를 이겨낼 수는 없는 것이다. 보들레르의 예술적 가치도 비록 회한의 정열을 가지고 하였을망정 악마에게 유혹당한 제 추악한 심연을 상식의 의장衣裝을 찢고 개시開示한 데 있는 것이다.

그러므로 자기 분열이란 것을 심리의 결렬이라 생각할 것이 아니라 실상은 분열된 세계, 과도적 이중二重 세계의 심리적 반영으로 파악하지 않을 수 없다. 다시 말하면 자기 자신 가운데 있는 제 적은 현실 가운데 있는 인간의 적의 일부분임을 이해하는 게 결정적 의의를 갖는다.

따라서 자기의 유다에 대한 항쟁, 자기 내부의 소시민에 대한 싸움은 실상 자기 가운데 남아 있는 낡은 세계와 낡은 문화 가치와 그 파편에 대한 항쟁이 된다.

즉 우리의 자기 상극은 광범한 세계에 있어서 낡은 지성과 새 지성, 낡은 현실과 새 현실의 상극 그것이다.

의식이란 의식된 존재 이외의 아무것도 아니다.

그러므로 자기 분열의 극복은 결코 내부의 상극, 양심의 가책, 고발

44 정열의 : '情意의'(원 발표문).

의 쾌감으로 달성되는 것이 아니다.[45] 분열된 자기에 의한 자기 분열에의 항쟁 그것은 한 개의 순환 논리다. 자기 분열의 극복이 통일된 자기의 완성이라면 이 힘은 새 세계의 지성으로 자기 내부를 채우는 데 있다.

그러므로 우리는 베이컨F. Bacon과 같이 '아는 것은 힘'이란 명제를 다시 한번 강조해야 한다. 현실을 안다는 것은 결코 모르는 자기를 고발함으로써가 아니라 현실 속에서 행위함으로 알게 되는 것이다. 행위는 또한 단순한 관찰이 아니다. 현실을 지배하느냐, 현실에게 지배되느냐를 결정하는 실천, 이 실천의 과정을 통하여 사람은 현실에 적합한 견해를 살리고 배치背馳되는 견해를 죽이어, 또한 현실에 배치되는 견해에 대신하여, 아직 모르는 현실에 적합한 견해가 새로 형성되는 것이다.

이것이 실천을 통한 현실과 인간과의 상호관계다. 그러므로 미완의 주체에 있어서 현실은 항상 그릇된 의식은 패배하며 옳은 의식은 살아, 차차로 현실을 지배할 완전한 의식 — 적합하는 의식만이 현실을 지배한다—필연=자유 — 을 형성해가는 시련의 장소다.

우리는 이 행위와 실천과, 그리고 우리에게 있어선[46] 시련의 세계로서의 현실의 가치를 재인식하고 고조高調해야 한다.

문학에 있어 이 방법은 제 주관에 구애되지 않고 현실을 탐구하여 현실 그것의 구조로 작품을 구조構造하고 현실에서 체험당하는[47] 작가 주체의 시련의 정열로 작품의 정신을 삼는 그러한 방법이다.

45 아니다. : '아니라,'(원 발표문).
46 있어선 : 원 발표문에는 '잇선', 『논리』에는 '있선'으로 되어 있어, 가운데 '어'자를 첨가하였다.
47 현실에서 체험당하는 : '現實 속에서 當하는'(원 발표문).

우리는 한 사람의 주인공이 어떠한 인물일지라도 작가가 미리 그 인물의 운명을 부여하지 않고 그 인물이 부단히 체험하는 현실과의 상관相關 속에 제 운명이 만들어지는 그런 작품을 인간적 예술적 리얼리티를 가진 작품이라 한다.

리얼리티란 결코 일개 죽은 언어가 아니다. 개인과 현실과의 항쟁의[48] 진실성! 고조된 열도熱度 속에 만들어지는 인간적 운명의 박진성, 그것을 리얼리티라 부른다.

예例하면 우리가 우리와 같은 인물을 가정하여 그 인물이 오늘의 현실 가운데 무엇을 체험하고 그 체험은 그 인물의 성격을 어떻게 개조하며 전체로서 그의 운명은 어떻게 결정되는가를 표시하는 것이 바로 우리가 주체를 문학적으로 처리하는 방법일 뿐 아니라 현실을 주체적으로 이해하는 과정이다.[49]

왜 그러냐 하면 그런 작품은 우리의 생의 과정 그것의 반영이며 주인공의 정열은 우리 자신의 정열의 재현이기 때문이다.

그러므로 나는 성격의 입장에서 현실을 전개하는 것이 아니라 현실 가운데서 성격의 발전을 논술한 하크니스M. Harkness에의 서한書翰의[50] 거대한 의의를 강조한 것이다.

그러나 현실을 단순히 묘사의 대상으로밖엔 이해치 못하는 사람에겐 이 서한은 영원한 금단禁斷의 서書일 것이다.

묘사하는 것과 사는 것을 분리하고 현실을 죽은[51] 묘사의 일 대상으로밖엔 보지 못하는 속견俗見은 시급히 타파되어야 한다.

---

48 항쟁의 : '抗爭의'(원 발표문).

49 과정이다. : '過程.'(원 발표문).

50 하크니스에의 서한이란 엥겔스(F. Engels)가 쓴 것으로, 여기에서 그의 유명한 발자크론이 개진되고 있다.

51 죽은 : '死한'(원 발표문).

현실은 주체의 성질을 분석하는 시금석이고 성격의 운명을 결정하는 객체다.[52]

현실과의 상관에서 주체가 시련된다는 것은 우리가 시험을 통하여 운명을 만들어가는 과정이다.

현실은 절대로 묘사의 대상 이상이다.[53] 우리는 현실과의 갈등에서 운명을 만들기 위하여 문학하는 것이다. 그러므로 우리는 이 속에서 일어나는 모든 것을 생의 표적으로 긍정한다.

52 객체다 : '白體다'(원 발표문).
53 이상이다. : '以上이고'(원 발표문).

사실의 재인식•

*[1]

만일 참말로 작가들에게 주문하고 싶은 말이 있다면 그것은 당연히 비평가에게도 요구되는 조항이 아닐까?

나는 작가들에게 보내고 싶은 말을 생각하면서 머지않아서 그 말이 되려 나 자신에게 돌아올 것을 느끼고 두려움을 금할 수가 없었다. 누구에게 무엇 무엇을 가져라 하기엔 나 자신 가운데 너무나 가진 것이 적지 않으냐? 내게 없는 것을 남에게 권할 수는 없는 일이다.

이런 의미에서 그라운드의 스탠드처럼 문단의 좌석을 비평과 창작을 위하여 상·하를 나눌 수는 없다. 단지 있다면 우리가 한 가지라도

• 『동아일보』, 1938.8.24~28.

1 원 발표문에서는 각 절마다 절의 제목이 달려 있었다. 첫 절의 제목은 '試鍊의 精神이 到達하는 곳'.

가질 수 있는 것을 가져야 할 것, 따라서 가지고 싶은 것에 대하여 친밀한 이야기를 주고받을 수 있을 뿐이다.

그 증거로는 현재 우리의 문예비평에 없는 것을 작가들은 적지 않게 만들어내고[2] 있으며, 반대로 창작에 결여된 것을 비평이 만들어내기도 한다. 먼저 나는 「본격소설론」[3]이란 조그만한 글을 초草하면서 이러한 종류의 감상感想을 절절히 느낀 일이 있다.

그것은 창작의 무력無力을 이야기하면서 결과로는 어느 틈에 나 자신의 무력을 피력하고 있었다는 게 사태는 훨씬 진상眞相에 가까웠기 때문이다.

나는 최근의 소설이 세태소설世態小說과 내성소설內省小說로 분열되고 있음을 분석하면서, 그 통일을 위하여 구체적으로 무엇을 작가들에게 제시해야 할지 실로 막막치 아니할 수 없었다. 물론 나는 그것을 소위 '본격소설本格小說'의 길을 개척함에 있다고 결론하였으나, 유감인 것은 그 논리가 작가들로 하여금 창작하는 붓대에 흘러내리는 산生 혈액이 될 만한 것이 아니라는 것은 아무래도 부정할 수가 없다. 즉 본격소설, 다시 말하면 대大 로망의 건축을 위하여서는 무엇을 할 것인가? 이 물음의 해답이란 곧 비평이 단순한 현상現象의 해설 이상이 되려면, 바꿔 말하면 비평이 창작상에 지도적인 기여를 하려면 필요한 것과 동일하기 때문이었다. 이런 의미에서 작가들이 하지 못하고 있는 것은 비평이나 이론도 또한 하지 못하고 있는 것이다.

경솔히 어떤 비평가가 있어 작가들이 못하는 것으로 내가 할 수 있

2 원문에는 '맹그러내고'로 되어 있다.
3 본격소설론 : '最近 小說界 展望'(원 발표문). 임화의 「본격소설론」이란 글은 처음 발표될 때에는 「最近 朝鮮 小說界 展望」이란 제목이었다가, 『논리』에 수록되면서 「본격소설론」으로 개제되었다.

는 것은 이것이라고 쑥 손바닥에 내놓는 물건이 있다면, 그것은 현재 우리 조선문학의 창작을 위하여 하등 소용이 되지 않는 물건이거나 그렇지 않으면 아직 실용화되지 않은 발명품의 견본 수입과 같이 외국에서 가져온 지 얼마 안 되는 애숭이 개념이거나 둘 중의 하나임은 틀림없다. 그러므로 나는 현재의 작가들이 비평가를 믿지 않는 것은 당연 이상의 당연이 아닌가 한다.

작가들은 개울 저편에, 비평가들은 개울 이편에 서로 팔짱을 끼고 서서 그 개울을 뛰어넘지 못하는 것은 양자가 다 일반이다. 이것이 비평가에 대한 작가의 불신을 조장하는 온당치 않은 언설言說이라고 나무랄는지는[4] 모르나, 최근 2~3년 간에 작가들 앞에 비평가의 손으로 제출된 몇 개의 제목, 이를테면 '휴머니즘'이라든가 '지성'이라든가의 여러 가지 것이 무슨 특효제처럼[5] 효력을 발생한다고 해서는 과過한 둔감이고, 또한 그리 믿어지지도 않을 것이다.

단지 그것이 현하現下의 어떤 파조波潮를 막는 일시적인 무엇인 것은 사실이고, 또한 누구나 그리 생각하는 것이나 그것은 실제의 문학의 저 상층上層 문예에 관계된 정치를 문제삼고 있는 데 지나지 않는다.

문학의 것이 되려면 정치에서 사상으로, 사상에서 심리로, 심리에서 생활로 내려오지 않으면 아니 된다. 이 가운데 최상층그러기 때문에 그것이 제일 중요할지 모른다!을 건드리면서 그것을 곧 인생관 내지 세계관상의 근본 문제를 요리하는 것 같이 생각하는 것은 창조의 신비와 그 실제의 괴로움을 체험해보지 못한 비평적 무력無力의 한개 관습에 불과하다.

거듭 말하거니와 작가들이 창조의 값있는 과정에서 고심하는 것은

4 나무랄는지는 : '나물일는지는'(『논리』), '나물할는지는'(원 발표문).
5 특효제처럼 : '「학질」에 「키니네」처럼'(원 발표문).

일개 시사적時事的 과목課目 때문이 아니다.

*[6]

그것은 소여所與의 시대, 소여의 환경 가운데서 자기의 창조와 생존의 확고한 방향, 틀림없는 양식을 어떻게 만들어 가느냐 하는 문제다.

어떠한 작가든지 그가 산 것처럼 문학했다는 것이 항상 진리다.

문학의 기초인 사상이란 것이 그실은 생활의 정신적 에센스니까…….

다시 돌아가 세태 묘사와 심리 내성內省을 현재 조선문학의 두 개의 기조라 치고 문학의 그러한 분열이 어디서 오느냐를 생각해본다면 먼저 제출한 우리의 이야기는 증명證明해지지[7] 않는가 한다.

즉 지혜와 정열을 아울러서 전진할 방향을 두색杜塞당한 현대인의 자기 성찰과 또한 격변해가는 현실의 모든 국면을 충분히 요리하지 못하고 다만 그것들을 단념丹念히 관망하는 데 그치는 현대인의 실로 무력한 영상影像을 발견하게 된다.

이것은 그러므로 방패의 양면에 불과하다. 결국은 현대라는 특유한 시대를 한 인간의 존재가 문학 위에는 두 개의 현상으로 표현한[8] 것이다. 그러므로 우리가 즐겨 입에 담는 말로 자기 분열이란 말이 생긴 것이며 문학의 두 조류에의 분열은 또한 인간 존재 자체의 자기 분열의 당연한 반영에 불과하다 할 수 있다.

진실로 이곳에 현재 우리의 정신적 육체적 생활의 현실이 전개되는

6 원 발표문에서 이 절의 제목은 '氾濫하는 事實의 壓力!'이다.
7 증명해지지 : '實로 明證해지지'(원 발표문).
8 표현한 : '表된'(원 발표문).

것이며, 또한 우리는 분명히 놀라운 사실 앞에 당면하고 있는 우리 자신을 발견하게 된다.

사실의 처리에 곤혹하고 있는 문학, 그것은 곧 사실 어찌해야 좋을지 모르는 제 자신과 꼭 같은 초상이 아닐 수 없다.

그러나 이 '사실'이란 것을 우리가 사유의 제목으로 할 제 일고一考하지 않으면 아니 되는 것은 발레리P. Valéry의 견해다.

발레리의 견해는 어느새 대부분의 문화인의 한 개 상식이 되어[9] 지성의 패배와[10] 지성의 고립, 반대로 사실의 승리와 사실의 도량跳梁을 차탄嗟嘆하는 소리로 화하나, 우리는 발레리가 19세기에 탄생하여 19세기에 성장하고 19세기에 교육을 받아서 전專혀 교양과 문화와 생활에 있어 완전한 19세기 인人인 것, 나이가 벌써 작고한 전前 세기 작가들과 동년배라는 사실을 잊어서는 아니 된다.

발레리에 있어 문제는 그에게 있어 '토키'가 이해하기 어려운 시끄러운 예술인 것 이상으로 20세기는 알 수 없는 세계다.

우리는 이 사실이 전全혀 20세기란 시대의 추악한 데 있다느니보다 오히려 20세기의 사실 앞에 19세기의 지성이 무력해진 증거라고 생각해야 하지 않을까 한다.

벌써 20세기의 사실이 19세기의 지성으로 파악될 수 없음은 19세기의 왕자王者인 시민의 지배권이 20세기에 와서 근본적으로 동요되었다는 데서 증명되는 것이다.

우리는 소위 '지知'라든가 문화가 이러한 모순을 통하여, 즉 '지'와 사실이 조화를 상실하고 상극相剋될 땐 사실의 새 논리를 발견함으로

---

9 상식이 되어 : '常識으로서'(원 발표문).

10 패배와 : 원 발표문이나 『논리』에는 '敗北과'로 되어 있으나(敗北을 '패북'으로 읽었을 것이다) 수정하였다.

낡은 '지'가 수정되고 양기揚棄되는 데서 발전되는 것임을 잊어서는 아니 된다.

분명히 우리 문단의 지성의 비애를 부르짖는 논책論策이나, 아직까지 19세기의 맨체스터가 세계 시장을 지배할 때의 문학세계를 동경하는 작가들에게 있어는 이러한 경향의 이식移植을 목도할 수가 있다.

그러나 19세기의 지성의 양기와 20세기의 지성을 역사의 발전의 선상에서 이해하려는 작가들의 지적 패배는[11] 전자와 현저히 성질을 달리하는 것이 아닌가 한다. 그들에게 있어 우리는 현대의 사실과 지적인 것의 통일을 인정할 수 있으나, 지금에 있어서는 단지 그것은 이론적으로 인정될 따름이고 실천적으로 부정되기 때문에, 문제는 지성의 패퇴에 있다느니보다 문제는 본질적으로 육체의 패배에 있다 아니할 수 없다.

그러나 이들에게서 이상하게도 지성의 패배란 말이 똑같이 토로됨은 무슨 일일까?

물론 그곳엔 일찍이 그들이 이론이란 것의 힘을 과신했던 탓도 있으나 비근卑近한 현상으로선 사실의 압력이 범람한 데 있지 않은가 한다.

*[12]

요컨대 실제로는 두 가지 색다른 조류의 지성적인 것이 한 개의 사실 앞에 방황하고 있는 것이다.

그러므로 어느 사이에 사실에 대한 공포란 지성이것을 어떻게 이해하느냐 하

11 패배는: 역시 원 발표문이나 『논리』에 '敗北은'으로 되어 있으나 수정하였다.
12 원 발표문에서 이 절의 제목은 '一切를 試鍊의 마당으로'이다.

는 것 자체가 실로 중대한 문제나 편의상 논리적인 것, 문화적인 것의 의미를 포함시킨다의 공통한 심리로 화하고 지성의 옹호라는 마당에서 양자는 협력할 수 있었고 공동의 자세를 취할 수가 있었다.

그러나 이러한 자세란 어디까지나 잠정적인 것이고 또한 우리들 자체도 모두 그런 것이 일시적이기를 희망하고 있는 것은 사실이었다.

왜 그러냐 하면 양자는 같은 지성적인 것이라 하더라도 실질적으로 내용을 달리하는 것이고 얼마 전까지의 경험으로만 보더라도 서로 대립하고 상극하는 것이었으며, 보다 더 중요한 것은 문화의 창조란 지성 자체의 수어적守禦的인 옹호에서는 궁국窮局에 있어 불가능한 때문이다.

사실을 자유롭게 요리하고 요리된 사실을 제 의도에 따라 재구성하는 데서만 문화는 비로소 찬연한 창조적 성격을 취득하는 것이다.

그러므로 현재에 있어 모든 문화 앞에 제출된 공통의 과제는 사실을 요리하는 방법을 어떻게 하면 발견할 수 있느냐 하는 것이다.

그러나 이러한 방법은 스스로 추상 속에서 발견되는 것이 아니라 벌써 우리들의 지성적인 것이 그 파악의 능력을 상실한 새 사실의 구조를 그 사실에 즉해서 알아내는 데서만 가능하다.

그러기 위하여 우리는 먼저 우리 자체가 가졌던 지적 재산의 총목록을 상세히 또한 신중히 재검토하지 아니하면 안 된다.

그것은 19세기적 지성과 20세기적 사실과의 구救할 수 없는 모순을 인정할뿐더러 20세기적 지성이 20세기적 사실에게 격퇴당한 또 한 개의 사태가 반성되어야 한다.

그러나 전자를 단순히 지성의 패배라 하고 후자를 또한 육체의 패배라고 돌려버림은 피상론皮相論이다.

여기엔 일반적으로 지성의 공통한 약점이라는 것을 생각하지 아니하면 아니 된다.

무엇보다[13] 지성적인 것의 옹호에 열중하는 나머지 문화의 사실事實로부터의 유리를 경계하지 아니하면 아니 된다.

일체의 지적인 것의 원천이 사실에 있는 것, 또 문화의 퇴화는 새로운 사실의 논리의 발견으로 수정되고 회복된다는 것을 현재 우리는 반성의 포인트로[14] 삼지 않을 수 없다.

이 점에선 시민적 지성이나 20세기의 새 지성이나 하자何者를 물론하고 지나치게 제 논리의 자율성 속에 칩거함을 경계치 않을 수 없다.

이 점은 부질없이 뭇 사실의 범람과 동화되지 않는 데선 논리의 장점인 동시에, 또한 논리에의 고집을 통하여 사실에서 유리함은 논리의 약점이다. 나는 이 점에서 기정既定 사실의 인정이란 정치상 용어를 별다른 의미에서 우리들의 작가와 더불어 생각하고 싶다.

물론 기정사실의 승인이란 것이 이태리의 이디오피아 점령으로 대영제국의 주권의 양보 내지 포기로 끝난다면 그것은 하나의 굴복이다. 그러나 반대로 기정의 사태는 이미 확정적임에 불구하고 관념적으로 그것을 부정하는 나머지 그 나라의 외교 정책이 모순에 빠지고 무능에 끝난다면 이것은 벌써 능한 의미의 정치는 아니다.

기정사실의 인정은 그 사태를 기초로 하여 자기 발전의 확고한 현실적 노선을 발견함에 이름을 의미한다.

이것은 오늘날 우리의 문학이 두려운 사실을 어찌할 수 없어서 현실의 표면의 세태와 풍속의 묘사에 그치거나, 헤어날 길 없는 내성 속을 방황함에 머무르고 있는 근간根幹인 문화의 정신을 사실의 승인

13 무엇보다 : '다시 말하면'(원 발표문).
14 포인트로 : 원 발표문이나 『논리』 모두 '「포인트」를'로 되어 있으나 문맥에 맞게 바로잡는다.

과 바꾸자는 것이 아니라, 우리의 정신 활동의 방향을 일체로 사실 가운데로 돌려 그 사실의 탐색 가운데서 진실한 문화의 정신을 발견하자는[15] 것을 의미한다.

그러기 위하여는 우리가 실천적으로나 문학적으로나 사실과의 길항拮抗 가운데로 들어가지 아니할 수 없다.

우리의 육체적 또는 정신적 강미强味가 얼마나 되느냐는 것을 시험하는 것도 이 속이며, 또한 새로운 사실의 논리, 새로운 사실 가운데 있는 새로운 문화 정신의 발견으로 낡은 우리의 문화를[16] 수정하고 신선하게 고쳐가는 길도 또한 이 길뿐이기 때문이다.

그것은 새로운 사실 앞에 우리의 온갖 것을 시련의 행위로서 성질을 밝혀두는 것이다. 시련의 정신! 이것이 비로소 우리의 지성에겐 결여된 정열을 부여하고, 육체의 내성內省에겐 부족한 이지理智의 힘을 또한 회복시켜 주는 것일까 한다.

15 발견하자는 : '發見하라는'(원 발표문).

16 문화를 : '文化材를'(원 발표문).

제2부

르네상스와 신(新)휴머니즘론•

소위 신휴머니즘론이 르네상스를 문제삼는 것은 내외內外의 공통한 현상이다.

작년 중 동경東京 문단을 시끄럽게 하던 제諸 휴머니즘론도 거개 르네상스와의 관련을 이야기하고 있었으며 우리 문단의 동론同論 수입자들도 이 테마를 번복飜覆[1] 하였다.

그러면 왜 현대 휴머니즘이 르네상스를 문제삼는가?

간단히 말하면 휴머니즘이라는 인간성의 존중이나, 인간 혹은 개성의 자유를 모토로 하는 사상이 현대에 고유한 창안이 아니라 전에 존재했던 것의 부흥·계승·개혁이라고 생각되는 때문이다.

즉 르네상스라고 불러지는 13~15세기 간에 휴머니즘 사상은 문화

• 『조선문학』, 1937.4.

1 임화는 이 단어를 '반복'이라는 의미로 사용하고 있다.

의 중심 성격으로 개화한 일이 있었다.

주지周知와 같이 그것은 근대문화의 찬란한 여명이었을 뿐만 아니라 인간이 역사상에서 진정한 자기 존재를 자각하고 위대한 문화적 창조적 능력을 발휘해본 일 시기였다.

그러므로 근대인에게는 잊어버릴 수 없는 청춘시절이었으며 상실된 애정처럼 항상 연련戀戀한 동경의 대상이 되었었다.

그러나 근대사회나 문화의 정상적 발전의 오랜 감몽甘夢 가운데서 이 시기가 다시 관심의 대상으로 의중意中에 떠오르지는 않았다.

번영과 융성의 절정을[2] 걷는 근대문화가 이 시기를 구태여 재성再省할 필요란 그리 없었다. 그들이 순간 순간 경험하는 현재의 상태는 그들을 충분히 만족시켰었다.

그러나 역사가 과도기를 체험하고 인간생활이나 문화의 낡은 전통이 격렬한 변동이나 위기에 처하였을 때 화려하던 청춘시대는 가끔 의표意表에 올랐었다.

불란서혁명 시대의[3] 사상가들이 희랍의 제신諸神과 더불어 르네상스인의 영혼을 초환招喚한 것은 정히 이 예일 것이다.

그러나 불란서 사회가 자기의 근대적 발전의 새로운 순로順路를 밟기 시작하면서부터 이 신들은 뒤늦어 근대적 변혁을 경험한 독일로 초치招致되었다.

구라파의 안정安靜이 형성되고 보다 뒤늦게 근대적 발전의 노정路程으로 동양 사회가 등장했을 때 이 신들과 희랍과 르네상스는 불란서와 독일적 근대의 새로운 영혼들과 더불어 멀리 인도양을 건너 동양

2 절정을 : 원 발표문이나 『논리에는 모두 '絶頂을'로 되어 있으나 '項'은 '頂'의 오자일 것이다.

3 혁명 시대의 : '革命의'(원 발표문).

을 내방來訪한 것도 주지의 일이다. 르네상스 정신이란 마치 근대적 해방의 전능한 신처럼 구라파로부터 동양에 이르기까지 도처에서 개선凱旋하면서 새로운 세계사의 길을 개척한 것이다.

그러나 도처에서 '르네상스! 르네상스!' 하면서 개척되어 3~4백년 동안 태평의 성몽盛夢을 누리던 새로운 세계사의 국면은 마침내 한개 근본적인 위기를 맞았다.

거번去番의 세계대전은 분명히 근대사회나 문화가 전반적인 해체과정을 영접하였음을 고시告示하였다.

구라파의 멸망이나 세계의 위기가 사상가 예술가의 입으로 절규된 것은 결코 우연이 아니었다.

이 문화란 바로 3~4백년 전 우리가 르네상스라고 부르는 정신이 개척한 그것의 연장이었다.

이곳에서 문화나 생활의 위기의 문제란 그 전의 어느 시기의 그것과도 전연 다른 심각성에서 사람들의 사고 중에 떠오르게 되었다.

왜 그러냐 하면 연장된 르네상스 문화, 즉 근대사회 문화가 정신적 수호신으로 삼았던 르네상스 정신 자체의 위기 앞에 르네상스 그대로의 방법을 가지고는 도저히 위기를 타개할 현실성은 없었으므로…….

요컨대 불란서혁명 시대[4]처럼 르네상스 그것은 그대로 현대적인[5] 위기 극복의 처방이 될 수 없다는 사실이 차등此等 문화인에게 명백히 된 것이다.

그러므로 그 전 르네상스와는 다른, 그러나 르네상스와 같은 문화와 그것으로 인하여 다시 자기의 번영을 가져다줄 새로운 방법이 고구考究되기 비롯한 것이다.

4 원 발표문에는 이 사이에 '獨逸 改革 時代'라는 구절이 삽입되어 있다.
5 원 발표문에는 '현대적인'이라는 구절이 빠져 있다.

대전大戰 이후 위기철학危機哲學이라고 불러지는 슈펭글러O. Spengler, 젠틸레G. Gentile, 기타 사상가의 손에 의하여 부흥의 광장으로 초혼招魂된 니체F. Nietzsche, 헤겔G. W. H. Hegel 등 일련의 전대前代 사상의 부흥 현상은 모두가 이 사실을 증명하는 것이다.

그러나 기다幾多의 사상가들의 심력心力을 다한 전대 사상의 초혼도 근대문화의 심화한 위기를 구하지는 못했다.

전쟁이 지난 지 십유여년, 위기는 개선되기는커녕 일층 심화하였고 그만치 전대 사상의 부흥 현상은 종식됨이 없이 계속하였다.

최근 고조된 파시즘의 세계적 위기하에 자유주의와 다음으로 휴머니즘이 부흥되었다.

자유주의나 휴머니즘 부흥은 본질적으로는 개성의 자유 옹호라는 일치된 근거에 입각한 것으로, 전자의 헤겔 니체 부흥 등과 구별되는 일면을 가지고 있음이 그 특색이다.

니체 헤겔 등의 부흥이 전대 철학의 관념론적 측면을 개악 강조하여 파쇼적 국민을 준비한 대신, 후자는 성숙된 파시즘의 강압하에 개성의 자유, 사유의 자유, 비판의 자유 등 현대 지식인의 자기 옹호 사상으로 표현되었다.

이러한 자유란 물론 르네상스라는 일 시기가 중세와의 투쟁 가운데서 취득한 근대적 해방의 선물膳物이었다.

그러나 르네상스에 의하여 시작된 근대사회 문화는 자기 자신의 청춘시대까지를 모멸해야만 존속이 가능할 만큼 절박한 상태 가운데 처한 것이다.

이러한 상태하에 종래 그 주도적 지배자가 아니라 그 지배의 일 종속자층이었던[6] 지식인이 개성적 자유를 요구하는 현대적 의의가 이 관계 중에 표현됨은 극히 자연한 일이다.

즉 지식인의 자유 욕구나 인간성 옹호의 본질이 르네상스 기期에 보는 바와 같은 조기早期 자본주의적 한계를 넘지 못하며, 타방他方 그럼에도 불구하고 전체주의적 개성 무시에 대하여는 일정한 대립자로서의 의의를 상실치 않음이 그것이다.

그러므로 동경이나 우리 조선문단의 최근 현상을 본대도 자유주의론으로부터 휴머니즘론에 이르는 논의 과정에 이 중간계급성은 명백히 나타나 있다.

정치 관념으로서 자유주의 가운데 표현된 사상은 문화 관념으로서는 위선爲先 휴머니즘으로 번역될 수 있는 것이다.[7]

자유란 개념이 여하한 자유, 수하誰何의 자유인지 구체적으로 선명鮮明치 않음과 같이 인간성이란 말도 여하한, 수하誰何의 내용을 똑같이 사상捨象한 말이다.

오직 양자 가운데 개인 혹은 개성의 자유 존중이란 사상만이 확고함을 알 수가 있다.

그러나 주지와 같이 현대사회 가운데 진정히 개인, 개성이 자유를 향유[8]하려면 하나의 근본 전제인 개인의 사회적 존재의 양식을 여하히 할까가 해결되어야 한다.

그러므로 개성을 사회관계의 총체 중에서 보지 않는 개인적 자유론이 궁국窮局에 있어 반단半端의 자유사상임을 면치 못하는 것이다.

여기에 불가피적으로 현대 휴머니즘론이 아무리 피하려 해도 추상성 가운데 떨어지는 이유가 있을뿐더러, 그 모범인 르네상스를 전全혀 자기류의 자의恣意와 편견으로 평가하는 숙명적 이유가 있다.

---

6 종속자층이었던: '從屬者層에 不過하엿든'(원 발표문).

7 될 수 있는 것이다: '되는 것이다'(원 발표문).

8 『논리』나 원 발표문 모두 '亨有'라 되어 있으나 '享有'의 오식일 것이다.

사실 현대 휴머니즘은 그 르네상스관觀 가운데 자기의 대반大半의 본질을 폭로한다.

*

우리는 휴머니즘이란 사상이 르네상스기 휴머니즘으로부터의 차용물이란 것을 구태여 묻기를 피한다.

그러나 하나의 부흥으로서 자기 사상의 역사적 원천을 설명하는 태도에는 주목을 요한다.

왜 그러냐 하면 개성의 자유라든가, 인간성의 옹호라든가, 문화와 창조적 자유의 옹호라든가는 인간의 일반적 요구를 사상 내용으로 하면서도 자기를 휴머니즘이라고 부른 것은 유독 지식인뿐임으로써이다.

경향적[9] 사상문화론을 보면 이 사실은 명백한 것으로, 주지와 같이 그들은 지식인과는 전연 다른 명목으로 자기 사상을 부르고 있다.

그렇다고 해서 현대 유물론이 우음마식주의牛飮馬喰主義라든가, 법칙 존중의 형이상학이라든가, 휴머니즘만큼 인간성을 존중치 않는다고 생각함은 가소로운 속견俗見일 따름이다.

현대 유물론은 문화 문제에 있어 일부러 자기 사상을 인간성의 측면에서 표현하려 할 때 고리키M. Gorki가 사용한 것과 같이 어떤[10] 휴머니즘이란 개념을 쓴다.

물론 이것은 군색한 표현이다. 그러나 휴머니즘이란 위에 '어떤'[11]

9 경향적 : '푸로레'(원 발표문). '푸로레'는 프롤레타리아의 줄임말.
10 어떤 : '푸로'(원 발표문).
11 어떤 : 푸로(원 발표문).

이란 관사冠辭를 붙임은 결코 부자연한 면책적免責的 조작이 아니다. 실로 휴머니즘의 추상적 내용의 위험성을 간취하고 있는 때문이며, 인간 해방이 그 사회적 존재양식의 해결을 전제한다는 심각한 내용성을 강조하기 위함이다.

그러므로 그 어떤[12] 휴머니즘은, 휴머니즘 일반론과 다른[13] 휴머니즘과는 휴머니즘이란 언구言句 이외에 하등의 공통점을 가지고 있지 않다는 고리키의 휴머니즘론이 르네상스 부흥과는 오히려 대립하는 사상임을 알 수가 있다.

사실 현대적 조건 가운데서 인간이 해방되기 위하여서나 또는 문화위기를 극복키 위하여서나 우리는 다시 르네상스의 과거로 돌아갈 의무도 없는 것이며 그것을 재흥시킬 필요도 없다.

뿐만 아니라 역사란 꼭 1회만 있는 반복 불가능의 사실이다.

따라서 차대인次代人이 전대前代로 복귀한다는 것은 사실에서가 아니라 단지 관념에서 돌아가는 것이요, 전대의 부흥이란 항상 현대의 필요 가운데서 환기되는[14] 현상에 불과하다.

비록 여하한 구별과 차이를 전제하든지 간에 현대 휴머니즘이 자기의 사상 일우一隅에 르네상스 부흥의 일석一席을 준비하는 한, 그것은 르네상스 정신의 연장으로 그들이 대립하려는 문화와 상통한 일맥이 잔존해 있음을 이야기하는 것이다.

즉 현대 문화위기에 임한 문화의 근원적 극복 위에서 현대 휴머니즘은 출발하는 것이 아니라, 그 일부분의 승인과 긍정 위에 약간의 개

12 어떤: '푸로'(원 발표문).
13 다른: '뿌르'(원 발표문). '뿌르'는 '부르주아'의 줄임말.
14 환기되는: '生起하는'(원 발표문). 한편 『논리』에서도 '換起되는'으로 되어 있는데, '換'은 '喚'의 오자일 것이다.

량을 시施하려는 데 불과한 것이다.

바꾸어 말하면 근대사회가 지식인에 필요한 정도의 자유를 허용한다면 새삼스레 휴머니즘론이 시끄러이 대두하지 않아도 좋은 셈이다.

물론 이 논단論斷은 현대 휴머니즘론의 부정적인 측면을 극단적으로 추구한 결과이다. 또한 이러한 약점은 정도의 다과多寡를 불구하고[15] 현대 휴머니즘론의 숙명적인 본질이다.

그러므로 현대 휴머니즘론은 정당히도 자기를 르네상스기 휴머니즘의 한 부흥물로서 그것과의 혈연관계를 유지하는 것이다.

어째서 르네상스 휴머니즘은 부흥되어서는 안되는 것이며 또 재흥再興할 수 없는 것인가?

다름 아니라 르네상스란 현대사회의 선구인 상업 자본주의가 봉건적 중세로부터 자기를 해방하려고 투쟁한 시기時機이며, 현대사회 문화를 위기에 처하게 한 조건을 작출作出한 최초의 원인인 때문이다.

즉 그것은 상식적으로 생각하는 바와 같이 전 인류적 해방도 아니었고, 전 인간의 자각도 아니었으며, 오직 시민적 사회·인간의 해방 과정에 불과하였었다.

그러므로 시민계급이 중세로부터 해방됨으로써 사회문화를 진보케 한 역사적 사실이 오늘날에 다시 있을 수도 없는 것이며, 또한 현대문화를 위기로 이끈 내적 모순의 최고의 원인을 가지고 그 결과를 구救할 수도 없음은 자명한 일이 아닌가?

그런 때문에 금일의 문화 위기를 극복하고 새로운 문화 창조의 길을 타개할 방도는 금일의 현실에 즉卽하여 그 가운데로부터 필연적으로 도출되는 어떤 길[로서], 이것은 르네상스적 인간 해방이 가진[16] 일

15 원문에는 '不拘코'로 되어 있으나 바로잡았다.
16 가진 : 원 발표문이나 『논리』에는 '갖은'으로 되어 있다.

면성과 자기 모순의 부정 위에서 출발할 것이다. 이 사상에 있어 르네상스는 연속적으로 부흥되는 것이 아니라, 변증법적으로 지양되며 비판적으로 계승된다.

그러므로 이 사상은 르네상스적 정신과 방법으로 만들어진 근대사회로부터 자기 존속의 전全 요건을 수득收得치 못하고 그것을 오히려 자기 발전의 질곡이라 느끼는 특정의 인간군人間群 가운데 비로소 발생할 수 있는 것이다.

이 인간군의 입장만이 홀로 역사적일 수 있으며 따라 객관적일 수가 있다.

르네상스를 단순히 부정된 과거라고 논단論斷해버리는 것이 아니라, 그것이 인류문화에 기여한 위대한 가치를 자각하고[17] 그것을 계승하여 발전시킨다.

동시에 그 한계를 명확히 자각하며[18] 모순을 적발하고 부정될 부분을 천명하여 영구히 소생될 수 없는 역사 과정 가운데 포기케 하는 것이다.

이 과정 중에는 불분명하고 추상적인 아무것도 없을뿐더러 그 행위는 현실적이고 역사적인 발전의 필연성 위에 입각한 만큼 자의적恣意的이고 편견적인 인위성과는 일호一毫의 관계도 없다.

역사는 그들의 앞에 전全혀 하나의 자명한 과정으로서 명징明澄한 자태대로 관찰된다.

그러나 역사 발전을 그 자명한 있는 대로의 양상에서 파악할 자질을 결缺한 인간의 입장, 즉 르네상스를 그 질적 지양의 입장에서 파악치 못하고 어느 부분에서이고 그것의 연장과 결부되어 있는 입장에서

17 자각하고 : '認定하고'(원 발표문).
18 자각하며 : '設定하며'(원 발표문).

그것이 파악될 때, 역사의 진실한 자태는 자의와 편견으로 왜곡되고 만다.

여하한 의미에서이고 자기의 현대적 입장을 르네상스의 부흥 가운데 찾으려는 모든 사상은 이 자의와 편견을 역사 현실 가운데 가지고 들어가는[19] 것이다.

오늘날 진보적 문화사상의 하나라고 볼 신휴머니즘론에서도 우리는 이 자의와 편견의 한 표현을 발견하는 것이다.

*

우리 논단論壇에 휴머니즘 사상을 수입한 두 사람의 논객 김오성金午星, 백철白鐵[20] 양씨兩氏가 다 같이 이 역사 위조僞造의[21] 선수이었다는 사실은 결코 우연이 아니다.

왜 그러냐 하면 르네상스를 얼마나 정확히 보느냐 하는 정도는 곧 현대 휴머니즘의 진보성을 가치 평가하는 척도가 되기 때문이다.

사실 이상하게도 르네상스를 위조하면 위조할수록 그 휴머니즘론은 관념론과 추상성을 증가해간다.

아마도 역사 위조의 도합度合이란 현실 가운데 그들이 비합리적인 자의와 편견을 지입持入하는 도합과 정비례하기 때문인가 한다.

역사를 위조하는 수단으로 현실을 왜곡하고, 현실을 왜곡하는 수단

19 가지고 들어가는: '持入하는'(원 발표문).

20 백철의 「우리 문단과 휴매니즘-그 구체적 논의를 위하여」(『조선일보』, 1936.12.23~27), 「웰컴! 휴머니즘」(『조광』, 1937.1) 및 김오성의 「인간 탐구의 현대적 의의」(『조선일보』, 1936.5.1~9), 「네오 휴마니즘론-그 근본적 성격과 창조의 정신」(『조선일보』, 1936. 10.1~9), 「네오 휴맨이즘 문제」(『조광』, 1936.12), 「휴머니즘문학의 정상적 발전을 위하여」(『조광』, 1937.6) 등의 글이 있다.

21 원 발표문에는 이 사이에 '素朴한'이라는 단어가 삽입되어 있다.

으로 인간해방이란 실제 문제를 더한층 진정한 인간 해방의 길에서 이탈시키는 것이다.

김, 백 양씨의 르네상스관을 보면 이 논단論斷이 결코 독단이 아님이 증명될 뿐 아니라 역사관이 현실 해결과 예리하게 관련됨을 알 수 있다.

> 현대의 휴머니즘적 경향은 르네상스의 휴머니즘과 같이 '단(單)히' '예술가적 격정'에서 절규되는 것이 아니고, 인간 생존을 재건하려는 금일인(今日人)의 파토스가 자체의 이론적 또는 인생관·세계관적 기초를 획득하려는 이성적 성찰과 결부되어 나타나고 있음에[서] 우리들의 관심을 끄는 것이다.
>
> —김오성 씨, 「네오 휴머니즘 문제」, 『조광』 12월호[22]

별로 주해註解를 필요로 하지 않을 이 인용문 중에 독자는 놀랄 만치 소박하고 개념적인 대위법對位法이 사용되었음을 볼 것이다.

일언一言으로 말하면 르네상스의 휴머니즘이 단순한[23] 예술가적 격정의 소산인 반면에 현대 휴머니즘김씨의 용어례用語例를 따르면 네오 휴머니즘은 광범한 인생관·세계관적 산물이란 것이다.

요컨대 르네상스가 예술로써 표현한 것을 현대 휴머니즘은 철학적으로 논리화하는 곳에 새로운 의의가 있다는 것이다.

예술 형상을 철학 논리로 일반화할 때 겨우 새로운 의의가 있을 따름이라면, 네오 휴머니즘은 본질적으로 르네상스 휴머니즘과 다른 점

22 『조광』, 1936.12, 188~189면으로부터의 인용이다. 인용문 안의 ' ' 부분은 임화에 의한 강조이며, [서]는 임화의 인용에서 누락된 글자이다.

23 단순한 : '狹逸한'(원 발표문).

은 없지 않는가?

아무데를 찾아보고 아무리 김씨의 논리를 발전시켜도 예술이 철학으로 번역되는 외의 차이는 없다.

만일 씨 등氏等의 네오 휴머니즘이 '네오'를 백개 덧붙여도 결국 르네상스의 그것과 본질적으로 구별이 없는 한, 네오 휴머니즘은 현대문화 위기를 초치招致한 최초의 원인을 가지고 그 결과를 극복하려는 무의미한 사변이 아닌가?

불행히 네오 휴머니즘 이론 구성의 출발점인 상기上記의 대위법은 이러한 넌센스 위에 형성된 것이다.

뿐만 아니라 르네상스의 휴머니즘과 본질적으로 동질물同質物인 인간해방, 인간성의 탈환 등의 진부한 내용을 신의장新衣裝 가운데 싸기 위하여 진정한 르네상스를 안조贋造함으로써 자기의 어색한 대위법을 만들어낸 것이다.

다름 아니라 하나의 세계관적 의의를 갖는 세계관적 운동으로서의 르네상스의 휴머니즘을 협애한 예술적 반면半面 가운데 왜곡하면서, 그것에 비하여 훨씬 무가치한 '네오' 무엇을 광대한 사상과 같이 표시할 위장僞裝을 안출案出한 것이다.

주지와 같이 르네상스 휴머니즘은 신의 이념 가운데 자기를 소외한 인간성을 탈환하였다고 하여 그 자체가 벌써 보는 바와 같이 훌륭한 세계관상의 투쟁을 반영하고 있을뿐더러, 르네상스는 이 말들이[24] 의미하는 것보다 훨씬 광범하고 또 위대한 세계관적 전환이었다.

르네상스에 의하여 신의 비복婢僕으로부터 인간은 자기로 귀환하였을 뿐더러, 일 지방 일 국민의 역사는 비로소 진정한 세계사의 무대로

24 원 발표문이나 『논리』의 원문에는 '말들의'로 되어 있으나 오늘날의 주어 표기 방식으로 수정하였다.

등장하였고, 철학·예술·과학은 비로소 그 본래적 발전 노상路上에 올라 진정한 의미의 철학·예술·과학이 되지 않았는가?

더욱이 일– 희랍, 일 라마羅馬,[25] 일 동양의 문화는 르네상스를 통하여 비로소 세계문화로서의 가능성을 획득하였다.

나는 일찍이 우리 미제라블[26]한 조선의 휴머니스트 외에 르네상스를 단순한 예술상 현상이라고 평가한 저작을 읽은 일이 없다.

세간에서 협애한 인상주의 비평가라고 지칭하는 페이터W. H. Pater의 르네상스론[27]에서도 르네상스 예술의 특성을 광범한 시대정신과의 연락聯絡이라든가 생활적 철학적 과학적 운동과의 불가분적 관계에 있다고 논단하였다.

유명한 독일의 르네상스 사가史家 부르크하르트J. Burckhardt의 『이태리 문예부흥기 문화론』[28]을 보아도 국가, 산업, 교통, 종교, 예술, 철학은 물론 심지어는 풍속, 의복, 부인의 화장에까지 르네상스적 현상을 지적하고 있다.

비록 이태리 르네상스의 대표적 예술가 단테A. Dante나 다빈치L. da Vinci 같은 개인의 예를 고찰한대도 이 견해는 도저히 유지될 수 없다. 『신곡神曲』의 작자는 동시에 군주제론, 속어론俗語論, 수륙론水陸論의 저자이었으며 신흥시민당新興市民黨에 가담하여 생지生地 플로렌스시를 추방당한 정도의 정치가이었다. 다빈치는 위대한 화가이었을 뿐만 아니라 수학자, 기계학자, 축성가築城家, 연출가, 생리학자이었고 근대물

25 '羅馬'는 '로마'의 한자식 표기.
26 miserable.
27 레오나르도 다 빈치, 보티첼리 등 르네상스기(期)의 화가를 중심으로 한 페이터의 평론집 『르네상스사(史)의 연구(*Studies in the History of Renaissance*)』(1873)를 가리킴.
28 원제는 *Die Kultur der Renaissance in Italien*(1860). 저자인 부르크하르트(Jacob Burckhardt, 1818~1897)는 근대 미술사학의 확립자로 일컬어진다.

리학에 중요한 공헌을 한 자연과학자이었다.

개개의 별인別人에 의하여서만 아니라 전全혀 일 개인 가운데 몇 개 상이한 실천과 학문 영역이 종합되어 있었다.

이 점이 르네상스인을 종합적 거인, 다방면적 천재라고 부르는 소이이며, 르네상스를 하나의 예술사적 현상이라 보는 견해가 일 개인의 예, 그나마 전형적 예술가의 경우에도 타당치 않을 것이다.

그러면 왜 르네상스문화는 과학, 예술, 실천 등이 유기적으로 종합되어 있었느냐 하면, 그것은[29] 시민사회가 역시 천년간 세계를 지배한 봉건제도에 대하여 전 세계사적으로 투쟁한 과정인 때문이며,[30] 동시에 신흥하는 사회계급은 과학, 예술, 정치 등 모든 것을 창조할 필요가 있었으며 또한 모든 것을 타파할 필요가 있었기 때문이다.[31]

이 과정 가운데서 모든 영역은 불가분적으로 연결聯結되지 않을 수가 없었다. 그러므로 일개 예술상의 운동도 정치적 의의와 결부되어 있었고 일개 정치적 실천, 과학적 실험도 예술과 철학상의 과제와 분리될 수 없었다.

그러나 제諸 영역이 어째서 일 개인 가운데 거인적巨人的으로 종합되었었느냐 하는 것은 별개의 문제이며, 세계관적 사회적 운동이 왜 휴머니즘이란 문화관념의 형태를 정呈하였었느냐 하는 것도 또한 별개 문제이다.

『가족 급及 국가의 기원』의 저자는[32] 르네상스적 거인의 생탄生誕 가

29 그것은 : '무었보다 한 개 世界支配의 體制로서의'(원 발표문).

30 대하여~때문이며 : '對한 全혀 全世界史的 鬪爭過程'(원 발표문).

31 또한~ 때문이다 : '科學 藝術 政治等 모든 것을 打破할 必要가 玆存했었다'(원 발표문). '玆存'은 '竝存'의 오식일 것이다.

32 『가족 급 국가의 기원』의 저자는 : '「엥겔쓰」는'(원 발표문). 「가족 及 국가의 기원」의 완전한 제목은 『가족, 사유재산 및 국가의 기원』이며 엥겔쓰는 프리드리히 엥겔스(Friedrich Engels).

능성을 자본주의적 분업의 미발달 가운데 구하였다.

"즉 사고하는 인간과 행위하는 인간, 향락하는 인간과 노동하는 인간과의 거리가 발달한 자본주의 사회의 그것보다 훨씬 근접적近接的이었으므로" 현대 정치가, 사상가에 비하여 훨씬 분업의 영향을 덜 받았었다고 한다.

이 조건은 그들로 하여금 펜과 검을 아울러 가지고 시대의 행동에 참가케 하였으며 그들의 성격 가운데 행위의 열정과 사색의 성실을 거인적으로 종합시킨 것이라 한다. 이만한 정도로 이 문제는 만족하고 다음 문제로 옮기자.

중세의 신분관계를 소유관계, 자본으로 대치한 시민계급의 해방운동이 어째서 제3의 매개 형태인 교양教養 관계로 자기를 표현했는가 하는 것이다.

주지와 같이 르네상스 정신의 전형적 관념은 휴머니즘이고, 휴머니즘은 인간의 가치 평가의 척도로 교양을 설정하였다.

르네상스인의 가치 의식은 화폐만이 아니라 오히려 교양에 치중하였다고 봄이 거짓 없는 르네상스관이다.

그러면 화폐 즉 물질적 부를 가지고 절대적인 가치 표준으로 삼는 시민계급의 현실과 모순함이 아닐까? 따라서 르네상스와 그 관념적 표현으로서의 휴머니즘을 시민적인 것이라 평가함은 유물론[33]의 허구가 아닌가?

그러나 일견 모순하는 것과 같은 이 사실은 우리 김오성, 백철 씨 등을 작약흔희雀躍欣喜케 할 만큼 불가해不可解의 모순은 아니었다.

베이컨F. Bacon은 말하지 않았는가?

33 유물론: '唯物史觀'(원 발표문).

'아는 것은 힘이다'고…….

르네상스인에게 있어 교양이 있다는 것은 곧 화폐를 획득할 수 있는 현실적 전제이었다.

새로운 통상로通商路의 개척을 위하여 천문학 지리학이, 생산력의 신장을 위하여 물리 화학이, 부의 축적을 위하여 경제과학이, 상업 도시의 옹호, 식민지 획득을 위하여 군사과학이, 귀족과 시민의 무차별의 관계를 위하여, 교회와 신의 지배를 타파키 위하여 인문과학이[34] 각각 산[生] 힘이었다.

다음으로는 역사적 정황의 특수성이 작용하고 있다.

봉건사회 자체 내에서 발생 성장한 상업자본주의는 아직 공연히 신분관계를 소유관계로 대치할 만큼 성장되지 못했었고 일반적 현상이 되지 못했다.

13~4세기에 그들은 겨우 지중해안 제諸 도시에 자기의 취약한 지배를 수립함에 지나지 않았다.

그들은 봉건 영주와 교회의 격렬한 억압하에 있으면서도 아직 권력적으로 그것에 승리할 수는 없었다.

18세기의 오랜 절대주의가 오히려 귀족과 시민의 타협 정권이었음을 독자는 상기해야 할 것이다.

그러므로 조기早期 시민인市民人이, 귀족의 출생, 문벌 등의 자랑과 종교적 압력에 대하여 현실적 교양의 우월이란 간접의 형태로 대립한 것이다.

뿐만 아니라 실제적으로 문벌이나 종교에 대하여 인문적 교양이 훨씬 높은 현실적 가치를 발휘하고 있었다는 사실은 결국 인간의 가치

34 인문과학이 : 『논리』에는 '文人科學의'로 되어 있으나 원 발표문에는 '人文科學의'로 되어 있다.

의식을 신분, 종교로부터 교양으로 이행시킬 것이다.

이 기초 위에 조기 시민인의 사상은 인문주의라는 외형으로 표현되었으며, 기독교적이 아닌 희랍 라마羅馬문화에로 탐구의 눈을 돌린 것이다. 이곳에서 고전적 고대와 고대문화에의 부흥 현상이 환기된 것이며 이 시기를 지칭하는 르네상스라는 개념이 형성된 것이다.

그러나 고대에의 복귀나 고전 부흥이 단순한 복귀, 재흥再興의 현상이냐 하면 전연 그렇지도 않았다.

이것을 단순한 부흥 현상이라 생각함은 백철 씨와 같이 피상적인 속류론자俗流論者나 감히 주장할 바이다.

교훈을 위하여 백철 씨의 가경可驚할 르네상스론을 인용해보자.

> 나로 보면 그 문예부흥기의 휴머니즘이라는 것은 고대 사회와 그 인간에 대한[35] 향수적(鄕愁的) 행동이었다.

이것은 신춘 효두新春曉頭 『조광朝光』지에 실린 백씨의 「웰컴! 휴머니즘」[36]이란 심히 유쾌한 표제의 논문 중의 일절이다.

이 독단론도 예에 의하여 자의와 편견으로 조작된 주관적 대위법의 산물이다.

자기의 무내용한 견해에다가 인류문화의 미래를 건설키 위한 듯한 무슨 적극적 외장外裝을 시설施設하는 데 르네상스의 장대한 전진운동을 하나의 보잘것없는 복고주의로 단정해버리는 것처럼 간편한 일은 없다.

35 인간에 대한: 원 발표문이나 『논리』에는 '人間의'로 되어 있으나, 백철의 원문에 의해 바로잡았다.

36 『조광』, 1937년 1월호에 실린 글.

그러나 역사란 것은 허언자噓言者의 입이 채 다물기도 전에 사실이 손뺵으로 그 빰을 치는[37] 것이다.

르네상스 다시 말하면 발흥하고 있는 상업자본주의가 고전적 고대와 고전문화의 부흥 현상 가운데 자기 발전의 모멘트를 발견한 이유는 엄밀히 다음의 이유 때문이다.

> 고대는 이태리의 생활과 동일한 경제적 기초 위에, 정히 상업자본과 화폐 경제의 기초 위에 있었던 때문이다. 고전적인 기분, 이상, 제도, 철학, 시가, 예술의 부활은 당시 이태리인에게 있어 지대한 사회적 의의를 가지고 있었다. 그것은 첫째로 고전시대가 교회적, 종교적, 금욕주의적인 봉건적 세계관을 타파하는 데 유력한 무기였던 때문이며, 둘째로 고전문화가 자기의 정치 이론, 이데올로기 또는 예술적 형상을 가지고, 경제적 전환의 영향하에, 화폐 경제와 상업자본주의 발달의 영향하에 이태리에서 형성되고 있는 새로운 생활과 새로운 세계관을 보다 용이히 조직할 가능성을 공급했기 때문이다.
>
> — 프리체(V. M. Friche), 『구주문학발달사(歐洲文學發達史)』

한 문화의 전파나 모방, 혹은 재흥에는 이러한 철鐵과 같은 사회적 공통성과 역사적 필연성이 지배하는 법이다.

우리 조선의 개화주의자들이 기독교나 명치明治문화[38]를 수입 모방한 것은 결코 교회의 지배나 조선의 식민지화를 위함이 아님도 주지사周知事가 아닌가?

그들은 조선 사회의 근대적 발전과 자주적 번영을 기도企圖한 신흥

37 치는 : '갈기는'(원 발표문).

38 明治문화 : '日本 內地 文化'(원 발표문).

계급의 이데올로그들이었다. 이와 마찬가지로 이태리 르네상스인에게 있어 봉건사회와 교회 지배와의 현실적 투쟁의 필요에 있어, 또한 새로운 자기 건설의 유능한 보조물로서 고대와 그 문화의 반성이 필요하였다.

이 견해를 확증하는 것은 근대사회 문화의 전全 역사적 사실이다.

근대 자연과학은 결코 희랍 자연철학의 단순한 재흥이 아님은 물론, 근대 예술 문학과[39] 호머Homer · 소포클레스Sophocles · 아리스토파네스Aristophanes, 아테네 · 라마羅馬의 민주공화제와 현대 정치는 전연 비슷도 안한 것이다.

오직 근대사회는 르네상스를 통하여 고대로부터 철을 받아 검과 기계를 만든 것이다.

만일 시민사회의 전진 도상途上 그것이 유력한 도움이 되지 않는다거나 장해가 된다든지 하였다면 여하히 희랍 · 라마라 할지라도 르네상스는 일별一瞥도 던지지 않았을 것이다.

이러한 현실적 필요와 사회적 기초의 공통성이 잠복해 있을 때 비로소 르네상스인은 본능적 예감銳感을 가지고 희랍 · 라마에로 향한 것이다.

그러나 희랍이나 라마는 르네상스인에게 우연히 발견된 보물이나 주관적 자의恣意 혹은 단순히 폴리티컬한 편의물로서만 취택取擇된 것은 아니다.

희랍 · 라마는 르네상스인에게 재발견되지 않으면 안 되었었으며, 르네상스인은 희랍 · 라마를 꼭 발견치 않으면 안 되었었다. 이 점은

39 예술 문학과 : 『논리』에는 '藝術과 文學과'로 되어 있으나, 원 발표문에 의거해 바로잡았다. 내용상 대비되는 것이 〈근대 예술 문학〉과 〈(그리스의) 호머 · 소포클레스 · 아리스토파네스〉이므로, '과'를 삭제하는 것이 낫겠다.

상기 프리체의 서술에서 만족한 해답을 구할 수 있으나 우리는 다시 프리체가 간과한 일면을 고찰하지 않으면 아니 된다. 그것은 『브뤼메르 18일』[40]에서 『자본론』의 저자가 피력한, 시민사회란 그 본성상 영웅주의에도 자기 희생에도 적당치 않다는 사상이다.

이 견지에서 르네상스의 고대 부흥을 반성할 때 거기에는 시민적 고대 재흥의 현저한 제한과 편의성이 나타난다.

르네상스 시대에는 희랍 고대와 같은 영웅이 없을뿐더러 오히려 인위적 환상으로서 영웅주의적 기분이 나타났던 현상을 간취할 수가 있다.

아미리가亞米利加[41]를 발견한 콜럼버스C. Columbus나 최초로 세계를 일주한 바스코 다 가마Vasco da Gama의 행위는 궁국窮局에 있어 상업로商業路, 신식민지의 개척이란 협애한 상인적 근성을 가지었었음에 불구하고, 그 자신이나 또 전기傳記 작자들이나 다같이 그들을 전 인류의 행복을 위하여 고난과 싸운 영웅과 같이 표상하고 있다.

분명히 콜럼버스의 북미대륙 발견은 아미리가 인도인印度人[42]의 멸망의 개시였고, 바스코 다 가마의 희망봉 항로 개척은 흑인의 대량적 노예화 과정의 개척이 아니었던가?

어디에 전 인류적 행위, 즉 진정한 자기 희생과 영웅주의가 있는가?

오히려 서반아西班牙나 이태리의 소수 수공업자나 상인의 이윤 추구를 위하여 많은 인간의 불행을 초래한 모멸할 이기利己 행위가 아니었던가?

40 완전한 제목은 『루이 보나파르트의 브뤼메르 18일』. 칼 맑스의 저작이며, '브뤼메르 18일'이란 나폴레옹이 군사 쿠데타로 統領 政府를 세운 1799년 11월 9일을 가리킨다.
41 '아메리카'의 한자식 표기.
42 '인디언'의 한자식 표기.

르네상스의 휴머니즘이 전 인간, 인간성 일반을 해방하였다 함은 하나의 자기기만이었으며 행위자 자신이 느낀 감격도 근거 없는 자기 환상이 아니었던가?

사실 그러하였다.

> 자기 이전에 지배하고 있던 계급을 대신하여 출현한 신계급은 자기의 목적을 관철키 위하여 자기의 이해(利害)를 사회 성원 전체의 공동 이해로 서술하는 것이다. 즉 관념적으로 표현하면 자기 사상에 보편성의 형식을 부여하고 그것을 유일의 합리적인 보편타당적인 사상으로 서술치 않을 수 없게 된다.
>
> —『독일[43] 이데올로기』

이것은 말할 것도 없이 타파될 대상에 대하여 자기의 세력을 일층 광범하고 강고하게 만드는 때문이다.

상게서上揭書의 저자는 이것을 '환상적 공동성'이라 부른 것으로, 근대의 자유·평등의 개념, 르네상스의 인간 해방·인간성 옹호 등의 표상이 바로 그것이다.

그러므로 르네상스의 휴머니즘이 희랍으로부터 고대적 영웅, 고대적 인간 정신을 차용한 것은 한낱 사회적 기초의 공통성에서뿐만 아니라, 이 환상적 공동성의 실현을 위하여 고대가 가장 적절했던 때문이라는 다른 반면半面의 이유가 있다.

즉 희랍 신화[44] 내지 호메로스Homeros는 인간이란 사회 전체의 이해

43 독일 :『논리』의 원문에는 'D.'로 약호화되어 있고, 원 발표문에는 '더잇췌'로 되어 있다. '더잇췌'는 'Deutsche'의 음독.

44 희랍 신화 : 원문에는 '희랍 신화적'이라 되어 있으나 '신화적'이 수식하는 말이 없으므

利害와 개인의 이해가 분열되어 있지 않고 씨족관계란 미발달한 사회관계 가운데서 원시적으로 통일되었던 시대의 산물이었기 때문이다.

우리는 희랍적 인간 가운데서 진정한 영웅, 하등의 자기기만·자기환상이 없고 환상적이 아닌 현실적 공동성 가운데 생생하게 움직이는 영웅의 성격을 발견할 수 있는 것이다.

그러므로 고대 희랍인에 대한 고대 영웅의 의의, 역할, 관계를 가지고 시민적 영웅의 전 사회[45] 성원에 대한 그의 의의, 역할, 관계를 대변키 위하여 고대는 부흥된 셈이다.

그러나 산보産褓에서부터 전체와 개인 간의 부조화로 특징화되어 있는 시민인市民人에게 고대 영웅의 성격은 현실적으로 타당치 않았었다.

그러므로 르네상스에 있어 고대 영웅주의는 환상적으로 차용된 것이다.

즉 허위의 모티브를 통하여 개조된 고대 영웅과 고대인의 정신이 그들의 외의外衣가 됨에 불과하였다.

사실에 있어 전全 고대적 성격은 시민적으로 왜곡된 것이다.

이 점이 르네상스적 고대 부흥의 중요한 내용의 하나인 인위성, 편의성의 본질로서, 누술屢述과 여如히 그 후의 전全 근대사회를 통하여 희랍 영웅은 일인도 생탄生誕치 않았다는 사실이 이것을 증명한다.

시민적 영웅주의의 이 인위성에 불구하고 문학적 환상으로 그것을 현실화하려는 기도가 여하히 무참하게 끝났는가는 카몽이시Camões[46]의 서사시 『루시아드』,[47] 볼테르Voltaire[48]의 작품 『앙리아드』[49]에서 그

로 '신화'로 바로잡는다.

45 전 사회 : '全 市民社會'(원 발표문).

46 카몽이시 : '카모엔스'(원 발표문 및 『논리』).

47 『루시아드』 : 「류—엑드」(『논리』), 「류—좌드」(원 발표문). 「루시아드(Lusiads)」는 카몽이시가 바스코 다 가마의 모험담을 소재로 지은 서사시.

적례適例를 볼 수가 있다.

『루시아드』는 항해왕 바스코 다 가마의 부자연한 신화화神話化이었고, 『앙리아드』는 『일리아드』의 예술적 개악에 불과하였다.

그러므로 이 편의성, 인위성은 그 뒤 전全 근대사 가운데 공연한 부조화를, 자기의 입장을 전체의 입장으로[50] 일반화하려던 시민적 사회 문화의[51] 전통을 만들어낸 것이다.

자유, 평등해도 지배인과 급사는 평등하지는 않았고, 인간성, 개성해도 고주雇主 앞에 용인傭人의 인간성과 개성이 온전할 수는 없었다.

따라서 이 인위성, 편의성은 르네상스인의 우연한 발의發意와 근거 없는 자의恣意의 소산이 아니라, 일관한 사회사적 내지 문화사적 법칙성의 확호한 제약하에 발생한 것이다.

연전 『조선일보』에 발표된 박치우朴致祐 씨의[52] 논문 「현대철학과 인간문제」[53] 가운데 표시된 르네상스의 고대부흥관古代復興觀은 명확히 이 편의성의 역사적 필연성이 간과되었었다.

"'희랍에로'라는 표어가 반드시 필요했던 것도 아니요, 설사 '요순堯舜에로'라든지 '단군에로'라고 해도 본질적 의미에서는 전연 무관하였다"라든가 혹은 "'희랍에로'라는 표어는 단순히 한 개의 슬로건에 불과한 전술적 의미 이외의 아무런 의미도 가짐이 없다"든가의 관찰은 편의성을 중시하는 나머지 그 역사적 현실성을 무시한 것이다.

주지와 같이 역사상에 나타난 인간 행위의 편의성은 필연성의 일

---

48 볼테르 : '르텔'(『논리』), '볼텔'(원 발표문).

49 앙리아드(Henriade) : 볼테르가 1728년에 지은, 종교전쟁을 끝나게 한 앙리 4세를 찬양하는 서사시.

50 자기의 입장을 전체의 입장으로 : '拙劣한 觀念으로'(원 발표문).

51 원 발표문에는 이 사이에 '最初의'가 삽입되어 있다.

52 원 발표문에는 이 사이에 '優秀한'이 삽입되어 있다.

53 『조선일보』, 1935.9.3~11에 발표된 글.

측면이며 따라서 그 본질은 어디까지[나] 내부적 현실성에서 이해되어야 한다.

이 문제는 문화사에서 여러 가지 의미로 중요성을 띤 것이나 이제까지 대부분 간과되어옴이 통례이었다.

예술사의 프리체적的 방법의 결함이란 것의 주요 내용의 하나도 이것이다. 그러나 본고에서 이것을 상론詳論할 수는 없다.

이상 논술의 약간의 개괄을 가지고 소론小論을 끝맺자.[54]

*

물론 신휴머니즘론은 어째서 르네상스를 왜곡하였는가가 필요한 결론이다. 그것은 우리가 이미 지적한 바와 같이 그들이 사실史實 가운데 지입持入한 자의와 편견을 객관화, 진리화하기 위함이다. 말할 것도 없이 그 목적은 자기들의 지론인 신휴머니즘의 진리성을 증명하는 데 있다.

그 때문에 르네상스 휴머니즘은 여차여차한 결함체로, 신휴머니즘은 이러이러한 완성물로서, 자연히 전자의 결점이 후자의 장점과 비교 대조된다.

누차 우리가 지적한 그들의 소박한 형식 논리로 가구假構된 대위법은 이러한 자기 해명을 위하여 실로 유능한 역할을[55] 연演하였다.

그러나 그들의 의도와는 반대로 이 대위법의 논리는 전연 허위의 모티브로 구성되었던 만큼 신휴머니즘론의 비진리성의 증명으로 결과하고 말았다.

54 끝맺자 : 원 발표문이나 『논리』에는 '끝막자'로 되어 있다.
55 역할을 : '意義를'(원 발표문). 한편 『논리』에는 '役割를'로, 조사가 잘못 사용되어 있다.

즉 르네상스가 고대의 인간 정신을 차용할 제 부가한 환상적 공동성을 백배 더 과장하여 금일인今日人 앞에 제출한 것이다. '여하히', '수하誰何에'의 구체성을 추상한 막연한 인간성, 모나키[56]적的 개성의 옹호가 그것이다.

인간의 구체적 생존 양식이 개인이라면 개인의 현실적 생활 양식은 사회이며 사회의 역사적 존재 양식은 모순성에 있다는 내용이 일절一切로 불문不問에 회부되어버렸다.

이것은 르네상스에는 휴머니즘으로, 19세기에는 포이에르바하L. A. Feuerbach 철학으로, 20세기에는 실존철학, 인간학 등으로 표현된 것이다.

동일한 인간 일반의 개념이 역사의 경과를 따라 상이한 내용을 내포하였음은 상기의 예에서도 충분히 간취될 것이다.

즉 르네상스기에는 시민적 자기 해방의 표현으로, 19세기 독일에서는 급진적 유물론의 시민적 국한성局限性으로, 그리고 20세기에 와서는[57] 대체로 소시민·지식인들의 자기 표현의 방법으로 변천되었다.

그러나 여하한 시대, 여하한 철학에서를 물론하고 고대 희랍을 제하고는 모두 자기기만과 환상적 공동성의 현실화 수단으로 채용되었음은 불변의 사실이다.

인간 존재의 사회적 전제, 물질적 내용 등을 불문에 붙임으로써 그들은 자기의 이해利害를 전 사회성원, 인간 일반의 이해로 서술한 것이다.

그러므로 인간 일반의 '네오' 또는 '네오, 네오' 무슨 '이즘' 등으로

56 원문대로인데, '군주제, 군주정치'를 의미하는 'monarchy'로서, 문맥상으로는 '자의적(恣意的)인'의 의미인 듯하다.
57 원 발표문에서는 이 사이에 '보다 더 後期性을 뫼하나'란 구절이 삽입되어 있다.

백번 기발한 외장外裝을 고치고 급진성을 부가한대도 환상적 공동성을 필요로 하는 인간군의 입장과 절대적으로 분리하여 인간의 문제를 제출할 수는 없는 것이다.

이 예로 김오성 씨 등이 인간의 주체성, 행동성, 능동성, 창조성 기타 등등의 매력에 찬 개념을 난용亂用하면서 결국 상륙한 사상적 항구港口는 저 초라한 독일 소시민의 관념론 하이데거M. Heidegger 철학이었음을 상기하면 족하다.

그리하여 김씨는 현대 유물론, 백씨는 신흥문학 공격에 있어 현 문단의 웅雄이 되었다.

물론 명예로운 일이나 우리는 씨 등이 실존철학 근처로부터 차용해온 인간의 무제약적 창조성, 행동성의 이론적 본질을 묻지 않을 수가 없다.

즉 이성에도, 역사의 필연성에도, 사회의 객관성에도 구속되지 않은 단순한 본능적 격정적 행위성의 내용에 관하여 말이다.

만일 인간이 아무런 전제 없이 무無에서 공수空手로 역사를 창조한다면 본능과 격정으로 족하리라. 그러나 현실의 인간은 역사는 그만두고 책상을 하나 창조한대도 목재와 연장, 철구鐵具 등이 있어야 하며, 목재를 위하여는 벌목, 벌목을 위하여는 삼림이 있어야 하고, 사람이 그것을 벨 줄 알아야 한다.

똑같이 연장도 철, 철광鐵鑛,[58] 제련製鍊, 철공업이 필요한 것이며, 최후로 이 모든 것을 종합하여 책상을 만들 인간이 존재해 있어야 한다.

그러므로 역사를 창조하기 위하여는 제1의 전제로 인간이 살아 있어야 하고, 제2로 인간이 살아가기 위하여는 생활 자료를 생산해야 하

58 원 발표문에는 이 사이에 '採鑛'이 삽입되어 있다.

며, 그것을 계속해야 하고, 이 최초의 반복에서 역사는 시작한다. 제3으로 그것의 역사적 지속을 위하여 다른 인간을 생식生殖해야 한다.

이것이 인간 존재, 역사 창조의 3전제로, 역사는 이 조건의 시공적時空的 지속이며 그 가운데서 개개인은 지나간 시대와 현존한 상태의 제약하에 생활한다.

창조는 이 역사와 현실이 만들어낸 가능성을 실천하고 새로운 가능성을 산출하는 감성적 인간의 행위적 결과에 불외不外한다.

그러므로 우리는 절대로 이 전제로부터 자유로울 수 없으므로 오로지 관념상에서만 그것을 초월할 수 있을 뿐이다.

만일 현실적으로 이 전제를 탈출한다면 그는 이미 피안彼岸의 천국의 주인住人으로 변한 때이다. 그러나 김오성, 백철 씨 등과 같이 본능과 격정으로만 살 수는 없지 않은가?

그것은 두 개의 경우에서만 가능하다.

일一은 문화 사회, 물질적 생산 일체를 체득치 못한 인간 이전의 동물적 인간, 즉 유인원類人猿과 같은, 현대에 와선 이미 화석화된 시난트로푸스[59]적 의의밖에 안 가진 존재에서.

이二는 김, 백 양 씨에서와 같이 있는 것을 없다고 상정하고, 역사의 필연성이나 사회의 현실성을 그 본래적 발전 이로理路로부터 상이한 방향으로 이끌려는 반사회역사적 실천에서 또한 가능하다.

그러나 이것은 인간의 본능, 격정에서 사는 방법은 아니다. 오직 인간과 다른 역사적 현실적 방법으로 살려는 데 불과하다.

그 증거로는 씨 등은 본능, 격정뿐만 아니라 맛좋은 음식을 먹고, 어여쁜 여자를 사랑하고, 그러기 위하여 우리 속인처럼 원고를 팔고,

---

59 시난트로푸스: 원 발표문이나 『논리』에는 '씨난도로쓰'로 되어 있으나, 북경 원인(北京猿人)을 뜻하는 시난트로푸스(Sinanthroups, Sinanthroups pekinensis의 준말)일 것이다.

책을 읽고, 예술 · 이론 · 철학까지를 현재 욕구하고 사용하고 있지 않은가!

김, 백씨 등이나 우리 속인이나 이 점에서는 조금도 다른 것이 없고 오직 사상이나 세계관의 내용이 약간 틀릴 뿐이 아닌가!

이곳에서 씨 등의 본능, 격정은 보통의 의미가 아니라 한 개 세계관, 사상의 내용으로 높여져 있음을 비로소 이해할 수가 있다.

이론 · 법칙성 대신에 개인의 본능과 격정을, 이리하여 씨 등은 누누이 실로 번번이 저 생의 철학[60]의 선구자 니체의 권위를 원용한다.[61] 의미심장한 일이다. 그렇다고 나는 네오 휴머니스트 제공諸公을 파쇼라고 망단妄斷할 만큼 우둔하고 싶지는[62] 않다. 오직 현대 철학사상哲學思想에 있어 상당히[63] 괴벨스P. J. Goebbels 박사[64]와 가깝고, 현 사회 인식에 있어 불란서 휴머니스트들과 너무나 상거相距가 멀다는 점을 독자와 같이 기억시킬 뿐이다.

서구 휴머니즘이 다분히 사회적 개인주의라면 조선 휴머니즘은 다분히 동물적 개인주의로 물든 것이 아닐까!

르네상스는 20세기적인 동물적 개인주의에 비하여는 너무나 인간적이었던 이유, 이것이 그들로 하여금 현실의 특색 있는 왜곡을 감행시킨 것이 아니라면 다행하다.[65]

---

60 생의 철학 : '팟쇼 哲學'(원 발표문).

61 원용한다 : 『논리』에는 '援用된다'로, 원 발표문에는 '拔用한다'로 되어 있다. 문맥에 맞게 수정하였다.

62 우둔하고 싶지는 : '愚鈍하지는'(원 발표문).

63 현대 철학사상에 있어 상당히 : '現代 唯物論 憎惡에 있어 상당히 나치스 宣傳相'(원 발표문).

64 독일 나치스 정권의 선전장관.

65 원 발표문에서는 이 다음에 다음 문장이 부가되어 있다. "바라건대 이다음 論述에는 거드[지드-편자]의 蘇聯行記를 잘 利用할 것을 諸公들에게 勸하며 本稿에서 未及한 點은 別稿에서 求하도록 讀者에게 希望하며 붓을 놓는다."

문예이론으로서의 신휴머니즘론에 대하여•

문예학의 기초 문제에 비춰 본

휴머니즘론이 문예이론상에 제시한 문제는 아직 단편적單片的인 것밖에 없다.

그렇다고 논자들이 호한浩翰한 문예 논문을 발표하지 않았다는 의미만은 아니다.

오히려 인간중심 문학론이란 제아무리 광범한 한도로 발전시켜도 문학의 역사적 발전 법칙이나 창작 과정의 구체성을 해명할 자격을 못 가진 일반론이며, 부분적 특수적 요인을 전체의 본질로 과장하는데 불과하다는 의미일 것이다.

요컨대 휴머니즘 문예론의 추상성 단편성斷片性은 생득적生得的일지도 모른다.

그 이유는 차차로 이야기하거니와 먼저 여태까지 발표된 그들의 제

• 『풍림』, 1937.4.

諸 견해에서도 우리는 문예이론으로서의 휴머니즘을 음미하기에 상당한[1] 자료를 발견할 수 있음을 미리 말해두고자 한다.

백철白鐵 씨가 인간 중심이란 입장에서 초草한 일련의 논문,[2] 더욱이 개성과 보편성론[3] 등은 호개好個의 것이다.

그러므로 우리는 상당히 책임 있는 방법으로 신휴머니즘 문예론의 이론적 진가眞價를 음미할 수 있는 셈이다.

*

그들이 말하듯 문학의 궁극窮局 목적이 인간형을 탐구하는 데 있는지 아닌지는 별문제로 하고 — 김오성金午星이란 이는 철학의 임무도 여기 있다 하거니와 —, 차소위此所謂 중심 명제로 정립된,[4] 문학은 인간의 것이란 견해로부터 음미해보자.

물론 인간사회의 모든 산물과 함께 문학은 태초로부터 확실히 개나 고양이의 것은 아니다.

그러나 문학이 개나 고양이의 것이 아니란 말은 법률이 말이나 소의 것이 아니란 말과 같이 문학의 특성을 설명하지 못함은 물론, 그 속에서 백씨 등이 욕망하는 인간 탐구론이란 것이 나오지도 않는다.

---

1 음미하기에 상당한 : '吟味할 充分한'(원 발표문).

2 백철의 인간중심론은 1933년의 「인간 묘사 시대」(『조선일보』, 1933.8.29~9.1)를 시발로 해서, 「인간 탐구의 도정 — 인간묘사론 其二」(『동아일보』, 1934.5.24~6.2), 「인간탐구의 정열과 문예부흥의 대망시대」(『조선중앙일보』, 1934.6.30~7.13), 「문학의 聖林 인간으로 귀환하라」(『조광』, 1936.4), 「인간탐구의 문학」(『사해공론』, 1936.6)을 거쳐 「웰캄! 휴만이즘」(『조광』, 1937.1)까지 1930년대 중반에 줄기차게 펼쳐졌다.

3 백철, 「창작에 있어서의 개성과 보편성」, 『조선일보』, 1936.5.31~6.11.

4 중심명제로 정립된, : 원문에는 '中心命題가 存立된'으로 되어 있으나 문맥상 의미가 통하게 바로잡는다. '存立'은 '定立'의 오식일 가능성이 높다.

같은 인간의 문학 가운데서도 아리스토텔레스Aristoteles, 호라티우스F. Q. Horatius로부터 브왈로N. Boileau의 고전주의 미학, 루소J. J. Rousseau, 디드로D. Diderot의 계몽주의 미학, 칸트I. Kant, 쉴러J. C. F. Schiller의 형식주의 미학, 테느H. Taine, 귀요J. M. Guyau의 사회학적 미학 내지 맑스K. Marx, 엥겔스F. Engels의 사회주의 미학, 나치스의 국민문예학 등에 이르는 백百으로 헤일 수 있는 문예이론이 산출되지 않았는가?

이 사실은 문예이론이란 그 이론이 의거한 문학의 내적 특질로부터 형성된 것이고 문학이 시대나 사회생활의 차이를 명확히 반영한 것을 의미한다.

따라서 문학이 인간의 것이란 말은 문학이 법률이나 철학으로부터 구별되는 특질을 설명하지 못할뿐더러 그곳에서 특정의 문예이론을 추출할 수도 없는 것이다.

그러면 백씨가 보다 구체적 조건이라 제시하는, 문학이 인간의 의식상 산물이란 논거는 좀더 사태를 상세하게 전개시키느냐 하면 그렇지 못하다.

우리가 정신문화 혹은 관념 형태라고 말하는 철학, 자연과학, 법률학 내지는 종교에 이르기까지 모두 인간의 의식상 소산이 아닌가?

그러나 다 같은 의식의 소산일지라도 문학과 철학과 과학은 다르지 않은가? 물론이다. 그러나 인간 의식의 산물인 점에서 문학과 다른 문화 형태는 조금도 다르지 않다.

의식을 가지고 무엇을 창조한다는 조건은 의식을 안 가진 동물의 생활과 인간의 생활을 구별하는 표준이 될 뿐이다.

그러므로 문학이 의식의 소산이란 단순한 이유로부터는 백씨 등이 강조하려는 문학의 개성적 특질도 직접 나오지 않는다.

철학, 물리학, 수학, 동식물학 등은 똑같이 인간 의식의 소산임에 불구하고 결코 이른바 개성적이 아니다.

유물사관, 불확정성 원리, 확률론, 진화법칙, 유전 원리 등에서 맑스, 하이젠베르크W. K. Heisenberg, 라르프,[5] 다윈E. Darwin, 멘델G. J. Mendel 등의 개성을 찾고, 그들의 개성 위에서 학설의 진가眞價를 묻는 이가 있다면 세상은 그의 정신상태를 의심할 것이다.

의식이란 것은 항상 개인의 두뇌 구조 중의 현상임에 불구하고 일반으로 사회적인 것을 낳는다.

개인의 의식이란 로빈슨[6]으로 탄생한 인간의 의식이 아닌 한 사회적으로 생활하는 인간의 의식이며, 그 가운데는 개인까지를 포함한 사회적 존재가 투영되어 있다.

그러나 백씨에 의하면 문학이 유독히 개성적인 이유는 그것이 전혀 타인의 협력 간섭 없이 작가 개인의 피조물이며 온전히 작가의 성격을 표현하는 때문이라 한다.

즉 생산 형태와 내용 등 두 개의 의미에서 문학은 작가 개인의 것이란 말이다.

그러나 이 두 가지 조건이란 실상 하등 새로운 견해도 아니고, 백씨의 창견創見도 아니며 귀가 아프도록 들어온 케케묵은 관념적 예술론의 파편에 불과하다.

예술작품이 개인의 의식, 세계 감각, 영감 등의 표현이라든가, 예술은 작가의 내적 생활로만 결정된다든가 유類의 주장과 일호一毫도 다름이 없다.

먼저 생산의 개인적 형태가 작품의 본질을 결정하는가를 음미해

5 원 발표문에는 '라프'라 되어 있는데, 프랑스의 천문학자이자 수학자인 라플라스(P. S. Laplace)가 아닌가 싶다.

6 로빈슨 크루소를 가리키는 듯.

보자.

주지周知와 같이 우리가 읽고 있는 대부분의 문예작품은 개개의 작가 개인의 창조적 결과이다.

그러나 고대문학이나 구비문학의 영역에선 이 사실은 부정된다.

희랍 신화, 각 민족의 전설, 국민 서사시 등의 작자는 특정한 개인이 아니고 대중 일반이다.

우리 조선에 전래하는 수천의 민요, 「성아성아 사촌성아!」라든가, 「아리랑」, 「경복궁타령」 등도 다 민중 자신의 소작所作이다.

그 속에는 고대 민족의 사회 생활, 사회 감정이 표현되어 있을 뿐이다. 그것들은 훌륭히 개성화된 인물을 통하여 예술적으로 정제精製되어 있다.

즉 우리는 고대문학 가운데서 군단群團의 생활 감정뿐 아니라 그때 생활하던 각종 개인의 자태를 발견할 수가 있다.

조선 민요에서도 우리는 이와 똑같은 것을 엿볼 수가 있다.

이것은 고대문학이나 구비문학의 예술성 위에는 작품 생산의 개인적 형태란 사실이 영향되지 않았음을 의미한다.

그러면 분명히 알 수 있는 개인에 의하여 창작된 문학작품에는 이상의 문학과 다른 이론, 예例하면 개성이 일체를 결정한다는 법칙이 지배하느냐 하면 그렇지 않다.

무엇보다 문학이 개인의 사사私事가 아님은 다음과 같은 비근卑近한 사례에서도 명료히 알 수가 있다.

발자크H. Balzac와 졸라E. Zola는 명확한 차이를 가지고 있다. 그것을 물론 발자크와 졸라 개인의 차이라고 가정하여도 좋다.

그러나 단테A. Dante와 발자크 혹은 단테와 졸라의 차이에 비하면 졸라와 발자크의 차이는 실로 근소하지 않은가?

이 이유는 발자크와 졸라에 비하여 단테 개인이 대단히 다른 때문인가 하면 누구나 알 듯 그렇지 않다.

그들이 생활하고 창작한 시대가 대단히 달랐던 때문이다.

시대란 무엇인가? 시대는 각각 그 사회적 내용에 따라 구별되는 것이며, 사회체제란 생산관계, 인간군人間群의 계급적 구성 내용에 의존한다 함은 백씨도 알 듯한 상식이다.

그러나 이 상식이란 것이 그실은 대단히 귀중한 것으로, 각 작가 개인간의 차이가 그들이[7] 살던 시대, 사회, 계급적 소속의 차이에 비하면 종속적이라는 불가사의한 내용을 해명해준다.

그러면 발자크와 졸라의 차이, 즉 우리가 부르되 미미한 차이라는 것은 무엇으로 구명究明될 것인가?

그것은 단순한 개인적 차이에 불과한 것일까? 그렇지 않다. 발자크와 졸라는 불란서 자본주의가 통과한 각각 다른 역사적 단계를 반영하고 있다.

발자크가 최후 계단의 상업부르주아적 예술가라면, 졸라는 최초 계단의 산업자본주의적 예술가이었다.

그러므로 『인간희극』이 창조한 문학적 형상이나 내용은 『루공 마카르 총서』의 그것과 현저히 다르다.

또한 같은 불란서 리얼리즘의 창시자들임에 불구하고 아직 산업자본주의 가운데서 보는 바와 같은 대규모의 계급적 모순이 채 발전되지 않은 상업자본주의의 예술, 발자크의 리얼리즘은 졸라의 자연주의에 비하여 훨씬 전폭적全幅的이었다.

그러나 경향과 형식에 있어 두 사람이 그와 같이 근사近似한 작자

---

7 원 발표문이나 『논리』에는 '그들의'로 되어 있으나 오늘날의 주어 표기 방식으로 수정하였다.

임은 그들이 다 같은 시민사회 정상기正常期를 대표하는 예술가인 때문이다.

그러면 문학에 있어 개인의 특성 혹은 자질의 차이란 하등의 역할을 하지 않는가 하면 그렇지는 않다.

같은 소비에트 작가 이바노프V. V. Ivanov와 파제예프A. A. Fadeyev, 혹은 판표로프F. I. Panfyorov와 숄로호프M. A. Sholokhov와의 사[이]에는 명확한 차이가 있지 않은가.

물론 있다. 그러나 상기 네[8] 소비에트 작가 간의 차이가 아무리 크다 해도, 이바노프와 파제예프는 시민전쟁 시대 작가로 근사하며, 판표로프와 숄로호프는 농업사회화 시대 작가로 서로 혹사酷似함은 주지의 일이다.

따라서 이바노프와 숄로호프, 파제예프와 판표로프의 차이는 숄로호프와 판표로프, 이바노프와 파제예프와의 차이보다 큰 것이었다.

그러면 작가의 개성이란 어떻게 표현되는가?

그것은 궁국窮局에 있어 시대, 사회, 계급 혹은 그 사회, 계급이 타개하는 현실 계단의 특수한 반영 가운데 표현된다.

따라서 문학작품의 기원은 사회적인 곳에 있으며, 현실의 예술적 파악 표현에 작가의 개성이 나타난다면 한 개 종속적 계기에 불과한 것이다.

즉 예술의 일반 특성으로부터 오는 결과이지 그 본질은 아니다.

그러나 이런 종속적 계기로서의 개성일지라도 작가 개인의 소질, 재능에 따라 잘 표현하고 못하는 차이는 있지 않은가.

물론 있다. 그러나 소질, 재능은 개성 표현의 요인일 뿐 아니라 작

8 원문에는 '四'라 되어 있다.

품 전체를 창조하는 일반 능력이다.

그렇지만 문학은 천재의 순연한 개인적 소산이라는 롬브로소C. Lombroso류의 천재론이 정당하냐 하면 그렇지 않은 것이다.

천재란 분명히 생리적 기득물旣得物로서 개인 가운데 내재하는 것이나 필요한 사회 문화적 환경이 부여되지 않으면 현실화되지 않는다.

괴테J. W. Goethe의 천재일지라도 그가 빈한 무식한 독일 농가에 출생하였다면 다분 영리한 농부로 일생을 마쳤을 것이며, 셰익스피어W. Shakespeare일지라도 르네상스문화의 혁혁한 분위기 중에 나지 않고 암흑한[9] 중세문화 가운데 생탄生誕하였다면 잘해야 궁정 희극 배우자俳優者[10]나 기사소설騎士小說 작자가 되었을 것이다.

그러므로 천재란 대문학大文學을 창조할 자연적 가능성에 불과하고 그것을 실현시키는 것은 역시 사회적 문화적 조건이다.

'천재가, 이렇게 무수한 천재들이 이름도 없이 멸망해간다'고 『죽음의 집의 기록』 가운데서 절규한 도스토예프스키F. M. Dostoevski의 말은 이러한 사실을 증명함이 아닐까?

그러므로 천재는 고대 희랍사회, 르네상스기 등에 출현하고, 중세기, 시민사회 말기에는 거대한 천재가 출현하지 않았었다.

천재 형성의 이론은 심히 흥미 있는 것이나 후일을 기하고 다시 본론으로 돌아가, 작가 개인을 천재라고 하든지 혹은 백씨와 같이 '중심성격'이라고 개칭改稱하든지 간에 문학이 작가 개인의 사사私事가 아닌 것만을 지적해 둔다.

9 암흑한: '枯海한'(원 발표문).
10 궁정 희극 배우자: '神學者'(원 발표문).

*

그러면 문학은 누구의 것인가?

일언一言으로 말하면 시대와 사회, 계급의 공적 재산이다.

단순히 개인이 그의 환경을 떠나 살 수 없다는 상식보다도, 위대한 개인은 사회 현실과 자기 계급의 제諸 욕구를 집중적으로 대표하는 때문이다.

이곳에 대작가가 범용한 작가, 속인들과 구별되는 이유가 있다.

백철 씨의 소위 중심 성격의 내용인 "육체적[인], 유한적有限的인 인간이 그의 천부의 소질의 토대 위에서 자신의 생장生長한 전 생애의 온갖 교양과 경험의 축적"[11] 가운데, 시대적 사회적인 것은 대량적으로 흡취吸取된다.

그것으로 형성된 '전 인격의 집중적 표현'이 정치가로서 나타날 제 솔론Solon, 시저Caesar, 나폴레옹B. Napoleon이 된다.

그들 한 사람의 생애를 보는 것으로 우리는 능히 희랍, 라마羅馬,[12] 불란서혁명 시대의 태반殆半의 내용을 엿볼 수가 있다.

그와 같이 보카치오G. Boccaccio, 세르반테스M. Cervantes, 톨스토이L. Tolstoy 등의 작품에서 우리는 르네상스기의 이태리문학, 조기早期 자본주의 시대의 서반아西班牙문학, 19세기 중엽의 노서아露西亞문학 일반을 이해할 수 있을뿐더러, 그 시대의 사회 상태, 각 계급, 개인들의 세부에 이르기까지를 파노라마처럼 이해할 수가 있다.

작가가 위대하면 위대할수록 개성적인 것에 비하여 역사적 사회적

11 백철, 「창작에 있어서의 개성과 보편성」, 『조선일보』, 1936.6.3에서의 인용이다. [ ] 부분은 백철 글에서의 보충이다.

12 '로마'의 한자식 표기.

인 것이 우세한 것으로, 백씨가 대작가일수록 개성적이라 말한 것은 하나의 독단이다.

오직 일부러라도 작가의 개성이란 속에[13] 문제를 틀어넣는다면 그 개성은 어떤 개성보다도 시대성과 사회성을 풍부히 가졌다는 의미에서 위대했을 것이다.

즉 범용凡庸한 개인이 단지 개성적인 개성에 불과한 대신 비범한 개인은 보편적인 개성이었다는 말인가 한다.

그러므로 문학의 가치란 자기 표현의 강도强度에 있는 것이 아니라 객관적 진실의 표현에 있다.

따라서 과학적 사회사의 시대 구분 표준이 고대사회, 봉건사회, 시민사회에 있고 모모某某 왕조王朝나 왕후王侯, 영웅의 소장성쇠消長盛衰에 있지 않은 것처럼, 문학사는 각 작가의 계보 작성에 시종하지 않는다.

항간에 유포된 통속문학사通俗文學史[14]를 보아도 이 점은 자명하다.

아무리 관념적인 책이라도 고전주의 사실주의 낭만주의 자연주의 등의 일반 개념을 차용하고 있지 않은가?

이 점 백철 씨가 풍부한 '독서의 지식'과 각고의 연구 결과 문학사를 세르반테스적 성격, 셰익스피어적 성격, 괴테적 성격, 기타 디킨스C. Dickens, 발자크, 도스토예프스키 등등 일련의 성격 계보로 재편성한 공로는 많다 아니할 수 없다.

이 사관史觀의 방법은 확실히 어느 한 사람도 시험하지 못한 독창과 천재의 소산이리라. 그러나 유감인 것은[15] 보통학교의 역사책에밖에

13 개성이란 속에 : 원 발표문이나 『논리』에는 모두 '個性인란속에'로 되어 있다.
14 통속문학사 : 원 발표문에는 '普俗文學史'라 되어 있다.
15 원 발표문에는 이 사이에 다음 문장이 삽입되어 있다. "白氏의 獨創과 天才가 普通學校의 獨創과 天才인 점이다."

이런 계보적 방법은 통용되지 않는다.

적어도 대인용大人用 역사 교과서에서는 일 작가와 일 조류의 문학으로 성립시킨 조건이 무엇인가가 한번[16] 탐구되는 법이다.

그래서 테느H. Taine류의 사회와 자연의 환경론도 나오는 것이고, 슈필하겐F. Spielhagen 등의 비교사적比較史的 방법 기타도 만들어진 것이며, 백철 씨와 같은 주관주의자도 좀 학적學的인 외모를 띠려면 립스T. Lipps와 같은 심리적 미학이나 작가의 전기를 조사하는 문헌학의 방법도 생기는 것이다.

그러나 작가의 개성이나 예술작품의 전 특징을 지배하는 것은 속류적으로 해석된 사회·자연·환경도 아니고 다른 작품의 영향의 교류도 아니며 더욱이 작가의 성격 심리는 아니다.

오직 작가라는 개인 가운데 전형적으로 체현된 사회계급이며, 그 계급의 눈으로 관찰된 객관적 현실과 그것을 통하여 자기들의 감정·이상·욕구 등의 표현이 문예작품을 형성하는 것이다.

따라서 모든 문예작품은 다소간 객관적 현실을 반영하되 자기의 계급적 존재의 제한을 받으면서 조건적으로 반영한다.

우리는 이 조건성이 강한 꼬체의 작품이나, 『에쎄』 전편을 통하여 자기 이외의 것을 이야기하지 않았다는 몽테뉴M. E. Montaigne에서도 당시의 사회, 인간, 생활의 풍부한 자태를 엿보는 것이다.

그러므로 문예작품은 그 작가뿐만 아니라, 그 창작을 낳은 사회 상태와 계급과 의식을 인식하는 데 항상 객관적인 의의를 가지고 있다.

이것이 문학의 객관성이며 따라서 그 작품이 풍부한 현실을 표현하고 작가의 계급성이 현실 반영을 덜 제한하면 덜 제한할수록 그 작품

16 한번 : '一應'(원 발표문).

의 가치는 높아진다.

이곳에서 우리는 비로소 문학이 철학, 과학 등과 같이 객관적 현실 혹은 진리를 인식 표현하는 이데올로기적 상층건축上層建築의 일부분이란 견해에 도달한다.

철학, 자연과학 등의 일반과학도 문학과 같이 객관적 현실과 진리를 반영하되 작자가[17] 생활한 사회, 소속한 계급의 필요나 요구 등의 제한 가운데 그것을 반영한다.

그러므로 학자들은 인간에게 존재한 인식 표현의 수단을 예술과 과학, 두 개의 방법 내지 성격으로 구분한다.

그러면 왜 인간은 특히 두 개의 인식과 표현의 방법을 필요로 하느냐 하면 인간은 사색하고 또한 느끼는 능력을 자신의 생물 유기체 가운데 본능적으로 가지고 있는 때문이라 한다.

누시노프I. M. Nusinov에 의하면 소위 상층건축이 예술・과학・정치 등의 각이各異한 상태로 분열됨은 각 이데올로기 양식에만 고유한 내용 때문이 아니라, 사회생활의 일면이 예술 가운데, 다른 면이 정치 가운데, 제3의 면은 철학 가운데 가장 완전히 개시開示되는 때문이며, 그것은 생활의 다양성 복잡성의 결과라 한다.[18]

그러므로 예술과 과학은 절대적으로 분리되는 것이 아니라 상대적으로 구별될 따름이고, 그 차이는 형식에 나타나 있다.

이것은 결코 우리의 창견創見이 아니라 헤겔W. F. Hegel에 비롯하고, 맑스, 엥겔스를 통하여 발전된 일반적 견해에 불과하다.

17 원문에는 '作者의'로 되어 있으나, 오늘날의 주격 조사로 수정하였다.

18 이는 소련의 콤 아카데미 문학예술연구소에서 편찬한 『문예백과사전』 중의 「문학의 본질」(누시노프 집필) 항으로부터의 인용이다. 누시노프, 「문학의 본질」, 『문학원론』(백효원 역), 문경사, 1949, 67~68면에 해당 부분이 나온다. 임화는 물론 일본어 역본을 읽었을 것이다.

다시 누시노프에 의하면 과학은 온전히라고는 할 수 없어도 특히 사색하는 인간 능력의 표현이고, 예술은 온전하다고는 할 수 없어도 특히 정감情感하는 인간 능력의 표현이라 한다.

이곳에서 예술가와 과학자의 개성적 차이를 암시받음과 동시에 우리는 예술적 방법의 특수성과 한계에 대한 일정한 개념을 얻는다.

즉 과학이 주로 개념—논리, 법칙—에 의한 사유인 대신 문학은 주로 형상에 의한 사유이다.

*

예술을 과학으로부터 구별하는 형식적 계기가 형상이라면 형상성은 자연히 예술의 본질적 특성이 된다.

그렇다고 형상성이 문학의 유일한 최종의 근원이 되느냐 하면 이런 견해는 문학이 감정만을 표현한다는 소박한 이론과 함께 오류이다.

상술上述과 같이 문학은 과학과 같이 공통한 일반 내용을 가졌을 뿐 아니라, 형상성은 그 내용을 완전히 표현하는 데서 비로소 본래의 역할을 다하는 것이다.

관념론적 문학자들—백씨까지를 포함하여서—는 항상 이 형식을 내용에까지 과장하고 내용을 부정하여버리므로 문학의 근원을 형상성에[서] 찾는다.

그러면 형상 혹은 형상성이란 무엇인가? 이 형상은 문학에 있어서 개성화된 인간이며, 다른 예술에 있어서는 일반적 표상성이다.

이곳에서 우리는 백씨가 저와 같이 발분망식發奔忘食하며 강조하고 문학의 모든 문제를 개성이란 일색으로 도말塗抹한 궁국窮局 원인에 봉착한 셈이다.

즉 백씨는 전항前項에서 말한 문학 생산의 한 종속적 계기인 작가 개성을 문학 전체의 특성으로 확대한 것과 같이 이곳에서는 형상의 개성적 특징을 문학의 본질에까지 과장한 것이다.

이것은 단순한 이론상의 혼란 착오일 뿐 아니라 백씨에게 있어서는 문학을 개인의 사사私事로, 자기 표현물로 국한시키려는 주관주의의[19] 위장 도구로 사용되었다.

백씨의 문학론은 그런 때문에 문학사나 창작과정의 과학적 분석 개괄에서 나온 결과도 아니며 더욱이 문학사의 발전, 창작과정을 현실적으로 설명하는 진정한 이론이 아니다.

자기의 임의의 주장을 정당화하기 위하여 문학사와 창작과정에서 독립하여 또는 일부러 왜곡하여 조작한[20] 소박한 편의주의에 불과하다.

소위 휴머니즘문학론의 추상성, 단편성斷片性이 생득적生得的이라 함은 이런 의미에서이다.

문학의 독자적 세계인 형상이론에 가면 이 견지의 허망함은 일층 확대된다.

그러면 어째서 문학은 형상을 통하여서만 성립되며 문학의 고유한 형상성은 어디서 오는가?

그것은 예술이 현실을 파악하는 방법의 고유성에 기인한다.

> 과학은 현실의 다양함을 파악할 때 현실의 개별적 사상(事象)을 추상하여 그것을[21] 일반화하나, 예술은 반대로 현실의 개별적 사상을 추상하지 않고

19 주관주의의: '個人主義思想의'(원 발표문).

20 조작한: 『논리』에는 '造作되고'로 되어 있고 원 발표문에는 '造作된'으로 되어 있으나 문맥에 맞게 바로잡았다.

21 그것을: 『논리』에는 '그것은'으로 되어 있으나 원 발표문에 의거해 바로잡았다.

개물(個物)을 오히려 가장 개별적인 것으로 파악한다.

—아마카스 세키스케(甘粕石介)[22]

그러나 개별적 사상을 개물로서 파악한다 함은 결코 어떤 인간이면 인간, 동물이면 동물을 그 개체의 형체대로 사진적으로 재현한다는 의미는 아니다.

일반적인 것이 부분적인 것을, 합칙적(合則的)인 것이 우연적인 것을, 종합적인 것이 반단(半端)의 것을, 총계적인 것이 단일한 것을 지배하고 있는 데 과학의 추상성이 있다.

문학의 예술성과 그 거대한 의의는 같은 조건으로 결정되나, 과학과 달라 문학은 총체적인 것을 통하여서가 아니라 개인화된 것을 통하여 그 내용을 개시(開示)한다.

—누시노프[23]

다시 말하면

과학이 현실의 감정적인 개별 현상을 논리적 일반 형태로 포착하는 대신 예술은 일반적 필연적인 것을 감정적 표상적인 형태로 파악한다.

—아마카스 세키스케

22 아마카스 세키스케는 1930년대 당시 일본의 유물론 철학의 확립에 노력한 철학자이다. 1906년 생으로 경도(京都)제국대학을 졸업한 뒤 헤겔철학, 기독교 신학을 공부하다 변증법적 유물론에 경도하여 '유물론철학회'에 입회하여 활동했다. 1935년에 『예술론』을 저술했는데, 임화의 이 인용 역시 『예술론』에서의 인용으로 보인다.

23 누시노프, 「문학의 본질」, 『문학원론』(백효원 역), 문경사, 1949, 71~72면.

아마카스[甘粕] 씨가 '예술은 추상하지 않는다'고 말한 의미는 예술이 과학처럼 개별 현상을 논리적 일반적 형태로 파악치 않는다는 의미로 이해해야 할 것인가 한다.

따라서 개별화 개인화라는 것은 주관주의나 속류 사실주의가 생각는 것처럼 단순한 개성 · 개인이 아니라, 과학이 논리나 법칙 · 공식 가운데 종합한 현실 내용을 문학의 방법으로 파악 표현하는 한 개 특수한 형식에 불과하다.

만일 과학이 일반만을 표현하고 문학이 개별만을 표현한다면 인간생활을 보편적 입장에서 취급하는 사회학이나 역사학에 비하여 문학은 일 개인만을 표현하는 보잘것없는 물건이 될 것이다.

이러한 견해는 모두가 인간생활의 진실로부터 먼 망견妄見이다.

사회학이나 역사학이 보편적인 것 가운데 인간생활의[24] 개별적인 것을 표현하는 대신 문학은 개별적인 것 가운데 보편적인 것을 표현할 따름이다.

진리혹은 진실[25]란 단순히 일반적인 것도 아니며 단순히 개별적인 것도 아니다. 일반과 개별의 통일이 항상 진리이고 진실이다.

이런 문학적 진실이 집중적으로 표현된 곳이 바로 인간적 형상이다.

그러므로 문학의 형상은 임의의 개인을 소박하게 재현한 초상화가 아니라 다수多數한 동질적 인간군人間群의 보편성이 개인적 형식 가운데 함축된 성격 타입이다.

> 제일류의 극작가, 소설가의 손으로 된 위대한 타입은 동시에 예술 세계에 있어 위대한 개성이라 말할 수 있는 것으로 그것은 심오한 의미에 있어

24 보편적인 것 가운데 인간생활의 : '人間生活의 普遍的인 것 가운데'(원 발표문).
25 진실 : 『논리』에는 '寫實'로 되어 있으나, 원 발표문에 의거해 바로잡는다.

현실적인 동시에 상징적이다. 문학사 상에서 이것들(타입—필자)이 중요한 의의를 가진 연유는 실로 이 두 개의 장소(長所)를 가진 때문이다.

이 귀요M. J. Guyau의 말은 백철 씨류의 "가장 보편적인 것이 가장 개성적이며 가장 개성적인 것이 가장 보편적이다"는 소피스트적 절충론에 비하면 현저히 문제의 본질에 육박하고 있으나, 타입에 있어 보편성의 우위를 정당히 평가하지 못한 결함이 있다.

성격, 타입에 있어 보편성은 분명히 개인성을 지배한다.

그러므로 문학의 성격 · 타입은 과학의 범주 · 공식과 같이 현실 인식에 있어 보편적 의미를 갖는다.

그러나 성격 · 타입에 있어 개인성은 경시되어도 좋으냐 하면 그렇지 않다.

단지 보편성과 개인성이 각각 적당한 위치에서 이해될 것이 요구될 따름이다.

여태까지 모든 관념적 문예론자들은 백씨에서와 같이 개인성을 보편성의 우위로 전도顚倒하거나 동등同等의 것으로 절충화하거나 혹은 낭만주의와 같이 필요 이상으로 보편성을 과장하여 이 문제에 정당한 해결을 걷지[26] 못했다과거 프로문학도 이 후자의 오류에 빠져 공식주의를 가진 일이 있다.

그러나 이 문제야말로 문예이론의 가장 심각한 진수이며 현재 과학적 문예학에서 형상론을 전개되는 것이다. 형상론이란 바로 성격과 타입을 구성하는 보편성과 개인성의 문제, 양자의 상호관계에 관한 이론이다…….[27]

---

26 걷지 : 『논리』에는 '걷지'로, 원 발표문에는 '것지'로 되어 있다. '얻지', 혹은 '거두지'의 오식일 것이다. 혹은 '해결의 길을 걷다'는 의미일지도 모르겠다.

27 양자의 상호관계에 관한 이론이다…… : '그것으로[그것을—편자] 一言에 말하면 이런

성격이나 타입은 그 내용보편성에 있어 모든 동질인同質人과 공통되고 그 형식개인성에 있어 모든 동질인과 구별되나 지배적인 것은 내용보편성이라고 …….

여기에 어떤 걸작 중의 주인공으로 '노름꾼'의 형상이 있다고 가정하자.

그 '노름꾼'은 위선爲先 얼굴, 체구, 어조, 의복, 습성 등등 세부에 있어 어떠한 노름꾼과도 다른 개인적 특성을 가졌어야 한다.

그러나 그의 사상, 감정, 이상, 최후로 사회적 운명 등에 있어 모든 노름꾼과 공통되어야 한다.

즉 한 개 사회적 성격·타입으로서의 노름꾼의 의미를 충분히 전형적으로 가지고 있어야 한다.

그렇지 않고는 그 형상은 훌륭한 노름꾼의 보편적 타입은 아니니까.

그러나 묘사된 노름꾼이 다른 노름꾼 개개인과 구별되는 제반의 세부 특징이라는 것은 아무리 개성적이라 해도 노름꾼 아닌 다른 인간예例하면 은행가과는 근본적으로 다른 노름꾼적 특성임을 꼭 요한다.

의복의 예를 든다면 먼저 노름꾼은 연미복이나 씰크햇을 써서는 아니 된다.

설사 어떤 실재한 노름꾼의 한 사람이 우연히 연미복이나 씰크햇을 쓴 예가 있다 하더라도 그것은 노름꾼의 개성을 표시하는 의복으로 문학 가운데 묘사될 수는 없다[28]이 노름꾼은 구미歐米의 호화스런 도박사가 아니라 조선 농촌 등에서 보는 노름꾼 그것이다.

그러므로 묘사된 노름꾼의 여하히 이채 있는 개인적 특성도, 갑이란 노름꾼과 을이라는[29] 노름꾼과 상대적으로 다를 뿐이지 비非노름꾼

것인가 한다'(원 발표문).

28 원 발표문에는 이 사이에 '白論'이 삽입되어 있는데, '勿論'의 오식일 것이다.

의 개인적 특성에 비하면 상호 근사近似하다.

즉 절대적으로 동일하여 그 개인성은 하나의 노름꾼적 개인성이라야 한다.

다시 말하면 묘사된 노름꾼의 개인성은 모든 노름꾼의 공통성이 성격·타입으로 표현되기 위한 형식이다.

그러나 이 우스운 것과 같은 형식이 기실은 사회학적 범주로서의 노름꾼적 개념으로부터 문학적 형상으로서의 노름꾼적 성격·타입을 구별하는 본질적 계기라는 중대한 의의를 갖는다.

그러므로 개인성은 형상의 성격성·타입성性과 모순하는 것이 아니라, 반대로 성격과 타입 위에 생생한 생명을 부여하는 것이다.

우리는 형상적 인물이 그 계층의 공통성 이외에 그의 가장 특징적인 개인성을 체현했을 때 비로소 산 인간처럼 그 형상의 실재성에 공감하게 되는 것이다.

햄릿, 동키호테로부터 오블로모프,[30] 안나 카레리나, 바자로프,[31] 슈센잔, 그랑데,[32] 타르튀프[33] 등이 다 이런 인물이다.

이러한 의미에서 과거 프로문학의 충분히 개인화되지 않은 성격·타입을 공식주의의 산물이라 비판함은 백철 씨나 우리나 일반이다.

그러나 그 가운데서 "개성적이면 개성적일수록 보편성에 도달할 수 있다"든가 "문학자가 위선 탐구하는 것은 처음에도 개성이요 나중

---

29 갑이란 노름꾼과 을이라는 : 'A라는 「노름꾼」과 B C D라는'(원 발표문).

30 오블로모프 : 원문에는 '오푸로소프'로 되어 있으나, '오블로모프'의 오식으로 추정된다. 오블로모프는 러시아 작가 곤차로프(Ivan A. Goncharov, 1821~1891)의 대표작 『오블로모프』의 주인공.

31 투르게네프의 소설 『아버지와 아들』의 주인공.

32 발자크의 소설 『으제니 그랑데』의 주인공.

33 『논리』나 원 발표문의 원문에는 '「달쥬프」'로 되어 있으나, 몰리에르의 희곡 「타르튀프(Tartuffe)」의 주인공 '타르튀프'를 가리키는 듯하다.

에도 개성이다"라는 백철 씨류의 창백한 절규는 나오지 않는다.

개인적 특성을 아무리 백씨 말대로 머리꼭대기로부터 발끝까지 추구해도 성격과 타입은 되지 않는다.

개인화의 형식 가운데 보편성의 내용이 유기적으로 통일될 때 문학은 훌륭한 예술적 형상을 창조할 뿐이다.

이 이론—개인화된 보편성, 보편화된 개인성의 변증법이 개인화의 일면에서 과장될 때 공식주의 비판은 경향문학[34] 부정으로 전화轉化하는 것이다.

여기에 경향문학[35]의 결함을 지적하는 체하고 뒷손으로 경향문학[36]을 타도하려는 백씨의 숨은 손이 나타나는 것이다.

*

끝으로 형상의 타입화化는 무엇으로 수행되는가를 해명하여 백씨의 이론의 최후의 근거를 폭로하자.

상술上述에도 언급한 것처럼 이미 눈에 '개인' 두 자밖에 안 보이는 백철 씨에 의하면 "문학은 본래 자기 개성에 상응하는 상대적 진리를 탐구하는 것에 불과하다."

이른바 '상대적 진리'라는 것이 무엇인지는 자세히 알 수 없으되 백씨에 의하면 객관적으로는 타당하든 안하든 간에 자기가 "절대와 같이 믿고 과장하고 또 독자에게 절대와 같이 설명시키는" 물건일 듯 싶다.

34 경향문학 : '푸로文學'(원 발표문).
35 경향문학 : '푸로文學'(원 발표문).
36 경향문학 : '푸로文學'(원 발표문).

쉽게 말하면 백씨가 언제나 고조高調하는 작가의 개성 즉 작가의 주관이다.

이미 귀가 아프게 들은 말이되 문학적 형상의 성격·타입이란 과연 순수한 주관의 소산인지 보자.

백씨는 개성적인 것은 '문학의 성격'백씨는 성격이란 말을 작가적 성격, 형상적 성격, 작품 경향 등 3개를 혼합한 표현으로 난잡하게 사용하고 있다! 뿐 아니라 언어에도 나타남을 강조키 위하여 모 언어학자의 긴 논술을 끌었다.[37]

그러나 씨의 모든 논설에서와 같이 이곳에서도 씨의 인용구는 씨를 돕지 않았다.

우리들과 같은 몽매한朦昧漢일지라도 작품 위에더구나 언어, 문장, 톤 등에 작가의 개성적 특징이 나타남을 인정하는 것은 상술上述과 같거니와 문학적 형상이 자기 표현에 불과하다 함은 허망이 그 극에 달한 소리다.

무엇보다 먼저 문학작품에 등장하는 인물은 그 작가가 생활한 시대나, 아는 역사 상에서 원형을 가져다가 작가의 창작 과정을 통하여 성격과 타입으로 창조한다.

지주, 소작인, 사음舍音, 공장주, 노동자, 은행가, 상인, 관리, 교원, 인텔리, 니힐리스트, 코뮤니스트, 작가, 미술가 등 일정한 사회적 타입이 현실적으로 생활하는 와중에서 문학은 예술적 형상 가운데 그것을 재현하는 것이다.

그러나 작가는 아무 타입이나 갖다가 형상화하는 것이 아니라 일정한 표준에서 선발한다.

이 표준은 보통 작가가 체험한 생활과정 중의 인물이 되기도 하고 잘 아는 인물이 되기도 하나 궁극窮局에서는 작가의 필요에 의존한다.

37 끌었다: '끄으러 博識(?)을 자랑하였다'(원 발표문).

작가는 자기가 보고 아는 모든 인간을 함부로 표현하는 것이 아니라 특히 자기 작품 가운데 등장시키고 싶은 인물이 있는 것이다.

그 의지는 그가 작품 가운데 표현하려는 내용에 의존한다.

그것은 작가가 의식하든 안 하든 간에 "작가의 계급적 존재에 의하여 결정되고 또한 일정한 계급적 과제에 봉사하는 작가의 계급적 관념"누시노프[38]이다.

예例하면 숙명론적 인과因果란 종교적 관념을 표현하기 위하여 작가 춘원春園은 '이금봉李金鳳'과 '김장로金長老'와 같은 인물을[39] 선택할 수밖에 없다.

또한 코뮤니즘이 유해한 사상이란 관념을 선전키 위하여는 '혁명가의 아내'와 같은 여자가 취택된다.

그러나 관념이란 전全혀 초계급, 초물질적인 작가의 영감의 소산이냐 하면, 전인前引처럼 계급적인 것이며 그 세계관의 일부분이다.

단지 작가의 사회적 실천의 과제의 변화에 따라, 작가의 세계관은 각종의 관념으로 표현되며 거기에 상응한 형상을 통하여 그 관념을 표현한다.

한 사람의 춘원은 연애의 자유란 관념을 위하여는 『무정』, 『개척자』의 주인공들을, 복고적 영웅주의의[40] 관념을 위하여는 소설 『이순신』을, 충절이란 관념을 위하여는 『단종애사』의 주인공들을 등장시킨 것이다.

그 작품들에서 춘원의 일반 세계관은 각각 다르게 나타난 것이 아니라 반半봉건적인 이곳의[41] 시민계급의 예술가로서 춘원은 이곳의[42]

38 누시노프, 「문학의 본질」, 『문학원론』(백효원 역), 문경사, 1949, 58면.

39 이금봉은 『그 여자의 일생』의 주인공, 감장로는 『무정』의 김선형의 아버지.

40 복고적 영웅주의의 : '朝鮮民族이 偉大해[다]는'(원 발표문).

시민계급이 과정過程한 각 역사 계단이[43] 제출한[44] 현실적 과제를 관념으로서 표현한 데 불과하다.

즉 봉건 도덕으로부터 윤리적으로 탈출하려 하는 20년대에 자유연애를, 신흥세력의 대두 때문에 봉건층과 타합妥合할 필요가 생生하였을 때 민족적 위대, 충절 등을 각각 자기의 작품 형상 가운데 표현하였다.

그러나 한 작가가 작품 위에 형상화시키는 인물, 사회적 타입은 작가의 관념세계관에서만 결정되는 것이 아니라 어떤 사회적 타입의 사회적 비중에도 의존한다.

즉 인텔리겐차가 그 사회생활에서 연演하는 역할좋은 의미이고 나쁜 의미이고이 클 때면 그 시대 문학의 지배적 형상이 된다.

단지 인텔리적 입장에 선 문학뿐만 아니라 비非인텔리적이려는 문학에서도 그러하다. 왜 그러냐 하면 그러한 층 혹은 계급은 그 외의 모든 계급의 실천상 중대한 요인이 되는 때문이다.

이런 예는 역시 춘원의 작품 「혁명가의 안해」, 『흙』에서 볼 수 있다.

춘원은 코뮤니스트도 아니요 농민의 작가도 아니나, 춘원이 사상적으로 본 민족적 시민의 사회적 실천상 코뮤니스트와 농민은 중대한 요인이고 관념인 때문에 그의 작품의 형상이 된 것이다.

그러나 주지와 같이 춘원은 조선의 코뮤니스트나 농민을 진실하게 형상화하지 않았다.

그것은 다시 이러한 새 사실을 제시한다.

41 이곳의 : '朝鮮'(원 발표문).
42 이곳의 : '朝鮮的'(원 발표문).
43 계단이 : 『논리』에는 '階級이'로 되어 있으나, 원 발표문에 의거해 바로잡는다. '階級'은 '階段'의 오식일 것이다.
44 제출한 : '提起한'(원 발표문).

즉 동일한 사회적 타입이 작가에 따라 전혀 다르게 형상화된다는 것이다.

다시 말하면 "일정한 형상이 근본적으로는 동일하게 묘사된 작품과, 조그만 변화 전형轉形밖에 안 된 작품과, 아주 다른 톤·성질·형태를 띤 작품"누시노프[45] 등으로 나눠는 것이다.

한설야韓雪野, 송영宋影, 김남천金南天 등의 소설과 춘원의 「혁명가의 안해」 가운데 형상화된 코뮤니스트의 타입의 근본적 차이는 이 사실의 좋은 예이다.

이것은 작가의 세계관, 작품 가운데서 표시되는 관념이 예술적 형상을 돕기도 하고 조해阻害도 하며 궁국에서는 예술적 타입의 창조과정을 지배한다는 사실을 증명한다.

즉 '형상은 작가의 사회적 사유와 계급적 관념의 특수한 표현형식'이란 이론의 재인再認이다.

바꾸어 말하면 세계관이 문학의 모태母胎이며, 작품의 조직적 근원은 형상 자체가 아니라 작품이 의미하고 표현하려는 내용관념이다.

따라서 문학은 다른 관념 형태와 같이 특정의 사회인이 세계를 인식하고 세계를 정복하려는 행동의 하나이다.

그러므로 모든 사회인의 행동이 정당하지 않은 것처럼 모든 문학적 타입이 다 진실하지는 않다.

타입 가운데, 현실상現實上 사회적 타입 가운데 존재하고 또 존재할 수 있는 제 요소를 에센스와 같이 전형적으로 체현하지 않은 한, 세부에 있어 산 인간처럼 개인적 특징을 구유具有하고 있다 치더라도「혁명가의 안해」 참조 그것은 진정한 예술적 형상이 아니다.

45 누시노프 「문학의 본질」, 『문학원론』(백효원 역), 문경사, 1949, 59면.

즉 일상생활이나 외면에 있어서 코뮤니스트와 비슷하더라도 그것이 진정한 코뮤니스트에 있는 본질적인 것을 결합하고 있지 못하면 코뮤니스트의 형상이 아니다.

그러므로 문학적 타입은 작가의 사상성을 집중적으로 표현하고, 현실적 타입을 형상 가운데 보다 본질적으로 표현해서나 또는 외면적으로 왜곡하여서나 좌우간 독자에게 영향을 주는 것이다.

문학의 궁극 목적이 인간형 탐구에 있다는 백철 씨 등의 견해는 문학의 인식적 또 실천적 본질과도 배치背馳될 뿐 아니라 형상의 타입성性과 개인성의 문제와도 틀린다.

마치 백씨가 작가의 개성과 사회를, 작품 형상의 타입성과 개인성을 혼동하고 전도顚倒한 것처럼, 문학의 현실성과 형상성을 혼동하고 역립逆立시킨 것이다.

문학은 인간적 타입그러나 백철 씨류의 인간형은 아니다!을 창조함이 자기 목적이 아니라, 문학적 타입을 통하여 다른 거대한 가치와 임무—인식과 실천을 실현하는 것이다.

그렇지 않고 단순히 문학이 소위 인간형 탐구란[46] 자기 목적에 불과하다면 문학이 인간생활의 중요한 필수품의 하나가 될 필요가 없다.

아마도 역사상에 문학은 존재하지 않았을지도 모른다.

*

나는 본론에서 '인간형의 탐구'라는 견해를 창조상의 주장이란 측면에서가 아니라 주로 문예학의 기초문제 위에서 음미하였다.

46 원 발표문에는 이 사이에 '有聞한'이 삽입되어 있는데, '有聞'은 '有間'의 오식일 것이다.

아마 그것은 일개 낭만주의문학론에 불과할 것이다인간의 무규정적 고뇌나 행동성이란 의미에서.

그러나 그것은 별개 테마이고, 또 창작방법의 문제를 논문의 논쟁적인 성질상 조금도 전개 못함이 유감이다.

그리고 백씨 등의 견해를 축조축구逐條逐句로 비판치 않음은 씨의 논문이 무원칙적 인용구로 충만되어 이론이란 겨우 상인上引한 분량 외에 없는 것과, 한편 우리의 견해를 보다 많이[47] 소개하고 싶었던 때문이다.

또한 휴머니즘 문예론의 사회사상적社會思想的 의의를 의논치 않음은 「르네상스와 신휴머니즘」 중에 상론詳論하였으니[48] 독자는 해該 논문을 참조하기 바란다.

끝으로 왜 백씨의 이론을 신휴머니즘 문예론으로 취급하였느냐 하는 문제인데, 김오성金午星 씨 등의 2,3 논문이 있기는 하나,[49] 전혀 문예이론으로서 이렇다 한 것을 제시하지 않았고 '인간형 탐구'란 기본적 의미에서는 역시 일치되므로 그리 취급하여 무방할 것 같다.

더욱이 우리의 관심이 휴머니즘 일반이 아니라 조선적 휴머니즘이란 구체적 대상에 있으므로 그리한 것이다.

현재로서는 백씨의 문예론이 조선 휴머니즘 문예이론의 대부분의 내용이 되었고, 휴머니즘이란 개인 중심의 프래그머티즘을 문예론 상

47 많이 : 『논리』나 원 발표문의 원문에는 '만치'로 되어 있으나 '만히'의 오식일 것이다.
48 「르네상스와 신휴머니즘」 중에 상론하였으니 : '『批判』誌에 이것만 取扱한 別稿를 보냇기 때문이니'(원 발표문). 그러나 「르네상스와 신휴머니즘」은 『비판』지가 아니라 『조선문학』(1937.4)에 실렸으며, 이 무렵 『비판』지(1937년 4월호)에 실린 것은 「조선문화와 신휴머니즘론」이다. 전자의 평론은 『논리』에 수록되어 있다.
49 김오성의 「네오 휴마니즘론–그 근본적 성격과 창조의 정신」(『조선일보』, 1936.10.1~9), 「네오 휴맨이즘 문제–그것을 위한 인간파악의 방법」(『조광』, 1936.12) 등의 글을 가리킨다.

에 확대하면 결국 이밖에 안 되는 것이다.

본 논문 중의 백씨로부터의 인용문은 전부 작하昨夏『조선일보』 소재「창작에 있어 개성[50]과 보편성」이란 백씨의 논문 중의 것이다.

50 임화의 원문에는 '個人'으로 되어 있으나 백철 글의 원래 제목에 의거해 수정했다.

휴머니즘 논쟁의 총결산•

현대문학과 휴머니티의 문제

논쟁이 시작된 지도 일년이 넘어 주제는 이미 여러 가지 입장과 각도에서 천착되고 이 이상 더 피차彼此를 추구할 긴장미가 풀어진 감도 없지 않다.

그러나 휴머니즘은 결코 작일昨日의 논제로 잊어버리고 말 한개 평범한 유행 토픽으로 끝나는 것은 아니었다.

우리는 이유 있어 논쟁했고, 뜻한 바 있어 논의했을 뿐만 아니라, 한층 더 성실 치밀히 휴머니즘을 자기의 과제로 반성해야 할 시기에 들어와 있지 않은가 한다.

휴머니즘이 갈수록 인간다운 것을 상실하고 있는 사상과 생활의 중압重壓하에서 제창되었다는 것은 누구나 다 아는 일이다.

그러므로 휴머니즘이 현재의 또는 장래의 논의와 사고의 과제로 생

• 『조광』, 1938.4.

명을 잃지 않고 있다는 것은 물론 우리가 당면하고 있던 작일昨日의 상황이[1] 아직도 뿌리 깊이 우리의 주위를 둘러싸고 있다는 사태의 결과다.

여기서 우리는 다시 한번 르네상스와 현대와의 관계를 회상하고 싶다.

흔히 휴머니즘을 르네상스와 현대의 역사적 유사類似에서 말한다.

신과 교회의 질곡과 르네상스인人의 영웅적 진통陣痛 속에서 근대인이 생탄生誕한 것이고, 바바리즘과 혹은 물질문명의 고식姑息 속에서 명일明日의 인간은 탄생할지도 모른다.

그러나 르네상스인이 내일을 위하여 자기의 여명을 희랍에의 동경으로 장식한 것은 그들이 다시 한번 아테네의 시민으로 부활하려 함은 아니었다.

근대인은 희랍의 계승자이었을 뿐만 아니라 그 초극자超剋者이었다는 데 크나큰 의미가 있었다.

이것은 그들이 중세사회를 넘어트렸다는 사실보다 훨씬 더 의미가 중대하다.

역사적 계기繼起의 의미란 것은 표면의 유사類似나 상극相剋에 있는 것이 아니라, 시대와 시대와의 차이와 그 차이의[2] 연속 가운데 있는 것으로, 그것은 인간의 질적 변화와 성장의 부단한 과정이다.

그러므로 현대와 르네상스가 휴머니즘을 통하여 교섭함은 실상 그 유사성에 있다느니보다 오히려 엄격한 차이성에서 문제가 될 것이다.

바꿔 말하면 르네상스를 모방하려 함이 아니라 어떻게 하면 르네상

1 상황이 : '不幸이'(원 발표문).

2 시대와 시대와의 차이와 그 차이의 : 원 발표문에 의거한 것이다. 『논리』에는 '時代와의 差異의'로 되어 있는데, 문맥상 원 발표문의 것이 더 적절하다.

스의 수준을 초월할까 함에 있다.

이 과정은 장래의 인간이 근대사회를 어찌했다는 의미보다 비할 수 없이 큰 역사적 의의를 갖는다.

역사란 영역의 문제라느니보다 항상 시간의 문제이며, 문화란 양이 아니라 언제나 질에 중점이 있다.

그러므로 현대의 수준을 뛰어넘는다는 것은 그다지 어려운 일이 아니다. 어느 시대를 물론하고 그 시대의 한계를 깨트릴 길은 한두 갈래가 아니다.

그것은 항상 상대적 의미밖에 갖지 않는 때문이다.

그러나 한 시대를 초월한다는 것이 다른 한 시대를 개척한다는 창조적 의미로 결과하려면 사상과 행위의 역사성을[3] 획득하지 않으면 아니 된다.

여태까지의 역사가 도달한 수평선에서 한층 더 높은 계단으로 인간의 문화를 끌어올리는 것은 현대가 그 어느 목전目前의 일선一線을 뛰어넘기보다도 투철히 어려운 일이다.

그러나 현대에 선행한 온갖 시대를 정복치 않으면 우리는 참되이 현대로부터 초월할[4] 수는 없는 것이다.

우리가 르네상스에서 배울 참말의 정신이 바로 제 아비, 제 교사教師를 능가하는 무한한 정복의 야망에 있을 것이다.

세계사란 언제나 인간의 이러한 야망에 의하여 그어진 굴곡 많은 진보의 선이다.

그러므로 시대마다 당면한 역사적 여건을 극복한 문화는 항상 세계적 성격을 띠고 있었고 이러한 사상만이 인간 역사의 새로운 운명을

3 역사성을 : '歷史的 絶對性을'(원 발표문).
4 초월할 : '超克할'(원 발표문).

개척해온 것이다.

르네상스의 극복이 가운덴 스스로 희랍의 정복이 들어 있다!, 그 철저한 극복만이 현대의 초극으로 하여금 새 시대의 탄생의 모태母胎를 만드는 것이다.

그러므로 휴머니즘의 과제로서의 생명은 인간의 현대적 퇴화란 일점과 더불어 한계를 짓는 것이 아니라, 인간의 역사적 변용變容과 함께 구원久遠한 데 있다.

동시에 상실된 인간성의 재흥再興이란 과제가 절대적 의미에서 여태까지의 문화 위에 새 가치를 기여하는 정신적 창조의 의미를 획득하는 곳이 또한 이 구원한 가치를 실현하는 세계다.

그러나 휴머니즘론자뿐만 아니라 우리들 일련의 비판자들도 논쟁을 결정적 지점으로 유도하지 못한 것이다.

휴머니즘론자들의 기본적 약점은 각인各人이 가진 기종幾種의 차이에 불구하고 결국에선 주관주의자이었다는 점과 지나치게 목전의 사실에 사로잡혔다는 두 개의 의미에 있었다.

주관적 입장이란 항상 다소간의 프래그머티즘을 대동帶同하는 것으로 인간이란 것을 자기自己라는 한계에서 해석한 휴머니즘의 방법 가운데 가장 선명히 반영되었었다.

'나'의 입장은 어디까지든지 '나'의 입장이고 그것은 결코 그대로 만인의 입장을 의미하진 않는다.

'내'가 만인과 더불어 입장을 같이하는가의 여부에 대한 시금석은 '나'의 생각 속에 있지 않고 '나'의 밖에 나와 다른 사람들과를 얽어매는 현실 가운데 있는 것이다.

나의 진실과 현실의 진실은 그렇게 아무때나 내 생각대로 부합되는 것은 아니다.

또한 좁은 의미의 '우리의 진실'이란 것도 그러하다.

바바리즘의 창일漲溢 가운데서 인텔리겐차가 최소한의 방어 자세를 취한다는 것은 말할 나위 없이 귀중한 일이다. 또한 이 한계를 자기 붕괴의 최후의 방어선으로 고수하고 자기 재건의 출발점을 삼는다는 것도 존귀한 일이다.

그러나 이러한 '나' 혹은 '우리의' 현실에서 빚어진 '이즘'을 생활과 문학상에 절대적 의의를 갖는 진로進路라 지시함은 만인의 현실의 무시와 내 현실의 과장에[서] 유래하는 것이다.

그러므로 현대 휴머니즘이 바바리즘과 자기 붕괴에 대하여 절규된 선의지善意志임에 불구하고 구체적으로 백철白鐵 혹은 김오성金午星 또는 윤규섭尹圭涉 씨 등에서 보는 바와 같은 여러 가지 자의恣意와 프래그머티즘들을 섞은 추상론으로 표현되는 것이다.

한 번도 인간이란 어떤 것인가를 이야기하지 않음에 불구하고 항상 자기를 주장함에 지나지 않던 백철 씨나, '행동으로! 의욕으로! 정열로! 급기야는 개인의 마음으로' 세계를 고쳐보겠다는 김오성 씨나, 자기의 패배를[5] 제 가슴 속에 있는 인간적인[6] 마음으로 탈회奪回해[7] 보겠다는 윤규섭 씨나, 다같이 각개의 절박한 진실성을 의심할 순 없으나, 적어도 만인에 의하여 영위되는 생활과 문학의 상태를 지나간 역사적 지평선에서 한길 더 높이 비상飛翔시켜보겠다는 마당에서는 그대로 보편적인 진리일 순 없었다.

우리들의 생활이 더 인간다워져야 하고 우리의 문학이 더 인간적인 성질을 가져야 한다는 것은 일치한 열망임에 불구하고 우리가 논쟁한 것은 정히 이 때문이다.

5 패배를 : 원 발표문이나 『논리』에는 '敗北을'로 되어 있다.
6 인간적인 : 『논리』에는 '人間的의'로 되어 있으나 원 발표문에 따라 수정했다.
7 奪回해 : '挽回해'(원 발표문).

제 현실을 존중하지 않고는 일반 현실을 어찌할 수 없음이 진실이라면, 일반 현실을 알지 않고는 제 현실도 알 수 없다는 말도 또한 진리여야 한다.

'네 자신을 알라!'고 스핑크스에게 대답한 희랍인의 지혜는 결코 우리가 개인적 한계 안에 악착齷齪하라는 의미는 아니다.

제 현실, 그것은 일반 현실 속에 있는 것이며 그것의 한 구조 요소다.

그러므로 개인은 외부 현실과의 격렬한 갈등 속에 있는 때라도 본능적으론 그것과의 조화를 희망하고 있다.

이 커다란 조화가 결렬되었을 때 인간의 생활은 갈등에 허덕이고 인간의 마음은 두 개로 짜개지는 것이다.

자기 분열! 19세기 이래 근대인을 괴롭히고 있는 두려운 상태는 이 조화의 불가능에서 시작하는 것으로, 조화의 회복은 동시에 각인各人이 참여하고 있는 넓은 현실 속에서만 또한 가능한 것이다.

그러므로 제 자신을 소중히 여기고 인간을 존중하는 것은 그실實 인간이 영위하고 있는 일반 현실을 존중한다는 것이 아니될 수 없다.

그것의 존중 없이는 개개인은 인간 본래의 존엄이 유지되지 않으므로…….

그러므로 생활에서도 문학에서도 단순한 표상表象에 지나지 않는 인간을 주의主義로 한다는 어느 '이즘'이 아니라, 인간 그것의 진실을 표현하고 인간의 여태까지의 역사를 양기揚棄할 근원을 문제삼는 일층 명확한 '이즘'이 우리에게 실제상의 의미를 갖지 않을 수가 없다.

따라서 우리가 휴머니즘을 비판한 것은 인간의 존중을 반대한 때문이 아니라 오히려 그것으로는 인간 자체의 발양發揚, 인간의 역사적 초극超克이 불철저 불가능한 때문이다.

좋은 의미에선 선량한 문화인은 누구나 다 휴머니스트일 것이다.

그러므로 우리는 문학의 현실과 역사 위에서 인간을 주의主義로 한 어떤 특정한 이즘의 조류를 따라갈 것이 아니라, 여러 가지 시대, 여러 가지 이즘 가운데 인간의 진화의 제상諸相이 어떻게 나타나 있었는가를 탐구하는 것이다.

그것은 동시에 새 시대의 문학이 보다 더 인간적이려면 근본에선 무엇이 필요하며, 어떠한 길이 정로正路인가를 스스로 암시할 것이다.

*

그러므로 불멸하게 문학의 역사 속을 관류貫流한 것은 휴머니즘이 아니라 수천 년을 살아온 인간의 자태, 진정으로[8] 인간적인 것, 다시 말하면 휴머니티다.

모든 시대의 문학은 제각기 휴머니즘을 가진 것이 아니라, 희랍의 문학도, 르네상스의 그것도, 또는 세기말의 그것도 모두가 제 '이즘' 가운데 상응한 휴머니티를 가졌다.

그러면 휴머니티란, 과거過去한 여러 가지 문학 가운데 있던 천차만별의 각양물各樣物이냐 하면, 여태까지의 인간이 실제로 그렇게 살아온 만큼 그런 것이라 할 수도 있다.

그러나 현대 생활이나 문학 가운데 휴머니티가 소실消失 혹은 결여되었다는 사실은 무엇을 의미할까?

'인간답다'는 말 속엔 그럼 과거過去한 인간생활의 무조건한 긍정 외에 무슨 고정된 기본 요건이 있지 않을까.

8 진정으로 : '또 마음으로서 그것은'(원 발표문).

흔히 사람들은 이런 때 간편한 표상이나 개념을 끌어내는 수가 있다.

예例하면 박영희朴英熙 씨 같은 이처럼 유물론자는 물질로 산다 하나 사람은 정신도 있어야 한다는 둥, 혹은 물심 양개兩個가 공유共有해야 한다는 둥.

그러나 과거한 모든 시대의 문학 가운데 제각기 상응한 휴머니티가 있었다는 것은 호메로스Homeros와 프루스트M. Proust의 가치를 혼동하려 함에 있는 것이 아니라, 이런 종류의 형이상학을 피하려 하기 때문이었다.

즉 휴머니티란 그 존재의 본성에 있어 제 자신의 역사 위에만 실현된다는 것을 환언換言한 것이다.

좀더 자세히 말하면 '인간적'이란 것은 그 시대, 그 사회를 지배한 인간들의 차이를 따라 각각 다른 내용을 의미했고, 부절不絶히 변천해 왔다는 것이다.

그러므로 인간이 살려면은 빵과 물과 또 무엇이 필요하냐를 묻는 것은 인간을 뇌옥牢獄 속에 잡아넣고 번호를 붙인 기호로[9] 환원시켜 말하는 추상론이다.

요는 구체적으로 오늘날까지 제 보편적인 역사를 가졌고 내일에의 행위에서 사는[10] 현실인現實人에게 공통으로 필수한 제 조건을 그 인간들 자신 속에서 발견하는 데 있다.

인간에겐 야수와 어류만이 필요한 때도 있었고 화폐가 필요한 때도 있었다.

또한 현대인에겐 아직 지구地球만으로 만족할 수 있으나,[11] 미래엔

9 기호로: '番號로'(원 발표문).
10 사는: 『논리』에는 '나는'으로 되어 있으나, 원 발표문에 의거해서 바로잡는다.

천체군天體群을 필요로 할 때가 올지도 모르는 것이다.

요컨대 인간에게 필요한 것은 규정할 수 없는 무한無限이다.

그러나 이와 동시에 인간에겐 또한 영원히 변하지 않는 한가지가 있다.

그것은 인간이 태초로부터 그것이 소실될 종국에 이르도록 존재를 같이할 개인과 사회와 자연의[12] 삼위일체다.

개인일 수 없이 인간이 생존치 않음과 동시에, 사회적 위치[13] 없이 인간은 또한 존재할 수 없으며, 어떠한 인간이고 제 생활과 문화 등의 온갖 원천인 자연과 떠나 존재할 수 없는 것이다.

인간 그것이 곧 자연의 일부며 동시에 자연 가운데서존재는 항상 자연적이다 가장 비자연적인 것이 또한 인간이다.

그러므로 인간이란 결국 이 세 가지의 통일적 관계의 총칭이며, 이 조건들이 서로 관계하는 방식과 형태에 따라 생활과 문화의 여러 가지 상相이 현실화되어 역사를 만든다 할 수 있다.

종국에서 이 모든 것을 좌우하는 것이 자연 가운데서 인간이 제 소유로 탈취하는 재화 획득의 능력, 즉 생산력이다.

이 능력에 따라 인간이 자연 가운데서 파내는 금은보화가 인간에게 갈수록 큰 비자연적 능력을 증장增長시킨다.

그러므로 인간은 생산력의 증장에 따라 단순한 자연의 일부로부터 자연의 정복자로서 자연 그것과 대립하게 되는 것이며, 이 결과는 자연물로서의 인간에게 갈수록 비자연적 요소를 증장시키는 것이다.

이것이 문명의 축적, 문화의 진보나, 문화란 곧 인간의 정신적 능력

11 있으나 : 『논리』에는 '있으니'로 되어 있으나, 원 발표문에 의거해 바로잡는다.
12 자연의 : '自然을 끊어야 하는'(원 발표문).
13 사회적 위치 : '社會地位'(원 발표문).

의 소산으로, 그것은 자연 속에서 나왔음에 불구하고 자연과는 비슷도 않은 다른 독립한 천문학天文學을 가진 세계다.

여기서 우리는 문화 생산의 지반으로 자연 정복 능력의 소장消長과 인간생활과의 관계로 들어오면 별다른 문제에 봉착하게 된다.

자연과 인간과는 양자 병립의[14] 최초부터 영원한 대립자나, 개인과 사회와는 어떤 성질을 띨까? 말할 것도 없이 인간이 자기의 세계에서 대립하지 않고 한 뭉치가 되어 자연과 싸운다면 내부 대립을 가진 때보다는 훨씬 더 정복 능력을[15] 발휘할 수 있는 것이다.

인간은 살았고 자연은 죽은 것이란 의미에서 개인, 사회, 자연 간의 관계를 볼 때, 자연은[16] 언제나 소극적으로[17] 이 관계 속에 참여함에 불과하다.

그러면 개인과 사회와의 대립이 없다면[18] 개인, 사회, 자연의 관계는 하나의 조화된 세계를 이룬다 할 수 있다.

그렇지 않고 인간 자신의 세계가 분열되고 있을 때 인간은 자연 정복의[19] 능력이 인간 상호간의 싸움 속에 분할되어, 인간은 제 힘의 수준 이하로 자연과 싸우게 된다.

바꿔 말하면 자연은 제 힘의 수준 이상으로 인간에게 반항하게 된다 할 수 있어, 삼자의 관계는 인간들[20][도] 서로 조화하지 않을뿐더러

---

14 병립의 : '存立의'(원 발표문).

15 정복 능력을 : 『논리』에는 '征能力을'로 되어 있고 원 발표문에는 '제 能力'으로 되어 있다. 문맥에 맞게 바로잡았다.

16 자연은 : 『논리』에는 이 단어가 빠져 있으나, 원 발표문에 의거해 삽입한다.

17 『논리』나 원 발표문에는 모두 '情熱的으로'로 되어 있으나 '情熱的'은 '消極的'의 오식이 아닐까 한다.

18 없다면 : 『논리』에는 '있다면'으로 되어 있으나, 원 발표문에 의거해 바로잡는다.

19 정복의 : '光眼의'(원 발표문).

20 인간들 : 원 발표문에 따른 것이다. 『논리』에는 '人間을'로 되어 있다.

삼자가 전부 부조화의 동란 가운데 빠진다 할 수 있다.

결국엔 인간 상호간의 관계를 제약하는 것도 인간의 생산력 수준 여하에 달렸으나, 이 삼자간의 조화와 부조화는 문화의 형성 위에 결정적 힘을[21] 가지고 있다.

호메로스는 정히 조화의 시대가 아직 끝나기 전의 시인이었고 『일리아드』는 이 시대 인간의 예술적 제조물製造物[22]이었다.

이 시대는 고대의 저열한 생산 수준 위에 섰었음에 불구하고, 이 조화 때문에 인간은 한 개 혼연한 통일체로서 자연에 대하여 투쟁하는 높고 큰 열정으로 일관되었었다.

거기에 중요한 것은 사회 가운데 모든 개인이 아직 개성으로서의 생명을 잃지 않고 있었다는 것이다.

그러므로 『일리아드』의 개인은 근대소설에서 보는 바와 같은 항抗하기 어려운 어느 대상에 대하여 절망적으로 항쟁해보는 유약한 자아의 정신이 아니라, 전全혀 일 종족, 일 사회를 한 개인 위에 체현한 영웅의 정신 그것이었다.

즉 비대한 자아도 아니며 몰개성적沒個性的 군중도 아닌, 적절히 개인이고 적절히 사회인인 그러한 인간, 요컨대 우리가 때때로 상상하고 동경하는 조화된 인간, 이상형의 인간이었다고 말할 수 있다.

그러므로 호메로스는 문학의 모범이며, 불행할 때마다 인간들은 희랍에의 동경에서 산 것이다.

고대 희랍에서 휴머니티의 남상濫觴[23]을 본다 함은 전全혀 인간의 이

21 결정적 힘을 : 원 발표문이나 『논리』에는 모두 '決定的임을'로 되어 있으나 문맥에 맞게 수정하였다. '임'은 '힘'의 오자일 것이다.

22 제조물 : 『논리』나 원 발표문에는 모두 '制造物'로 되어 있다.

23 남상(濫觴) : 원문에는 '濫觸'이라 되어 있으나 '觸'은 '觴'의 오식일 것이다.

러한 아름다운 조화 때문이며 유치하나마 그 속에 인간적 완성의 모든 씨가 들었던 때문이다.

그러나 이러한 인간형이나 완미完美하게 긴장된 인간정신은 인간생활 자체의 내적 분열의 성장과 더불어 문학 위에서 자취를 감추었다.

전全 사회의 성격과 풍모를 조화적으로 표현하는 개인-전형영웅 대신에 사회 내부의 모순과 질환을 앓는 제종諸種의 인간이 등장하였다.

이런 관계 속에서 인간이 개인임과 동시에 사회인일 수 있음은 다른 인간과의 조화에서가 아니라, 한 계급의 선수選手임에 불과하였다.

이런 때문에 문학이 자기 집단뿐만 아니라 전 사회 성원에게 공감과 존경을 받기 위하여선 부득이 주인공이나 작자 정신 가운데서 한계를[24] 말살抹殺하게 되었다.

다시 말하면 예술적 위태僞態를 만든 것이다. 그러나 위태성僞態性은 예술적 픽션의 진실성을 멸살滅殺하는 것이다.

이것은 작가들에게 참을 수 없는 고통이었을지도 모른다. 그러나 내부의 적을 가진 인간에게[25] 전 사회의 친우로서의 보편성을 부여하려면 위태僞態는 불가피의 수단이었다.

자기가 묘사하는 주인공에게 보편성을 부여하려는 부단한 욕망과 그것을 거부하는 현실과의 모순 틈에 끼인 작가의 심리는 내적 분열을 가진 사회의 심장 소리 그것이라 할 수 있다.

그러므로 이런 사회의 문학은 이따위 위태를 만듦으로서 평연平然한 낙천주의를 띠지 않으면 거개가 상기한 모순과 고통의[26] 신음이 된다.

---

24 한계를 : '限量을'(원 발표문).
25 인간에게 : 원 발표문이나 『논리』에는 '人間을'로 되어 있으나 문맥에 맞게 수정하였다.
26 고통의 : '沈痛한'(원 발표문).

이러한 현상을 우리는 19세기 후반의 서구문학에서 볼 수 있다.

그러나 근대문학의 여명기 르네상스는 이 모순과 고통의 신음과 어떠한 관계를 가질까!

주지와 같이 르네상스는 이 모순의 소멸기가 아니라 이중의 모순의 시대, 즉 한 모순의 다른 모순에 의한 해결의 시대, 교체의 시대다.

그러나 긴요한 점은 낡은 모순은 이미 완전히 개화한 모순이고, 새 모순은 아직 전개되지 않은 종자 속의 쌍엽雙葉이었다는 것이며, 전자는 후자에 의하여서만 해결될 불가피한 운명을 가졌었다는 점이다.

그리하여 시민으로 하여금 새 사회의 지배자가 아니라 대표자로서의 전형성을 보유케 하였고, 낡은 것의 공격과 새 세계의 창조란 거대한 약진적 열정에 불타게 한 것이다.

그것은 일순의 짧은 시일이었으나 거대한 문학을 낳았다. 비록 『일리아드』와 같은 조화된 인간을 창조하진 못했으나 최대한의 힘찬 개성을 창조키에 성공하였다.

단테A. Dante, 셰익스피어W. Shakespeare, 세르반테스M. Cervantes 등은 그 뒤의 전全 근대문학, 그 중에도 위대한 발자크H. Balzac로도 추종할 수 없는 세계였다.

이곳에서 우리는 영웅은 아닐지라도 적어도 한 시대의 대표선수의 정신을 찾을 수는 있다.

그러나 전全 근대문학의 불치의 질환이 된 인간정신의 찢어진 모순의 음영陰影은 햄릿의 우울한 표정에서만 아니라 낙천적인 동키호테의 면상面上에도 떠돌기 시작하였다.

그것은 동키호테적 옵티미즘의 공상성空想性이다.

루카치G. Lukács의 말과 같이 새 시대가 전개하는 능력에 대한 유토피아적 이해나 낡은 세계에 대한 위대한 항쟁 원리를 가진 신세계의 풍자적 대조에서 생겨난 것은 사실일 것이나, 여하간 현실적으로 실현되지 않는 곳에서 옵티미즘은 천재의 공상을 빈 것이다.[27]

그러나 이 공상은 낭만적 공상과는 근본에서 다르다. 그것은 자기 모순의 은폐의 산물이 아니라 그 적발摘發의 결과였다.

그러므로 토마스 만Thomas Mann이 정당하게 읽은 것처럼, 세르반테스는 자작自作 가운데 사랑스런 동시에 경멸스런 인간의 자태를 그린 것이다.

이 사실은 사옹沙翁[28]에 있어서도 마찬가지였다.

낡은 세계와 항쟁하는 영웅적인 인간정신과 새 시대의 진실한 묘사와는 언제나 그의 시극詩劇 가운데 상극相剋하였다.

그럼에도 불구하고 르네상스의 위대성은 모든 개성의 사멸기인 중세문학과, 사회성의 매장의 땅인 근대문학으로부터 얼마간이라도 초연할 수 있었던 점에 있었다.

르네상스는 중세문학의 극단화한 전체성이것은 조화성의 형해形骸였다, 신神이것은 영웅의 시체다과 근대문학의 극단화한 개인성의 결함과 장점을 동시에 음미할 수 있는 행복된 시대였다.

그러므로 사해화死骸化한 전체성에 대한 생생한 개성의 선고宣告가 아직 한 시대의 대표로서의 통일성을 잃지 않았을 때, 사람들은 호메로스 시대의 조화되고 생생한 인간을 재회再會하여 희랍의 청랑晴朗한 창공하에 나선 듯한 위대한 감흥을 맛본 것이다.

그러나 이러한 문학정신이 찬란한 인간의 이름으로 대표된 것은 물

27 이 루카치로부터의 인용은 소련의 콤 아카데미에 제출한 루카치의 「부르주아 서사시로서의 장편소설」에 의거한 것이다. 이 글은 일본에서 1937년에 번역되었다. 소련 콤 아카데미 문학부(熊澤復六 역), 『短篇 · 長篇小說』, 東京 : 淸和書店, 1937; 소련 콤 아카데미 문학부(신승엽 역), 『소설의 본질과 역사』, 예문출판사, 1988, 87~88면 참조

28 셰익스피어를 가리킴.

론 신이 되어 천상으로 올라간 고대의 영웅들을 산 개인의 육체로[29] 환원하여 지상에 불러내린 때문이나, 그곳엔 고대인의 부활 이상의 것이 있었다. 그것은 아직 고대인에게 자각되지 않고 영웅적 조화 가운데 미미한 요소로밖에 위치하지 않았던 개성의 진정한 가치와 독립성을 증명한 점이다.

이 점이 르네상스가 고대를 초극超剋한 기점基點이고 근대적 승리의 유일의 표징表徵이었다.

르네상스의 가치, 그 시대 문학이 세계문화 가운데 기여한 재보財寶를 나는 이곳에 두나, 또한 인간의 근대적 불행, 분열의 슬픔이 이 속에 배태되었던 것도 사실이었다.

다시 말하면 르네상스는 인간을 천상에서 끌어내리고 근대는 인간을 지상에다 메어친 것이다.

중세인이 개성의 고갈 때문에 울었다면 근대인은 정히 개성의 과잉 때문에 신음한 것이다.

그러므로 르네상스문화가 휴머니즘이라 불러지고 방대한 인간적 에스프리로 충만된 것은 그들의 인위적 고안의 결과가 아니라 시대 자체가 낳은 자연스런 결과라 할 수 있다.

바꿔 말하면 작가들이 일부러 인간의 존중이란 생각을 작품 위에 베풀거나 인간을 위하여 무엇 무엇이 필요하다는 항목을 안출案出한 때문이 아니라 시대 현실과 시대 정신의 충실한 전달의 결과였다.

그러므로 르네상스인은, 무지를 속인俗人의 신성한 의무라 생각한 동양인과 반대로 희랍인과 더불어 아는 것은 힘이라는 계율戒律을 믿었다.

29 개인의 육체로:『논리』에는 '個人, 肉體로'로 되어 있으나, 원 발표문에 의거해 바로잡는다.

그리고 행복된 것은 낡은 세계[에]의 항쟁이 모든 것을 알아내려는 정신과 모순하지 않고 일치한 게 또한 유효한 무기였던 점이다.

요컨대 그들의 휴머니즘은 엄격한 리얼리티였다. 다시 말하면 사실事實이 그들에겐 인간적이었다.

이 성격은 희랍과의 밀접한 공통성을 가진 것으로, 희랍, 르네상스 외의 리얼리즘이 이와 반대로 수많은 비인간적 사실의 적발로 결과한 것과[30] 한개 대조를 이룬다.

그러므로 셰익스피어, 세르반테스의 리얼리즘에 비하여 발자크, 스탕달Stendhal의 그것이 훨씬 저도低度의 것이고 그 뒤의 총명한 시인들 속에서 리얼리즘은 점차로 포기된 것이다.

왜 그러냐 하면 근대의 현실은 르네상스의 휴머니티를 상실했고, 그것을 정밀히 그린다는 것은 인간의 세계가 아니라 비인간적 뇌옥牢獄의 화폭을 펴놓게 되는 때문이다.

그러므로 수많은 근대 작가, 시인이 현실로부터[의] 도피와 주관적 비상飛翔으로 문학상의 휴머니티의 실현을 꾀해본 것이다.

그러나 현실 가운데서[31] 낡아가는 세계, 즉 인간들로부터 근대 특유의 방법으로 휴머니티를 빼앗고 있는 세계와 대립하고, 제 어깨 위에 새로운 인간적 세계의 실현을 걸머진 신시대가 시야에 들어오지 않으면 작가는 제 작품 가운데 휴머니티를 현실화할 수는 없다.

근대는 작가의 적멸寂滅과 고민의 시기로, 그들의 생득적生得的 한계가 벌써 전前 세기 말에 싹튼 새 세대의 자태를 인식시키지 않았거나 혹은 일부러 그들이 그것을 알기를 기피한 시대다.[32]

30 것과:『논리』에는 '거와'로, 원 발표문에는 '지나'로 되어 있다.
31 가운데서: '가운데 眞實로'(원 발표문).
32 혹은 일부러~시대다: '일부러 알기를 忌한 것이다'(원 발표문).

이것은 문학의 정체停滯와 퇴화의 과정이고 문학 가운데 휴머니티가 충일充溢한 대신 편재偏在한 현상이다. 요컨대 휴머니티는 희랍, 르네상스와 같은 위대한 문학에 고유한 것이고, 시대 현실의 리얼리티가 인간적일 때 문학도 인간적이다.

그러므로 우수憂愁한 현실 속에서 우러나온 문학이 사실적寫實的일 수 없음과 동시에 그런 현실 속에 있는 새 맹아를 작가가 못 보았을 때나 안 보려 할 때도 다같이 문학은 비사실적非寫實的이다.

이리하여 비사실성은 시대가 만들어낸 것이든 작가가 지어낸 것이든 간에 비인간성의 예술적 표현이 된다.

휴머니즘이란 것을 자기 이외의 다른 개인과의 적대敵對나 자기 분열 속에서는 찾을 수는 없는 때문이다.

휴머니즘이란, 자기 분열의 고민이나 이와 같은 개개인의 적의를 만인과 더불어 나누는 것이 아니라, 생활의 즐거움과 인간적 연대의 감정을 만인과 공감함을 의미할 것이다.

내적 분열의 고백은 똑같은 동시대인에게 일종 공감을 줄 것은 사실이나 그것은 고통과 절망의 분여分與이고 유락愉樂과 희망과 교훈의 공감은 아니다.

문학은 언제나 이런 것을 탐구하고 있었고, 또한 그 시대들이 준[33] 한계의 양식 내에서 한정된 한 방법으로 그것을 표현하고 있었다.[34]

*

그러므로 문학은 항상 새로운 세계를, 새로운 시대를, 구舊 세대에

33 준 : '與한'(원 발표문).

34 한정된~있었다 : '固有한 方法으로 「人間的」이였다'(원 발표문).

대신할 새 세대를 희망하고 탐구하였다.

위대한 예술, 진정으로 인간의 이름에 해당하고 만인과 더불어 새 시대의 호흡을 같이할 그런 문학을 작가들은 창조하고 싶었던 것이다.

그리하여 우수憂愁의 긴 세계를 살고, 또한 오늘날 참말로 깊어가는 우수의 어둠 속을 걷는다.

광명은 과연 생탄生誕하였는가? 이 물음 가운데 현대문학이 인간세계를 실현하는 길이 리얼리즘이냐, 아이디얼리즘이냐의 십자로가 있다.

그러나 이 해답은 간단히 내리기 어려운 것이다. 당면한 과제는 작가가 많은 철학서와 과학서를 읽느니보다, 개인의, 가정의, 사회의, 국가의 그리고 세계와 그 역사의 현실의 적라赤裸한 제상諸相을 알아내는 데 있다.

경솔한 작가는 서책書冊과 학설을 읽지 않는 이상으로 현실을 숙지하지도 못하고 판단해버리는 것이다. 이리하여 그는 탐구를 버리고 서책에서도 현실에서[도] 아무것도 못 배우고 아무것도 모르게 된다.

현대 인텔리의 수많은 작가가 이 부폐腐廢한 세계에 악착齷齪하고 있는 것이다.

대체로 리얼리즘에 대한 불신이 휴머니즘으로 결과하는 이유를 나는 알 수가 없다.

만일 시대의 진실한 묘사가 인간 퇴화의 방지와 새 인간의 등장, 휴머니즘의 창조를 결과하지 않는다면, 그 현실 속에선 비리얼리즘을 가지고도 휴머니즘을 만들어낼 수 없는 것이다.

일부러라도 만들어진다면 그것은 인조인간, 작위作爲된 허위의 휴머니즘에 그치고 만다.

비록 현실이 모든 인간적인 것의 편린을 발견할 수 없을 만치 어둡다 하더라도 그 고뇌의 리얼리즘만이라도, 허위의 휴머니즘보다는 훨씬 높은 예술, 인간적인 예술이 될 수 있는 것이다.

문학에 있어 허위는 비인간적 요소의 전형임을 자각해야 한다. 고뇌의 세계가 비록 르네상스와 희랍에 비하여 너무나 협소한 지옥이라 할지라도 헛된 천국보다는 백배나 인간적이다.

이것은 희랍적 조화에 미치지 않으면서도 오히려 문학적 휴머니즘 위에 생신미生新味를 가한 르네상스의 역사에서 우리는 배울 수 있는 점이 아닌가?

'천국의 노예이기보다는 오히려 지옥의 왕자王者'이려는 것이 언제나 인간적이다.

그러나 오늘날의 시대 현실이 모든 인간적인 것의 최후의 매장터일 뿐만 아니라 새 세대의 모태일 때, 또는 이미 새 시대의 갓난 것이 고고의 소리를 울린 뒤라면, 휴머니즘은 일부러 리얼리즘의 부정 위에 건립할 필요는 없는 것이다.

뿐만 아니라 시대의 리얼리즘을 통해서만 우리는 휴머니즘을 파악할 수 있고, 그것 없이는 문학이 제 세계 속에 진정한 휴머니즘을 실현할 수는 없다.

지상의 현실 속에 있는 휴머니즘을 그대로 두고 어느 천국에서 어느 공상 속에서 인간을 데려올 것인가?

인간은 언제나 지상의 것이고 현실 속의 것이다. 그러므로 지상에 현실 속에 인간이 없을 때 천상에나 공상 속에 있는 것은 결코 인간이 아니다. 인간적 현실의 리얼리즘으로부터, 문학 속에 이 세계를 창조하려는 리얼리즘으로부터 떠나가려는 휴머니즘 혹은 무슨 '이즘', 무슨 문학은 다같이 휴머니즘 실현의 진정한 길을 포기하는 것이다.

그들은 현실을 알지도 못하고 깊이 탐구하지도 않고 쉽사리 현실에 절망하고 만 것이다. 그러므로 현대문학이 그 빈곤 때문에 허덕이고 있는 휴머니즘의 재건, 세계사적 휴머니즘을 창조하려면, '인간'을 간판으로 한 어떤 주의主義가 아니라 시대 현실의 핵심을 파내려는 집요한 사실寫實을 주의로 하는 문학정신 위에 서지 않으면 안 된다.

리얼리즘이 현대적 암담 가운데 싹트고 명일의 양지에서 꽃필 장대한 휴머니즘의 창조를 어떤 '인간'주의보다도 확실히 보장하는 것이다.

바꿔 말하면 문학 위에서 최대의 휴머니즘은 리얼리즘이다.

그러므로 문학적 리얼리즘에서 떠나감은 진정한 휴머니즘에서 떠나감을 의미한다.

따라서 우리는 순純이론적으로만 아니라 문학적으로 휴머니즘을 휴머니티와 구별하게 되고, 아전인수적으로가 아니라 현실적으로 휴머니티를 리얼리즘 가운데서 찾는 것이다. 그러므로 언제나 참된 문학은 현실을 미워도 하면서 현실을 사랑한다.

독자는 「사실주의의 재인식」이란 그 논문을 참조하여 읽어주기 바랍니다.[35]

35 원 발표문에는 이 문장 대신에 다음 '부기(付記)'가 붙어 있다. "이 論文은 나의 「寫實主義의 再認識」 直前에 읽어질 것임에 不拘하고 事情 때문에 發表順이 박귀였읍니다. 好意 있는 讀者는 그 論文을 參照하여 읽어주기 바람니다."

제3부

방황하는 문학정신•

정축(丁丑) 문단의 회고

지난 1년간의 소설을 읽은 기억을 더듬을 때 위선爲先 머리에 떠오르는 것은, 2,3년 전부터 시작하여 조선문학 속을 진행하고 있던 성격적 변화가 어느 정도까지 확연한 특징을 보이기 비롯한 점이다.

그러나 일언一言으로 무엇이라 단안斷案을 내리기는 약간 이른 감도 있고 좀더 숙고를 요할 것이라, 좁은 편폭篇幅으론 어찌할 수 없는 일이나 대략 창작 1년을 별견瞥見하여[1] 독자의 작품 이해를 돕는 데 그치고자 한다.

몇해 전부터 문단에선 불안이라든가 혼돈이라든가 하는 말이 들려왔고 우리는 통일적 방향의 상실이란 말로 그것을 표현한 일이 있었다.

사실 이른바 좌우左右 어떤 익翼을 물론하고 최근 조선문학의 추향趨

• 『동아일보』, 1937.12.12~15. 원 제목은 '思想은 信念化, 彷徨하는 時代精神'.

1 원 발표문에는 이 사이에 '僅僅'이 삽입되어 있다.

向이 불안이라든가 혼돈이라든가 무방향이라든가의 표현으로[2] 형용할 수 있었고, 통일된 방향은 소실消失된 지 오래된 것이다.

그러나 일찍이 찾을 수 있었던 방향이 없어진 뒤 조선문학은 어찌 되었는가 하는 물음에 대하여는 대답이 구구하였다.

그럴 수밖에 없는 것이 대부분의 작가들이 써내는 작품들 자체가 실로 경향이 구구했고 한 작가가 써내는 작품들도 그 작가의 모럴이나 성격을 알아내기엔 색조가 복잡했다 할 수 있다.

그러므로 어떤 이는 이런 현상을 그냥 모색[3]의 시대라고 간단히 이해하려고도 들었으나 실상은 모색[4] 운운이란 현대 조선문학은 아무래도 똑똑히 알기 어렵더란 절망의 소리의 별다른 표현에 불과한 것이다.

문학 내지 작품 경향의 혼란이란 사상 그것의 결과라는 것을 잊어서는 아니 된다.

다시 말하면 문학이란 것을 시대정신의 중요한 전성기관傳聲機關이란 점에서 이해할 필요가 있다.

그러므로 문학이 좌우간 통일된 방향을 가지고 있었다는 것은 그 시대인時代人들이 거의 대부분 한가지 것을 생각하고 한길을 걸어가며 공통된 신념을 가졌었다는 사실의 반영이다. 그러나 방향이 분열되었다든가 경향이 착잡錯雜하다는 유類의 현상은 동시대인이 제각기 다른 생각에 사로잡히고 별다른 길 위에 섰으며 공통의 신념이란 것을 갖지 않았던 증좌라 할 수가 있다.

신문학新文學, 프로문학 시대가 전자에 해당한다 하면, 『백조白潮』 시

2 표현으로 : '表象으로'(원 발표문).
3 모색 : '檢索'(원 발표문).
4 모색 : '檢索'(원 발표문).

대와 현대가 후자의 성질을 가지고 있다 할 수가 있다.

이러한 시대엔 작품 속을 관류貫流하는 음향 높은 생활 의욕이 거개 침묵하거나 무질서한 신경질적 규환叫喚으로 화함이 대부[분]의 특징이다.

사실 지난 1년간 중요한 몇몇 작가들을 통하여 표시된 것은 사상이라기보다는 현대 조선 청년의 신념화되지 않은 기분이나 심리의 반영이라 볼 수밖에 없다. 그러므로 각개 작품 경향들은 어느 일방으로든 간[에] 정착되지도 않고 혹은[5] 영향을 끼칠 만큼 체계화되지도 않은 채 모두 제 마음대로 산재散在되어 있는 것이다.

더욱이 각인各人의 특색이라 말할 수 있는 것이나마 견고히 고집하고 보편화를 강요할 만한 용기조차 없으며 또한 그리할 만한 성질의 것도 못 된다는 데 이 시대 조선문학의 정신적 성격이 표현됨은 슬픈 일이나 역시 솔직히 긍정치 아니할 수가 없다.

이 현상은 시대인時代人들에게 공통한 신념이 결여되었다는 사실뿐만 아니라, 각 개인 자신까지가 자기의 생각에 대한 확신력을 못 가지고 있다는 놀라운 상태의 반영이라고 할 수 있다. 요컨대 각인이 자기에 대해서까지 믿기를 꺼리고 진실을 이야기하길 두려워하는 것이다.

그것은 누구에게나 생활에 대한 확신이 없고 명일에 대하여 우연을 기다리는 외엔 절망밖에 갖지 않은 시대, 방황하는 시대의 인간정신의 표현이다.

이곳에 우리는 현대 조선문학의 잡다한 경향이 거개가 암중暗中에 연락聯絡되어 있는 정신적 유대란 것을 미미하나마 찾을 수가 있다.

이것이 더구나 현대 조선 청년의 정신적 성격이라 할 제 전율을 느

5 혹은 : '넓은'(원 발표문).

끼지 않을 수 없으나, 사실은 슬플지나 부정할 수 없이 엄격한 것이라 또한 어찌할 수 없는 일이다.

사실 조선문학이란 문학사로나 작가의 연령으로나 생산되고 수요되는 원천으로나 오로지 청년들의 것이다.

그러므로 조선의 작품 경향이란 다른 나라처럼 넓은 사상생활思想生活의 부분적 표현이 아니라 시대정신, 즉 조선 청년의 정신의 동향을 점칠 수 있는 정확한 바로미터로서의 의의를 가지고 있다.

그러나 조선문학에 진행되고 있던 성격 변화의 촉진이란 그곳으로부터의 출로出路의 발견을 의미하는 것[이] 아니라, 용이히 통일된 방향을 찾기 어려운 깊다란 함정에서 각 작가가 좌석을 발견했다는 사실밖에 아니 됨은 슬픈 일이다.

그 대신 조선문학이 가져야 할 요소가 무엇인가는, 가져서는 안될 것이 어떠어떠한 것인가를 앎으로써[6] 보다 더 명확하게 발견할 수도 있을지도 모른다. 그러나 때는 너무나 우수憂愁한 시대다.

위선 소설 「종생기終生記」와 더불어 요절한 이상李箱을 생각해보자. 그는 어쨌든 조선 작가론 제일류의 재능의[7] 소유자란 것을 잊어서는 아니 된다.

불행히 그의 두뇌 가운데 세계는 왕왕 도착倒錯된 채 투영되었고 가끔 물구나무를[8] 서서 현실을 바라보기를 즐긴 사람이다.

그에겐 넓은 우주 가운데 생을 향유[9]하였다는 것이 조금도 고맙지 않았을 뿐 아니라 오히려 산다는 사실이 사람을 기다리는 무료한 시

6 원 발표문이나 『논리』의 원문에는 '알음으로서'로 되어 있다.
7 재능의 : '才質의'(원 발표문).
8 물구나무를 : 『논리』나 원 발표문에는 '물구남구를'로 되어 있다.
9 원 발표문에 따랐다. 『논리』에는 '亨有'라 되어 있다.

간처럼 성가시었다. 「날개」 가운데 화로를 가지고 종이를 태우는 희롱과 '그는 밤마다 죽었다'는 「종생기」의 아름다운 장경場景이나 구절들을 기억하기 바란다.

그의 작품이 소설로선 형태도 안 갖추고 그처럼 난삽했음에 불구하고 일부 독자에게 강렬한 감명을 준 것은 보통 사람이 다 같이 느끼면서도 한 걸음 더 들어가 보기를 기피하고 두려워하는 세계의 진상眞相 일부를 개시開示한 때문이다.

우리 지식인에 있어 사유하고 정감情感하고 내지는 비판, 행동하는 양태를 발휘하지 않고 산다는 것은 참으로 괴로운 일이다. 밥만 먹고 사는 인간, 그것은 결국 도야지의 형제다. 그러면서도 자살하지 않고 아직 살아간다는 것은 인텔리 자신의 말에 의하면 희망을 가진 때문이라 한다. 그러므로 고민하는 것이 반드시 양심이 된다.

그러나 지식이 비판의 연장 혹은 행위의 지침으로서 소용되지 않은 한, 희망을 달성시키는 조건, 고민을 완화시키는 양약良藥도 보장되어 있지는 않다.

머리 가운데 명멸하는 상념으로, 입술 위에 오르내리는 설화說話로밖에 지식이란 게 활용되지 않는다면, 그와 도야지는 형제라는 게 억울하면 사촌뻘은 되고 말 것이다.

이상李箱은 결국 무능한 인텔리는 도야지와 다름이 없다는 것을 솔직히 보인 것이다. 뿐만 아니라 도야지 중에도 아주 무기력한 병든 도야지라는 것을 강조한 것이다.

「종생기」나 그 외의 이상의 소설 가운덴 인텔리의 시체가 누누累累하다 할 수 있다.

이 점에서 보면 이상은 극도의 주관주의자 였음에 불구하고 물구나무선 형태의 리얼리스트였다.

그러나 「소설가 구보씨九甫氏의 일일一日」에서 시작하여 『신인문학』 1월호에 실린, '트립벨'[10]에서 오는 강박관념을 그린 단편[11] 등에 이르기까지[12] 심리주의적 노선을 걸어온 박태원朴泰遠 씨는 아직 현대 심리주의의[13] 에피고넨임을 면치 못했다.

'트립벨'에만 그럼이 아니고, 처妻에 대한 가책苛責에만 그치지 않고, 그것을 통하여 더 깊이 그러한 것들 앞에 전율하는 청년의 심리를 끄집어내었다면 박씨의 그런 경향의 작품들이 풍기는 문학청년 냄새를 일소一掃했을 것이다.

그러나 치하할 일은 박씨가 이와는 다른 방법으로 무난히 문학적 사춘기를 건너선 것이다. 『천변풍경川邊風景』은[14] 이 해 동안에 가장 힘들이고 또 힘들인 보람을 나타낸 가작이다. 심리 서술에서 세태 묘사로 전향한 데 씨는 확실히 성공을 거두었다.

그러나 세태묘사가世態描寫家로서의 박씨가 사상적으로 얼마나 성숙 심화하였는가 하면 좀 대답키가 어렵다. 최재서崔載瑞 씨 말대로 청계천에다 케이블을 놓고 사진기를 이동시키는 외의 기능은 아직 박씨에게서 발견할 수 없다.

그렇지만 사진기사寫眞技師 중에서도 좀더 들어가면[15] 예술사진이란 것을 박듯이, 세태묘사가도 디킨스C. Dickens나 고골리N. V. Gogoli 같은

10 원문 대로인데, '여행자, 소풍객(특히 당일치기의 근거리 여행가)'이라는 의미를 지니는 'tripper'의 일본어식 음독 표기로 추측된다.

11 『신인문학』, 1936년 1월호에 발표된 「거리」를 가리키는 듯하나, 이 작품의 주인공은 미혼으로 '처'가 등장하지 않는다. 다음 문장의 '처에 대한 가책' 운운은 임화의 착각으로 보인다.

12 원 발표문에는 이 단어가 빠져 있다.

13 아직 현대 심리주의의 : '相當히 自己 理論에 對한 信念이 强한 모양이나 「푸로이드」流의'(원 발표문).

14 원 발표문에는 이 사이에 '大作(?)까지는 안간다 하드래도'가 삽입되어 있다.

15 좀더 들어가면 : '좀 頭腦가 明晳한 사람은'(원 발표문).

사람은 제법 인간 사회의 운명이라든가 속물에 대한 풍자라든가를 발發하는 것이다.

유감이나 『천변풍경』에서 박씨는 이런 의미의 예술가는[16] 아니었다.

그러나 박씨는 정진가精進家이요 각고刻苦한 작가라 「구보씨」적 전통과 『천변풍경』적 거울을 양수兩手에 들고 어느 지점에의 도달을 꾀하는 것 같으나[17] 아무리 생각해도 내지內地 무사의[18] 칼 모양으로 한짝은 길고 한짝은 짧다.

그러므로 「성군星群」이나 「성탄제聖誕祭」같은 달콤한 감상주의[19]가 우러나오는 것이 아닌가 한다. 이 두 작품은 『천변풍경』이 「구보씨」적 소설에 비하여 다른 만큼 차이가 우심하지는 않으나 역시 두 경향을 한데 어울러 빚어진 제3의 시험 같은 감은 있다.

그러나 주목할 경향임에는 틀림없다.

왜 그러냐 하면 이 작가가 비로소 현실을 평가하기 시작했기 때문이다.

그러나 일찍이 매소부賣笑婦[20]이던 누이가 역시 매소부[21]화하는 동생을 보고 '아! 너도 역시 나의 길을 밟는구나!'고 내던지는 「성탄제」 중의 일언一言은 박씨의 문학적 연령에나 작품 성과들에다가 비겨볼 때 너무나 소박하고 감상적感傷的이다.[22]

우리 문단의 중견 작가란 이의 현실에 대한 평안評眼이 이런 정도였던가 하는 것은 일견 놀라운 일이면서 부끄러운 일이다.

---

16 이런 의미의 예술가는 : '詩人이'(원 발표문).
17 어느 지점에~같으나 : '榮達을 期하는 듯한데'(원 발표문).
18 내지 무사의 : '「사무라이」'(원 발표문).
19 원문에는 '感想主義'로 되어 있으나, '感傷主義'의 오식이 아닐까 한다.
20 매소부 : '賣淫女'(원 발표문).
21 매소부 : '賣淫女'(원 발표문).
22 소박하고 감상적이다 : '초라하다'(원 발표문).

이와 비슷한 현실 평가의 눈을 가진 이로 이태준李泰俊 씨를 들 수가 있다. 이씨의 스케치 풍의 단편은 제쳐놓고 그래도 조선사회, 조선 청년 남녀라는 것을 취급한 일련의 장편 『화관花冠』 등을 보면, 실로 한 개 감상가感傷家로서밖엔 사상가로서의 작가의 모럴이란 것을 발견할 수는 없다.

아마 이 점은 사상이란 것을 전통적으로 경시해온 소위 순문학 작가의 가장 큰 결함의 하나일 것이다.

더구나 순문학 작가의 사회생활에 대한 관심이 비교적 높아지는 차제此際 우리는 이 점을 특히 유의하고 싶다.

그러나 이씨에겐 체호프류流의 애수가 있다. 씨의 미려한 필치와 더불어 여태까지 대부분의 단편을 물들인 색조로서, 이것은 씨로 하여금 유니크한 단편 작가로서의 금일이 있게 한 제일 소중한 요소다.

「장마」 같은 소설은 순전한 신변 기술記述이면서도 시대적 분위기에 상당한 농도濃度로 부딪쳤고, 비슷한 테마의 박태원 씨 「성군」보다 월등한 작품이다.

「복덕방」 같은 소설 가운데 나타난 일부 경향을 어떤 이는 일종 동양적 선미禪味 운운하나 실상은 애수哀愁와 같이 이씨의 관조적인 인생태도의 구조적 부분이다. 청춘과 더불어 자기의 세계를 상실한 노인들에 대한 동정, 그것이 아무래도 노인들만의 운명 같지 않은 데 대한 감출 수 없는 비애, 이런 것들은 모두 현대 조선 청년의 절망감의 한 반영이라 말할 수가 있다.

어떤 이가 지적한 바와 같이 그전 「가마귀」 등에서 출발한 사死란 것에 대한 일종 신비적 관찰 등이 이것의 종단終端이다.

그러나 이씨의 근작 등에 섬견閃見되는 신비적 경향을 논함에 있어, 전술前述한 이씨의 고유한 인생 태도에 현실의 압력이 가하여 자연히 나타나는 결과란 것을 잊어서는 아니 된다.

이러면 이씨의 예술은 차차로 리얼리즘에서 멀어갈 것이고[23] 고뇌로부터 신비에로 승화하는 암담한 길이 준비될지도 모를 것이다.

그러나 「복덕방」, 「손거부孫巨富」 같은 소설에서 보는 이씨는 명백히 리얼리스트이며 그것만으로도 씨가 사회적 관심을 넓히기 시작한다고 할 수 있으며, 또한 그것만이 씨의 예술을 산 인간사회의 평원平原으로 이끄는 것이 아닌가 한다.

그렇지만 금년 중에 이씨는 결코 어느 일방적으로 자기를 완성해버린 작가는 아니다.

그러나 「능금 나무집」 등인가 하는 소설에서 보는 이효석李孝石 씨는, 연래年來에 보아오던 씨의 작품의 혼잡한 경향을 점차 한 색조로 정돈하고 있는 듯싶다. 주지하듯 이씨는 동반작가同伴作家라고 불러본 일이 있을 만큼 일종 진보적 사상과 보바리즘[24] 비슷한 색채를 한꺼번에 가지고 왔었다. 그러나 시대의 변천에 따라 육욕 묘사가 진보적 사상그실實 한 개의 감상주의에 불과하나!을 극복하여 이제는 조선문단에서 유표有標한 에로티즘 작가가 되는 듯싶다.[25]

현대로부터 다시 돌아올 수 없는 구렁으로 떨어져가는 명백한 현상의 하나로서 이효석 씨의 에로티즘은 기억할 가치가 있다.

그러나 현대로부터 도피하는 길은 결코 한둘이 아니다. 낭만적 반동이란 또 한줄기 길이 있다. 일찍 경향문학傾向文學 진영 내에서 낭만주의론이 대두하여 현실로부터의 유리라 하였으나, 정비석鄭飛石 씨의 「성황당」, 「거문고」, 김동리金東里 씨의 「솔거率居」 등을 읽으면 무슨 낭

23 원 발표문에는 이 사이이 '歐洲의'가 삽입되어 있다.
24 보바리즘: 원문에는 '포바리즘'이라 되어 있으나 보바리즘(bovarysm)으로 추정된다.
25 되는 듯싶다: '되었다'(원 발표문).

만주의가 아니라 진짜 낭만적 반동이다. 단순히 꿈이나 상상을 사랑할 뿐 아니라 노발리스Novalis, 티크L. Tieck와 같이 유령을 좋아하고 미신을 예찬하며 몽매했던 과거를 사랑한다.

물론 이것은 복고주의의 철저한 문학적 표현이나 「거문고」 같은 것은 소설이라기보다 한 개의 기담綺譚인 데는 철저의 도度도 깊다 할 수 있다.

이 경향은 그 중 특색있는 경향의 하나일 뿐만 아니라 유능한 신인들이 빠지고 있는 세계의[26] 일면을 이야기하는 사실이다.

여기 비하면 김정한金廷漢 씨의 당선작 「사하촌寺下村」[27]이나 「항진기抗進記」는 건전하고 시대를 노기怒氣를 띠고 내려다보는 듯한 정신의[28] 산물이라 할 수 있다.

다음으로 『동아』, 『조선』 양 신문에 『밀림』, 『찔레꽃』을 쓰던 김말봉金末峯 씨를 기억하고 싶다. 왜 그러냐 하면 현대 조선문단에서 신문학 유사有史 이래 문단 등장 제1일부터 씨처럼 화려히 속문학俗文學의 인조견 옷으로 성장盛裝하고 나온 사람은 없기 때문이다. 씨의 문학은 현대문학이 통속화의 길로 들어가는 한 표징標徵이기도 하다.[29]

여태까지 나는 경향작가傾向作家의 작품을 하나도 안 들었으나 결코 이 작가들이 상기上記한 제 조류로부터 만리나 멀리 떨어져 있는 때문은 아니다.

오히려 공통의 환경 가운데서 이들이 상기의 작가들과 얼마나 달리 혹은 얼마나 비슷이 새 정세에 반응하고 있는가를 비교하여 독자의

26 빠지고 있는 세계의 : '호랑이 담배 먹든 時節을'(원 발표문).
27 「사하촌」은 1936년 『조선일보』 신춘문예 당선작이다.
28 정신의 : '心臟의'(원 발표문).
29 원 발표문에서는 이 문장이 없고 대신 '(中略)'으로 처리되고 있다.

이해를 편리케 하기[30] 위함에 지나지 않는다.

위선 구舊 카프 작가 중에서 주목할 창작 태도를 표시한 작가로 김남천金南天 씨를 들 수 있다. 「남매」, 「처를 때리고」, 「소년행」, 「제퇴선祭退膳」 등 4~5편에 불과하나, 충분히 문제성을 띠고 있고 무엇보다 눈에 띄는 것은 소설이 퍽 능숙해진 점이다.

그리고 김씨의 논문 「고발의 정신」[31]과 아울러 씨의 소설은 분명히 한 개 주장을 내포하고 있다.

그 내용에 관해서는 1, 2차 타처他處에서 언급하고 하여[32] 중언重言을 피하거니와, 무엇보다 작품들은 작가의 논문이 말하는 정도보다 열도熱度가 부족하고 따라서 테마에 비겨 객쩍은 묘사가 작자의 주장을 덮고 있는 점 등을 위선 말하고 싶다.

「소년행」은 구조와 수법에선 씨의 제작諸作 중 으뜸가고 금년도 문단 가작의 하나이나, 「남매」에 비하면 주인공의 연애 등 세부적 현실이 소설의 중심점을 덮어버린[33] 감이 많다.

마치 박태원 씨의 먼저 말한 소설이 트립벨 묘사 때문에 주인공의 정신 생활의 전모全貌가 희박해진 것처럼, 작자는 일종의 트리비얼리즘에[34] 사로잡혀 있지 않은가 한다.

부정될 현실을 고발한다는 작가의 정신은 현대문학의 중요한 기초나 김씨에게 있어는[35] 일면적으로 강조되고, 또한 현실로서가 아

---

30 편리케 하기 : 『논리』나 원 발표문에는 모두 '便利하기'라 되어 있으나 문맥에 맞게 수정하였다.

31 김남천의 평론 「고발의 정신과 작가」(『조선일보』, 1937.6.1~6.5)를 가리킨다.

32 『논리』에도 수록된 「주체의 재건과 문학의 세계」, 「사실주의의 재인식」, 「현대문학의 정신적 기축」 등에서 김남천의 고발문학론이 집중적으로 다루어지고 있다.

33 중심점을 덮어버린 : '눌러버린'(원 발표문).

34 일종의 트리비얼리즘에 : '이상한 趣味(?)에'(원 발표문).

35 있어는 : 『논리』에는 '있언', 원 발표문에는 '잇선'으로 되어 있다.

니라 정신으로, 즉 다분히 주관주의적 방법으로 작품 가운데 전개되고 있다.

무엇보다 김씨는 작품 가운데 묘사되는 생활 현실의 가치라는 것을 재음미할 필요가 있다.

그것만이 일면적이라 비난되는[36] 고발정신론의 발전 노순路順이 아닌가 한다.

이곳에 우리는 민촌民村의 제작諸作, 더욱이 문제된 「돈」을 다시 한 번 생각할 필요가 있다. 물론 특별히 훌륭한 비평가의 단안斷案을 빌지 않아도 소설 「돈」에서 작자는 돈이란 것에 대하여 새로운 아무것도 발견치 못했다. 그야말로 돈이 없으면 불행하다는 항간의 상식이 그대로 작품의 관념 내용이 된 것이다.

그러나 가만히 생각해보면 「돈」은 일면 고운 소설임에 틀림없다. 그 이유는 어느 작가의 비참한 생활상과 우상憂想을 어느 사람이 읽어도 동정의 염念을 일으키기에 족할 만큼 충분히 묘사한 때문이 아닌가 한다.

만일 그것이 없었다면 「돈」은 소설이 아닐 뿐만 아니라 교양있는 사람의 술회라고 할 수조차 없을지 모른다. 그러나 묘사된 생활 현실의 가치에 의하여 「돈」은 독자에게 상당량의 감명을 주고 있다.

이 사실은 작품 가운데 사상이 중요하다는 것은 말할 것도 없으나 동시에 묘사된 현실의 가치가 또한 크다는 것을 재인식시키지 않는가 한다.

그밖에 이무영李無影, 엄흥섭嚴興燮, 한인택韓仁澤 등 제 씨諸氏의 작품에서는 나는 솔직히 말하거니와 무슨 정신적 매력을 느끼지는 않으나

36 비난되는 : 『논리』에서는 '悲難되는'이라 되어 있고, 원 발표문에서는 '悲觀되는'으로 되어 있는데, 둘다 오식일 것이다.

역시 그들 일련의 리얼리스트의 작품에서 내가 받은 유락愉樂은 묘사된 현실의 가치 같다.

그러나 묘사되는 현실을 매력있는 사상으로 요리하고 묘사와 더불어 작품의 높은 정신이 독자를 움직인다면 얼마나 아름다울까?

설야雪野 씨의 『청춘기』는 끝났으나 무영의 『명일의 포도鋪道』나, 채만식蔡萬植 씨의 『탁류濁流』 등 아직 연재 중에 있는 작품의 중요한 가치와 매력이 이곳에 있음을 나는 새삼스레[37] 느끼고 있다.

그렇지만 설야 씨나 무영 씨의 소설 같이 얼마간이라도 작자들의 정신적 활동의 매력을 기대할 수 있는 작품에서 발견되는 것이 한결같이 루진[38]적的 분위기라는 데는 이 시대의 깊은 우수를 아니 맛볼 수가 없다.

아마 당분간 루진 같은 남녀 인물, 정신적 분위기는 무력화無力化한 인텔리겐차의 심리적 기념물로 꽤 오래 작품 위를 떠돌지도 모른다.

이렇게 유람 버스를 탄 것처럼 일별하고 나니 그래도 어디인가 이 1년간에 조선문학의 내적 변화의 양상이 나타나는 것 같기도 하다.

간단히 요약하여 결언結言은 못 지으나 체호프적 애수, 사닌[39]적 에로티즘, 루진적 무기력, 티크적 도피, 좌우를 연결聯結하는 일련의 심리, 주관주의, 평판平板한 리얼리즘 등등이 금년 1년 동안 점차 완성과정에 들어섰다고 볼 수 있다.

위선 후일을 기하고 그만둔다.

---

37 새삼스레 : '切實히'(원 발표문).

38 루진(Rudin) : 뛰어난 지성을 지니고 있으면서도 현실 속에서 삶의 목표를 발견하지 못하는 1830~40년대 러시아의 '잉여인간(剩餘人間)'을 형상화한 투르게네프(I. S. Turgenev)의 장편소설 『루진(*Rudin*)』의 주인공.

39 사닌(Sanin) : 정치활동의 좌절을 섹스의 자유에서 보상받으려는 청년들의 모습을 뛰어난 관능적 수법으로 묘사한 아르치바셰프(M. P. Artsybashev)의 소설 『사닌』의 주인공.

문단적인 문학의 시대●

*[1]

역사를 가령 하나의 면面이라고 보면 우리는 그것을 회전하는 면이라고 볼 수가 있지 않은가 한다. 즉 면의 회전운동 가운데 시간이 표시된다. 이 용적容積면=공간 가운데 작용하는 시간 때문에 역사는 항상 변화하는 존재의 의미를 띤다 할 수 있다.

그런데 새삼스레 이런 꽤 까다로운 비유를 끄집어내는 것은 무슨 타의他意가 있어서가 아니라 역사란 것을 면의 회전운동에 비길 수가 있다면 자연히 중심과 주변의 개념을 쉽게 상상할 수 있는 때문이다.

● 『조선일보』, 1938.7.17~23.

1 원 발표문은 신문(『조선일보』)에 6회 연재되었는데, 발표시의 제목은 '文壇時感'이며, 각 연재 회마다 별도의 부제를 달고 있고, 각 연재 1회분이 『논리』의 글에서도 하나씩의 절을 이루고 있다. 원 발표문에서 첫 절의 부제는 '文壇의 中心과 周邊'이다.

우리가 컴퍼스를 잡고 돌려볼 때나 레코드를 걸고 보면 같은 면의 회전운동 가운데 대단한 차이를 가진 두 부분을 발견할 수가 있다.

외측外側을 주변이라 하고 내핵內核을 중심이라 할 것 같으면 그 표현 형식은 실상 면이 아니라 선과 점이다.

외측의 면이 선이요 중심이 점이 된다. 이것은 같은 면적상에 동일한 운동 가운데 표시되는 두 개의 상이한 차이다. 여기엔[2] 회전 운동의 방향의 상대성相對性이 또 있다.

즉 중심으로 향하여선 구심운동求心運動이 일어나고, 외측을 향하여선 원심운동遠心運動이 일어난다.

중심은 점에의 집중과 응결, 주변은 선의 분리와 해체!

역사가 이렇게 면의 회전을 통한 부단히 다른 면에로 이행하는 도정이라면 그 운동의 연속은 나선상螺旋狀 운동이다.

다시 말하면 중심이라고 불러질 선을 통하여 새[3] 면이 창조되고, 주변의 원심화로 낡은 면이 파괴, 소멸된다.

그러므로 역사의 중심이라는 것은 본질적인 부분, 즉 다음 시대를 제약하고 그것의 탄생을 촉진해가는 산 부면部面이요, 주변은 비본질적인 부분, 즉 그 시대 안에서만 존재가치를 가졌다가 그 시대의 종식과 더불어 영영 소멸해버리는 죽는 요소다. 간단히 인물의 예를 든다 하더라도 나폴레옹B. Napoleon은 근대 불란서사의 한 중심이요, 그밖에 수없이 많이 불란서에 살던 촌사람들 같은 것은 전혀 역사의 일개 이름도 없는 주변에 불과하였다.

화제를 돌이켜 문단이란 것을 이런 견지에서 본다면 문단이란 언제나 적지 않은 수효의 작가와 시인, 비평가를 가지고 있는 사회나, 그

2 차이다. 여기엔 : '差異라 하면'(원 발표문).
3 새 : 원 발표문이나 『논리』에는 '세'라 되어 있으나, '새'의 오식일 것이다.

것이 우리 생활의 다른 부면과 같이 어느 틈에 문단의 전全 면모가 변하고 구성원이 갈리고 하는 것을 용이하게 알 수가 있다.

이 문단 면모의 변화나 추이가 어디에 유래하는지는 딴 문제나, 이 추이나 변모가 한 개의 훌륭한 역사의 표현이란 곳에 요점이 있다.

또한 그 운동 상태가 먼저 말한 일반 역사의 그것과 같이 스스로 중심과 주변을 형성하여 움직이고 있다는 데 흥미가 있다.

그러면 문단에 중심이라고 할 것이 무엇이냐 하면, 그것은 다른 사회 부면과 달라 정신적인 중심, 즉 사상으로서 나타나고 구체적으론 작가와 작품으로서 표현되는 그것이다.

이만큼[4] 생각하면 우리 문단에서 관용慣用하고 있는 중견中堅이라든가 문단 주류라든가 하는 말을 일층 현실적으로 정착시킬 수가 있다.

범박凡朴히 중견이라든가 주류라든가 혹은 인기라든가가 아니라 더 깊이 파고들어 현재 오늘날이란 이곳 문단에 어떠한 의미에서이고 중견이 될 만한 작가, 주류가 될 만한 문학 사조, 혹은 그 작가, 그 작품, 그 문예이론의 존재로 우리 문단의 현대적 특징이라는 게 명료히 드러나는 그런 존재가 있다 할 수가 있다.

그것은 좋고 나쁜 여하한 의미에서이고 문단의[5] 중심이라 통칭할 수 있는 '중요'한 존재다.

그 대신 그러한 성격을 갖지 않고 혹은 갖지 못한 작가나 작품이 허다한데, 그것도 꼭 나빠서가 아니라 시대적인 의미에서 현대와의 부합점을 갖지 않았기 때문에 문단의 중심 밖, 즉 주변의 부분에 속하는 수가 있다.

4 이만큼 : '이만츰'(원 발표문), '이만침'(『논리』).
5 원문에는 '文壇이'라 되어 있으나 수정했다.

*[6]

이것은 무엇을 기준으로 그렇게 말할 수 있느냐 하면, 위선爲先 문단의 현상, 즉 사조의 교대나 작가의 인기의 등락騰落과 추이 등등 지극히 일상적인 현상을 통하여 표현되는 시대의 성격 같은 것에 역시 준거準據하지 않는가 한다.

혹은 시대의 취미나 윤리나 감정의 변화 등에 연유한다고도 말할 수가 있다.

우리 문단의 역사를 본다 해도 5~6년 전만 해도 문단의 세력이라고 할까 중심이라고 할까 혹은 그때 용어대로 헤게모니라고 할까 하는 것은 분명히 경향파傾向派 측에 있었다.

물론 프로파派 전의 신문학에 비하여 예술적인 신선미新鮮味, 어떤 의미의 진보란 것을 경향파의 문학 가운데 발견하지 않으면, 『백조白潮』 일파나 동인東仁, 상섭想涉에 대하여 문단적으로나마 프로파의 제패制霸가 실현되기는 곤란한 것이다. 그러나 경향파의 득세가 또는 하나에서 열까지 전대前代의 문학에 비하여 온전한 예술적 우세 때문이냐고 하면 반드시 그렇다고 말하기 어려운 점이 적지 않다. 결정적 원인은 시대의 이행, 내셔널리즘에 대신한 다른 어떤 사상의[7] 압도적 승리 가운데 있다 아니할 수 없다. 그렇다고 경향문학은 단순히 사상의 일점一點에서만 그 전대의 문학에 비하여 우수하였는가 하면, 많은 반反경향파론자들이 이런 견해를 술述했음에 불구하고 경향문학은 명백히 조선문학의 예술적 진보상 거대한 공헌을 끼친[8] 것이다.

6 두 번째 절의 원 발표문에서의 부제는 '文學과 世代의 問題'.
7 내셔널리즘을 대신한 어떤 사상이란 곧 사회주의 사상일 것이다.
8 끼친 : '遂行한'(원 발표문).

그러므로 금일의 예술파라고 부를 경향의 득세가 경향파가 무시했던 문학의 예술성을[9] 중시했기 때문에 으레[10] 금일의 지위를 획득했는가 하면 그것은 또한[11] 피상적인 견해라 아니할 수 없다.

위선 우리는 문학 가운데 사상의 요소를 중시하는 것이나,[12] 예술의 요소에 치중하는 것이나, 어느 자者를 물론[하고], 평범히 말하여 한 시대사조時代思潮란 것을 생각해야 한다.

경향파의 전성시대에 예술은 사상이 아니라 예술 그 자신이라고 고집하던 사람이 더 예술가이어서 그랬다거나, 경향파의 조락凋落과 예술주의의 득세가 그들이 오늘날과 같은 예술주의의 시세時勢를 예측한 선견先見의 명明이 있었기 때문이라고 생각는다면 두 가지가 다 어리석기 비할 데 없는 일이다.

언제나 시대란 제 풍속과 유행을 가지고 있듯이 제[13] 문학을 가지고 있는 법이다. 시대는 모든 종류의 문화 가운데 제 생生의[14] 방식과 이상을 삼투시키는 법이다. 그러므로 결국 그 시대의 생활하는 방법으로 문학하는 작가나 작품이 항상 그 시대의 문단적 중심이 되는 것이다. 바꿔 말하면 그 시대의 사상적인 흐름의 문학상의 반영, 내지는 결정結晶! 그러므로 문학상의 시대 문제가 표면에 나오게 된다.

아무리 중요하고 가치있는 작가나 작품이라도 시대의 중심에서 격리되어 있다면 그 시대의 문단의 주류 혹은 중심에 설 수가 없게 되고 한 개 주변을 둘러싼 존재에 지나지 않는다.

---

9 문학의 예술성을 : '文學 가운데 藝術을'(원 발표문).
10 으레 : 원문에는 '의레히'라고 되어 있다.
11 또한 : '實로'(원 발표문).
12 원 발표문에서는 이 사이에 '반대로'가 삽입되어 있다.
13 『논리』에서는 '새'로 되어 있으나, 원 발표문에 의거해서 바로잡는다.
14 생의 : 원 발표문에는 '생활의'로 되어 있다. 『논리』에서 '活'자가 탈자된 것으로 보인다.

그러면 예술적인 가치의 유무와 문단의 중심이나 주변이란 사실이 모든 경우에 일치하게 아니 되지 않는가.

나의 말하고자 하는 요점의 하나가 즉 이것이다. 유행 작가가 반드시 예술적으로 그 시대 문단의 최고봉이 아니라고……. 그러면 시대의 요구라든가 시대의 생활의 반영이나 표현이라는 게 반드시 문학의 필수조건이 될 건 아니지 않은가 하는 의문이 생기는데, 이것은 우리 문학자가 시대에 충실할 건가 안할 건가의 문제가 아니라, 시대란 것을 더한층 깊이 들어가 해석할 필요를 느끼게 하는 것이다.

시대란 우리 작가가 생활하고 문학하는 데 숙명적으로 걸쳐져[15] 있는, 다시 말하면 그것을 떠나선 아무것도 할 수 없는 기반이다. 그것은 부정할 수 없는 역사의 일부면一部面이다.

그러나 시대라는 것은 작가가 장님처럼 눈을 감고 그냥 걸어만 가면 족한 탄탄대로도 아니요, 문학하기에 족한 모든 것을 작가를 위하여 제공하는 용도괘用度掛도 아니다. 시대란 마치 문학의 주제로서의 생활처럼 자세히 알아서 또한 골라서 조심성스러이 걸어가야 할 실로 복잡다단하고 좀처럼 알아내기 힘든 세계다.

시대란 대부분 그 표면의 용모에 비하여 내용은 엄청나게 다른 경우가 보통이다.

*[16]

그러므로 시대에 충실한다는 것은 시대의 얼른 볼 수 있는 안면顔面의 표정을 살펴서 눈치 빠르게 처신한다는 것과는 스스로 달라 좀처

15 걸쳐져 : '주어져'(원 발표문).
16 원 발표문에서의 이 절의 부제는 '時代에 忠實한다는 말'.

럼 헤아릴 수 없는 깊은 심장의 소리를 알아내는 것이다.

왜 그러냐 하면 적지 않은 사람이 시대란 것을 하류河流에 비교한 것처럼, 시대란 그 표면의 용모와 저류底流가 엄청나게 상반相反하는 때가 드물지 않은 때문이다.

우리가 항용 시대라고 부르는 것이 실상은 어떤 커다란 사회의 곡절 많은 추이 변천의 한때 한때 한 부면 한 부면에 지나지 않는다.

시대란 결국 사회를 형성하는 형형색색의 이해利害를[17] 서로 달리한 인간군人間群의 각각刻刻으로 변하는 힘力의 관계의 표현이다.

따라서 마치 우리가 씨름을 보는 때처럼 정히 다음 순간에 곧 패배할 혹은 전연 사멸할 운명의 인간이 사실에선 으레[18] 승리할 인간을 찍어누르고 있는 한 장면도 지어낼 수가 있는 것이며, 그와 마찬가지로 다음 순간에 상대자를 다시 추서지[19] 못하게 이겨넘길 용자勇者가 되려 밑에 눌려 발버둥칠 수도 있는 것과 같이, 사회적 변천의 시대란 예측할 수 없는 장면, 결국 성과와 비겨본다면 정반대의 장면을 왕왕 현출現出하는 것이다.

그러므로 진실로 명석한 혜지慧智란 언제나 이 장면만을 믿지 않는 것이며 여러 장면의 되어가는 품의 종합에서 그 필연의 성과라는 것을 알아내는 것이고, 혹은 다만 한 장면을 통해서라도 능히 끝까지의 과정의 필연성을 암시받는 것이다.

여기엔 지혜와 더불어 인내력, 인내력과 더불어 용기와 정열을 필요로 하는 것이다.

이런 여러 가지 점을 생각할 때 문단의 중심이란 것이 반드시 예술

17 利害를 : '利益을'(원 발표문).
18 으레 : 역시 원문에는 '으레히'로 되어 있으나 수정했다.
19 추서지 : '일지'(원 발표문). '추스르지'의 뜻일 것이다.

의 진수眞髓에서 나온 것도 아니며 그 주변이란 것이 또한 반드시 문학의 주변이 아닌 것도 어느 정도까지 상상할 수가 있다.

즉 문단의 중심이 문학의 중심과 일치하지 않고 문단의 주변이 문학의 주변이 아닌 때, 다시 말하면 그때 문단의 주변적 존재에 비하여 특별히 예술적인 우수성도 없고 오히려 그것에 미치지 못함에 불구하고 문단적인 중심인 때가 있으며, 또한 훌륭한 문학이 문단의 주변으로 내어몰려져 있는 때가 가능하다.

이런 시대는 말할 것도 없이 그 사회가 먼저 씨름의 예에서 알 수 있듯, 필연必然한 승자가 밑에 들고 패자가 위에 오른 위치의 전도顚倒의 시대, 이른바 사회적 혼란의[20] 시대다.

이러한 시대의 문단의 상태란 실로 아픈 비극과 우스꽝스런 희극이 잠재潛在하는[21] 시대다. 전자는 말할 것도 없이 한 개의 희극일 것이며 후자는 또한 하나의 비극이다.

그럼에 불구하고 문단의 중심과 주변이란 것이 시대의 표면의 논리를 반영하는 것은 일면, 문학 그것에 비하여 사회 현실의 힘이 실로 하나의 원동력인 만치 강한 때문이며, 또 한편으로 문단이란 사회 자신이 항상 모든 시대 사회의 한쪽의 구성 부분인 때문이다.

즉 문단이란 그때 사회의 깊은 본질을 파내어 작위作爲해 놓은 어떤 부분이 아니라 그때 사회의 평범한 일면에 불과한 것이다.

그러므로 문단의 중심을 형성한다든가 주변으로 물러난다든가 하는 소위 문예적인 세대의 변천이란 사회의 표면의 논리를 체현하는 것이다.

20 혼란의 : '反動의'(원 발표문). 『논리』에는 '混亂이'로 되어 있으나 '이'는 '의'의 오자일 것이다.

21 원문대로이나, '병존(竝存)하는'의 오식이 아닐까 한다.

그것이 시대의 깊은 본질로 결정된다는 것은 항상 소수인少數人[22]에게만 알려지는 일이요, 또한 그것은 문예적인 시대의 변천에 있어 그렇게 중시되지 않는 것이다.

그것은 다못 문예적 혹은 문단적인 세대교체의 원동력 혹은 세대교체의 내적 원인에 불과하다.

언제나 문학적인 세대란 그 점으로 내부의 힘으로 결정되면서 사회적 표면의 논리, 세태적世態的인 형식으로 표현된다.

오늘날의 사회적인 표면의 논리, 혹은 시대적인 세태의 특성은 무엇이냐?

먼저 들어온 시대의 구분 중 어느 것에 속하느냐? 우리가 알고 싶은 것은 이것이고 이것으로써 오늘날의 문단 사회의 현상現象을 해석하여야 할 것이다. 그렇지만 부질없이 판단을 내린다는 것은 경계치 아니할 수가 없다.

*[23]

그렇지만 현재의 우리 문단의 중심이만일 있다고 가정하면 전날의 중심에서 옮아온 것, 즉 최근년간最近年間의 조선문단은 하나의 세대교체를 경험하였다는 것을 생각할 때, 우리는 현상現狀의 분석을 통하여 어느 정도까지 현대의 특성이란 것을 규지窺知할 수 있지 않은가 한다.

먼저도 이야기해온 것처럼 현재 조선문단의 그 중 큰 변화는 경향문학의 퇴조에 있다. 그러면 이미 퇴조한 경향문학을 대신하여 문단의 중핵을 차지하고 문단의 전부면全部面에 퍼진 새 조류는 무엇이냐

22 소수인 : 원문에는 '小數人'으로 되어 있다.

23 원 발표문에서의 이 절의 제목은 '世代交替과['와'의 오자－편자] 文學外的 힘'.

하면, 우리는 곧 그동안 논단論壇에 명멸부침明滅浮沈한 여러 가지 토론 제목, 예例하면 휴머니즘이라든가 주체론이라든가 최근에 와서 서서히 인목人目을 끄는 지성 논의라든가의 일련의 현상現象을 연상한다.

그러나 3~4년래의 이런 여러 가지 토의는 많은 사람이 지적하듯 하나도 변변히 결실結實한 것이 없고, 차라리 무엇을 파악키 위한 논쟁이었다기보다 오히려 아무것도 제 손에 견지할 수 없는 문학자의 초조[24] 불안한 암중모색과 덧없는 비탄과 방황[25]이 아니었는가 한다.

논의가 문학 작자의 현실 속에서 출발하지 않고 전專혀 추상적인 논리의 유희에 그쳤기 때문이라든가 하는 것은 변명하는 논쟁자들이나 비난하는 작가들이나 다같이 오직 결과의 공허함에 대한 일종 푸념에 불과하다.

요점은 우리의 정신이나 심정이 확고한 무엇을 파악할 준비가 사실 되어 있지 못했고, 주위의 현실이 우리로 하여금 새것을 육성시킬 마음의 준비를 가다듬을 만한 여유를 허락지 않았다 함이 사태의 솔직한 설명이 되지 않는가 한다.

그러므로 현하의 문단은 일찍이 조선 신문학상 어느 시대에 비하여서도 대조를 찾을 수 없는, 일관된 정신, 뚜렷한 신념이 통틀어 말하여 결여된 시대다.

따라서 원칙상으로 보면 연전年前에 문단주류설文壇主流說이 시비되었을 때도 한 말이지만, 주류가 있을 수 없는 시대, 도저히 중심이라는 것, 자연이란 것이 한곳에 집중될 수 없이, 차라리 분열과 유리遊離와

24 『논리』에는 '焦燋'라 되어 있고, 원 발표문에는 '焦待'라 되어 있다. '燋'는 '燥'의 오식일 것이다.
25 암중모색의 덧없는 비탄과 방황 : '暗中檢索의 덧없는 悲現'(원 발표문). '悲現'은 '悲觀'의 오식으로 읽힌다.

산거散居가 문단지리文壇地理의[26] 특색이 되지 아니할 수가 없다.

벌써 우리는 집중하기엔 각인各人에게 열정이 부족할 뿐더러 집중의 방향과 집중될 일점을 또한 찾을 수 없이 되어 있다.[27]

요컨대 실로 저열한 의미의 자유?가 군림한 시대다.

그러나 문단상에 이러한 결과를 가져온 직접의 동기인 경향문학의 퇴조가 결코 우리의 생활 가운데로부터 모든 종류의 경향성이 소멸한 결과이냐 할 제, 만약 그렇지 못한데도 불구하고 여상如上의 결과가 왔다면 거기엔 자연 어떤 종류의 문학 외적 힘의 작용을 연상치 아니할 수 없다.

왜 그러냐 하면 전대前代의 경향문학이 문학으로써 현실생활을 따라갈 수 없는 결함이 있었다면 그것의 퇴조에 따르는 것은 순서상 당연히 사회의 경향성을 보다 높은 의미의 예술로써 반영한 문학이어야 할 것임으로이다.

결국은 경향문학의 퇴조가 사회생활의 경향성과 병행하지 않았다는 지극히 평범한 말을 되풀이하게 되는 것인데, 이 말을 되풀이하는 의도는 오늘날의 문단의 각색各色 작가와 비평가의 가는 길이 전대의 문단이[28] 시대에 충실하였다는 것과는 다른 의미에서 시대에 부합하고[29] 있지 않는가 하는 것을 지적하고 싶은 때문이다.

즉 수년 전까지 조선문학에 존립해 있던 확고한 정신이라든가 일관된 방향을 일조一朝에 미로 가운데로 몰아넣은 문학 외적 힘과 현재 조선문단의 예술적 사상적 기풍과의 관계의 관찰이다.

---

26 문단지리의 : '文壇分布의'(원 발표문).
27 또한~되었다 : '여간해선 차즐 수가 업다'(원 발표문).
28 문단이 : '文學이'(원 발표문).
29 부합하고 : '充實하고'(원 발표문).

이런 의미에서 현대는 주류가 없고 중심이 없고 방향이 불명不明타하나, 그실實은 이 문학 외적 힘을 영합은 안 한다 할지 모르나 적어도 수용하고실로 분산된 채로! 있는 것만은 사실이다.[30]

이즈음 사람들은 여러 가지 내용, 여러 가지 논리를 문학정신의 이름으로 통칭하나 높은 의미의 문학정신은 벌써 우리 문단에서 떠나간 지 오랜지도 모른다. 우리가 이야기하는 문학정신이란 단지 한마디 공허한, 실로 아무것도 뜻하지 않는 말에 불과하다.

*[31]

이곳에서 우리는[32] 오늘날 문단의 중심이라든가 주변이라든가가 사회의 동향이 정상正常스러운 시대의 그것이라기보다 더 정상치 못한 상태의 산물이 아닌가 하는 점에 생각이 이르게 된다.

즉 사회현실 가운데 들어 있는 진정으로 가치있는 부분역사의 추진력이라고 할까?이 그대로 문단의 중심으로 표현된 것이 아니라, 사실에 있어선 우리들의 생활에 있어 주변으로서 장차 물러가야 할 온갖 부분이 어우러져서 문단의 중심을 이룬 감이 있다.

비상히 기이하게 들리고 오해되기 쉬운 말인 줄도 알면서 감히 이러한 각도에서 현 문단의 구조를 설명함은 현 문단의 온갖 상황, 모든 기풍이 문학의 쉬지 않는 발전 상의 현상現象이라기엔[33] 지나치게 비문학적이기 때문이다.

30 것만은 사실이다 : '것이다'(원 발표문).
31 원 발표문에서의 이 절의 부제는 '너무나 文壇的인 文學'.
32 우리는 : '실로'(원 발표문).
33 『논리』나 원 발표문에는 모두 '現象이라긴'으로 되어 있다.

그러나 보기에 따라선 지금의 조선문단처럼 문단이 문학적인 시대는 없으리라고 말할 수가 있다. 벌써 수차 우리는 이런 안도의 소리를 들어온 일도 있다.

아마도 이 말은 문단에서 왕년往年과 같은 사회적 스트러글이 자취를 감추었다는 의미일 것이다. 문학을 사회적 행동의 직접의 수단으로 사용하라고 고조高調하던 제1선 상의 인물들까지가 이제야 문학은 제 고향으로 돌아왔다고 말하였다.[34]

그러나 문학은 행동의 광장에서 예술로[35] 돌아온 것이 아니라 실상은 문단으로 돌아왔음에 불과하였다.

이리하여 신문학사상上 드물게 보는 너무나 문학적인 문단의 시대, 실상인즉 문단적인 문학의 시대가 시작된 것이다. 그러나 문학이 문단적으로 되면서부터 내어던진 것은 이른바 이데올로기뿐 아니라 생활도 내어던졌고,[36] 중요한 것은 문학에서도 떠나오기 시작한 것이다.

이런 현상은 물론 그 전 경향문학이 사회성에서 개인 가운데로 칩거해온 경로에서 직접으로 드러났으나, 그러나 본시부터 제 개인에서 출발한 사람들의 문학이 오랜동안 준비해온 조류가 그실은 문단의 전폭全幅에 범람한 데 변천된 시대상은 표현된 것이다.

왜 개인에서 출발하고 제 일신에 입각한 문학이 문단적 문학이냐? 모럴을 이야기하는 불소不少한 사람이 이 말에 수긍치 않을 것이나 백문百聞이 불여일견不如一見이다. 오늘날의 문단에 생산되는 자타自他의[37] 작품을 읽어보면 스스로 느끼는 바가 있을 것이다.

34 인물들까지가~말하였다: '人物들이 이제는 文學은 제 故鄕으로 도라왓다고까지 하엿다'(원 발표문).

35 예술로: '文學으로'(원 발표문).

36 내어던졌고: '엿섯고'(원 발표문).

37 自他의: '제나 남의'(원 발표문).

무엇보다 내가 문단적인 문학이라 형용함은, 지금의 문학은 작자가 무어라고 광고표를 붙이든지 간에 벌써 문단 외의 온갖 생활과 접촉을 끊고 단지 문단이란 좁은 울안을 대상으로 삼고 모든 것이 문단 안의 문제로서 시종하고 있기 때문이다. 이런 문학은[38] 기껏하여 일부 문학청년이것은 문단의 상비常備된 주변 인구요 그러므로 때의 주조主潮에 따라 좌우되는에게 읽혀짐에 지나지 않는다.

그러면 언제는 안 그랬느냐 할지 모르나 문제는 작품의 방향, 작자의 정신에 있다. 즉 문학의 내용상 특질에 있다.

사문학私文學, 사소설私小說, 사시私詩! 제 한사람을 위하는 외에 목표가 없는 문학! 그러나 예술로서의 문학의 대성을 위하여 오늘날의 작가 정신은 노력하지 않는가? 하면, 그실實[39] 작가들의 안목이 사회에서 개인으로 돌아온 것을 문학으로 돌아온 것이 아니라 문단으로 왔다 지적한 그 이유가 여기에 있다.

한 개인혹은 개성을 사회성의 높이에까지 승화시키는 게 개인이 생존하는 궁국窮局의 이유라면, 문학은 문학함으로써 문학을 진리의 높이에까지 높여가는 게 또한 진정으로 문학적인 문학의 본질이다.

이러한데 문학은 개인이 사회성의 높이로 올라가는 강렬한 정신적 내용 그 자체문학자에 있어선 절대적인!에 서는 것이다.

개인이 문학하려는 이외의 아무런 욕구도 갖지 않고 [이러한 것으로써만 성적이려는 데는][40] 문학은 문학인 것을 그만둔다.

그것은 하나의 기술로예술이 아니다! 그치며 작가는 장인匠人에 머무르

---

38 대상으로 삼고 있는~ 때문이다. 이런 문학은 : '對象으로 하고 文壇 안에 問題로서 始終하면'(원 발표문).

39 원 발표문에서는 이 사이에 '내가'가 삽입되어 있다.

40 [ ] 속의 부분은 원 발표문에 따른 것이다. 『논리』에는 빠져 있어 문맥이 통하지 않는다.

고 만다. 오늘날의 문단은 바야흐로 이 장인의 정신을 기축基軸으로 하여 제 중심을 결집하고 있지 않을까? 이 이외의 모든 노력이 오늘날엔 주변의 존재로 밀려나고 있지 않은가.

문단이 논쟁도 없고 더구나 사회적 의미를 띤 정신의 존재나[41] 대립은 하나의 부질없은 이단異端으로 눈치되고, 화평和平의 농무濃霧가 거래去來함은 정히 이유가 없다 말할 수 없는 것이다.

문학하는 자격에 있어서 평등한 인간의 사회! 이런 의미의 문단은 상업하는 의미에 있어서 평등한 인간의 사회인 직업사회나 무의미한 사교장과 조금도 다름이 없다.

작가가 급작스러이 사교와 처세의 술術을 익히려 드는 것은 웃을 수 없는 풍경이라 아니할 수 없다.

*[42]

이제 비로소 우리는 현 문단의 근대적인 성질, 혹은 현대란 것의 근대적인 의미를 밝힐 최후의 관문에 들어선 감이 있다.

무엇을 가리켜[43] 우리는 현대라고 이름할 것인가? 우리는 지금 문단을 무엇보다도 문단적인 문학의 시대라고 불렀다. 그러면 현대의 세대[44]란 자연히 가장 문단적인 문학의 생산에 종사하는 작가군作家群을 지목하게 되지 않는가?

어떤 의미에선 벌써 모든 작가가 이러한 세대에 속한다 할 수 있으

41 정신의 존재나 : '精神이나'(원 발표문).
42 원 발표문에서의 이 절의 부제는 '現代의 世代的인 意味'.
43 원 발표문이나 『논리』에는 '가르처'로 되어 있으나 문맥에 맞게 수정하였다.
44 세대 : 원 발표문에는 '近代'라고 되어 있으나 오식일 것이다.

나 그러나 시대의 특색의 지표指標가 되는 인물이 문학사의 각 부면에는 언제나 출현하는 법이다. 그것은 누구일까? 유감이나 현대의 특색을 일신상에 구현하고 그 사람의 존재로써 우리 문단의 특성을 연상할 수 있는 당대적인 작가나 비평가를 벌써 우리는 동시대 가운데서 찾기는 어려워졌다.

그러면 전前 시대엔 그것이 있었는가 할 제, 불충분하나마 역시 현대에 비하면 훨씬 일대적一代的인 인물을 볼 수 있지 않은가 한다.

예例하면 춘원春園, 그는 일대一代 작가다. 혹은 팔봉八峯, 그는 당대의 비평가다. 또는 회월懷月, 그는 당대 예술이론가, 조선문단에 처음으로 체계있는 학學으로서의 예술이론의 기초를 세운 사람이다.

그러면 민촌民村은? 하면 여러 가지 이론異論이 있고 그 자신의 결점이 있다 하나 역시 조선문학 상의 어느 시대를 그 이름으로 형용할 수 있는 작가라 할 수 있다.

무엇을 기준으로 이렇게 대담한 인물론을 시試하느냐 하면 간단하다. 그들은 조선문학 발전상 기본 노선에서 각자가 발명한 세계를 가지고 구시대舊時代를 종결시키고 새 시대를 개척했기 때문이다. 더욱더 중요한 것은 그들이[45] 발명한 세계가 새[46] 시대의 결정적 전진의 박차가 되고 그 표징標徵이 된 때문이다. 이러한 특장特長은 그들의 작품 가운데서 현대의 비평이 매거枚擧할 수 있는 수다數多한 결함을 초월하여 엄연한 것이다.

춘원이 조선문학 상에 있어 예술적 정신적인 것의 창시자[47]라는 것

45 원 발표문이나 『논리』에는 '그들의'로 되어 있으나, 오늘날의 주어 표기 방식으로 수정하였다.
46 새 : 원 발표문에는 '낡은'이라 되어 있는데 착오일 것이다.
47 창시자 : '放逐者'(원 발표문).

은 그의 온갖 약점 위에 관절冠絶하여 있을 뿐더러, 민촌의 『고향』이[48] 춘원의 확연한 계승자요 그것을 계승함으로써 그것을 초극超剋할 새로운 문학의 대도大道를 암시하였다는 데서 그는 자신의 약점보다 훨씬 컸다.

비평이 만일 이런 의미의 약점만을 지적함에 그치고그것은 하나의 시대의 거리를 놓고 전대의 문학을 바라볼 제 범속한 감상안鑑賞眼이라도 가능한 일이다! 그것이 점할 당연하고 결정적인 역사상 위치를 발견치 못한다면 비평은 항상 졸렬한 교원敎員의 지위에 만족해야 한다.

이러한 의미에서 비평을 새 시대의 탄생을 위하여 봉사시키고, 모든 약점에 불구하고 새 세대의 발견자들을 연달아 길러간 사람이 팔봉이다. 그의 역사를 보는 눈과 예술을[49] 느끼는 감각이[50] 결코 이분二分되어 있지 않았다. 회월은? 이 모든 것을 체계의 기반 위에 구조構造하려 한 사람!

만일 이러한 이야기가 추상적이라면 다시 더 구체적인 예로서 『무정』과 『고향』의 관계를 표시하는 결정적 예의 하나로서 '이형식李亨植'과 '김희준金喜俊'의[51] 대비를 보이고 싶다. 전자가 20년대 조선문학 상에 나타난 전형적 청년이라면, 후자는 그 다음 근대 25년대의 청년 주인공이다. 이것만으로도 그들은 각각 시대의 주인이고 또한 전대前代와의 똑바른 계승관계에 섰다 할 수 있다. 즉 후자는 전자의 시대적 아들이다.

그리고 중요한 것은 그들을 중심으로 하여 『무정』에서나 『고향』에

48 『故鄕』이 : '『故鄕』가튼 곳에서 보면'(원 발표문).
49 예술을 : '美術을'(원 발표문).
50 감각이 : '感興이'(원 발표문).
51 이형식은 『무정』의 주인공이고, 김희준은 『고향』의 주인공이다.

서나 작자들은 그때까지의 조선문학에 몰랐던 수다數多한 새 인물군人物群을 발견, 창조하였다.

무엇이 그러한 발견의 동력이었느냐 하는 것은 장황한 대답을 요하는 것으로 일후日後에 풀어볼 숙제이거니와,[52] 오늘날의 세대의 특징이 전全혀 새 시대를 상징하는 인간, 그 인간의 배경[이] 될 인간군, 혹은 인간들이 살아갈 일촌토一寸土나 세계를[53] 발명할 능력에 핍乏한 점에 있음을[54] 강조해두고 싶다.

앨써 동시인同時人의 인명人名을 드는 것은 피하는 것이나, 지금에 비교적 인기있는 작품과 비평의 예로 『가마귀』나 『문학과 지성』[55] 두 권 책을 재독再讀한다면, 이 시대란 것이 우리가 생각한 것보다 훨씬 더 무위無爲하고 무능력한 시대란 것을 통감痛感치 않을 수가 없다.

'해석'과 '설명'[56] 이 두 가지만으론 현대의 얼음과 같은 교착 상태는 타개되지 않을 것이다.

이곳에 공통의 오뇌懊惱가 있는 것이다.

현대란 아마도 장래將來할 시대와 과거過去한 시대를 연결聯結할 유대를 만들어내는 것이 고작인데, 그것까지도 아직 나타낼 길이 망연한 오늘! 두려운 말이나 오늘날의 문학적 세대란 이 아무것도 결여된 공간을 할 수 없이 차지하고 있는 불쌍한 에어포켓이나 아닌지?

---

52 숙제이거니와 : 원 발표문이나 『논리』에는 '宿題어니와'로 되어 있으나 오늘날의 맞춤법에 맞게 수정하였다.

53 인간들이 살아갈 一村土나 세계를 : '前代의 文學을 그 核心에서 一村土의 世界도'(원 발표문). 한편 『논리』에는 '인간들이'가 '人間들의'로 표기되어 있다.

54 핍한 점에 있음을 : '乏하다는點을'(원 발표문).

55 『가마귀』는 1937년 한성도서(漢城圖書)에서 출간한 이태준의 작품집이며, 『문학과 지성』은 1938년 인문사(人文社)에서 간행한 최재서의 평론집이다.

56 '해석'과 '설명' : '「레토릭」과 「解釋」'(원 발표문).

작가의 '눈'과 문학의 세계•

「남매」의 작자에게 보내는 편지를 대신하여

문학의 세계란 작가의 '눈'을 통하여 독자 앞에 전개된 현실세계 그것이다.

그러므로 우리는 현실세계 그곳에서와 같이 작품 가운데서 자기의 생활을 발견한다. 문학을 가리켜[1] 하나의 소우주小宇宙라 함은 이 때문이다.

그러나 실재實在한 대우주大宇宙 가운데 일부러 작위作爲된 소우주를 창조함은 또 하나의 다른 이유가 있다.

작자의 '눈'이 평판平板한 초자硝子가 아니라 하나의 '렌즈'인 점에 문학의 세계가 현실세계로부터 독립되는 의의가 있다.

실로 이 '렌즈인 눈'에서부터 문학은 시작되며 또 문학은 한정된다.

• 『조선문학』, 1937.6.

1 원 발표문이나 『논리』에는 '가르처'로 되어 있으나 문맥에 맞게 수정하였다.

그러므로 문학의 가치는 바로 이 '눈'의 우열優劣에 의존한다.

결코 문학은 손[手]의 기술이 아니라 작가의 유일한 '눈'을 통하였다는 의미에서 비로소 예술인 것이다.

작가의 '눈'이란 과연 여하한 '렌즈'인가?

'초상화'는 그 모델에 비슷한 만큼 작자 자신을 닮았다고 누구가 말한 일이 있다.

바로 작가의 '눈'이란 작품 위에 현실세계를 반영할 뿐 아니라 작가 자신의 자태를 투영하는 '렌즈'다.

작품 가운데는 우리의 생활이 있을 뿐 아니라 작가 자신의 생활이 있다.

우리가 작품세계 가운데서 공감하고 반발함은 우리와 작가가 일치하고 당착撞着하는 그것에 불과하다.

어느 때를 물론하고 작가는 작품 가운데 하나의 세계상世界像을 보여주나 그 세계상은 작가의 독특한 혈색血色으로 항상 농후하게 착색되어 있는 것이다.

이 피는 실상은 대단히 다양한 것으로 어느 때는 현실세계를 일층 선명하고 다채하게 자기의 세계상 가운데 재구성하는 수도 있으며, 때로는 이와 반대로 혼탁한 혈청血淸으로 현실세계의 위관偉觀과 내용을 더럽혀버리는 수도 있다.

작가적 '렌즈'의 물리학적 질이란 실상 이 작가의 '피'라는 화학적 내용으로 가공된 물건이다.

작가는 자기의 '피'가 될 영양물을 전專혀 현실생활이란 토양에서 섭취하는 수밖에 없는 것이라, 작가적 혈액의 원소原素란 항상 작가가 생활하고 있는 사회의 원소임을 면치 못한다.

그러므로 작가의 사회적 본질이란 곧 작가적 '눈'의 물리화학적物理

化學的[2] 내용이 되는 것이다.

따라서 모든 '눈'이 위대한 예술적 세계상을 창조하지 못함은 자명한 노릇이다.

그러나 같은 문학작품 가운데서도 비교적 작가의 '피'가 열도熱度를 높여 흐르고 있는 작품 가운데서 보다 강한 감흥을 느낀다는 현상은 예술적 세계상의 우열優劣[3]과는 별개의 것이다.

우리가 작품 가운데 표시된 작가의 자기에 대하여 열렬한 동감을 느낄 때도, 누를 수 없는 반감을 일으킬 때도 거의 비슷한 흥분을 느낌은 이 때문이다.

도스토예프스키F. M. Dostoevskii를 읽을 때도 고리키M. Gorki를 읽을 때도 비슷하게 느끼는 격렬한 심혼心魂의 동요를 생각할 것이다.

그러므로 리얼리즘은 문학의 불발不拔한 기초이면서도 작가의 열렬한 정신의 화염으로 연소되지 않는 한 저조低調한 문학으로 떨어지는 것이다.

더욱이 금일과 같이 격렬한 갈등으로 성격화되어 있는 현실을 반영하는 리얼리즘문학이 평범한 관망자觀望者임에 시종하는 것은 그 자신 리얼리즘의 정신과 모순하는 것이다.[4]

리얼리즘은 확고하게 현실 가운데 뿌리를 박고 있으면서 동시에 현실에 대하여 날카롭게 대립하는 문학의 정신이다.

불행히 오래인 동안 진보적 문학의 전통 가운데 성장한 리얼리즘문

2 물리화학적 : 『논리』의 원문에는 '理化學的'이라 되어 있으나, 원 발표문에 의거해 바로잡는다.
3 우열 : 원 발표문이나 『논리』 모두 '愚劣'이라 되어 있으나 문맥상 '優劣'이 타당하다.
4 이 문장은 원 발표문에 의거해서 복원하였다. 『논리』에는 한 행이 누락되어 "더욱이 今日과같이 激烈한 葛藤으로 性格化되어있는 現實을 反映하는 「레알이즘」의 精神과 矛盾하는 것이다"로 되어 있다.

학은 현실 위에 섰다는 것만을 의식할 따름이고 현실을 비판하고 극복하려는 의지로 현실과 대립하는 고차高次의 현실성을 망각해가고 있는 듯싶다.

이러한 반단半端의 리얼리즘은, 현실로부터 도피하려는 경향이나 현실의 모순을 환상적인 방법으로 초극超剋하려는 경향 등과 확연히 손길을 나눌 수 없는 경지에 떨어지는 것이다.

사회주의적 리얼리즘을 수입한 우리 문학의 특장特長이 이곳에 있음은 통탄할 일이나 그것은 이미 우리 문학의 현상現狀이 아닌가?

뜻있는 작가들이 이 저조低調와 타기惰氣에 찬 공기를 뚫고 현실과 대립하고 현실과 격투함으로써 현실에 밀착하려는 열정으로 자기의 눈을 연마코자 함은 확실히 의의있는 일이다.

지금 「남매」『조선문학』 3월호 소재라는 조그만 소설에 대하여 소감을 피력함은[5] 좋든 나쁘든 그 가운데 빛나는 작가의 산 '눈'을 발견한 때문이다.

따라서 작자의 '눈'의 구성 내용, 즉 현실세계와 문학적 세계상世界像의 매개자로서 작자의 '눈'이 어떤 가치와 의의를 가졌는가를 밝혀봄은 결코 한 작가의 문제일 뿐 아니라 우리 자신의 과제이기도 하다.

*

위선爲先 소설의 구성이 한 개의 초점을 향하여 유기적으로 형성되어 있는데, 작자의 '눈'은 강렬한 '렌즈'의 작용을 하고 있다.

이 소설 가운데 활약하고 있는 인물들, 전개되는 사건이 모두다

5 소설에 대하여 소감을 피력함은: '小說을 일부러 詳釋코자 함은'(원 발표문).

김봉근金鳳根이란 소년의 무고無辜한 수난이란 일점으로 집중되어 있어, 그의 가슴에 영원히 메꾸어지지 못할 구녕을 뚫어버림으로 끝이 났다.

물론 이 초점은 주인공 소년의 가슴을 뚫음과 동시에 독자의 가슴을 꿰뚫는 데 그 의의가 있다.

정교한 렌즈는 항상 단 하나의 초점밖에 안 갖는 것이다.

이 단 한 개의 초점에서 광채는 일층 밝아지고 열도는 일층 뜨거워져 비로소 불을 일으키고 적확한 구녕을 뚫는 것이다.

렌즈 면에 접촉된 광선을 한 가닥도 놓치지 않고 한 점 위에 집중시키는 '눈'은 분명히 우수한 '눈'이다.

만일 렌즈 면에 도착한 광선의 일부를 그대로 반사시켜 버린다면 그 렌즈 면은 흠이 있는 것이고, 초점 이외의 방향으로 굴절시켜 버린대도 그 렌즈는 부정확한 것이다.

하물며 한 초점 이외에 다른 몇 개 초점을 남긴다면은 더욱 그 렌즈의 가치는 옅은 것이다.

이 점에서 「남매」의 작가의 '눈'은 분명히 정확한 렌즈이었다.

「남매」의 세계상은 그 인물이 현실적으로 생활하는 광막한 세계에 비하면 분명히 압축된 소세계小世界이리라.

그러나 창작가로서의 '눈'은 다시 작품의 내적 구성을 하나의 중심, 유일의 초점을 향하여 또는 그 일점에서 구조構造하는 데 성공해야 한다.

이것이 작품 세계의 내적 논리로서 하나의 원은 한개의 중심밖에 가질 수 없다는 법칙이 관철됨을 요한다.

먼저 이 작품의 내적 구조를 풀어보면 초점은 소설 최후에 있다.

"깅호꽁[6] 매부 몇이든지? 한 다쓰? 두 다쓰?" 하곤 닝금닝금 뛰어간다.

봉근이는 항상 듣는 이 말이 지금 같이 모욕적으로 자기를 충격한 것을 경험한 적이 없었다. (…중략…)

봉근이는 더 참을 수가 없었다. 와락 두 주먹을 쥐고 모자도 책보도 길 우에 집어던지고 뒤를 쫓어갔다. 先生의 아들은 여느 때와는 다른 봉근이를 보고 겁이 나서 달음박질을 치는데 봉근이는 길이고 밭이고 얼음이고 분간 없이 지금 따르고 있는 것이 누구인지도 잊어버리고 두 주먹을 쥔 채 죽기를 한하고 자꾸만 쫓어간다. ……[7]

소년 봉근이가 쫓아가는 것이 여기에서 늘 그를 놀리던 선생의 아들 일인一人이 아님은 작자가 말하는 바와 같거니와 그러면 악학우惡學友 전체인가 하면 그럴 것도 같으면서 또 그렇지도 않다.

왜 그러냐 하면 봉근으로 하여금 무엇인지 모를 것을 향하여 한사코 돌격케 함은 학우들의 조롱 그것 하나만이 아니므로이다.

어느 때도 학우들은 '봉근 매부 한 다쓰 두 다쓰' 하고 놀린 것이 아닌가?

그러나 오늘날에 새삼스러이 봉근의 조그만 심혼心魂을 격충激衝한 것은 "이만큼 자라기까지 경험한 가지가지의 더럽고 추한 것들이 함께 뭉처서 덩지가 되어 그의 얼굴 우에 떠러지는 것 같았"던 때문이다.

그 원인, 봉근의 비극적 인내를 드디어 파괴한 동인動因은 일반적으

6 긴호꽁: '金鳳根'의 일본어 독음임.

7 이 인용문은 김남천의 작품 「남매」(김남천 작품집 『소년행』, 학예사, 1939에 수록된 것)에 의거해서 임화의 원문에 조금 수정을 가하였다. 인용인 만큼 띄어쓰기 외에 현대어로의 수정은 하지 않았다. 이하 작품으로부터의 인용문은 마찬가지로 처리하였다.

로는 작자가 말하듯 그의 여태까지의 생애를 통하여 누적된 제諸 사실이거니와 직접으로는 봉근이가 믿었던 유일의 결대結帶인 누이 계향桂香의 배반이다.

> 봉근이는 아버지한테 맞고 어머니한테 갈키우면서도 구차한 윤재수와 좋아하며 종시 다른 남자에게 몸을 허하지 않는 계향이를 볼 때에, 무슨 숭고하고 신성한 것을 발견하는 것 같이 누이가 우러러뵈었다.

왜 그러냐 하면 "평양 가서 여학교에 다니다가 방학 때마다 도라오는 누구누구의 평판 높은 처녀들도 이렇게 신성하고 마음이 깨끗할 것 같지 않었"던 때문이다.

이곳에 이미 빈곤의 참혹한 손 밑에 인간으로서의 제일의 권리, 최초의 자존심을 분쇄당한 비극적 운명의 숨은 눈물이[8] 흐르고 있다.

이 억압된 가련한 인간들의 숨은 눈물의 소리 나지 않는 오열을 감지하지 못하는 마음은 일평생 생활이란 것을 해보지 못한 '두뇌만 가진 인간'도스토예프스키의 천박淺薄이리라.

"알겠습니까? 당신은 알겠습니까? 이 어떻게도 할 수 없다는 말의 의미를…… 아마 당신은 아직 모를 것입니다."

『죄와 벌』의 마르멜라도프가 비생활인非生活人의 천박에 대하여 던지는 통렬한 비난을 소년 봉근의 마음이 우리에게 속삭인다.

그러므로 학교 동무들이 '깅호꽁 매부 한 다쓰? 두 다쓰?' 하고 조롱할 때도 그 유복한 처녀들이 "사랑도 쥐뿔도 없으면서도 돈 때문에 명예 때문에 [얼마나 많은 처녀들이 나이 많고][9] 개기름 흐르는 사나이들의

8 원 발표문에는 이 사이에 '大河처럼'이 삽입되어 있다.
9 [ ] 속은 임화의 인용에서는 빠져 있는 부분이다. 김남천의 원작에 의해 보충하였다.

첩으로 시집을 가는" 타기唾棄할 사실을 그는 잘 알고 있었다.

만일 그들이 자기의 누이와 같이 돈으로 공연히 좌우되어야 할 기생의 신분이 된다면 계향이보다도 몇 배 추한 야수가 될 것이 아닌가?

계향은 광란하는 폭풍우[10] 가운데서도 아직 일점一點의 등화燈火를 굳건히 살리고 있지 않은가.

봉근은 인간으로서 최후의 권리, 최후의 명예의 아름다운 촛불을 계향의 가슴에[서] 보고 있는 것이다.

이것은 그 누이의 보물이면서 또한 봉근 자신의 보물임을 그는 무의식적으로 느끼고 있다.

그의 비극적 인내란 실로 이 너무나 미약한 결대結帶로 붙잡아매어져 있었다.

이 때문에 봉근의 어린 가슴은 가증可憎한 그 현실의 생애를 짓밟는 현실에 대한 분격을 가만히 간직하고 있었다.

그러나 이 한줄기 결대는 누이 자신의 손으로 끊어지고 말았다.

지난 밤 어머니와 싸우고 나와 그의 사랑을 위한 혹은 동생을 위한 고난苦難한 독행獨行의 제일보라 생각하였던 한밤은 그것을 파괴한 일야一夜가 된 것이다.

적어도 봉근이에게는 그리 생각되고 그리 보였다.

계향은, 그가 송충이처럼 서로 싫어하던 모 식료품점 주인에게 일야一夜를 판 것이다.

이 직접의 동기가 무엇인가는 이 소설에서 큰 의의가 없다. 보다도 그를 혹은 그들 남매를 이러한 파멸의 심연 중에 빠트린 원인은 딴 곳, 큰 현실 가운데 있었다.

---

10 폭풍우: 『논리』에는 '暴飛雨'라 되어 있으나 원 발표문에 의해 바로잡는다.

그들을 출가出家케 한 원인도, 그들을 기생과 기생의 동생으로[11] 만든 원인도, 그의 가정의 현실로부터 유래하였다.

계향이가 아홉 살, 봉근이가 두 살 때, 그의 생부 김일구金日九는 죽고, 그들의 어머니는 26세의 청상과부가 되었다.

그러나 연소한 부인이 두 자식을 데리고 일가족의 고난한 운명을 개척하기에 현실은 두말할 것 없이 냉혹하였다.

그들의 모母는 급기야 어느 광산에 일을 보는 김학섭金鶴燮 — 현재 남편 — 에게로 개가하여 '관수'라는 아들까지를 낳아 오늘까지 살아온 것이다.

그러나 광산이 폐광된 뒤 학섭의 수입도 없어지고 개가도 근본적으로 그들 삼모자三母子를 빈궁에서 구하지는 않았다. 결국 딸은 '봉희鳳姬'라는 보통학교 생도로서의 그리고 봉근의 누이로서의 이름을 버리고, 계향이라는 기명妓名을 얻어 오늘날까지 그들 일가는 몇 겹의 비참사悲慘事 속에서 겨우 지탱해온 것이다.

이것은 그들의 역사이거니와 의붓아비, 아비 다른 자식들, 그 중간의 어머니, 이렇게 무리한 모순 위에 결합된 가족이 결코 자연한 상태 가운데 끝나리라고는 생각지 못할 것이다.

사실 오랜 갈등과 불안은 어제 하룻낮 보잘것없는 기회에 드디어 폭발하고 만 것이다.

소설은 어제 낮부터 그 이튿날 아침까지의 사건으로 구성되어 있다. 이 압축성이 「남매」로 하여금 드라마티컬한 긴장 가운데 시종始終시킨 것이다.

정히 소설은 사회적 불합리의 한 개 티피컬한 장면을 우리 앞에 전

11 동생으로 : 원 발표문이나 『논리』에는 '동생을'로 되어 있으나, 문맥에 맞게 수정하였다.

개하였다.

직접으로는 어제 저녁 어머니와 계향과의 구론口論으로 계향과 봉근은 출가한 것이나, 그 구론은 오래 축적된 갈등과 모순의 충돌, 폭발이었다는 데 의의가 있다.

물론 싸움은 그 날의 일상적 사사些事로부터 출발하였다.

낮부터 의부義父 학섭은 앞집 차서방과 같이 부근 조천朝川이란 내로 고기를 낚으러 갔었다.

봉근이도 의부의 눈총을 맞아가며 따라갔다가 저녁 때 한 짐을 잔뜩 잡아 가지고 돌아왔다.

그런데 사건은 고기를 잡아가지고 와서 그것을 팔러 가자는 의부들의 의지와 그것을 가지고 맛있게 저녁 반찬을 하자던 계향이들의 기대의 상극相剋으로부터 시작한다.

봉근이[에]게는 그것이 돈이 된다거나 반찬이 된다기보다도 하루종일 잡아온 한줌의 어린애다운 즐거움을 깨트리는 것이 무한히 서러웠다.[12]

계향이의 마음이 봉근의 이 간절한 심정을 모를 리가 없었다.

그러므로 학섭 등이 고기를 둘러메고 팔러 나간[13] 뒤 남은 문제는 이 파괴된[14] 소년의 심정을 어떻게 하였느냐에 있음은 물론이었다.

실로 전능한 신일지라도 빈한하고 무고한 소년의 심혼을 아프게 하며 박해하는 것을 어떤 노서아露西亞 작가는 거부하지 않았는가?

어린아이의 비극은 비극 중의 비극이다.

봉근이는 방 속에 들어가 엎어러져 울어버렸다. 어떠한 대상代償도

12 서러웠다: 원 발표문이나 『논리』에는 '스러젔다'로 되어 있으나 문맥에 맞게 수정하였다.
13 나간: 원 발표문이나 『논리』에는 '가난'으로 되어 있으나 '나간'의 오식일 것이다.
14 원 발표문에는 이 사이에 '無辜한'이 삽입되어 있다.

어린아이의 가슴에서 상실된 즐거움을 보충하지는 못하는 것이다.

언 강 위의 한풍寒風도, 의부의 눈총도, 무거운 어깨의 짐도, 그저 고기를 많이 잡아가지고 어머니 누이에게로 돌아간다는 한 개 덧없는 즐거움 때문에 잊어버렸던 것이다.

그러나 이 즐거움이 잃어졌을 때 모든 비극적 사실은 어린 마음 가운데 폭풍우 같이 일어나는 것이다.

계향은 돈을 주어 달랬다. 그러나 봉근은 돈을 집어던지고 울었다. 계향은 그만 봉근의 빰을 갈겨버렸다.

봉근의 울음은 드디어 하늘을 찌를 듯이 높아지고 땅을 뚫을 듯이 슬픔은 깊어졌다.

이 울음이 자기를 때린 누이에 대한 원망으로부터 발發한 것이 아님은 누구나 잘 알 것이다.

그럼 무엇을 서러워하고 우는 것일까?

피려던 꽃도 어린아이의 슬픔에 복바치는 울음 앞에는 스러지고 말 것이다.

이 울음 소리를 듣는 누이의 마음은 어떻겠는가?

그가 동생을 미워서 때리지 않았음은 중언重言할 필요가 없다.

그러면 왜 누구를 때렸을까?

부엌에서 잠잠히 밥을 짓고 있던 그들의 어머니가 딸이 동생을 때린 손뼉의 아픔을 자기 마음의 아픔으로 느꼈음은 당연한 일이다.

불행한 어머니는 딸이 때린 것은 봉근이가 아니며 자기인 것, 또한 봉근을 때린 것이 딸 계향의 손이 아니라 어미 자기의 손이라고 생각된 것이다.

드디어 싸움은 계향과 어머니와의 사이에 벌어졌다.

그러나 주의할 것은 그들이 결코 미워하는 사이가 아닌 것, 그들의 근원을 캐면 같은 생활의 비참한 희생자, 서로 불쌍히 여기는 인간들이란 점이다.

오직 그들의 싸움은 무고한 어린 심혼의 수난 앞에 서로 손을 마주 잡고 통곡慟哭하는 일 형식에 불과하다.

오늘날 우리는 빈민들의 가정에서 이런 종류의 싸움을 수없이 발견할 수가 있다.

그들은 실상 서로 싸우는 게 아니라 피차彼此의 무력無力을 알지 못할 고난의 제조자製造者 앞에서 통곡하고 있는 것이다.

계향의 어머니가 생각하듯 그가 선악간善惡間 개가치 않고 두 자식과 자기의 생명을 기를 아무 딴 방도도 없었다.

이 점은 계향이도 잘 안다. 그러나 계향이가 말하듯, 의붓아비 술값, 집안 살림살이를 몸을 팔아 할 것 다하고 틈틈이 내 좋은 서방을 즐기는 것을 나무랄 수도 없지 않은가?

어머니의 마음 속을 파고들어가 본다면 딸자식을 남과 같이 공부시켜 좋은 남편 얻어 맡기지 못한 깊은 슬픔이 들었을 것이다.

이것은 자식에 대한 한없이 미안하고 죄스러운 생각으로서 언제나 그를 비애 가운데 잠기게 하는 것이다.

자식을 사랑하는 어버이의 슬픔?

그가 무엇 때문에 계향의 조그만 즐거움을 미워할 것인가?

그러나 빈궁이란 무서운 현실은 이 애정, 실현되지 못하는 육친애肉親愛를 그들 자신간의 쓸데없는 심적 갈등으로 고쳐버리는 것이다.

즉 딸은 은연중 어머니가 개가하였다고, 어머니는 딸이 자기의 좋은 남자를 즐긴다고 싸우는 것이다.

이 갈등에는 그들의 생활과 애정을 파괴한 객관적 원인으로서의 빈궁 이외에 그들이 진심으로 대립하고 상쟁相爭할 일점의 이유도 없는 것이다.

주지周知와 같이 계향이가 기생이 된 것도 그의 어머니가 개가하였기 때문이 아니었으며, 그의 어머니가 개가한 것도 그들 3모자의 생명을 유지해야 될 절박한 필요에 인因함이 아니었던가?

비록 개가가 그들의 가족적 불행의 일 원인일 수 있다 가정하고 그들의 생부 김일구가 생존하여 개가치 않았다 하더라도 그들 일가의 생활을 지금보다 행복되게 했으리라는 보장은 아무 곳에도 구할 수 없지 않은가?

전全혀 그들이 개가를 하고 기생이 되고 혹은 안 되었든 간에 그들의 생활이 불행했으리라는 것은 여러가지 사실로 보아 피치못할 사실이라 볼 것이며, 동시에 그들의 불행은 보이지 않는 운명이 되어 그들의 머리 위에 떨어지는 사회적 원인 가운데 기존既存한 것이다.

오직 빈궁과 무지로 말미암아 그들에게 불행을 마련해주는 진정한 원인이 발견되지 아니하였을 때, 딸은 어머니를 원망하게도 되고 어머니는 딸을 원망하게도 되는 것이다.

그러나 이렇게 무효하고 타당치 않은 갈등은 그들의 불행을 일층 심각히 하고 뼈아프게 할 따름이다.

객관적으로 관찰할 때 이 이유 없는 육친 싸움이란, 부유한 가족간에 흔히 볼 수 있는 재산 중심의 추악한 골육전骨肉戰에 비하여 비극적으로 아름다운 것이다.

그들의 싸움은, 불행의 공통한 대상을 극복할 수 없는 절망의 오열이며, 자기들의 무력無力을 통곡하는 너무나 뼈아픈 일 형식에 불과하다.

"이년아 어서 나가거라!"

"그래 나가리다!"

이런 간단한 말, 근거도 없는 감정의 충돌로 그들은 왕왕 서로 손길을 나누는 것이다.

그들이 나간다고 내보낸다고 조금도 더 행복되느냐 하면 대부분의 경우에 있어 그 반대의 결과를 낳음이 통례이다.

무지가 보다 큰 불행을 낳는 것을 유한有閑한 세인世人은 인간 심리의 미묘한 점이라 부른다.

이곳에서 이 소설을 일관하는 심리적 갈등의 명확한 본질을 독자는 이해할 수 있을 것이다.

그러므로 계향이가 동생을 데리고 출가出家한 것도 결코 어머니가 미워서가 아니며, 계향 남매를 분憤 김에 나가라고 소리친 것도 어머니의 마음의 진정한 소리가 아니었다.

그들이 나간 뒤 밤새도록 흐른 불행한 어머니의 눈물을 우리는 이 소설 가운데 씌어지지 않은 부분에서 상상할 수 있지 않은가?

그러나 그들을 내쫓은 제삼의 원인은 의부 학섭이냐 하면 현상적으로는 그리 보이면서도 그실은 그렇지 않다.

물론 의부는 그들 모자의 싸움 장면에 있지도 않았고 일언一言의 거친 말도 서로 건네지 않았으나 모녀간 싸움에 보이지 않는 동인動因이 된 것만은 사실이다.

그러므로 이 소설의 모녀간 갈등은 현실미現實味를 띠고 충분히 산 개성간의 갈등으로 형상화되었다.

그러나 그들 모녀를 갈라놓은 진정한 갈등의 모체母體는, 그들 뒤에 무서운 눈알을 굴리고 있어 그의 어머니를 개가치 아니할 수 없게 만든 빈궁이란 현실의 커다란 암영暗影이다.

봉근이가 고기를 질머지고 황혼의 강안江岸을 걸어올 제 등 뒤에 커다란 그림자가, 모우봉暮雨峰의 거대한 체구가, 그들의 어두운 운명의 상징이 아니었던가?

이 암영은 또한 그들의 의부를 술이나 먹게 하고 기생 아비 노릇이나 하게 한 것이며 계향으로 하여금 자기의 최후의 자랑까지를 포기케 한 그것이다.

동시에 봉근이의 마음으로부터 믿던 최후의 결대를 끊었고 어린 심혼 가운데 영원히 메꾸지 못할 상처를 뚫은 것이다.

실로 모우봉의 거대한 암영은 그들 전 가족의 머리 위를 덮고 있는 것이다.

소설 「남매」의 출발점은 바로 이 인간의 생활과 심혼을 무참히 짓밟는 사회적 암영이란 데서 출발한 것이다.

그리하여 의부, 모, 계향, 기타 인물들의 생활과 심리를 노도怒濤와 같은 힘으로 관류貫流하면서 소년 봉근의 무고한 심혼을 뚫어버리는 곳에 집중된 것이다.

생활적 불행에 대한 가장 저항력 없는 한 인간 위에 그것들은 집중됨으로써 그 잔인성을 최고도로 발휘한 셈이다.

그러므로 비극은 절정에 오르는 동시에 끝난 것이다.

이 방법은 독자의 감명을 고조高調하는 데 가장 효과적인 방법의 하나이며, 이 소설을 가리켜[15] 내가 드라마티컬한 작품이라 부르는 이유도 이 고도의 비극성에 있다.

또한 이곳에 우리는 좋은 비극에서 보는 순화醇化된 서정미抒情味를 발견한다.[16]

요컨대 일 단편으로서 「남매」는 시작할 곳으로부터 출발하여 막을 내릴 곳에 와서 끝난 것이다.

15 원 발표문이나 『논리』에는 모두 '가르처'로 되어 있으나 문맥에 맞게 바로잡는다.
16 발견한다 : '발견하는 때문이다'(원 발표문).

「남매」는 최근 발표된 누구의 작품보다도 문학을 통하여 독자의 면전에 인간고人間苦의 근원을 고발하려는 고매한 정신으로 불타고 있는 작품이다.

*

이것은 모든 순량純良한 예술작품에 불가결한 내면적 진실성이거니와, 남은 문제는 작자가 적발한 악의 본질과 묘사된[17] 생활환경의 가치 여하이다.

위선 「남매」를 통독하고 나서 우리들의 가슴을 흔드는 기본 관념은 빈궁이란 것이 나이 많은 사람으로부터 무고한 소년에 이르기까지 또는 일가족 전체를 가장 무참한 운명하에 때려누인다는 것인데, 의심할 것도 없이 이 관념의 가치는 고귀한 것이다.

그러나 악으로서의 빈궁이 어느 곳에서 원인하였는가의 문제는 충분히 제기되지 않았다.

물론 단편이란 형식 가운데 이 호한浩翰한 대문제를 전개할 수는 없는 것이나 적어도 얼매[만]큼 암시되어야 할 것은 아닌가?

이 소설이 포신砲身이 되어 발사하는 탄환과 같은 심각한 박력을 가지고 우리의 가슴을 치는 소년 봉근의 비극적 운명의 장래가 암담한 일색一色만을 전하는 것 같은 이유가 이곳에 있다.

즉 봉근의 운명이 그 감명의 강도에 비하여 현실적 내용성이 부족한 것이다.

그러므로 믿던 최후의 일선一線을 끊기고 모든 굴욕의 집합된 충격

17 원 발표문이나 『논리』에는 모두 '橫寫된'으로 되어 있으나 '橫'은 '描'의 오자일 것이다.

에서 뛰어나가는 봉근의 행위는 절망의 비상飛翔처럼 느껴졌다.

책보, 누이, 어머니, 학교, 일체를 버리고 내닫는 봉근의 앞길에는 아직 아무것도 보이지 않는 허공이 아닐까?

그 점은 소설로서의 효과를 높인 점은 인정할 수 있으나, 명확한 목표, 대상을 향하여 육체와 정신의 힘을 통합하여 전진하는 문학의 정신으로선 한 개 결점이다.

그렇다고 나는 소년 봉근이 이러한 현실 내용을 인식하고 빈궁인貧窮人으로서의 자각을 얻지 못하였다거나, 또는 소설의 결미結尾가 빈궁에 대한 투사鬪士 김봉근의 출발로 귀결되지 않았다고 불만을 말함은 아니다.

소년 봉근에게는 아직 그런 것을 명확히 인식하고 자각할 능력도 성숙치 못하였으며, 그를 투사로 출발시키는 것은 동키호테의 출향出鄕처럼 우스운 것이리라.

그러나 나의 비난은 일 관념, 감정의 전달 뿐이 아니라 그것이 작품 현실이란 한 세계상世界像을 통하여 구체화된다는 것, 따라서 문학의 세계상이란 객관적 가치를 보지해야 함을 강조하려는 데 있다.

「남매」의 작자가 창조해낸 세계상은 과연 금일의 산 현실과 동일한, 혹은 그것을 집약할 만한 높이에 도달하였느냐 하면 그렇다고 긍정해버리기에 곤란한 점이 있다.

「남매」의 작품 현실에서는 작자가 기도企圖한 악에 대한[18] 정신적 고발이란 목적 아래 현저히 왜곡된[19] 현실의 흔적을 발견할 수가 있다.

작자에 있어 빈궁이란 사회적 일반성이, 때와 경우, 인물의 차이에

18 원 발표문에는 이 '악에 대한'이란 구절이 빠져 있다.

19 왜곡된 : 『논리』나 원 발표문의 원문에는 '不歪曲된'이라 되어 있으나, 문맥상 의미로 보아 바로잡는다.

따라 자의姿意에 가까운 다양성을 가졌다는 사실이 적지아니 주의되지 못하였다.

비근卑近한 예로 봉근 일가에 대하여 중대한 영향을 준 두 인물, 세무서 '윤재수'와 모 식료품점 주인을 들어보라.

위선 '윤재수'란 인물은 전혀 개성으로서도 성격으로서도 또는 타입으로서도 형상화되어 있지 않다.

오직 누이와 동생의 운명을 측면에서 조종하는 한 그림자로서 빚어져[20] 있었고, 그의 실체는 통속 연애비극에 등장하는[21] 인물에서처럼 안이화安易化되어 있다.

이 점은 세무서 하급 이원吏員으로서의 '윤재수'의 성격을 적출摘出치 못하였을 뿐더러 계향과의 연애사건 그곳에서까지 현실성을 삭감하였다.

멜로드라마로 표현된 계향과 그와의 연애사건은 이 소설 중 가장 현실미現實味 없는 약점이다.

봉근의 비극을 만들기 위한 한 개 인위적 조작에 불과하지 않을까?

식료품점 주인이란 인물도 이 윤재수와 전혀 동일한 역할을 하기 위하여 초치招致된 듯한 약점을 가지고 있다.

이처럼 현실성이 적고 충분히 형상화되지 않은 인물과 사건으로 작중인물의 중대한 변국變局을 지배시킴은 작자의 커다란 부주의가 아니면 아니 된다.

이 두 인물과 그들과의 관계를 통하여 작자는 봉근 일가가 외계外界와 맺고 있는 관련을 제시할 수 있었을 뿐 아니라 사회생활 가운데 놓여진 일가족의 위치를 어느 정도까지 표시할 수 있었을 것이다.

20 빚어져 : 『논리』에는 '빛어'로 되어 있고, 원 발표문에는 '빚어'로 되어 있다.
21 원 발표문에는 이 사이에 '「메로드라마티칼」한'이라는 단어가 삽입되어 있다.

빈궁과 부유를 체현한 것도 각개의 산 인물이며 그것을 만들어내는 원인도 그들 인물의 생활적 관계라는 것을 작자는 덜 주의하였다.

한 사람 한 가족의 빈궁, 불행이 연고 없이 일어나지 않음을 작자는 숙지하지 않는가?

그밖에 의부 학섭을 통하여서도 작자는 일가一家와 사회와의 통로를 어떠한 형식으로이고 설정할 것이었다.

그가 광산 일꾼이었다가 폐광으로 말미암아 기생 아비가 되었다는 술회쯤으로는 이 목적은 달성되지 않는다.

그의 또는 그 가족의 역사에는 시대적 변천 혹은 사회생활의 추이라는 커다란 배경이 모우봉暮雨峰과 같이 가로놓여 있지 않은가?

그러므로 이 소설을 일괄하면, 작자는 가족 내부를 상당히 현실적으로 그리고 형상화하기에 성공한 반면, 가족과 외계와를 연결하는 사건 묘사에 있어서나 인물의 형상화에 있어나 모두 덜 현실적이었고 성공치 못하였다.

그런 때문에 봉근 일가란 일개 봉쇄된 모나드[22]와 같은 인상을 준 것이며, 일가족의 불행, 그 불행의 담당자 봉근의 비극을 지배한 원인은 천래天來의 숙명과 같은 감을 준 것이다.

이 작품의 주요한 색조인 우심한 고독감도 실로 이 봉쇄성, 격리성에서 온 것이다.

그러나 좀더 주의 깊게 읽으면 소설상 전반 약 3분의 1과 후반 3분의 2가 서로 다른 기분이 지배하고 있음을 알 수가 있다.

봉근이가 이웃 '옥섬'[23]의 집에 온 면서기의 자전거를 장난하는 데로부터 고기를 잡으러 간 데까지 작자의 붓은 영롱한 리얼리티 위를

22 monad.

23 옥섬 : 『논리』에는 '옥섭'으로 되어 있으나 원작에 의거해 바로잡았다.

달리었다.

그 장면의 옥섬, 면서기, 계향은 다 생선처럼 산 인물이었고, 계향과 면서기와의 회화會話는 지나치게 정확할 만치 현실적이었다.

더욱이 의부와 차서방이 고기잡는 데서 봉근이가 체험하는 사실, 심리의 묘사는 칭찬하여 남음이 있다.

그러나 인위적 인물과 사건이 역할을 연演하는 하반下半에 와서 작자의 붓은 현실을 좇느니보다 더 많이 정신을 따른 것이 아닐까? 작자와 더불어 기억하고 싶은 것은, 고차高次의 리얼리즘이 현실과 대립하고 그것과 격투한다는 것은 우리들의 주관적 정신에서가 아니라 현실 그것을 가지고 대립하고 격투한다는 것을 이해하라는 것이다.

우리들의 정신이 고차의 현실을 창조함은 그것이 현실의 집중된 반영인 때문이며 현실의 내적 진행력 그것으로 의지화意志化된 때문이다.

그러므로 우리의 정신은 현실로 말미암아서만 의지화된다면, 우리의 의지는 영원히 정확한 현실을 요구한다.

이 요구의 실현에서만 우리의 정신은 진정한 정신일 수 있는 것이다.

너무 태언駄言을 장황히 농弄하여 미안하나, 작자가 이 소설의 속편을 쓸 듯한 의도를 가졌다기에 일부러 상세詳細에 긍亘하여 이야기한 것이다.

그런데 나 자신도 이 작품을 읽은 독자와 더불어 김봉근의 후일담後日譚을 기대하는 것이나, 봉근의 그 뒤 이야기를 쓰는 데는 한 개 함정이 놓여 있음을 미리 일언一言하고 싶다.

작자는 『죄와 벌』의 작자가 그 후일담을 쓰지 않은 사실을 기억할 필요가 있다.

라스콜리니코프의 서백리아西伯利亞[24] 유형기流刑記가 만일 씌어졌다면 『죽음의 집의 기록』과 같은 대예술이 아니었을 것이다.

독자란 항상 주인공이 뻔한 예상된 길을 가면 하품을 하는 법이다. 탐정소설이나 통속소설의 작자는 독자의 이 심리를 이용하고 있으나 결코 나는 「남매」의 작자에게 이 길을 권함은 아니다.

오직 독자가 '응! 그저 그런가!' 하고 일소一笑할 감미甘美하고 안일한 코스를 열지 말라는 것이다.

그가 몇 해 뒤 생활전선 상에서 여러 가지 고초를 겪는 사실도 물론 가치있고 흥미있는 일이다.

그러나 강하게 발사된 탄환은 맹렬하게 폭발한다는 탄도학彈道學의 법칙을 기억해야 한다. 「남매」의 포구砲口를 나온 봉근의 절망적 비상飛翔은 조만간 착륙점을 발견할 것이다.

착륙점에서 그는 몽몽朦朦한 흑연黑煙과 굉굉轟轟한 음향을 발發하고 폭발할 것은 예상할 수가 있다.

그러나 폭발할 때까지 이 비극의 탄환이 반드시 체험할 비상非常한, 전全혀 비상한 경로를 나는 그 후일담에서 기대하고 싶다. 이것은 그의 폭발을 일층 힘있게 다채多彩하게 장식할 것이다. 그는 벌써 비상한 길을 걸을 만한 충분한 이유를 그의 비상한 출발에서 짊어지고 나서지 않았는가? 그의 다음 길은 아마도 보통 세상의 빈가貧家 소년이 걷는 그러한 평탄한 일조一條의 노선路線은 아닐 것이다.

그것은 좋은 1편의 소설이 되기에 충분할 것이다.

24 '시베리아'의 한자 표기.

소화(昭和) 13년[1] 창작계 개관•

단편소설은 연래年來로 조선 소설문학의 주류를 이루어온 감이 불무不無하였는데 작년 이래 급거急遽히 신문소설로 중견 작가의 일군一群이 진출한[2] 이래 소화昭和 13년도 창작계는 자못 적막한 감이 없지 아니하였다.

박태원朴泰遠 씨는 단 1편의 창작이 없었고 이태준李泰俊 씨는 「패강랭浿江冷」『삼천리문학』 1편이 있었을 뿐, 이 1년간의 주요한 작품은 이효석李孝石, 김남천金南天, 채만식蔡萬植, 유진오俞鎭午 등 제 씨諸氏에 의하여 씌어졌다. 그밖에 김동인金東仁 씨가 「가두街頭」『삼천리문학』와 「가신 어머니」『조광朝光』 두 편과, 염상섭廉尙燮 씨가 「자살 미수」이 작품은 전년에 모지某誌

• 人文社 편집부 편, 『昭和十四年版 朝鮮文藝年鑑 – 朝鮮作品年鑑 別卷』, 人文社, 1939.3.

1 昭和 13년은 서기 1938년에 해당한다.

2 진출한 : '新進出한'(원 발표문).

에 발표되었던 것을 『삼천리』가 재록한 것이다[3]를 발표한 데 불과하다.

그런데 신문이 중견 작가에게 지면을 제공한 의의에 관하여는 특히 장편을 이야기하는 장소에서 담당자가 이야기할 것이므로 상론詳論은 피하나, 우리 중견 작가의 몇 사람으로 하여금 단편소설 제작에서 붓을 떼게 하였다는 사실에만 몇 마디 하고자 한다.

물론 단편만을 쓰던 작가에게 신문소설 집필의 기회가 왔다는 것은 소설적 기량을 연마하는 한 기회가 될 것이나, 그러나 1~2백회의 신문소설을 쓰느라고 한 개의 단편도 쓰지 못했다는 데는 자못 의심스러운 한 점을 피력해보지 아니할 수 없다.

과연 우리 중견 작가들은 1년에 한 편의 신문소설만 맡겨 놓으면 그 나머지에는 손이 돌아갈 여유가 없을 만치[4] 역량이 부족한가 하면 나는 그렇게 생각지는 않는다.

예例하면 이기영李箕永 씨 같은 분은 『신개지新開地』를 쓰면서도 4~5개의 단편을 썼다. 그러고 보면 쓰려면 누구나 다 쓸 수 있는 노릇이다. 그러면 남작濫作을 삼갔는가? 물론 여러 편의 태작駄作보다 한 편의 가작佳作을 만들려는 경우를 상상할 수 있으나 그것은 제작상의 윤리적 문제다.

결국 묻고 싶은 것은 이런 작가들의 창작적 확신이 동요하고 있지 않은가? 혹은 그들이 가졌던 재래在來의 예술적 파악의 능력이 새로운 현실에 봉착하여 그 기능이[5] 점차로 쇠衰해가고 있지 아니한가 하는 점이다. 이것은 작가에게 있어 실로 우려할 상태이며 괴로운 상태임이 사실이다. 이기영 씨의 금년도의 제작 성과는 제작의 다과多寡를 불

3 재록한 것이다 : '再錄한 데 不過하다'(원 발표문).
4 여유가 없을 만치 : '餘地가 없이'(원 발표문).
5 현실에 봉착하여 그 기능이 : '現實(廣義의!)을 料理할 能力이'(원 발표문).

구하고 명백한 창작적 혼란의 과정을 체험하고 있다는 것을 고백하고 있다.

이것은 개인에 있어선 창작 노선의 전환적인 진통陣痛[6]이며, 일반적으론 문학적인 국면 전환의 전야前夜라 할 수 있다.

그런데 우리에게 흥미있는 것은 박태원 이태준 씨로, 박태원 씨는 『우맹愚氓』 1편으로 금년을 보냈으며 이태준 씨는 「패강랭」 1편으로 금년을 지냈다. 적적무문寂寂無聞, 일언반구의 말이 없는 이 두 작가는 우리 문단에서 용이히 자기를 고백하지 않는 이들이나, 『우맹』과 「패강랭」을 통하여 이 분들이 용이치 않은 혼란을 체험하고 있다는 것을 알 수가 있다.

박태원 씨에게 우리가 기대하는 바는 누차 말해온 바와 같이 당연히 「소설가 구보씨仇甫氏의 일일」적인 경향과 『천변풍경』의 조류潮流가 한데 어울리는 어느 지점이다. 『우맹』은 장편인 만큼 작자가 단편의 구속을 벗어나 득의得意하게 자기의 의도를 베풀어볼 장면이었으나, 우리에게 명백한 것은 작자가 거대한 곤란과 고투하고 있는 면모다. 그러나 드디어 오늘날까지 새로운 세계의 자태는 발견되어지지 않았다. 이러한 고투의 과정 가운데 있는 작자가 한 개의 단편도 만들어낼 수가 없었다는 것은 극히 자연스러웠다 아니할 수 없다.

그러나 이태준 씨의 길은 이와는 약간 의미를 달리한다. 「패강랭」은 단지 씨의 예술적 정신의 피로를 말하는 데 불과하였다. 이 피로가 어디서 오느냐는 물론 속단을 허許치 않으나 추측컨대 재래의 씨의 예술적 경지와 현대와의 사이에 갈수록 멀어가는 거리감에서 온 것이 아닐까? 이 거리감이란 예술가에게 있어 크나큰 비애의 원천이다. 때

6 진통:『논리』나 원 발표문의 원문에는 '鎭痛'이라 되어 있으나 문맥상 의미로 보아 '陣痛'이 옳다.

로는 이 비애에의 깊은 침잠이 새로이 문학의 출발점이 되는 수 있으나, 씨의 예술에서 이것을 구한다는 것은 위선爲先 어려운 일이 아닌가 한다. 이태준 씨의 문학이 발을 머무르고 있는 지점이 아마 이곳이 아닌가?

그리고 먼저도 말한 김동인, 염상섭 씨 외에 소위 기성 대가大家 축에 들 작가는 한 편의 작품도 쓰지 아니했는데, 상섭 씨만이 아직 예술가일 따름, 동인 씨의 소설에서는 조금도 옛날 「감자」의 작자다운 면영面影을 찾아볼 수는 없었다.

그러므로 신문소설이 우리 단편소설의 영역에 중대한 영향을 던졌다는 것은 그것이라 아니할 수 없으며, 오히려 채만식 씨 같은 작가는 『탁류』에서 해결짓지 못한 소설의 구성의 문제라든가 구성을 통한 사상성의 문제 같은 것을 단편에서 다시 시험해오는 경향까지 지적할 수가 있다. 「치숙痴叔」『동아일보』이라든가, 「이런 처지」『사해공론四海公論』, 「소망小妄」『조광』 등은 풍자정신의 의의라든가 한계, 혹은 그것의 수준을 어떻게 하면 넘을 수 있는가 등을 모색하기에 좋은 작품들이다. 이것은 금년도 조선 소설계에서 주목해 족할 현상의 하나이라 할 수 있었다. 왜 그러냐 하면 이런 경향이 좀더 큰 의미의 자기 완성을 위하여는 일단의 비약이 필요하리라 믿으며, 또한 이런 경향이 현재에 얼마나 성육成育되어나갈 수 있느냐도 의문인 때문이다.

다음으로 금년 중에 가장 많이 썼고 또한 명백한 문제성을 제공하는 이는 이효석 · 유진오 · 김남천 3씨인데, 이 세 작가가 다같이 재래의 자기 세계의 개조에 착수하고 있지 않은가 한다. 이것이 사실에 있어 보다 진실한 자기 세계의 건립을 의미하는 과정인지는 모르나, 그것이 완성되어지고 있는 것이 아니라 새로 형성되려 하고 있는 것만은 사실이며, 또한 모두가 재래의 자기 세계를 개조하려는 방향으로

움직여가지고 있는 것은 역시 가릴 수 없는 일이다.

어떤 의미에서는 이것을 구세계舊世界의 개조라느니보다 그것의 발전, 연장이라 할지도 모르나 그것은 장래의 성과를 보아야 알 일이며, 또한 이 분들의 제작 노선이 모두가 먼저 가지고 있던 자기 세계를 한번 자기로부터 떼어놓고 시작되고 있는 데 의의가 있다.

나는 이것을 창작하는 주관의 현실 가운데의 해방이라고 본다. 즉 재래의 제작 태도라든가 정신을 일상성의 세계 가운데 편력遍歷시켜보는 시험! 어떤 의미에선 일상성의 세계를 통하여 재래의 제작 태도를 반성하는 행위로도 볼 수 있는 것이다.

만일 이 현상을 이 분들의 공통한 경향이라고 할 것 같으면 이 현상의 의의는 상당히 중대하다고 아니 볼 수가 없다. 그것은 위선 박태원, 채만식 씨 등의 소설에서 지적한 바와 같은 세태적世態的인 경향의 일반화라 볼 수 있으며, 나아가서는 최근 수년간 우리 문학을 둘러싸고 있는 현실의 힘이 구체적으로 문학창작 위에 작용한 결과라 평가해야 하겠기 때문이다.

그 결과의 선악을 현재 판단하고자 하는 것은 물론 아니다. 그것은 현재 거의 판단 불가능의 사태에 속하는 일이다.

그러나 이런 현상은 우리 소설계에 산문성散文性을 급격히 증장시킨 것만은 사실이다. 이효석 씨의 금년도 작품 「장미 병들다」와 「소라」, 「해바라기」, 「막幕」, 「부록」이 작품은 약간 다른 고찰을 시試할 흥미가 있으나. 등을 통하여 역시 우리는 산문성의 증장을 말할 수가 있다. 「해바라기」는 전체로 이 작가의 고백적인 의미를 가지며 더욱이 「소라」의 상반부와 하반부의 차이는 이 작가가 명백히 한 개 과도기에 있다는 것을 증명한다. 상반부는 「들」의 세계이고 하반부는 「해바라기」의 세계다. 자연에 대한 나이브하고 리리컬한 동경으로부터 시정세계市井世界에의 과도過渡! 그러나 이 시정세계라는 것은 씨가 일찍이 자연에 대한 동경과 더불어 오래 가져오던 육체성의 세계는 아니다. 아마도 산야山野도[7] 육체도 한가지로 자연으로 씨는 작품 가운데 조화시켜보려고 해오지 않았던가 한다. 이것은 자연주의의 전통을 계승한 모파상G. Maupassant의 세계였다. 그러나 씨에게 방금 전개되려고 하는 세계는 사회의 일 단면斷面으로서의 시정세계다. 이것은 분명히 씨의 예술에 있어 하나의 큰 세련洗練일 것이다. 결국 우리는 산야나 육체를 두 번 모파상처럼 조화시킬 수는 없으니까……. 그러나 유진오 씨와 김남천 씨의 길은 이와 약간 다른 코스를 더듬고 있다. 효석 씨가 순수한 자연성으로부터 시정세계를 통하여 하나의 예술적인 관념에 도달하는 길을 걷는다면, 이 두 작가는 이미 준비하고 있던 사회적 혹은 도덕적인 관념에서부터 시정세계에 나오고 있는 것이다.

김씨의 「미담美談」, 「생일 전날」, 「무자리」 혹은 「요지경」 등과 유씨의 「수난의 기록」이며 「어떤 부처夫妻」 등에서 이들이 놀라움과 더불어 발견한 것은 인간의 육체, 자연으로서의 인간의 가치였을 것이다. 이것은 19세기가 우리에게 알려준 세계다. 이 점을 한 계단 더 내려가면 이효석 씨가 일찍이 방황하던 '들'과 '육체'의 세계이리라. 그러나 시정市井이란 사회다. 더욱이 산 사회다.

현재 기期하지 않고 이 3인의 작가가 시정세계에서 자기들의 갈 바를 찾고 있다는 것은 자못 결과가 어느 곳에 이르든 간間 산문 작가로서 자연을 살려가는 데 좋은 저수지일 것이다. 그러나 유 씨의 「창랑정기滄浪亭記」 1편은 효석의 「부록」과 더불어 이 작가들이 용이하게 타인에게 보이고 싶지 않은 심오心奧의 일면을 피력한 것으로 주목에 치

7 산야도: 『논리』에는 빠져 있으나, 원 발표문에 의거해서 다시 삽입한다.

値하나 계열은 전혀 딴곳에 속한다. 그것들이 단순한 에세이냐 노벨이냐, 그것은 일거에 단언하기 곤란한 일이고, 좀더 훗날이 해답을 줄 것이다.

다음에 한설야韓雪野 씨는 「강아지」, 「산촌」 등의 작품을 가졌으나, 「산촌」은 경향문학傾向文學의 중진重鎭으로서의 씨의 관록을 보이는 가작으로, 낡은 공식주의를 해탈解脫하는 일보 전야前夜의 작作이라 할 수 있다. 이무영李無影 씨의 「일요일」, 「전설傳說」 등에선 씨의 기본적인 발전을[8] 볼 수는 없었다. 나로서 희망되는 것은 더 산문적인 눈으로 세계를 보는 태도의 증장일 것이다. 주요섭朱耀燮 씨 같은 이는 장편도 썼고 「죽마지우竹馬之友」란 단편도 있으나, 모두 현대인의 예술은 아니었다. 안회남安懷南 씨는 분명히 금년에 창작적인 자리를 움직이고 있는 이로, 「그날 밤의 일」, 「기차」, 「등잔」이 모두 리리컬한 일면이 증장되고 있음은 웬일일까? 과거 씨의 소설이 가지고 있던 온건穩健한[9] 상식의 한 개 정련 과정일까? 좌우간 앞날을 기다릴 일이고 씨가 생활이란 것을 다시 한겹 더 파보려고 든 것만은 사실이다.

엄흥섭嚴興燮, 한인택韓仁澤, 함대훈咸大勳 씨의 소설이 몇 편 있으나, 그중 엄 씨에 일언一言을 부치자면 좀더 인간적 고뇌의 가치를 안다는 것이 씨의 문학을 위하여 필요한 일이 아닌가 한다.[10]

다음으로 여류 작가 제 씨들이 금년 중에 괄목할 진경進境을 보이고 있음에 불구하고 아직 우리 문학의 중심 문제에 접촉하지 않고 있음은 유감이라 아니할 수 없다. 명민한 관찰에 가加하기를 사고의 진실

8 발전을 : '進展을'(원 발표문).
9 온건한 : 『논리』에는 '隱健한'으로, 원 발표문에는 '隱謹한'으로 되어 있는데, 문맥상 '穩健한'의 오식들로 보인다.
10 좀더 인간적 고뇌의~아닌가 한다 : '더 苦惱의 價値를 알어야 文學은 色彩를 더해지리라는 것이다'(원 발표문).

성을! 대개 여류 작가가 좋은 작품을 쓰는 자격의 하나는 정신적인 화장을 그만두는 때부터가 아닌가 한다. 최정희崔貞熙 씨를 나는 금년 우리 여류문학을 위하여 기억해두고 싶다. 특히 「곡상穀象」의 상반上半 4분의 1. 그러나 한 가지 기쁜 것은 우리 여류문학이 소녀의 문학을 거의 졸업하고 있다는 일이다. 아마 작가들이 모두 어머니로[11] 생활인으로 성장한 때문일지도 모른다.

끝으로 신인의 성과인데, 정비석鄭飛石, 최명익崔明翊, 현덕玄德, 김정한金廷漢, 박영준朴榮濬, 이운곡李雪谷, 박노갑朴魯甲, 허준許俊 씨 등이 제일 활약한 작가들인데, 도덕적으론 물론 이들 전부에다 기대를[12] 둠이 옳을 것이나, 솔직히[13] 말하면 김정한 씨가 가지고 있는 어떤 요소에 대하여 호기적好奇的인 기대를 두어보고,[14] 현덕, 정비석, 허준 이 세 작가가 조선문학 위에 새로운 재산을 가져오지 않을까 생각할 따름이다.

11 어머니로 : '어머니고'(원 발표문).
12 도덕적으론~기대를 : '道德的으로 期待를 둔다면 이들 全部에다'(원 발표문).
13 솔직히 : 『논리』나 원 발표문 모두 '卒直히'로 되어 있으나, '率直히'의 오식일 것이다.
14 호기적인 기대를 두어보고 : '탐욕的인 눈알을 굴려보고'(원 발표문).

중견 작가 13인론●

금년에 들어와 주요한 흥미의 하나는 작년에 약간[1] 슬럼프에 들어선 듯한 이태준李泰俊, 박태원朴泰遠 양 씨兩氏의 행방이었다.

잡지 『문장』이 창간되면서 이태준 씨가 월月을 격隔하여 발표한 「영월영감寧越令監」과 「아련阿蓮」은 전년부터 우리가 품어오던 기우를 풀어주는 작품은 되지 못하였다.

째이고 흠 없는, 말하자면 이태준 씨로서 쓸 수 있는 소설임은 틀림없었으나, 씨의 문학에 무슨 가치를 부여한다든가 구태舊態로부터 벗어나는 기미氣味가 보이는 작품은 아니었다. 『달밤』이나 『가마귀』를 들춰보면 이르는 곳에서 만나볼 수 있는 세계요, 인물이요, 또한 같은 해석이었다.

● 『문장』, 1939.12. 여기서 기획된 「文藝小年鑑－己卯年」의 '創作' 부문의 글로 발표된 것임. 발표 시의 원 제목은 「創作界의 1年－中堅 13人論」.

1 약간 : '있어'(원 발표문).

그러나 동지同誌 임시증간臨時增刊에 발표된 「농군農軍」은 이제까지의 씨의 문학에서 확실히 일보 나섰고 여태까지의 씨의 작품이 가지고 있던 좋은 요소를 집대성하고 단순화한 느낌을 주었다. 그것은 과거 씨의 작품 가운데를 관류貫流하고 있던 기본 색조의 하나이었던 애수哀愁가 비극에까지 근접하는 듯한 긴장한 세계였다.

주지周知와 같이 씨의 문학의 특징의 하나는 소박한 인물과 단순한 사건으로 구성되면서 독특한 분위기를 양성釀成하여 독자를 애틋한 기분 가운데로 인도하는 것이었다. 따라서 페이소스가 넘쳐흐르는 대신 항상 파토스의[2] 약동이 없었다.

그러나 「농군」은 재래의 씨의 작품에 등장하던 인물들을 그대로 사용하면서도[3] 새로운 의의를 갖는 사건을 구성하는 길을 발견한 듯하였다. 그 길에서 비로소 인물은 성격화될 가능성을 얻으며 페이소스의 파토스에의 전화轉化의 길이 열릴지도 모른다.

그러나 여기가 씨의 문학의 포화점飽和點이 될지 혹은 재출발점이 될지 그것은 오로지 장래의 일이다.

여기에 비하여 박태원 씨는 「골목 안」에서 볼 수 있듯 『천변풍경川邊風景』의 세계를 파들어가면서 의외의 문제에 봉착한 듯싶다. 「최노인전 초록崔老人傳抄錄」이 그것이다. 여기엔 멸滅해가는 것에 대한 비애의 정이 숨어 있는 것으로, 이것은 박씨에 있어선 새로울지 모르나 우리 문학에 있어선 조금도 새로운 것이 아니다.

이태준 씨의 문학이 오랫동안 침잠沈潛하여 있던 것이 바로 그 세계

2 '페이소스'와 '파토스'는 둘다 원어가 pathos로서 같은 단어이다. 그런데 전자는 '(예술작품 등에서 나타나는) 비애, 애수, 애절감' 등의 의미로, 후자는 일반적인 '정념'이라는 의미로 사용되었다.

3 사용하면서도 : '使用하여'(원 발표문).

가 아닌가?

『천변풍경』 때부터 씨가[4] 즐겨 그리는 낡은 서울 세민가細民街의 만화경萬華鏡을 보는 데 대한 애착이 그러한 일면을 노출할 수 있는 것으로, 「골목 안」에서 그것은 구체화되어 「최노인전 초록」에서 명백해진 것이다.

이것은 낡은 자연주의, 특히 내지內地의 자연주의문학이 빠졌던 저회低徊 취미의 결과일지도 모른다.[5]

「음우陰雨」는 『천변풍경』의 다른 반면, 즉 세태를 그리어 작가가 도달할 수 있는 유일의 심도深度인 인정의 세계에 대한 작자의 집착을 표시했다. 이것도 자못 저회적低徊的이다.

그러나 보다[6] 중요한 것은 이 두 가지의 사상이 어떻게 될 것이냐 하는 데 있다.

작자는 그것을 처리하는 데 적응適應한 긴장미緊張味를 준비하고 있느냐 하면 여태까지의 업적으로는 그렇게 판단하기 어려운 점이 많다. 작자는 과연 피로하지 않았을까? 금년은 씨에게 분명히 곤란한 시기였고 재고再考를 필요로 하는 시기였다.

박씨와 더불어 세태소설가의 칭稱이 있던 채만식蔡萬植 씨는 어땠는가? 장편 『금의 정열』과 적지 않은 단편을 발표하였으나 문단에 있어 씨의 지위를 보다 유리하게 만들 새 자료를 제공하지는 못하였다.

『탁류』의 세계도, 「치숙痴叔」의 경지도, 그리고 오랫동안 씨로 하여금 고투케 하던 '농촌 테마' 중 어느 것도 씨는 새로운 지점으로 이끌

4 씨가: 원 발표문이나 『논리』에는 모두 '氏의'로 되어 있으나 오늘날의 주어 표기 방식으로 수정하였다.
5 결과일지도 모른다: '결과인 듯한 感도 있다'(원 발표문).
6 보다: 『논리』나 원 발표문에는 '모다'라 되어 있으나 '보다'의 오식일 것이다.

어내지 못하였다.

씨에 있어 금년의 과제는 이러한 여러 갈래의 경향을 단일한 데 통일하고 조화하여, 단순한 정신을 만들어낼 것이었음에 불구하고, 그러한 노력은 보여지지 않았다.

각 부분을 전진시키는 것도, 그것을 통일하는 것도 한가지로 불가능하여[7] 금년도의 씨의 업적은 실로 산만했다.

그것은 분명히 방황에 가까운 현상이다. 박씨의 근황과 더불어 채씨의 이 상태는 세태문학의 슬럼프를 의미하지 않을까?

*

전작全作 『대하』의 상재上梓와, 장편 『사랑의 수족관』과, 불소不少[8]한 단편으로 활약한 김남천金南天 씨는 자못 휘황한 바가 있었으나, 우리 문학의 새로운 재산이 될 작품은 씌어지지 아니했다.

최재서崔載瑞 씨는 「장날」의 주인공을 빌어 성격을 이야기하고 작자 자신 성격을 창조해야 한다고 누차 말하여 「T일보사日報社」 같은 작품을 시험했으나, 대체로 이 작가는 예술가로서 깊어지려는 대신 시평가적時評家的으로 새로워지려고 애쓰는 데 불과하지 아니했을까?

성격의 창조가 현대문학의 일 과제임은 대전大戰 이후로부터 불변한 일이나, 그것을 성급한 비평가처럼 조급히 제목을 바꾸는 데 겨를을 못 가지는 것은 작가의 할 일이 아니다.

평론적인 문제작과 진정한 예술은 대부분 별개의 것이다.

이렇게 수개월만에 하나씩 다른 제목을 발견하려 애를 쓰고, 새로

7 불가능하여 : '不可能했으나'(원 발표문).
8 『논리』나 원 발표문에는 모두 '不小한'으로 되어 있다.

운 제목의 선택이 곧 문학의 진보처럼 생각하는 폐습弊習은 분명히 남천 씨의 문학에서 깊이와 무게를 빼앗고 있다.

그 증거로는 씨의 전前 작품도 전 작품이려니와 「T일보사」를 읽어보면 족하다.

거기엔 외부적 인간이 작가의 정신에 의하여 그려지는 대신 작가의 정신이 외부적 인간에게 끌려가고 있다.

사상으로서의, 정신으로서의 문학을 재고해야 할 것이다.

제목의 신기新奇가 아니다. 정신의 신전개新展開만이 문학적 진보의 척도다.

여기에 비하면 한설야韓雪野 씨의 문학은 완고하고 낡은 듯하고 노둔魯鈍하면서도, 제목을 추종하는 문학이 근본적으로 자기를 재건하려면 일차는 반드시 회귀할 기본 지점에 확고히 서있다.

「이녕泥濘」의 주인공의 운명이 개변되지 아니하는 한, 어떠한 새로운 문학도 근본적으로 새로워질 수는 없다. 이것이 씨의 입각점을 우리가 현대문학의 재출발 기점基點이라고 평가하는 소이다.

이런 의미에서 이무영李無影 씨의 「도전」은 현대에 대한 낡으면서도 새로운 해석의 좋은 자료다. 인목人目을 휘황케 하는 변화의 근원에서 불변의 것을 발견하는 것, 이것은 분명히 현대에 살아 있는 고귀한 정신의 한 능력이다.

*

유진오兪鎭午 씨의 「나비」와 「가을」은 씨의 근황을 이해하는 데 좋은 자료다.[9] 「나비」는 「수난의 기록」에서 「이혼」을 거친 씨의 방향의 당연한 귀결점으로, 애정에 대한 현대적 윤리를 영롱히 보인 작품이다.

무엇보다도 생활이 소중하다. 이 외부적 인간의 윤리, 시정市井의 생활관 등이 이 소설에 제시된[10] 관념으로, 「가을」에 나타난 회상하는 낭만주의와 더불어 「김강사와 T교수」의 전통의 완전한 와해瓦解의 결과다.

이 와해는 무엇으로 다시 구원될까? 「나비」인가, 「가을」인가? 현민玄民도 괴로운 십자로十字路에 나서지 않았는가?

이효석李孝石 씨는 이러한 중견 문단의 초조와 혼돈에서 분명히 자유로운 작가의 한 사람이다. 그것이 행인지 불행인지는 모른다. 그러나 씨가 현재의 중견 작가 중 가장 편의便宜한 지점에 서 있음은 사실이다. 좋게 말하면 융통성에 부富하다 할 수 있다.

그러나 전작全作 『화분花粉』에서 씨가 자기의 문학 가운데 있던 여러 가지 요소, 예例하면 「돈豚」의 리얼리즘, 「부록」의 경향적傾向的인 감상성感傷性, 「황제」의 로맨티시즘, 「들」의 자연주의 등의 종합을 시험하지 못한 것은 모처럼의 기회를 놓친 듯하여 애석하였다. 그러나 씨에 있어 은연중 성장하고 있는 단편소설의 기술적 진화는 금년도의 가장 큰 수확일지 모른다.

씨의 단편은 우리 문단에서 단편소설을 의식하고 쓰는 희귀한 작가의 작품이다.

내용의 공박空薄을 책責하기엔 너무나 탁마琢磨된 형식!

이러한 의미에서 우리는 안회남安懷南 씨를 들 수 있다. 씨의 단편은 수로도 적지 않았으나 확실한 진경進境 가운데 있는 작품들이었다.

효석 씨의 단편이 서구의 단편에 비슷한 대신 회남 씨의 것은 내지內地에, 특히 요코미츠橫光 씨[11]의 그것에 비길 수 있는 소설이다.

---

9 자료다. : '資料로,'(원 발표문).
10 생활관 등이 이 소설에 제시된 : '生活觀이 이 小說이 提示한'(원 발표문).

오묘 대신 평명平明,[12] 이것이 회남 씨의 단편 양식의 특징 같다. 「기계」, 「투계」를 보면 이 점을 수긍하리라.

그러나 씨의 기술은 연마되어 있으면서[13] 무력하다. 이 기술에 생명을 불어넣을 정신을 씨는 어떻게 생각하는지. 생명 없는 테크닉, 그것은 사치의 심리의 소산이다. 좌우간 회남 씨의 문학은 시대의 치외법권 지대며, 조선인의 현실의 무풍지대 안의 세계다. 이렇게 행복된 작가는 조선문단엔 없을 것이다. 우리는 씨의 행복이 부럽거니와 씨가 반대로 우리의 불행이 부러울 때는 없을까?

*

신인과 구舊 대가진大家陣과 여류 문단에 대하여는 『조광朝光』지에 많이 썼기로[14] 일절一切로 할애하고, 이기영李箕永 씨와, 송영宋影, 엄흥섭嚴興燮 씨의 슬럼프를 위하여 일언一言하면, 다른 곳에서도 말한 것처럼,[15] 씨들의 작품이 상실한 경향성 대신 아무것도 획득치 못한 데 근본 원인이 있지 않은가 한다. 전일前日에도 말한 것처럼[16] 씨들의 문학엔 경향성 대신에 상식이 대위代位하였는데, 문학은 상식을 신뢰할 때부터 문학 독자獨自의 정신을 상실한다.

그러므로 경향성의 상실만이 아니라 문학정신의 상실이, 씨들의 문

---

11 요코미츠 리치(横光利一, 1898~1947) : 일본의 신감각파를 대표하는 소설가.

12 平明 : '明晳'(원 발표문).

13 연마되어 있으면서 : '溫室의 꽃처럼 蒼白하고'(원 발표문).

14 「창작계의 1년」(『조광』, 1939.12)이란 글을 가리킨다.

15 이기영과 엄흥섭의 '슬럼프'에 대해서는 「사실주의의 재인식」, 송영의 슬럼프에 대해서는 「송영론」(모두 『논리』에 수록되어 있다)에서 언급한 바 있다.

16 특히 이기영의 작품을 두고 '정신' 대신에 '상식'이 들어섰다고 논한 글은 「현대소설의 주인공」(『논리』에 수록되어 있다)이다.

학, 즉 구舊 카프 작가 일부의 근황이라 하면 문학정신이란 무엇인가?

그것은 상식이 아니라, 상식에 의하여 연결聯結된 현실 가운데를 상식의 외피外皮를 찢고 들어가 현실이 만들어내는 근원적인 것을 탐구하는 정신이다.

이것이 리얼리즘이라 불러져도 좋고 혹은 무슨 '이즘'이라 불러져도 좋다. 좌우간 이것 없인 문학은 존재하지 아니한다. 오는 해가 우리 구舊 선배와 동료의 재출발의 1년이 되기를 바라며 창졸히 붓을 놓는다.

생활의 발견•

한동안 우리는 현실이란 말을 성盛히 사용한 일이 있다. 리얼리즘은 바로 현실의 표현에 중점을 둔 작가의 예술적 태도다. 이러한 의미에서 리얼리즘이 수법, 양식 이상의 것을 가지고 있었던 것은 확실하다.

예술적 태도라는 것은 작가에 있어선 이미 하나의 사상이다. 사상의[1] 구체적 표현이 곧 예술적 태도라고 말할 수가 있으니까.

현실을 중시한다든가 현실의 표현에다 자기의 예술적 생명을 도睹한다는 것은, 고쳐 말하면 현실의 표현이 완결된 작품 가운데서 작가가 자기의 정신적 욕구의 만족을 얻을 수 있음을 의미한다.

이러한 예술적 태도는 물론 현실에 대한 작가의 깊은 신뢰 없이는 성립할 수 없다.

• 『태양』, 1940.1. 발표시의 제목은 「文藝時評 : '레아리즘'의 變貌－或은 生活의 發見」

1 사상의 : '또한 思想의'(원 발표문).

그러나 자기가 살고 있는 현실에 대하여 전폭全幅의 신뢰를 경주傾注할 만치 단순하고 행복한 작가란 없는 법이다.

만일 이러한 자족감에서 발생하는 현실 태도가 리얼리즘이라면 리얼리즘이 단순한 낙천주의와 구별될 필요는 없을 것이다.

낙천주의와 구별되는 현실에 대한 신뢰라는 것은 환경에 대한 자족감에서가 아니라 현실의 발전에 대한, 역사적 장래에 대한 일종의 낙천적 태도라고 말할 수가 있다.

이러한 역사적 의미의 낙천적 태도라는 것은 어떻게 해서 가능하냐 하면, 현실의 발전이 결과하는 지점이[2] 자기의 사상의 논리적 결과와 일치되리라는 예상에서 비로소 가능하게 된다.

바꿔 말하면 작가에 의하여 해석된 현실에 대한 낙천주의라고 말할 수가 있다.

당연히 이런 견지에서 볼 때 목전의 현실이 어떠한 풍모를 정呈하고 있느냐 하는 문제는 그다지 중요한 의의를 갖지 아니한다.

그러므로 일찍이 '현실을 있는 대로 그려라' 하는 표어가 유행하고 있을 때도 막연한 현실이 아니라 현실의 '진眞'을 뽑아내라는 주해註解가 늘 수반했다.

이 현실의 '진'[3]이란 것이 먼저 말한 현실의 발전, 바꿔 말하면 역사적으로 보아진 현실이었다.

역사적으로 보아진 현실, 다시 말하면 발전하는 것으로서의 현실이란 것은 결코 먼 장래에서 유토피아를 발견하라는 말이 아니라, 그것이 장래와는 근사近似치도 아니한 현재 속에 맹아로서 숨어 있음을 발견하라는 의미도 되었다.

2 지점이 : '地點과'(원 발표문).
3 현실의 '眞' : '「現實의 眞」'(원 발표문).

이것은 현실의 발전 대신 현실의 본질이란 이름으로 불러왔다.

본질에 대립하여 그것을 항상 은폐하고 있는 것으로 우리는 현상現象이란 것을 또한 늘 이야기해왔었다. 현상이란 현실에 있어는 늘 일상성의 세계다. 일상성의 세계란 속계俗界, 우리가 어떠한 경우에도 거기서 헤어날 수 없고 어떠한 이상理想도 그 속에선 일개의 시련에 부닥뜨리지 아니할 수 없는, 밥 먹고, 결혼하고, 일하고, 자식 기르고 하는 생활의 세계다. 생활에 비하면 현실이란 현상으로서의 생활과 본질로서의 역사를 한꺼번에 통합한 추상물抽象物이다.

생활은 모두 산 형태를 가지고 있으나 현실이란 형태를 아니 가지고 있다.

현실적이란 것이 그 본질의 의미에서 물질적인 것이라면 생활만이 실로 물질적이요 현실적이다.

생활만이 참말의 현실이다! 이렇게 말할 수도 있다. 그러면 '현실을 그려라!' 혹은 '현실의 진眞을 그려라!' 하는 데서 씌어지는 현실의 의미는 대단히 비현실적이다.

생활에 비하여 일층 고차高次의, 추상적인, 본질적인[4] 것이 현실이라 할 수 있지 않을까? 이러한 생활이란 유형有形한 세계를 통해서만 표현되는 무형無形의 현실, 즉 생활의 본질적인 핵심으로서의 현실이란 것은 차라리 정신적인 것이라 부름이 옳지 아니할까?

투철한 정신만이 생활의 잡다한 탁류 속에서 본질로서의 현실을 묘출描出할 수 있는 것은 이 때문이다.

현실을 알아내기 위하여 인간은 생활 이상의 수준에 서야 한다. 단순한 생활인生活人이란 그러므로 작가가 될 수는 없다. 생활 경험이 풍

4 추상적인, 본질적인 : 원 발표문이나 『논리』에는 모두 '抽象的의, 本質的의'라 되어 있으나 오늘날의 문맥에 맞게 수정했다.

다豊多하다는 것이 또한 반드시 작가가 되는 전제조건은 아니다.

그러므로 작가는 사상인思想人이고 문학은 정신이다.

우리는 지금 현실을 좇는 열정의 나머지 생활을 영위하는 능력을 잃어버렸던 일 시대를 반성할 수 있다. 현실만을 추구했다는 것은 또한 사상과 정신에 열중했던 나머지 그것이 형태를 빌어 표현되는 생활을 무시했음을 의미한다.[5]

그럼에도[6] 불구하고 리얼리즘이 아직 문단에서 자취를 감추지 않고 잔존해 있는 까닭은 어디에 있을까? 그것은 아직도 작가들이 전날 신뢰하고 있던 현실 대신에 새 현실을 발견하지 못하고 생활면 위에 악착齷齪하고 있는 때문이다.

생활을 표현하기 위하여는 다른 어떠한 문학상의 '이즘'보다 리얼리즘은 합리적이다. 그러나 수법으로서, 양식으로서 리얼리즘의 의의는 협애화狹隘化하고[7] 일면화하였다.

예술적 태도로서의 리얼리즘은 현실 대신에 단순히 생활을 처리하는 데 지나지 않은 작가들의[8] 제작과정에선 그다지 필요한 것이 아니다.

생활을 있는 그대로 그리는 데 있어선, 즉 그 뒤에 숨은 혹은 그것

5 원 발표문에서는 이 뒤에 다음 문장들이 삽입되어 있다. "戀愛에 熱中하야 살림을 돌보지 아니했다는 것이 傾向文學의 한 性格이였을지도 모른다. 生活을 無視했다는 것은 作家가 곧 現實이 (思想이) 表現될 形態를 無視했다는 意味다. 이리하야 傾向文學은 藝術的 完成에 있어 一定한 犧牲을 했다는 것은 오늘날 벌서 萬人 周知의 일이다. 問題는 形式의 完美를 無視했다는 데까지 미칠 것이다. / 그러나 傾向作家들이 生活에의 關心을 갖게 된 것이 現實의 追求와 竝行했거나 或은 그것의 自然한 結果이냐 하면 不幸히 그렇지 못하였다. / 思想으로서의 文學 或은 文學이 곧 思想이였든 時代가 終末을 告하면서부터 現實이란 말은 우리 文壇에서 자취를 감추었다. / 또한 '레아리즘'이란 말이 作家의 藝術的 態度를 表示하는 意味를 喪失하였다."

6 그럼에도(원 발표문) : '그럼에'(『논리』).

7 협애화하고 : '扶隆化하고'(원 발표문). 원 발표문의 것은 오식일 것이다.

8 단순히~작가들의 : '作家들이 生活을 處理하는 데 지내지 않은'(원 발표문).

까지를 통합한 현실을 탐구할 필요가 느껴지[지] 아니한 데 있어서 본래의 의미의 리얼리즘이 소용되지 아니할 것은 당연하지 않을까?

여기에 세태소설世態小說이란 것이 짧은 동안이나마 현대문학의 총아가 된 원인도 있다.

그러나 세태 묘사의 문학만이 변모된 리얼리즘의 문학적 표현이냐 하면 그렇지도 않을 것이다.

일찍이 현실도 생활도 버리고 내성內省에의 세계로 침잠하던 심리적 경향의 리얼리즘도 비록 우리 문단에 만개하지는 아니했다 할지라도 일고一顧의 여지는 있다. 그렇지만 세태소설이 외부의 생활을 묘사하고 있는 대신 내성의 문학이 내부의 생활을 묘사하는 데 주력을 경주했다는 사실을 긍정한다면 문제는 그다지 의문을 남길 바가 있지 않다.

이것들은 한가지로 현실을 떠난 작가들이 걸어가기 시작한 두 가지 길이라고 생각하면 그만이다.

하지만 세태 묘사의 문학이 외부의 생활을 섭렵하고 내성의 문학이 내부의 생활을 천착하려 한 대신 오늘날의 일부 경향이 통틀어 여태까지 우리가 중시해오지 아니했던 생활이란 것을 진실하게 평가하기 시작하였다면 문제의 성질은 약간 달라지지[9] 아니할 수 없다. 바꿔 말하면 현실 대신에 맞이한 부득이한 세계로서의 생활이 아니라 역시 소중히 할 것으로서의 생활, 혹은 그것을 긍정하고 그 속에서 무슨 새 의의를 찾아보려는 세계로서 생활이 문학 위에 등장하게 되면, 그때는 여태까지 우리가 현실이란 것과 대비하여 생각해오던 생활과 새로운 의미의 생활이 약간 의미가 달라진다.

9 달라지지 : 『논리』에는 '달라지'로, 원 발표문에는 '달러지'로 되어 있으나, 문맥에 맞게 수정했다.

그것은 이미 새로운 오늘날이란 시대의 현실로서의 중대한 의미를 함축하게 된다.

즉 새로이 발견된 현실로서의 생활, 그것이 곧 현실을 버린 뒤에 생활의 발견이 초래한 중대한 결과가 되는 것이다.

그러면 예술적 태도로서의 리얼리즘으로부터 수법·양식으로서의 리얼리즘을 거쳐 새로운 현실로서의 생활을 표현하는 새 예술적 태도로서의 리얼리즘이 우리들에게 방금 주어진 문제가 된다.

이것까지를 과연 리얼리즘이라 부를지? 생활의 새로운 의의와 더불어 재고할 문제다.

제4부

세태소설론[●]

1

최근 발표되는 소설들의 매력이 부족하다는 말은 실상 근자近者의 조선문학 전반이 특색을 잃고 있다는 말인데, 이 상태는 여러 가지로 음미할 가치가 있는 것이 아닌가 한다.

우리가 아무리 순연한 비평의 직업 심리를 가지고 소설을 읽는다 하더라도 온전히 작품이[1] 잡아당기는 범위에서 벗어나기란 용이치 않은 일이다.

그러므로 동시인同時人의 비평이란 그 시대의 작품과 같은 흥미는 있으면서도 그 시대의 문학을 정확히 평가하기가 어려운 것이다.

● 『동아일보』, 1938.4.1~4.6.

1 작품이 : 원 발표문이나 『논리』에는 '作品의'로 되어 있으나, 오늘날의 주어 표기 방식으로 수정하였다.

오히려 지나간 시대를 회고한다든가, 벌써 앞서가는 시대를 전망한다든가 하는 것이 용이한 일이며, 동시대인이 보지 못한 그 시대 문학의 고유한 특색을 발견할 수가 있다.

그러므로 우리가 혼돈이란 두 자를 놓고 생각해본다 할지라도 우리 자신에 있어서는 우리의 시대심리時代心理를 이야기하는 하나의 형용形容이 되는 듯싶으면서도, 다음의 시대가 우리 시대의 문학을 관찰할 때 과연 혼돈의 시대란 표현으로 만족할 것이냐 하면 심히 의심스럽다고 아니할 수 없다.

혼돈이란 우리의 시대에 있어선 이미 터부가 되다시피 한 무의미한 말이다.

요컨대 전부를 표현하는 듯하면서도 실상은 아무것도 의미하지 않는 말이다.

정돈整頓의 대립 개념인 한에서 혼돈은 무엇을 의미하는 것 같으나, 결국은 우리의 시대에 대한 우리의 성찰 자체가 혼돈되고 정돈되어 있지 않다는 절망의 심리의 표백表白에 불과할 것이다. 그것은 또한 우리가 작품으로부터 매력을 느낄 수 없다는 말과도 같다.

예例하면, 『천변풍경』, 『탁류』, 「소년행少年行」, 「제퇴선祭退膳」, 『신개지新開地』, 『임꺽정林巨正』, 「남생이」 등과 같은 소설을 한 웅큼 집어다 놓고만 본다 하더라도 우리 시대의 문학은 혼란의 세계인 것을 직감할 수 있으나, 혼돈이란 한 말을 가지고 이 소설들 개개가 소유한 개성이나 주장하고 있는 작가 정신을 또한 개괄할 수 있느냐 하면, 아무도 할 수 있다고는 생각지 않을 것이다.

그렇다고 무슨 이 시대의 문학을 꼭 집어서 옮겨놓을 만한 적절한 말을 생각해낼 수 있느냐 하면 그것은 더욱 가망없는 말이다.

우리가 한 말로 그 전全 성격을 이야기할 수 있는 발자크H. Balzac 같은 작가를 놓고도 대大비평가 테느H. Taine는 적절한 개념을 얻지 못한 일을 생각지 않을 수가 없다.

그러므로 결국 할 수 없어 쓰는 혼돈이란 개념에 이 이상 더 집착할 필요가 없다.

그러면 결국 우리는 우리의 시대의 문학을 암만해도 알 수 없다는 의미의 독백을 자꾸만 되풀이하는 데 지나지 않을 것이니까, 차라리 우리는 전全 시대의 부감俯瞰으로부터 한 걸음 내려와 일찍이 우리가 작품을 읽을 때 받던 단순한 인상이나 이것 저것 품어왔던 회의를 정리하고 분석해보는 편이 낫지 않을까 생각한다.

요컨대 성급히 전체를 평가해보려는 비평의 이상理想으로부터 좀더 숙고熟考를 깊이기 위하여 얼마간 더 작품의 소리를 다시 듣고 작품들의[2] 말로써 이 시대를 귀납해보고 싶다는 것이다.

이렇게 각오를 정하고 최근 수삼년간의 소설을 돌아본다면 우선 연래年來로 보편화되어온 판단의 하나인 사상성思想性의 감퇴란 것을 절실히 느낄 수가 있다. 물론 작품이 인젠 사상적 매력을 잃었다는 말은 결국 최근의 소설들이 일반으로 문학으로서의 매력이 적어졌다는 것을 의미하나, 아직도 조선 소설이일반으로 문학이 현대 청년들이 자기의 정열을 토로하고 의탁하는 주요한 영역의 하나임은 이유가 있지 않을 수가 없다.

그러나 이것이 재래在來 우리가 불러오던 바와 같은 '사상'이란 것으로 작품 위에 표현되지 않는 것도 대부분의 경우에 있어 진실이다.

그러면 어떠한 형태로 현대 조선 청년이 문학을 생활 정열의 주요한 가탁물假托物로 선택하는 이유가 표현되는가?

2 작품들의 : 『논리』에는 '作品들이'라고 되어 있으나 원 발표문에는 '作品들의'로 되어 있다.

정히 이것이 우리가 최근의 소설을 읽어오면서 천착하고 찾아내려고 하는 궁극의 요점이 아닌가 한다.

다시 말하면, 사상성의 감퇴 대신에 새로이 소설을 특징짓고[3] 있는 특색은 무엇인가?

그것은 선악간善惡間 현대의 독자가 아직도 소설을 버리지 않고 읽어가는, 즉 오늘날의 소설 고유의 매력이, 다시 말하면 재래의 의미에 대신하는 매력이 되는 것이다.

2[4]

나는 이런 몇 개 요소 중의 하나로 세태 묘사에의 길을 든다.

뿐만 아니라 이것은 최근 조선소설의 압도적 조류가 되어가는 문학적 경향의 하나라고 생각할 수가 있다.

세태 묘사의 소설이란 직접으로 내성內省의 소설과 대척對蹠되는 것으로, 김남천金南天 씨의 소설과 채만식蔡萬植 씨의 소설 또는 고故 이상李箱의 소설과 박태원朴泰遠 씨의 소설을 비교하면 이 특색은 명백히 나타난다.

더욱이 세태 묘사의 소설은 내성의 소설과 유기적인 대척관계를 가졌을 뿐만 아니라 양자가 한꺼번에 두각을 나타내었다는 데 또한

3 특징짓고 : 원 발표문이나 『논리』에는 '特徵지우고'로 되어 있으나 문법에 맞게 바로잡는다.

4 원 발표문에서는 1회 연재분(글 전체의 제목 '세태소설론'만 제시되었음)을 제외하고 2회 연재분부터는 전체 제목 외에 부제가 붙어 있다. 여기서부터 2회 연재분이 시작되는데, 원 발표문에서의 2회 연재분의 부제는 '「말하랴는 것」과 「그리랴는 것」과의 分裂'이다.

의미가 있다.

마치 조이스J. Joyce가 프루스트M. Proust와 더불어 서구의 가장 신선한 문학적 요소인 것처럼 김남천·채만식·이상·박태원 씨 등은 현대 우리 문단에 있어서 가장 프레쉬한 소설을 제작하는 이들이다.

그러면 외부로 향하는 작가의 정신과 내부로 파고드는 작가의 정신과의 사이에 어떤 공통한 관계란 것을 연상치 않을 수가 없다.

다시 말하면 외향外向과 내성內省은 본래 대립되는 방향임에 불구하고 한 시대에 두 경향이 한가지로 발생하는 때는 그 종자들을 배태하는 어떤 기초의 단일성을 생각하지 않을 수 없는 것이다.

나는 이것을 작가의 내부에 있어서 말하려는 것과 그리려는 것과의 분열에 있지 않은가 하고 생각한다.

더 자세히 말하자면 작가가 주장하려는 바를 표현하려면 묘사되는 세계가 그것과 부합되지 않고, 묘사되는 세계를 충실하게 살리려면 작가의 생각이 그것과 일치할 수 없는 상태다.

지난 정초 『동아일보』[5] 좌담회 석상에서 유치진柳致眞 씨가 작자의 희망을 살리려면 리얼리즘을 버리고 로맨티시즘을 취하지 않을 수가 없다고 술회한 바는 이 사실의 좋은 예증이 되지 않는가 한다.

현실을 있는 대로 그리면 작품 가운데선 작자가 인생에 대하여 품고 있는 희망이란 게 살지 못할 뿐만 아니라, 오히려 암담한 절망을 얻게 되는 것이다.

그러므로 자연 작자의 생각을 살리려면 작품의 사실성寫實性을 죽이

5 『동아일보』: 『논리』에는 '朝鮮日報'라 되어 있으나 이는 착각이다. 원 발표문에는 '本報'라 되어 있고 원 발표지는 『동아일보』이며, 유치진이 리얼리즘과 낭만주의의 관계에 대해 발언한 것도 1938년 1월 1일 『동아일보』의 문학좌담 「명일의 조선문학—장래할 사조와 경향」에서였다.

고 작품의 사실성을 살리려면 작자의 생각을 버리지 아니할 수 없는 딜레마에 빠지는 것이다.

이것은 작가에게 있어선 창작 심리의 분열이고, 작품에 있어선 예술적 조화의 상실이다.

그러므로 민촌民村의 근작이나 설야雪野의 근작에서 보는 바와 같이 작가는 부절不絶히 이 양자의 중간을 방황하고, 제 생각에 지배되지 않는 묘사의 세계 때문에, 또는 작품의 구조 가운데 동화되지 않는 제 생각 때문에 실로 통절痛切한 고통을 맛보고 있는 것이다.

이런 현상은 말할 것도 없이 우리가[6] 사는 시대의 이상과 현실이 너무나 큰 거리로 떨어져 있는 현실 자체의 분열상分裂相의 반영일 것이다.

그러나 중요한 것은 우리 소설가들이 이 분열 가운데서 고통하고 발버둥치는 이외에 아무런 능력도 없다는 것이다. 다시 말하면 시대의 이상과 현실을 연결시키는 결대結帶는 그 시대인時代人이며, 양자의 거리를 축소시키고 나중엔[7] 이상을 현실로, 현실을 이상으로 전화시키는 오묘한 능력까지가 우리들에게 부여되어 있음에 불구하고 우리들 자신은 현재 영점하零點下를 상하上下하고 있는 것이다.

더욱이 분열이 희유의 거리를 가진 시대의 성격에 반하여 인간의 힘은 어떤 시대에 비하여서나 약화되어 있을 때 실로 시대의 생활은 하나의 비극이 되는 것이다.

정신생활의 영역에나 작가들의 가슴 속에 저미低迷하는 가장 깊은 구름이 페시미즘임이 현재엔 조금도 불가사의한 일이 아니다.

---

6 우리가 : 원 발표문이나 『논리』에는 '우리의'로 되어 있으나, 오늘날의 주어 표기 방식으로 수정하였다.

7 나중엔 : '乃終엔'(원 발표문).

동시에 암운暗雲의 한가운데서 작가들이 비록 태양에 비할 바 되지 못한다 하더라도 일점의 별빛을 좇으려 하는 원願함도 또한 당연한 일이다.

성격과 환경과의 하모니가 본시 소설의 원망願望임에 불구하고 작가들이 이런 조화를 단념한 데서 내성에 살든가 묘사에 살든가의 어느 일방一方을 자연히 택하게 된 것이다.

내성의 문학을 통하여 수직적으로 자기 가운데로 들어가는 작가는 자기 자신의 개조란 것이 궁극에선 문학하는 이유가 되는 것으로,[8] 자기의 소설을 자기 고발의 형식이라 생각한 김남천 씨에게서 다시 설명할 여지 없는 예를 볼 수가 있다.

어떤 이는 이상李箱을 보들레르C. P. Baudelaire와 같이, 자기 분열의 향락이라든가 자기 무능의 실현[9]이라 생각하나,[10] 그것은 표면의 이유이다.

그들도 역시 제 무력無力, 제 상극相剋을 이길 어떤 길을 찾으려고 수색搜索하고 고통한 사람들이다.

3[11]

그러면 외부로 즉 묘사의 세계로 향하는 작가들은 대체 어떠한 곳에서 문학하는 이유, 보람을 찾을 것인가?

---

8 것으로: '것은'(원 발표문).

9 무능의 실현: '全能의 現實'(원 발표문). 원 발표문의 것이 오식일 것이다.

10 이상을 보들레르에 빗대어 생각한 사람은 김남천이다. 김남천, 「자기분열의 초극」(『조선일보』, 1983.1.26~2.2) 참조.

11 원 발표문에서의 이 연재분의 부제는 '描寫되는 現實의 價値'.

예例하면, 박태원 씨의 소설 『천변풍경』을 통하여 우리는 얼른[12] 작자의 문학하는 이유가 무엇인지를 찾아낼 수 있을까?

이 소설에 대하여는 최재서崔載瑞 씨의 논문[13]을 위시하여 2~3의 비평이 씌어졌으나, 결국은 『천변풍경』이 리얼리즘의 확대가 아니냐 하는 도그마론에 머물러버렸다.

오히려 문제는 리얼리즘이 작자의 생각을 떠나 존재할 수 있느냐 없느냐에 있었다.

왜 그러냐 하면 「소설가 구보仇甫 씨의 일일」을 쓴 심리주의자 박태원 씨가 『천변풍경』을 쓴 리얼리스트 박태원 씨 — 그것은 어떤 리얼리즘이든 간에 — 로 변하는 데는 어떤 정신적 이유가 따랐는가를 당연 물어야[14] 할 것이었으므로이다.

그러나 나는 「구보씨의 일일」과 『천변풍경』과의 사이에는 작자 박태원 씨의 정신적 변모가 잠재해 있다고는 생각지 않는다.

똑같은 정신적 입장에서 씌어진 두 개의 작품이라고 보는 게 가장 타당한 관찰일 것이다.

「구보씨의 일일」에는 지저분한 현실 가운데서 사체死體가 되어가는 자기의 하루 생활이 내성적으로 술회되었다면, 『천변풍경』 가운데는 자기를 산 송장으로[15] 만든 지저분한 현실의 여러 단면斷面이 정밀스럽게 묘사되어 있다.

그러므로 이 두 소설이 훌륭한 의미에서 조화 통합되었다면 우리는

12 얼른 : 『논리』의 원문에는 '얻른', 원 발표문에는 '◯然'(◯는 탈자)로 되어 있다. 후자는 '果然'이겠으나, 『논리』의 것은 '얼른'의 오식일 것이다.

13 최재서의 「리알리즘의 확대와 심화」(『조선일보』, 1936.10.31~11.7)를 가리킨다.

14 물어야 : 『논리』의 원문에는 '드러야'로 되어 있으나, 원 발표문엔는 '무러야'로 되어 있다. 원 발표문에 의거해 바로잡는다.

15 송장으로 : 원 발표문이나 『논리』에는 '송장을'로 되어 있으나, 문맥에 맞게 수정하였다.

어떤 본격적인 예술소설을 연상할 수가 있다. 그러나 「구보씨의 일일」에 나타난 작자는 『천변풍경』의 세계의 지배자가 될 자격이 없었고, 『천변풍경』의 세계는 「구보씨의 일일」의 작자를 건강히 살릴 세계는 또한 아니었다.

즉 양개兩個가 다 작자의 예술적 정신적인 비상飛翔을 위하여는 각각 하나의 중하重荷이었다.

그러므로 박태원 씨는 아직도 두 개의 경향을 양수兩手에 들고 좀처럼 놓지 못하며 양자의 조화를 시험해보려는 1~2의 단편에선 작자의 자기 무력無力은 저조한 감상感傷으로 변하고 마는 것이다.

그러나 작자가 제 눈을 사진기의 렌즈처럼 닦아가지고 현실 생활의 각부各部를 노리는 데 자기를 약하게 만든 보이지 않는 세계에 대한 한 개의 보복 심리가 들어 있다.

그것은 지저분한 실로 너무나 지저분한 현실을 일일이 소설 가운데 끄집어내다가 공중公衆 앞에 톡톡히 망신을 시켜주려는 꼬챙이 같은 악의다.

마치 청계천변에 모인 빨래꾼 여인들이, 남이 보기엔 소슬대문을 달고 인력거를 타고 다니는 훌륭한 민주사閔主事의 가정은 그실實 이렇게 이렇게 지저분한 게라고 입을 쫑긋거리며 속살대는 심리와 비슷하다.

그러므로 우리들에게 있어 중요한 것은 묘사하는 배후에 흐르는 작자의 정신이고, 묘사에는 반드시 묘사 이상의 묘사하는 의식이 잠재해 있음을 발견하는 데도 있다.

『천변풍경』을 관류貫流하는 작자의 의식은 아까도 말한 바와 같이 「구보씨의 일일」의 그것과 본질상으로 구별할 수는 없는 것이다. 역시 우리가 문제삼을 것은 외향적인 길이 작자나 작품 상에 있어 여하한 의의를 갖느냐 하는 데 있다.

나는 현실을 시련의 장소로 삼자는 말을 한 일이 있다.[16] 그러나 박씨에게 있어 자기나 혹은 작중의 주인공이 생사의 운명을 만들어가는 장소로서 『천변풍경』은 씌어지지 않았다.

그러나 소설 가운데서 작자의 생각이 사는 방법이 오직 묘사되는 현실을 통해야만 예술로서 형성된다는 것을 생각할 제, 우리는 소설 가운데 묘사되는 현실의 막대한 주요성主要性을 재인식하지 않을 수가 없다. 그런 때문에 작자의 생각이 묘사되는 현실과 조화되지 않을 때 비극을 경험한다고까지 말하지 않는가?

더욱이 소설은 묘사의 예술, 산문의 문학이다.

소설은 시가 할 수 없는 것을 해낼 수 있는 특이한 예술이다.

시는 지저분한 현실에 대한 악의를 이렇게까지 교묘, 섬세하게 표현할 수가 없다.

그러므로 소설은 시가 절망하는 곳에서 교묘하게 활동할 수 있는 것이다.

이래서 세태 묘사의 소설은 풍자시와 같이 작자 자신[17]의 자태를 그렇게 똑똑히 내놓지 않고 단지 묘사되는 현실 그것을 통하여 독자에게 현실의 지저분함을 능히 전달할 수 있는 것이다.

그런 때문에 묘사되는 현실이란 실로 하나의 정신적 가치를 갖는 것이며, 세태소설이란 순전히 소설의 이런 측면에다만 작자가 자기를 의탁하려는 문학이다.

세태소설이 소설 가운데서 그 중 산문적인 문학인 이유가 이곳에

---

16 임화는 「현대문학의 정신적 기축(基軸)」이란 글에서 이런 논지를 펼친 바 있다. 이 글은 『논리』에 수록되어 있다.

17 자신 : 『논리』나 원 발표문에는 '自信'으로 되어 있는데, '自身'의 오식일 것이다.

있다.

또한 내성문학內省文學과 더불어 세태적인 소설이 점차로 문단에 세력 있는 조류를 이루고 있는 이유도 현대 작가들의 정신적 능력이 자기 무력無力의 증명이나 제가 사는 환경에 대한 경멸과 악의의 한계를 넘기가 어려운 데 있다.

이것은 현대 작가의 한계인 동시에 우리 시대의 특색이기도 하다.

채만식 씨의 『탁류』나 『천하태평춘天下太平春』,[18] 고故 김유정金裕貞의 소설, 금년 『조선일보』의 당선소설 「남생이」 등 최근 흥미있다고 읽은 소설의 대부분이 이런 작품들이다.

심지어 홍명희洪命憙 씨의 『임꺽정林巨正』까지가 이런 데 치중하고 있지 않은가 한다.

4[19]

『임꺽정』을 세태적인 소설로 일괄하여버린다는 데는 약간의 이의異議가 있을 줄 아나 우리가 세태소설이란 것의 양식상 특성을 가장 산문적인 데 두었다면 아마 조선소설 중에 『임꺽정』만치 초산문적超散文的인 소설의 예는 없을 줄 안다.

우리가 소설의 세계를 현대로부터 과거에 옮긴다는 데는 실로 흥미 이상의 이유가 있다고 나는 생각한다.

홍미만의 이유로 무대를 옮기는 것은 야담의 일이고 문학의 일은 아니다. 그렇다고 소설에 취급되는 단순한 장소의 이동이 아닌 것도

18 『태평천하』의 원 제목.
19 원 발표문에서의 이 연재분의 부제는 '細部描寫와 푸롯트의 缺如'

주지周知의 일이다.

무엇 때문에 역사적 현실 가운데 소설 구조의 무대를 구하느냐 하면, 역사적 현실이 우리들의 문학 의식과 어떤 유기적인 관계를 가지고 있는 때 작가는 제 소설을 역사의 현실을 빌어서 구성한다.

이 관계가 현대에 없는 것을 과거에 구하려 할 때 스코트W. Scott와 같은 낭만주의가 나타나기도 한다.

이태준李泰俊 씨가 『삼천리문학』 창간호 좌담회에서 뚜렷한 성격과 장대한 기구機構를 가진 픽션을 구求하려면 과거의 현실을 찾을 수밖에 없다고 말한 것은 다분히 이런 점이 있다. 춘원春園의 역사소설도 전부가 이런 부류에 속한다 할 수 있으나, 후지모리 세이키치[藤森成吉]의 『와타나베 카잔[渡邊華山]』이나 키시 야마지[貴司山治]의 『양학연대기洋學年代記』, 또는 하야시 후사오[林房雄]의 『청년』 등은 결코 그런 것이 아니다.

현대의 성격과 환경을 소설 가운데 구성할 조건이 불편해질 때 그들은 역사와 유사한 과거의 한 시대를 택한 데 불과한 것이다.

그러면 『임꺽정』은 어떤 종류의 역사소설이냐? 그것은 춘원의 그것과는 결정적으로 틀림은 물론 야담에는 비比될 수[20] 없는 예술성을 가지고 있으며, 『와타나베 카잔』 등과도 또한 구별되지 않을 수가 없다. 그러나 역시 『와타나베 카잔』 등과 가장 많은 유사성을 가지고 있다 아니할 수 없다. '임꺽정' 일당이나 그때 세상世相의 여러 면모가 어딘지 한 개 사회성으로서 우리의 시대와 비슷한 듯한 느낌을 받을 수가 있는 때문이다.[21]

그러나 『와타나베 카잔』이나 『청년』 같은 소설에서 받는 것과 같은 직통直通하는 공감을 『임꺽정』 가운데서 구할 수는 없다.

20 비될 수 : '比할 수도'(원 발표문).
21 있는 때문이다 : '잇다'(원 발표문).

우리들과 같은 성격이나 우리가 탐내는 뚜렷한 성격도 없고, 그 성격과 환경과의 비비드한 갈등도 없으며, 따라서 작품을 관류貫流하는 일관한 정열도 없다.

단지 『임꺽정』의 매력은 그 시대의 여러 가지 인물들과 생활상生活相의 만화경萬華鏡과 같은 전개에 있다.

그러면 화제를 일전一轉하여 지금 우리가 세태소설이라고 부르는 『천변풍경』, 『탁류』, 「남생이」 들의 매력이 순전히 진부한 일상 세계의 전개에 있음을 생각할 필요가 있다.

『천변풍경』 가운데도, 『탁류』 가운데도, 「남생이」 가운데도, 김유정의 소설 가운데도, 탁마琢磨된 성격이 우리를 끄는 힘은 없으며, 그 성격과 환경이 어우러져 만들어내는 줄기찬 플롯이 우리를 끄는 힘도 없으며, 따라서 작가의 사상이나 정열이 우리를 매료해버리지도 못한다.

조밀하고 세련된 세부 묘사가 활동사진 필름처럼 전개하는 세속 생활의 재현이 우리를 즐겁게 하는 것이다. 그러므로 세태소설 가운데선 작가는 주의를 한 군데 집중시키는 법이 없다. 현실의 어느 것이 중요하고 어느 것이 중요치 않은가—이것을 구별하는 것이 진정한 리얼리즘이다—가 일절一切로 배려되지 않고 소여所與의 현실을 작가는 단지 그 일체一切의 세부를 통하여 예술적으로 재현코자 .한다.

이 세 점, 즉 세부 묘사, 전형적 성격의 결여, 그 필연의 결과로서 플롯의 미약 등에서 『임꺽정』은 현대 세태소설과 본질적으로 일치된다.

동시에 『임꺽정』의 지면을 흐르는 작가의 의식을 우리는 연상할 수가 있다. 그러나 세태소설로서 역사소설이 가능하느냐는 별개의 과제가 아닐 수가 없다. 왜 그러냐 하면 묘사되는 현실이 한 개의 정신적 실체로서 독자에게 작용하는 마당에 있어 역사상 현실은 현대의 현실의 가치를 분명히 추종키 어려운 때문이다.

그러므로 현대의 세태적인 소설에서 발견하기 어려운 유락성愉樂性, 일종 파노라마를 보는 듯한 미감美感을 『임꺽정』 가운데서 발견함은 즐거운 일이나, 그것이 소설의 예술성으로부터 오는 미적 유락성인지 혹은 일종의 오락성인지는 재고할 과제인 것 같다.

이 점은 『임꺽정』과 현대의 세태소설과의 구조가, 전자는 파노라마인 데 비하여 후자는 모자이크적的인 데 더욱 명백히 볼 수가 있다.

왜 그러냐 하면 전형적 성격과 운명적 치열미熾烈味를 가진 플롯이 불가능한 세부 묘사의 문학은 자연히 모자이크적이 아닐 수가 없기 때문이다.

이 모자이크의 대표적인 것이 『천변풍경』이고, 조각보와 같은 비심미적非審美的 체재體裁를 피하려 한 『탁류』같은 소설이 불가피적으로 통속미通俗味를 가미하여 플롯을 굵게 하고 있는 사실을 우리는 성찰해야 한다.

결국 세태적 소설은 꼼꼼한 묘사와 다닥다닥한 구조,[22] 느린 템포와 자그막씩한 기지機智로밖에 씌어지지 않는 것이다.

김유정, 현덕玄德, 그리고 『탁류』 등 비교적 최근에 호평을 듣는 작가의 문장, 구성 등이 전부 이런 점에서 특이하다.

그러나 모자이크가 좀 떨어져 보면 한 개 하모니를 표출하듯, 세태소설은 아주 평판平板한[23] 것이라고 하더라도 우리들에게 일종의 유락을 주는 것이다.

---

22 구조 : 원 발표문에는 이 단어가 빠져 있다.
23 아주 평판한 : '純粹한'(원 발표문).

5[24]

끝으로 우리는 자꾸만 만연되어가는 조선소설의 세태소설화의 경향을 어떻게 평가할 것이냐는 문제를 처리하지 않을 수 없다.

요컨대 세태소설은 발전시킬 것인가 어찌할 것이냐의 문제다.

그러나 이미 소설의 일방一方을 지배하기 시작한 이 조류는 아무도 새삼스럽게 어찌하지 못할 것이다.

차라리 우리는 세태소설 가운데 작가들이나 우리 문학이 최량의 것을 수득收得할 준비를 게을리하지 않는 게 본무本務가 아닌가 한다.

그러나 내성소설이 심리 묘사를 심화하고 세태소설이 현실 묘사를 확대하여 서로 각각 소설의 영역을 깊이고 혹은 넓혀 문학에 비익裨益한다고는 보지 않는다.

그런 것은 문학이 아니고 문학의 한 부분, 조그만 측면에 악착齷齪하고 있는 슬픈 상태를 너무나 안일하게 긍정해버리는 태만한 비평 정신이[25] 하는 일이다.

물론 장래의 문학은 심리소설에서나 세태소설에서나 각기 유용한 유산을 끄집어낼 수가 있을 것이다.

그러나 우리의 시대는 결국 소설이 와해된 시대, 문학이 궤멸潰滅된 시대인 것을 생각지 않을 수가 없다.

조이스와 프루스트를 평하여 어느 비평가가 소설 예술의 사멸과 붕괴의 산물이라 하였음은 연유 없는 말이 아니다.[26]

---

24 원 발표문의 이 마지막 연재분의 부제는 '이 潮流는 發展시킬 것인가'이다.

25 정신이 : 원문에는 '精神의'로 되어 있으나, 오늘날의 주어 표기 방식으로 수정하였다.

26 이 비평가는 게오르크 루카치(Georg Lukács)를 가리킨다. 소련 콤 아카데미에 제출한 「부르조아 서사시로서의 장편소설」에서 루카치는 조이스와 프루스트를, 플로베르와 졸라 이래 심화된 장편소설 해체의 결과 '장편소설의 모든 내용과 모든 형식의 완전한

가령 조이스를 디킨스C. Dickens에 비하면 묘사의 기술상으로 별반의 진화가 없고[27] 단지 구조상의 차이가 있을 따름이며, 오히려 성격의 운명에 의하여 시추에이션을 연속시키지 못한 치명적 결함이 있을 뿐이다.[28]

단지 조선에 있어서 세태소설이 어딘지 청신하게 보이고 존재 이유가 있는 듯한 것은, 서구는 물론 동경東京 문단의 전통과도 달라, 조선 소설사가 아직 묘사의 기술을 완성해본[29] 단계를 가지고 있지 못했기 때문일 것이다.

동경 문단만 해도 이만한 묘사는 자연주의문학이 완성하였다고 볼 수가 있다.

그러나 조선 신문학 상에 있어 가장 정밀한 묘사가描寫家라는 상섭想涉, 동인東仁 등은 현대의 세태적 소설의 묘사 기술을 분명히 따를 수 없는 것이다. 이런 의미에서 세태소설에게 하나의 지위를 줄 수가 있고, 묘사되는 현실의 가치를 중시함으로써 우리는 묘사 기술의 성장을 기대할 수가 있다 할 수 있다.

그러나 묘사를 전부 세부 묘사에 국한하고, 소설을 시추에이션의 집합물로 쪼개버리는 결과를 반성하지 않을 수가 없다.

소설의 구조가 시추에이션으로 분리되어 버리면 세태소설적 묘사란 결국 모래알 같은 세부 묘사의 집합에 불과하고 만다.

이것은 현실을 있는 그대로 파악함을 목적으로 하는 진정한 묘사의

붕괴로까지 나아가고 있다'고 서술하고 있다(소련 콤 아카데미 문학부 편, 신승엽 역, 『소설의 본질과 역사』, 예문출판사, 1988, 110~111면). 이 글은 일본에서 1937년에 번역되었다(熊澤復六 역, 『단편 · 장편소설』, 東京 : 淸和書店, 1937).

27 가령~ 진화가 없고 : '「쪼이쓰」를 「딕켄스」에 比하면 技術的으로 아모런 進化도 볼 수 없고'(원 발표문).

28 원 발표문에는 이 문장이 다음 문장과 순서가 뒤바뀌어 있다.

29 완성해본 : '完全해본'(원 발표문).

기술과 분명히 구별되지 않을 수가 없다.

이곳에서 나는 어떤 유효한 구제책救濟策을 생각하느니보다 세태소설적 묘사가 스스로 규정하는 소설 장르상의 한계를 의식하는 것이 필요할 줄로 안다.

다름 아니라, 세태소설은 일견 그 정신적 질質의 심오함에 장점이 있는 것이 아니라 묘사되는 현실의 양量의 풍다豊多함에 가치가 있는 거와 같이 생각되어 자연히 장편을 택해야 할 성 싶으나, 나는 이것을 심히 의심한다.

왜 그러냐 하면, 『천변풍경』, 『탁류』 등이 모두 장편소설이고 또 그것으로서 흥미가 있는 듯싶으나, 기실 자세히 생각해보면 이 작품들은 자체가 단편의 집합이었고, 흥미도 한토막 한토막의 시추에이션 위에 걸려 있었다.[30]

인물 자체나 또는 인물이 자꾸만 체험하는 사건에나 또는 그런 속에 만들어지는 줄거리에나 모두[31] 우리는 긴장한 적이 없다.

만일 있었다면 『탁류』에서와 같이 통속소설의 수법을 끌어들인 덕택이거나 설화조說話調의 매력에 있었을 것이다.

다시 말하면 세태소설은 합리적 구조와 소설 구조의 내적 필요성에 의하여 장편을 구성한 것이 아니라, 명백한 비장편적인 억지의 구성이나, 그렇지 않으면 인위적[32] 연결이나 비예술적 구성으로 겨우 장편이 된 것이다. 이것은 세태소설의 특성인 묘사되는 현실의 양적 풍다성豊多性에 반反하여 단편소설을 주장하는 것 같으나, 그것과 모순한다는 것은 하나의 형식적 관찰에 불과하다.

---

30 한토막 한토막의~걸려 있었다 : '한토막에 「시추에슌」을 일코 잇엇다'(원 발표문).

31 줄거리에나 모두 : '줄거리에'(원 발표문).

32 인위적 : '虛僞'(원 발표문).

본시 문학이란 어느 것을 물론하고 묘사되는 생활상生活相의 양의 과다寡多로 우월이 좌우되지 않는 것쯤은 일개의 상식이다.

그러면 시는 소설에 비하여 열등한[33] 예술임을 영원히 면치 못할 것이다.

오히려 단편소설을 통하여 우리는 지저분한 현실에 대한 경멸과 악의를 날카롭게 해서 표현할 수 있는 것이며, 그것을 날카롭게 하기 위하여는 현실 가운데 어느 부분이 가장 그것을 표현하기에[34] 전형적인가를 탐색하게 되는 것이다.

이 탐색이 우리는 무엇을 결과하리라고 예단할 수 없다. 그러나 작가의 이러한 의식이 장대한 기구와 운명의 긴박성을 가진 장편소설에 해당치 못하는 것과 단편 가운데 칩거하지 않을 수 없는 한계를 가질 것은 의식하게 될 것이다.

동시에 작가의 의식의 방향이 현실 가운데를 탐색하고 있는 한, 즉 회색빛 페시미즘이나 가십텔러[35]적 악의를 넘어서 생활세계를 찾는 한, 세태소설 가운데를 방황하는 자기의 문학하는 이유를 모두 다른 곳에서 찾을 가능성도 기대할 수가 있는 것이다.

좌우간 세태소설 내지는 세태적인 문학의 성행은 무력無力의 시대의 한 특색이라 할 수 있다.

33 열등한 : '二等'(원 발표문).
34 원 발표문이나 『논리』에는 '表現하게'로 되어 있다.
35 gossip-teller.

본격소설론•

1[1]

적어도 지금으로부터 5년 전의 조선소설을 읽은 이로 요즈음 발표되는 작가들의 소설을 열 편만 읽는다면, 그 가운데 현저한 차이를 발견할 수 있을 것이다.

눈에 띌 만한 신인들의 작풍은 물론 중견이라고 볼 몇 사람의 작풍도 어느 새 그 전과는 다른 길을 걸어가고[2] 있다.

신인으로는 거년去年에 작고한 김유정金裕貞, 이상李箱을 비롯하여 현

• 『조선일보』, 1938.5.24~28. 발표 시의 제목은 '最近 朝鮮 小說界 展望'.

1 『논리』에서의 절 구분은 원 발표문의 신문 연재 시 매회 연재분에 의거하고 있다. 그리고 원 발표문의 경우 각 연재분마다 부제가 달려 있는데, 첫 연재분의 부제는 '小說의 變形과 文學精神'.

2 걸어가고 : '摸索하고'(원 발표문).

덕玄德, 정비석鄭飛石, 김동리金東里와 같은 이들, 요컨대 근래로 배출한 신인 가운데서 재능으로나 소질로나 비교적 장래를 기대할 수 있을 만한 이들의 태반이 그전 소설의 전통과는 결별하였고, 박태원朴泰遠, 채만식蔡萬植, 김남천金南天, 이효석李孝石 같은 이들도 동일한 의미는 아니라 할지라도 새로운 방향의 개척으로 혈로血路를 열려고 함은 분명하다.

이런 것을 어떻게 평가하느냐 하는 것은 물론 별개의 과제고 숙고熟考를 요하나, 좌우간[3] 이 위에 열거한 작가들을 빼놓으면 최근 조선 소설은 상당히 읽을 맛이 적어지리라는 것만은 단언할 수가 있다.

물론 이 말은 그들이 가장 좋은 소설을 쓴다는 의미는 아니다. 범박凡朴한 말이나 이런 작가들이 현대 이 순간의 우리의 시대감각이라든가 생활의식과 가장 밀접히 관계될 수 있는 소설의 저자인 것만은 사실이다. 즉 현대성을 가진 작가들, 오늘날이란 시대의 아들들이다.

무엇을 과연 문학의 현대성이라고 부를 것이냐 하는 것도 또한 실로 난문難問이라 아니할 수 없으나,[4] 그러나 전前 시대에 비겨 우리가 현대의 특성이란 것을 이야기하는 한 벌써 전 시대의 특성이미 알려진 것으로서을 전제로 한 말이 아닌가 한다.

따라서 전대前代에 있던 것이 없어졌다든가 없던 것이 새로 생겼다든가 하는 의미, 극히 일반적인 비교 관찰쯤은 할 수가 있다.

나는 먼저도 어느 논문에서 암시한 일이 있거니와,[5] 우선 소설의 형태상의 변화를 들고 싶다.

『천변풍경』이라든가, 『탁류』라든가, 혹은 「제퇴선祭退膳」, 「요지경」

3 좌우간 : 원 발표문에는 이 단어가 없다.
4 없으나, : '업다. 一朝에 풀기에는 넘우나 큰 課題다.'(원 발표문).
5 「방황하는 문학정신」, 「세태소설론」 등의 글이 이에 해당한다.

이라든가, 「날개」, 「종생기終生記」 같은 소설은 모두 우리 문단에서 새로운 형태에 속하는 시험이다. 작자들이 제 작품을 순수소설이라고 부르든 고발문학이라고 부르든 나는 그 경향에 있어서나 구조에 있어서나 전자를 세태적 소설, 후자를 심리적 소설이라고 생각한다.

나는 언제나 이런 관찰을 우리가 항용 본격소설이라고 부르는 고전적 의미의 소설을 기준으로 생각한다.

발자크H. Balzac, 졸라E. Zola, 혹은 톨스토이L. Tolstoy, 디킨스C. Dickens 어느 사람을 물론하고 고전적 의미의 소설은 고전적인 의미의 드라마와 같이 성격과 환경과 그 사이에 얽어지는 생활과 생활의 부단한 연속이 만들어내는 성격의 운명이란 것을 소설 구조의 기축基軸으로[6] 삼았고, 그 구조를 통하여 작가는 제 사상을 표현해온 것이다.

소설을물론 장편을 의미하나 단편도 이 권외圈外에 나서진 않는다 시민사회의 서사시라 하는 것은 이런 의미에서 극히 자연스러운 것이었다.

그러므로 작가로선 환경을 충분히 묘사하면서 제 사상을 또한 부족없이 표현할 것을 고전적인 소설의 구조는 보장했다고 생각할 수가 있다. 요컨대 구조 내부에 조화가 있었다.

묘사환경의!와 표현자기의!의 하모니! 이것이 고전적 소설의 시적詩的 기초였다면, 이 하모니의 소멸 혹은 분열과 더불어 고전적인 소설을 쓰는 작가가 다시 출현하지 않은 것은 주지周知의, 또한 자연스런 일이라 할 수 있다.

우리는 20세기의 작가로서 프루스트M. Proust 또는 조이스J. Joyce를, 혹은 울프V. Woolf, 로렌스D. H. Lawrence를 연상하면 족하다.

이것은 여러 가지로 해석할 수 있으나, 결국은 환경과 작가와의 점

6 기축으로: 원 발표문이나 『논리』에는 '基軸을'로 되어 있으나, 문맥에 맞게 바로잡았다.

점 커가는 부조화의 결과라 볼 수밖에 없다.

그러나 이미 19세기의 문화 유물로 돌아가려는 본격소설의 전통은 환경과 작가와의 분열을 다시 회복할 때 문학정신에 의하여 소생되려고 한 것이다.

우리는 경향작가傾向作家가 기도企圖한 소설의 구조를그것이 시민소설과 별개의 방향을 가졌다는 것은 잠깐 문제 외로 두고 이러한 것으로 해석할 수가 있다.

물론 서해曙海로부터 비롯하여 민촌民村, 송영宋影, 설야雪野, 남천南天에 이르는 조선소설의 전통도 역시 이런 것이라 할 수 있다.

2[7]

뿐만 아니라, 춘원春園, 상섭想涉, 동인東仁 혹은 태준泰俊 같은 이의, 즉 경향문학에 선행했다고 할 소설들도 역시 경향소설과는 다른, 즉 고전적 의미의 소설 전통을 불충분하게인망정 조선에 이식移植한 것이다.

조선문학은 서구가 19세기에 통과한 정신적 지대地帶를 겨우 1920년대에 들어섰으니까……. 그런데 여기 간과치 못할 문제의 하나는 조선적 본격소설과 경향소설의 과도점過渡點이 과연 서구의 20세기 소설에서 보는 그러한 위기로서 표현되었는가 하는 것이다.

논리의 순서로 보면 당연히 한 사람의 프루스트, 한 사람의 조이스가 있어야 할 것이나 어쩐 일인지 이렇다 할 사람은 없었다.

우리는 겨우 최근에 와서 이상이라든가 태원이라든가『천변풍경』 이전의

7 원 발표문에서 이 절의 부제는 '小說 完成의 두 길'.

를 가졌다.

그러면 어째 이 필연의 과도점을 안 가졌는가가 의문인데 이 점에서 나는 도향稻香을 조선 심리소설의 비조鼻祖가 아닌가 생각할 때가 있다.

그러나 조선소설의 전통은 불충분하나마 의연히 본격소설에 있었다고 아니할 수 없다.

그것은 조선문학의 이식성移植性, 즉 한 계단의 소설을 내용으로나 구조로나 완성하기 전에 또 한 조류가 들어와서 교대하고 상쟁하여 일종의 혼류混流 또는 병렬, 혹은 누적의 상相을 정呈하고 있었기 때문이라 할 수 있다.

결국 이때까지의 조선소설이 고전적 의미의 소설, 소위 본격소설의 면모를 잃지 않았었더라는 것인데, 물론 먼저도 언급한 것처럼 그것은 완성된 전통적 성격으로서가 아니라 미완의, 그러므로 완성에의 지향으로 표현된 것이었다.

그것은 물론 문학에혹은 문화에 있어 근대적인 것의 완성을 도모코자 하던 광범한 노력의 일부면一部面이었다.

그러면 소설이란 문학 장르의 본격성을 유지시키는 정신적 원천이 된 작가들이 가진 문학정신의 대립은 어떤 의의를 갖는가?

태준과 민촌은혹은 설야와 춘원이라도 좋다 일목에 요연한 차이를 가진 작가다. 그럼에 불구하고 『고향』이나 『제이의 운명』, 또는 『황혼』과 『흙』과 같은 작품이 가지고 있는 공통성을 어찌 볼 것인가?

물론 『흙』과 『고향』, 『황혼』과 『제이의 운명』 등이 전혀 상반相反하는 대조라는 것과 질에 있어 도저히 동시에 논論키 어려운 성질의 작품인 것을 이곳에서 생각치 않는다면 우리는 중대한 혼란에 빠진다. 그러나 최근에 씌어지는[8] 몇 작가들의 작품에 비하여 전기前記한 작품들은 그 상호간의 대단한 차이에 불구하고 한 개의 공통성이 있지 않은가 한다.

즉 소설이란 장르의 양식상 견지에서 볼 때 그것들은 모두 고전적, 본격적인 의미의 소설형小說型을 유지하고 있다는 데서[9] 말을 만들자면 형태상의 공통성이다.

그러면 이 형태상의 공통성을 가능케 한 기반, 바꿔 말하면 그들의 문학정신 가운데 무슨 근접될 요소가 있었던가를 생각지 아니할 수가 없다.

그러나 주지와 같이 5~6년 전이면 공통성은커녕 조선문예사 상 정신적 대립이 가장 격렬하던 시대다. 결국 이런 가운데서 근접의 요소를 찾는다는 것은 일종 나무에서 고기를 찾는 짓이라 할 수 있는데, 실상 좀더 들어가 생각하면 기묘하게도 뜻 아닌 곳에 한 개의 공통된 요소가 들어 있다. 위선 우리가 주의할 것은 그들 양 조류가 다 소설물론 문학 전반의의 근대적 전통이 수립되지 않은 조선사회에서 제 문학을 세워가려고 한 점을 생각지 아니할 수 없다.

어떠한 의미에서이고 그들은 소설 그것의 완성을 통하여 현실을 묘사하고 제 자신을 표현해가지 아니할 수 없었다.

그러나 이지음은 아직껏 한 사람의 졸라나 발자크가 나타나지 않았음에 불구하고 이미 작가들은 고전적 형태의 소설과 결별하고 있지 않은가, 하고 반문할 이가 있을지 모르나 실상 이 돌연한 것과 같은 문학적 변용變容 가운데 정신적 핵심을 찾아내는 게 비평의 임무다.

8 원 발표문에는 이 사이에 '(前回에 내가 말한)'이 삽입되어 있다.
9 원 발표문에는 이 사이에 '앨써'란 단어가 삽입되어 있다. '앨써'는 '애를 써'의 준말.

3[10]

사실 요즈음 작가는 벌써 조선에 있어 고전적그것은 근대적이다 의미의 소설 양식 완성의 지향을 버린 것 같다.[11] 그들은 이미 소설을 춘원이나 태준이나, 민촌 혹은[12] 설야와 같이 해석치는 않는다. 그들보다는 더 많이 서구의 20세기 작가들과 접근하고 있다.

이러한 문학정신이 솟아나오는 곳을 역시 우리는 작가와 현실과의 관계, 즉 산 생활 가운데서 구하지 않을 수가 없다. 이런 의미에서 나는 조선소설의 고전적 면모를 유지해오던 이들에게서 그들이 서로 가지고 있던 상호간의 큰 차이에 불구하고 지금 작가들보다는 더 적극적인 열의와 희망을 현실에 대하여서나 저 자신에 대하여 품고 있었다고 생각는다.

물론 어디까지든지 비교의 역域을 넘지 않으나, 그들이 역시 당시에 예술파라고 불러지던 이들이라 할지라도 지금 작가들보다는 문학을 사상으로 이해하였다고 말할 수가 있다.

사실 조분粗笨함을 면치 못한다 할지라도 그때의 작가는 내셔널리즘, 소시얼리즘 중 그 어느 것에나 심리적으로 기울어지지[13] 않은 사람이 없었다 할 수 있다.

비록 개인적인 예외가 있었다 하더라도 시대의 정신적 조류로서 우리는 정당히 그렇게 볼[14] 수가 있다.

대립이 격렬했다 하는 것도 그들이 현실에 대하여 적극적이었던 증

10 원 발표문에서의 세 번째 절의 부제는 '傳統의 缺如와 小說의 苦惱'.
11 버린 것 같다 : '버렸다'(원 발표문).
12 혹은 : 『논리』에는 '惑'자가 탈자되어 있다.
13 기울어지지 : '左視치'(원 발표문). '視'는 '袒'의 오자일 것이다.
14 볼 : '알'(원 발표문).

좌라 할 수 있었다.

그러므로 소설 형식의 완성이란 것이 어느 한편에선 의식적[형식주의적으로]으로 강조되고 다른 편에선 의식되지 않고[내용만능주의로] 기도企圖되었음에 불구하고 그실은[15] 문학 논쟁의 진정한 승부 장소였다고 할 수 있었다.

그러나 전자에선 어디까지[나] 형식적 가구적假構的인 의미의 완성이었고 후자에 있어선 내용적 실질적 의미의 완성에의 노력이었다. 내용의 의미에 있어 진실로 최량의 의미로 해석된 근대 정신의 확립 없이는 소설 형식은 완성되지 않는 것이다.

우리는 이런 점에서 태준[그는 25년 이후의 비경향문학이 낳은 가장 큰 작가다]을 볼 때 형식적 부분적인 진보를 인정하면서도 구조, 성격, 전체의 콤포지션에 있어 춘원, 상섭에 미치지 못함을 단언할 수가 있다. 연약하게 세련된 춘원이나 상섭의 전통이 태준의 소설이라 할 수 있다.

이런 의미에서 경향문학, 민촌이나 설야는 문장이나 형식에 눈에 띄는 진보라는 것은 볼 수 없다 하더라도 스케일의 웅대雄大, 구조의 강고强固, 성격의 확실성이 있어 춘원과 상섭의 훨씬 전방前方에 진출한 이들이라 할 수 있다.

그러나 주지하듯 이런 쌍방의 노력에 불구하고 드디어 고전적 의미의 소설은 조선에 확립되지 않았다.

이것은 그때의 불충분하나마 조선소설의 본격성을 유지해오던 공통성이 전全혀 형식상의 그것에 지나지 않았던 무엇보다도 웅변스런 증좌이다.

누언累言하는 바와 같이 소설은 개인으로서의 성격과 환경과 그 운

---

15 그 實은: 원 발표문에는 이 단어가 빠져 있다.

명을 그리는 예술이라, 서구적 의미의 완미完美한 개성으로서의 인간 또는 그 기초가 되는 사회생활이 확립되지 않는 한 소설양식의 완성은 기대할 수 없는 것이다.

이런 의미에서 진정으로 개성이기엔 다분히 봉건적인 신문학, 또한 개성적이기보다는 지나치게 집단적인 경향문학은 결국 조선에 소설양식을 완성할 수 없었다.

뿐만 아니라 시민적 개성의 문학을 집단적인 개성으로 여과濾過함으로 제 독특한19세기의 소설과 구별되는 소설혹은 서사시을 형성할 경향문학으로서, 아직 시민적 의미의 개성도 형성되지 않은 땅에서 일을 시작한다는 것은 두려운 모험이었다.

조선의 경향소설은 그런 때문에 개성의 가치를 자기의 입장에서 평가하고 재생시키는 것을 몰각하게 되었다.

그것은 역시 개성의 가치를 알려줄 소설의 근대적 전통이 완성되지 않았던 때문이다. 일방一方 본래로 보면 개성의 위대한 기념비를 창조할 신문학은 태준에 와서 이미 쇠미기衰微期의 정신으로 나타났다.

그들은 개성의 사회성을 이해하기엔 너무 비사회적이었다. 즉 성장하기도 전에 깊은 분열상分裂相 가운데 빠진 생활 속에 있었던 것이다.

그러나 근대적으로 이해된 사회성의 정열 없이는 근대적인 개성의 형성도 불가능한 것이다.

그러므로 신문학의 후예들 속엔 사회성에서 분열된 형해形骸로서의 개성의 환영幻影이 남게 되고, 경향문학에는 산 개성의 풍요성에서 떨어진 둔중한 사회성의 실체만이 드러난 것이다.

순서상으로 보면 후자의 사회성이 당연 신문학이 달성치 못할 개성의 확립을 자각하고 그들이 말해오던 사회성적社會性的·개성적인 이중의 과제를 수행하게 될 것이나, 그들 자신의 무력無力 또는 현실의 조건, 모든 것이 이롭지 않게 되었다.

이렇게 근대적 전통의 결여가 조선의 소설 발전 내지 완성에 치명적 결함으로 나타날 때 문학은 점점 더 괴로운 생활을 인내하지 아니할 수 없게 되었다.

이 현상은 작가가 현실에 대하여 갖는 태도를 근본적으로 고칠 정도로 발전하였다.

즉 전대前代에 비하여 작가들의 달라진 현실에 대한 태도, 그것이 전일의 소설과 금일의 소설을 형식상으로까지 다르게 한 기초다.

4[16]

적극성과 희망 대신 퇴영과, 소극성과, 절망의 의식이 탄생하였다. 내셔널리즘도 소시얼리즘도 없어졌다.

단지 조금치라도 거친 현실과 부딪치고 싶지 않은 심리, 어찌해야 좋을지 모를 초려焦慮, 그렇다고 그대로 있을 수도 없는 불안, 결국 전체로서 자꾸만 제 무력이 새삼스럽게 의식되고 이 자각만이 심화되어 간다.

그리하여 단호한 용단勇斷과 최대의 성의가 오늘날에 와선 슬금슬금 남의 눈치를 보아가면서 현실을 다시 곰곰이 관찰하게 되고, 제 자신의 무력에 제 자신이 노하게 된다.

요컨대 전혀 새로워진 우리의 생활은 일찍이 조선소설이 정신적 대립에 불구하고 가지고 있던 형태상의 공통성을 일조一朝에 수난의 공

16 원 발표문에서의 이 절의 부제는 '現代와 小說 樣式의 分裂'.

통성으로 고쳐버렸다.

그리하여 모든 것이 융합되는 것이 아니라 혼합되고, 일어나는 것이 아니라 쭈그러[져]버렸다.

혼돈! 혼돈! 몇십 번 한 가지 단어가 단조로이 되풀이되고, 마치 사람들은 조선문학엔 다시 질서가 없는 듯이[17] 당황하였다.

그러나 우리들에게 명백히 된 사실은 그 어느 때보다도 작가가 홑몸으로 현실 앞에 서게 된 것이다.

이 홑몸으로서의 자기를 작가가 어떻게 의식하느냐가 오늘날 우리의 문학이 어떠한 성격을 정呈하느냐를 결정하는 커다란 사실이 되었다.

이곳에서 우리는 예기豫期하지 않고 일찍이 홀홀히[18] 지나친 조선문학혹은 소설의 근대적 전통의 문제와 해후하게 된 것이다. 물론 이것은 조선 사람과 같이 유별난 생활과정을 가진 나라[19]의 소설의 타고난 숙명이다.

당연히 우리는 지금으로부터 20년 전 혹은 10년 전처럼[20] 개성 즉 자기라는 것을, 그 어떠한 사회적 추진의 동력의 일부분으로 또는 하나의 힘의 체현자로서[의] 자기라는 것을 느껴야[21] 할 것이다. 물론 우리들의 선진자先進者는 적지않이 이런 긍지를 느꼈고 그것은 춘원, 상섭, 동인의 문학을 낳았다. 그러나 미처[22] 한 사람의 전토적全土的 작가

17 듯이 : 『논리』에는 '듯키'로, 원 발표문에는 '듯기'로 되어 있다.
18 홀홀히 : 원 발표문에 따른 것이다. 『논리』에는 '훌륭히'로 되어 있는데 문맥상 원 발표문의 것이 옳은 듯하다.
19 나라 : '朝鮮'(원 발표문).
20 전처럼 : '前에'(원 발표문).
21 느껴야 : 『논리』에는 '느껴저야'로 되어 있으나 문맥에 맞게 고쳤다. 참고로, 원 발표문에는 '느껴서야'로 되어 있다.
22 낳았다. 그러나 미처 : '낳았다 할 것이나 채'(원 발표문).

를 만들기 전에 이러한 사고방식은[23] 한개 전대前代의 사유 방식으로 돌아갔다.

그러나 이제 다시 우리들로 하여금 자기를 의식시키는 금일의 단계는 그것과는 전혀 상반相反한 것이다.

결국 현실에 대한 작가의 태도로부터 생활적인 적극성이 희박해감으로써 소설의 본격성도 드디어 상실되기 시작한 것이다.

우리가 잘 알듯 하나의 무력한 실체로서 자기를 의식한다든가 자기에 대한 의식이 긍지가 아니고 참기 어려운 환멸과 고통인 사실은, 바로 20세기의 서구소설을 만들어낸 정신적 지반이다.

이상이라든가, 태원이라든가, 또는 남천이라든가, 먼저 말해온 신인들은 사실 조선소설의 낡은 전통과 관계하고 있는 것보다는 차라리 20세기 서구문학과 가까이 하고 있다고 말할 수 있다.[24]

그러나 이곳에서 잠시 유의하지 아니할 수 없는 것은 누차 말해온 세태소설의 문제다.

세태소설은 과연 조선소설 발전 위에 미친 20세기적 정신의 산물인가 아닌가?

우리들에게 알려진 세태묘사의 방법은 일반적으로 고전적 의미의 소설이 남겨놓은 유산, 산문예술의 특징 있는 성과의 하나로, 구체적으론 자연주의가 완성한 수법이다.

자연주의가 비로소 세태묘사를 소설의 필수必須한 그러나 종속적인 수법에서 소설의 성격적 방법에까지 올려놓은 것이다.

발자크라든가 하는[25] 고전 작가의 커다란 상상성想像性이라든가, 역

23 이러한 사고방식은: 원 발표문에는 이 구절이 빠져 있다.
24 있다고 말할 수 있다: '있다'(원 발표문).
25 하는: 원 발표문에 따른 것이다. 『논리』에는 이 단어가 빠져 있다.

사적 파악의 능력이라든가, 보편적[26] 구성력 대신에, 다시 말하면 소설사에서 보면 고전소설의 기술적인 퇴화의 산물로 세태묘사가 소설적 방법의 기간基幹이 된 것이다.

그러나 주지와 같이 서구의 20세기 소설은 현실이나 세태로부터 훨쩍 뛰어 비상한다든가 아주 우그러져들어가 내성한다든가 하였지 구구히 세태묘사에 악착하지는 않았다.

그러면 심리적 혹은 내성적 소설이란 것은 분명히 20세기적인 서구정신의 혈통이라 할지라도, 세태소설은 그렇다 할 수 없지 않은가?

사실 그렇다고 볼 수 있으면서도[27] 다른 곳에 그실은 조선소설 발전의 특이성이 표현되어 있지 않은가 한다.

문제된 태원의[28] 『천변풍경』은 졸라, 디킨스적인 세태소설은 아니다. 또한 채만식의 『탁류』도 『천변풍경』보다는 19세기적 소설이라 할지라도 아주 그런 작품은 아니다.

태원은 주인공을 무시하고 에피소드의 몽타주로 소설을 만드는 조이스라든가 그런 유流의 형식적 구조의 영향을 가지고 있고, 채 씨는 풍자[29]라든가 대중소설의 방법을 빌어 19세기적 소설의 형태를 유지하고 있다.

이 점에선 물론 다시 낡은 의미의 세태소설이 두 번 거푸 소설사 위에 나타날 수 없는 불가반복성不可反復性[30]을 증명하나, 우리는 이런 작자들이 여러 가지 현대적 협잡물挾雜物을 가지고 있음에 불구하고 결국에선 19세기 사실소설寫實小說이 자연주의로 퇴화하던 그런 어떠한

26 보편적 : 원 발표문에는 '普通的'이라 되어 있으나 '普遍的'의 오식일 것이다.
27 있으면서도 : '있는 동시에 이'(원 발표문).
28 문제된 태원의 : '泰遠의 問題된'(원 발표문).
29 풍자 : '쌔타이어'(원 발표문).
30 불가반복성 : '不可飜覆性'(원 발표문).

추이가 이 세태소설들 가운데 표현되어 있지 않은가 하고 생각해볼 수는 있다.

조선적인 본격적 소설의 쇠미衰微를 따라 나타난 퇴화된 본격소설의 수법의 유물, 혹은 수법을 방법에까지 고양한 소설 형태로서 말이다.

5[31]

이 점은 「세태소설론」에서도 잠깐 언급한 것처럼 조선소설사에 있어 묘사 수법의 전통의 결여와도 관계되는 문제로,[32] 조선소설 위에 이식되는 20세기적인 서구문학 정신의 조선적인 제약이라고도 볼 수 있다. 그것은 현대의 우리에게 있어 개성의 무력화無力化라는 것이 서구에서 보는 바와 같은 난숙爛熟된[33] 뒤에 오는 부란腐爛이 아니라, 아직도 완성에의 개성의 이상을 잃지 않은, 따라서 현실에 대하여 단순히 환멸, 절망할 따름이 아니라 그 부조화의 감정이 꼬집어뜯는 정도에서 일망정 적극적인 성질로 표현되지 아니할 수 없는 생활의 특이성의 산물일 것 같다.

따라서 심리적, 내성적인 소설이라 할지라도 이상이나 태원의 작품처럼[34] 완전한 인간의 개체나 무력無力의 고요한 성찰이기보다는, 차라리 남천의 그것처럼[35] 자기라든가 환경이라든가를 어찌할 것을 요망要望함에 불구하고 그것을 이루지 못하는 제 자신에 대한 격렬한 분만憤

31 원 발표문에서의 이 절의 부제는 '依然한 宿題인 本格小說'.
32 원 발표문에는 이 사이에 '이것은 또한'이 삽입되어 있다.
33 난숙된 : '熟爛된'(원 발표문).
34 작품처럼 : '一作처럼'(원 발표문).
35 원 발표문에는 이 사이에 '現實의 사람의 분기, 그것을 通'이 삽입되어 있다.

懣이 오히려 우리의 문학 심리로서 현실적이다.

말하자면 무력을 그냥 의식해버리는 성찰이 아니라 무력을 부정하는, 따라서 강함을 의식하려는, 즉 굳세게 되지 못하는 저 자신에 대한 집중된 분만으로 표현되는 것이다.

그러나 제 자신의 무력의 의식이라는 한 가지 공통성에서 돌아볼 제, 그것은 소설의 형태를 심리적 내성적인 방법으로 제약하고 말았다.

이것은 세태소설이 가지는 형태상의 공통성과 똑같은 것이다.

요컨대 본격소설의 쇠미衰微와 더불어 소설은 세태, 심리 양개로[36] 분열한 것이다.

요컨대 시대정신의 변천이 소설의 스타일을 고친 것이다.

여기서 따로이[37] 생각할 것은 소위 사상과 문학의 진정한 교섭 영역으로서의 소설이란 것의 문제다. 소설이란 물론 문학의 장르다. 그러나 장르 즉 시,[38] 소설, 희곡 등이란 문학이란 것이 존재하는 진정한 실체다.

그러면 문학이란 것은 무엇이냐 하면 실체문학으로서의 장르가 존재하는 구체성 가운데서 일반적으로 추상抽象된 하나의 일반[39] 세계다.

즉 논리적 체계적인 사유의 세계와 구별되는 의미에서 생각되는 형상적 상상적인 세계의 가칭假稱이다.

그러므로 언어에 의한 형상적 사유의 세계로서의 문학은 제일 사상에 가깝고, 따라서 문학의 실체로서의 소설장르과 사상이 교섭할 젠, 언제나 서로 추상된 것으로서의 문학이란 것을 중간에 두고 관계하게

---

36 양개로 : '兩組로'(원 발표문).
37 따로이 : '새로'(원 발표문).
38 시, :『논리』의 원문에는 빠져 있다. 원 발표문에는 '諸,'라 되어 있는데, '詩,'의 오식으로 보인다.
39 일반 : '抽象'(원 발표문).

된다. 다시 말하면 사상이 문학 가운데 실체적으로 실현되려면 장르가 되지 아니하면 아니되나, 그러나 문학이란 일반자一般者의 관문을 통과하지 아니하면 아니 된다.

그러나 전언前言한 것처럼 문학이란 장르에 공통한, 그러면서 또한 다른 소위 사상 혹은 과학, 종교와는 구별되는 일반자의 세계인 만큼, 우리는 사상과 문학이 교섭되는 진정한 구체적 영역으로서 소설 장르를 생각할 수 있게 된다.

따라서 시대정신의 변천이 소설 스타일을 고쳤다는 것은 시대정신이 현대의 문학적 사상의 성질과 방법을 고쳐, 그것이 소설 가운데 투영된 것이라고 이해되지 아니할 수 없다.

중요한 것은 지금 문학적 사유의 성질이나 방법이 변했다는 것이다.

이 변화된 문학적 사유의 구체적 산물이 누술累述한 세태소설과 심리소설이다.

만일 이 두 종류의 소설이 본격소설에 있어 부분을 구성하는[40] 데 불과한 일 수법인 세태 묘사나 심리 묘사[41]를 각각 일방적으로 고양하여, 다시 말하면[42] 수법을 방법에까지 높인 것이라면, 현대 작가의 사유가 부분적인 장내障內로 칩거함을 의미한다.

즉 지엽의 세계에 악착하고 있는 것이다.[43] 작가들의 이런 정신적 성격이 소설 구조에 결정적으로 영향한 것인데, 우리는 이런 소설들에게서 부분의 완성, 세공細工의 정밀 등을 기대할 수 있어, 앨써 그것을 부정해버리려고는 않는다. 세태의 묘사라든가 심리의 묘사 등은

40 구성하는: '樣成하는'(원 발표문). '樣'은 '構'의 오자일 것이다.
41 세태 묘사나 심리 묘사: '世描描寫나 心理, 格格描寫'(원 발표문). '世描描寫'는 '世態描寫'의 오식일 것이며, '格格描寫'는 '性格描寫'의 오식일 것이다.
42 다시 말하면: 원 발표문에는 이 구절이 빠져 있다.
43 원 발표문에는 이 사이에 '이리하야'가 삽입되어 있다.

소설의[44] 중요한 2대 요소이고, 또한 과거의 조선소설이 이 영역에서[45] 규범될 만한 아무것도 만들어놓지 못하였던 만큼, 그것의 성과라는 것을 무시할 수는 없다.[46]

그럼에도 불구하고 요즈음 소설에선 미약하나마 형성되려 하던 본격소설에의 지향이 쇠퇴하고 의연히 조선[에]선 고전적 의미의 소설 양식의 완성이란 당면의[47] 숙제로 남아 있음을 잊어선 아니 된다.

이것의 완성 없이는 아무리 화려한 세태묘사나 정밀한 심리묘사의 기량이 진보한다 하더라도 조선서는 진정한 의미의 소설을 기대할 수 없는 것도 우리는 명기銘記해야 한다.[48]

44 원 발표문에는 이사이에 '그 中'이 삽입되어 있다.
45 이 영역에서 : 원 발표문에는 이 구절이 빠져 있다.
46 못하였던 만큼,~수는 없다. : '못하였다.'(원 발표문).
47 당면의 : '當策의'(원 발표문).
48 없는 것도~해야 한다 : '없는 것이다'(원 발표문).

통속소설론•

1

"홀로 소설에 한해서만 아니라, 문제인 것은 현대문학 앞에 전개되는 속문학俗文學에의 유혹이다."[1]

전일前日 이선희李善熙 씨와 함대훈咸大勳 씨의 소설을 비평하면서 김남천金南天 씨가 이런 의미의 말로 두 분을 경계하였고,[2] 전 달엔 엄흥섭嚴興燮 씨의 소설을 비난하는 데 역시 백철白鐵 씨가 동일한 의미의 말을 썼다.[3]

• 『동아일보』, 1938.11.17~11.27. 발표시의 제목은 「俗文學의 擡頭와 藝術文學의 悲劇—通俗小說論에 代하야」.

1 『논리』에는 이 문장에 인용부호가 붙여져 있지 않으나, 원 발표문에 의거해 다시 인용부호를 붙인다.

2 김남천, 「11월 창작평」(『조선일보』, 1938.11.9~13)에서이다. 이 글 중 특히 11월 10일자 연재분 제목이 '통속소설에의 유혹—함대훈과 이선희'로 되어 있다.

시단詩壇의 현상現狀을 이야기하는 데 우리는 소설에서 씌어 있는 것과 같은, 즉 통속소설에 해당하는 개념으로서 무슨 말을 집어와야 할지 얼른 이거라 내놓기가 어려운 일이나, 적의適宜한[4] 대로 글자를 맞추어 보면, 시가詩歌 대신에 속가俗歌란 말을 연상할 수가 있을 줄 안다.

그러나 속가란 말은 민요란 의미를 가질 수도 있고 또는 속요俗謠, 잡가雜歌란 것을 상상할 수도 있다. 그러면[5] 속가란 말은 결코 통속소설이란 말과는 우리가 바라는 대로 곧 부합되지 않는다.

통속소설이란 예例하면 시가에서 속가에 해당하는 민요, 잡가, 속요와 같이 재래在來의[6] 지반에서 우러난 한 개의 전통을 가진 물건도 아니요, 오로지 현대문학이 발전해온 도중에서 파생한 어디까지든지 현대적인 소설의 일종이다.

그러므로 시가에서 우리가 속가적인 성격을 가지고 또한 현대성을 가진, 즉 현대 시가의 파생물의 일종을 구한다면, 역시 유행가를 들지 아니할 수가 없다. 유행가란 정히 통속소설과 같아서 독자의 현대적인 의미의 취미를 기반으로 하고 존재하는 것이며, 또한 현대문학과의 관계 가운데서 소장消長하는 것이다.

그러나 우리 문단의 예만 본다 할지라도, 예술적 시와 유행가의 구별은 순수소설과 통속소설과의 차이에 비하여 훨씬 구별이 역연歷然하다. 어떤 시인도 시로부터 유행가로 옮아가기 위하여는 항상 180도의 전환이 필요하였다. 그것은 은연隱然하나마 국적을 옮기는 것과 같아서[7] 스스로나 또는 남이나 전환의 과정을 문제로서 고구考究할 여지를

3 백철, 「10月 創作評－今日의 文學的 水準」(『조선일보』, 1938.9.28~10.6) 중 9월 29일자 연재분.
4 적의한 : '便宜한'(원 발표문).
5 그러면 : 『논리』에는 '그러나'로 되어 있으나, 원 발표문에 의거해 바로잡는다.
6 재래의 : '在來 民衆生活의'(원 발표문).

남기지 않는 것이라 말할 수가 있었다.

그러나 순수소설혹은 예술소설로부터 통속소설에의 전환이란 언제나 문제를 품고 있었다. 이것은 먼저도 언급한 바지만, 양자간의 구별이 자명한 듯하면서도 기실은 복잡하고 불분명하였으며, 명석한 분석력을 빌기나 해야 근근히 알아볼 수 있는 한 개의 과정이 존재해 있기 때문이 아닌가 한다물론 시에도 우리는 이러한 미묘한 변화를 인정할 수 없는 바는 아니나, 소설은 시에 비하여 그것이 더 규모가 크고 또한 전형적이라 할 수 있음으로이다.

이 원인이 어디에 있는가는 지금 고명考明할 장소가 아니나, 예술소설의 통속화 과정을 밝히는 데 필요한 일부면一部面만을 드러내놓으면 대체 이런 것이 아닌가 한다.

전체로 시와 소설의 두 장르가 가지고 있는 성격의 차이에 유래하는 것이라 할 수 있는데, 특히 중요한 것은 시는 유행가와 더불어 공서共棲하기가 심히 어려운 대신 소설은 통속소설과의 공서가 상당히 용이한 데 있다. 시는 시인과 환경과의 조화에서 우러나왔다고 하면서,[8] 지금 반대로 그 상극相剋 가운데서 또한 현대시는 존립하고 있는 형편이다.

그러나 여하한 의미에서든간, 시는 성정性情의 명확성을 은폐할 수가 없음이 제 타고난 운명이라 할 수 있다. 시가 현대문학 가운데서 조우遭遇하는 비극은 실로 이 속에 배태되어 있다고 할 수 있다.

그러나 소설은 픽션즉 작위作爲된 인물과 작위된 환경의 허구을 통하여 작가와 환경과의 관계가 표현되는 것으로 작품 현실 가운데 작자나 환경이나 다같이 간접으로 투영될 따름이다.

이것을 차이라 하기엔 우리가 시의 언어와 소설의 픽션이 전혀 동

7 같아서 : '같이 明瞭하야'(원 발표문).
8 하면서 : '하고'(원 발표문).

일한 의미를 갖는 사실을 무시하는 것처럼 보이나, 문제는 양자가 어떤 시기엔 실질적인 차이를 낳는 데 있다 할 수 있다.

하나 픽션을 이유理由하여[9] 작자와 환경과의 관계가 원활하였을 때와, 또는 그와 반대의 상극이나 마찰이 정확히 표현될 수 있는 때도 이런 문제는 스스로 소멸한다.

문제는 현대와 같은 때 의의를 갖는 것으로, 우리가 환경과의 사이에 조화를 발견치 못할 뿐더러 부조화를 예술적으로 표현하는 데도 또한 우리가 자유를 향유하지 못했을 때, 소설이 시보다는 융통성 있는 기능을 발휘할 수가 있다.

마치 풍자가 서정시광의의의 직절성直截性을 간접화하는 것과 같이 소설적 픽션의 간접성이 작자와 환경과의 날카로운 마찰을 어느 정도까지 은폐하는 것과 같은 기능을 수행한다. 그러므로 시가 전혀 발언치 못할 때라도 소설은 아직 생존할 수가 있다.

그러나 소설의 이러한 가능성은 실상 소설적 픽션의 본래의 구조를 잡아 찢음으로 비로소 가능한 것이다. 그것은 문학적으로는 성격인물과 환경정황의 의식적인 분리 공작이나, 혹은 자연적인 분열 현상을 낳는다.

우리는 이 현상現象을 현금 조선 소설계의 현상現狀에서 목도하는 바이다. 예하면 성격의 고독한 내성內省 가운데서 수하垂下하든지, 환경의 대로상大路上을 유람 자동차처럼 편력하든지, 양자 중의 일로一路를 불가불 고르지 않을 수 없게 된다.

여기에 본격적인 의미의 소설의 비극이그것은 곧 작자와 환경과의 사이의 비극의 연장이다 전개한다.

---

9 이유하여 : 『논리』에 따른 것이나, 원 발표문에는 '通하야'로 되어 있다. 오히려 원 발표문의 것이 문맥에 더 적절해보인다.

2

그러나 이 예술소설의 비극이 실상은 통속소설 대두와 발전의 현실적인 가능성을 만들어낸 것이다. 이것은 금일의 통속소설의 성질이라든가 지위를 다른 시대의 그것과 절연截然히 구분하는 표치標幟이다. 예하면 한 시대 전에 가장 인기가 있던 통속 작가 최독견崔獨鵑 씨와 현재의 가장 순수한 통속 작가 김말봉金末峰 씨와의 차이에서 이러한 구분의 실증을 얻을 수가 있다.

최독견 씨는 이제 와선 문단과의 교섭을 전全혀 상실하였다 할지라도 『난영亂影』, 『승방비곡僧房悲曲』 기타 일련의 작품은 오늘날 『밀림』이나 『찔레꽃』에 못지않게 독자의 환호를 받은 소설이다. 그러나 최독견 씨는 김말봉 씨와는 분명히 다른 내용과 문학적 조류에 결부되어 있는 작가다. 최씨가 창작활동을 전개하기 비롯하였을 때는 조선문학 가운데 아직도 청년다운 사회적 정신의 열도熱度가 심히 팽창했던 시대요, 또한 그의 통속소설이 씌어진 문학적 환경이란 현재처럼 지리멸렬하여 전혀 시대나 독자의 정신적 욕구를 통일적으로 표현할 수 없을 만치 절망적인 조건하에 들어 있지도 않았다.

오히려 낡은 신문학新文學이 피로疲勞하는 한편 신흥하는 경향문학傾向文學이 치열하게 정신과 문학과의 통일을 절규하고그것은 소설적으로 성격과 환경과의 노멀[10]한 결합이다!, 그 궤도 위에 신新 양식의 예술소설이 발전하고 있던 한 중간이라 할 수 있다.

그러므로 당시의 문단에서 볼 때 독견은 진실로 하나의 속된 이단異端이라 할 수 있었다. 그러나 한편 독견은 현재의 김말봉 씨와 우리

10 normal. 원문에는 '노르말'이라 되어 있다.

문단의 관계보다는 더 깊이 당시의 문학 사조와 연관을 가졌었다고 할 수 있다.

그것은 독견의 소설이 전혀 그때에 아주 사死한 것으로 매장되어 버리기엔 아직도 새로운 시대정신의혹은 문학 의식의[11] 한 통속적 표현이었던 때문이다.

춘원春園의 『재생』이나 『군상』, 「혁명가의 아내」 등과 독견의 소설이 병존하여 있던 것을 보아도 미루어 참작할[12] 수가 있다.

춘원은 그때 전기前記의 작품 등을 이유理由하여[13] 당시에 있어 가장 보수적인 정신의 대변자였다. 그러나 그의 소설이 어떤 의미에서이고 사회성을 띤 정열로 일관되어 있었으며, 독견은 이런 것이 있음에 불구하고 춘원적 소설의 후예로서가 아니라, 새로운 통속 작가로서 발족發足한 데 의의가 있었다.

그러나 전기한 춘원의 소설들이나 그 외 『단종애사端宗哀史』, 『이순신李舜臣』 등에서 볼 수 있듯이 신문학이 점차로 통속화의 과정으로 들어섰을 때,[14] 결국 당시 부분적으로 춘원 이하 각 작가에게 은연隱然히 발생하고 있던 통속화의 경향을 집대성한 것이 독견이었다.[15]

요컨대 신문학의 역사성이 상실되고 경향문학의 시대가[16] 시작되려 할 제 신문학이 당연히 밟아야 할 자연스런 말로의 하나라고 볼 수 있었다. 바꾸어 말하면 성격과 환경의 결렬로서 표현되는 소설문학의

11 문학 의식의 : '文化意識의'(원 발표문).
12 참작할 : '짐작할'(원 발표문).
13 이유하여 : 역시 원 발표문에는 '通하야'로 되어 있다.
14 신문학이~들어섰을 때, : '그는 初期의 諸作에 比하야 훨신 通俗文學的 泥濘[濘－편자] 가운데 沈潛되어 왓다는 一種 時代思潮의 魅力을 가지고 讀者한테 읽혀젓엇다.'(원 발표문).
15 것이 독견이었다 : '것이엇다'(원 발표문).
16 시대가 : '近代가'(원 발표문). 후자가 오식일 것이다.

내적 위기를 통속화의 방법으로 미봉하려는 표현이 아니라 신문학의 일반적 쇠퇴의 일 현상이었다.

3

그러나 『밀림』을 들고 문단에 데뷔한 김말봉 씨의 스마트한 맛은 결코 전자와 같은 것이 아니고, 현대소설이 하자何者를 물론하고 헤어나기 곤란한 고민 가운데 빠졌을 때 그런 현상現狀을 일체 보고도 안 본 체하고 나선 것이다.

씨의 소설이나 문학적 성격을 가리켜[17] 대담타고 평하는 것은 이런 데서 연유하지 않았는가 한다.

진실로 김씨의 '출세'는 돌연적이고 대담하였다. 그의 소설 가운데 현대 조선소설의 깊은 고민이나 작가들의 심혈을 다한 오뇌懊惱 같은 것은 하나도 돌아볼 가치가 있는 것이 아니었다.

씨는 자기 독특한 방법을 가지고 현대소설의 깊은 모순인 성격과 환경의 불일치를 통일하였다. 이 점이 통속적인 의미에서일망정 김씨를 좌우간 유니크한 존재를 만들게 한 것이다.

그것은 여태까지 조선서 전례를 보지 못한 순純통속소설, 상업문학의 길의 확립이고, 그 방향에의 매진이다.

이 증거로서 김말봉 씨가 문단에 출세한 경로를 생각하면 흥미있는 바가 있다. 즉 우리 문단에서 씨처럼 최초부터 통속소설을 들고 나온 작가도 없고, 그 길에 철저한 이가 없는 것이 우리에겐 흥미있

17 원 발표문이나 『논리』에는 모두 '가르처'로 되어 있으나 문맥에 맞게 바로잡는다.

는 과제다.

범박凡朴히[18] 예술소설의 위기라고 하지만, 본격적 통속문학이 출현하려면 그 지반이라 할까 궤도라 할까가 오래 전부터 미리 준비되는 것으로, 그것은 그 전 조선문학이 그다지 깨닫지 못하던 신문소설의 발전이다.

그 전의 신문소설이란 것은 기실 신문에 발표되었다 뿐이지 본질에 있어선 예술소설이라 할 수 있었다. 예전 『매신每申』[19]이나 『동아東亞』[20]에 실리던 춘원의 소설을 비롯하여 상섭想涉, 빙허憑虛 혹은 그 뒤의 제諸 작가의 소설이 다 신문을 장편소설 발표의 유일의 기관으로 생각해 왔었고, 사실 조선문단내지는 출판계의 현실이 장편을 원고째 인쇄할 능력이 없었고, 잡지가 그것을 감당해나가기 어려웠던 만큼 실제 조선 장편소설은 신문에 의거하여 발전해온 것이다.

그러나 신문이 점차 기업화에의 길을 더듬고 저널리즘이란 것이 그 전과 같이 계몽성에서 현저히 상업성을 띠게 되자, 장편소설 발표의 조선적 특수성인 신문과 문학과의 관계는 일종의 모순을 정呈하게까지 되었다.

그것은 예술소설보다는 신문 기업의 입장에서 볼 때 통속소설이 훨씬 더 많이 독자를 끌 수 있다는 사정 때문으로, 재래의 장편소설로서는 발표기관의 상업성과 타협하느냐, 그것과 깨끗이 분리하느냐 하는 국면에 봉착하게 되었다.[21]

하나 조선 문화계의 사정이란 것은 아직 현재와도 달라서 신문을

18 범박히 : '大凡히'(원 발표문).
19 『매일신보』를 말함.
20 『동아일보』를 말함.
21 국면에 봉착하게 되었다 : '局面이엇다'(원 발표문).

떠나 제 홀로 독보獨步할 수도 없는 형편이요, 일부러라도 분리하자면 부득이[22] 발표의 현실성을 상실하지 아니할 수 없었다.

그러므로 자연 부분적으로 상업성과 타협해가는 길, 요컨대 절충적인 방도를 취한 것이다.

약 7~8년래年來로, 춘원이나 태준泰俊 기타의 작가들의 장편소설은 거지반 이런 고경苦境이 만들어낸 산물이었다. 그리하여 자기들도 알지 못하는 사이에 통속소설에로 침윤浸潤되어왔다.

그러나 이것은 전全혀 저널리즘의 측면에서 본 일면이고, 다른 한편에서 예술소설 자신 가운데 통속화를 촉진하는 어떤 원류源流가 성장하고 있었다는 것을 생각하지 않을 수가 없다. 즉 저널리즘의 영향을 받지 않았다 가정하더라도 조만간 예술소설이 걸어갈 당연한 노정路程으로서 통속화의 현상이 예술 자신 가운데 실질적으로 성장하고 있었던 것이다.

그런데 먼저 예술소설의 위기란 말을 수차 사용해왔는데 이것을 간단히 무어라고 이야기하기엔 최근 6~7년 간의 소설사를 분석해야 할 것이나 도무지 손쉽게 되지 않는 일이고, 일언一言으로 개괄하면 지금에 있어 경향소설이나 순문학계의 소설이나를 물론하고 먼저 말한 성격과 환경과를 통일시켜서 뻗어나갈 조건이 불비不備한 결과로 소설들이 세태 묘사, 심리 성찰로 분열되어, 현대문학에 대한 가장 큰 요구로서 이 분열의 좌우간의 통일을 요망要望하게 되었다.

그러나 이 요망은 자연스런 방법으로 혹은 정상적인 형태로 통일되어야 할 것이고 또 그런 작가가 나타나야 현대소설의 위기란 것도 해소되며, 문학의 수준도 일단의 높이로 상승하는 것이다. 하지만 본시

22 원 발표문이나 『논리』에는 '不得己'로 되어 있으나 '不得已'의 오식일 것이다.

이러한 것이 가능치 않기 때문에 예술소설은 위기에 처해 있다고 말한 것으로, 이런 요망은 오히려 다른 의미로 성격과 환경의 분열을 두드려맞출 가능성을 완전히 준비한 것이다.

4

이것은 다른 것이 아니라, 통속적 방법에 의한 모순의 해결이다. 요컨대 수년래數年來의 조선 소설계는 마치 의자를 장만해 놓고 어느 한 사람을 기다리는 것처럼 한 사람의 완전한 통속 작가를 대망待望하고 있었다. 그때에 나타난 것이 『밀림』과 『찔레꽃』의 작자 김말봉金末峰 씨다.

이렇게 말하면 김말봉 씨 한 사람을 볶아대는 것 같으나, 우리는 김씨 이전의 가장 이런 성질의 작가로 심훈沈薰 씨를 기억하지 않을 수가 없다. 『중앙일보』에 실린 소설 두 편[23]과 『동아일보』에 당선된 『상록수』는 김말봉 씨에 선행하여 예술소설의 불행을 통속소설 발전의 계기로 전화시킨 일인자다. 심 씨의 인기라는 것은 전全혀 이런 곳에서 유래한 것이며김씨의 인기도 역亦! 다른 작가들이 신문소설에서 이 작가들과 어깨를 겨눌 수가 없이 된 것도 이 때문이고, 그이들이 일조一朝에 유명해진 비밀도 다 같이 이곳에 있었다.

그러나 이태준 씨의 『화관花冠』 같은 소설의 통속성은 어떠한가? 이것은 아마 신문 지면상에서 예술파 작가가 통속 작가와 가장 노골적으로 경쟁한 표본이다.[24] 또한 아주 보기 좋게 패배당한 실례이기도

23 『영원의 미소』(『조선중앙일보』, 1933.7.10~1934.1.10)와 『직녀성』(『조선중앙일보』, 1934.3.24~1935.2.26)을 가리킨다.

하다. 그러나 이러한 예는 유독 이태준 씨의 『화관』에 그칠 뿐이 아니라, 현재 신문에 장편을 쓰는 대부분의 작가가 부득이 혹은 즐겨서 취하는 길정도의 차는 있을지언정이라 할 수 있다.

여기엔 물론 신문사가 작가에게 요구하는 독자에 대한 고려라는 괴로운 조건이 따르는 것이건만, 그것과 별개로 현대 장편소설이 좀처럼해서는 제 예술성을 상실치 않고 '줄거리'를 만들어낼 수 없다는 근본 조건이 잠재해 있다. 줄거리란 성격과 환경, 따로 말하면 묘사와 작가의 주장이 정상正常한 교섭을 할 때만 그야말로 예술적인 의미의 것이 생겨나는 것으로, 이것은 현재에 있어 조선문학이 장편소설을 구성할 힘이 부족한 가장 큰 표현이다.

그러기 때문에 많은 예술파[25] 작가가 장편을 쓸 땐 줄거리의 안출案出은 대부분 통속소설의 방법을 취하고 있다.

얼마 전 「세태소설론」이란 문장[26]에서 채만식蔡萬植 씨의 『탁류』를 이야기할 때 작자가 묘사와 주장과의 모순을 다분히 통속적인 줄거리의 발전 가운데서 해결하려고 들었다는 것을 나는 지적한 일이 있는데, 이것은 전언前言의 호례好例임을 부실不失한다.

이것은 물론 『탁류』의 예에 그치는 것이 아니고, 예하자면 박태원朴泰遠 씨의 근작 『우맹愚氓』에도 나타나 있다. 백백교白白敎의 묘사와 그것을 보는 작가의 입장이나[27] 정신이 장대壯大한 사회소설로서 구성되려면, 백백교의 일단一團과 청년 '학수'와의 관계쯤으로는 해결되지 못하는 것이다. 학수란 청년이 만일 작자가 생각하는 것처럼 독자가 그

24 표본이다 : '標本이며'(원 발표문).
25 예술파 : '藝術文學'(원 발표문).
26 문장 : '一文'(원 발표문).
27 입장이나 : '立場, 或은'(원 발표문).

인물을 통하여 백백교를 알 수 있는 정도의 사람의 1인이라면, 학수는 생각컨대 백백교를 보는 인텔리적 눈의 하나가 아닐까? 그의 존재 내지는 행동이 소설 전개에 일정한 영향을 줄 수 있어야 할 것이다. 그러나 사실에 있어 학수의 존재는 『우맹』 진전상 거의 영향을 주는 바 없는 인물이고, 오히려 여분의 인물과 같은 감이 불무不無하다.

학수적的인 감상으로선 백백교란 너무나 현실적이고 너무나 큰 존재다. 그러므로 교주敎主 전용해全龍海와 관계하는 데 일개 소녀와 기생을 둘러싸고 일어나는 범속한 애정관계의 역域을 못 넘었다. 학수와 교주가 부자父子라는 데 작자는 그 추잡함이라든가 심각미深刻味를 예상할는지는 모르나, 백백교는 그보다 더 큰 것이 아닌가 한다.

따라서 많은 에피소드의 통일이 명백히 굵은 줄거리를 형성할 것임에 불구하고 아직 그런 것을 발견할 수 없고, 학수 일가의 난륜亂倫이란 것이 어째 대단원의 매듭이 되어 들어가는 듯 싶음은 조계早計일까?

여담일지[28] 모르지만 감히 우견愚見을 피력하자면, 백백교와 그 배경과 학수 일가 등 세 점에서 시작되는 이야기가 어느 일점상에서 통일될 때 비로소 우리는 소설의 구성이란 것을 문제삼게 되어지는 것이 아닐까?

5

한데 여태까지의 『우맹』을 보건대, 교단敎團에 대한 독자의 흥미라는 것을 과신하여 일종 스릴을 가미한 서술단연! 묘사는 적다!과 학수의 비

28 여담일지 : '餘談의 말일지'(원 발표문).

극, 두 개로 이 소설은 형성되어왔다.

학수의 윤리적 비극이 아니라, 학수 일가의 비극으로서, 또는 타입으로서의 교도敎徒와 간부들의 묘사를 통해야만 소설은 주체화하고, 본격적 줄거리가 나오지 않을까 한다.

결국 이 소설은 제재 그것에 대한 작자의 소위 '제물적際物的'[29] 흥미와 가정소설 같은 스토리의 삽입으로 통속성과 타협하고 있는 것 같다. 그밖에 마음놓고 줄거리를 풀어나가는 장편 작가들을 보면 거개가 처음부터 테마 자체가 진부하거나, 혹은 테마를 애써 통속적 안목에서 보아가지고 출발하는 이들이다.

그러나 이런 소설들이 김말봉 씨만큼 독자의 흥미를 끌지 못함은 그것들은 통속소설이라기보다 더 많이 퇴화한[30] 순수소설이기 때문이다.

그런데 순수소설의 퇴화 문제가 났으니 말이지, 이런 성질의 현상이 가장 전형적으로 나타나 있기는 단편소설의 영역이다.

왜냐하면 우리 문단에서 단편소설의 부패라고 할 것 같으면 곧 예술소설, 더 나아가서는 순문학 일반의 부패 현상이라 할 수 있기 때문이다.

연전年前에 이원조李源朝 씨가 단편소설의 옹호란 것을 우리 문학에 있어 예술성의 옹호에 대신할 만큼 중시한 것은[31] 저간這間의 사정을 반영한 것이다.

실로 단편소설은 우리 작가들의 가장 본격적인 활동 영역이라 간

29 '際物'(きわもの)은 '철에 따라 팔리는 물건, 혹은 일시적인 유행을 노린 상품'이란 뜻의 일본어. 여기서 나온 말로 '際物小說'(한때의 인기 소설)이란 용어도 있다.

30 더 많이 퇴화한 : '衰亡한'(원 발표문).

31 이원조, 「9월 창작평－단편소설의 옹호」(『조선일보』, 1937.9.9~14)를 가리킨다.

주하여 무방하고, 또한 단편소설 자체의 질적인 소장消長은 곧 우리 문학의 예술성의 고저高低를 알아내는 바로미터로 생각하여 족한 점이 있다.

이 사정은 물론 아직 조선문학이 대장편大長篇에다가 제 사상적 예술적 운명을 탁托할 만큼 성장하지 못한 증거라고 할 것이다. 그러므로[32] 통속소설의 방법이나 영향이나가 단편의 영역을 범했다 할 제 우리는 옷깃을 고치고 생각을 가다듬지 않을 수가 없다.

그런데 단편 가운데 통속문학의 방법이 들어오는 계기 내지는 경로가 장편소설의 그것과 비길 때 무슨 특수성을 발견할 수 있는가 하면, 우리는 작가들의 실지 경험이 보여주는 바와 같이, 전全혀 동일한 것임을 용이하게 인정할 수가 있다.

김남천 씨가 어느 논문에서 말한 창작 도정 중에 있어서의 자기 분열에 관한 고백은[33] 그러한 호례好例가 아닌가 한다.

묘사에 철저하는가, 자기 주장에 철저하는가는 우연히 현재 단편소설의 십자로十字路다. 박태원 씨가 「구보仇甫씨의 일일」과 『천변풍경』 사이에 걸은 노정이나, 김남천 씨가 「남매」와 「철령鐵嶺까지」의 사이에서 더듬은 길이나, 현민玄民이 「T교수」[34]와 「어떤 부부」와의 사이에서 보인 입장의 이동이나가 모두 이 사실의 산 증거가 아닐까?

그러므로 어두운 주관과 내성內省 세계에의 깊은 침잠이나, 불연不然이면 현실 생활과 시정市井 세계에의 지향 없는 편력의 유행이 오늘날의 대부大部의 작가를 사로잡는 운명이다.

32 그러므로 : 원 발표문에는 이 단어가 빠져 있다.

33 김남천, 「유다적인 것과 문학」(『조선일보』, 1937.12.14~18) 및 「자기 분열의 초극」(『조선일보』, 1938.1.26~2.2) 등을 가리킨다.

34 「김강사와 T교수」를 가리킨다.

곤란은 장편의 그것과 같이, 현실의 일 단면을 혹은 시정의 일 소사小事를 어떻게 하면 주관이 자유로이 활동할 수 있는 영역으로[35] 만들 수가 있으며, 창작 정신의 광망光芒을 받음으로 사상으로서, 예술로서 조화된 귀금속과 같은 광채를 발할 물건이 될 수 있느냐 하는데 있다.

이것은 일면 우리 현대문학의 능력의 부족 때문에 성취되지 못한다고도 할 수 있으나, 더 많이 우리의 정신적 물질적 외부의 조건이 하나의 질곡이 되어 있음은 모든 작가가 알 수 있는 간단한 사실이다.

그러기에 성실한 문학은 제 머리 위에서부터 한일자로 내리비껴 백인白刃 아래 분열과 부조화로 번뇌하고 있는 것이다.

그러나 이러한 조건 가운데서도 아직 어떠한 의미에서이고 수미일관한 스타일을 가지고 작품을 만들어내는 작가를 볼 수 있음은 어인 일일까?

두 타입의 작가에 있어 이것은 가능하다. 하나는 명일의 문학의 주인공이 될 재능 있는 작가이고, 다른 하나는 곤란을 회피하는 작가다.

아주 잘라 말하면 우리 문학은 아직 현재의 대다수의 작가가 괴로워하고 있는 문제를 해결해줄 작가를 가지고 있지 않는 게 사실이다.

6

우리는 유감이나 심각한 곤란의 해결 대신에 안일한 조화를 취하는 작가를 가지고 있다. 예하면 함대훈 씨와 같은 작가의 소설을 그렇게

35 영역으로: 원 발표문이나 『논리』에는 '領域을'로 되어 있으나 문법에 맞게 수정하였다.

봄이 나의 오견誤見일까?

장편 『폭풍 전야』로부터 근간近刊된 『무풍지대』 우又는 『순정 해협』이나 그 외의 씨가 발표한 단편이란 솔직히 말하거니와 테마로부터 작자의 제재 처리법과 양식, 수법에 이르기까지 순연한 통속화의 길에서 만들어진 것임을 용이히 지적할[36] 수가 있다.

씨가 연전年前 「자기의 예술을 말함」이라는 소론小論[37] 가운데서 현대인의 고민이라든가 작가의 비애라든가를 말한 듯 싶은데, 이 고민과 비애가 조금도 현실의 단면斷面과 기구機構를 통하여이것은 필연적으로 소설에 있어 묘사를 이룬다! 검증되지 않고 그대로 작품에 반영되고 그 반영이 작품을 형성함에 그친 것이다.

그러므로 그 작품 속에 성실한 독자가 들어갈 수가 없으며, 그 고민, 그 비애가 우리에게 실제로 공감을 요청하지 못한 것이다. 어떤 이는 이것을 씨의 작품의 감상주의感傷主義라 지적하였는데, 이 감상은 현실이나 예술상의 곤란을 처리하기에 원래는 부적당한 것임에 불구하고 또한 가장 안일하게 처분하기에도 아주 적당한 것이다.

그러므로 씨의 적지 않은 작품이 우리 문단성실한 의미의과 도무지 교섭하지 않는 것이다. 작자는 자기에 대한 이 문단적 냉담을 재삼 생각할 여지가 있다.

그것은 엄흥섭嚴興燮 씨의 근작에서도 볼 수 있는 것으로, 작품 감각과 시대 감각의 불일치, 작품 현실과 시대 현실의 어긋남으로 결국 돌아가는 것인데, 이런 작품은 우리 독자에게 조금도 공감을 주지 않는 게 특징이다.

---

36 용이히 지적할 : '斷言할'(원 발표문).

37 함대훈, 「내 예술에 대한 항변—사상적 고민과 세간의 비난」(『조선일보』, 1937.10.24~27)을 말함.

그러므로 작품을 만들고 있는 인물들이나 그들이 만들어내는 현실이란 것이 우리들의 실생활에서 볼 제 실로 동떨어진 딴 세상 같이 느껴진다.

단편소설이란 본래 현실의 일 단면을 그리는 것으로, 파노라마와 같이 생활의 전폭全幅에서 독자를 움직이지 못하는 대신 한 귀퉁이를 강하게 때리고 부딪침으로 독자를 소설 가운데로 끌어들이는 것인데, 우리가[38] 가지고 있는 절실한 감정이나 필요한 문제를 슬쩍 지나친 다음에는 단편은 생명을 잃는다.

통속성이란 이런 의미에서 더욱이 단편에는 금물이요, 또 그 결과가 실로 볼 수 없을 만치 참담한 것이다.

이런 종류의 단편이 거개 묘사를 갖지 못함은 당연한 일이며, 또한 단편으로선 도저히[39] 처리되기 어려운 엄청난 기구機構를 만들어내는 것도 작품에 대한 작가의 이런 무책임성 내지는 안일한 생각에서 우러나는 것이다.

그런데 다시 이야기를 돌려 순문학과 통속소설의 구분이라든가 혹은 통속소설의 본질이 무엇인가를 생각할 제, 우리는 다시 최초의 이야기로 붓을 돌리지 않을 수 없다.

나는 통속소설 대두의 기초가 아까[40] 말한[41] 바와 같이 예술소설의 위기 내지는 그 표현으로서 성격과 환경의 분열에 있다고 하였는데, 전언前言한 바와 같이 통속소설은 그것을 자기류自己流로나마 현재 그 분열을 조화시킬 거의 유일의 문학적 방법인 때문에 등장한 것이다.

38 우리가 : '우리 普通사람이'(원 발표문).
39 도저히 : '어떠케'(원 발표문).
40 아까 : '題目이'(원 발표문). 발표시의 제목은 '俗文學의 擡頭와 藝術文學의 悲劇'이다.
41 말한 : 『논리』나 원 발표문에는 '말하는'으로 되어 있으나, 『논리』에서 바로 앞 단어를 수정한('題目이' → '아까') 데 맞추어 과거형으로 고쳤다.

이 고유한 문학적 방법이란 것은 자연 한개 고유한 사상성을 의미하는 것으로, 그 사상성이란 소설의 정신이라고 할 묘사의 문제를 사이에 놓고 비교적 명백히 드러나는 것이 아닌가 한다.

묘사의 정신이란 과학에 있어 분석의 정신이다. 분석은 필연적으로 종합을 전제하는 것인데, 이 종합을 전專혀 주관적으로 하느냐 분석의 자연적 결과에 의하느냐 하는 데서 아이디얼리즘이나 리얼리즘이 생긴다.

그러므로 정치精緻한 묘사라는 것은 최후의 어떠한 정신이 그것을 통합해가든지 간에 우선 소설로서의 성질을 획득한다.

마치 사변적인 결말에 도달[42]하는 것일지라도 정확한 분석은 과학적 가치를 갖는 것과 같이 ……. 그러나 최초부터 묘사 대신 서술의 방법을 중시하는 것은 분석하지 않은 과학처럼 항상 상식에서 출발하여 상식에서 끝나는 것이다.

이 오로지 상식적인 데 통속소설로서의 특징이 있는 것으로, 묘사란 묘사되는 현상을 그 현상 이상으로 이해하려는 정신의 발현이고, 상식이란 현상을 그대로 사실 자체로 믿어버리려는 엄청난 긍정의식이다.

그러므로 통속소설은 묘사 대신 서술의 길을 취하는 것이며, 혹은 묘사가 서술 아래[43] 종속된다.

또한 통속소설이 줄거리를 중시하고 혹은 도저히 만들어낼 수 없는 곳에서 용이하게 줄거리를 만들어내는 것은, 묘사를 통하여 그 줄거리와 사실의 논리와를 검증할 필요를 느끼지 않고 속중俗衆(그것은 사회의 '현상'적 부면이다)의 생각이나 이상을 그대로 얽어놓아 조금도 책임을 느끼지 않기 때문이다.

---

42 사변적인 결말에 도달: '形而上學的인 結末를 장난'(원 발표문).
43 묘사가 서술 아래: '敍述 아래 描寫가'(원 발표문).

현대소설의 주인공●

소설은 어느 때나 인물의 예술이다. 자연과 장면과 스토리와 그타他 모든 소설의 필요한 요소가 인물을 중심으로 배치된다. 인물이 없는 소설이란 배우가[1] 등장하지 아니한 무대처럼 공허하고 의미 없는 것이다.

유치한 상식이나 '인물을 중심으로!'란 이것이 지금 긴요한 문제다. 인물과 인물과의 관계가 소설의 영역넓이-공간[2]이라면, 인물과 인물과의 관계의 지속과 연장은 소설의 발전길이-시간[3]이 된다.

이 소설의 발전 가운데 인물들의 성쇠盛衰와 생애가 나타나고, 인물들의 성쇠와 생애 가운덴[4] 인간의 운명[5]이란 것이 비로소 표현된다.

● 『문장』, 1939.9. 발표시의 제목은 '最近 小說의 主人公'.
1 원 발표문에는 이 사이에 '한 사람도'가 삽입되어 있다.
2 (넓이－공간) : 원 발표문에서는 '(넓히)'라고만 되어 있다.
3 (길이－시간) : 역시 원 발표문에는 '(길이)'라고만 되어 있다.

운명이란 것은 언제나 이러이러한 조건 가운데서 인간은 이러이러한 길을 걷지 아니할 수 없었다는 관념을 함축하고 있는 것이다.

당연히 운명 가운데 함축된 관념이란 것은 그 인간이 생활하던 평생의 배경이 되었었고 죽을 때까지 기반이 되던[6] 사회에 대한 평가와 인식의 관념이 된다. 본격적 소설이, 더욱이 장편이 어떤 개인의 평생과 그 운명을 그리는 것은 이 때문이다. 그 인물이 살던 시대의 사회는 그 인물의 생에다 얼마나 편의를 제공하였는가? 이것은 인간과 환경과의 조화의 면이다.[7] 어떠한 인간임을 물론하고, 환경이 나면서부터[8] 그에게 제공하는 조건을 기초로 생을 영위하게 된다.

반면에 그 인물은 이만큼한 정도의 욕구를 실현하려 하였음에 불구하고, 환경은 그것을 이렇게 조해阻害[9]하였다. 이것은 인간과 환경과의 상극相剋의 면으로서, 또한 모든 인간이 환경과 이러한 부조화를 체험한다.

그러므로 질서라든가 인간의 관계라는 것은 늘 여건과 욕구의 중화中和 상태를 표시하는 것이다.

그러나 인간의 생애, 일생의 운명 가운덴, 여건과 욕구의 내적 투쟁이, 즉 질서나 사회의 주체적 측면이 표현되는 것이다. 바꿔 말하면, 인간은 생의 실현에 있어서 부단히 여건을 초월하고 구속을 타파하나, 여건은 존재의 현실에 있어 부단히 인간을 비초월적인 것, 현실적인 것으로서 지배해간다.

---

4 생애가 나타나고, 인물들의 성쇠와 생애 가운덴 : '생애 가운덴'(원 발표문).
5 원 발표문에는 이 사이에 '(깊이)'가 삽입되어 있다.
6 기반이 되던 : '基盤이었던'(원 발표문).
7 면이다 : '面이며 또한'(원 발표문).
8 환경이 나면서부터 : '나면서부터 環境이'(원 발표문).
9 조해 : '沮害'(원 발표문).

생은 언제나 이러한 투쟁이다. 인간의 생애라는 것은 이러한 투쟁의 부단한[10] 체험이고 그 주체적인 표현이다. 그 결과가 운명이라고 말할 수가 있다.

이 운명의 표현을 위하여 소설은 많은 인물들 가운데서 주요한 일인一人을, 혹은 기인幾人을 택하게 된다.

그러므로 모든 소설이 주인공을 갖는 것은 당연한 일일 뿐 외外라 결정적인 일이다.

만일 주인공이 없다든가 혹은 주인공이 분명치 않다든가 하다면, 곧 소설의 중심이 없다든가 분명치 않다든가 하는 말과 동일한 의미가 된다.

인물, 더욱이 중요한 인물, 그 중에도 주인공을 통하여 운명이 표현되고, 운명 가운데 관념이 함축될 때, 운명을 타고난 주인공이 결여하거나 분명치 않다는 것은[11] 곧 관념의 결여와 무력無力을 의미하게 된다.

*

일찍이 내가 세태소설世態小說을 비평함에 있어 무력의 시대의 일 표징表徵이라고 결론했음은 실로 이 때문이다. 세태소설이라 이름할 수 있었던 약간의 작품, 예例하면 박태원朴泰遠 씨의 『천변풍경』이나, 채만식蔡萬植 씨의 『탁류』 혹은 홍명희洪命憙 씨의 『임꺽정林巨正』 같은 작품은 주인공이[12] 결여되었거나, 혹은 주인공이[13] 분산되어 있는 것으로

10 부단한 : '內的'(원 발표문).

11 원 발표문에는 이 사이에 '따라서'가 삽입되어 있다.

12 주인공이 : 『논리』에는 '主人公의'로 되어 있으나 원 발표문에 의거해 바로잡았다.

특징이 되었었다.

이 작품들은 소설의 발전보다도 영역의 확대에 중심을 둔 작품들이었다.

『탁류』의 '초봉'이라든가, 『임꺽정』의 '임꺽정'이라든가는 『천변풍경』에 비하여 주인공에 가까운 형태를 띠고 있음에 불구하고, 감히 우리가 주인공이라고 평가하지 아니함은, 실로 『임꺽정』에서 그 적절한 예를 찾을 수가 있다.

소설 『임꺽정』은 그 최초의 제명題名이 말하듯 적당賊黨의 괴수魁首 임꺽정의 전기소설傳記小說이다. 그러나 이 소설은 소위 전기체傳記體의 소설은 아니었다. 여기에 현대 독자의 흥미가 끌린[14] 것이다. 그러나 소설 『임꺽정』은 주인공 '임꺽정'의 운명을 중심으로 구성된 작품은 아니다. 어째서 임꺽정은 반역아가 되지 아니할 수 없었으며, 어째서 그는 또한 반도叛徒의 적명賊名을 쓰고 헛되이 일생을 끝맺지[15] 아니할 수 없었는가? 가혹한 운명의 철鐵의 필연성! 이것의 표현 없이 소설의 인물은 주인공일 수 없는 것이다. 또한 이른바 주인공과 환경과의 유기적 연관이란 것도 성립되지 아니한다. 소설 『임꺽정』을 읽으며 느끼는, 연락連絡을 이해하기 어려운 무수한 에피소드의 출몰도 전專혀 이런 곳에 원인한다. 주인공의 운명적 발전의 동력도 아니되고 장해도 아니되는 듯한 에피소드는 당연히 독자의 눈에 기이하게 느껴지는 것이다.

주인공의 운명을 중심으로 소설이 구성되어 있지 않기 때문이다.

묘사력의 충일充溢 대신에 구성력의 부족을 『임꺽정』에서 느끼는

13 앞의 주와 동일함.
14 끌린 : '쏠린'(원 발표문).
15 끝맺지 : 『논리』나 원 발표문에는 '끝막지'로 되어 있다.

것도 이 때문이다.

이것은 최근 조선소설의 고질이 된 결함으로, 「세태소설론」에서도 지적한 바와 같이 묘사 기술의 진보는 이 과정에서 기대할 수 있었다 할지라도 사고력의 쇠퇴는 은폐할 여지가 없었다.

오직 병풍을 펴듯, 혹은 파노라마를 보이듯 작가는 될 수 있는 대로 생활의 여러 가지 면을 풍부히 묘사하여 전개하면 그만인 듯하였다.

이런 것은 일찍이 우리가 본격소설이라고 동경하던 19세기적 소설에서는 인물을 표현하는 데 필요한 행동의 무대에 불과하였던 것이다. 세태소설에 와서 주객이 전도된 셈이다. 사고 없는 묘사, 그것은 두려운 결과를 예상할 수 있지 않을까? 그것은 기술技術만의 문학이다.[16] 기술만의 문학이란[17] 주지周知와 같이 공예工藝다.

이것이 또한 내가 세태소설을 회화繪畫가 아니라 모자이크이다고 말한 소이다.

이런 최근 조선소설에서 볼 수 있는 무사고無思考의 기풍이 얼마나 강력强力의 것인지는 김남천金南天 씨의 『대하大河』를 보아도 알 수 있다. 주지와 같이 『대하』는 최근 조선소설 가운데 그 중 구성적인 작품이다. 이 소설의 장점은 작자가 처음부터 끝까지 강고히 구성력을 이완치 아니하겠다고 고투한 데 구할 수가 있다.

그럼에 불구하고 주인공과 환경은 작가가 의도한 만큼 작품의 메커니즘 가운데 용해, 조화되어 있지 아니하다.

이 점은 작자도 「내 작품을 해부함」이란 단문[18] 가운데서 '풍속 현상의 공식적 배치'라 인정하고 있는 바로,[19] 단지 풍속이 공식적으로

16 문학이다 : '文化다'(원 발표문).
17 문학이란 : '文化란'(원 발표문).
18 김남천, 「兩刀流의 道場―내 作品을 解剖함」(『조광』, 1939.7)을 가리킴.

점철되었을 뿐만 아니라, 풍속이 인물의 의상衣裳이 되어 있지 못한 부분이 적지 아니했다.

풍속과 성격, 이렇게 나누어 생각할 것이 아니라, 통틀어 정신의 풍속을 묘사한다는 태도로 역사적 주제는 형상화되어야 한다.

작자가 같은 단문 가운데서 자기 비판한 '심리의 현대화'라는 염려도, 또한 내적·외적 풍속을 동시에 그 시대 인간의 운명을 통하여 그려보리라는 열정 가운데서 비로소 소멸되는 것이다.

벌써 오래 전 작품이지만 민촌民村의 『고향』이라든가 춘원春園의 『그 여자의 일생』이라든가는, 우리가 현대소설의 번뇌와 비교하여 다른 장점을 발견할 수 있는 작품들이다. 거기엔 한 시대 전반의 정신적 풍속이라는 게 작가가 무엇이라 했든지 간에 표현하려던 중점이었다.

우리는 실로 어려운 시대에 살고 있는 것이다. 인물과 환경이 아무래도 일치되지 아니하려는 시대, 결국 여기에 『대하』 같은 야심작이 고민하는 초점의 한 개가 있다.

*

그런데 문학이란 더욱이 소설이란 것은 부단히 구성되려 하고, 환경과 인물이 단일한 메커니즘 가운데 결부하려 하는 것이다.

그러나 인물과 환경이 조화되지 않고 상극하고, 급기야는[20] 소설의 미까지를 희생하려고 들 제, 소설이 근본에서 포기되지 않는 한 변칙적 현상이 나타난다.

---

19 바로: '바와 같이'(원 발표문).

20 급기야는: 『논리』에는 '其他는'으로 되어 있으나, 원 발표문의 '及其也는'이 옳은 것으로 보아 바로잡는다.

가령 주인공이 환경을 격파한다든가 혹은 무시한다든가 하는,[21] 영웅적인 혹은 낭만적인 소설의 길을 밟기도 한다.

또한 환경이 주인공을 압박하던 나머지, 주인공을 환경의 조건에 부합하도록 개조한다.

이러한 두 개의 경우가 양식상으로 보아[22] 환경과 인물의[23] 불일치로 번뇌한 소설의 부득이한[24] 귀결이라 하면, 그 변천을 밑받치고[25] 있는 정신과 시대의 성질이란 것도 상상할 수가 있다.

제1의 경우는 물론 환경에 대한 인간의 우세의 시대의[26] 현상일 것이요, 제2의 경우는 또한 환경에 대한 인간의 열세의 표현일 것은 당연한 일일 것이다.[27]

문제를 일전一轉하여 약간의 구체적 작품의 예로 가져온다면 흥미있는 해답을 구할 수가 있다.

우리가 항용 전향소설轉向小說이라고 부르는 작품에서[28] 볼 수 있는 것은, 주지하듯[29] 현재의 인물에겐 지나치게 화려한 과거를 가진 인간들의 고뇌로 일관한 문학이었다.

우리 문단에서 이 주제를 요리한 방법은 대략 2종인데, 하나는 민촌의 「적막」이나 「추도회」 같은 소설에서 볼 수 있는, 변천된 세태에서 느끼는 적막감과 양심의 고독함[30]을 그린 세계요, 둘째는 동료 가

21 하는: 『논리』에는 빠져 있으나, 역시 원 발표문에 의거해 채워넣었다.
22 보아: 『논리』에는 '보면'으로 수정되어 있는데, 원 발표문의 '보아'가 더 적절해보인다.
23 인물의: 역시 『논리』에는 '人物이'로 되어 있으나, 원 발표문의 '人物의'가 문맥에 맞는다.
24 부득이한: 원 발표문과 『논리』 모두 '不得已한'으로 되어 있다.
25 밑받치고: '뒤받히고'(원 발표문).
26 시대의: 원 발표문에는 이 단어가 빠져 있다.
27 일일 것이다: '일이다'(원 발표문).
28 부르는 작품에서: '하는 데서'(원 발표문).
29 주지하듯: 『논리』에는 '周知한듯'으로 되어 있으나 원 발표문에 의해 수정했다.

운데서, 혹은 자기 가운데서 새 시대가 가져오는 독소를 제거하자는 방어의 세계다.

이것이 남천의 고발의 문학이다. 단편집 『소년행』 가운데 수록된 전 작품이 거의 이 주제를 위하여 작자가 고투苦鬪한 것이다.

두 가지의 문제 세우는 방법을 심리화心理化하면, 하나는 정적靜寂의 세계요, 하나는 광란狂亂의 세계다. 물론 정적이란 자기에 대한 과신에서 오는[31] 것이요, 광란이란 자기에 대한 불신에서 오는 것이다.

과신과 불신, 두 자者 중 어느 것이 더 옳고 그르다든가,[32] 혹은 현명하고 아니한 것은 지금에 평가할 문제가 아니나, 이런 것은 밝혀둘 필요가 있다.

전자는 은둔자에 가까운 인간의 심리요, 후자는 벌써 변한 조건 가운데 생활하는 인간의 심리라는 것, 이 차이는 문학에서 간과[33]하기가 어려운 것이다.

한 사람은 새 세계 앞에 다못 경탄할 따름이고, 한 사람은 새 세계의 두려움을 체험했다.

그러나 경탄하고 공외恐畏했음에 불구하고, 아직 그들은[34] 새 세계 자체의 인간은 아니었다.

「적막」의 주인공이나 「제퇴선祭退膳」의 주인공이나 다 같이 그들 앞에 이미 사死한 인간으로 변한 인물에게 혈연血緣을 느끼고는 있지 아니했다.

---

30 고독함: '孤高함'(원 발표문). 이하 이 절에서의 '고독'은 모두 원 발표문에서의 '孤高'의 수정인데, 문맥상 의미로 보자면 오히려 '孤高'가 더 적합한 듯하다.

31 오는: 『논리』에는 '있는'으로 되어 있으나, 원 발표문에 의거해 바로잡는다.

32 원문에는 '글타든가'로 되어 있다.

33 간과: 『논리』나 원 발표문에는 모두 '看做'라고 되어 있으나 문맥상 '看過'의 오식으로 보인다.

34 『논리』에는 이 사이에 '아직'이 한번 더 삽입되어 있으나 불필요하므로 삭제했다.

그들의 사고는 한가지로 고독했고 결백했다.

하지만 현대의 인물은 그들 고독하고 결백한 주인공들이 아니라, 비속하고 추악한 시정인市井人들이었음을 작자들은 또한 부정하고 있지 아니했다.

그러나 사고의 중심은, 그 주인공들에게서 이미 볼 수 있는 것과 마찬가지로 의연히 그들의 두 어깨 위에 질머지어져[35] 처리될 바를 알지 못하는 과거 위에 있었다.

요컨대 화려한 과거를 가진 주인공들은 자기 자신이 추악한 시정인이 되리라고는 아직 생각코 있지 아니했다.

그러나 인간은 과거를 회상하고만 살 수는 없는 법이다.[36] 현재가 언제나 생의 마당이요[37] 원천이었다.

*

남천의 소설 「철령鐵嶺까지」에서 주인공 '내'가 느끼는 감상感想은 대체 어떤 의미를 가질까? 독자는 「제퇴선」 가운데 젊은 의사가 중독자 기생에게 피력하는 휴머니스틱한 동정과 이 감상의 공통점을 기억하고 있을지? 이 소설의 작자는 「제퇴선」의 속편이라고 볼 「요지경」 가운데서 곧 「제퇴선」에서 중독자에게 동정하던 똑같은 남주인공 자신을 참혹히도 중독자로[38] 만든 사람이다. 그 동정을 작자 자신이 그

35 질머지어져 : 『논리』에는 '질머지어서'로 되어 있고, 원 발표문에는 '짊어지어져'로 되어 있다.
36 법이다 : '것이다'(원 발표문).
37 마당이요 : 원 발표문에는 이 단어가 빠져 있다.
38 중독자로 : 원 발표문이나 『논리』에는 '中毒者를'로 되어 있으나 문법에 맞게 수정했다. 여기서 중독자는 아편 중독자를 말한다.

다지 높게 평가하지 않았음은 이 두 소설을 보아 명백하다.

중독자를 동정하고 구하려던 젊은 의사가 미구에 자신이 동정받아야 하고 구함을 받아야 할 인간으로 변한다는 것을 한 개의 운명이라고 보았을지도 모른다.

그러나 다시 「철령까지」에서 작자가 같은 주제에 봉착함은 무슨 의미일까? 속단을 피하거니와, 일언一言하자면 현대에 처할 새로운 관념을, 주제를 얻기에 작자는 고심한 것이 아닐까?

나는 그 뒤 남천의 작품에서 이런 과거를 가진 형型의 인물이 다시 등장하지 아니하게 됨을 주의하고 싶다.

과거를 갖지 아니한 인물만으로 소설을 쓴다! 이것은 과거를 가진 작가에게 있어 일대 변화다. 혹은 작자와 과거와의 결별일지도 모른다. 청신한 몸으로 현대와 동화同化하는가?

이러한 예는 현민玄民에게서도 발견할 수가 있다.

「김강사와 T교수」 이후, 「어떤 부부」, 「이혼」, 「나비」「창랑정기(滄浪亭記)」, 「가을」은 별개의 계열에 속한다에 이르는 과정은[39] 긴, 그러나 괴로운 과거의 처리 기간이다. 「나비」에 있어 그것은 완성되었다.

이 점에서 또 민촌이 걷는 길은 특이하다. 내지內地의 농민 작가는 과거를 처리하는 데 '토土의 문학'으로[40] 갔다. 그것은 농촌생활의 자연주의적 묘사에 중점을 둔 문학이다. 그러나 민촌은 그러한 길을 갈 듯도 하다가, 본래의 재능의 하나인 풍자문학을 시험하다가, 귀착하는 곳은 상식의 문학이었다. 시정市井의 세계를 그림에 있어 자연주의의 정신으로 하는 대신 양식만에, 수법만에 자연주의와 상식이 결합

39 과정은 : '過去는'(원 발표문).
40 '토의 문학'에 대해서는 이 책에 수록된 「일본 농민문학의 동향—특히 '토(土)의 문학'을 중심으로」를 참조할 것.

하였다.

바꿔 말하면 자연주의적으로 보아진 시정 생활을, 혹은 농촌생활을, 시정인市井人 혹은 농촌인農村人 자신의 견식見識으로 판단하는 것이다.

여기엔 벌써 작자의 정신이나, 작자 자신과 같은 형型의 인물이 작품 가운데 필요치 않게 되었다.

비록[41] 인텔리의 모습을 가진 인물이 등장한다고 해야 그것은 벌써 시정인, 농촌인이 된 젊은이다.

요점은 그 청년도 과거를 갖지 아니한 데 있다.

즉 과거를 가진 작가들의 작품으로부터 과거를 가진 인물들이 총퇴장한 셈이다.

*

요컨대 과거를 갖지 아니한 인물만으로 소설이 구성된다. 이 사이에 먼저 말한 세태소설의 황황荒荒한 일막一幕이 지나간 것이다.

이 작가들이 세태소설에서 무엇을 배웠는가? 그것은 지금 판단하기[42] 어려운 일이다. 그러나 남천이 고발문학론에서 풍속론으로, 혹은 가족사로, 혹은 연대기로 이론적 관심을 옮긴 일례를 보면물론 그가 장편 『대하』를 기도했던 데도 많이 기인하지만 인물보다도 묘사에 치중한 것만은 알 수 있다.

세태소설이 우리 문단에 끼친 영향이 이렇게 나타났는가? 물론 그렇게 속단할 수는 없다. 그러나 일찍이 말해온 것처럼, 인간의 운명이라든가, 환경의 성질이라든가, 모두 외부 묘사에로[43] 시대의 기풍이란

41 비록 : '或'(원 발표문).
42 판단하기 : '速斷하기'(원 발표문).

게 점차 정착되고 있었던 것만은 확언할 수 있다.

여기에 당연한 순서로 생활의 기술記述이란 것이 중요한 과제가 되는 것이다.

설야雪野의 최근작[44] 「이녕泥濘」은 이 과제에 대답한 유력한 작품이다. 대체 그 소설에 주인공이 있다고 할 것인가? 오히려 그러한 소설에는 과거를 가진 인간이 주인공으로서 등장하는 것이 주위의 풍물과 얼마나 어울리지 않는가 하는 사정을 이야기하는 것이 아닐까? 세속의 이녕 가운데서 주인공은 무엇을 하려 하는가? 그 울발鬱勃한 기분, 풀[45] 곳 없는 정열, 오래 은닉되었던 가족에 대한 애정, 이런 것을 그리어낸 「이녕」은 아름다운 작품이다.

그러나 이것 때문에 작자는 2백매가 넘는 소설을 기도企圖하지는 아니 했으리라. 그것만으론 소설이라기보다는 감상感傷과 노래로 소설은 활락滑落할 따름이다.[46]

문제는 이 소설 결미에 있다.

주인공이 족제비가 닭을 물던 익일翌日 아침 나갔다 돌아와서,[47] 소설은, 어찌되는가?

거기로부터 과거를 가진 인간의 현대적 운명이 개시되는 것이 아닐까? 소설은 정히 여기서부터 다시 씌어질 필요가 있을 것이다.

그러나 아마도 거기에서부터 소설이 다시 씌어질 때, 그 후작後作 「술집」 같이는 되지 아니할지도 모른다. 그가 생활과 동화될 수 있는 길은 만인이 안다. 그러나 주인공이 가진 정열, 울발한 기분, 용기는

43 외부 묘사에로 : 『논리』에는 '로'가 빠져 있으나, 원 발표문에 의거해 다시 채워넣었다.
44 최근작 : '最近力作'(원 발표문).
45 원문에는 '풀을'로 되어 있다.
46 감상과~따름이다 : '感傷과 詩와 노래로 길은 틀어질 것이다'(원 발표문).
47 나갔다 돌아와서 : '나가면서 小說은 끝이 나나 돌아오면'(원 발표문).

어디다 처치할 것인가?

생활이란 본시 성격이 행동하기엔 적당한 장소가 아니다. 그러므로 나는 일찍이 설야가 현대 작가 중 제일 곤란한 주제와 직면해 있다고 말한 것이다.

결국 소설 「이녕」의 주인공은 인물이라기보다, 작자의 기분이 자리를 잡고 앉은 공석空席에 불과할지도 모른다.

현민의 「나비」와 혹은 남천의 「바다로 간다」에 나오는 여급女給이 어떠한 의미를 갖는가? 『문장』 증간增刊 32인집에도 이런 인물과 또는 이와 비슷한 인물이 등장하는데, 요약하면 그 인물들은 환경에 대하여 있는 것이 아니라, 환경에 즉卽하여 있는 인간들이다.

바꿔 말하면 행위하는 성격이 아니라, 생활하는 인물임에 그친다. 사람은 현명한 생활인으로 족하지 않은가 하고 물을지 모르나, 현명한 생활이 대체 무슨 의의가 있는 것일까? 문학은 생활이 아니라, 창조였다. 성격은 생활인이 아니라, 창조자였다. 성격만이 실로 소설을 자기 중심으로 구성할 수 있는 주인공이었다.[48]

이래도 과연 우리는 현대소설에 주인공이 있다고 말할 수가 있을까?

인간을 만나고 싶다는 것은 현대 독자의 슬픈 염원의 하나다.[49]

---

48 주인공이었다 : '主人公이다'(원 발표문).

49 염원의 하나다 : '念願이다'(원 발표문).

현대소설의 귀추•

창작 32인집[1]을 중심으로

*[2]

40편이 넘은[3] 작품 가운데서 나는 이태준李泰俊 씨의 「농군農軍」에 이르러 비로소 감동을 가지고 읽을 수가 있었다. 또한 그것뿐으로 다시 예술에 대하는 듯한 감흥을 깨닫지 못한 채 전 작품을 읽었다.

거의 문단의 기성旣成과 신진新進이 총동원된 이 달 창작에서 내가 얻은 바의 커다란 적막과 조그만 즐거움을 체험한 경로의 피력披瀝이 이 달 창작의 비평이 될 줄은 나 역亦 의외의 일이다. 「농군」은 태준이

• 『조선일보』, 1939.7.19~7.28. 발표시의 제목은 '七月創作評'.

1 창작 32인집은 '『문장』 7집 임시증간호 창작32인집'(1939.7)을 가리킨다.

2 원 발표문에서는 매회 연재분마다 별도의 부제를 달고 있다. 1회 연재분 부제는 '燦! 「農軍」의 悲劇美'.

3 넘은: '넘는'(원 발표문).

처녀작을 쓸 때부터 가지고 나왔던 어느 세계가 이 작품에 와서 하나의 절정에 도달하였다는 감을 주는[4] 아름다운 작품이다. 그것은 태준의 전全 작품을 일관한 기본 색조요 연면連綿된 전통이리라. 하나 이것을 사상이라고까지 말하기엔 너무나 분위기에 가까운 것일지 모른다. 그러나 분위기라고만 해두기엔 또한 그 기분은 뿌리깊고 그 뿌리의 박힌 토양은 광대하다.

얼마 전에 발표된 「영월영감寧越令監」에 표현된 비애, 멀리는 「꽃나무는 심어 놓고」에 나타난 가냘픈 그러나 절절切切한 애수.

이러한 감정이 유래하는 곳을 사람들은 돌아볼 틈을 가지고 있지 아니할지도 모른다. 그러나 문득 오래 잊었던 고향을 회상할 때 피어 오르는 향수처럼 우리의 마음을 소년 때의 순수함으로 돌려보내는 이 애수와 비애의 깊은 유래를 또한 아무도 깨닫지 못하는 사람은 없을 것이다.

이민열차가 '북으로! 북으로!' 달리는 찻간 속의 풍경은 그리 꽃다운 바가 되지 아니한다. 그러나 이 잡연雜然한 풍경, 유쾌하지 않은 내음새 속에 우리는 먼 촌락의 단란한 면영面影을 봄도 또한 부정할 수 없다.

이런 장면에서 시작하는 이 소설의 줄거리나 소재는 조금도 신기하지 않고 특이하지도 않다.

그러나 놀라울 만치 진실하다. 진실이란 대체 어떤 것인지 헤아리기 어려운 것이 오늘날의 진실인지 모르나, 그러나 좌우간 이 소설에 나타난 생활과 이야기와 감정과 사상은 절박할 만치 진실하다.

북행열차의 슬픈 그림자가 혹은 그 속에 담겨 가는 주인공 일가의

4 감을 주는: '意味에서'(원 발표문).

애처로운 모양이 대체 무슨 가치가 있는가?

우리의 시대는 흥륭興隆하는 생활과 인간을 생각할 필요는 있어도 멸滅해가는 생활과 인간을 돌아볼 여유는 없다 할 것이다.

차가 국경을 지나 비로소 이역異域의 가을 새벽을 깨닫는 젊은 여인의 불안과 두려움에 떨리는[5] 손목을 잡아 눈물을 자아내게 하는 상찬賞讚할 장면이 우리의 가슴에 환기하는 감정은 무엇일까?

'애수와 비애!'가 한가지로 현대에 무관한 감정임을 새삼스러이 누루縷縷[6]하여 무엇하랴. 정열과 의지만이 오로지 내일을 위하여 필요할 따름이다.

그러나 이만치[7] 진실하고 절절한 감정이 무가치해야 한다는 이유가 또 무엇이냐.

이 장면은 단지 태준이 예전부터 길러내려오는 자기의 전통을 완성하는 데 그치고 말 것인가? 문제는 이 장면이 우리 동시인同時人의[8] 가슴 속에 숨겨진 어떤 애수와 비애를 그리는 데 한 절정이라는 데 있다.

애처롭고 슬픈 감정이 아름답고 현란함을 속이지 못할 뿐만 아니라 실로 비극이란 왕왕往往히 용기의 원천이 되는 수가 있다.

사람은 보편에 가까운 이런 감정에 부딪혀봄이 없이 목전의 이익만으로 고귀한 기획 가운데 용감할 수는 없는 것이다.

실로 이 소설이 아름다울 뿐 아니라 훌륭한 점은 애수와 비애의 감정이 비창悲愴에 가까워 비극의[9] 장대함을 방불케 함에 있다.

5 떨리는 : 『논리』에는 '떨치는'으로 되어 있으나 원 발표문에 의거해 바로잡는다.
6 누루(縷縷) : 원 발표문이나 『논리』에는 '루루'로 되어 있다. '자세히 말하는 모양'을 뜻한다.
7 이만치 : '이만치나'(원 발표문).
8 동시인의 : '同人의'(원 발표문).
9 비창에 가까워 비극의 : '悲懷! 悲劇의'(원 발표문). 원 발표문에서도 3회 연재분 말미에서 '悲懷'를 '悲愴'으로 바로잡고 있다.

「농군」의 하반부를 차지한 수로개착水路開鑿의 곤란한 공사는 한겨레의 수난사의 운명을 상징한 회화繪畫의 소재일 수가 있다. 이 장면에서 소위 생산적인 건강미健康味를 운운한다면 그는 실로 속된 감식가鑑識家[10]리라.

비록 그 성과가 막대한 공허, 거대한 도로徒勞에 끝난다 할지라도 그대로 그것을 계속할 수밖에 없도록 운명이 결정된 인간은 비극적 인간이다.

수로의 개통이 그들에게 영원한 행복을 가지고 오리라고 믿을 수 없음에 불구하고 생명을 도賭하여 공사에 열중하는 이주민移住民들의 면영面影은 바라보기에 가슴이 메이는 데가 있다. 소박하고 아름답고 그리고 폐부肺腑를 찌르는 슬픔에 사무친 이러한 회화를 그릴 수 있는 작가는 필시 우수한 시인임에 틀림없을 것이다.

비록 단편일망정 이 소설을 꿰뚫고 있는 것은 분명히 크나큰 비극을 속에다 감춘 서사시의 감정이다.

이 소설은 태준의 예술에 비로소 크다고 형용할 수 있는 고귀한 요소를 부가한 기념할 작품이다.

더욱이 소설가적인 '태'를 보이려는 소설, 산문가散文家인 척하는 수다를[11] 일삼는 기풍이 일세一世를 횡행하는 때 이 소설은 추장推奬될 충분한 이유가 있다.[12]

10 감식가 : '批評家'(원 발표문).
11 척하는 수다를 : 『논리』에는 '척하는 수단를'로 되어 있으고, 원 발표문에는 '적['척'의 오자]수다를'로 되어 있다.
12 있다 : '잇스리라'(원 발표문).

*[13]

『천변풍경川邊風景』으로부터 태원泰遠의 문학은 묘사되는 세계의 특이함과 풍요함에 가치를 두어왔다.

그러나 특이함이란 것은 신기新奇와 더불어 이내 평범해지는 것이 원칙이다. 그러면 작가는 다시 더 특이하고 신기한 세계의 발견에 종사하면 그만이냐 하면 일이 예술에 관한 한 그렇지 못한 게 또한 원칙이다.

예술은 측량과 달라 영역을 넓혀간다는[14] 게 그리 중대한 가치가 되지는 않는다. 그렇게 한 작품 한 작품마다, 혹 한해 한해마다 새 세계 개척이나 영토 확장에 급급하면 작가와 독자가 한가지로 분망奔忙할 따름이고 예술가로서의 작가의 정신이 뿌리박을 수가 없다. 모종[15] 자주 하는 나무와 같다 할까? 정신적 근원의 충실뿐 아니라, 묘사되는 세계를 요리하는 예술적 풍요라 하는 것도 자연 바라기 어려움에 이른다.

장편 『우맹愚氓』의 실패로부터 다시 『천변풍경』의 경지로 돌아간 작가에게 우리가 기대한 것은 당연히 얼마나 작가가 자기의 전통을 배양할 수 있었는가, 바꾸어 말하면 정신적 성장 그것이다.

생각하기에 따라선 「골목안」 속에서 『천변풍경』 이상의 것을 발견하기 어려울지 모르나 그렇게 일작一作마다 '신新! 신!' 하고 새 것을 기대한다는 것은 아까도 말한 거와 같이[16] 작가에 대한 과중한 요구다.

13 원 발표문의 연재 2회분 부제는 '力作 「골목안」의 價値'.
14 넓혀간다는 : '얼려간다는'(원 발표문).
15 모종 : 원문에는 '모중'이라 되어 있다.
16 아까도 말한 거와 같이 : 원 발표문에는 빠져 있다.

작가가 순회극단처럼 독자 앞에 나타날 적마다 새 예제藝題를 들고 나올 수는 없는 것이다. 나는 「골목안」이 『천변풍경』과 그다지 다르지 않은 제재를 취했다는 데 조금도 불만不滿히 생각는 자가 아니다.

오로지 「골목안」에서 내가 찾고자 하는 것은 얼마나 태원이 세태작가의 역域을 넘었는가 하는 데 있었다. 바꿔 말하면 『천변풍경』에서 우리가 인정한 가치 이상의 것, 즉 정신적 가치의 발견이다.[17]

주지周知와 같이 『천변풍경』은 작자의 우수한 묘사력에만 아니라 그려진 세계가 혹종의 감동을 환기할 수 있다는 것으로 우리와의 정신적 교섭을 가졌었다.

매립지에 고인 물처럼 근대화해가는 새 경성京城 가운데서 여명餘命을[18] 남기고 있는 낡은 경성, 없어져가는 경성의 자태가 사람의 마음을 끌었고, 그 안에 든 물고기 같은 구舊 경성 시민의 생활이 우리로 하여금 시대의 변천, 인간의 운명을 생각케 하는 것이었다.

스러져가는 것의 아름다움,[19] 이 순간을 최후로 다시 회귀할 수 없는 운명이 사람의 마음 가운데 일으키는 감동!

이런 의미에서 태원은 태준과 더불어 허물어지는 전통의 세계의 자태를 충실히 그렸고 그것이 또한 피할 수 없는 운명임을 통감痛感한 작가였다.

태원의 작품 가운데 등장하는 광교천변廣橋川邊이란 하나의 독립한 세계에도 비길 수 있는[20] 생명 있는 유기체였다.

그러나 세태 작가란 풍속 묘사에[서] 쾌락을 발견하고 치부恥部 폭로

17 정신적 가치의 발견이다 : '精神的價値다'(원 발표문).
18 여명(餘命)을 : '餘分을'(원 발표문).
19 아름다움, : '아름다운'(원 발표문).
20 태원의 작품~비길 수 있는 : '廣橋川邊이란 泰遠의 作品 가운데 登場하는 雜多한 酒色界의 生存者에 비길 수도 잇는'(원 발표문).

를 향락하는 사람이다. 태준과 같이 순수하고 깊지 못하나 태원에겐 그만치 영역의 넓음이 있어 얼른 사람들은 태원의 문학정신의 정체란 것을 포착하기 어려웠다.

그러나 「골목안」은 태원이 이러한 결함을 상당히 탈각脫却한 작품이다. 이러한 기도가 「골목안」으로 하여금 순이順伊의 일가를 중심으로 한 소설을 구성시킨 것은 당연하다.

술집 여급이 되어 일가를 먹여 살려야 하는 순이, 동생을 공부시켜야 하는 순이, 그는 불쌍한 여자다. 그러나 조금도 신기한 인간은 아니다. 여급이나 기생에 항용 볼 수 있는 비극적 신원身元이다. 그 동생의 연애 역시 여급이나 기생을 누이로 갖게 된 여자의 흔히 당할 수 있는 결과다.

그러나 「골목안」 사람들의 참말의 비극을 일신에 모으고 있는 사람은 그의 아버지다. 순이의 일가를 그리어[21] 이 인간을 발견함에 이르러 작자는 세태소설의 역域을 뛰어넘을 용기를 얻었을지도 모른다.

그러나 이 인물은 태준의 「복덕방」이나 「영월영감」과 조금도 다른 인물이 아니다. 태원의 '순이 아버지'의 발견은 이렇게 보면 새 발견이 아니나, 그러나 이 소설의 최후의 장면은 참말로 아름다운 회화다.

학부형회學父兄會에 모인 유복한 부형父兄들을 상대로 그가 일생에 꿈꾸었던 행복의 전全 유토피아를 거짓말을 빌려 이야기할 때 눈물을 금禁키 어렵다. 자기의 전全 희망을 거짓말을 빌려 이야기하는 노인의 심정! 이것은 멸滅해가는 인간의 아름다운 엘레지다.

나는 「골목안」 1편을 이 엘레지와 더불어 가치를 평가코자 한다. 말하자면 순수해지는 태원을!

21 일가를 그리어 : 『논리』에는 '一家가'로 되어 있으나 원 발표문에 의거하여 바로잡는다.

그러나 『문장』 증간增刊[22]에 실린 「최노인전 초록崔老人傳抄錄」은[23] 「골목안」의 부산물[24]에 불과하다.

끝으로 「골목안」에 주목할 점 하나는 여급 순이가 요새 많이 등장하는 다른 여급들과 전연 성격이 다른 점이다.

순이는 말이 여급이지 모두 기생에 가깝다. 인텔리가 '바'에서 상대하는 여급이 아니라 낡은 세계의 희생자로서의 여자! 이것은 또한 우리가 모르는 여급의 별다른 한 타입이리라.

*[25]

이규원李揆元 씨의 「슬픈 점경點景」이 역시 태원의 「최노인전 초록」과 같이 구한국舊韓國 장교 출신의 교원敎員을 그려 낡은 세계의 비극을 이야기하려 하였으나 성공치 못하였다. 다른 사람이 사용한 제재에 똑같이 다른 사람이 이미 사용했던 방법을 적용하여 무엇을 기도한다는 것은 비록 그것이 어느 정도로 성공했다 치더라도 신인의 감히 취할 바 태도가 아니다. 하물며 이 소설과 같이 실패하고 만대서야 무슨 말이 더 있겠는가.

역시 우리들에게 가장 매력 있고 언제나 흥미의 초점이 되는 것은 현대며 현대정신이다.

현대에 대하여 현대정신을 가지고 길항拮抗[26]하는 동시대인의 고투

22 이 글에서 주된 대상으로 삼고 있는 '『문장』 임시증간호 창작 32인집(1939.7)'을 가리킨다.

23 『논리』나 원 발표문에는 '「崔老人傳抄」는'이라 되어 '錄'자가 탈자되어 있다.

24 부산물 : 원 발표문에는 '到着物'로 되어 있으나 오식이다. 원 발표문에서도 연재 4회분 말미에서 이 오식을 바로잡고 있다.

25 원 발표문의 3회분 부제는 '主題의 現代性'.

26 길항 : 『논리』에는 '結抗'으로 되어 있으나 원 발표문에 의거해 바로잡는다.

가운데서 우리는 제 자신의 영상을 발견하기 때문이다. 혹은 고투로부터 진로進路를 그 가운데 기대하고 있을는지도 모른다.

한설야韓雪野의 「술집」은 비록 그 소설 가운데서 커다란 감동을 깨닫지 못하였다 할지라도 나는 그 준열한 현대성을 높게 평가하고 싶다. 역작 「이녕泥濘」에서 출발한 설야의 새로운 모색의 연장이 이 「술집」이다. 나는 작가의 근엄하고 성실한 사색에 거듭 경의를 금할 수 없었다.

물론 사람이 마지못하여 술잔을 들 때까지의 경로는 다양할 것이다. 마치 모든 마약의 중독자가 최초엔 제각기 불가피한 원인을 가지고 있는 것과 마찬가지로 술이란 것도 여러 가지 원인으로 사람을 자극하고 흥분시킬 임무를 띠고 잔 가운데 따라지는 것이다.

그렇다고 「술집」이 제명題名처럼 어떤 한 사람이 술을 먹게 되는 경로를 그린 작품은 아니다. 오히려 「술집」이란 제명이 이 소설에 알맞지 않은 감조차 있다. 그러나 흙탕물 같이 혼탁하고 질편하여 참기 어렵게 악착齷齪한 일상생활에서 주인공 '한민'이 욕구한 것은 술이 아니나 그러나 술취한 것 같은 상태이다.

흥분이고 도취다. 일상적인 실로 너무나 일상적인 혼탁한 생활에서 벗어나고 싶으면서도 또한 그 벗어나려는 의식이 한없는 중하重荷가 된 현대 청년의 지향할 바 모르는 상태의 구원救援이었다.

만일 술집을 주인공 '한민'과 더불어 작자가 건강의 나머지 건강을 죽이려는 장소로서 택하였다면, 그 건강이란 주인공이나 작자에 있어선 이녕泥濘의 세계를 알고 거기서 헤어나려는 정신의 건강일 것이다.

그러나 한편 또 이 건강은 정신이[27] 건강한 사람이 가지고 있지 못한

27 정신이 : 원 발표문이나 『논리』에는 '精神의'로 되어 있으나 바로잡았다.

육체의 건강이기도 한다. 그것은 일상생활의 세계 자체가 가지고 있는 건강 그것이다. 이 건강이 부족하기 때문에 주인공 '한민'은 일상생활에서 패배하는 것이며, 정신의 건강이 도리어 중하가 되는 것이다.

그러므로 '술집'이란 요컨대 육체의 건강이나 정신의 건강이 다 같이 필요 이상 많은 사람들이 그것을 소모하는 장소임에 불구하고 그들은 또한 다같이 건강이 부족한 사람들이다.

육체의 인人에겐 정신이, 정신의 인에겐 육체가. 이리하여 건강의 편재偏在가 오늘날의 모든 고민의 심연이 되지 않을까?

작자의 생각은 이러할지 모르나 '술집'의, 즉 흥분과 도취가 무슨 의의가 있는가. 여기에 작자는 대답코자[28] 하지 않는다.

그러나 「이녕」에서 시작하여 작자는 생활의 명석한 관찰자로서 혹은 일상성의 현명한 이해자로서 일찍이 마차 말처럼 앞으로만 내닫던 정신을 달래어 하나의 지혜로운 의지로 훈련시키는 사업에 종사하고 있지 아니한가 한다.

그 일례로는 그의 소설이 점점 아름다워지고 밀도를[29] 가加해가고 있는 데서도 볼 수 있지 않을지?

좌우간 설야는 현대 작가 중 가장 곤란한 기도企圖에 종사하고 있는 작가다.

여기에 비하여 남천南天은 별다른 방향을 가기 시작하지 아니했는가 한다. 소설 「철령鐵嶺까지」 같은 데서 사람은 일종 감상感傷에 가까운 휴머니즘을 이상한 눈으로 보았을지 모르나 남천이 그 분위기에 그대로 만족할지는 의문이었다.

「바다로 간다」에서도 그런 의도는 보았거니와 「길 우에서」는 기사

28 대답코자 : '다닮코자'(원 발표문).
29 밀도를 : '進力을'(원 발표문).

技師란 새로운 인물에게 어떤 특이한 흥미를 기寄하고 있음을 직각直覺할 수 있다.

작자가 그런 인물에서 세대의 차이를 느끼면서, 동시에 어떻게 그 인물을 그 세계를 이해할 것인가?

비록 이해가 가능하다 할지라도 그 인물 그 세계에 동화할 수 없음은 명약관화다.

그러면 어느 때까지나 일정한 거리감을 가지고 대해갈 것인가? 비록 그 거리가 불가피한 진실이라 할지라도 그것 때문에 작가의 입장이 낡아간다면 그 인물과 세계에 용해溶解되지 아니하면서 동시에 그 세계와 작자의 세계를 한 곳에 통일할 무슨 광대한 세계의 준비를 무엇으로 하겠는가? 이것은 현대 작가의 공통한 과제리라. 문제를 끌어내면 매거枚擧키 어려우나 기사技師의 성격이 불분명할 뿐 아니라 그것에 대조되는 주인공의 성격은 더욱 명확치 않아 이러한 테마를 작자가 어떠한 각도에서 세웠는지 알기 어려운 점이 있다. 「길 우에서」는 스케치라 긴 말을 아니하겠으나 인물과 사건을 영롱히 씻어내지 못함은 이 작자가 장래 극복해 내[개]야 할 결함이다.

*[30]

현민玄民의 「나비」는 「어떤 부부」 이래 애정과 연애를 그려온 현민의 작품 중의 백미白眉일 뿐 아니라 금월 창작 중에 가장 기량이 우수한 작품의 하나이다. 이러한 기술적 성공은 작자에 있어서 이 문제에 관한 어떤 관념의 성숙과 무관계일 수는 없다. 사실 「나비」에 와서 비

30 원 발표문의 연재 4회분 부제는 '愛情의 現代的인 倫理'.

로소 현민은 애정의 현대적 관념을 성숙시켰을 뿐만 아니라 우리 소설도 또한 「나비」에 이르러 연애의 현대 윤리를 발견했다 할 수 있다.

그것은 생활이 연애보다도 귀하다는 관념이다. 이것은 곧 사회 행동이 애정보다 중하다는 관념의 한 변형이다. 이 변형 가운데는 주지와 같이 한 시대의 경과가 밑을[31] 바치고[32] 있다.

전前 시대는 사회가 연애의 기회를 주고, 애정을 촉발하고, 또한 상애相愛의 무대가 되면서 동시에 최후에 가선 엄격히 그것에의 열중을 거부하였다. 그러나 현대에 와선 적어도 생활이란 것이 사회에 대신하였다. 「수난의[33] 기록」의 여주인공과 「나비」의 여주인공은 이 사실의 훌륭한 대조다. 「나비」의 히로인이 여러 고비의 위기를 넘고 오히려 안전할 수 있음은 남편에의 정절이나 애정 때문이라기보다 차라리 자기의 생활, 단순히 먹기 위한 의미의 생활만이 아니라 질서로서의 생활을 존중하기 때문이다. 그러므로 이 여급이 우리 앞에 건전하고 명쾌한 생활인으로, 직업여성으로 나타남은 극히 자연스런 일이다.[34]

이러한 생활에의 충실이 가져오는 명쾌한 의식 때문에 '프로라'[35]에겐 한강 요리점에서 금광쟁이의 유혹을 벗어나오는 장면에서 보는 바와 같은 날카로운 이지理智의 작용이 가능했던 것이다.

이러한 점은 현민의 전작前作 「이혼」의 남주인공이 결혼까지 하려던 여자를 끝에 가서 박차버리고 다시 자기에로 냉연冷然히 돌아가는 점과 공통한 데가 있다.

---

31 밑을: '안을'(원 발표문).
32 바치고: 원 발표문이나 『논리』에는 모두 '마치고'로 되어 있으나 수정했다.
33 수난의: 원 발표문이나 『논리』에는 '愛難의'로 되어 있으나 '受難의'의 오식이다.
34 일이다: '結果다'(원 발표문).
35 원 발표문이나 『논리』에는 '프롤라'라 되어 있으나 원작 「나비」에는 'ᄺ로라'로 되어 있어 '프로라'로 수정했다. '프로라'는 「나비」의 여주인공.

그러나 「이혼」보다 「나비」가 더 명쾌하고 성공한 이유는 무엇보다 이 자기의 생활이란 것이 전자에 있어서보다[36] 명확하고 단순하기 때문이다.

「이혼」에선 생활 속에 일상적인 의미만이 아니라 무슨 사상적[37] 혹은 정신적인 의미까지가 막연히 잠재되어 있었다. 그것은 한 시대 전,[38] 현민의 작품에서 본다면 「수난의 기록」 등에서 보던 바와 같은 사회의 명령 같은 것이 잠재되었던 것이다.

그러나 「나비」의 프로라의 생활이란 명백하고 단순한 일상적인[39] 것이다.

그렇다고 생활의 사회적인 의미가 언제나 소설을 실패시킨다는 것은 아니다. 주인공의 마음과 생활 속에 있는 그러한 일상성과 비일상성의 분열과 상극相剋은 그로 하여금 항상 단호한 이지理智의 행사를 불가능케만 만드는 것이다.

이러한 모순을 불문에 붙이고 소설이 성공적으로 구성될 리가 없다.

「이혼」은 현민의 일종 과도적인 작품일지도 모른다.

이런 의미에서 프로라의 이지의 기초가 된 것은 생활의 윤리, 직업의 윤리다.[40]

우리는 다 같이 시정市井을 취재로 한다고 하여 현민을 곧 세태 작가로 돌릴 수 없는 이유를 여기에 두지 아니할 수 없다. 「나비」는 분명히 생활의 윤리, 직업의 윤리,[41] 일상적 질서의 이지를 우리 현대소

36 있어서보다 : '잇서서 모두'(원 발표문).
37 사상적 : 원 발표문에는 '主心的'이라 되어 있으나 오식일 것이다.
38 원 발표문에는 이 사이에 '卽' 자가 삽입되어 있다.
39 일상적인 : 원 발표문이나 『논리』에는 '日常的의'로 되어 있으나 수정하였다.
40 윤리다 : 원 발표문에는 '論理다'로 되어 있다.
41 윤리 : 원 발표문에는 역시 '論理'로 되어 있다.

설 가운데 재래齎來한 공적을 차지한다. 그러나 또한 그 때문에 바꾸어 말하면 「김강사와 T교수」에서 전형적으로 볼 수 있는 비일상성의 이지의 결백한 세척洗滌 때문에 실로 나는 이 작품을 취하지 아니한다.

그러나 교묘히 성공한 작품임은 사실이다.

구태여 사족을 가하자면 일상성의 이지로부터는 예술세계에서 인간들의 자태와 행위를 미화하는 고귀한 정열은 나오지 아니한다. 왜 그러냐 하면 비일상적인 이지 때문에 일어나는 애정의 부자유는 슬프고 또한 아름다워 비극이 될 수 있으나, 단순한 일상적인 생활 속의[42] 애정의 비애는 아름다웁지도 또한 비극일 수도 없기 때문이다. 거기엔 실로[43] 유토피아가 없기 때문이다.

*[44]

여기에 비하면 정인택鄭人澤 씨의 「미로」는 글자대로 애정에도 생활에도 또한 그 이상의 것에도 자신自信을 결缺한 사람들의 방황하는 그림자의 묘사에 그쳤다. 그러나 「동요動搖」엔 자기가 지키고 살아가려고 하던 어느 고귀하다 생각하는 것을 위하여 여급인 처와의 생활로부터 탈출한 남자의 심리적 동요가 이야기되어 있다. 그러나 그가 자기의 헤어진 처를 계속해서 사랑하기 때문이라기보다 그 자신이 아직 고귀한 것을 길러나갈 역량의 부족에 있어 그 동요가 그치기 어려움을 능히 추측키에 족하다. 그러나 앨써 일찌감치 안정한 입장을 정해버릴 필요는 없다. 오히려 평범한 사실에다 자기의 큰 과제

42 속의 : '아페'(원 발표문).
43 실로 : 원 발표문에는 이 단어가 빠져 있다.
44 원 발표문에서의 연재 5회분 부제는 '生活, 常識, 文學'.

를 짜[織]넣는 성실을 유지할 일이다.

소설로는 후자가 전자보다 좋았다. 그러나 성격이나 심리의 명확한 인상을 방해하는 이러한 문장이나 스타일은 이상 더 고집할 필요는 없을 것 같다.

이만하면 현대 작가가 새삼스럽게 애정이나 연애의 문제를 취급하는 이유를 짐작할 수 있을 것이다. 연애가 반드시 영원한 테마라서가 아니라 대부분의 지식인이 사회에서 개인으로 돌아온 금일, 의식衣食과 더불어 언제나 최대의 사사私事인 애정의 문제가 관심의 대상이 되는 것이요, 커다란 사사는 또한 어느 때나 커다란 사회성의 표현이기 때문이다.

즉 연애의 현대적인 윤리 가운덴 새 시대의 윤리의 편린이[45] 표출되기 때문이다.[46]

김영수金永壽 씨의 「상장喪章」이 또한 이런 의미에선 기억할 만하다. 개가改嫁하는 친구의 미망인을 작자는 그리 비난하지 않았다. 물론 아직 젊은 여인으로서의 자연自然한 욕구도 인정할 것이나, 작가는 또한 그 여인에게 농후히 남아 있는 죽은 남편에 대한 애정과 자식들에 대한 정을 친절히 기술하여 개가의 중요한 동기를 생활상 욕구에 두려 하였다. '나'라는 주인공에게 보낸 '한성옥'이란 여인의 최후 편지의 목적은 전專혀 이러한 사정을 밝히자는 데 있었을 것이다. '한성옥'이란 여자는 영원히 죽었거니 잊어달라는 편지의 최후나, 그 편지를 들고 죽은 친구의 유저遺著를 책상에서 뽑아버리는 장면이나 모두 산 인간의 생활의 준엄한 욕구 아래엔[47] 죽은 사람에 대한 깊은 애정도 살

45 윤리의 편린이 : '倫理가'(원 발표문).

46 원 발표문에서는 편집이 잘못되어, 다음 두 페이지 분량 정도가 순서가 뒤바뀌어 편집되어 있다.

릴 길이 없는 애처로움의 정을 표현하여 상당히 절절切切한 맛이 있다.

그러나 일부러 '나'라는 제3자를 통하여 한성옥이란 여인의 운명을 측면으로 표현할 필요는 특별히 없지 않았을까? 이 소설의 휴머니스틱한 감상성感傷性이 흘러 있는 것은 '나'라는 제3자를 중심으로 작품이 구성된 곳에서 오는 결과의 하나라 할 수 있고, 반대로 그러한 감상성 때문에 소설이 그렇게 되었다고 말할 수도 있다.

젊은 여자의 자연한 욕구와 생활의 준엄한 욕구가 한데 어울려 한 여자의 운명을 풍랑 가운데 뜬 배舟처럼 흔들어나가는 데 항상 소설의 흥미는 달려 있는 것이다.

기교를 농弄하지 않고 공명정대히 주제와 정면에서 맞서는 태도가 젊은 작가들에게 필요하다.

정비석鄭飛石 씨의 「비밀」은 애정의 세계를 좀더 순수히, 심리적으로[48] 그리려는 데 예리한 맛은 있으나 이상의 작가들과 같이 연애를 산 생활과 연결시키고 있지는 않다. 그러므로 순수하다는 것은 애정의 세계가 생활의 기초를 갖지 아니했다는 의미일 것이며, 작품으로선 사건이 없고, 주제가 명확치 않고, 서정시에 비슷한 분위기를 두 남녀의 대화 가운데 나타나는 심리의 변화를 통하여 표현하려 하지 않았을까? 이 소설에서 취한다면 역시 이 한 점일 것이다.

이런 의미에선 채만식蔡萬植 씨의 「반점斑點」이 씨의 작품으로선 희귀하게 순수하고 깨끗하고 구조가 짜인[49] 작품이다. 어떤 과거를 가진 젊은 여자의 복잡한[50] 심리와 성격을 그리어 모든 점에서 독자를[51] 납

47 아래엔 : 원 발표문이나 『논리』에는 '알엔'으로 되어 있다.
48 순수히, 심리적으로 : '純粹하고 心理를'(원 발표문).
49 깨끗하고 구조가 짜인 : '깨끗한'(원 발표문).
50 복잡한 : 원 발표문에는 '모스너라'라 되어 있는데, 오식일 것이다.
51 독자를 : 원 발표문에는 이 단어가 빠져 있다.

득시키는 호단편好短篇이다. 더욱이 기교에 있어 이 소설은 씨의 어느 단편보다도 일층 단편적인 가작이다.

그러나 계용묵桂鎔默 씨의 「부부」는 부부간에 오고가는 이러한 유類의 델리키트한 심리이런 것은 남녀간의 애정생활을 묘사함에 지극히 중요한 것이다 같은 데는 일절一切로 유의치 않고 평범한 희화戲畵를 그리는 데 그쳤다. 속악한 석판石版 풍속화를 보는 듯하여 유쾌치 아니한 작품이다.

여기에 비하여 박노갑朴魯甲 씨의 「춘안春顔」은 더한층 상식으로 더럽혀진 범작凡作이다. 시집가고자 하는 적년適年 여성을 그리려면 자라는 화초와 같이 여인을 자연으로 볼 수 있는 직관력과, 풍속사가風俗史家와 같이 그 여인의 주위를 묘사하는 능력을 갖지 아니하면 아니 된다. 유감이나 「춘안」에선 이 양자가 모두 결여되었었다.

오직 나이 먹은 여자면 의연히 시집가고자 하느니라는 상식이 이 작품의 밑을[52] 바치는 유일한 지주支柱다.[53]

박영준朴榮濬 씨의 「의수義手」가 또한 이러한 의미에서 우리를 실망시키는 작품이다.

그런데 이 신인 제군諸君들보다 문제는[54] 송영宋影, 엄흥섭嚴興燮, 민촌民村 같은 이들이 이러한 창작 코스를 걷고 있다는 데 있다. 송영 씨의 「여승」, 엄 씨의 「여명黎明」, 민촌의 「야생화」 등 세 작품에서 우리는 문학보다도 더 많이 상식만을 볼 수 있는 것은 결코 과장이 아닐 듯싶다.

더구나 「여명」에 이르러서는 실로 두 장 이상을 읽기 어려울 만치 문학청년적 독선 이외에 아무것도 없다. 이 소설에는 반성을 모르는

52 작품의 밑을: '作品을'(원 발표문).
53 지주다: '支柱가 되엇다'(원 발표문).
54 문제는: '問題되는건은'(원 발표문). '건'은 '것'의 오식이겠다.

예술가의 전형이 그려 있음에 불구하고 작자는 그것을 이상화理想化하였다. 예술가는 상인보다는 훌륭하다! 이런 관념은 문학서를 1~2책 읽은 소년들이 항용 품는 것이나, 작가라고 이름이 붙을[55] 만한 사람들에겐 자기를 보는 데 다른 관념이 필요하다. 만일 그렇지 아니한다면 그런 작가에게선 예술은 절대로 나오지 아니한다. 어째서 작자는 이 소설 가운데 이러한 문제를 깨닫지 않았을지?[56] 어째서 10년이나 소설을 쓴 작가의 손에 이만치도 소설이 아닌 소설이 씌어지는지? 이해하기 괴로운 일이다. 원컨대 어째서 게으름뱅이 예술가, 자기의 생활과 예술에 대하여 일체의 반성을 잃은 작가의 생활을 이상화를 하게까지 되는지? 작자는 삼사三思해주기 바란다.

「여승」이나 「야생화」에 있는 것은 이보다는 명확한 관념이다. 한데 그것이 상식이다. 상식이란 누구나 얼른 긍정할 수 있는 관념이란 데 장점이 있으나, 그것이 누구나 얼른 긍정하는 외에 아무것도 아니라는 점에선 관념의 자격이 없다.

거기에서 모색과 탐구와 사고가 시작되는 것이다.

일상으로 생활의 외부를 얽어매고 있는 것은 상식이다. 그러나 생활의 내부를 꿰뚫고 있는 것은 상식이 아니다. 그러면 무어냐? 이것을 알아내는 데 문학은 철학과 더불어 사고하고 있는 것이다. 그러므로 생활과 상식이 맞붙을 때는 문학이 결과하는 대신 시정인市井人의 처세處世[57] 철학이 나온다. 그런 것은 문학이 아니라도 그야말로 모든 시정인이 다 아는 상식이다.

아마도 경향문학傾向文學 시대의 경향이 퇴조한 후 사상성 대신에 상

55 붙을 : 『논리』에는 '부칠'로 되어 있으나, 원 발표문의 '부틀'에 따라 바로잡는다.
56 않았을지 : 『논리』나 원 발표문에는 '안했을지'로 되어 있으나 수정했다.
57 처세 : '生活'(원 발표문).

식이 작품 가운데 군림한 듯한데, 문학이 필요한 것은 명확한 사상성이 결여한 데라도 상식을 믿는 것은 아니다. 사상을 가지고 작품 가운데 들어가지 못한다 할지라도 '상식으론 이러한 것임에 불구하고 진상眞狀은 어떠한 것이냐' 하는 상식에 대한 회의에서 시작하는 게 언제나 문학의 출발점이고 사고의 시초다. 사고 없이 문학은 없다.

*[58]

어느 때 베토벤L. Beethoven은 '내가 만일 전술가였다면 반드시 나폴레옹B. Napoleon을 격파했을 것이다'고 말했다 한다. 주지와 같이 베토벤은 교향악 「황제」의 작자다. 항간에 전하는 교향악 「황제」에 관한 여러 가지 일화를 생각할 제 베토벤의 이러한 말이 어떤 의미로 말해졌는지 알기 어려우나 적어도 베토벤이 자기를 황제 나폴레옹에 못지않은 거인이라 생각하는 데서 나온 말이라는 것은 상상키 어렵지 않다.

과연 베토벤이 나폴레옹에 필적할 거인인지 아닌지는 우리가[59] 더불어 논할 바가 아니지만, 나폴레옹이 검을 가지고 정복한[60] 것을 펜을 가지고 정복하겠다던 발자크H. Balzac라든가, 일순에 그의 위대함을 직각直覺한 괴테J. W. Goethe라든가, 백마를 탄 세계정신世界精神의 면모를 적장敵將의 몸에서 발견한 헤겔G. W. F. Hegel이라든가는 모두, 나폴레옹

58 연재 제6회분의 부제는 '浪漫的 思考의 魅力'.

59 우리가: 원 발표문이나 『논리』에는 '우리의'로 되어 있으나, 오늘날의 주어 표기 방식으로 수정하였다.

60 정복한: 『논리』에는 '征服하지못한'으로 되어 있으나 원 발표문에는 '征服한'으로 되어 있다. 그리고 이 유명한 말은 임화에 의해서도 수 차례 인용된 바 있는데, 거기서도 '정복한' 혹은 '성취한'으로 되어 있다.

을 적국의 포로라고밖에 생각지 못한 영국의 상인 정신에 비하면 무한히 위대한 바가 있었다.

세인트 헬레나의 나폴레옹을 한사람의 포로로밖에 보지 못하는 것은 산반算盤을 튀기는 외에 아무것도 모르는 비속한 상인 근성일 따름이다. 그의 비극에서 인간을 보는 것은 문화의 혼과 예술가뿐이다. 인간은 평범한 육체인 동시에 위대한 정신이다. 거기에서 운명이 만들어지지 않는가?

모스크바[61] 원정에서 세인트 헬레나에 이르는 수년간은 실로 비극 나폴레옹의 클라이맥스인 동시에, 장군 나폴레옹, 황제 나폴레옹을 비로소 영웅 나폴레옹으로 만드는 부분이다. 여기에 비로소 운명이 나타난다.

이 '운명'에서 소설 「황제」의 작자 효석孝石이 나폴레옹을 그린 것은 나는 시인다운 일이라 생각한다. 거기엔 우리들과 같은[62] 인간 보나파르트가 있을 따름이다. 그러나 우리가 단지 한 사람의 인간을 알려면은 특별히 세인트 헬레나의 나폴레옹을 알 필요는 없다. 비록 모든 인간과 같이 어린 때의 고향과 연애와 자녀들과를 회상하면서 다른 어떤 인간에게도 없던 거대하고 찬란한 영화榮華 때문에 일층 깊은 고독을 느끼는 인간에게 운명의 준엄성은 신이 마련했던 이상의 가혹한 맛을 깨닫게 하였을 것이다.[63]

그러나 모든 비극에 있어서와 같이 이 준엄하고 가혹한 운명감運命感을 통하여 우리는 인간적 위대의 최절정에 도달할 수 있는 것이다. 비

---

61 모스크바 : 원 발표문이나 『논리』에는 '모스코'로 되어 있다. 모스코는 모스크바의 영어식 음독이다.

62 원 발표문에는 이 사이이 '(퍽 웨람한 일이나)'가 삽입되어 있다. '웨람'은 '猥濫'일 것이다.

63 하였을 것이다 : '한다'(원 발표문).

극은 또한 언제나 인간적 위대偉大에 대한 인간들의 끊임없는 동경 때문에 씌어지는 것이 아닐까?

사실 소설 「황제」에서 우리는 영웅 나폴레옹이 신이 아니었던 증거, 전능하였으나 인간이었던 면밀한 증언을 듣는다.

그러나 영국의 속리俗吏와 같이 그를 일개의 포로, 일개의 평범한 불란서인으로 그림에 그쳤다면 예술은 생산되지 않을 것이다. 인간의 위대와 존엄한 자태에의 일 희화戱畵를 얻을 따름이다.

인간이면서 또한 신에 가깝다는 의미에서 수많은 사람이 말하듯 그는 근대사회가 낳은 유일의 희랍인일지도 모른다. 나는 소설 「황제」의 작자가 나폴레옹을 단순한 인간으로서가 아니라 우리들 가운데 숨어 있는 인간적 위대성에 대한 동경과 신앙을 촉발시키어 그린 정신을 찬양하고 싶다.

나폴레옹일망정 세인트 헬레나에선 우리들과 조금도 다르지 않는 생각을 하고 있으나,[64] 모스크바를 칠 때, 알프스를 넘을 때, 어찌 우리들과 어깨를 견줄[65] 평범한 인간일까? 그는 천래天來의 제왕이었다.

그러나 또한 그는 인간이었다.

"앞으로!" "앞으로!" "우익右翼은 돌격!" 사死의 직전 의식을 잃어버리고도 이렇게 절규한 그일망정 사랑하고 오뇌懊惱하고 고독에 운 인간이었다.

「황제」는 이 달 창작 중 이색異色의 역작일 뿐 아니라, 인간적 위대성에 대한 아름다운 로맨티시즘이 높게 물결치는 작품이었다. 여기에 비하여 안회남安懷南 씨의 「투계鬪鷄」는 무지한 인간의 평범한 심리를 숙란熟爛에 가까운 필치로 그린 가작이고 능난能難[66]한 소설이다.

64 있으나: '잇지만'(원 발표문).
65 견줄: 『논리』에는 '겨눌'로 되어 있으나 원 발표문에 의거해 바로잡는다.

그러나 그뿐이다. 작가가 미숙한 사상을 자꾸만 피력하는 것은 보기 싫은 일이지만 부단히 사상을 피하는 태도는 더욱 답답한 일이다. 작가가 대상에 충실함에 자기의 일체를 그 속에 버리고 만다면 얼마나 공허한 일이냐? 능난能難한 소설과 훌륭한 소설은 어디까지나 별개의 것이다.

김동리金東里 씨의 「찔레꽃」이 또한 약간의 차이는 있을지언정 이러한 경지를 넘지 않고 있다. 좋은 소질의 작가임에 불구하고 대성을 위하연 한 고비의 비약이 필요하다.

*[67]

이밖에 춘원春園의 「꿈」이 있으나 여기餘技에 지나지 않고, 단지 바다나 구름을 묘사하는 데 격조 있는 문장이 약간 흥미있을 따름이다.[68] 채만식 씨의 「남식南植이」, 「반점」 두 편 소설 중에 「반점」은 씨의 단편으로 희귀하게 기승전결起承轉結의 격이 짜인 가품佳品일 따름, 「남식이」이는 정직히 말하여 유쾌치 않은 작품이었다. 발샅에 끼인 때를 후벼 숭늉에 푸는 장면이라든가 그것을 마시고 "오늘 아침 숭늉이 구수해 좋군" 하는 장면에 이르러서 아연하였다. 이러한 장면은 인간의 수성獸性의 표현도 아니요, 증오의 표현도 아니요, 그저 추악할 따름이다.

문학은 최악의 경우일지라도 인간의 마음 가운데 숨어 있다가 발로發露되는 선한 심정의 옹호자일 듯싶다.

전영택田榮澤 씨의 「첫 미움」,[69] 방인근方仁根 씨의 「가슴에 심은 화초」

66 능난(能難) : 원문 대로임. '能爛' 혹은 '無難' 등의 착각이 아닐까 한다.
67 연재 7회분(마지막회)의 부제는 '新人諸君의 水準과 그他'.
68 따름이다. : '따름이며'(원 발표문).

등 아직 이야기할 작품을 따지려면 없지 않으나, 솔직히 말하건대 나는 어떤 의미에서이고 우리 신문학 건설에 끼친 이 분들의 공로에 대한 예의를 위하여 무언無言의 변辯으로 지나침이 옳은 일일까 한다.

*

끝으로 금월 창작에 상당히 동원된 신인 제씨諸氏에[70] 대하여 일언一言을 기寄하고 이 고稿를 마감코자 한다. 근간 성행하는 신세대론에 대하여 이분들이 어떻게 생각하고 있는지는 알 수 없으나 금번 창작을 통독하고 얻은 감상은 무엇보다 신인들의 현재 수준이나 업적이 특별히 논의될 만큼한 대상이 되기에 부족하지 않은가 하는 점이다.

문학에 대하여 얼마나한 성의를 가졌는지, 시대에 대하여 과연 무슨 의욕을 가지고 있는지가 알기 어려웠다.

김동리 · 정비석 · 김영수 3씨가[71] 금월 창작 중의 신인으로선 그중 높은 수준이라 말할 수가 있다. 부진하고 게으른 중견 작가보다 우수한 점이 있는 것은 여러 가지 의미에서 즐거웠다. 그러나 우리가 신인에게 기대하는 것은 이런 점이 아니다. 그들은 의연히 중견의 기량에 미치지 못한다. 그러면 기술 이외에 그들에게 무엇이 있는가? 유감된 일이니 그들은 우리가 새 시대의 아들로 괄목할 새로운 내용은 아니 가지고 있었다.

뿐만 아니라 『조광朝光』과 『문장』 임시증간에 두 편씩[72] 소설을 쓴

69 「첫 미움」 : 원 발표문이나 『논리』에는 '「첫미듬」'으로 되어 있으나 원작의 제목에 따라 수정했다.
70 제 씨에 : '諸君에'(원 발표문).
71 3 씨가 : '三君이'(원 발표문).
72 편씩 : 원 발표문이나 『논리』에는 '篇式'이라 되어 있다. 우리말 '씩'을 한자어 '式'으

김소엽金沼葉 씨 같은 이는 모처럼의 호기회好機會를 무료히 버린 감이 있음은 섭섭했다. 「초라한 풍경」『조광』 같은 것은 반은 잘라버려야 될 소설이고, 「파탄」『문장』 증간은 더 생각하지 않으면 문학이 아니되는 세계다. 기술적 노력과 사색, 이 두 요소에 충실함이 없이 어떻게[73] 소설을 두 편씩[74] 썼는지 반성할 일이다. 이름이 활자가 되는 것만으론 작가가 되지는 않는다.

박영준 씨의[75] 「의수義手」도 평범하고 상식적이다. 좋은 소질을 가진 작가로 한층 더 근면하지 아니하면 진보하기 어렵다.

박노갑 씨의 「춘안」은 먼저도 언급했거니와 다시 한번 시력視力을 탁마琢磨할 필요가 있다. 섬세한 것을 간주看做하는[76] 습관과, 상식을 넘어서 존재하는 인간 심리의 복잡성을 평범화하는 결함은 시정되어야 한다.

이근영李根榮 씨의 「이발사」는 순박한 분위기와 사건 운행의 자연성을 취할 만하다.

이발사의 성격도 무난하게 묘사되어 있고, 하나 작품을 통하여 작자의 정신을 찾으려고 할 제 공막空寞함을 금할 수가 없다.

『조광』에 실린 석인해石仁海 씨의 「애원경愛怨境」은 소설이 아니고, 곽하신郭夏信 씨의 「나그네」, 「마냥모」 2편은 재기는 인정할 수 있으나 노력하지 않으면 비평하고 싶지 않은 작품이다.

2 작품 중 「마냥모」가 나으나, 상허尙虛의 선후언選後言에도 있는[77] 것

로 잘못 쓴 것이어서 수정했다. 그리고 '두 편씩'이란 '두 편씩 모두 네 편'이 아니라 '각 한 편씩 두 편'이란 의미이겠다.

73 어떻게 : 원 발표문에는 이 단어가 빠져 있다.

74 편씩 : 역시 원문에는 '篇式'으로 되어 있으나 수정했다.

75 씨의 : '君의'(원 발표문). 이하, 박노갑 씨, 이근영 씨, 석인해 씨, 곽하신 씨, 이주홍 씨 등이 모두 원 발표문에는 '~君'으로 표기되어 있다.

76 원문대로이나, '看做'는 '看過'의 오식으로 보인다.

처럼 입심을 농弄해보자는 악취미는 버림이 좋다. 죽은 유정裕貞이 이런 취미로 재능을 희생한 작가다. 작자의 삼사三思와 아울러 노력을 빈다. 이밖에 『광업조선』에 실린 이주홍李周洪 씨의 「비각碑閣 있는 외딴집」은 순탄히 씌어졌으나 날카로움이 없고 내용이 공소空疎하다. 신인은 아니나 생각난 김에 말하자면 이석훈李石薰 씨의 희곡 「만추」『문장』증간와 소설 「만춘보晩春譜」『농업조선』 역시 예리한 맛도 내용의 무게도 없는 범작이다.

요컨대 노력해서 없앨 수 있는 결함을 태연히 노출하고 있는 심사를 알 수 없다.

*

붓을 놓으려 함에 이달 창작에 『문장』 증간이 기여한 바의 공헌을 잊을 수 없고, 또한 어느 달보다 많은 작품을 짧은 지면에 평해가매, 불충분하고 미급未及한 점을 사謝하지 아니할 수 없다.

더욱이 참고를 위하여 일언해두는 것은 이 달 창작을 평해가면서 품었던 나의 비평 태도를 피력해두련다.

그것은 중견 이상의 작자에겐 기술보다도 주제, 내용, 정신을, 신인들에겐 내용보다도 기술을 중시했던 것이다.

소설을 직업으로 하여 10년이 넘는 사람들에게 새삼스러이 기술을 이야기한다는 게 우스운 일이요, 신인들로선 무엇보다 기술이 필요했기 때문에 그리한 것이다.

77 선후언에도 있는: '選後글에도 업는'(원 발표문). '업는'은 오식일 것이다.

제5부

신인론•

그 서장

매년 정월은 신인들이 문단에 들어오는 한 개의 골[1]이 되어 있다. 옛날 같으면 등용문이란 말을 쓰는 것이나, 현재엔 주지周知와 같이 상금 얼마를 걸어서 입선작을 뽑아 표창하는 현상제도懸賞制度가[2] 되어 있다.

각 신년호 지상紙上에 많은 신인을 맞음을 기회로, 당선작 심사 방침에도 언급할 겸 간단히 신인론을 시試하여 내호來號에까지 미치고자 한다.

*

신인이란 누구를 가리켜[3] 하는 말인가? 우리는 좀더 겸손히 이 글

• 『비판』, 1939.1~2.

1 원문에는 '「고올」'로 되어 있다. 즉 'goal'이란 의미.

2 표창하는 현상제도가 : '表하는 懸賞制度로'(원 발표문).

3 가리켜 : 원문에는 '가르처'로 되어 있다. 오늘날의 맞춤법에 맞게 수정했다.

제목을[4] 생각할 필요가 있을 줄 안다. 연년年年이 신문이나 잡지의 신년 현상문예의 관문을 통해서 나오는 이들을 가리킴[5]일까? 그렇지 않으면 조그만 동인잡지를 만들어가지고 고고孤孤히 문학을 수도修道하는 이들을 가리킴일까? 혹은 날마다 각사 편집실에 모여드는 투고의 작자를 가리킴일까?

물론 모두 지금 문단의 누구 누구처럼 이름이 알려져버린 이들에 비하여 그들은 새로운 사람들이다.

그러나 우리들 자신도 그런 이들을 모두 통틀어서 신인이라 일컫지 않는 것도 관례가 되어왔으며, 신인들도 역시 자기를 소위 기성 작가들에게 구별하면서도, 동시에 무명無名한 일개 투고객投稿客에 머무르기를 반대할 것이다.

이러고 보면 문단에서 미미하나마 일정한 이름을 가지고 있으나 아직 중견이나 대가의 열列에 오르지 못한 일군의 작가를 신인이라 칭하게 될 것이다.

『조선일보』의 '신인 단편'이라든가, 혹은 『동아일보』의 '신인은 말한다'라든가, 혹은 '신인 콩쿠르'의 자격을 보아도 이러한 암묵리暗默裏의 혹종 수준이 잠재해 있음을 알 수가 있다.

이 수준은 분명히 문단 경력의 약소弱少에 있다 할 수 있다.

그러나 우리가 신인을 논한다는 것은 앨써 이런 진부한 계별階別을 캐기 위해서임은 아니다.

나이가 젊다든가 문단 경력이 짧다든가 하는 것이 신인의 요건이 되지 않을 바에는 자연 신인의 본질이란 그 써내는 바 문학의 새로움에 있지 아니할 수가 없다.

---

4 제목을 : '題를'(원 발표문).
5 가리킴 : 역시 원문에는 '가르침'이라 되어 있으나 수정했다. 이하 모두 마찬가지이다.

새로운 문학 작품[6] 가운데 있는 예술성의 신미新味, 그것이 신인의 신인다운 소이所以다.

그러므로 우리는 신인을 한 계단 아래 사람들로 생각하는 낡은 관념을 깨끗이 청산해야 한다. 새 제너레이션을 자기의 아랫사람으로 생각는 것은 부형父兄은 언제든지 자제子弟보다 윗사람이라고 믿던 관념의 연장이다.

문학에 있어 어느 때나 새로움은 한 개의 재산이다. 이 새로움으로 말미암아 문학은 국한된 세계의 영토를 늘려가는 것이다.

그러나 다른 반면半面 신인들 자신이 또한 별다른 의미에서 이런 그릇된 관념에 사로잡혀 있음을 볼 수가 있다.

다른 게 아니라 문학상의 진정한 새로움과 연령의 약소나 문단 경력의 짧음과를 혼동하고, 신인이면 의례依例히 문학의 새 요소를 가진 것으로 오인하는 것이다.

이 오인에서 소위 기성 문단에 대한 신인들의 전혀 무의미한 많은 불만이 생겨난다. 예例하면 불대론不待論이 그것이다.

덮어놓고 신인을 달마다 과대過待하고, 문학상을 주고, 또 무슨 무슨 특전을 준다고 해서 신인 가운데서 천재나 걸작이 족출簇出하는 것은 아니다.

그렇다고 이러한 물질적 혹은 형식적인 호조건이 신인들을 돕는 의의를 무시하자는 것도 아니요, 또한 우리 문단이 재능과 학식 있는 신인들을 올곧게 대우한다는 말도[7] 아니다.

나 자신도 과거 우리 문단이 신인들을 좀더 잘 길러줄 만한 환경이었더라면 현재보다는 좀더 나은 작가들이 있었으리라는 것은 통감하

6 새로운 문학 작품: '文學의 새로운 作品'(원 발표문).
7 말도: '말은'(원 발표문).

는 바이나, 불가능한 줄을 뻔히 알면서도 부질없이 중얼거려보는 얄궂은 심정은 암만해도 유쾌치가 않다.

5~6년 전이나 지금이나 똑같이 신인대로 그야말로 만년청萬年靑으로 푸른 이들을 얼마든지 볼 수 있지 않은가? 후대厚待만이[8] 신인을 기르는 것이 아니다.

진정으로 새로운 문학만이 잘 기르면 잘 자라고 악조건 가운데서도 기를 쓰고 성장하는 것이다.

그러므로 신인이란 문학적인 새것을 가진 작가를 이름이다. 이 문학적인 '새것'을 갖지 않은 채 신인이라면 연령이 작고 문단 경력이 짧은 만큼 손損이고, 문장 기술 기타가 기성에 떨어지는 만큼 기성 작가와 계별階別을 낮게[9] 하여 대우받아 족하다 아니할 수 없다.

그 대신 이 '새것'을 가진 작가는 아무리 나이가 적고 문단 경력이 짧더라도 기성과 병렬하는 것이며, 기성에 있어선 후생後生이 가외可畏라고 협위脅威가 되는 것이다.

문예적인 '새것', 그것은 신인의 절대 가치다.

*

전번에 우리는 문학적으로 '새로운 것', 그것만이 신인의 절대가치라 하였다.

다시 말하면 기존의 문학 위에 새로운 가치를 기여할 수 있는 사람이 신인이다.

당연히 우리는 이곳에서 문학적으로 새로운 것이란 무엇이냐를 묻

8 후대만이 : '過待만이'(원 발표문).
9 낮게 : 『논리』난 원 발표문에는 '나치'라고 되어 있으나 수정했다.

지 아니할 수 없다. 무엇이 문학의 새로운 가치냐? 흔히 우리는 문학을 하나의 창조라 한다. 창조란 낡은 것을 기초로 하여 새로운 것을 형성하는 작용을 이름이 아닐까? 결코 창조란 무에서부터 유를 만들어냄을 의미하지는 않는다. 그것은 마술이지 창조는 아니다. 그러므로 새것의 창조를 위하여는 어느 때나 낡은 것으로부터 문제되는 법이다.

낡은 것이 새로운 창조의 거점이며, 기존의 것이 항상 창조의 모태母胎인 때문에 …….

그러나 새로운 창조의 앞에 나타나는 낡은 것이란 언제나 부정될 대상으로 나타나는 법이다. 만일 그것이 부정되지 않으면 지향이 새로운 것의 창조로 움직이지는 않는다. 이 한 고비의 부정을 통하여 기존의 것은 새것의 형성의 질료가 되고 전승된다.

즉 기존의 것은 이 전승을 통하여 제 구래舊來의 가치를 상실하는 것이 아니라 오히려 확대재생산되고, 이런 과정을 통하여 문학은 발전하는 것이다.

그러므로 문학 상의 새로운 제너레이션이란 항상 기존의 문학세계에 대하여 부정적[10] 태도를 취한다. 이리하여 기존의 문학 가치라든가 권위라든가에 대한 부정의 포즈란 신인에 고유한 것이다.

그러나 기존의 것에 대한 모든 부정이 새로운 창조의 출발점이 되고 새로운 가치 형성의 계기가 되느냐 하면 그런 것은 아니다.

여기서 우리는 부정이란 것의 내용을 신중히 생각지 아니할 수 없다. 그 의기意氣에 있어 그 기혼氣魂에 있어 기존의 것에 만족할 수 없어, 보다 새롭고 따라서 보다 높은 것의 창조자이려는 정열은 언제나

10 부정적 : '否定한'(원 발표문).

고귀한[11] 것이다.

그러나 문학은 모든 그타他의 영역의 문화적 창조와 마찬가지로 단순한 의기나 열정만으로 개혁되고 발전되는 것만은 아니다.

위선爲先 낡은 것에 대한 부정은 낡은 것에 대한 겸허한 수용과 그 수용을 통한 명석한[12] 이해를 토대로 하지 아니하면 아니 된다.

그것은 마치 전쟁에 있어 적토敵土를 점령하려 할 제 적상敵狀을 상세히 숙지해야 하는 것과 마찬가지다. 숙지한 기존의 것을 토대로 하여야만 우리는 무엇이 아직 미존未存한 것인가를 예감하게 된다.

다시 말하면 전인前人들이 어떠한 수준까지 와 있고, 그들이[13] 개척해 놓은 영지의 넓이가 얼마나 되는가를 알아야, 새 제너레이션은 자기가 새로 개척할 신영토와 도달할 수준을 실측實測할 수가 있다.

그러므로 신인들의 주요한 과무課務는 조선문학의 역사와 현상現狀에 대한 누구보다도 상세 명석한 지식을 얻기에 전력을 다해야 한다.

그것은 먼저 말한 새로운 것의 창조를 위한 일반적 필요의 의미에서도 그러하고, 더욱 중요한 것은 신인의 목적이 기성의 어떤 작가의 수준에 오른다거나, 혹은 현재 운위되고 있는 기성의 수준에 도달하려는 데 있는 것이 아니라, 실로 그 수준의 돌파 위에 새로운 세계를 건립하려는 데 있다는 특수하고 고유한 의미에서 그러하다.

조선의 문학은 엄격한 의미에서 결코 한 사람 이상의 춘원春園을 필요로 하지 않는 것이며, 두 사람의 민촌民村을 요구하고 있는 것도 아니며, 세 사람의 지용芝溶,[14] 네 사람의 태준泰俊을 탐내고 있는 것이 아

11 고귀한: '貴重한'(원 발표문).
12 명석한: '明哲한'(원 발표문).
13 그들이: 원문에는 '그들의'로 되어 있으나, 오늘날의 주어 표기에 맞게 수정했다.
14 『논리』나 원 발표문에는 모두 '芝鎔'으로 표기되어 있다. 이 아래 나오는 '지용' 표기도 모두 마찬가지다.

니다.

어떤 의미에서 열 사람의 춘원, 스무 사람의 민촌, 서른 사람의 지용, 마흔 사람의 태준이 있어도 좋지만, 그렇게 되면 조선의 문단이란 실로 기성복 시장 같이 싱겁고 심심하고 너절한 것이 되고 만다.

문학의 세계는 한 사람의 독제자獨制者 이외엔 그 여餘의 모든 동同경향 혹은 유사類似의 작가는 아류의 운명을 수여授與하는 냉정하고 엄격한 법칙이 지배하는 세계다.

여기 가도 춘원, 저기 가도 민촌, 앞을 보아도 지용, 뒤를 보아도 태준, 이래선 우리 문단이란 3~4인의 진정한 작가 외에 수십 수백의 무능자로 충만해 있는 셈이다.

"그가 어떤 작가인 것을 알려면 그가 누구를 모방했는가를 볼 것이며, 그가 얼마나 훌륭했는가를 알려면 그의 사장師匠을 얼마나 이겨 넘겼는가를 보면 족하다"고 말한 어느 비판가의 말은 이곳에서 우리는 짭짤히 음미할 필요가 있다.

진실로 문학이란 것도 학교와 마찬가지다. 교과서를 그냥 졸업 후에도 되풀이하는 사람을 우리는 바보라고 하는 것과 같이, 우리 신인은 현재의 조선문학을 졸업하지 않아서는 아니 된다. 마치 응용문제를 푸는[15] 태도로 우리는 현존 혹은 기존의 조선문학을 텍스트로 살리지 않아서는 아니 된다.

그러나 다시 말해둘 것은 교과서도 모르고 응용문제를 풀려는 태도가, 우리 신인들 가운데는, 교과서를 그대로 외고 다니는 졸업생과 같이 문단에 범람하고 있는 현상을 지적치 아니할 수가 없다.[16]

15 『논리』에는 '주는'으로 되어 있으나 원 발표문에 따라 수정했다.

16 이 문장은 원 발표문을 따랐다. 『논리』에는 다음과 같이 수정되어 있는데, 오히려 의미가 왜곡되고 있다. "그러나 다시 말해둘것은 教科書도 모르고 應用問題를 풀라는 態

오히려 기성 작가의 많은 아류는 무능하면서도 선량한 학생으로서 용서할 수 있을지 모르나, 조선문학에 대한 일편一片의 지식과 교양이 없이[17] 의기만이 장한 응용가應用家는 악성의 무능자라 아니할 수 없다.

이 악성의 무능자를[18] 만들어내는 기초는 어디 있느냐? 그것은 물론 우리 문학의 역사가 짧은 곳에도 있고, 전통이 권위를 갖지 못한 데, 그타他 여러 곳에 있을 수 있으나, 주요한 의거점의 하나는 외국문학의 나쁜 모방이라 아니할 수 없다.

이런 현상은 기이한 것을 위장하여 인목人目을 속이려는, 즉 좀 먼 곳의 것을 모방하여 그 은폐된 모방으로 창조를 대신하려는 것이다.

이것은 동경제모東京製帽에다 영국제[19] 레테르를 붙여 파는 상인의 악덕과 추호의 틀림이 없다.

현재에도 나는 신문 잡지의 현상작품 선자選者가 이런 사기에 속고 있는 것을 적지 아니 볼 수가 있는 것으로, 우리 비평은 당분간 문단 경제경찰文壇經濟警察의 역할을 겸해야 할 필요가 있지 않은가 한다.

그런데 문제는 조선문학의 상태를 어떻게 아느냐 하는 것이다. 나는 위선 모든 신인이 적어도 20~30분간에[20] 조선문학의 현상現狀을 누구에게나 간명히 이야기해줄 수 있는 준비를 가져야 하리라고 믿는다.

그것은 현상의 분석과 더불어 역사의 이해를 겸해야 하는 것으로, 마치 발자크H. Balzac를 공부하여 도달한 것이 객관적으로 보면 졸라E.

度를 敎科書를 그대로 외이고 다니는 卒業生과 같은 新人들이 文壇에 氾濫하고 있는 現象을 指摘치 아니할수가없다."

17 없이 : 원 발표문에 따랐다. 『논리』에는 '없어'라고 되어 있다.

18 무능자를 : 원 발표문에는 '無能者가'로 되어 있다.

19 영국제 : 원 발표문에 따랐다. 『논리』에는 '英國裝'으로 되어 있으나, '裝'은 '製'의 오자일 것이다.

20 원 발표문에는 '十分間에'로 되어 있다.

Zola인 때 만일 우리가 졸라가 발자크의 후예란 것을 모른다면 그와 같은 희극은 없을 것이다.

즉 그 자신은 문학사의 새로운 주인공이라 자임하고 있는데 곁에서 보면 실상 문학사의 낡은 유물에 지나지 않게 된다.

그러므로 문단의 영역적인 넓이, 작가의 특질, 상호관계, 그리고 정신상의 계보적 관계 등의 인식은 총체적으로 조선문학의 현재의 도달점을 알 수 있게 하는 것으로, 우리는 꽤 용이히 그 수준을 뛰어넘을 가능성을 얻게 된다.

이 기성 수준의 초극超剋이 어떻게 되느냐? 즉 어떠한 주체적 준비가 창조의 의식 내용을 형성하느냐는 것은[21] 또한 별개의 문제다. 이것은 명일의 조선문학이 어떠한 방향을 걸어갈 것이냐는 문제와 동일한 것으로, 전全혀 일반 문학이론, 비평의 최대 문제로 이곳에서 논할 바 되지 못하나, 신인들의 여러 가지 각도와 방면에서 수행되는 창조적 모험을 통하여 우리는 이 방향을 볼 수 있는 것만은 사실이다.

위선 급무는 하루바삐 문단에서 기성 작가의 유니폼을 빌어 입은 에피고넨 군群을 일소할 것과, 『통감通鑑』도 못 읽고 과거를 보러 오는 것과 같은 삼문三文[22] 선비의 만용을, 또한 그것이 낳는 문학청년적인 불만을 공부에 해소시킬 것이다.

다른 기회에 다시 이 문제에 미치고자 이만 둔다.

---

21 것은: 원 발표문에는 이 단어가 빠져 있다.
22 '서푼'이라는 의미.

소설과 신세대의 성격•

*[1]

현민玄民은 월전月前 모지某紙의 문예시평文藝時評 가운데서 새 제너레이션과 우리들 30대의 작가들과의 사이에는 언어가 통하지 않는다는 의미의 말을 했다.[2]

과연 우리 30대 작가들은 현대에서 언어가 통하지 아니하리 만큼 뒤지고 새 제너레이션들은 벌써 우리들이[3] 말하는 언어를 알아듣지

• 『조선일보』, 1939.6.29~7.2.

1 처음 발표 시 전체 제목은 '新世代論'이었고 각 연재분마다 별도의 부제가 붙어 있었다. 연재 1, 2회분의 부제는 '새 "제네레이슌"의 性格'.

2 현민 유진오가 이런 말을 한 것은 「'순수'에의 지향—특히 신인 작가에 관련하여」(『문장』, 1939.5), 135면에서이다.

3 우리들이 : 원 발표문이나 『논리』에는 '우리들의'로 되어 있으나, 오늘날의 주어 표기 방식으로 수정하였다.

못할 만큼 새로울지?[4] 물론[5] 경우에 따라선 우리들의 생각하는 바나 느낌이 현재 20대를 잡아드는 청년들이[6] 이해키 어려운 점도 없지 않을지도 모른다.

그러나 불과 5년이나 혹은 10년에 불수不垂하는 연령의 차이가 동시대에 사는 사람들 상호간에 언어가 통하지 아니할 만한 장벽이 되는지는 자못 의문이 아닐 수가 없다.

이렇게 생각하면 현민의 소감은 적지아니 과장에 흐른 감이 없지 않다 할 것이나, 그러나 5~6년 내지 7~8년 이전에 문단에 나온 사람으로 오늘날 우리가 새 제너레이션이라고 지목할 수 있는 작가들에게서 하나의 다른 제너레이션을 느낀다는 것은 공통한 감정이 아닌가 한다.

제너레이션을 달리하여 느낀다는 것은 마치 한 도회 안에 살면서도 제각기 고향을 달리하는 것과 마찬가지로 동시대에 살면서도 정신의 고향을 달리하고 있음을 느끼는 것이다.

정신의 고향이란 각 제너레이션들이 주인공으로서 탄생한 시대의 정신적 습속習俗과 컨벤션 등이라 말할 수가 있다.

각 시대에는 정신의 고유한 주조主潮와 사고의 독특한 방법이 있는 법이다. 그것은 물론 전대前代에서 전승되고 후대後代에로 유전되는 것이나 그 시대 시대마다가 정신사 상에다 자기의 고유하고 독특한 낙인을 찍는 것이다. 이런 것들은 선대인先代人에게나 후대인後代人에게나 다같이 기이한 것으로서 느껴지는 것이나, 당대인當代人에게는 당연한

4 새로울지? : '새로운가는 速斷키 어려웁다.'(원 발표문).
5 물론 : 원 발표문에는 이 단어가 빠져 있다.
6 청년들이 : 역시 원 발표문이나 『논리』에는 '靑年들의'로 되어 있으나, 오늘날의 주어 표기 방식으로 수정하였다.

것으로서 체험되는 것이다. 그러므로 서로 다른 제너레이션들은 제각기 당연하다고 생각하는 정신의 습속, 사고의 방법, 통틀어 정신적인 컨벤션을 가지고 있기 때문에 같은 시대 안에 살면서도 이방인과 같이 모든 점에 있어 일치하기 어려운 것이다.

생리적으로 말하는 부父와 자子의 세대, 자와 손孫의 세대, 혹은 조부와 손의 세대와 같이 불소不少한 거리와 막대한 차이가 동시대 가운데서 각 제너레이션들을 구별한다.

이런 것들은 막연히 말하여 시대를 사는 생生의 방법의 차이에서 오는 것일지도 모른다.

사실 한 시대뿐만 아니라, 한 가정 안에서도 생의 방법을 서로 달리하는 데서 오는 생각과 느낌의 차이라는 것은 예상 외로 큰 것이다.

일찍이 우리가 부자간에 경험한 강제 결혼과 자유연애와의 차이를 상기해보라! 본래 친근해야 할 어버이와 자식들과의 사이에 구적仇敵과 같은 반목이 있었다는 것은 아직도 우리들의 기억에 생생한 바이다.

이것들은 모두 같은 시대 안에서 제각기 다른 시대의 생의 방법을 가지고 살려 하는 데서 일어난 갈등이요 비극이다.

결국 제너레이션이란 이렇게 해서 한 시대의 주조와 습속과 컨벤션, 그리고 그러한 것들을 일신상에 체현하고 있는 주인공들의 무리가, 시대가 마치 사람의 역사에 있어 대代가 바뀌는 것처럼 대가 바뀌어지는 데 따라 생산되는, 즉 시대적으로 표현되는 사회적 세대를 이름일 것이다.

그러므로 우리가 불과 30세를 넘지 않은 청년 작가로서 벌써 제너레이션의 차이를 현대의 신인 작가 가운데서 느낀다는 것은 결코 연령이 20이고 25이거나 30이고 35인 데서 생기는 차이가 아니라, 요즈음 수년래數年來 문단에 나온 작가들과 5~6년 이전에 문단에 나온 작가들이 어느새 각각 다른 시대의 정신적 아들로서 탄생한 데서 일어나는 차이일 것이다.

바꿔 말하면 우리 문단이 5~6년 이전과 최근 수삼년이 시대로 구획될 만큼 여러 가지 사정이 변했다는 것을 의미하게 된다.[7]

*

거듭 말하거니와 결코 연령의 차이에서가 아니라 우리들이 지금 앉아보면 분명히 한 시대 전의 정신이고 습속이고 컨벤션이고 한 것 가운데 부지불식간 지배되고 있는 작가로서, 이미 시대의 무대는 일전一轉하여 적어도 중요한 대부분의 것이 새로워진 시대의 주인공으로서의 신인 작가들과 언어가 통하지 아니하리 만큼 이미 간격이 생긴 셈이다.

여기에서는 자연히 근원에 있어 시대 혹은 현실에 대한 감각을 달리한다는 결과를 낳는다.

갓笠을 쓰던 시대의 습속을 자연한 것이라고 체험해보지 못한 사람은 모자를 쓰는 습속에 대하여 부자연하고 기이하게 느껴지는 심정을 이해키가 어려운 것이다.

어디까지든지 그들에게 있어서는 모자를 쓰는 습속만이 자연스럽고 당연하다. 오히려 그것을 부자연하고 기이하게 느낀다는 사실에 대하여 놀라고 아나크로니즘을 느낄 것이다.

모두 제각기 다른 시대의 정신적 방언方言을 가지고 이야기하면, 서로 서로가 저편 쪽을 이방인이라 생각할 따름이다.

---

7 변했다는 것을 의미하게 된다: '變햇슴을 意味한다.'(원 발표문).

요컨대는 한 문단에 사는 사람들로서 제너레이션을 달리함으로써 이해가 결핍해지고 친화력이 부족해져서 정신상의 교류가 갈수록 적어지고 막혀간다.

신인이 불가외不可畏라든가 기성旣成이 불가공不可恐이라든가 하는 유類의 말도 단순한 방언이 아니라 이해의 친화와 정신의 교류가 부자유하게 된 결과로서 일어난 소격감疎隔感이다.

나는 어떤 신문에 쓴 「신인불가외新人不可畏」란 단문[8] 가운데 일정한 의미를 함축시켜 신인 제 씨諸氏가 진정으로 생각하는 바의 뜻을 들어볼 기회를 가져보리라고 했던 결과가, 기성불가공旣成不可恐이란 감정적인 방언放言을 듣고 솔직히 말하여 공소空疎한 마음을 무엇으로 채울 수가 없었다.

물론 새로운 작가들의 전부가 나의 단문을 그렇게 읽었다고는 생각하고 싶지 않았으나 새로운 세대가 조수潮水와 같이 우리 낡은 세대를 위협하면서 성장하고 있지 않는 진정한 이유를 신인들 자신의 입을 통하여 듣고 싶었을 때, 오직 기성불가공이란 5개의 문자의 의미 이외 여하한 다른 내용도 포함되지 않은 방언을 들을 제, 우리는 새 세대의 너무나 쓸쓸함에 섭섭한 심정을 금할 수가 없었다.

역시 이 신세대론 가운데서 현민은[9] 그들은 한 가지 나이가이 가운데 연령적인 의미 이외에 시대적인 의미, 예例하면 문단에 나온 연조年條의 젊음이 함축되어 있으리라 생각한다 젊다는 이외에 정신상으로나 예술적으로나 우리가 속하고 있는 구세대, 즉 속칭 기성이라고 불러지는 사람들과 다른 점이 없다 하나,

8 『동아일보』(1939.5.6)에 발표되었음.

9 현민은: 원 발표문이나 『논리』에는 모두 '玄氏는'으로 되어 있으나 수정했다. '氏'는 '民'의 오식일 것이다. '玄民'은 유진오의 호이므로, '玄氏'라고 쓸 수 없으며, 그렇게 쓰지도 않았을 것이다.

나는 신인들을 단지 우리의 에피고넨이라고만 생각하고 싶지는 않다.

새로운 시대란 좋든 그르든 자기의 독특한 정신을 가지고 있는 것이며 그것을 떠메고나갈 제너레이션을 길러내는 것이다.

낡은 시대가 새로운 시대와는 다른 정신으로 향도向導[10]되었고 그것을 실제로 부담하였던 제너레이션을 가졌던 것과 똑같은 원리에서다.

새 제너레이션, 결국 언어가 통하지 아니하리 만치 시대감각이 다른 일군의 신인들 가운데서 우리는 새 시대의 면모를 발견해야 한다. 그렇지 않고서는 우리는 신인군新人群과 우리들과의 사이에 제너레이션의 차이를 느낄 수는 없는 것이다.

얼마나 작품 기술이 나아졌다든가 혹은 우리만큼도 작품을 쓰지 못하든가 하는 것은 이곳엔 문제가 아니다.

문제는 단순히 진보에만 있지 않고 그렇다고 퇴보에만 있는 것이 아니요, 실로 변화에 있다.

조금도 진보되는 것 같지 않고 변화하지 않는 것 같으면서도 시간의 경과를 따라 의식되지 않는 사이에 달라[져]가는 미묘한 데포르마숑 가운데 탐구의 눈을 밝히는 데 다시 더 문제의 중점이 있다.

그러기 때문에 변화라든가 데포르마숑이라든가 하는 것은 '신인아! 그대들이 우리보다 새로운 것이 무엇이냐?' 하는 식으로 물음을 세울 것이 아니라 실로 신인까지를 포함한 5~6년 적어도 4~5년 이래의 우리 문학이 얼마나 변화해왔는가를 반성하는 데, 데포르마숑이란 말의 진미眞味를 해득解得할 수 있지 않는가 한다.

10 향도: '領導'(원 발표문).

*[11]

신인군新人群이 얼핏 볼 제 우리의 눈에 별달리 새로운 것이 없어 보임에 불구하고 5~6년 전의 조선문학에 비교하여[12] 대단한 차이가 있음은 아무도 부정할 수 없을 것이다.

그럼에 불구하고 어째서 5~6년 전 시대의 아들로 문단에 탄생했던 우리들이 그 우심한 차이를 쉽사리 알아내지 못했는가 하면 이유는 뜻밖에 간단한 곳에 있다.

우리들 자신의 머리와 눈이 어느 새 불소不少하게 현대화되고 변형된 때문이다.

이미 변화해버린 사람의 눈에 변화된 시대의 본질이 똑똑히 비칠 이유가 만무하다.

이것은 결코 나의 무언誣言이 아니다. 예로 김남천金南天, 유진오兪鎭午 씨 등의 근작과 이효석李孝石, 김영수金永壽 씨 등의 소설과 정비석鄭飛石, 최명익崔明翊 씨 등의 소설을 한군데 모아놓고 읽는다면 이들이 모두 한가지로 5~6년 전 조선문단의 작가가 아님은 단언하기 어렵지 않다.

그렇다고 나는 최근에 와선 낡은 제너레이션이 모두 해체되고 일체로 새 제너레이션 가운데 동화되어, 차이라고는 기술 정도의 것이라고 말하는 것은 아니다.

기술의 영역을 넘어서 일견 모두가 현대화되어버린 듯한 가운데에 어딘지 30대 작가로 하여금 신인군에게서 제너레이션의 차이를 느끼게 하는 곳이 행인지 불행인지 존재하고 있다.

그것은 편의상으로나마 이런 말이 씌어질 수 있다면 순수성의 문제

11 원 발표문의 연재 3회분의 부제는 '三十代의 作家와 新人'.
12 비교하여 : '比較할젠'(원 발표문).

다. 순수하다는 것은 주지하는 바와 같이 단순하다고도 해석되는 말이다.

말하자면 시대를 아무 께름칙한 미련이나 주저나 시의猜疑 없이 당연한 것으로서 받아들일 수 있느냐 없느냐의 문제다. 이것은 사회적 환경과 그 사람과의 관계가 무리 없이 위선爲先 융합되느냐 안 되느냐의 문제이기도 하다.

30대의 작가들은 그야말로 현재와는 현저히 다른 사회적 환경과 분위기와 그 속에서 보낸 청춘시대를 살아왔다.[13] 그러나 오늘날의 제너레이션들은 그러한 것을 타인의 경험으로서, 혹은 하나의 사실史實로서는 짐작할지언정 그것은 자기들의 연애 시대와 더불어 운명 붙여진 사실事實로서는 느낄 의무가 없고, 어디까지든지 현대의 제너레이션으로서 오늘과 내일을 생각하면 그만이다.

지나간 시대가 오늘과 내일을 초래하고, 그것과 어떠한 의미에서이고 인연을 맺는가를 알[14] 필요가 없다.

무엇보다 그들에게 그러한 시대의 사실이란 것은 실감을 가져오지 아니한다.

그러나 30대의 작가들에 있어서 그 시대의 사실이란 자기의 연애와 더불어 애인과 더불어 치열한 정열을 경주했던[15] 대상이었다는 사실은 두려운 일이 아닐 수 없다.

그들이 현대에 어떤 정도이고 동화되고 있다는 것은 마치 초련初戀의 애인을 사별하고 재가再嫁한 본인의[16] 심정과 같이 자못 편편치 아니할 것이며, 재가한 부인이[17] 처녀와 같이 순결히 새 남편에 봉사하

13 청춘시대를 살아왔다 : '靑春時代로 들어왓다'(원 발표문).
14 인연을 맺는가를 알 : '因緣을 매즐'(원 발표문).
15 치열한 정열을 경주했던 : '□然히 情熱을 끌엿던'(원 발표문).
16 원문대로이나, '女人의'의 오식이 아닐까 싶다.

기 어려운 것처럼, 새 사실을 맞이하는 데 순수하기 어렵고 단순되지 못하다 할 수 있다.

그 대신 새 제너레이션에게 있어서 이 시대란 것은 최초의 애인이고, 처녀의 순결을 가지고 오늘날을 맞이하여[18] 살아가기에 부족함이 없는 것이다.

시대적 변화의 반영이란 것은 이런 의미에선 오히려 30대 작가에게 더 많다 할 수 있다. 하나 변화를 체험한 것은 구세대나, 신선한 것은 구세대에 있지 않고 신세대[19] 가운데 있는 법이다.

순수하고 단순하지 아니한 데 신선한 것은 표현되지 아니한다. 다양하고 복잡한 것이 변화의 성격이다.

변화의 과정[20]으로부터 낡은 것이 일절一切로 제거될 때, 비로소 신선한 성격이 형성된다.

지금 우리 문단의 신인군의 예술적 정신적 성격을 가리켜[21] 이러한 의미에서 구세대의 성격과 완전히 다르고, 변화과정의 다양하고 복잡한 일체의 요소를 깨끗이 청소한 신선한 에스프리라 하기엔 주저치 아니할 수 없으나, 적어도 구세대로부터 근본적으로 다른 특징을 하나 가졌다는 것은 지적할 수 있다.

그것은 위선 아이디얼리즘이른바 리얼리즘에 대립하는 창작방법으로서가 아니라 정신으로서의 결여에 있다고 말할 수 있지 않을까.[22]

17 재가한 부인이 : 『논리』에는 '再嫁한 婦人처럼'으로 되어 있으나 문맥에 맞게 수정했다. 원 발표문에는 이 구절이 빠져 있다.

18 맞이하여 : 원 발표문에는 이 단어가 빠져 있다.

19 신세대 : '새世代'(원 발표문).

20 변화의 과정 : '變化되는 것'(원 발표문).

21 가리켜 : 원 발표문이나 『논리』에는 '가르처'로 되어 있다.

22 결여에 있다고 말할 수 있지 않을까 : '缺如다'(원 발표문).

*[23]

인생을 혹은 소여所與의 조건을 먼저 움직이지 못할 것으로 향수享受하고, 그것을 비판하는 대신 해석하고, 그것을 부정하는 대신 긍정하고, 그리고 그 가운데서 일생의 스케줄을 꾸며보는 것이 오늘날의 당연한 인생 태도가 되지 않았는가 한다.

이러한 인생 태도라는 것은 실로 착실하고 건전한 것으로[24] 낡은 세대가 새 세대에게 많이 배울 바가 있는 것이나, 정신사 상으로 보면 내셔널리즘과 소시얼리즘의 퇴조 후의 당연한 결과라 아니할 수 없다.

이러한 사고의 습속은 춘원春園의 옛날은 말할 것도 없거니와 경향문학傾向文學의 퇴조와 김기림金起林, 최재서崔載瑞 씨 등의 레이셔널한[25] 풍조가 미화微化됨에 따라[26] 문단의 표면에 떠오른 순문학적 경향이 무이상주의無理想主義의 지반을 닦은 것이다.

하필 아이디얼리즘만이 문학을 이롭게 한다는 것도 아니요, 차라리 사실적寫實的인 인간 현실의 긍정에서 출발한 문학이 모두 가치 높은 문학을 창조해낼 수가 있으나,[27] 문제는 문학도 정신의 활동인 한 하나의 인식이며, 인식인 한 인생에 대하여 수동적인 포즈를 취하는 것만이 문학의 사실적寫實的인 혹은 인생 긍정의 본의가 아닌 데 있다.

23 원 발표문의 연재 마지막회 부제는 '自然主義의 再生'.

24 것으로 : '것이다.'(원 발표문).

25 레이셔널한 : 『논리』에는 '「내쇼낼리틱」한'으로 되어 있는데, 원 발표문에는 '「레쇼낼」한'로 되어 있다. 앞 문장의 내셔널리즘과 관련시키면 national 혹은 nationalistic이겠으나, '김기림, 최재서 등의'라는 앞 구절과 관련시켜 보면 rational 혹은 rationalistic이 더 합당한 것으로 보인다. 그래서 원 발표문에 따라 '레이셔널(rational)'로 확정하였다.

26 풍조가 미화됨에 따라 : '風潮의 微化와 더부러'(원 발표문).

27 있으나 : '만흐나'(원 발표문).

이러한 결과로서 문단에는 산문성이 횡일橫溢하였다. 박태원朴泰遠 씨의 『천변풍경川邊風景』, 채만식蔡萬植 씨의 『탁류』 등 일련의 가작을 생산했고, 기술은 불소不少하게 개선되었다.[28]

그러나 이 시대가 '제 시대의 서書'라고 일컬을 만한 걸작은 아니라 할지라도 좌우간 시대의 호흡과 맥박이 거세게 뛰는 소설을 1편 창작해냈느냐 하면, 유감이나 다음 시대의 사람이 그 작품 1편을 읽어 이 시대의 풍모를 상상할 만한 작품은 아직 한편도 생산되지 아니하였다고 고백하는 것이 현대문학자의 당연한 책무가 아닌가 한다.

[29]우리 30대의 작가들은 여태까지의 시간을 대부분은 자기의 머리 가운데 남은 낡은 시대의 유물을 처리하는 데 종사하고 있었다.

시정생활市井生活이나 혹은 자기 성찰에 근면하던 작가들도 근원적으로 낡은 시대의 정신적 습속의 정리와 새 시대 현실의 향수享受를 위한 여러 가지 고심에 찬 준비에 급급하고 있었던 것이라 아니할 수 없다.

우리가 세태소설世態小說이라고 일괄하여 부르던 작가들을 통틀어 이렇게 말하기는 곤란하다 하더라도, 그렇다고 하여 오늘날의 시대가 제 심중을 그린 작가들 앞에 털어놓을 만큼 이 시대는 비행위적非行爲的이 아니다.

정히 행위가 절정을 넘나드는 시대다. 솔직히 말하여 우리의 새 제너레이션 가운데[30] 20세기의 신현실新現實이라고 이름붙일 만한 이 시대의[31] 사실을 받아들일 만한 작가가 아직 나지 않은 것은 사실이다.

그렇다고 낡은 정치주의를 새로운 방법으로 재생산해내는 것 같은 포스터 문학을 새 제너레이션과 더불어 이야기하는 것은 아니다.

---

28 개선되었다 : '改善된 點이 적지 안헛다'(원 발표문).

29 원 발표문에는 이 문장 앞에 '崔載瑞氏가 指摘한 바와 가치'가 삽입되어 있다.

30 제너레이션 가운데 : '「쩨네레숀」이'(원 발표문).

31 이름붙일 만한 이 시대의 : '일홈부칠 이'(원 발표문).

나는 오직 새 제너레이션들이 어떠한 영역에다가 제 진로를 구하든지 간에 오늘날에 있어 그들이 구 제너레이션과 구별되는 점이 무이상주의적 성격을 가지고 있는 점을 지적하고, 또한 그것이 자연주의적 경향의 재흥의 길로 기울어지지나 않는가 하는[32] 나의 감상을 피력하면 그만이다.

그런 것을 과연 자연주의적이라고 부를 수 있을까는 의논의 여지가 많고, 먼저 19세기 자연주의와 같은 인생에 대한 뿌리 깊은 페시미즘이 없는 것을 또한 오늘날의 한 경향으로 이야기하고 싶다.

그렇다고 그들은 토탈리안[33] 같은 옵티미스트는 물론 아니다. 뿐만 아니라 거기에는 또 클로드 베르나르Claude Bernard 씨의 저서[34]를 빌어올 만한 과학정신도 없는 것이다.

이렇게 되면 그것은 벌써 자연주의적은 아니다. 그러면 다른 어떠한 문학적 경향에 근사近似하냐 할 젠 역시 나는 서구에선 19세기와 더불어 죽고, 조선에 와선 신경향파新傾向派의 탄생과 더불어 소멸된 자연주의의 망령이 눈앞에 가까워옴을 느낀다.

그러나 페시미즘을 결缺한 자연주의가 하룻밤 사이에 온화한 이상주의로, 혹은 세속주의로 변화해버리고 말지도 또한 보장하기 어려운 것이 오늘날의 제너레이션의 성격이 아닐까?

이러한 의미에선 인간생활의 어떠한 면을 그리든지 간에 그 정신내용에[35] 있어 의미는 매한가지다.

---

32 기울어지지나 않는가 하는: '기우러지는 것가튼'(원 발표문).
33 원문대로임. 전체주의자를 뜻하는 'totalitarian'이 아닐까 한다.
34 프랑스의 생리학자 클로드 베르나르(Claude Bernard, 1813~1878)의 저서 『실험의학서설』(1865)를 가리키는 듯. 그의 주저인 『실험의학서설』은 실험생물학의 방법론에 관한 것으로 사상계에까지도 큰 영향을 끼쳤다.
35 그리든지 간에 그 정신 내용에: '거리든지 「에스프리」에'(원 발표문).

시단의 신세대[•]

교체되는 시대 조류

*[1]

문학의 새 제너레이션이 성盛히 물어지는 때 하필 문제를 소설의 영역에만 국한할 필요는 없을[2] 것이다. 시 위에다가 한번 새로이 문제를 옮겨봄도 역시 흥미있고[3] 의의있는 일이 아닌가 한다.[4]

시가 그 영역의 넓이에 있어 소설을 따르지 못함은 시의 어찌할 수 없는 운명이거니와, 소설이 또한 그 예리함과[5] 깊이에 있어 시에 미치

• 『조선일보』, 1939.8.18~26.

1 원 발표문의 경우 '詩壇의 新世代'라는 큰 제목하에, 각 연재분마다 별도의 부제가 붙어 있다. 연재 1회분 제목은 '交替되는 時代潮流－近刊 詩集을 中心으로'이다.

2 없을 : '없는'(원 발표문).

3 흥미있고 : '必要하고'(원 발표문).

4 일이 아닌가 한다 : '일이다'(원 발표문).

5 예리함과 : '銳利의'(원 발표문).

지 못함은 이 역시 소설의 은폐할 수 없는 약점이다.

시가 먼저 발견하고 소설이 그 뒤에 이것을 형성해간다—이렇게 새 시대가 문학 위에 반영되는 것이라고 우리는 상상할 수도 있다.

새 시대의 감정과 기분과 지적 상태를 직감하는 데 시는 아무래도 소설보다 일보 장長하기 때문이다. 소설은 어느 정도까지 새 시대의 정신과 기풍이 일반 생활 가운데 편만遍滿하지 않으면 그것을 자기의[6] 거창한 양식 위에 반영시키긴 어렵다.

그러므로 총명聽明한[7] 시는 단적인 새 시대의 표현을 일반성에서 포착한다. 시적 상상이란 편린片鱗을 완성태完成態에서 발견하는 정신의 내적 비약일지도 모른다.

어쨌든 이 기능은 시의 본능이며 천품天稟이다.

비록 부진하고 미미하여 소설만치 인목人目을 끌어오지 않던 우리의 시도 시대가 전환한 그때 그것을[8] 직감하는 덴 보다 민첩했다.

벌써 독자의 기억에서 스러졌을 개개의 작품으로부터 2~3년래年來에 간행된 적지 않은 시집에 이르기까지 우리는 시대에 대한 시의 근면한 정신과 민첩한 직감의 재능을 용이히 지적할 수 있다.

30년대를 분수령으로 하여 낡은 시대의 커다란 퇴조의 파동을 독자에게 외친 것은 먼저 시에서였다.

기림起林이 일찍 '백조白鳥의 노래'라고 형용하던 시편들은 기울어져 가는 시대의 엘레지였을 뿐만 아니라 실로 새 시대의 도래를 고하는 하나의 경종警鐘이었다.

---

6 자기의 : '제'(원 발표문).

7 총명한 : 원 발표문에 따랐다. 『논리』에는 '聽明한'으로 되어 있으나, '聰明'의 오식일 것이다.

8 시대가 전환한 그때 그것을 : '時代를'(원 발표문).

혼란이 내방來訪하고 많은 시인들은 집 잃은 어린아이들처럼 방황하였다.

이 동안에 에어 포켓[9]을 메운 사람은 지용芝溶[10]이래도 좋고 혹은 누구래도 무관한 일이다.

우리는 이 사이에 기림까지가 새로운 시인으로서의 위치를 상실했다는 한 사실만 지적하면 족하다.

한 시대가 완전히 종언終焉을 고한 것이다.

요컨대 기림까지가 종언한 시대의 아들이었다는 데 의의는 있다. 기림도 새 시대의 도래에 경이驚異한 일인一人이다.

기림과 우리 구舊 카프 시인들은 제너레이션을 달리하였으나 근본적으론 같은 시대의 한 환경의[11] 시인들이었다.

그 다음에 에어 포켓을 메운 사람들이 또한 하나의 제너레이션일 것이다.

그러나 이 시인들이 새 제너레이션임에 불구하고 새 시대의 인人이 아니었음은 지용의 시가 일절一切로 시대성과의 교섭을 거절하고 있었던 곳에서도 훌륭한 입증을 얻을 수가 있다.

그러한 가운데 이찬李燦의 『대망待望』, 윤곤강尹崑崗의 『대지』, 혹은 나의 『현해탄玄海灘』의 일부분이 씌어졌다. 이것은 낡은 시대의 아들들이 새 시대에서 제 영토를 발견하려는 의욕의 표현이라 할 수 있었고, 또한 구시대를 연장하려는 희망의 반영이기도 했다.

그러나 거듭 말하거니와 한 시대는 이미 종언했다.

거기에서 이찬의 『분향焚香』, 윤곤강의 『만가輓歌』가 스러지는 시대

9 air pocket.

10 원문에는 '芝鎔'이라 되어 있다.

11 한 환경의 : 원 발표문에는 이 구절이 빠져 있다.

에의 장송葬送의 곡으로 울렸다.

뿐만 아니라, 조벽암趙碧岩의 『향수』, 김광섭金珖燮의 『동경』 혹은[12] 김상용金尙鎔의 『망향』에 이르기까지 토탈리즘의 도도한 파도에 대한 부조화의 기분의 반영이 아닌가?

시집들의 제명題名이 물론 제題나 명名이 시집의 전 내용의 표현은 아니다 말하듯이 시인들이 현대로부터 떠나가는 심정의 근본 지향은 상실된 시대의 재현과 깊은 관계를 맺고 있는 것이다.

전자와 후자가 경향과 입장에 있어 막대한 차이가 있음에 불구하고 이 심정과 기분에 있어선 공통한 것이었다.

현대와의[13] 부조화가 그들 사이에 있는 경향과 입장상의 차이를 초월한 것이다.

여기에 현대, 특히 새로운 시대와 시와의 사이에 있는 모순의 차가 실로 막대함을 짐작케 한다.

이 결과가 전기前記의 시인들로 하여금 얼굴을 뒤로 혹은 위로, 요컨대 지상地上에서 돌이키게 한 것이다.

이 경향은 소설보다 시가 훨씬 선행했고, 철저했고, 또한 뿌리깊었다.

소설이 성격과 환경, 혹은 작가 정신의 전적全的[14] 균열龜烈이라 하여 새 시대와 타협할 수도, 분리할 수도[15] 없어 준순逡巡하는 작금간의 사태를 시는 벌써 극한에서 첨예화한 것이다.

이 사실은 소설 상의 새 세대의 초라한 지위를 또한 규정하고 있다.

---

12 원 발표문에는 이 사이에 '近刊엔'이 삽입되어 있다.

13 현대와의 : 『논리』나 원 발표문의 원문에는 '現代옷의'로 되어 있으나 이렇게 수정한다.

14 전적 : '圓的'(원 발표문).

15 분리할 수도 : 원 발표문에 따른 것이다. 『논리』에는 이 구절이 빠져 있는데 문맥상 보충되어야 하겠다.

소설의 신세대가 아직 일선상一線上에 두각을 내밀지 못하고 있음은 결코 기술이 부족해서가 아니다. 신경향파新傾向派 초기의 소설의 급속한 전진을 보라!

구시대의 여운이 아직도 소설단小說壇엔 지배적인 때문이다.

그러나 시단 위에 울리던 구시대의 여운은 벌써 현대로부터 떠나가려는 지향 가운데 이미 다 울려버린 감이 없지 않다.

소설은 인물과 장소를 바꾸면 같은 소리를 2~3차씩 되풀이할 수 있으나, 시는 같은 소리를 같은 운율로[16] 두 번 되풀이할 수는 없다.

운명적으로 새로운 시는 얼굴을 똑바로 들어 위도 뒤도 아닌 전면을, 지상을 직시할 수밖에 도리가 없는 것이다.

*[17]

현대와 서정시의 운명,[18] 요컨대 길은 한 가닥밖엔 없어질 때, 서정의 정신은 놀라운 운명에 봉착하지 아니할 수 없었다.

먼저 시인들이 이미 떠나버린 현대 가운데서, 고독한 시정신이 황무지를 발견한 것은 상상키에 족한 일이다.

> 황무지에는 거츠른 풀닢이 함부로 엉클어졌다.
> 번지면 손꾸락도 베인다는 풀
> 그러나 이따에도

16 운율로: '音律로'(원 발표문).
17 원 발표문의 연재 2회분과 3회분의 제목은 '現代와 抒情詩의 運命―『獻詞』가 表現한 詩人으로의 새 觀念'이다.
18 현대와 서정시의 운명: 원 발표문에는 이 구절이 빠져 있다.

한때는 썩은 과일 찾는 개미떼 같이
촌민과 노라리꾼이 북적어렸다
끊어진 산허리에
금돌이 나고
끝없는 노름에 밤별이 해이고
논우멕이 도야지 수없는 도야지
인간들은 인간들은 웃었다 함부로
웃었다
웃었다!
웃는 것은 우는 것이다.
사람 쳐놓고 원통치 않는 놈이 어디 있느냐
폐광이다 (…下略…)

—「황무지」의 일절(一節)[19]

오장환吳章煥 군의 시집 『헌사獻詞』 가운데 그 중 역작인 듯한 이 시의 일절은 현대에 대하여 젊은 시인이 가지고 있는 관념의 단적인, 그러면서도 일반적 가치가 있는 표현이다.

일찍이 선행한 시인들은 이러한 마당에서 각기 짐을 싸가지고 먼저 그들이 출발했던 마음의 고향에로 돌아갈 수가 있지 않았던가? 하나 그들은 우리 가운데서 생탄生誕한 젊은 사자와 같다.

나의 노래가 끝나는 날은
내 가슴에 아름다운 꽃이 피리라(…중략…)[20]

19 이 글에서 인용된 시들은 각 시집의 원 텍스트를 고려하여 수정한 뒤 텍스트를 훼손하지 않는 범위 내에서 현대 표기로 고쳤다.

새야 새 중에도 종다리야
화살같이 날러가거라

나의 슬픔은
오즉 님을 향하야

나의 과녁은
오즉 님을 향하야

단 한번
기꺼운 적도 없었드란다

슬피 바래는 마음만이
그를 좇아
내 노래는 벗과 함께 느끼었노라

나의 노래가 끝나는 날에
내 무덤에 아름다운 꽃이 피리라

—「나의 노래」

그들의 노래의 조화되지 않고 그들의 정신을 구속하고 있는 현대에서 죽음과 더불어 비로소 그들은 해방될 따름이다. 그것을 시 가운데서 절절切切히 의식할 수 있는 정신은 순정하고 또한 총명한 정신이다.

---

20 원 발표문에서는 이 사이의 중략 구절이 생략되지 않고 삽입되어 있다. "새로운 墓에는/옛흙이 향그러/단 한번/나는 울지도 안엇다."

상계上揭의 시는 시의 새 제너레이션이 자기를 읊은 노래 가운데에 가장 적절하고 아름다운 노래다.

모—든 길이 일제히 저승으로 향하여 갈 제
암흑의 수풀이 성문을 열어
보이지 않는 곳에 술빛는 내음새와 잠자는 꽃송이.

「할렐루야」란 시의 일절에서 그는 저승길 같은 인생에서 감주甘酒의 방향芳香[21]과 꽃송이, 그의 표현에 의하면 '눈이 따겁도록 빠알간 장미'를 노래코자 하였으나 그것은 고독을 벗어나려는 심정의 한 표현에 불과하다. 그의 고독과 비애는 벌써 표현 가능의 역域을 벗어나 있다. 다음에 노래를 다시 하나 들어보자.

저무는 역두(驛頭)에서 너를 보냈다
비애야!

개찰구에는
못쓰는 차표와 함께 직힌 청춘의 조각이 흩어져 있고
병든 역사가 화물차에 실리어간다.

대합실에 남은 사람은
아직도
누귈 기둘러

21 방향: 『논리』에는 '方香'으로 되어 있으나, 원 발표문에 의거해 바로잡는다.

나는 이곳에서 카인을 만나면
목놓아 울리라

거북이여! 느릿느릿 추억을 실고 가거라
슬픔으로 통하는 모든 노선이
너의 등에는 지도처럼 펼쳐 있다

—「The Last Train」

이 1편은 전권全卷 중의 백미白眉다. 뿐만 아니라 근간 시집 가운데[22] 뛰어난 작품이다.

시의 세계의 혈족血族들이 모조리 떠나간 뒤, 역사歷史마저 병들어 도야지처럼 화차貨車에 실려간 뒤, 젊은 시정신은 폐허의 대합실에 탄생하여 기다릴[23] 것이 무엇이냐.

여기는 불행한 시정신이 오열하는[24] 한 절정이요 현대의 순결한 피가 고조高潮에 달한 절정이다.[25]

'카인을 만나면 목놓아 울리라' 통곡은 굉굉轟轟히 지면紙面에 울리지 않는가?

회상하는 심정의 슬픔도 아니요, 비양飛揚하려는 의지의 비통도 아니요, 오직 순조로히 현대를 살 수 있다면 행복하였을지도 모르는 순결한 마음의 조그만 비극이 만들어내는 울음은 한결 더 처창悽愴한[26] 것이다.

22 시집 가운데 : '詩集의'(원 발표문).
23 『논리』나 원 발표문 모두 '기두를'이라 되어 있다.
24 시정신이 오열하는 : '詩精神의'(원 발표문).
25 절정이다 : '때다'(원 발표문).
26 처창한 : '悽悽한'(원 발표문).

이것은 현대에 생을 향유한 것 그 자체가 비극의 알파요 오메가인 심정, 바꿔 말하면 생이 그냥 슬픔인 현대 서정시의 중요한 측면의 표현이다.[27]

오군吳君은 그런 의미에서 자기의 시적 세계 가운데 일반적 가치의 일부분을 함유하고 있는 시인이다.

서정시가 소설이나 희곡과 달라 객관적인 현실성—산문은 이 객관적인 현실성을 통하여 일반적 가치 표현에 도달하는 예술이다—을 가지고 있지 않고, 주로 주관적인 감정과 상념의 표현을 유일의 수단으로 하고 있음에 불구하고 능히 소설과 희곡에 필적할 수 있음은 실로 시가 내면적으로 일반적 세계와 관계하고 있는 때문이다.

일반적 가치 표현에 있어 외면적인 길을 통과하느냐 내면적인 길을 통하느냐 하는[28] 문제는 그러므로 수단의 문제에 불과하다.

오직 어떤 길을 통과하든지, 무슨 수단을 구사하든지 일반적 가치가 그 가운데 함유하느냐 아니되느냐 하는 데 비로소 우열優劣과 가치의 문제가 발생하는 것이다.

그러면,

청춘이여! 지거라
자랑이여! 가거라
쓸쓸한 너의 고향에……

—「헌사(獻詞)」[29]의 일절

27 표현이다: '一表面이다'(원 발표문).
28 통하느냐 하는: '通過하느냐의'(원 발표문).
29 이 시의 전체 제목은 '獻詞 Artemis'이다.

고은 달밤에
상여야, 나가라
처량히 요령 흔들며

(…중략…)

상여야 고웁다
어두운 숲속
두견이 목청은 피에 적시어 ……

—「상렬(喪列)」의 일절

라든가 하는 일련의 감정의 일반적 가치는 무엇일까?

먼저 나는 그가 멸滅하여가는 것에 아름다움을 발견한 것을 공적으로[30] 삼는다. 멸하여가는 것은 아름다워짐으로써 다시 회귀하지 못하는 세계로 돌아가는 것이다.

인간은 결혼할 때와 같이 죽어서 다시 한번 성장盛裝해보는 것이 아닌가? 최후의 성장의 꽃다움이 울음과[31] 꽃의 아름다움이 그를 무덤으로 보내는 것이다.

이것은 지나간 시대의 종언의 확인이다. 『헌사』 1권이 새삼스럽게 회귀하지 않을 시대의 모습을 우리에게 전해줌을 느끼는 것은 결코 과장이 아니리라.

모름지기 멸하여가는 것에 눈물을 기울임은

30 공적으로 : 원 발표문이나 『논리』에는 '功績을'로 되어 있으나, 오늘날의 문법에 맞게 수정하였다.
31 울음과 : '노래와'(원 발표문).

분명 멸하여 가는 나를 위로함이라. 분명 나 자신을 위로함이라

—「영탄(咏懷)」의 일절

이 시인에게서도 우리는 현대적 생의 무슨 적극적 보람의 길을 발견치 못함은 사실이다. 그런 의미에서 그는 우리와 운명을 같이하고 있는지도 모른다. 그러면서도 우리와 다른 것은 그가 현대 가운데 아무 관념도 가지고 들어오지 아니한[32] 데 있다.[33]

이 단순성이 그의 시를 순결히 만들고 아름다히 정련精鍊한 원천이다.

의태凝態와 허위를 섞지 않은 슬픔의 정을 우리는 그냥 지나칠 수는 없다. 그의 페시미즘을 또한 비난할 수 없는 이유가 여기에 있다. 또한 로맨티시즘이 부질없이 화미華美하지[34] 않고 순수한 이유도 여기에 있다.

오군의 시집 가운데서 우리는 서정시의 현대적 운명의 일단一端을 발견할 수 있는 것이다.

이 점은 『헌사』의 제일 귀중한 공적이다. 최초로부터 서정시는 기교주의와 무연無緣한 것이다. 현대에 대한 서정시의 비타협 정신이란 이러한 곳에서 연소燃燒되는 것이다. 『헌사』는 그런 의미에서 현 시단에 도도히 흐르는 언어의 유희에 대한 치열한 반항의 선언이기를 나는 희망한다.

32 아니한: 『논리』에는 '안한'으로 표기되어 있다.

33 그러면서도 우리와~아니한 데 있다: 원 발표문에는 이 문장 대신 다음 문장들이 삽입되어 있다. "그러나 그에게서 우리와 가치 過去의 重荷를 現代의 大道上을 끌고 다니는 보기 실흔 光景은 發見할 수 업다. / 單純히 아무 混合物도 업시 現代의 不幸과 悲哀가 그의 世界 가운덴 영롱할 따름이다."

34 화미하지: 『논리』에는 '美하華지'로 되어 있으나, 원 발표문에 의거해 바로잡았다.

현대시의 일로부터의 무슨 정신적 방향은 실로 여기에서부터다.

여기에 내가 『헌사』를 애송하는 이유가 있다.

「싸느란 화단花壇」, 「체온표體溫表」, 「무인도」, 「헌사」 그타他에서 볼 수 있는 데모니쉬[35]한 길이 명백히 부정된다 할지라도, 오늘날 성실하고 재능 있는 젊은 시인의 심정이 나락奈落을 엿본다고 또한 비난할 수도 없는 것이다.

먼저 무사상無思想의 기교주의를 한번 시단에서 몰아낼 필요가 있다.

시신詩神의 영토에 직장職匠은 본래로 무연無緣한 것이다.

*[36]

시가 언어의 수도囚徒[37]이어서는 아니 된다. 언어는 오히려 정신의 편리한 주택이어야 한다.

이미지가 또한 언어에 준하는 것이다. 이미지 가운데서는 언어에서보다도 정신은 자유로워야 한다. 시정신은 결코 언어로 이미지를 만드는 기술은 아니다.

그러나 현대시의 한 조류가 이미지를 만드는 일에서 출발한 것을 우리는 안다. 이것은 저 세기말의 심볼리즘이 울리던 처량한 음악에 대한 반동인 것을 또한 우리는 숙지하고 있다.

그렇지만 이와 똑같은 의미에서 이마지즘이 심볼리즘의 전통에서 종내 벗어나지 못했음을 부정할 수도 없다.

---

35 demonisch.

36 원 발표문의 4회 연재분의 부제는 '言語·「이메지」·精神 — 十字路上에 方向을 찻는 『瓦斯燈』의 指標'이다.

37 囚徒 : 『논리』에는 '囚從'으로 되어 있으나 원 발표문에 의거해 바로잡는다.

슈르레알리스트들의 대담한 시험이 이 사실을 증명하지 않았는가?

비록 심볼리즘이 로맨티시즘 가운데의 불협화음을 제거해버린 것과 마찬가지로 슈르레알리즘이 이마지즘 가운데의 복잡한 색채를 단순화하였다 할지라도, 결국 그들은 음악 대신에 회화繪畵를 선택한 데 불과하다.

그들은 다같이 시를 정신의 심오한 세계에서 격원隔遠시켰다.

여기에 일찍이 심볼리즘에서와 마찬가지로 이마지즘 가운데 고독과 정적靜寂이 깃들었던 이유를 발견할 수 있다.

그러나 이마지즘은 우리 조선에서 그다지 안식할 시간과 장소를 얻지 못하였었다.

그것은 우리가 기림起林에서 볼 수 있던 지성과 새타이어로 비상非常하게 개혁되지[38] 아니할 수 없는 운명에 있었다.

그것은 우리의 풍토의 시대 심리가 대단히 거칠었기 때문이다.

시보다도 과학과 행동강령이 요구되었기 때문이다.

그러나 시가 전前 시대의 근소한 생존자의 하나로 잔존하게 되는 금일에 언어가 엮는 미묘한 회화繪畵를 감상하게 됨은 하등 경탄할 여지가 없다. 당연한 사실의 하나다.

시집 『와사등瓦斯燈』을 읽으면서 이상과 같은 감상을 느꼈다고 또한 부당을 책할 사람도 없지 않을까?

「오후의 구도構圖」로 비롯하여 「해바라기의 감상感傷」, 「향수鄕愁의 의장意匠」, 「창백한 산보」, 「지등紙燈」, 「산상정山上町」 등의 근처에 이르기까지 우리는 맑게 쓸어놓은 외인外人의 주택지를 걷는 듯한 여러 가지 풍경에 접할 수 있다.

38 개혁되지 : '改革되어 輸入되지'(원 발표문).

이렇게 고요하고[39] 단정한 산책은 금일의 시정신의 불가피한 생활 윤리의 하나일지도 모른다.

여기에 우리는 훤소喧騷를 피하려는 심정을 본다. 그것은 또한 오탁汚濁을 두려워하는 순결한 심정이기도 하다. 그러기에 또한 고독을 이기기 어렵고 비애에서 자유로울 수가 없다. 오직 시인은 그것을 숨기는 데 그의 이지理智를 구사하고 있을 따름이다.

작품들이 유리알처럼 맑은 것은 이 때문이다. 나는 시인에게 있는 이 심혼心魂의 순결을 자랑하고 싶다. 실로 시인에게만 이 순결은 보유되는 것이다. 그 대신 모든 언어가 전부 소복素服을 입는다. 풍경에서 색채의 풍다성豊多性이 소실된다. 바꿔 말하면 여러 가지 회화가 한 색깔로 칠해지는 것이다. 이 한 색이 시인詩人의 마음의 색채다.[40] 오직 시정신은 이 한 색깔을 고르는 데 표현될 따름이다.

이 점에서 현대의 시는 소설보다도 회화와 가까웠다.

이브 탕기Yves Tanguy의 회화와 루이 아라공Louis Aragon의 시! 그것은 한 붓이 그린 두 가지의 예술이었다.

그러나 와사등瓦斯燈의 청백淸白한 등광燈光도 교란될 한도가 오는 법이다.

> 차단—한[41] 등불이 하나 비인 하늘에 걸려 있다.
> 내 호올로 어델 가라는 슬픈 신호냐
>
> —「와사등」의 일절

39 고요하고: '靜하고'(원 발표문).
40 색채다: '色人이다'(원 발표문).
41 차단한: 『논리』에는 '찰란—한'으로 되어 있으나, 원 발표문 및 김광균의 『와사등』에는 '차단—한'으로 되어 있다.

이 시인으로서는 참말 위험한 발언이다. 어째서 이 시인은 별안간 이러한 난문難問을 제출하는 것일까?[42]

내 무슨 오지 않는 행복을 기다리기에
스산한 밤바람에 입술을 적시고
어느곳 지향 없는 지각(地角)을 향하여
한옛날 정열의 창근(蹌踉)한 자최를 그리는 거냐
끝없는 어둠 저으이 마음 서글퍼
긴— 하품을 씹는다.

아— 내 하나의 신뢰할 현실도 없어
무수한 연령(年齡)을 낙엽(落葉) 같이 띄워 보내며
무성한 추회(追懷)에 그림자마저 갈갈이 찢겨

—「공지(空地)」의 일절

고독에 대한 인내력도 종언하려 하고 정열을 숨겼던 정밀靜謐도 찢어지며 회한의 열염熱炎이 다시금 새로이 불타려고 한다.

황혼을 쫓아 네거리에 다름질치다
모자도 없이 광장에 서다

—「광장(廣場)」의 일절

42 제출하는 것일까:『논리』에는 '提出함는원일가'로, 원 발표문에는 '提出하는원일까'로 되어 있다. 아마 '제출함은 웨(=왜)일까'의 오식이겠는데, 이 문장이 '어째서'로 시작하는 만큼 '제출하는 것일까'로 수정했다.

그는 틀림없이 십자로十字路 상에 나온 것이다. 방향의 결정이 그의 박두迫頭한 운명이 아닐까? 심연으론가? 광장으론가? 그것은 아무도 모르는 비밀이다.

이 비밀을 위태로이 위태로이 곱게 싼 시 1편이 김군의 가작으로 이 최후에 실린 「설야雪夜」리라.

*[43]

윤곤강尹崑崗 군의 신저新著 『동물시집』을 읽으며 아폴리네르G. Apollinaire를 연상한 것은 나뿐이 아닐 것이다. 여러 가지 점에서 이 시인은 아폴리네르를 빌렸다. 그렇다면 『동물시집』이 곧 아폴리네르의 모방이라든가 그러한 제작 태도가 비독창적[44]이라든가 하여 비난한다면 물론 속된 비평이라 가히 개의할 바 되지 못하는 견해다. 『동물시집』의 작자는 결코 음모陰謀를 가지고 있지 않다. 모방은 언제나 그 속에 음험한 기도企圖를 품고 있는 법이다. 요컨대 텍스트를 밝히지 않는다.

이 시인의 솔직하고 공명한 태도에는 분명히 텍스트에의 도전이 표명되어 있다.

아폴리네르의 의상衣裳을 빌면서 아폴리네르를 초월한다. 이러한 패기와 정복욕을 또한 우리는 이미 고인이 된 아폴리네르에서도 보았다.

---

43 원 발표문의 5회 및 6회 연재분의 부제는 '詩의 裝飾性과 單純性—尹崑崗 君의 『動物詩集』 小考'이다.

44 비독창적 : 『논리』에는 '非獨創作的'이라 되어 있으나, 원 발표문에는 '非獨創的'이라 되어 있다.

후인(後人)이여 기억하라.

나는 왕자(王者)가 멸(滅)해갈 때 이 세상에 나온 것이다.

생각하면 아폴리네르가 이른바 소매에다 세 개의 별을 달고 시단에 등장한 것은 20세기 초 위대한 제왕 보들레르C. P. Baudelaire가 이미 타계하고 불란서 심볼리즘의 최후의 여광餘光이 파리의 석양을 찬연히 물들였을 때다.

그는 생탄生誕하면서부터 자기의 불행을 직각直覺한 것이다. 이 속엔 만일 왕자王者의 시대에 났더라면 나는 반드시 태자太子였으리라는 반어가 들어 있었다.

장황히 우리가 아폴리네르에 구애拘碍됨은 먼저도 말했거니와 『동물시집』이 아폴리네르적이어서가 아니라, 두 시인의 운명이 근사近似하고 또한 거기에서 일어나는 포즈가 비슷하기 때문이다.

『대지』는 분명히 지나간 슈트룸 운트 드랑[45]의 위대한 시대의 장중한 여운이다. 『만가輓歌』[46] 또한 이지러져가는 시대에의 최후의 열애의 노래였다. 혹은 장송葬送의 곡일지도 모른다. 그러나 『만가』에선 별다른 광란이 시작된 것이다. 이 광란은 단지 구시대와의 결별의 미련뿐이 아니라, 중요한 것은 허망과 회의의 광란이었다.

무엇을 지주支柱로 하여 시는 연명될 것이냐?

이 안정 상태는 이 시대의 시인이 공통으로 체험한 정신 상태이기도 하다.

『만가』에는 조화는 물론 통일도 균제均齊도 없었다. 양식의 안정이 없었던 것도 당연한 것이다.

---

45 Strum und Drang, 곧 질풍노도(疾風怒濤).

46 『대지』(풍림사, 1937)와 『만가』(동광당서점, 1938)는 모두 윤곤강의 시집.

그런 다음에 우리가 읽은 것이 『동물시집』이다.

왕자王者가 살지 아니할 때 일찍이 왕자의 정신분명히 구시대는 왕자의 시대다! 으로 훈도薰陶를 받은 젊은 시인의 행방은 우리의 중요한 관심사가 아닐 수 없다.

『동물시집』은 『만가』 이후의 이 시인이 가는 곳을 희미하게나마 짐작케 하는 바가 있다.

주변성이 많어서
망테기를 질머졌니?

그렇게도 목숨이 아까워
물통마저 달아맸니?

조상 때부터 오늘까지
부려만 먹힌 슬픔도 모르는 채,

널름 널름 혓바닥이
종이쪽까지 받어먹는구나.

—「낙타」

이 시는 『동물시집』 중에 그 중 우수한 작품의 하나같이 생각되는데, 우화적인 데서 출발하여 은유적인 데서 끝났다. 최근에 쓰는 시론 「시의 진화와 방법의 진보」[47]에 비추어보아 더욱 그런 감이 없지 않

47 『동아일보』, 1938.8.17~24에 발표한 윤곤강의 평론.

다. 그 전 경향시인傾向詩人으로서 이미지로 가는 것보다는 메타포로 가는 길이 훨씬 가까운 것은 사실이다. 그러나

터―ㅇ 비인 방안 한구석에
무덤처럼 고요한 어둠이 서릴 제,

똑 똑똑 문설주를 좃는[48] 것은
생쥐도 나나리도 아니란다.

조으면 재미가 나서 똑 똑똑
이밤을 좃는 외론 마음이란다

―「문각시」

이 시는 6행에 불과하면서도 지리支離한 작품이다. 이지理智가 감상感傷을 언어 속에 구금하지 못한 까닭이다. 「달팽이」, 「붕어」, 「비달기」, 「매아미」와 더불어 새 시대에의 낡은 고독의 역域을 넘지 않았다.

썩은 집 누리 밑에서
굼벵이가 매아미의 화상을 쓰고
슬금 슬금 기어나온다, 기어나온다.

반쯤 생긴 저 날개가 마저 돋으면

48 이 시에서의 '좃는' '조으면'은 동사 '쪼다'의 활용형 '쪼는', '쪼면'의 의미인데, 윤곤강의 『동물시집』에서의 표기를 살려 그대로 두었다. 참고로 『논리』에는 각각 '쫏는' '좋으면'으로 표기되어 있다.

저놈은 푸른 하늘로 마음껏 날 수 있고

햇빛 찌는 나뭇그늘에 노래도 부를 테지

누구냐? 굼벵이를 보고
〈꿈틀거리는 재주뿐이라〉고 말한 것은,
〈꿈틀거리는 재주뿐이라〉고 말한 것은,

—「굼벵이」

등 작품에서 보는 치열한 의지와 정열과의 사이에 개재介在한 우심한 차이다.

이것은 광란하는 심리다. 자아의 위축과 팽창의 부단한 교대다. 더욱이 이상에 열거한 시에서 보는[49] 한 다분히 상식화한 형태로의 교대다. 그리고 결정적인 특색은 그 사변적 요설적인 점이다. 하나의 관념이 될 만큼 단순화되지 않으면 언어는 시에다가 질서를 허여하지 않는다. 메타포는 언어의 재생산이다. 언어의 낡은 의미를 축출하고 새로운 의미를 함축시키는 작용이다.[50]

그러기 위하여는 사상과 지성이 사변과 요설을 대신하지 않으면 아니 된다.

하물며 상게上揭한 시들 가운데 발견할 수 있는 관념의 편린들이 적어도 우리가 보는 한 새롭지 아니한데서야 문제는 일층 곤란해진다.

그러나 아폴리네르에다가 이 시인이 현대의 우리 시의 특유한 내용을 바쳐 넣으려고 한 기도는 이해할 수 있다. 그런 의미에서

49 보는 : 『논리』에는 '본'으로 되어 있으나, 원 발표문에는 '보는'으로 되어 있다.
50 작용이다 : '것이다'(원 발표문).

바보 미련퉁이라 흉보는 것을
꿀꺽 참고 음메! 우는 것은

지나치게 성미가 착한 탓이란다.
삼킨 콩깍지를 되넘겨 씹고
음메 울며 슬픔을 색이는 것은

두개의 억센 뿔이 없는 탓은 아니란다.

—「황소」

이 1편은 「낙타」와 더불어 우리가[51] 애송할 수 있는 시다. 착란錯亂의 시대에 고요히 앉아 시를 짓는 고요한 심정을 엿볼 수 있는 가작이다.

그러나 「당나귀」, 「사슴」 등의 작품에선 어릴 만치 동경의 정이 노래됨은 무슨 까닭일까?

통틀어 이 시인은 『동물시집』을 통하여 다시 한번 혼란과 방황을 표시하지 않을까? 일부러 일찌감치 자리잡고 앉을 필요는 없으나, 그러나 이 시인의 기도하는 바의 양식의 건설일찍이 아폴리네르는 패러독스의 순수한 사랑에서 이것을 건설하였다은 적어도 혼란과 방황이 끝난 뒤를 기다리지 아니하고는 불가능하리라는 것은 단언할 수가 있다.

이 점은 또한 이 시집의 양식상의 불통일 위에도 적용되어야 하리라.

현황絢煌한 장식성을 피하려는 경향괴테J. W. Goethe, 푸쉬킨A. Pushkin 등의 위

51 우리가: 『논리』나 원 발표문에는 '우리의'로 되어 있으나 수정했다.

대한 서정시가 모두 이런 단순성에서 씌어졌다과 단순성을 취득하려는 경향은유적 양식은 언제나 언어의 왕성한 장식화에서 출발하였다의 부조화적인 혼재混在다.

그렇다고 「반디불」, 「원숭이」 등의 단순한 기지機智를 이 시인이[52] 더듬을 장래의 길이라고 생각키엔 『동물시집』의 작자에 대한 우리의 기대가 좀더 클지도 모른다. 「거미」는 그런 의미에서 암시적 작품이다.

현대와 밀착하고 그것과의 집요한 길항拮抗 가운데서 여하튼 현대시는 건설되는 것이다. 그렇지만 현대시가 『동물시집』의 양식에 접근하려면 다시 하나의 계단이 필요하다. 내면적 심화와 지적 순화가 그것이다. 아폴리네르의 패러독스의 순수에 대한 사랑은 외부로 향하지 못하는 치열한 내부 정신과 정복욕의 일단一段의 비약의 결과다.

*[53]

이러한 제 경향들은 적어도 우리 시의 신시대를 예언하는 각양各樣의 계시啓示다. 일체를 믿지 않는 정신, 그러면서도 일체를 믿을 수 없는 슬픔은, 그것은 이교도異敎徒의[54] 생래生來의 비애다. 그의 비대한 체구와 더불어 절절한 회한의 서정은 『헌사』가 기여한 우리 시단의 아름다운 새 재산이다.

혹은 이미지의 단조롭고 불길한 고요함으로부터의 내면화의 운동은 30년대 이래로 우리 신시 위에 모더니티의 바람을 몰아오던 신흥

52 시인이 : 『논리』나 원 발표문에는 '詩人의'로 되어 있으나 수정했다.
53 원 발표문의 연재 마지막회 부제는 '奢侈의 精神과 素朴의 精神—咸氏의 『앵무새』와 許氏의 『박꽃』'이다.
54 『논리』에는 '異敎從의'로 되어 있으나 원 발표문에 의거해 수정하였다.

시파新興詩派의 새로운 방향전환이요, 하나의 귀결이다. 이것은 『와사등』의 공적이다.

여기에 비하면 『동물시집』의 광란과 방황은 낡은 경향파 시에서 자라난 시정신의 고민의 상징이다. 이 고민의[55] 과정 가운데서 젊은 시인들이 20세기에 발명된 모든 양식을 통과해보는 것도, 비록 지금 곧 수확을 거둘 수 없다 해도 명일을 위하여 확실히 보람있는 일이다.

그러면서도 이 시인들이 근본적으로 새 시대의 표치標幟일 수 있는 점은 그들 개개의 경향상 차이에 불구하고 각자에 공통한 일반 특성이다.

그것은 구시대에의 반성, 이중의 의미에서의 반성이다.

기교주의의 사치성에 대한, 또는 경향시파傾向詩派의 소박성에 대한 새 세대의 자각이다. 물론 이 반성과 자각이란 것은 단일한 것은 아니며 또한 그것으로부터의 발전도 한 까닭의 것은 아니다.

*

그러나 우리에게 있어 직접의 과제는 역시 최근 수년간 우리 신시유사 이래로 처음 보는 시정신의 퇴락을 초래한 시의 기교화, 사치성에 대한 단호한 결별이다.

> 피 뱉은 듯 붉게 타는 '츄—맆'
> 너의 입술에 떠도는 요염한 웃음
> 여인아 너의 유방을 감춰주렴

55 상징이다. 이 고민의 : 『논리』에는 빠져 있는데 원 발표문에 의거해 다시 채워넣었다.

언제나 너는 내 마음 속에서 산다면서
밤이면 또 하나 다른 태양을 사모함은
너의 천성이드냐
그 속에 감초인 꿈이 재앙스럽다

여인아 날이 밝으면
나는 너의 혀를 잘라 안주를 마련하고
밤을 기다려 술을 나누련다.

— 함윤수(咸允洙) 『앵무새』 중의 「휴-립」

불공평을 피避키 위하여 전문을 인용했거니와 이 시 가운데 기교주의에의 모방, 그 중에도 일시 우리 시단에 전파되었던 말초화末梢化된 기교시파의 역력한 각인이 남아 있고, 그것을 모방하려는 심리 가운데 시를 주로 언어의 색채로 장식하려는 습성이 뿌리깊이 박혀 있다. 이것은 시적 정신의 극도의 빈곤의 전형적 표현이다. 바꾸어 말하면 이것은 허식虛飾의 감정, 사치의 정신의 우회된 표현이다.

이것은 단순한 내용을 화미華美하게 표현한 낡은 로맨티시즘이나 이마지즘의[56] 장식성과는 근본적으로 구별되는 것이다. 시 전체가 하나의 단일한 사치의 정신의 개화開花다. 앵율화罌粟花와 같이 이런 시가가 꽃다운 점이 있는 것은 극도의 사치성에서 유래하는 것이다.

기교적인 경향에서 사치성에의 승화는 기교주의적 방향의 무내용을 폭로하는 일대 절정이다.

56 『논리』나 원 발표문에는 모두 '「이마니즘」의'로 되어 있다.

실렁거리든 누우런 꿈이
묵기어 간 기름빠진 사래에
이삭군이 가난한 그림자도 끊어지고

태양은 한갓 거츨어졌다
번뜩 번뜩 병든 잎은 지는데
모아들든 참새떼는 기억의 나래 돌리고
서리맞은 싸아늘한 바람만이
곡식 그루에 까아츨하다

첫눈 배인 무거운 구름이
망서리다도 쫓기우고
독수리 같은 검은 그림자
성급히 이랑을 기어 넘는다

—「낙추(落秋)」—허리복(許利福)『박꽃』 중의 일개

이즈음엔 벌써 기억하는 이조차 드문 나이브한 리얼리즘의 일 전형이다.

조화와 평안을 희구하는 심정, 그것을 고요한 일폭一幅의 회화繪畫를 통하여 추구하는 정신, 그리고 이 모든 것을 한 세계로 하여 하나의 일관한 상념을 전개하는 시의 재래의 습속을 오늘날 이 시집이 추억시켜줌은 즐거운 일이다.

우리의 시가 19세기의 소박성으로 돌아간다는 것은 원치 않는 일이나, 서정시의 심오한 단순성으로 회귀한다는 것은 결정적으로 중요한 일이다.

단순성! 그것이야말로 금일의 시가 상실하고 있는 최대의 재산이요, 이것이야말로 또한 서정성의 불변한 생명이다.[57]

사치의 시에서 단순의 시에로의 회귀, 시의 이러한 현대적[58] 르네상스를 위하여는 소박의 정신은 그 관문의 하나다.

언어의 데코레이션으로부터 시의 해방을 위하여 실로 오늘날 우리는 일체의 방법을 고구할 필요가 있기[59] 때문이다.

57 또한 서정성의 불변한 생명이다 : '抒情性의 生命이다'(원 발표문).
58 시의 이러한 현대적 : '이 詩의 現代의'(원 발표문).
59 방법을 고구할 필요가 있기 : '方法에 대한 考究가 必要하기'(원 발표문).

제6부

송영(宋影)론[•]

존경하는 송형宋兄!

이제 뜻하지 않은 기회를 얻어 형에게 드리는 서한書翰을 초草함에 있어 무엇보다도 앞선 그것은[1] 형과 제弟, 그리고 우리 조선의 진보적 문학예술운동의 긴 역사의 허다한 기억입니다.[2]

돌이켜보건대 아직 세정世情이 그 무엇인지를 모르고 오직 문학 예술이라는 것에 대한 어렴풋한 감상感傷을 가지고서 자기의 앞길을 공상하던 일개 약관弱冠 소년이 형들의 열어 놓은 광영光榮스러운 길을 따른 지 이미 10년이 지나갔습니다.

• 『신동아』, 1936.5. 당시 『신동아』지에 연재하던 '평론가로서 작가에게 보내는 편지'의 제3회 째 글로 발표되었으며, 발표 시의 원 제목은 '畏友 宋影兄께'였다.

1 앞선 그것은: 원 발표문에는 빠져 있다.

2 조선의 진보적 문학 예술운동의 긴 역사의 허다한 기억입니다: '朝鮮 푸로레타리아 文學運動의 기－ㄴ 歷史의 雜多한 記憶이 터지는 샘처럼 禁할 수가 없읍니다'(원 발표문).

이 10년 동안 우리 문학・예술운동의 거대한 발자취와 형을 비롯한 많은 선배, 동료들의 한없이 귀중한 노력과 사업의 성과에 비하여 제弟가 더럽힌 그 말석末席의 행정行程은 실로 생각하기에도 등에 땀이 나고 얼굴이 화끈해옴을 금할[3] 도리가 없습니다. 그러나 지금 나는 이러한 비교적 우리들의 사적인 생활 국면을 이야기하고자 이러한 곳에서부터 기필起筆하고 있는 것은 아닙니다.

그것은 형이 우리 조선의 진보적 문학・예술운동의 역사 가운데서 반드시 차지해야 할 영예있는 지위에 대하여 경의를 표하는 것으로부터 이 서한을 시작함을 나의 의무라고 생각하기 때문입니다.

형도 아시다시피 우리 조선의 진보적[4] 문학・예술운동의 역사는 아무에게도 번연히 알려진 것 같이 되어 있으면서도 실은 도무지 똑똑한 과학적인 조명을 받지 못한 채 금일에 이르렀습니다.

나는 전일 우리의 문학운동 직접의 단초를[5] 이룬 신경향파新傾向派 문학의 역사에 관한 일 소논문[6]을 기도企圖해본 일이 있었습니다. 그때 내가 열독閱讀한 약간의 자료, 사론史論 등을 통하여 더욱 이 감感을 깊이 했습니다.

그러나 나의 투철치 못한 안식眼識과 비재菲才, 박식薄識은 또 하나 이러한 졸렬한 지설紙屑을 늘였을 뿐으로 아무 기여도 없이 그릇된 전철前轍을 밟고 말았습니다.

그것의 가장 본질적인 점은 역시 신경향파문학과 그 운동의 성질, 내용과 발생사에 대한 일반론의 굴레 밖을 나서지 못한 것입니다. 특

3 등에 땀이 나고 얼굴이 화끈해옴을 금할: '등의 서늘함과 얼굴의 더움을 가리울'(원 발표문).

4 조선의 진보적: '朝鮮 푸로레타리아'(원 발표문).

5 단초를: '端處를'(원 발표문).

6 임화의 「조선신문학사론 서설」(『조선중앙일보』, 1935.10.9~11.10)을 가리킨다.

히 이러한 결함을 초래하는 기본의 이유는 문학사적 관찰에 있어 시민적[7] 과학의 전통인 문제의 문학적, 진실로 표면적인 측면만을 관심하는 형식론과, 또 하나는 우리 신흥과학新興科學이 때로 범하기 쉬운 공식주의를 가지고 구체적 사실을 척도尺度하는 태도로부터 충분히 자유롭지 못했다는 그것입니다.

그것은 다른 것이 아니라 1925년 '카프'의 결성에 이르는 동안에 조선의 진보적 문학을 담당해오던 신경향파의 구성적 내용에 대한 불충분한 분석이고, 따라서 신경향파 자체 내에 점하고 있는 각개의 그룹과 내지 개인의 지위와 역할에 대한 적당한 평가의 결여 그것입니다.

아마도 이 시기의 역사에 관하여 가장 신빙할 수 있고 또 상세한 기술記述을 가진 것은 대정大正 14년[8] 1월 1일부 『조선일보』에 발표된[9] 팔봉八峯의 노작勞作일 것입니다.[10]

그러나 이 논문에서도 역시 우리는 카프 결성까지의 간단한 문학적·사상적 경로에 대한 평범한 기술과 실제 운동과 현실 정세의 병존적 인과因果를 공식적으로 대치對置한 것밖에 이상 무엇을 찾을 수 없습니다.

이리하여 불행히도 신경향파문학을 구성하는 양대兩大의 예술적·조직적 부분의 하나이고, 이곳[11] 문화영역 안에 가장 일찍이 경향성傾向性[12]의 깃발을 올린 형과 이호李浩 씨를 중심으로 한 염군사焰群社 그룹의 임무와 위치는 아무데서도 정당한 평가를 받지 못한 채 금일에

7 시민적 : '뿌르주아'(원 발표문).
8 서기 1925년에 해당함.
9 『논리』나 원발표문 무두 '發展된'으로 되어 있으나, '展'은 '表'의 오자일 것이다.
10 昭和 4년[서기 1929년-편자주] 『조선일보』 신년호 「10년간 조선문예 변천과정」. (원주)
11 이곳 : '이나라'(원 발표문).
12 경향성 : '勞動階級'(원 발표문).

이른 것입니다.

나는 형이 잡지 『문학창조』 1호에 당시의 회상을 술회하시기[13] 몇 해 전 벌써 수차 형 자신의 입으로 이때 사실事實과 우리들의 논평이 사실史實에 정통치 못하다는 나무람을 들은 기억이 있습니다.

위선爲先 무엇보다도 염군사의 역사상 위치는 회월懷月, 팔봉 등의 '파스큐라'의 앞에 정해져야 할 것이며, 어떠한 의미에서 보면 파스큐라 그것을 가능케 한 문화적 사상적인 요인으로서의 역할을 연演한 것이라 보아져야 할 것입니다.[14]

이 사실을 증명하는 흥미있는 사료로서 형의 술회의 일부를 끌어옴을 용서하십시오.

> 이호(李浩)는 적효(赤曉)[15]와 나에게 대하여
>
> "무엇 때문에, 누구를 위하여 군들은 문학을 하려느냐?"는 말을 물었다.
>
> 나는 서슴지 않고 대답했다.
>
> "예술은 지고(至高)·지엄(至嚴)·지순(至純)한 감정의 전달일 뿐이다. 그러니까 '누구'나 '무엇'에 매어달릴 것이 아니라, 예술 자신의 황홀한 존재를 위하여서다."
>
> 이호 군은 웃었다.[16]

---

13 송영이 '鷲峯山人'이라는 필명으로 발표한 「신흥예술이 싹터나올 때—그때의 裏面史」(『문학창조』, 1934.6)를 가리킨다.

14 '파스큐라'는 김기진(金基鎭), 박영희(朴英熙), 안석주(安碩柱), 김석송(金石松), 이익상(李益相), 김복진(金復鎭) 외 수인(數人)이 조직한 예술단체로, 구성원의 성명 영문두자(英文頭字)를 따서 종합하여 만든 명칭이라 한다. 팔봉은 상기 논문에서 파스큐라는 염군사와 함께 대정(大正) 12년 창립이라 하나, 사실은 염군사는 파스큐라보다 1년 전인 대정 11년 창립이다. (원주)

15 적효 : 원 발표문이나 『논리』의 원문에는 '赤燒'라되어 있으나 바로잡았다.

16 소화(昭和) 9년 6월 잡지 『문학창조』 소재 송영(宋影)의 「신흥예술이 싹터올 때」. (원주)

대정大正 11년[17] 조선의 사회운동[18]이 최초의 계몽시대를 지날 때 형이 자기의 예술적 방면을 돌릴 즈음에 부딪친 현실이 이곳에 나와 있습니다.

그러나 나는 형으로부터 들은 수다數多의 교훈 깊은 회화會話 가운데서 대단히 중요한 다음의 일구一句를 다시 인용하겠습니다.

6~7년 전인가 겨울 형이 교편을 잡고 계시던 '녹번이고개' 넘어 사립학교에서 형을 돕고 있는 수주數週, 어느날 밤 형은 염군사 시대에 대한 추억을 이야기하시면서 적효赤曉[19] 군인가와 더불어 팔봉을 방문했던 말을 들려주신 일이 있습니다.

그때가 아마 팔봉, 회월이 순수예술에 회의를 품고, 『백조白潮』 그룹과 결별한 때인가 봅니다. 그리하여 형들이 팔봉을 대하여 전일 형 자신이 이호 씨한테서 힐문당한 그것과 똑같은 의미의 말로 경향문학의 옳음을 말하고 '염군'과 협동 합작하자는 제의를 했다가 예기豫期한 바 성과를 못 얻고 실패했다는 말씀을 하셨습니다.

후일 형들의 염군사와 팔봉들의 파스큐라가 합하여 예술동맹이 탄생한 것을 생각할 제, 우리는 비로소 기성 문인은 말할 것도 없고, 우리 운동의 창시자 팔봉, 회월 들이 아직 『백조』적 한계를 완전히 뛰어넘지 못했을 대정 11년 10월에 '본사는 무산계급[20] 해방문화의 연구급及 운동을 목적으로 함'이라는 강령 밑에서 조선 최초의 경향적[21] 예술 잡지를 편집한 형들의 의의를 옳게 평가할 수 있을 것입니다. 그러나 불행히 이때 『염군』은 나오지 못했고, 또 사실은 희미해져서 형의

17 서기 1922년.
18 사회운동: '近代的 勞動者運動'(원 발표문).
19 적효: 역시 원 발표문이나 『논리』에는 '赤燒'로 되어 있으나 바로잡는다.
20 무산계급: 『논리』에서는 생략되어 있으나 원 발표문에 의거해서 보충하였다.
21 경향적: '社會主義的'(원 발표문).

작품을 독자가 읽을 수는 없었습니다.

그러나 형의 표면으로 나타난 문학적 활동은 웬일인지 팔봉, 회월이 수다數多한 에세이, 소설 등으로 신경향파의 화려한 길을 닦아놓은 뒤의 일입니다. 이 가운데 사정에 대하여서는 아직 나는 직접 형과의 담화에서도, 또 그타他 발전된[22] 문서를 통하여서도 수긍될 해답을 듣지 못했습니다.

그러나 나는 파스큐라에 비하여 염군사 사람들이 문단적으로 뒤늦게 표면화하고 또 혹은 전자보다 화려치 못했음은 약간의 이유가 있다고 봅니다.

첫째는 팔봉도 전기 논문에서 언급한 바와 같이 '파스큐라'가 문단 자신 내의 일 사실인 대신 형들의 '염군'은 문단권외文壇圈外에 섰었던 때문이라고 볼 수 있으나, 이러한 현상의 내용으로 들어가보면 그 그룹이 갖는 질적인 상이점이 있습니다.[23] 그것은 일언一言으로 말하라면 '염군'이 비교적 높은 사회적 관심과 좀 얕은 문화적 교양을 가지고 있던 대신 '파스큐라'는 사회적 관심에서 전자에 미급未及했고 문화 교양에 있어 높았다고[24] 볼 수 있어, 후자가 곧장 문학의 대도大道를 매진邁進한 대신 전자는 그대로 정치생활로 진출했거나 일부는 다른 생활을 거쳐 다시 문학에 돌아온 때문에 생기는 시간상 또 현상상現象上의 차이라고 볼 수가 있습니다.[25]

22 역시 원문에는 '發展된'으로 되어 있으나, '發表된'의 오식일 수도 있겠다.
23 있습니다: 원 발표문이나 『논리』에는 '있다'로 되어 있는데, 이 글의 서간체적 문체에 조응하도록 수정하였다.
24 높았다고: 원 발표문에는 '앉었다고', 『논리』에는 '얕었다고'로 되어 있는데, 문맥상 의미로 보아 수정하였다.
25 우스운 것 같으나 '파스큐라' 동인은 대개가 이미 동경(東京) 유학으로부터 돌아왔었고 '염군' 동인은 그 뒤에 외지로 떠났었다는 이면(裏面) 사실은 간과치 못할 바이다. (원주)

동시에 이 사실은 문화 영역 그것에 비하여 다른 사회적 정치적 부분이 문화 문제 그것에 대하여도 자각과 관찰의 도度가 정확하고 빠름을 이야기하는 바가 있습니다. 실로 '염군사'의 탄생은 문화적 자각을 통하여서보다도 사회적 자각을 통하여 문화를 살펴본, 즉 노동운동 그것의 높은 문화적 관심을 표시하는 사실로 잊지[26] 못할 것입니다. 이러던 것이 형의 회상에도 있는 바와 같이 '염군사' 일이 순조롭지 못하고 큰 희망을 키워보려 동인들은 혹은 고베[神戶]로적효[27] 혹은 중국으로세영世英 혹은 실제운동으로이호, 형도 그 뒤[28] 동경東京으로 건너갔던 모양입니다. 요컨대 염군사를 구성했던 제형諸兄은 육체적으로 조선을 떠났을 뿐만이 아니라 조선의 문화로부터 일반 사회생활로 몸을 옮겼을 동안에 형들의 고향에서는 팔봉, 회월을 중심으로 한 신경향파의 운동이 요원燎原의 화火처럼 전진했던[29] 것인가 합니다. 형이 다시 돌아와 몇 개의 작품을 들고 문단에 등장하였을 때는 이미 『개벽』, 『조선지광朝鮮之光』을 무대로 팔봉, 회월, 포석抱石, 서해曙海, 민촌民村이 기라성과 같이 창작적 활동을 전개했을 한중간이 아닌가 합니다저는 형의 귀향년월을 잊었습니다.

우리 문학운동 초기를 장식하는 가작 「용광로」, 「인도 병사」, 「군중정류群衆停留」, 「석공조합 대표」 등은 팔봉의 「붉은 쥐」, 포석의 「저기압」, 서해의 「이역원혼異域寃魂」, 민촌의 「천치의 윤리」, 회월의 「사냥개」, 「철야徹夜」 등이 쏟아져나온 신경향파의 화려하던 당년當年이었습니다. 이러한 가운데서 형도 아시는 바와 같이 신경향파문학 내에

---

26 잊지 : 원 발표문이나 『논리』에는 '있지'로 되어 있으나 문맥에 맞게 수정하였다.
27 역시 원 발표문이나 『논리』에는 '赤燒'로 되어 있다.
28 형도 그 뒤 : '그뒤 兄도'(원 발표문).
29 전진했던 : '前迫했든'(원 발표문). '迫'은 '進'의 오식일 것이다.

는 서해·민촌을 대표로 하는 보다 사실적寫實的인 경향과, 포석·회월을 중심으로 하는 보다 낭만적인 경향으로 가를 수 있는 약간의 경향상 차이가 있었습니다.

이 가운데서 형의 당시 작품들이 점하는 위치에 대하여는 물론 경솔한 단정을 불허하는 바이며, 또한 전기 양개 경향이라는 것도 일찍이 팔봉도 말한 바와 같이 서해, 포석, 회월에게서 겨우 그 특징적인 것을 발견할 뿐으로 속단할 바 아니나, 대체로 나는 형의 제작諸作을 보다 낭만적인 부류에 든다고 봅니다. 이 예로는 1925년 4월에 발표된 서해의 소설 「박돌朴乭의 죽엄」과 형의 26년 『개벽』 6월호에 발표된 「용광로」를 비교해보면 가장 명료할 것입니다. 서해에게서는 '박돌의 모', 의사 '김초시', '그의 처' 등의 명확한 성격과 생활고의 리얼한 묘사가 있는 대신, 형에게는 주관으로 말미암아 유형화된 전형 '김상덕金尙悳', '이마무라今村', '군중群衆'이 이상理想의 방향으로 사건과 더불어 조작한 흔적이 농후하지 않습니까? 「인도 병사」, 「군중정류」, 그리고 「석공조합 대표」에 있어서도 전기 「용광로」와 더불어 형의 초기 작품 가운데서 가장 리얼한 경향의 것임에 불구하고, "꼭 이 시간이다. 서울 구리개 광무대 안에서는 대회를 원만히 마쳤다는 최후의 만세소리가 난다"는 일구一句를 가지고 작권作權을 빼앗긴 그의 노부老父, 또 직공의 조직 생활 등의 구체적 묘사를 대신하였습니다. 그러나 이것은 당시 조선의 운동이 결론에[30] 급하고 구체적 실천에 조粗했던 그것의 반영으로서 신경향파가[31] 문학적으로 가지고 있던 낭만주의적 결함[32]에 속하는 것일까 합니다.

30 결론에 : 『논리』나 원 발표문에는 '結論을'로 되어 있으나 문맥에 맞게 수정하였다.
31 신경향파가 : '新傾向派 文學의 歷史가'(원 발표문).
32 낭만주의적 결함 : '浪漫主義'(원 발표문).

그렇지만 소위 '절망의 폭발, 개인적 반항의 직시直時 투쟁'이라는 당시의 일반 경향에 비하여 형이 항상 조직적인 그것의 고처高處로 올라 있었던 것은 아마 형만이 가졌던 것인가 합니다. 이리하여 형은 그 시대 우리 문학운동의 몇 개의 기념비적 작품을 생산한 것입니다.

다음 소화昭和 2년[33] 이후 「백색여왕」, 「교대시간」, 「오전 9시」 등 수다數多의 소설과, 「정의正義와 칸바쓰」, 「일체 면회를 거절하라」, 「호신술」 등의 풍자적 희극을 가지고 충실한 창작적 활동을 전개한 오랜 동안을 기억코자 합니다. 이 동안에 형 개인의[34] 생활상에도 그러며, 문학상에도 그다지 큰 변화가 없었고, 갈수록 충실 확대되어가는 '예술동맹'의 길과 함께 민촌, 설야雪野 등과 더불어 우리 창작 활동의 무거운 초석이 되어왔습니다. 형은 이 6~7년 간을 시외市外 은평면恩平面 소학교에서 아이들을 가르치는[35] 한편 창작의 붓을 달리고 세영世永이[36] 편집하는 『별나라』를 중심으로 새로 싹터나는 이곳 소년문학의 굳은 초석을 놓아온 것으로, 아마 후자의 영역에서의 형의 공적은 세영의 그것과 더불어 '염군'의 그것에 못지않게 큰 것일 것입니다. 그러나 나는 이 동안에 형을 괴롭힌 말할 수 없는 빈곤에 대하여 한없는 미움과 그것을 불사신과 같이 뚫고나간 형의 고매한 정신에 대하여 옷깃을 바로잡습니다. 그러나 창작적 행정行程 가운데 형은 이 시기를 통하여 몇 개의 실패를 거듭한 것을 저는 묵과코자 하지 않습

33 서기 1927년.

34 형 개인의 : '兄銅人의'(원 발표문).

35 가르치는 : 원 발표문이나 『논리』에는 '가르키는'으로 되어 있으나, 오늘날의 맞춤법에 맞게 수정하였다.

36 세영(世永)이 : 원 발표문이나 『논리』에는 '世英의'로 되어 있으나, 오늘날의 주어 표기 방식으로 수정하였다.

니다. 그것은 주로 소설의 영역에서 볼 수 있는 것으로 「백색여왕」의 기억은 형에게 있어서나 또 저희에게 있어서나 그리 유쾌한 것은 아니었습니다.

이 동안 카프 작가 속에서[37] 나타난 현상은 초기에 있어 서해·민촌 대對 회월·포석이 각각 대표하고 있던 사실寫實, 낭만의 경향이, 서해가 뒤떨어지고, 회월이 소설의 붓을 놓고, 포석이 멀리 간 뒤부터는 민촌의 사실寫實과 형은 극도의 '낭만'을 가지고 전형적으로 대립하게 되었다고 생각합니다. 형이 가지고 있던 초기의 낭만적 경향이 「백색여왕」에서 보는 바와 같은 허황한 관념세계로 승화한 것은 아무래도 발전하는 현실에 대한 형의 뒤떨어진 관심과 형이 문학수업 초기에 읽은 많은 로맨틱한 작품이 나쁘게 영향한 것이 아닌가 생각습니다.[38]

이 동안 형의 사생활은 카프의 조직적인 일상생활과 멀어졌었고 생활의 핍박으로 인함인지 석일昔日과 같이 문학의 길에 부지런하지 못하셨던 듯 싶습니다. 요컨대 적게 공부하시고 많이 쓰신 흔적이 이 시대의 작품에는 가릴 수가 없습니다. 그러나 희곡의 영역에서 형이 공헌하는 바는 실로 컸습니다. 초기에 있어 우리의 유일의 극작가이었던 영팔永八이 없어진 뒤 형은 카프 유일의 희곡 작가이었습니다.[39]

뿐만 아니라 초기의 소설과 큰 차이가 없던 유치한 「불이야」김영팔 작 같은 신경향파 희곡을 분명히 일단一段의 고처高處로 끌어올리신 노

37 속에서 : '안에서'(원 발표문).

38 송영 씨는 『문학창조』 1호의 「정당한 계승」이라 제(題)한 수업담(修業談)에, 많이 읽은 작품으로 『자래공전(子萊公傳)』, 『조 씨삼대록(曹氏三代錄)』, 『수호지』, 『서유기』, 『삼국지』, 『홍루몽』, 『비파기(琵琶記)』, 『서상기(西廂記)』 등의 고대 중국소설과 투르게네프(I. S. Turgenev)와 고리키(M. Gorki), 잭 런던(Jack London), 졸라(E. Zola) 등에게서 온 문학상의 영향이 이야기되어 있다. (원주)

39 영팔 외에 신경향파에는 시인 포석이 일찍부터 「김영일(金英一)의 사(死)」 등 로맨틱한 희곡을 썼으나 전환한 뒤로는 주로 소설을 썼다. (원주)

력은[40] 크다 아니할 수 없습니다. 소화昭和 3년 5월 『조선문예』에 발표하던 희곡 「정의와 칸바쓰」는 형의 극작가로서의 등장을 뜻있게 또 확연하게 만든 것으로 의의있는 것이며, 또 우리 희곡이 초기의 그것으로부터 그 뒤의 것으로 전이해오는 과도적 작품이었습니다. 형도 아시는 바와 같이 영팔의 희곡은 기실 경향으로 보아 서해의 소설과 같이 보다 사실적인 것이었습니다. 그러나 형의 희곡은 어떤 의미에서 보면 낭만적 포석抱石의 뒤를 이어 영팔의 그것을 부정하여 발전한 것이 아닌가 합니다. 「일체 면회를 거절하라」잡지 『조선강단』 30년, 「호신술」잡지 『시대공론』 32년 등 혁혁한 희극이 곧 그 산물로서, 이곳에서는 일찍이 형의 어느 소설에서 발견할 수 없던 놀랄 만한 풍자적 수완이 발휘되었습니다. 그러나 불행히도 당시 우리 문단이[41] 가지고 있던 예술에 대한 다분의 공식적 태도와 조박粗朴한 정치주의 등은 형의 희극을 고골리N. V. Gogoli의 그것에까지 발전케 못하고 말았습니다. 거의 대부분의 인물은 분명히 작자의 개개의 관념을 체현한 유형이 되고, 사건은 너무나 극적 목적으로 왜곡되고 말았습니다. 그러나 이러한 결함을 초치招致한 요인 가운데는 형의 소설에서 보는 다분히 개념적인 낭만주의가 이롭지 않게 작용했으므로 나와 더불어 형도 잊지 말아주시기 바랍니다. 그렇지만 「호신술」은 고골리의 「검찰관」과 비길 만치 부르주아 생활과 그 문화스포츠를 놀랠 만한 수완으로 폭로한 것으로, 카프 희곡 중 쾌작快作임을 부정치 못할 것입니다.

그 뒤 형의 희극은 「신임 이사장」『형상』 34년 4월의 노련한 경지를 지나, 벌써 「어서 막을 닫아라」35년 8월 『중앙일보』에 와서 그 결함을 명확히

40 노력은 : 원 발표문이나 『논리』에는 '勢力은'으로 되어 있으나, '勢'는 '努'의 오자일 것이다.
41 문단이 : '文學運動이'(원 발표문).

내놓았습니다. 그러나 나는 연전年前 '신건설'[42]에서 형의 작 「산상민山上民」의 연출나웅羅雄 군을 구경하면서, 형! 말할 수 없는 즐거움을 느꼈습니다. 아마 희곡상에서 이만치 생활의 사실적인 묘사를 성취한 것은 우리 조선문학 상에 드물 것입니다.

그러나 그곳에 있는 형의 아직도 잔재한 개념적 유흔遺痕끝 장면!과 함께 형이 그 전의 낭만주의와 반대로 자연주의로 흘러가지나 않는가 하는 느낌을 가졌음을 숨길 수 없습니다. 이 경향객관주의!은 형의 소설 「복순福順이」35년 8~9월[43] 『조선일보』를 읽은 뒤 더욱 그러하였고, 형의 출감 후의 최초 감상 「조선말 문학의 세계적 수립」36년 1월 『조선일보』을 읽은 뒤 역시 이것을 억제할 수 없었습니다.

작품의 세계관, 사상성, 교육적 역할의 부정! 이 오늘날 수난기의 우리 작가 일부를 사로잡고 있는 좋지 못한 경향이 혹시 형의 예술에 미치려고 머뭇거리지 않는가 하는 제의 기우를 형의 금후작今後作이 일소해주실 것을 외람히 확신하면서 이 붓을 놓습니다.

42 신건설은 카프 산하의 극단이다.
43 임화의 글에는 '三六年末'로 되어 있으나, 이 작품의 실제 발표 날짜에 맞게 수정하였다.

유치진(柳致眞)론•

*

현실 가운데 나서 현실 가운데 죽는다는 것은 사람에 따라 여러 가지 의미를 가질 것이다.

혹은 즐거울 수도 있고, 혹은 괴로울 수도 있고, 때로는 별로 아무렇지도 않을 수도 있을 것이다.

그러나 우리는 개체로서 이 지상에 생을 향수享受하는 순간부터 최후까지 항상 현실의 한 조각이었으며, 또한 그 자체가 벌써 하나의 현실이었다.

이곳에 리얼리티란 실로 전율할 음향을 전하는 말이다. 그것은 우

• 『동아일보』, 1938.3.1~3.2. 발표시의 제목은 '劇作家 柳致眞論—現實의 貧困과 作家의 悲劇'.

리에게 있어 단순히 생의 의미였을 뿐만 아니라 존재 그것의 숙명이었다.

그러므로 문학이 어떤 의미에서이고 현실적이었다는 말은 그것이 개체와 외계가 접촉한 여러 가지 표현이었다는 데 근거가 있다.

그렇지 않으면 문학이 인간의 부절不絶한 생명을 기록한 표현이[1] 될 리는 만무한 것이다.

이 말은 결코 내가 한 사람의 동시대 작가를 논함에 있어 일부러 독자의 주의를 넓은 데로 이끌어 한 장의 조그만 초상肖像을 그려내려 함에 있는 것이 아니다.

오히려 같은 하늘 아래 호흡하고 있는 일 극작가의 실루엣 속에 내 자신의 확대된 그림자를 찾아냈기 때문이다.

지나간소화昭和 12년[2] 12월 『동아일보』[3] 신년좌담회[4]는 실로 그와 나와의 기이한 정신적 해후의 일 장면이었다. 나는 당시의 속기速記가 이 한 개의 뜻깊은 정신적 시추에이션을 기록치 못함을 차탄嗟歎하고 싶다. 그의 그리 능숙치 못하고 약간 떨리는 듯한 변설辯說에서 나는 가장 진지한 현대 작가의 고백을 들을 수가 있었다.

…… 리얼리즘! 그것은 현대문학 위에 무엇을 기여하느냐? 나는 제 작품 속에 점점 깊어가는 암흑과 절망을 찾아낸 데 지나지 않았다. 그것은 아마 나의 죄과罪過라기보다도 현실의 죄과일 것이다. 현실 속엔

1 표현이 : '表現文字가'(원 발표문).

2 서기 1937년.

3 지나간(소화12년 12월) 『동아일보』 : '지내간 十二月 本報'(원 발표문).

4 이 좌담은 1937년 12월 15일 동아일보사 응접실에서 이루어졌으며 그 기록은 『동아일보』(1938.1.1~1.3)에 「명일의 조선문학」이란 제목으로 게재되었고, 참석자는 박영희, 모윤숙, 최재서, 이헌구, 유치진, 정지용, 김남천, 서항석, 김상용, 김문집, 김용제, 김광섭, 임화, 정인섭 등이었다.

암만 찾아도 광명과 희망은 없었다. 그러면 광명과[5] 희망이 없는 현실 속 주민들에게 문학은 역시 암흑과 절망을 도루 선사해야 하느냐? 나는 그런 때문에 문학을 한다고 믿지는 않는다. 문학은 암흑에 싸인 대지 위에 일점의 광명을 던질 수 있는[6] 데 존재 이유가 있지 않으냐?

그러니 전언前言과 같이 리얼리즘은 현재 우리에게 있어 절망을 찾아내게 하는 방법은 될지언정, 희망을 찾아내는 길은 아니 된다. 오늘날에 있어 현실이란 절망의 원천에 지나지 않으니까.

그러므로 나는 어떤 낭만정신이란 것을 생각하고 싶다. …… 운운云云.[7]

그러나 삼문三文의 총명이[8] 연상할 수 있듯 나는 낭만정신 운운의 일구一句에서 그와의 공감을 발견한 것은 아니다. 오히려 내가 그와 더불어 이곳 현실 위에서 아름다운 과실果實을 한 알도 주워보지 못한 불행한 예술가란 일점에서 혈연血緣을 의식한 것이다.[9]

그의 고백 가운데엔 리얼리즘에 대한 불신이라기보다도 현실의 가치에 대한 절망이 울리고 있었다.

그러면 일찍이 우리가 토지를 사랑하는 농민처럼 현실에 집착한 것은 무슨 때문인가. 그것은 아직 우리가 현실의 가치를 몰랐던 때문인가 하면 결코 그렇지는 않았다. 우리는 본디 이 현실을 쾌적한 장소라

5 광명과: '文明과'(원 발표문).

6 있는: 원 발표문에는 '없는'으로 되어 있으나 오식일 것이다.

7 앞의 '…… 리얼리즘!'에서부터 여기까지는 그러니까 유치진의 발언의 요약일 것이다. 그래서 원문에서는 앞뒤로 1행씩 띄어져 있지 않은데, 본서에서는 1행씩 띄워서 구분을 분명히 하였다.

8 삼문(三文)의 총명이: 원 발표문에는 '三六의 聰明히'로 되어 있는데, '六'은 '文'의, '히'는 '이'의 오식일 것이다. '三文'은 '서푼'이란 의미.

9 혈연을 의식한 것이다: '血緣意識을 느낀 것이다'(원 발표문).

고 믿지 않았음에 불구하고 미래의 맹아를 배태한 대지라 믿었기 때문이다.

그렇기 때문에 「버드나무 선 동리의 풍경」 이후의 「소」, 「자매」 등 제작諸作은 실로 근면한 경작耕作이라 할 수 있었다.

그러나 우리는 작자 자신이나 일반이 조선 현실의 충실한 묘사라고 생각는 이 작품들이 과연 현실의 가치를 적출摘出할 만큼 날카로운 연장이었는가를 반성하지 아니할 수 없다.

바꾸어 말하면 현실의 가치를 의심하기 전에 또는 그것을 표현하는 문학의 방법을 회의하기 전에 제 자신이 얼마만한 정도의 리얼리스트이었는가를 음미의 제일 대상으로 삼지 않으면 아니 된다.

반성이 함부로 모든 가치를 믿지 않는 부질없는 회의에 떨어짐을 우리는 극도로 경계할 필요가 있다. 왜 그러냐 하면 반성이란 명목으로 흔히 사람들은 자기 이외의 모든 것을 믿지 않는 대신 제 자신을 맹신하는 어리석은 상태에 빠지므로이다.

'제 자신을 알아라!'

무엇보다 먼저 나는 이 명제를 현재 우리들에게 절박한 제일 명제로 삼고 싶다.

현재의 작가들에게 '제 자신을 알라!'는 명제의 의미는 무엇보다 제 업적의 재검토가 아닐 수 없다.

반성은 언제나 구체적이다.

*

솔직히 말하거니와 그 작품들이 희곡이었기에 망정이지, 만일 소설로 씌어졌다면 조선문학의 최고 도달점에 미치지 못하는 것이라 나는 생각는다.

주제상으로 본다 하더라도 출세작 「버드나무 선 동리의 풍경」을 위시하여 「소」, 「자매」, 「제사」 등 제작은 가장적家長的 농촌의 극적 붕괴라든가, 무고한 자녀들의 비극이라든가, 사유욕이 빚어내는 여러 가지 희비극이라든가, 화폐의 위대한 힘이라든가, 새 세계가 일어서면서 헛치는 심각한 파문이라든가를 독창적 각도에서 그린 작품들은 아니었다.

이런 약점은 그의 희곡이 새로운 의미를 갖는 예술적 인물을 한 사람도 창조해내지 못한 데 가장 뚜렷한 예술적 흔적을 남겼다.

농민의 일가, 팔려가는 딸, 악덕 사음舍音, 망한 양반, 돈 모은 상인常人, 불행한 구舊여성, 고뇌하는 신여성 등등 과거 십여년 간 조선소설 위에 허다했던 인물들이다.

그러나 나는 이러한 인물들의 예술적 가치가 이미 과거의 것이라든가, 그런 평속화平俗化된 인물을 재사용한 것만을 비난하는 것은 아니다.

요점은 그 전 작가들이 여러 모에서 주물러 벌써 유형이 되려는 인물들을 새로운 조명하에 비춰 유형으로서의 외피를 깨트리고 그 진정한 새 생명을 재발견하지 못한 데 있다.

예例하면 소설 『고향』의 가치가 '막동이', '방개' 등 일련의 새 인물을 창조한 데만 있는 것이 아니라, 실로 그 전 농촌소설에 허다히 등장했던 김희준金喜俊, 안승학安承學 등을 새 시각에서 재탁마再琢磨한 데 오히려 작자의 공적이 빛남과 같은 것이다.

오직 치진致眞의 극작가로서의 독자성은 그가 드라마티컬한 시추에이션 가운데 이런 인물들을 재행동시킨 데 있다 할 수 있다.

이것은 문학에 있어 장르의 차이로 생기는 독자성이지 창조적 의미의 독창성은 아니다.

그러나 장르적 의미의 독자성이 실상은 치진으로 하여금 조선 극문학의 새 시대를 개척케 한 것이며, 조선서 가장 유니크한 극작가로서의 명예를 장만해준 것을 잊어서는 아니 된다.

이것은 또한 조선 극문학 발달의 특이성,[10] 바꾸어 말하면 수준이 유치했던 사실의 결과라 할 수도 있을 것이다.

그러나 희곡의 진정한 독창성은 고골리N. V. Gogoli, 체호프A. P. Chekhov와 같은 독창성이다. 「검찰관」은 푸쉬킨A. S. Pushkin의 시에도 소설에도 없는 새 세계이며, 「바냐」[11]는 투르게네프I. S. Turgenev나 톨스토이L. N. Tolstoy의 소설에도 없는 새로운 경지였다.

그러므로 문학적 의미의 독창성이란 시인이고 소설가이고 극작가이고 간에 여태까지의 문학세계가 몰랐던 세계를 발견함에 있다. 그러나 치진은 결코 조선 작가 중 새 세계를 발견한 작가는 아니었다. 바꾸어 말하면 치진은 다른 작가에 비하여 현실을 보다 더 깊게 인식한 작가는 아니다.

이 사실을 다른 측면에서 보면 작가로서의 치진이 우리 현실 가운데서 독자獨自의 생의 방법을 가지고 있지 않았던 사실의 반영이라 할 수 있다. 독창적인 인간은 항상 환경 가운데서 현실과 접촉하는 고유한 방법을 만들어내는 것이다.

치진의 희곡 가운덴 분명히 이것을 반증할 시적 정열의 뜨거운 입김이 부족하다. 비록 그것이 가공의 이상을 품었다 하더라도 독창적 인물을 창조하여 그 인물이 환경의 리얼리티 속에서 능히 부지할 수 있느냐, 패산敗散하느냐 하는 갈등의 정열만이 비로소 작가가 현실과

10 특이성 : '特別性'(원 발표문).

11 체호프의 희곡 「바냐 아저 씨」일 것이다.

부딪치는 혈전血戰의 열도熱度를 전달할 수 있는 것이다.

우리가 현실을 안다는 유일의 길이 바로 '나'와 환경과의 열화熱火가 피는[12] 갈등 속이 아닌가?

그러므로 작자의 뜨거운 혈압을[13] 느낄 수 없는 작품 속엔 작자의 안이하고 냉철한 관찰 의식만이 빛나는 것이다.

실상 여태까지 치진이 쓴 대부분의 사실적 작품은 거개가 현실과의 갈등의 소산이라기보다는, 식은 관찰의 소산이라 할 수 있다. 그러나 단순한 관찰자에겐 현실은 자기의 심오한 비밀을 개시開示하지 않는다.[14]

다시 말하면 작가의 앞에 새로운 창조적 세계가 전개되지는 않는다.

우리는 치진의 예술적 도달점과 현실의식의 수준은 밀접한 관계를 가지고 있다고 단언할 수가 있다.

이것은 우리 현대 작가들의 공동한 성격이 아닐까?

나는 먼저 리얼리티란 두려운 음향을 전하는 말이라 하였다. 현실이란 작가에게 있어 하나의 말 이상의 육체적인 의미를 갖는 때문이다.

우리가 제 방법으로 현실을 초극超剋하고 그것에 승리하였다고 생각할 제, 실상 우리는 등 뒤로부터 현실의 역습을 받는 것이다. 현실은 우리들이 베푸는 희망의 교설教說의 공허함을 아프게도 적발하는 것이다. 우리는 제 작품 가운데 쌓아올린 희망의 탑이 헛됨을 느낄 때 우리는 처음보다도 훨씬 깊은 전락의 심연으로 떨어지는 것이다.

「춘향전」의 각색이라든가 최근의 역작 「개골산皆骨山」은 옹색한 금

12 피는: '듯는'(원 발표문).
13 혈압을: '血眼을'(원 발표문). 원 발표문의 표현이 더 적절해 보인다.
14 개시하지 않는다: '開示하는 것은 아니다'(원 발표문).

일의 현실 대신에 역사의 현실 속에서 자기의 꿈을 살릴 경역境域을 모색하는 커다란 노력이다.

현실은 결코 치진을 놓아주진 않았다.

「개골산」 가운데에는 결코 금일의 현실에서 치진이 발견 못한 것이 새로 발견되지는 않았다.

치진의 노력은 겨우 한 사람의 조선형朝鮮型 '햄릿' 마의태자麻衣太子를 만들어냄에 불과하였고, 그가 금일의 세계에서 구성치 못한 역사적 성격의 장대한 갈등이라든가, 우리들에게 폭풍과 같은 압력을 갖는 개인의 운명을 그리어내지도 못하였다.

더구나 긴 희곡을 읽고 우리의 머리 속에 남는 한줌의 헛헛한 감은 그가 현대를 떠났다는 섭섭함에[15] 비하여 결코 덜하지 못했음은 어쩐 일인가?

작가가 금일의 현실을 떠나 다른 세계를 편력할 때라도 현대는 망령이[16] 되어 그 작가의 뒤를 따르는 법이다. 치진은 과연 「개골산」 속에서 자기가 뿌리쳤다고 생각는 현대의 망령과 해후하지 않았을까?

우리가 그 망령을 쫓았다고 생각할 제, 망령은 그림자가 되어 우리의 발뒤꿈치에 붙는 것이며, 그림자를 잘라버렸다고 생각할 제, 그림자는 어둠이 되어 우리의 온 주위를 둘러싸버린다.

현실이란 실로 작가에게 있어 악마와 같이 집착하는 것이다.

그러므로 나는 이렇게 생각한다. 우리가 오늘날의 현실 가운데서 문학한다는 것은 현실의 빈곤이 낳는 하나의 인간적 비극에 불과하다. 그러나 이 비극을 피한다는 것은 더욱더 큰 문학적 비극을 낳는다.

15 현대를 떠났다는 섭섭함에 : '現代感에'(원 발표문).

16 현대는 망령이 : '現代는 靈이'(『논리』), '現實은 亡靈이'(원 발표문). 『논리』에서 '亡' 자가 탈자된 것으로 보인다.

그러므로 차라리 이 비극을 문학의 원천으로[17] 만들자.

그것은 우리가 우리 자신의 능력을 맹신함에서가 아니라, 다시 한 번 현실 앞에 직면하여 현실이란 망령의 비밀을 종국적終局的으로 붙잡을 때까지 현실과 사死를 도賭하여 맞붙는 데서만 가능한 것이다.

이것이 우리들 각개가 개척하는 생의 길인 동시에 예술의 독창적인 길이기도 하다.

더욱이 현대에 있어 드라마는 이런 갈등의 정열 없이 우세한 소설과 어깨를 겨눌 수가 없는 것이다.

17 원천으로: 원 발표문이나 『논리』에는 '源泉을'로 되어 있으나, 오늘날의 문법에 맞게 수정하였다.

한설야(韓雪野)론•

*

소설 「과도기過渡期」를 쓸 때까지 설야雪野는 아직 자기의 세계를 갖지 않았었다. 자기의 세계란 것은 작가가 독창적 가치를 창조하는 유일의 원천이다.

그러므로 젊은 작가가 문학사 위에다 제 이름을 기입하는 유일의 방법은 항상 새 세계를 발견하는 데 있었다.

새로운 세계란 물론 기존의 문학 영역이 모르던 세계다. 이 새 세계가 발견되지 않으면 작가들은 낡은 세계의 조박糟粕으로[1] 만족치 않을 수 없으며, 독창 대신에 모방이 문학의 주조主潮가 되는 것이다. 설

• 『동아일보』, 1938.2.22~2.24. 발표시의 제목은 '作家 韓雪野論-「過渡期」에서 「青春記」까지'.

1 조박으로 : '糧食으로'(원 발표문).

야는 「과도기」를 쓰기 전에도 물론 경향작가傾向作家임에는 틀림이 없었다.

그러나 아직도 당시의 많은 청년들과 더불어 몇해 전 서해曙海가 개척해놓은 세계 가운데를 악착齷齪하고 있는 데 지나지 않았다.

「과도기」가 발표된 것은 29년 초인데, 그때까지 서해의 도달점은 조선문학에 있어 하나의 넘을 수 없는 한계가 되었었다.

어느 때나 아류란 근본에 있어 그 스승의 수준을 뛰어넘지 못하는 법이다. 부분적 가공이나 기법의 개량쯤으로는 기성의 권위를 넘어트릴 수 없다. 정신적인 의미에서 아류는 항상 스승에 비하여 치졸하기 때문이다.

그러나 당시의 설야가 서해에 비하여 사상적으로 유치하다고 말할 수는 없었다. 오히려 설야의 비평이나 이론에서는 물론 창작하는 의도에 있어서도 설야는 서해의 수준을 지나온 사람이었다. 서해에 있어 몽롱하던 것이 설야에 있어서는 명백해졌고, 무의식적이던 것이 의식화되었다.

그러나 중요한 것은 서해에게 있었던 사상과 예술과의 조화가 설야 가운데는 없었던 일이다. 바꾸어 말하면 설야는 아직 자기의 사상을 가지고 예술을 통어統禦할 만한 능력이 없었다.

이 능력 없는 작가는 아직 진정한 의미의 사상을 가졌다고 말할 수 없는 것이다.

완벽한 사상이란 작가에게 한해서는 결코 훌륭한 책에 있는 내용을 옮겨놓을 수 있는 기능을 의미하진 않는다.

의도가 작품의 각부各部를 지배하고 또한 형상의 온갖 세부가 사상의 순수한 색채로 삼투되어 있어야 한다.

요컨대 작품 가운데서 검증되고, 작품을 통하여 현실 위에 제 입장을 발견해야 한다.

이런 때만 예술 가운데 들어온 현실은 생채生彩를 잃지 않고 깊은 사상과 조화되고, 작품은 아름답고 또한 뜻깊은 형상을 낳는 것이다.

그러나 설야는 아직도 회월懷月, 송영宋影 이후에 신경향파新傾向派가 고지固持하고 있는 주관적 경향주의傾向主義의 전통을 번복飜復하고[2] 있는 한 사람에 지나지 않았다.

이것은 이미 서해의 「홍염紅焰」 1편으로 파기된 물건이었다.

왜 그러냐 하면 「홍염」등에서 서해는 초기 신경향파[3] 작가들이 머리 가운데서 생각해내던 갈등을 현실 가운데서 발견한 때문이다.

그러나 불행히 설야는 「과도기」를 쓸 때까지 「사냥개」에 비해서도, 「홍염」이나 「기아와 살륙」에 비해서도 일단一段 높아진 자기의 사상이 서식할 곳을 현실 가운데서 발견하지 못하였다.

그러므로 당시 설야의 사상은 작품을 쓸 만치 성숙하지 못한 것이 아니라, 실상은 아직도 현실을 파악할 만큼 성장하지 못했던 것이다.

소설 「과도기」는 이리하여 설야에게 제 사상이 살 수 있는 산 현실 세계를 제공하였다. 반대로 새 현실은 설야 가운데서 그것들을 통하여[4] 제가 투영될 수 있는 진정한 작가의 정신을[5] 찾았다.

이렇게 만들어진 작품이 한 개의 기념할 예술이 안될 수는 없는 법이다.

그 작자에게 독자獨自의 세계와 더불어 명예를, 그 나라 문학사 위에 새 시대와 더불어 활기를 주는 것이다.

---

2 원문대로이다. 임화는 이 '번복'이란 단어를 '반복'이란 의미로 자주 사용하였다.
3 신경향파: 원 발표문이나 『논리』에는 모두 '新傾派'로 '向'자가 탈자되어 있다.
4 설야 가운데서 그것들을 통하여: '雪野를 통하야'(원 발표문).
5 정신을: '「에스프리」를'(원 발표문).

소설 「과도기」는 이런 의미에서 여러 가지로 뜻깊은 작품이다.

위선爲先 작가적 측면에서 생각해볼 때 북만北滿의 유랑에서 돌아와 일찍이 저희를 내어쫓은[6] 고향에서 다시금 냉대를 받는 주인공 '창선'의 절박한 운명을 설야의 정신적 운명 그것에 비길 수 있다.

자본의 족하足下에 유린당한 제 고향을 보고, '창선'은 경이驚異를 느꼈을 것이다. 그 다음엔 일찍이 몇 년을 누리던 세계가 덧없이도 허물어지는 데 대하여 금할 수 없는 애수와 더불어 깊다란 회의에 빠졌을 것이다. 동구 밖에서 옛 마을을 내려다보며 감회에 빠진 '창선' 부처夫妻의 추억과 형상의 묘사는 상당히 졸렬한 데 불구하고 독자를 공감시키는 것은 우리가 빈약하나마 그 속에서 시대의 호흡을 느끼기 때문이다.

최후로 주인공은 그 사실에 한 개 운명인 것, 다시 말하면 그곳에서 피할 길이 아무데도 없음을—그는 처음 도피행에서 쫓겨 오지 않았는가?—느꼈을 것이다.

이러한 때 사람은 생과 사의 십자로十字路에 서는 법이다. '창선'에게 남은 길은 제 생을 포기함으로써 도피를 결행하든가, 그렇지 않으면 그 세계에 적응하는 새 방도를 개척한다든가의 두 길밖에 없다.

*

그러나 29년대의 조선은 신흥운동의 약진기였고 민중이나 인텔리 가운데 비관주의가 만연되지는 않았었다.

설야가 「과도기」의 주인공을 후자의 길로 인도한 것은 당연한 결과

6 내어쫓은: 『논리』에는 '내어쫓는'으로 되어 있으나 원 발표문('내어쪼츤')에 의해 바로잡는다.

이었다. 그리하여 새 세계에 적응하려면 새 세계를 알아야 하고, 그 속에 몸을 던짐으로써 자기의 새 운명을 개척해야 한다. 이 십자로에서 설야도 확고한 경향작가傾向作家로서의 제 운명을 받았다.

뿐만 아니라 조선문학사 상에서 서해가 군림했던 시대가 끝난 것이다. 동시에 신경향파가 예술적으로 — 이론적으로 벌써 끝났건만 — 제 역사의 막을 닫았다.

신경향파는 자연주의가 현실의 오예汚穢를[7] 욕하고, 낭만파 시인들이 하품과 탄식과 '힘'의 예술에의 대망待望을 부르짖을 때 문학세계 속에 빈부의 갈등을 수립하였다.

그러나 회월도 팔봉八峰도 폭풍과 같은 선동자에 지나지 않았다. 그들은 새 문학의 나팔을 분 데 그쳤고, 종자種子를 허친 데 불과하였다.

작가들은 그 음악에 발을 맞추어 걸을 가로街路도, 종자를 심을 대지도 발견하지 못하였다.

이리하여 서해는 만주 황무지에다 씨를 뿌려보고, 송영은 동경東京 가두에서 새 곡조를 연습해보았다.

26년대의 주린 문단은 서해가 만주에서 실어온[8] 좁쌀일망정 맛있게 먹었고, 송영이 동경서 건네온 어색한 창가唱歌일망정 흥겨웁게 들었다. 이 시대는 조선문학의 정신적 방랑기라 할 수도 있을 것이다.

우리는 때로 서해를 따라, 때론 송영을 따라, 만주와 동경으로 유리遊離하여 피로했을 때, 비로소 설야의 손으로 다시 조선 땅에 돌아온 것이다. 정든 고향, 그러나 불행한 고향, 그러나 그곳에 살아가지 않을 수 없는 고향, 이 땅이런 고향에서 한 편의 가작이 『고향』이란 이름으로 창조됨이 어찌 필연이 아니랴에서 우리의 문학은 다시 재출발하지 않을 수 없는 것이

7 오예를 : '더러움을'(원 발표문).
8 실어온 : '걸어드린'(원 발표문).

었다.

이런 의미에서 나는 언제나 「과도기」의 처음 장면을 이중으로 감명[9] 깊게 읽는 독자다.

그러나 어느 때이고 그렇게 좋은 장면을 아름답게 그리지 못한 설야에 대하여 한없는 불만을 품고 있는 한 사람이다.

이리하여 소설 「과도기」는 작가의 과도기임과 동시에 신문학 그것의 과도기였으나, 불행히 설야는 새로 전개된 세계의 예술적 주인공이 될 이렇다 할 작품을 쓰지 못하였다.

근근히 「과도기」의 속편으로 씌어진 「 씨름」 한 편이 기억될 따름이다. 「 씨름」은 아직도 설야의 창작적 고조기高調期의 열정이 식기 전 기백氣魄을 엿볼 수 있는 것으로, 「과도기」와 더불어 설야의 역작이고 가작에 속할 것이다.

이 작품은 30년대 이후 카프 작가의 손으로 생산된 공장문학工場文學 중 드물게 보는 현실성을 가지고 있는 점이 특장特長이다.

「과도기」 종말에서 한 사람의 신입 직공에 불과하였던 '창선'은 넓은 공장지대에 훌륭한 '코미싸르'[10] '명호'가 되었다. 그러나 우리가 설야의 예술을 통해서 알고 싶은 점은 사회적으로 성장한 뒤의 '창선'이가 아니라 어떻게 해서 '창선'은 '명호'가 되었는가 하는 운명의 길, 성격적 개조의 과정이었다.

공장 가운데 선 새 인간의 타입일 것 같으면 애써 우리는 설야의 손을 빌 필요까지는 없었다.

그곳은 벌써 설야 한 사람의 세계가 아니라 새로운 자격 있는 작가들이 설야보다도 더 익숙한 솜씨로 신선한 세계를 전개하고 있었다.

9 감명 : '感情'(원 발표문).
10 commissar. '인민위원'이란 의미.

남천南天과 북명北鳴 두 사람만으로도 우리는 설야가 그릴 수 있는 이상의 지도자와 대중의 성격과 생활을 알아볼 수가 있었다.

뿐만 아니라 남천, 북명 두 작가의 가장 큰 결함이고, 내지는 경향문학 전반의 예술적 약점이, 이 성격의 개조, 운명의 변천의 미묘하고 깊은 내용을 이해하지 못한 데 있는 바에야, 설야와 같이 조선문학 가운데서 이 과정을 표시할 드문 자격을 가진 작가가 침묵을 지켰다는 것은 불가사의한 일이다.

설야는 전력을 다하여 제 손으로 닦아놓은 기지基地에다 몇 해씩 집을 세우지 않고 내버려둔 작가다.

젊은 작가들이 지어온 집들은 모두가 큰 터에 맞지 않는 조그만 바라크들이다. 더구나 이 바라크들은 본시 설야의 세계에 들어앉을 집들이 아닌지도 모른다. 역시 이 세계 가운데 인간의 성격과 생활의 커다란 역사적 과도過渡의 장대한 건물이 들어설 곳이다.

젊은 작가들이 이것을 깨달으면 제각기 바라크를 뜯어 가지고 새 궁전을 세울 터를 찾아 떠날 것이며 새 터가 발견되면 유예 없이 그리로 옮길 것이 아닌가?

「총공회總工會」 기타 이와 유사한 몇 작품은 설야가 부절不絶히 새 시대의 변천에 발을 맞추려는 청년의 용기를 잃지 않았다는 증거밖에, 작가로서의 설야를 이야기하는 데 하등 힘이 되지 않는다.

오히려 그 속엔 젊은 작가들의 조그만 노력을 모방한 자취까지도 찾아낼 수가 있다. 나는 성실한 작가들의 용기를 상찬하면서도 이런 시대성을 높게 사는 자가 아니다. 작가란 훌륭한 군인처럼 그 시대를 참되게 살아가는 고유의 방법이 있는 법이다. 전쟁엔 보병步兵만이 필요한 것은 아니다. 포병砲兵도, 기병騎兵도, 치중병輜重兵까지도 필요한 것이다.

불가피한 때 기병이 보병에 가세함은 필연한 일이다. 그것을 거절치 않는 아량 있는 분과分科의 정신을 이 때문에 우리는 상찬한다. 그러나 역시 기병은 기병이다.

*

이런 고도로 세련된 분과의 정신을 몰각沒却하였을 때 작가는 자기의 고유한 세계에 대한 자각을 잊고 혼란 가운데 방황하는 것이다.

더구나 적의 불의不意한 강습强襲을 받을 때 군인 같으면 보병으로서의 성능도, 기병으로서의 능력도 다같이 충분히 발휘하지 못하게 되고 만다.

설야가 전주에서 돌아온[11] 이후에 발표된 거의 대부분의 작품이 이러한 특색을 가지고 있다. 장편 『황혼』이 설야의 노력에도 불구하고 실패한 원인은 결코 작자가 과도기적인 옛 전통을 고집했기 때문도 아니며, 더 한 걸음 새 세계를 개척하려는 노력이 부족한 때문도 아니다.

설야는 『황혼』 가운데서 두 가지를 다 성숙시키려고 애썼을 것이다. 그러나 결국은 어느 것에도 충실치 못했고, 아무것도 충분히 나타나지 않았다. 여주인공 '여순麗順'이가 눈뜨는 과정도 명백히 드러나지 않았고, 남주인공이 사회인으로 자기를 완성해가는 힘찬 형상도 우리는 이 작품 속에서 발견할 수가 없다.

단지 이 작품을 살리는 부분은 설야가 생활을 보는 직관력이 등장인물들의 주위를 비출 때 『황혼』은 비로소 제 아름다운 노을의 광채를 발할 뿐이다.

---

11 한설야는 카프 2차 검거에 연루되어 전주에서 옥살이를 하였다.

이 직관력이 찾아낸 산 생활세계가 등장인물들을 죽이지 않고 살려갈 때 우리는 비로소 작품 가운데서 예술을 느낀다.

바꾸어 말하면 인간과 환경과의 조화! 그러므로 이 동안의 설야적雪野的 혼란은 인물과 환경과의 괴리에 있다. 인간들이 죽어가야 할 환경 가운데서 설야는 인간들을 살려가려고 애를 쓰는 것이다.

3부작 「철도교차점鐵道交叉點」 등 일련의 작품은 이 혼란의 중요한 표본이다.

현실적으로 일찍이 사회운동자이었던 주인공들이 소시민화해가는 가정家庭, 시민 생활 등을 통하여 작가는 그 인간들의 몰락상沒落相을 표면表面하는 대신, 그들의 재생시민적인 아닌![12]을 그리고 있다.

물론 그러한 속물적 환경 가운데서도 사람에 따라선 강한 반발력과 이지理智를 가지고[13] 별인간別人間이 되는 수도 있으며 직업을 갖는다고 인간은 다 범인凡人이 되는 법은 아니다.

그러나 문제는 설야도 잘 알듯 그것이 보편성을 갖느냐, 이 시대에서 전형적일 수 있느냐 하는 데 있는 것이다.

룸펜을 그만둔다는 것은 좋은 일이다. 그러나 착실, 근면, 노력勞力이란 것이 항상 이중의 의미를 갖는다는 것도 우리가 10년 전에 졸업한 사상이다.

그러므로 새로운 성격의 형성을 위하여서는 언제나 새로운 환경이 필요한 것이다. 설야는 새 성격의 의의를 깨닫고 그 가치를 평가하고 그 가운데 쇄침鎖沈해가는 시대의 의지를 바로잡으려는 존귀한 의도를 품음에도 불구하고, 그 인간들이 서식할 진정한 세계를 찾지 못하고

12 아닌! : 『논리』에는 '아닌?'으로 되어 있으나, 원 발표문에 따라 수정했다.
13 이지를 가지고 : '理智的 情熱을 가리고'(원 발표문). '가리고'는 '가지고'의 오식일 것이다.

말았다.

괴로운 모색은 언제나, 실패란 고가高價의 희생을 지불하는 것이다.

그러나 장편 『청춘기青春記』는 암담한 혼돈 가운데 일조一條의 광명을 던지는 작품이다. 다행히 우리는 『청춘기』 속에 인물과 환경의 모순이 조화될 새로운 맹아를 발견하였다.

이 모순이 구제救濟되지 않으면 설야는 참담한 예술적 파산에 직면하지 아니할 수 없었을 뿐만 아니라, 사상적 동요란 두려운 위기를 체험하지 아니할 수가 없었을 것이다.

이것은 작가에게 있어 이중의 비극임과 동시에 사死의 선고라 할 수 있다.

왜 그것이 사상의 동요와 나가선 신념의 회의가 되느냐 하면, 제가 호흡할 현실 세계를 얻지 못하면 사상은 제 가치를 의심하게 되는 것이며, 그렇지 않으면 단순히 완매頑昧한 고집이 되어 작가의 머리 속에 화석화化石化되고 마는 때문이다.

그러나 『청춘기』가 찾아낸 세계는 불행히도 일찍이 설야가 사랑하는 인물이 살아갈 그런 행복된 세계는 아니었다. 설야는 내내 자기가 사랑하는 인물들이 살아갈 세계를 찾지 못한 채 그 인물들과 결별하고 말았다.

새로 발견된 세계에는 벌써 설야가 사랑하는 인물은 하나도[14] 없었던 때문이다. 그는 새 인물에 적응한 새 세계를 찾은 것이 아니라, 뜻하지 않은 새 세계를 발견하면서 새 인물들과 해후邂逅한 것이다.

그것은 우수憂愁와 암담과 희망 적은 세계였고, 그곳의 시민들은 무위無爲와 피곤과 변설辯說의 인간들이었다.

---

14 하나도: 원 발표문에는 '만하도'로 되어 있는데 오식일 것이다.

이리하여 『청춘기』는 『황혼』보다도 성공하였고, 우리들이 사는 현대를 가장 넓은 폭에서 그린 아담한 작품이 되었다.

문장도 평담平淡해졌고, 묘사도 정밀해졌으며, 소설의 구조도 일층 합리화하였다. 그러나 반면에 설야의 문장 고유의 뚝뚝한 맛과 묘사의 질박미質朴味, 구조의 장대한 건축성은 감소되었다.

이곳에 설야가 성공한 『청춘기』보다 실패한 『황혼』을 사랑하는 이유가 있지 않은가 한다.

나는 일전 여러 해 만에[15] 그를 만나 『황혼』을 아끼는 설야의 면면綿綿한 정회情懷를 들은 하룻밤을 가졌다.

그의 반 넘어 늙어가는 주름진 얼굴에는 일찍이 자기가 사랑하던 인물들과 이별한 무한한 적막이 흐르는 듯하였다.

이곳에 실상은 우리들의 오랜 작가 설야의 면목이[16] 약여躍如함을 또한 즐거이 바라볼 수 있지 않은가 하고, 나는 그를 보내며 혼자 생각한 일이 있다.

끝으로 『청춘기』와 더불어 설야는 한동안[17] 이 우수憂愁한 세태를 그려나갈지, 또는 제 사랑하는 인물들이 살아갈 수 있는 한 평 땅을 찾아 다시 모색의 길을 갈지, 혹은 눈을 감고 자기의 반생을 회상하여 10년 전 '창선'이가 '명호' 된 길고 복잡한 과정으로서[18] 한 편의 장대한 서사시를 구상할지 그것은 전全혀 오는 날의 문제다.

15 해 만에 : 『논리』에는 '햇만에', 원 발표문에는 '햇만에'라 표기되어 있다.
16 면목이 : '面面이'(원 발표문).
17 한동안 : '相當히'(원 발표문).
18 과정으로서 : '過程을'(원 발표문).

제7부

언어의 마술성[●]

"태초에 말언어이 있으니 그것은 하나님과 더불어 있었느니라" 하는 유類의[1] 전설은 물론 오늘날의 과학이 학문으로서 받아들이지는 않는다.

그러나 비록 말이 하나님과 더불어 있지는 않았다[2] 하더라도, 인간이 말과 더불어 있었다는 것은 긍정되어 족하다.[3]

사실 말하지 않는 인간이라든가 자기의 말을 갖지 않은 인종이란 오늘날 그 예를 찾을 수 없을 뿐 외外라, 항상 말이란 다른 인간적 표징表徵과 더불어[4] 인간의 최중요最重要한 속성이다.[5]

● 『비판』, 1936.3.

1 하는 유의 : '基督教의 經典이 傳하는이'(원 발표문).

2 있지는 않았다 : '있었는지는 狂信者 以外에는 좀처럼 肯定하지 안는다'(원 발표문).

3 긍정되어 족하다 : '이 자리에 그러함즉한 常識으로 肯定될 外觀을 모하고 있다'(원 발표문).

4 원 발표문에는 이 사이에 '當然한'이란 단어가 삽입되어 있다.

그래서 기독교에 의하면 인간은 신이 창조하신 바이고, 말은 신이 인간에게 준 가장 귀한 보배의 하나라는 신화까지도 가능하다.[6]

그러나 세계의 창생創生과[7] 더불어 인간이 있었다든지 인간은 태초로부터 말을 가졌었다든가 하는 우화는,[8] 인류학이나 언어사言語史에[9] 의하여 하나의 사실에 반하는 허망虛亡으로 오늘날에 와서는 벌써 매거埋去되었다.

그러나 '태초에 유언어有言語' 운운의 신화적 외관外觀은 언어의 가진 바 고유한 마술적 성질에서 온 것으로,[10] 오늘날의 '과학' 위에 괄목할 만한 후일담後日譚을 남기고[11] 있음은 역시 사실이 아닐 수 없다.

이것은 우리들이 종사하고 있는 문학상에 가장 현저한 예를 볼 수 있다.[12] 말이 없는 인간이 없고,[13] 언어 없는 문학을 생각할 수 없다는 문학의[14] 특질에 의하여 전파되고 있다.

물론 문학이란 말 없이 생각키는 곤란한 것이며, 분명히 언어를 유일의 표출 수단으로 하는[15] 예술이다.

---

5 속성이다 : '屬性으로 생각되는 것이다'(원 발표문).
6 가능하다 : '可能케 한다'(원 발표문).
7 세계의 창생과 : '世界가 創生됨과'(원 발표문).
8 가졌었다든가 하는 우화는 : 원 발표문에는 이 대신에 다음 여러 구절이 삽입되어 있다. "가졌었다는 寓話야 宇宙라든가 地球의 物理的 成生史를 밝킨 自然科學의 達成이나 現用되는 것과 같은 言語가 誕生하기에는 그것을 갖지 않은 오래인 동안의 人類의 前史가 있었다는"
9 언어사에 : '言語科學에'(원 발표문).
10 성질에서 온 것으로 : '性質로서'(원 발표문).
11 후일담을 남기고 : '後話를 遂하고'(원 발표문).
12 문학상에~볼 수 있다. : '文學上에 있어서 그 가장 顯著한 者를 볼 수 있는 것으로'(원 발표문).
13 말이 없는 인간이 없고, : '말이 없는 人間이란 進化되기 「前人間」的인 어떤 狀態로 想像할 수 있을지 몰나도'(원 발표문).
14 없다는 문학의 : '있느냐는 文學 그것의'(원 발표문).
15 원 발표문에는 이 사이에 '學問이고'란 단어가 삽입되어 있다.

그러나 과연 인간과 더불어 태초에 말이 있고, 문학 그것은 태초에 말이 있어서 비롯하였는가 하면 역시 그런 것은 아니다.[16]

먼저도 말했지만 문학은 어디까지든지 언어를 유일의 표출 수단으로 한다. 그러나[17] 언어는 어디까지든지 하나의 표출 수단에 지나지 않는 것이고, 문학의 존재 그것의 유무를 제약하는 근원적인 무엇은 아니다.

다시 말하면 문학에 있어 언어는[18] 내용적인 무엇에 상응하는 표출의 수단, 즉[19] 부차副次의 일 속성에 불과하다.[20]

그러나 이것을 부정하는 것과 같은 다른 일련의 사실을 간과할 수는 없다. 다름이 아니라, 언어 없이 문학의 존재를 상상할 수 있는가 하는 의문이 그 하나요, 다음에 언어는 문학 없이 존재할 수가 있으나 문학은 언어 없이 존재를 긍정키 곤란치 않으냐는 의문이 그 둘째이다.

물론 이 두 개의 반문反問이 그 말 자처自處로 보면 모두 다 긍정될 사리事理다. 그러나 이러한 개별적인 의문을 다시 한데 합쳐서[21] 문학과 언어가 함께 유래하는 곳은 어디인가를 생각해본다면, 문학이 좁고 언어가 넓은 통용 범위를 가진 듯한 표면상 차이는 한 개 형식적인데 불과한 것임을 알 수가 있다.

문학도 언어도 모두가 위선爲先 인간의 소산이 아닌가? 그러고 보면 우월을 다투는 양자가 다 인간의 존재 없이는[22] 상상키 어렵다.[23]

16 그런 것은 아니다: '肯定될 수는 없는 말이다'(원 발표문).
17 그러나: '然이나'(원 발표문).
18 원 발표문에는 이 사이에 '그 표출될'이란 구절이 삽입되어 있다.
19 원 발표문에는 이 사이에 '最重의'이란 단어가 삽입되어 있다.
20 불과하다: '머므르는 것이다'(원 발표문).
21 합쳐서: '승처서'(원 발표문). '승'은 '合'의 오자일 것이다.
22 원 발표문에는 이 사이에 '그 存在를'이란 구절이 삽입되어 있다.
23 어렵다: 원 발표문에는 이 단어 대신에 다음 여러 구절이 제시되어 있다. "難한 것이

[24]결국 언어도 인간의 사회적 생활의 산물인 것이며, 반대로 언어의 마술적 성질이란 것도 인간의 성질에서[25] 유래함을 알게 된다.

인간의 존재를 그 무슨 마술적인 것 같이 생각하는 견지란, 곧 인간 일반의 입장, 다시 말하면 인간으로부터 구체적인 모든 속성을 사상捨象하고 막연하게 추상적 인간을[26] 대치代置시키는 견지에 불외不外한다.

[27]한낱 상상으로서 언어가 문학 없이 존재할 수 있다는 가상假想은 사실 불가능한 일로, 언어 없이 문학의 존재를 생각할 수 없음과 동일한 것이다.

이론적으로만 아니라 문화사 상의[28] 사실에 의하여도 언어와 문학과 그 외에 이것들을 가능케 하는 사유思惟는 인간이 생물사生物史 가운데 성립함과 더불어 동시에 생탄生誕했다고 한다.

그러나 이러한 여러 개의 물건이 병존적으로 성생成生하였다는 생각은 문학·언어·사유를 그것들이 발달하여 개별화된 현대의 관념에서 유추하는 말이고, 태초의 상태는 3자가혹은 그 외의 것도 하나의 단초적 상태에서 혼일渾一하였다고 한다.[29]

그러므로 비록 인간의 사회생활의 오랜 과정 가운데서 그것은 서

고 人間的 存在의 基本 性質인 生活的인 것 그러고 生活的이란 말이 意味하는 것은 곧 有機的 生物의 一般 存在의 形式으로서의 生活이 아니라 人間에게 固有한 社會的 生活이란 地點에 到達함은 自然한 理路일 것이다."

24 원 발표문에는 이 앞에 '그러면'이 삽입되어 있다.

25 언어의 마술적~성질에서 : '言語가 갔느바[갖는바—편자] 魔術的 性質은 人間 그것의 갔는 바의 一性質에'(원 발표문).

26 모든 속성을~추상적 인간을 : '모든 存在의 屬性을 抽象하고 唯心이 最高라는 하나의 方法으로'(원 발표문).

27 원 발표문에는 이 사이에 다음 문장이 삽입되어 있다. "事實 오늘날의 文學上에 通用되는 自由自在한 槪念으로서의 言語의 魔術性이라는 것은 人間을 一般的인 人間에로 還元시켜보는 그러한 見地와 같은 것으로 먼저 提出한 두 개의 疑問의 優越을 評價함은 이곳에 「넌센스」의 意味밖에는 갔지 못한다. / 웨 그러냐 하면"

28 문화사 상의 : '文化의 歷史上'(원 발표문).

29 한다 : '볼 것이다'(원 발표문).

로[30] 상이한 외형을 가진 영역에로 분리, 개별화되었다[31] 하더라도, 언어 없이 문학은 있을 수 없다는 말은 사실상 성립하지 않는다.[32] 인간의 생활이 없으면 우열優劣을 상쟁相爭하던 이 양자가 공히 있을 수 없기 때문이다.

우리의 많은 어학자들이[33] 고조高調하는 것과 같이 "말은 문화의 어머니"라든가 "말 없이 문화는 없다"는 유類의 말은 일견 그럴 듯하게 들리면서도 그실은 인간생활의 하나의 관념적 산물인 언어를 가지고 문화와 생활 모든 것을 규정하려는[34] 관념론의 표현인 것이다.

즉 문화의 국한된 부분에서 나타나는 한 개 형식상의 유별類別, 차이를 언어 그것이 갖는 외관상의 마술성 위에서 고의로 확대, 과장한 것이다.[35]

이러한 주장이 일견 외관상에서는 긍정될 것 같으면서도 그실實 허망함은, 만일 '말'이 글자대로 문화를 가능케 하는 지반이라고[36] 언어만을 지키면 그곳의 문화, 그곳의 생활이 안전할[37] 것이라 하겠으나, 주지하는 바와 같이 언어만 가지고는 문화와[38] 생활은 결코 개선되지도 보장되지도[39] 않는다.

언어가 갖는 이 외관상 형식상의 일 성질을 확대하여 모든 사물 위

30 원 발표문에는 이 사이에 '各個의'이란 단어가 삽입되어 있다.
31 『논리』에는 여기서 한 문장이 끝나는 것으로 되어 있으나 문맥상으로는 그렇지 않아 수정했다.
32 않는다.: '않는 것으로'(원 발표문).
33 어학자들이; '言語學者(朝鮮語)들이'(원 발표문).
34 규정하려는: '制할냐는'(원 발표문).
35 과장한 것이다: '誇張함이다'(원 발표문).
36 지반이라고: '盤이라면'(원 발표문). 원 발표문의 경우 '地' 자가 탈자되었을 것이다.
37 그곳의 문화, 그곳의 생활이 안전할: '그 文化, 그 民族의 生活이 不滅케 될'(원 발표문). 『논리』에서의 수정은 검열을 의식한 것으로 보인다.
38 원 발표문에는 이 사이에 '그 民族의'가 삽입되어 있다.
39 개선되지도 보장되지도: 원 발표문에는 그냥 '改善되지는'이라 되어 있다.

에 편연遍延[40]시킴이 곧 언어의 마술성으로, 온갖 사물의 내용상의 판단을 어둡게 한다.[41] 이것은 마치 영혼설靈魂說이 인간이 죽은 뒤에 그 영혼이 있는가 없는가를, 개인적 경험을 통하여 밝힐 수 없는 비속한 조건 위에서 영혼의[42] 실유實有를 주장하는 것과 똑같은 허망이다.

[43]언어가 만일 문학의 일 소재素材이고 속성이라면 문학은 다른 속성까지를 자기[44] 가운데 종합 통일하고 있는 전체다, 즉 언어 이상의 무엇이다.[45]

그러면 양자가 다 그것으로 인하여 제약되는 근원으로서의 인간의 생활과 다시 문학과 언어 3자三者의 관계의 고찰로 돌아간다면,[46] 문학이란 언어에 의존하는 것이 아니라 위선 생활 그것에 보다 더[47] 제약되는 것이다.[48] 문학 가운데 일 소재, 속성으로 참여하는 그것이 암만 중요하든지 간에! 때문에 언어란[49] 문학을 통하여 작용하고 있는 문학화된 생활적 조건으로 다시 한번 특수한 제약을[50] 받게 됨이라 생각치 않을 수 없다.

문학은 통상으로 실재하는 언어 이상의 무엇이란 말은 문학으로 하

40 편연 : '抗延'(원 발표문).
41 한다. : '하는 것으로서'(원 발표문).
42 영혼의 : 원 발표문에는 '虛說의'로 되어 있으나 오식이겠다.
43 원 발표문에는 이 사이에 다음 문장과 구절이 삽입되어 있다. "그러면 言語와 文學은 어떠한 關係에 있는가? 이 質問에는 當然히 兩者는 서로 不可分의 關聯에 있으며 文學은 實在한 한 言語 그 自身은 아니라는 理由에 依하야"
44 자기 : '自由'(원 발표문). '自由'는 '自己'의 오식일 것이다.
45 전체다, 즉 언어 이상의 무엇이다 : '全體로서 言語 以上의 무엇일 것임은 當然한 일이다'(원 발표문).
46 원 발표문에는 이 사이에 '論理의 秩序上'이라는 구절이 삽입되어 있다.
47 원 발표문에는 이 사이에 '强固히'란 단어가 삽입되어 있다.
48 것이다. : '것이며'(원 발표문).
49 때문에 언어란 : '限에'(원 발표문).
50 조건으로 다시 한번 특수한 제약을 : '條件에 言語란 特殊한 制約을 다시 한번'(원 발표문).

여금 언어에 대한 우월한 몇 개의 자유스런[51] 권리를 주게 된다.

첫째 문학은 주지周知와 같이 모든 언어를 채택할 의무를 부負하지는 않는다. 반대로 문학적 창조 과정에서 언어는 피동적이고 문학은 능동적이다.[52] 문학은 자기의 내용의 표현에 있어 적당하다고 생각하는 언어를 많은 언어 가운데서 자유로 선택할 권리를 가지고 있다.

다음으로 무수한 언어 가운데서 예술적 표현 가운데로 선발된 광영光榮을 얻은[53] 언어는 원어原語(보통으로 실재한 말을 이리 부른다면)보다는 특별히 다른 형태를 가지고 예술적 건축 가운데 참여하는 것으로, 우리는 위선 이것을 원어로부터 문학어文學語라고 구별한다.

원어로부터 문학이 자기의 말문학어을 구별하는 가장 현저한 영역은 시다.[54] 이곳에는 각 언어가 독특한 음향적인 고려를 지나 결합되고, 어법도 그 시의 고유한 의미 내용, 어감, 음향, 구성의 강약 등의 고려 가운데서 분해되고 재결합되어 일상 원어와는 전혀 다른 것 같은 외모를 정呈하게까지 된다.

그러나 원어의 갖는 의미[55]라든가 어법 등은 의연히 원상原狀대로 시 위에서 보존되는 것으로, 일반 언어학이나 문법상의[56] 법칙에서 보면 보통어普通語와 원리에 있어 조금도 다른지 않는 데 불구하고, 시 위에서 이 원칙은 단지 외관상 형식적인 흔적을 남김에 지나지 않는다.

가장 눈에 띄는 차이는 일상 원어로 이야기하거나 기록하려면 훨씬

51 자유스런 : '自由한'(원 발표문).
52 능동적이다. : '能動的으로'(원 발표문).
53 얻은 : '得한'(원 발표문).
54 시다. : '詩로서'(원 발표문).
55 원어의 갖는 의미 : '原語의 같은[갖는-편자] 言語의 意味'(원 발표문).
56 문법상의 : '文詩上의'(원 발표문).

길고 또 듣기에도 미감이라든가[57] 감명을 전하지 못할 것도, 훌륭한 시적 언어로 재구성될 때 그것은 엄청나게 짧고 아름답고, 단지[58] 이야기되는 사실을 이해시킬 뿐만 아니라 강한 정신적 충동을 주면서 잊지 않게 만드는 작용을 한다.

이것은 단지 언어의 변화의 힘만이 아니라, 물론 시의 내용이 된 생활적 내용에 의하여 언어가 정련精鍊당한 때문이다.

이런 작용은 그 차이가 현저한 시의 영역뿐이 아니라, 그 다음에는 위선 희곡, 그리고 소설 등에서도 다 농도[59]의 차이는 있을지언정 동일한 선택과 정련의 과정을 밟는 것이다.

그러므로 모든 종류의 문학상의 언어는 사실 그 외형에 있어서만 원어와의 상사점相似點을 가질 뿐으로, 그실은[60] 별개의 언어다.

그러나 문학어가 별개의 언어라는 특수성을 가지고 있음에 불구하고 그것이 원어보다도 더 많이 감동적이고 더 잘 이해되는 까닭은, 문학 그것이 광범한 의미에서 보면 '생활의 언어'의 특수한 일종이라는 데서 일상어 그것의 현실성을[61] 부정하지 않을 뿐더러, 오히려 그 에센스라고 보아지기 때문이다.

그러므로 문학이 원어를 가지고 자기의 고유한 연금술에 의하여[62] 정련하는 것은 대단히 다양한 것으로, 그것을 제약하는 조건은 문학 가운데서 그 표현이 요구되고 있는 생활 그 자체이다.

따라서 문학이 체현한 바의 생활과 의욕하는 바 방향은 스스로 역

57 원 발표문에는 이 사이에 '있기[잊기-편자] 어려운'이 삽입되어 있다.
58 원 발표문에는 이 사이에 '어떤'이란 단어가 삽입되어 있다.
59 농도 : '稀度'(원 발표문).
60 그실은 : '그 自體가'(원 발표문).
61 현실성을 : '物質性을'(원 발표문).
62 연금술에 의하여 : '建築術로'(원 발표문).

사적으로 다르며 사회적 계급적으로 틀리는 것으로, 언어의 문학어화 文學語化도[63] 이 한계를 넘지[64] 못하는 것이다.

단테A. Dante는 자기의 시대의 이태리말로밖에 이야기할 수 없었으며 호메로스Homeros 역亦 당대의 그리스말로밖에 이야기하지 못한 것이다.

우리의 고시가古詩歌의 일종인 신라의 향가鄕歌는 이 역사적 차이를 보여주는 호례好例로서 우리는 그 기록된 문자[65]뿐만 아니라 해석된 말도 현대어로는 이해하기 어려운 것이 많다.[66]

그러나 사회적 계급적 구별이라는 것은 역사적 차이를 믿는 사람들도 때로는 긍정치 않는 바로, 약간의 복잡성을 가지고 있다.

복잡성이란 다름이 아니라 그 차이가 동시대적이라는 데 원인原因하는 것으로, 비근卑近한 예를 들면 부르주아가 '달'이라는 것을 프롤레타리아는 '달'이라고 안 그러느냐 하는 식의 반박이다.

그러나 이러한 의문이란 학문상으로 취할 바 되지 못하는 것으로, 그런 사람들은 문학사의 사실에 무지하거나 혹은 고의로 그것을 무시하고 있다.[67]

[68]근대 시민계급의 문화적 지배 수립에 있어도 그들의[69] 민족국가의

63 문학어화도: 원 발표문에 따랐다. 『논리』에는 '文學語도'라 되어 있으나, 실수로 '화' 자가 탈락한 것으로 보인다.
64 『논리』에는 '널지'로 되어 있으나, 원 발표문에는 '넘지'로 되어 있다.
65 원 발표문에는 이 사이에 '때문'이 삽입되어 있다.
66 어려운 것이 많다: '어려운 것이다'(원 발표문).
67 무시하고 있다: '無視함이다'(원 발표문).
68 원 발표문에는 이 사이에 다음 단락들이 삽입되어 있다.
"무엇보다 歷吏[史-편자]上 時代의 差異로 言語가 달러지는 것을 社會生活의 變遷으로밖에 說明되지 안는 것이며, 또한 새롭은 社會階級이 自己의 文學을 樹立함에 반듯이 날근 文學의 言語的 桎梏으로부터 解脫될랴고 鬪爭한 事實[이] 이를 證明한다. 「딴테-」를 비롯하야 「루넷쌍쓰」의 伊太利 作家들이[의-편자] 古 「라틘」語에 對한 鬪爭, 十八世紀 佛蘭西文學이 國民的 言語의 樹立을 爲하야 싸혼 것은 著名한

확립과 한가지 민족어의[70] 통일 — 표준어의 확립, 봉건적 격리의 유물인 방언方言의 소멸 — 을 성취한[71] 것이다.

그러나 이 통일어=표준어란[72] 그실은[73] 시민 자신의 계급적인 언어를 일반 국민의 형식으로 일반화시킨 데 불과하다.

그러므로 방언이라든가[74] 독특한 언어 — 특히 독자獨自의 어휘 — 는 그것 아니고는 시민사회에서 통용되지 않은 시민적 언어에 압박되어 소멸하든지, 그렇지 않으면 동화同化 — 와전訛轉[75] — 되어버리거나 혹은[76] 그 지방, 그 산업 부문에만 통용하는 은어隱語로 화하고 있다.

이러한 사실이 문학상에 반영되지[77] 않을 리가 없다.

비근한 예를 또 구한다면 작가가 알고 있는 어휘의 국한성局限性에 이것은 명료히 나타난다. 도시생활만 아는 작가라면 농촌의 생활을 모를 뿐더러 농촌에서 쓰는 말의 지식이 도시적으로 국한됨은 불가피하다.[78]

例이다.

한개의 社會階級이 文化上에서 自己의 支配를 樹立함에 言語的 鬪爭은 最重要한 條件에 하나이었으며, 그 階級은 文化 文學上에 言語的 精練을 반듯이 自己의 方法을 가지고 遂行한 것이다.

勿論 이것은 그 名目에 있어 階級의 일홈을 가지고 한 것이 아니라 全國民的 言語의 名義로 自己의 言語를 建設한 것이다."

69 원 발표문에는 이 사이에 '國家形態인'이란 단어가 삽입되어 있다.

70 민족어의 : '氏族語의'(원 발표문).

71 성취한 : '成熟한'(원 발표문).

72 원 발표문에는 이 사이에 '市民社會의 生活的 特徵에 依하야 達成된 體裁上의 것이고'란 구절이 삽입되어 있다.

73 그실은 : '事實은'(원 발표문).

74 원 발표문에는 이 사이에 '勤勞人民의'란 단어가 삽입되어 있다.

75 와전 : '變轉'(원 발표문). 한편 '와전(訛轉)'은 '訛傳'의 오식일 수도 있겠으나, '변형되다'는 의미를 내포하는 듯하여 그대로 둔다.

76 혹은 : '그렇지 않으면'(원 발표문).

77 반영되지 : '그 特徵을 反映하지'(원 발표문).

78 불가피하다 : '定理다'(원 발표문).

물론 근면하고 재질才質이 있어 농촌의 생활과 언어를 연구 학득學得하면 그 범위가 훨씬 확대될 수는 있으나[79] 농촌 출신의 작가와 전혀 동일할 수는 없다.

그러므로 때로는 농촌의 무지한 부인의 회화會話를 도시 행랑어멈투로 말을 시킨다든가, 그렇지도 못하면 인텔리적 어조 그대로 이야기시키는 수가 무수히 많다.

크게는 각개의 시대를 대표하는 작품은 거개가 그 시대 지배계급의 언어로 특징화되어 있어, 우리 조선의 사실만 해도 시조에 씌어진 말과 그때에 구전되던 민요에 씌어진 말은 상당히[80] 차이가 있다.

한편은 양반의 말이고, 한편은 상민常民 근로 인민의 말로 불러졌기 때문에 동시대의 문학이 이만치 다른 언어로 형상화되어 있는 것이다.

그러나 정치상의 지배자란 항상 사상 문화 상에서도 자기의 지배를 수립하는 것으로, 시조 등속은 기록되어 있어 마치 그것이 그 시대의 유일한 조선어인 것 같이 생각되고, 민요란 구전되는 중 혹은 소멸하고 또 시대를 따라 언어도 변화되어 그 시대의 모습을 일견一見해서는 찾기 어려운 형편이다.

이 사실은 마치 조선의 모든 시인은[81] 양반에서만 났고 그들이 가장 위대한 조선인인 듯싶게 역사상에 남았음에 반하여, 민요의 주인인 사람은[82] 이름도 없이 역사상에 매몰되어버린 것과 같은 것이다.

---

79 확대될 수는 있으나 : '擴大됨은 可能하나'(원 발표문).

80 상당히 : '엄청난'(원 발표문).

81 시인은 : 『논리』나 원 발표문에는 모두 '婦人은'이라 되어 있으나, 문맥상 '詩人은'의 오식일 것이다.

82 사람은 : '勤勞人民은'(원 발표문).

더구나 언어가 정치상 사정을 반영하는 사실은, 오랫동안 중국에 정치적 문화적으로 종속되었던 조선이 한문으로 모든 것을 기록한 관계상 과거 조선인의[83] 초라한 지위와 같이 조선어는 제법 똑똑히 기록상 문학상에 올라보지도 못한 채로 매몰되고 와전訛轉되고 해온 것에[서] 볼 수 있다.

[84]갑오경장甲午更張 이후 조선문의 기록, 출판, 조선어에 의한 문학 창작의 족출簇出도 역시 조선인의 생활에 새로운 조건이 형성된 결과다.[85]

[86]예전 『소년』, 『청춘』 등 잡지에 실린 최초의 신시新詩라는 육당六堂 최남선崔南善의 시를 보면 이 곤란이 얼마나 컸던가를 짐작케 하며, 또 춘원春園, 동인東仁 등 작가들의[87] 고백에서도 신문학이 순純 조선어의 표현을 발견키에 얼마나 노력하였는가를 알 수가 있다.

[88]또 과거의 방언의 존재라든가 통일어統一語의 미확립은 조선어학회

83 조선인의 : '朝鮮民族에'(원 발표문).

84 원 발표문에는 이 사이에 다음 문장이 삽입되어 있다. "뿐만 아니라 一部 言語學者나 訛學者[語學者의 오식-편자]들이 近者에 熱狂的으로 傾倒하고 있는 今日의 朝鮮語의 形便도 政治上의 理由를 除하고는 생각지도 못할 일이다."

85 조건이 형성된 결과다 : '條件 우에 그리됨을 否定치는 못할 것이다'(원 발표문).

86 원 발표문에는 이 사이에 다음 두 문장이 삽입되어 있다.

"한편 今日에 와서 朝鮮語의 運命에 關하야 高調된 關心을 기우리고 그것의 發揚, 整理 等을 부르지즘도 政治 事情이 變한 近 二十年間의 生活的 結果가 招來한 現狀과, 將來에 대하야 疑懼의 念을 이르키는 때문이다.

事實 文學上의 經驗을 본다면, 新文學 있슨 以後 今日까지 政治上의 理由를 빼놓으면 創作上 最大의 困難은 朝鮮語의 混亂이 가져오는 그것이었다."

87 작가들의 : '老大家들의'(원 발표문).

88 원 발표문에는 이 사이에 다음 문장들이 삽입되어 있다.

"主로 이 混亂을 招來한 直接의 原因은 첫재 千年 넘어 씨어오든 漢文에 있고, 둘재로는 近間 約 二十年來에 可恐할 勢力을 넒린[넓힌-편자] 「國語」[이 당시 '國語'는 일본어를 지칭하였다-편자]에 그 다음 原因이 있다.

우리들은 純粹한 經驗에 依해서도 言語上 困難이 言語 自體에 原因하지 않고, 社會的 政法['政治'의 오식인 듯-편자] 生活上의 條件으로 말미암음을 本能的으로 알 수 있음에 不拘하고, 近者에 이는 純全한 文化上의 努力만을 가지고 言語의 擁護라

朝鮮語學會와 같은 단체가 일찍 선각先覺하여 표준어를 사정査定치 않은 때문도 아니고 전全혀[89] 생활상 이유에 의함이다.

그렇다고 조선어학회 제 씨諸氏의 가치있는 과학상 노력을 조금치라도 얕게 평가하려 함이 아니요, 그것을 착잡錯雜된[90] 방침표준어 사정과 같은이나, 유해한[91] 환상 — 언어는 문화의 모母이다 등으로부터 명확히 구별하려는 것이다.

문학사 상의 사정은 더한층 똑똑히 이 상태를 반영하고 있어, 20년대의 신문학이란 이 언어상 무질서에 완전히 구속되어, 그 많은 공적에도 불구하고 후배로서 배울 바를 그들이 뚫고나간 곤란에 비하여 너무나 적게밖에 남기지 못하였다.

시민적 문학이라고 부르기에는 너무나 빈약하고 비非시민적인 신문학이 문학어 상의 시민적 혁명을 수행치 못했음은 자연스러운 일이다.

신문학은 조선어의 미라든가 풍부성이라든가 고도의 합리성이라든가를 발견치[92] 못하고 때로 부분적인 성과도 통일적으로 달성되지 못

든가 發揚이라든가를 成熟할랴는 虛亡한 傾向이 流行함을 볼 수가 있다.

標準語 — 統一語 — 의 未確立, 方言의 散在를 人爲的인 言語上 方針으로 達成할랴는 朝鮮語學會流의 努力의 헛됨은 그들의 言語가 갔는바 社會生活 政治上의 制約性을 無視함에 있고, 言語만 지키면 — (사실 지켜지지도 않지만) — 朝鮮文化 — 따라서 生活도 — 求遠['救援' 혹은 '久遠'의 오식인 듯—편자]하리라는 理論은 生活上 政治上의 努力을 觀念上 — 文化 言語 — 上에 局限하는 것으로 觀念的이며 部分을 — 言語[—] 全體에 代置할랴는 데 있어 民族改良主義的이다.

理論的으로 뿐만 아니라 이러한 方式은 朝鮮語의 現在 事實에 違反하는 것으로 只今 形便으로 보면 朝鮮語의 標準語 대신에 朝鮮 사람의 共通語는 「他語」(이 역시 일본어를 가리킬 것이다—편자)로 대신될랴는 狀態에 있으며, 그 努力은 巨大한 힘을 가지고 遂行되고 있지 않은가?"

89 원 발표문에는 이 사이에 '朝鮮人의'란 단어가 삽입되어 있다.

90 착잡된 : '錯誤된'(원 발표문).

91 유해한 : '有望한'(원 발표문).

92 발견치 : '發揚치'(원 발표문). 원 발표문의 것이 문맥상 더 타당해보인다.

하였다.

시민적 문학으로서 가능한 달성이란, 첫째 시민계급이 사회생활에서 표준어 — 근대적 통일어 — 를 획득할 지위에 있어야 하는 것이고, 또 표준어의 확립 없이는 개개의 작가의 개척도 비통일적 분산적이어서, 어떤 작가는 보다 소시민적이고 또 인텔리적이며 때로 봉건 농민적으로 개별화되는 것이다.

상섭想涉, 춘원, 소월素月 등은 전기前記의 계급의 언어상의 영향을 개별적으로 받았다고 볼 수 있는 것으로, 이것은 언어의[93] 혼란을 그대로 반영하고 있음이다.

그러므로 조선어의 완미完美한 문학적인 개화는 전일 별고別稿[94]에서 말한 바와 같이 차세대次世代의 문학, 새 문학에[95] 부가負加되어 있는 것으로, 그 임무는 시민문학이 해결해야 할 것까지 이중으로 가지고 있는 형편이다.

이러고 보면 문학이[96] 조선어에 대하여 가장 관심을 가져야 하고, 또 현금 일부의 작가, 시인들에게서 보는 바와 같이 특별한 언어상의 용의用意를 표시함은 정당할 것이다.

[97]그러나 적어도 문학적으로 사유한다는 사람들이 조선어학회류流

93 언어의 : '民族語의'(원 발표문).

94 『문학장조』 창간호(1934.6) 및 『예술』 1935년 1월호에 나뉘어 실린 「언어와 문학」이란 글을 가리킨다.

95 새 문학에 : '푸로레타리아文學에'(원 발표문).

96 문학이 : '푸로레타리아文學이'(원 발표문).

97 원 발표문에는 이 사이에 다음 문장들이 삽입되어 있다.

"그러나 먼저도 累言한 바와 같이 같은 言語에 關心하는 대로[데도—편자] 政治的 階級的 獨自性을 가지고 接近하는 것임에 不拘하고 오늘날 朝鮮[語] 問題에 대한 一般 文學界에 關心의 程度 性質이란 甚히 統一的임이 그 特色이다.

勿論 이곳에는 朝鮮語가 日就月長['長'은 '將'의 착각인 듯—편자]하는 幸福된 言語가 아니고 大端한 困境에서 그 前途가 憂慮되는 不幸한 言語이라는 데 그 一致協同하는 態度의 共通性을 찾을 것이다.

의[98] 관념론을 믿는다든지 문학상 직접의 이해利害에 무관심하고[99] 무정견無定見하다면 문학 실제가實際家의 한 개 치욕이 아닐 수 없다.

보는 바와 같이 우리는 조선문학 가운데 조선어에 대한 태도에 있어 2,3의 상이한 부분을 발견할 수 있다.

춘원이라든가, 야담으로 돌아서는 김동인, 윤백남尹白南 씨 등이라든가, 육당, 이병기李秉岐, [100]정인보鄭寅普 씨 등의 시조 작자들이 어떠한 조선어를 문학 창작상에 선택하는가는 특징적이다.

말할 것도 없이 씨 등氏等에 있어서는 가장 노골히[101] 복고주의로 나타나 진부한[102] 고어古語를 강제하고 사어死語 발굴 등에 열중하고 있다.

물론 특별한 의미에서는 고어, 사어 등의 과학적 체계적 연고研考는[103] 조선어의 독자적 발전상 유익한 것이나, 이이들에[104] 있어서는 그냥 독자에게 기억을 강요하고, 모든 가치있는 신어新語는 거부되어,[105] 오로지 이이들의[106] 언어는 전통주의[107] 사상을 설명함에 적응適應할 뿐이다.

다른 하나는 문학을 기교로 환원시키는 예술지상주의藝術至上主義의 일군一群으로서, 춘원 등이 문학은 종교다 하는 대신에 문학은 언어의

말할 것도 없이 우리도 爲先 無條件하고 朝鮮語의 消滅에 贊成치 않고 그것의 擁護라는 대[데-편자] 아모 異議가 없다."

98 원 발표문에는 이 사이에 '「言語는 民族之本也」래[는] 式의'란 구절이 삽입되어 있다.

99 이해에 무관심하고: '利害를 不顧하고'(원 발표문).

100 원 발표문에는 이 앞에 '高名한 歷史家'란 구절이 삽입되어 있다.

101 원 발표문에는 이 사이에 다음 문장 일부가 삽입되어 있다. "政治思想이 言語를 支配한다. 그것은 民族主義의 文化上 特色인".

102 진부한: 원 발표문에는 '採腐한'으로 되어 있으나, '採'는 '陳'의 오식일 것이다.

103 연고는: '再考는'(원 발표문).

104 이이들에: '此等에'(원 발표문).

105 거부되어: '招否되어'(원 발표문).

106 이이들의: '此等의'(원 발표문).

107 전통주의: '民族主義'(원 발표문).

기교이다 라는 명제가 대치代置된다.

그러므로 어떠한 의미에서 보면 조선문학 제[108] 유파 가운데 이 경향의 작가들이 언어에 그 중 관심한다고 볼 수 있을 것이다.

그들의 특색은 그 예술상 입장과 같이 언어를[109] 언어 자신의[110] 미감美感에만 치중한다.[111]

즉 언어가[112] 갖는 합리적 의의보다도 그 외형적 미감만을 제일의第一義로 삼고 자기의 문학어를 선택하는 언어상의 장식주의-형식주의가 지배적이다.

무엇보다도 그들은 언어의 음향적 방면에 기준을 두어 이 말의 어음語音이 고우면 그것을 택하고, 그것은 생명이 있는 것이며, 나쁘면 기외其外의 모든 이유를 돌아보지 않고 방기한다.

문장의 아름다움은 첫째 합리적인 것보다 음결音結의 묘, 그 다음은[113] 은유의 교묘한 구사와[114] 결합으로 구조構造된다.

전자는 정지용鄭芝溶,[115] 이태준李泰俊 씨의 작품, 후자는 김기림金起林, 이상李箱, 박태원朴泰遠 씨 등의 시, 소설이 대표하는 경향으로 이 양자는 약간 별개의 성질을 가지고 있다.

[116]장식적 유미적 경향, 즉 음향 좋은 말을 택하고 나쁜 말을 버리

108 제: 원 발표문에는 '誌'라 되어 있다. '諸'의 오자일 것이다.

109 원 발표문에는 이 사이에 다음 구절이 삽입되어 있다. "民族主義文學이 그 思想에 表現 道具로 본다든가 푸로레타리아文學이 亦시 內容의 表現 手段으로 보는 대신"

110 원 발표문에는 이 사이에 '觀念的'이란 단어가 삽입되어 있다.

111 치중한다: '置重하는 것이다'(원 발표문).

112 언어가: 원 발표문이나 『논리』에는 모두 '言語의'로 되어 있으나 오늘날의 주어표기 방식에 맞게 수정했다.

113 음결(音結)의 묘, 그 다음은: '音結이 妙코 그것은'(원 발표문).

114 원 발표문에는 이 사이에 '多數한'이란 단어가 삽입되어 있다.

115 정지용: 『논리』에나 원 발표문에는 '鄭芝鎔'으로 잘못 표기되어 있다.

116 문맥상 이 앞에는 '전자는' 정도의 단어가 추가되어야 할 것 같다. 원 발표문이나 『논리』 모두 이를 빠트리고 있다.

는 데서는 그것이 필연적으로 새로운 함축성이 강한 언어라도 음향이 나쁘면 버리고, 이미 안 쓰는 과거의 말이라도 음향이 좋으면 택하게 된다.

이 결과는 그들의 현실에 무관심한 예술적 태도와, 지식의 한계가 보다 더 많이 과거에 연접聯接되어 있다는 두 개 사실로 인하여 전통주의적[117] 언어관에 통하는 가능성이 열리어 있다.

후자, 어음語音보다도 어구語句의 은유적 결합 분리에 더 많은 흥미를 가진 이들은 무엇보다 일상어로부터 자기의 언어를 격리시키어 지극히 기괴한 문장을 만들어 소시민적 독선주의獨善主義에 칩거하여, 새로운 가치있는 언어도 씨 등에 있어서는 독자讀者의 이해를 돕는 대신 그것을 조해阻害하고 혐오하게 만든다.

[118]그러나 경향문학傾向文學은[119] 민중의 언어 위에 선다. 그러나 그것에 추종한다는 것은 이 문학이[120] 고조高調하는 교육적 의의와 모순하는 것이다.

---

117 전통주의적 : '民族主義的'(원 발표문).

118 원 발표문에는 이 사이에 다음 문장들이 삽입되어 있다.

"이것이 文化的으로 有害한 것은 重論할 餘地가 없다.

프로레타리아文學이 言語의 領域에서 가진 態度는 歷史的으로 若干 相違하나 가장 理想的인 條件을 具備하고 있음은 事實이다.

그러나 이 文學의 初期에 있어 遺憾된 일이나 그들은 言語의 無視者이었고 그 뒤 最近年까지는 거위 無方針으로 一貫되어왔다.

그러나 이러한 諸 缺陷에도 不拘하고 이 文學이 文學語上에 끼친 功蹟은 일즉이 新文學이 開拓치 못하얐든 勤勞民衆의 言語를 文學化할랴고 努力한 點이고, 또 하나는 새롭은 社會的 科學的인 內容을 가진 言語를 解說할랴는 데 있었다.

그러나 言語의 領域에 있어서의 이 文學의 無方針은 곧 글자 그대로 「되는대로主義」로 變하야, 勞動者나 農民의 言語에 對한 無原則的 追從의 態度로서 表示되였다."

119 그러나 경향문학은 : '勿論 푸로文學은'(원 발표문). '물론'이 '그러나'로 바뀐 것은 앞의 문장들이 삭제되었기 때문일 것이다.

120 문학이 : 원 발표문이나 『논리』 모두 '文學의'로 되어 있으나 오늘날의 주어표기 방식에 맞게 수정하였다.

민중의 말 가운데는 옛날 양반이라든가 비속한 상인商人들의 언어보다는 그 가치에 있어, 미감에 있어 월등한 것이 있다.[121] 우리는 민중의 언어 가운데는 아무래도 포기해야 할 허접쓰리가 있는 것을 잊어서는 아니 된다.

예例하면, 소설이나 희곡 가운데서 방언을 무질서하게 쓴다든가, 그리 필요도 하지 않은데 쌍욕을 난용亂用한다든가는 미감상으로만 아니라 교육적 의미에 있어서도 옳지 않은 것이다.

우리는 약간의 작품 가운데서 방언이나 좋지 못한 말을 조장하는 것과 같은 감을 금치 못하게 하는[122] 분이 있음을 본다.

과거의 문학[123]뿐만 아니라 신인 가운데서도 — 예하면 한태천韓泰泉 씨의 「토성랑」 등의 희곡, 김유정金裕貞 씨의 소설 — 이러한 난용주의亂用主義는 노골화되어 있음을 볼 수 있다.

이러한 추수주의追隨主義는 '민중어를 쓴다!'는 구실, 즉 푸쉬킨A. S. Pushkin은 유모한테 그 말을 배웠다든가, 백낙천白樂天은 촌부村婦에게 자작自作을 읽혔다든지 하는 고전 작가들의 태도를 잘못 배우는 것이다.

그러나 "푸쉬킨은 그 이상으로 신중히 노서아어露西亞語의 보고寶庫로부터 전형적인 아름다운 필요한 언어를 골라낸 것이고 결코[124] 닥치는 대로 골라잡은 것은 아니다. 이 불굴의 노력으로 전형적인 것을 면밀히 선택하여 그 총명한 모둔성牟鈍性을 창조하였다"판표로프F.I. Panfyorov는 것이다.

121 것이 있다 : '것이다'(원 발표문). 그리고 이 다음에는 문맥상 역접 부사가 첨가되어야 할 것 같다.

122 좋지 못한 말을 조장하는 것과 같은 감을 금치 못하게 하는 : '좋지 못한 말의 助長과 같은 感을 禁치 못하는'(원 발표문).

123 과거의 문학 : '過去 프로文學'(원 발표문).

124 것이고 결코 : '것으로'(원 발표문).

그러므로 언어적 창조 가운데 전형성이란 언어의 합리성 가운데 심미성을 통일하는 것으로, 그것은 다시 문학 자체가 그러함과 같이 창조적 교육적인 것이다.

예하면 자기 처를 부를 때 경상도 방언이 "봐라! 물 좀 떠오니라!" 하는 것은 명백히 낡은 가장제家長制 농촌의 유습을 표시하는 어법이다.[125] 문학은 이것을 긍정 조장할 것이 아니라, 새로이 이야기되는 "여보 물 좀 떠오소"로 교육할 줄 알아야 한다.

또한[126] 새로운 언어를 높은 문화어文化語로 문학 가운데 살리고 해설함을 잊어서는 아니 된다.

언어는 가장 풍부히 사회생활의 내용을 포함하고 있는 것으로 작가는 그 먼 미래를 보는 일인一人이어야 한다.[127]

---

125 어법이다. : '語法으로'(원 발표문).

126 또한 : 원 발표문에는 '또한' 대신 "더욱이 「前衛」 「組合」 「科學」 「團體」 「公判」 等의"라는 구절이 삽입되어 있다.

127 『논리』에는 여기까지만 수록되어 있으나, 원 발표문에는 이 뒤에도 다음 문장들이 추가되어 있다.

"그런데 今日에 보는 一部 푸로文學者들의 言語 — 朝鮮語에 對한 暗目할 關心은 무엇을 意味하는 것일까?

遺憾된 일이나 그것은 곧 過去의 「되는대로」主義의 一 延長일 뿐만 아니라 民族主義文學의 言語觀 至上主義의 言語觀 等과 差異를 發見키 어려을 만큼 그 文學의 社會的 內容의 退去와 相伴됨인 듯한 現象을 보지 않을 수가 없다.

日前 나는 오랜 「캅프」 作家의 한 사람에 依하야 「朝鮮말 文學의 世界的 樹立」이라는 스로-강이 實言됨을 보았다.

大體 이 말을 文學은 言語의 技巧라든가 言語는 文化의 母이다, 朝鮮語를 걱테리['지켜라' 정도의 오식인 듯-편자] 等의 스로-강과 그 差異를 判別할 수 있을가?

이러한 傾向은 重言할 것 없이 言語上의 無黨派主義 乃至는 文學上의 協調主義 그러고 朝鮮말을 지키라는 復古主義的 口號와 소리를 가추우는['맞추는'의 오식인 듯-편자] 것이며, 이렇게 文字로 나타나지 안는 대[데]서도 우리는 同僚들이 上記한 至上主義的 或은 復古的 言語觀의 影響下에 있음을 볼 수가 있다.

勿論 이것은 우리 文學運動 長年에 亘한 言語上 無原則이 가저오는 不意의 結果이다. 言語의 領域에 自己의 科學을 貫徹시킴을 急速히 배워야 할 것이다.

朝鮮語의 現在의 狀態란 充分히 이러한 魔術的 幻想을 散布하기에 可能한 諸點이 있는 것이다.

理論上 創造上에 있어 우리의 文學은 最良의 意識만이 最良의 言語를 가질 수 있다는 것을 實際로 보이어야 할 것이다.

우리는 「쉑스피어-」가 偉大하고 우리에게 사랑받는 것은 그가 훌륭한 英語를 가졌다는 그것 한아 때문이 아님을 銘記해야 한다.

「쉑스피어-」를 읽는 朝鮮의 讀者 그것을 英語로 읽는 이가 몇이나 되며 英語本을 읽었다 해도 譯書보다 더 많은 感興을 그곳에서 받는 사람이 누구일지?

우리는 朝鮮말 文學의 世界的 發揚을 論하면서 熟考할 것이다.

그렇다고 他語를 가지고 自己의 文學을 創作함을 부끄러히 안 녁임[여김]은 張赫宙氏의 小說 題名이 말함과 같이 「愚劣錄」일 것이다.(一月十三日)"

한편 「조선말 문학의 세계적 수립」은 송영(宋影)의 글(『조선일보』, 1936.1.12~21)이다.

언어의 현실성●

문학에 있어서의 언어

작가나 시인이 조선말의 모든 것을 풍부하게 알고 있다는 것은 필요한 일이나, 아무 말이나 함부로 줏어섬긴다는 것은 참을 수 없는 일이다.

시나 소설의 예술적 미의 가장 중요한 부분이 언어라는 것은 이미 중언重言을 요要치 않는 것으로, 이러한 언어란 곧 선택되고 정련精鍊된 언어가 아니면 아니 된다.

이 선택이나 정련이란 문학의 소재로서의 자연적 대상이 창작 도정 중에서 받는 것과 동정도同程度의 어떤 주관적인 제한을 받는 그것으로, 이것은 작가의 사회적 위치와 개인적 지향에 의하여 정해지는 것이다.

다시 말하면 소여所與의 사회생활 가운데서 작가에게 부여된 객관적

● 『조선문학』, 1936.5.

위치와 다른 사람들과의 사이에 설정되는 일정한 사회적 관계로 말미암아 인도되는 그 사람의 의지의 방향에 따라, 소재와 같이 언어는 여러 가지 사회적 성질을 스스로 체험하게 된다.

좁게 말하면 그의 생활의 환경과 체험의 범위 가운데서 소재가 골라지는 것과 같이 언어도 역시 이러한 일정한 조건 내에서 제한된 것으로서 문학상에 사용되는 것이다.

그러므로 우리는 어느 작가의 형식상 개인적인 특징이라 볼 수 있는 것도 그의 작품의 내용상의 것과 일정한 관련하에서 관찰하는 것이며, 실제로 문학사 상의 특정한 형식상 유파라는 것이 외견상의 형식적 유사類似뿐만이 아니라 내용에 이르러서도 일정한 근사近似된 관련을 가지고 있었음을 볼 수가 있는 것이다. 이러한 여러 사실은 곧 문학의 형식, 또 그 가장 외견적 부분인 언어의 특색이 반드시 내용이라고 불러지는 소재와 사상이 갖는 제약성의 한 개 연장이라고 볼 수 있는 것이며, 반대로는 언어상 또 형식적인[1] 어떠한 특색의 면밀한 관찰이 그 작품이[2] 의미하는 내용상 제諸 부분에까지 투입透入할 가능성을 주는 것이라고 믿을 수가 있다.

그러므로 문학비평에 있어 항상 이 양개의 부면部面을 동시에 관련된 한 개의 양면으로 관찰치 않을 수 없는 것이며, 창작에 있어서는 일층 이것들은 불가분리의 관계하에 있는 것이다.

그런 때문에 양자 가운데 어떤 하나에 대하여서도 비평은 부당히 편중되거나 과소過少한 관심이 지불될 때 그것은 판단의 정확을 기期키 어렵게 되는 것이며, 창작상에 있어도 우리는 양자에 대한 적당한 관심을 잃어버릴 때 문학은 곧 그 결과를 명확하게 드러내는 것이다.

1 '形式的의'(원문).
2 원문에는 '作品의'로 되어 있으나, 오늘날의 주어표기 방식으로 수정하였다.

내용에 대한 필요한 관심이 부족한 채로 형식에의 용의用意로 기울어질 때 어느 틈엔지 작품이 현저히 형식주의화하는 결과를 맺는 것이요, 반대로 형식에의 필요한 관심을 용의함이 없이 내용상의 개변改變, 확충을 기할 때 그 작품은 곧 좋은 내용을 서투른 외형으로 담은 결과를 남기는 것이다.

이러한 것이 다 한꺼번에 무엇에 의하여 달성되느냐 하는 것은, 작가에게 있어서는 문학 이전의 상태에 의하여, 즉 관찰하고 생각하고 행위하는 인간으로서의 작자 자신의 실천이 최후의 해답을 여與하는 것이다.

그러나 문학 가운데 형식이라고 부르는 것하고 내용이라고 부르는 것이 만리의 장성을 가지고 서로 분리된 것이냐 하면 그런 것도 아니요, 또 양자는 실천이란 것으로 말미암아 동시에 제공되는 평등한 어느 물건의 양단兩端이냐 하면 그렇지도 않다. 이러한 견해는 형식논리적이라고 부를 수 있는 한 개 소박한 논리주의이고, 틀린 생각이다.

물을 담을 수 있는 그릇과 가루를 담을 수 있는 그릇과 기체를 담을 수 있는 그릇이 다르듯이 형식적인 것이란 그 내용에 의하여 각각 결과되는 물건이다.

가루를 담는 그릇은 가루가 새지 않게 된 것이므로 거기다가 물을 담으면 물은 새어버린다. 또 물을 담는 그릇은 밑은 꼭 막혔다 하더라도 우리는 앞만 뚫려도 상관없을 뿐더러 오히려 편의상 위에 큰 입이 뚫려야 하는 것이나, 기체를 담는 그릇은 위가 꼭 막혀야 할 뿐더러 밑도 물 담는 그릇보다는 훨씬 단단해야 한다. 이것은 그 내용에 대하여 형식, 용기容器가 꼭 합리적으로 제약되는 기물器物의 비근卑近한 예로, 문학의 그것에 비할 수 없다 할지 모르나 문학상의 사실도 정도의 차이는 있을지언정 내용에 의하여 하나의 합리적인 제약하에 있음은 동일하다.

문학 이전의 생활과 실천의 제諸 경험이 문학에게 주는 첫째의 구속은 직접으로 내용이고 간접으론 형식이다. 아무리 형식적인 것이 성취된 후에 일체의 사상, 소재가 영위營爲되더라도 그것은 하등 이 사실을 부인하는 논거는 되지 않는다.

왜 그러냐 하면 제작되는 순서로서 창작의 도정이 실천과 맺는 관계를 설명코자 하는 견지는, 마치 물을 우뚝하고 동그랗게 세워놓고 독을 만들지 않고 기체를 깎아놓고 탱크를 만드는 것이 아니라고, 그 용기들이 담아질 물체의 제약을 받지 않았다고 주장하는 것과 똑같은 우론愚論인 때문이다.

뿐만 아니라 이러한 견지는 또 하나 형식적인 것 가운데 가장 외적인 언어라는 것이 실제로는 표현의 대상인 소재나 사상과 전혀 분리하여 존재하는 것이 아니라는 유력한 사실에 의하여 전全혀 완부完膚하게[3] 반박된다. 언어는 단순한 '아!' '후!' 하는 간투사間投辭로부터 '국가' '정치'하는 복잡한 명사에 이르도록 모두가 일정한 무엇을 의미하고 있다.

의미하는 대상 없이 언어는 없는 것이다. 개의 '멍! 멍!' 짓는 소리나, 소의 '엄매! 엄매?' 하는 소리는 언어가 아니다.

언어학에 있어 이러한 학설을 빈정거려서 '멍멍설'이라 하고,'아! 하! 하!'로 언어 기원을 삼는 것을 역시 놀려서 '앗하하 테오리'[4]噫噫說라고 하여 웃음거리를 남긴 데 지나지 않는다. 그러므로 언어란 항상

3 완부하게 : 원문에는 '完膚없이'로 되어 있다. 그러나 '完膚'가 '완전한 살가죽, 즉 아무 흠이 없는 모양'이란 의미이므로, 그것을 다시 '없이'로 부정하면 문맥상 의미가 달라져버린다. 그래서 '완부하게'로 수정하였다.

4 테오리는 theory의 독일어 Theorie의 음독이다.

의미하는 대상 그것의 반영이며 인간은 이것 없이 사유할 수는 없는 것이다.

따라서 단순한 표현으로서의 한개 한개의 단어는 연결되어 문장 논리가 되어 사유하고 표현하는 수단이 되어, 삼라만상을 묘사하고 생각한 바를 종합적으로 표현한다.

그러므로 "나는 밥을 먹겠다"라는 데는 수많은 말 가운데서 '네가'가 아니라 '나는', '밥이'[가] 아니라 '밥을', '먹었다'가 아니라 '먹겠다' 등의 특정의 말이 선택된 것이며, 그것은 필요한 일정 방향으로 체계를 이루어 문장으로서 성립한 것이다.

다시 이 말을 분해한다면 먹기 때문에 '똥'이 아니라 '밥'이 선택된 것이며, '밥을' 버리는 것이 아니라 내가 소용되기 때문에 '먹겠다'란 말이 필요하였다. 또한 다른 사람이 배가 고프기 때문에 밥이 소용되는 것이 아니라, 내 배가 고프므로 '네가' 혹은 '아무개가'가 아니라 '나는' 한 것이다.

이 단구短句 가운데 등장한 단어는 물론 각개의 내용內容하는 대상을 가장 명확히 의미하고 있을 뿐더러, "내가 밥을 먹겠다"는 말은 '내가 밥을 먹겠다'는 그 사실에 완전히 일치하여 문장화되어 이곳에는 나의 행위 가운데 있는 한 개 사실 이외에는 아무것도 없다.

그런 때문에 "나는 밥을 먹겠다"가 아니라 "나는 밥을 먹었다"로, 즉 '겠' 자 하나가 '었' 자로 변하는 것으로도 미래가 과거로 변하고, "밥을 먹겠는가?"고 주인이 물을 경우에 전자에 있어서는 나는 밥을 먹을 것이고, 후자에 있어서는 못 먹게 되고 만다.

곧 이 단구 가운데 몇 가지 단어는 되는대로 무엇이고 의미한 것이 아니고, 꼭 필요한 것은 소재를 적절히 의미하고 있으며, 한 자도 바꿀 수 없이 거의 절대적으로 합리적인 선택의 결과로 장구章句를 이룬

것이다.

이때 이 말은 완전한 현실성의 표상으로서 일분一分의 다른 여유도 가지고 있지 않은 것으로, 이 가운데는 일관한 합리성이 지배할 따름이다.

이것은 언어의 소박한 자연적 상태라고 지칭할 수 있는 것이나, 위선爲先 우리는 실제 이야기되고 있는 언어, 즉 예술에 대하여 소재로서의 언어를 이런 것이라고 가정해서 좋다. 그러나 물론 일상 회화에도 또 예술적 형상 중의 언어에도 언어의 다른 현상 형태를 발견할 수 있는 것이다.

어쨌든 이야기가 갖는 의미란 회화나 문학에서 여하한 정련 가공을 받든지, 언어가 언어인 이상 이 기본 성질의 제약하에 서 있음을 한번 확인함에 있다.

예술적 인식 표현의 수단으로서의 언어•

먼저 우리는 언어라는 것이 오직 현실적인 것의 반영・표현이란 뜻을 이야기해왔다.[1] 즉 언어란 단순한 음성이 아니라 일정한 현실적 내용으로 말미암아 조직화된 음성, 그럼으로써 그것은 불가피적으로 항상 무엇이고 의미하고 있으며, 그 의미하고 있는 바는 곧 인간의 사유를 통하여 추상화된 각양各樣의 현실이란 것이다.

다시 말하면 언어는 이야기될 대상인 현실적 제 조건에 의하여 규정된다.

그러므로 '오로라極光'를 볼 수 없는 조선 같은 데는 그것을 의미하

• 『조선문학』, 1936.6.

1 이 글 이전에 씌어진 임화의 언어 관련 글들, 「언어와 문학」(『문학창조』, 1934.6; 『예술』, 1935.1), 「언어의 마술성」(『비판』, 1936.3), 「언어의 현실성」(『조선문학』, 1936.5) 등에서 임화가 이런 논의를 펼쳐왔으나, 특히 이 글이 원래 발표된 『조선문학』(1936.6)의 바로 앞 호에 실린 「언어의 현실성」에서의 논의를 가리킬 것이다. 곧 「언어의 현실성」과 이 글은 기본적으로 연속적인 성격을 지닌다.

는 조선말이 없는 것이며, 같은 조선에라도 남조선 고유의 동식물류動植物類에 대하여, 북조선에는 거기에 해당한 명사를 찾아볼 수 없는 것이다.

그러나 우리가 '오로라'란 말을 '극광極光'이란 한자로 번역하여 쓰고 혹은 여태까지 없는 '산소酸素', '공장'이란 말을 쓰게 되는 것은 또한 현대, 적어도 2~30년래年來의 일이다.

이것으로 우리는 언어가 시대의 금석今昔에 의하여서도 제약을 당하고 있음을 알 수가 있다.

이야기될 현실적 대상이란 것은 이와 같이 역사적으로 변화하고 발전하는 것으로, 역사성이란 현실이 언어를 규정하는 다른 한 개의 조건이다.

그러므로 언어를 참말로 현실적으로 이해하는 방법은 그것을 일관한 발전의 과정을 통하여, 즉 역사적으로[2] 이해하지 않으면 아니되는 것이다.

역사적으로 관찰되는 언어란 인간의 사회적 발전의 역사를 반영한 것으로서의 현실적 의의를 갖는다.

현행 세계어世界語의 일반사一般史라든가, 각개 국어의 발전의 특수한 역사는 세계사 혹은 각 국민 국가사회의 현실적 제 발전에 의존되어[3] 있고, 또 그것을 반영하고 있다.

이것은 언어가 인간에 있어 그의 의식으로부터 독립되어 있는 객관적 제 조건으로부터 제약된 인간적 의식의 소산인 때문이고, 의식의 본질적 요소인 사유의 도구인 때문이다.

사유의 수단으로서의 언어는 곧 인식의 수단으로서의, 동시에[4] 표

2 역사적으로 : '歷史的인 立場에서'(원 발표문).
3 의존되어 : '依하야'(원 발표문).

현의 수단으로서의 이중의 의의를 갖는다.

그러나 통상 표현 수단으로의 언어, 즉 언어의 의사표출적 직능職能에 대한 통속화된 상식은 재래在來로 그것이 묘사 인식의 수단으로서의 의의를 몰각沒却해온 것을 지적하지 않을 수가 없다.

이 기초에서 언어에 대한 관념적 해석, 또 그 기원에 대한 신비주의가 배태되어온 것으로, 이 견지는 언어를 순수한 관념상의 물건으로 간주해버린다.

이리하여 언어의 현실적 성질이 부정되고 그 발전사에 대하여 관념적 설명을 가하는 데 그친다.[5]

물론 언어는 하나의 관념상의 산물이다. 그러나 그것은 모든 관념이라고 불러지는 사회생활의 상층건축上層建築과 더불어 사회적 생산제 관계에 의하여 제약되는 물건으로, 그것이[6] 갖는 의의는 사유의 형식인 점에 있는 것이다.

그러므로 그것은 객관세계를 인식하고 그것을 표출하는 역할을 동시에 소유하고 있다.

문제를 우리 예술적 영역에 옮기어놓고 본다고 하더라도 이 근본사태는 조금도 변경되지 않는다.

의연히 언어는 예술적 인식과 표현의 수단으로서의 의의를 가질 뿐더러 언어의 예술인 문학 이외의 예술 영역에서도 이 원칙은 역시 통용하는 것이다.

여기에 채필彩筆을 들고 들에 서서 풍경을 화포畵布에 옮기려는 화가

---

4 동시에 : 『논리』에는 빠져 있으나 원 발표문('同時의'로 되어 있음)에 의거해 복원하였다.
5 그친다 : '論定하였다'(원 발표문).
6 그것이 : 원 발표문이나 『논리』에는 모두 '그것의'로 되어 있으나, 오늘날의 주어 표기 방식으로 수정하였다.

의 제작 과정을 상상한다면, 화가는 위선 그의 시야에서 들어오는 개개의 이미지를[7] 한 개의 정비된 조형적 체계로 조직하려고 노력할 것이다.

물론 그것이 회화繪畵인 한 모든 대상이 시각視覺을 통하여 물적 조형으로서 뇌리에 들어오고, 화포에는 역시 선, 면, 색을 가진 형상으로서 이식되는 것이다. 그러나 화가의 눈에 비치는 것은 단순한 선, 면, 색이 아니라, 초화, 수목, 천공天空, 구름, 사람, 새, 냇물 등의 구체적인 대상이고, 그것은 푸른 잎, 어여쁜 사람, 고운 새, 맑은 하늘 등이며, 그것의 표현으로서도 평면, 사면斜面, 직선, 곡선, 홍색, 청색 등의 산 물상物象이다. 이런 경우에 회화적 형상을 생산키 위하여 언어가 연演하는 바 역할은 우리가 상상하는 것보다 훨씬 큰 것임을 알 수가 있다.[8] 말일 그 화가가 보고 손만 놀릴 줄 알았고 그 모든 것을 언어그것은 의식의 수단이다[9]로써 파악할 줄 몰랐다면 아마 그는 붓을 놀릴 수가 없었을 것이다.

음악에 있어서는[10] 선, 면, 색 대신에 음의 기호를 사용한다 하더라도 언어는 듣고 표출하는 수단임은 변치 않는다. 더구나 언어를 그 유일의 표출수단으로 하는 문학예술에 있어 이 특성은 전全혀 전형적인 것이다. 문학자에 있어서는 듣고 보고 알고 느끼고 생각하고 체험하는 일체를[11] 언어로 번역할 줄 알아야 한다. 만일 이 직능이 그에게 철저치 못하다면 그는 위선 작가될 제일의 요건을 상실하는 것이다.

7 이미지를 : '印象을'(원 발표문).

8 알 수가 있다 : 원 발표문에는 '할 수가 없다'로 되어 있으나 오식일 것이다.

9 이 괄호 안의 내용은 원 발표문에는 없던 것이다.

10 원 발표문에는 이 사이에 '特殊的이고 表現에 있어도'란 구절이 삽입되어 있다. 또 그 앞의 '있어서는'도 원 발표문에는 '있어서도'로 되어 있다.

11 일체를 : 원 발표문이나 『논리』에는 모두 '一切을'로 되어 있다. '一切'를 '일절'로 읽은 듯하나, 바로잡았다.

그러나 실로 무한히 많은 삼라만상을 유한한 언어로 어떻게 인식할 것이며, 그럼으로써 언어가 현실을 반영한다는 것은 불충분하지 않는가 하는 의문은 결코 사태를 온당하게 해결하는 것은 아니다.

왜 그러냐 하면 인간은 여태까지 자기의 생활에 필요하고 가능한 대상만을 문제로 해왔고 그것과 관계를 맺어왔으며, 또 언어도 이러한 인간생활에 관계되는 모든 것을 인식하고 표현함에 적당하게 생탄生誕 발달해온 것이다.

인간이 필요한 모든 것에 이름 없는 것이 없고, 인간이 체험한 사건, 사태 중에 명명 안된 것이 없고, 인간이 느끼고 생각한 것 가운데 언어적 형식이 부여 안된 것이 없다. 그러므로 인간적 생활의 발전, 다시 말하면 인간의 생활의 범위가 넓어지면 넓어질수록 그만큼 언어의 종별種別과 수는 증가되고 다양화되어온 것이다. 또한 반대로 인간 생활에 있어서 전에는 필요하던 것이 불필요해지고 또 그 전에 있던 것이 없어지면 언어도 그에 따라 불필요해지고 또 차차로 소멸될 것이다.

그러므로 언어는 우리가 알 수 있는 대상의 수효만치 있고, 우리가 표현하려는 욕구만치 풍부한 것이다.

다시 말하면 언어는 문학적 창작에 조금도 부족하지 않을 뿐더러 여분餘分히[12] 있을 만큼 충족한 것이다.

만일 '바람'이란 한 말을 가지고 어찌 시시각각으로 변하고 또 수없이 많은 종류의 바람을 표현할 수 있느냐 하면 그것은 재능이 부족한[13] 작가의 말이다.

'봄바람' '가을바람' '겨울바람' '여름바람'으로 벌써 바람의 계절

12 원 발표문이나 『논리』의 원문대로이다. 부사로 사용된 듯하여 수정하지 않았다.
13 재능이 부족한 : '才能에 乏한'(원 발표문).

이[14] 표시되고, '동풍' '서풍' '남풍' '북풍' '계절풍'으로 이보다 구체적인 방향 등이 설명되며, '회오리바람' '선들바람' '비바람' '눈바람' '미친 바람' '무더운 바람' '시원한 바람' 등은 상기上記한 바람의 종별 위에 일층 세밀한 음영陰影까지를 설명할 수 있다.

그 위에 '건듯 봄바람이 불어'라든가 '비바람이 몰아쳐와'라든가 '후덥지근한 마파람이 불더니' 등은 바람에 대하여 우리들의 피부나 감관感官이 느낄 수 있는 변화의 미묘한 세부까지 알아낼 수가 있고 표현할 수 있음을 이야기한다. 즉 한 개의 말은 기분, 정서 등 우리가 항용 형용할 수 있다는[15] 모든 과정을 인지하고 표출하는 유일의 수단이다. 대외적 감각으로부터 주관적 표현에 이르기까지 사유가 수행하는 모든 기능은 언어의 형식으로써만 가능한 것이다.

그러므로 언어는 문학에 있어 표현의 수단 형식일 뿐더러 인식하는 데도 역시 유일의 수단인 것이다.[16] 그것은 문학 제작의 과정 가운데서 단순히 양식적 일면만을 체현하고 있는 것이 아니라, 작자의 현실에 대한 태도, 사상의 방향까지도 그 가운데 체현하게 되는 것이다. 그러므로 동시대에서는 문학의 민족적 계급적 차이에 의하여, 역사적으로는 시대의 구별에 의하여 각각 상이한 언어적 특장特長을 구유具有하게 되는 것이다.

그것은 인식이란 것이 그 가운데 표출을 포함한 인간적 실천의 일반 과정인 때문이다.[17]

---

14 계절이 : 원 발표문에는 '溫度가'로 되어 있다.

15 있다는 : 원 발표문에는 '없다는'으로 되어 있다.

16 것이다. : '것으로'(원 발표문).

17 원 발표문에는 말미에 다음과 같은 부기가 붙어 있다. "付記 — 筆者의 事情으로 不得已 여기서 끝을 맺습니다. 讀者는 筆者의 「言語의 魔術性」(『批判』 三月號)를 參照해 주십시오. 다음에 이 問題에 對한 좀더 깊은 研究를 發表할 것을 謝過에 대신 末筆에나마 적고 붓을 놓습니다."

담천하(曇天下)의 시단 1년•

조선의 시문학은 어디로?

우리 조선의 시문학詩文學이 지난해의 잠자리에서 눈을 부비고 창문을 열었을 때 을해乙亥의[1] 시대적 하늘의 빛깔이란 매우 심상치 않았다.

지난 해 수십 명의 시인, 작가, 비평가의 일단一團 위에 내린 무서운 뇌우雷雨는[2] 결코 물러가지 않았을 뿐더러, 안개와 구름은 이상 더 농도를 깊이 하고 거치른 바람은 비가 올지 눈이 올지 전연 판별키 어려웠다.

포구를 향하여 배를 젓기에는 너무나 험한 천후天候이었다. 그러나

• 『신동아』, 1935.12.

1 을해의 : '今年의'(원 발표문). 을해년은 1935년이다.

2 1934년에 있었던 카프 제2차 검거 사건을 의미한다. 이 사건으로 80여명의 카프 맹원들이 검거되었고, 카프는 마침내 1935년 임화의 손을 빌려 경찰에 해산계를 제출하게 된다.

역사의 출항을 그만둘 수는 없는 것이다. 이곳에 우리들의 운명의 잔인함이 있고, 이 땅의 시문학의 눈물겨운 행로가 있다.

이 질풍과 노도가 물결치는 가운데서 지난 6월, 드디어 10년간의 고투사苦鬪史를 가진 이곳의 진보적 문학의 조직적 모체가 방기放棄되고,[3] 그 압력은 파도와[4] 같이 모든 종류의 양심 있는 문학에 확대되었다.

지금에는 드디어 우리들이 생각하고 말하는 유일의 도구인 우리들의 언어가[5] 위기하에 서게 된다는 침통한 사실이 예술가의 앞에 전개되고 있다.

예전부터 시인은 모든 예술 가운데 가장 민첩한 시대 현실의 감지자感知者이고, 그것이 만들어내는 시대적 정신의 최량의 의미의 전성기傳聲機라는 데서 그들은 높은 명예를 차지해왔다.

그러므로 우리들이 시인인 명예를 유지하는 것은 우리들이 인간생활의 역사적 창조상의 한 개 정신적 협동자인 자격을 잃어버리지 않은 데서 성립하며, 또 시인의 명예는 항상 전 인류적 명예일 수가 있는 것이다.

따라서 나는 시인인 명예를 전 인류적인 모든 명예 가운데 최고의 것의 하나이라고 생각하는 자이다.

이러한 길을 통하여서 한 개 미미한 시인의 명예는 전 계급적일 수가 있으며 계급적 명예는 전 민족적, 국민적일 수가 있으며 그것은 곧 전 인류적일 수가 있는 것이다.

이 이외에 지금 또 별개의 시인인 명예가 있을 수가 있다면 그것은

3 카프 해산을 의미함.
4 파도와 : '水波와'(원 발표문).
5 원 발표문에는 이 사이에 '決完的'('결정적'의 오식)이 삽입되어 있다.

의심할 것도 없이 허위의 명예일 것이며, 진실한 시인적 영예로부터는 훨씬 먼 거리의 것이 아니면 아니 된다.

그러나 우리들의 시인의 명예 가운데 얼마나 이 허위의 명예가 많은 것일까?

그렇지 않으면 시인인 것은 하등의 명예일 것이 없는 것이다. 시인이란 어떤 의미에서 다른 사람보다 가장 잘 모든 것을 알 수가 있고 또 가장 잘 이야기할 줄 아는 그것으로, 범속한 인간으로부터 구별되는 하나의 '이상적 인간'에 가까울[6] 수가 있는 것이다.

만일 다른 사람보다도 잘 알지 못하고 잘 이야기하지 못하든지, 혹은 알기만 하고 이야기할 줄을 모른다든가, 또는 알지는 못하고 이야기할 줄만 안다면, 한 개[7] 평범한[8] 인간이나 혹은 벙어리 웅변가나 또는 단순한 대서가代書家, 대변인과 다를 아무것도 없는 것이다.

그러므로 시인일 수 있는 명예와 그 자격은 그가 시대 현실의 본질이나 그 각각刻刻의 세세한 전이轉移의 가장 민첩하고 정확한 인지자認知者이며, 그 시대가 역사적 전진을 위하여 체현한 바 시대적 정신의 가장 솔직 대담한 대변자인 데서 비로소 가능한 것이다.

이 일문一文에서 나는 우리 조선의 영예 있는 시인들이 얼마나 정확히 이 침통하고[9] 심각한 시대적 현실을 감수感受하고, 그 중후한 기압氣壓[10] 속에서 묵묵히 흘러가고 있는 시대정신의 물결 소리를 어떻게 자기의 시적 언어를 통하여 반영 표현하고 있는가를 생각해봄이 주요한 과제이다.

---

6 '이상적 인간'에 가까울: '「完全한 人間」일'(원 발표문).
7 한 개: 원 발표문에 따른 것. 『논리』에는 '한의'로 되어 있으나 오식일 것이다.
8 원 발표문에는 이 사이에 '低能한'이 삽입되어 있다.
9 침통하고: '沈痛의'(원 발표문).
10 중후한 기압: '重厚暗迷한'(원 발표문).

정히 지나간 1년[11]간이란 여하히 두터운 피부에 의하여 신경과 외계를 절단당한 인간일지라도 능히 그 육체의 오처奧處에까지를 뚫고들어갈 만치 시대적 담천曇天의 열풍烈風은 날카로웠으므로…….

*

위선爲先 우리는 금년에 들어와 일반 문학계가 취급한 가장 큰 테마의 하나로 '고전문학의 재음미' 혹은 '고전 부흥' 등의 구호하에 환기된 복고주의의[12] 시끄러운 대두를 기억한다.

복고주의에 대하여는 벌써 2~3년 전 우리들 과학적 문예비평이 그 대두의 한 개 개연성을 지적한 일이 있는 것으로,[13] 우리 조선문학의 가장 보수적인 일군一群에[14] 의하여 신문학 대두의 시기인 20년[15] 전후부터 문학계의 일우一偶에 잔존해오던 것이다. 그러나 신문학이 치열한 근대적 행진을 계속하고 있는 동안에 그들은 한 개 봉건적 문화의 유물로서 아무[에]게서도 고려되어오지 않았다. 신시新詩에 대하여 시조時調는 완전한 한 개 보수적인 적이었다.

그러나 신시가 그 내적 모순의 발전으로 인하여 그 예술적 정신적인 생명을 새로운 계급의 시가詩歌 위에 전승하고 말았을 때, 신시는 본질적인 의미에서 시조 등의 적임을 그만두었다. 신시와 시조, 구조舊調의 가요 등은 사실상 예술적 사상적인 동서자同棲者[16]로서 화목하

11 1년 : '昨一年'(원 발표문).
12 복고주의 : 원 발표문에는 계속 '後古主義'라도 나오지만, '後'는 '復'의 오식일 것이다.
13 임화는 「1933년을 통해본 현대 조선의 시문학」(『조선중앙일보』, 1934.1.1~1.12)에서 시조의 현대화, 김동환, 김상용, 모윤숙, 김억 등의 시에 나타난 복고주의 경향에 대해 논한 일이 있다.
14 일군에 : '一翼에'(원 발표문).
15 원 발표문에는 이 사이에 '時代'가 삽입되어 있다.

였다.

이 단순하고 잡연雜然한 화목이란,[17] 신세대의 시가와의 계급적 적대적 관계가 발전하면 할수록 반대로 접근되고 심화되어, 복고주의라는 한 개 통일적 조류 가운데 융합되는 것이다.

이 복고주의가 일반화하는 것은 우리들이 역사상에서 잘 보는 것과 같이 그 계급에 의하여 대표되는 시대와 문화와 예술이 임종을 당할 때에 나타나는 고유의 현상이다.

미네르바의 부엉이는 반드시 황혼이 되면 비상飛翔하는 것이다.

벌써 이 미네르바의 부엉이의 노래에서 우리는 신시와 봉건적인 가요, 시조와의 사이에 본질적인 구별을 설정할 수는 전연 불가능하게 된다.

저 지난 해의 시평詩評 가운데서 우리 시단의 어떤 젊은 시인이 "요한에게서도 파인巴人, 월탄月灘, 소월素月에게서도, 저 옛날의 그렇게 고혹적이던 「아름다운 새벽」의 신선新鮮[18]도, 「국경의 밤」의 패기도, 「흑방비곡黑房秘曲」의 심오도, 「금잔디」의 순정[19]도 찾아볼 길이 없다"[20]고 지적한 것은 옳은 것이다.

그러나 그 시인도 지적한 바와 같이 그들이 이렇게 '답보로'를 할

16 동서자 : '同接者'(원 발표문). '接'은 '棲'의 오식일 것이다.

17 화목이란 : '和睦한'(원 발표문).

18 신선 : 원 발표문이나 『논리』에는 '朝鮮'이라 되어 있으나 김기림의 원문에 의거해 수정하였다.

19 순정 : 『논리』에는 '抒情'으로 되어 있으나 원 발표문과 김기림의 원문에는 '純情'이라 되어 있어 수정하였다.

20 김기림, 「新春 조선시단 전망」(『조선일보』, 1935.1.1~1.5. 인용부분은 1월 1일자로부터)에서의 인용인데, 김기림의 원문과 임화의 인용이 조금 다르다. 참고로 김기림의 원문을 제시해둔다. "요한에게도 巴人에게도 月灘에게도 素月에게도 저 옛날에 그러케 蠱惑的이는 「아름다운 새벽」의 新鮮도 「國境의 밤」의 覇氣도 「黑房秘曲」의 深奧도 「금잔듸」의 純情도 벌서 차즐 길이 업다."

뿐더러, '뒷걸음'을 치는 그것이 본질적임을 지적치 않음은 유감이라[21] 아니할 수 없다.

지나간 1년 간의 그들의 시적 업적을 회고한다면 누구의 눈에도 명확한 바와 같이 그들도 과거를 향하여 일직선적으로 달음질치고 있다.

사실 이 역행은 그들이 진전하는 문학적 발전의 대도大途에서 정지자停止者로 자기를 전지轉地시켰을 때 벌써 시작된 것으로, 언제나 전진으로부터 '답보로'는 곧 뒷걸음질의 출발인 것이다.

정히 이 문학적 퇴보의 대표적인 범례로서 우리는 안서岸曙의 운문화韻文化한 「홍길동전」, 파인巴人의 「신청년가新青年歌」, 「중학생가」 등을 볼 수가 있다. 이곳에서 우리는 도저히 신시와 구조舊調의 창가나 유치한 가요와의 구별을 찾기는 어렵다.

월탄, 춘원春園까지 낡은 시조로 돌아가고 이병기李秉岐 기타의 고색창연한 시조가 일류 신문 잡지의 시가란詩歌欄을 장식한다.

워즈워스W. Wordsworth와 같이 아름다운 속어俗語의 구사자驅使者 소월은 죽어가고 가장 민주적 시인이었던 석송石松, 요한은 침묵한[22] 지 오래다.

오직 퇴색한 중세적 여음餘音이 구슬프게 들릴 뿐이다.

단지 우리가 이 조류를 평가함에 가장 중요한 것은 그들은[23] 모든 이여爾餘의 부르주아적 시가에 비하여 가장 명확한 사상성 위에 섰다는 점이다.

주지周知와 같이 우리 조선의 부르주아적 문학, 그 중에도 이 금일에

21 유감이라: '한개 迂闊이라'(원 발표문).
22 침묵한: '默然한'(원 발표문).
23 그들은: 원 발표문이나 『논리』에는 '그들의'로 되어 있으나 문맥에 맞게 수정했다.

있어서의 중세적 시가의 생산자들은 일찍이 신경향파新傾向派의 시인들의 생활과 시가의 종합, 시의 사상성을 강조하였을 때 그들은 시의 순수성의 주장자들이었다.

그때 그들이 주장하는 바 시의 무사상성의 주장, 그것이 한 개의 사상성이라고 비평하였을 때 그들은 머리를 좌우로 흔들었었다.

그러나 불과 10분의 1세기를 지나지 못하여 그들은 자기의 시가를 가장 철저한 사상성을 가지고 투철透徹시키었다.

이 가운데는 한 개 근원적인 변화가 내재한다.[24] 하나 이 변화라는 것은 결코 이해키 어려운 아무것도 아니다. 나는 전술前述에서 전진의 정지가 곧 역행의[25] 출발점이라고 그랬다.

그들이 신시의 창조자이었을 때, 다시 말하면 역사적인 진보의 체현자이었을 때, 그들은 봉건적인[26] 시조와 구 가요에 대하여 격렬히 사상적이었다. 이 진보적 시민정신의 불타는 정열 가운데서 그들은 자기들의 새로운 시적 언어의 창조적 가능성을 획득한 것이다. 요한, 안서, 파인, 월탄, 소월, 석송 등이 현대시에 주는 바 가치있는 모든 시적 유산이 이 시대에 생산된 것이다.

그러나 일단 그들이 시에 있어서 예술을 위한 예술의 사상, 즉 시의 순수성의 수호자[27]이었을 때, 그들은 그들에 버금하는 역사적 세대의 내용이 되는 진보적 사상의 반대자로서 전진을 정지하였다.

금일 그들이 다시금 공연한 사상성에 의거함은, 그들이 단순한 정지자停止者가 아니라 사실은 과거에의 역행자逆行者로[28] 전화됨을 말하

24 내재한다 : '价在한다'(원 발표문).
25 역행의 : 원 발표문에는 '進行의'로 되어 있으나 오식일 것이다.
26 원 발표문에는 이 사이에 '文化'가 삽입되어 있다.
27 수호자 : '擁護者'(원 발표문).
28 과거에의 역행자로 : '過去에도 逘行者로'(원 발표문). '도'와 '逘'은 오식일 것이다.

는 것이다.

이곳에 그들 20년대 시인들의 사상이 미래로는 물론 현대로부터도 이탈하여 완전히[29] 과거에의 의지 그것인 근본 이유가 있다.

이것은 단순히 시의 내용이라든가 사상에만 머무른 현상이 아니라 그 예술로서의 시의 형상성 위에 날카롭게 작용한다는 데 보다 큰 의의가 있는 것이다.

자유시형自由詩形으로부터 진부한 정률시定律詩에로의 후퇴는 일반적인 특징이며, 이 현상은 그들의 '신시'와 시조와의 접근, 융합을 자연한 현상으로서 성취시키고 있다.

이 전全 운동의 핵심에는 한 개 사상 경향으로서 낭만적인 민족주의가 위치해 있는 것으로, 예술적으로는 현대어의 모든 신선미新鮮味로부터, 또 현대 호흡을 전하는 생생한 음률로부터 완전히 이거離去하여, 무의미, 난해한 고어古語·사어死語의 발굴과 부자유하기 짝이 없는 시조나 그와 유사한[30] 정률시로 퇴화하고 있는 것이다.

오직 그들이 현대와 교섭하고 있는 단 한 개의 방법은 현대의 인민 가운데 있는 가장 진부하고 비속한 사상과 정서 — 그들의 역사적 전진의 장해물이 되어 있는 — 와 연결하여 그것을 긍정, 조장케 하려는 데 있다.

그러므로 그들이 예술로서의 시에 주력을 경주하는 대신 가장 비속한 유행가, 잡가요雜歌謠에 힘을 쓰고 있는 것은 당연한 일이다.

따라서 현 시단에서 볼 수 있는 잡다한 조류 가운데서 이 보수적 낭만주의란 우리 새로운 세대의[31] 발전상에 있어서 가장 큰 질곡의 하

29 완전히 : '純全히'(원 발표문).

30 유사한 : 원 발표문이나 『논리』에는 '類傾한'이라 되어 있으나, '傾'은 '似'의 오자일 것이다.

나임을 명확히 인식해야 한다.

이 외의 모든 경향의 반反진보적인 시가가 생활적인 진보 대신에 중세적 과거[32]에 대한 낭만적 감상感傷과 결합한 것은 결코 무의미한[33] 것이 아니다.

뿐만 아니라 이 보수적 낭만주의의 주류는 소위 신인이란 사람들 가운데서 차차[34] 상당히 많이 발견할 수 있는 것으로, '오오! 민중이여!' '조선의 마음이여!' 하는 이른바 '민중시'파民衆詩派라는 것이 역시 이것의 현대적 아류들이다.

이들의 이[35] 성격적 특징은 '지사志士'와 옛날 '유음시인遊吟詩人'적인 생활적 무관심과 그와 같은[36] 초연함이며, 공연空然한 대언장어大言壯語가 그 언어적 특징이다.

*

다음 우리는 시단 일방一方의 가장 왕성한 주류로서 수삼년래數三年來 번영하고 있는 소위 '기교파'의 시를 발견할 수가 있다.

이 경향이란 10년 전 낡은 '신시'의 대표자들이 예술을 위한 예술의 이론을 가지고 신흥하는 경향시傾向詩[37]에게 다투던[38] 이후 오랫동안

31 세대의: '世界의'(원 발표문).
32 원 발표문에는 이 사이에 '(天國的인!)'이 삽입되어 있다.
33 낭만적 감상과 결합한 것은 결코 무의미한: '浪漫的 感傷의 「民族思想」과 決코 無關係한'(원 발표문).
34 차차: 원 발표문에는 이 단어가 빠져 있다.
35 이: '表情의'(원 발표문).
36 무관심과 그와 같은: '無關心의'(원 발표문).
37 경향시: '푸로레타리아詩'(원 발표문). 원 발표문에서는 '푸로레타리아'로 표기된 것이 『논리』에서는 대부분 '경향', '신흥' 등으로 바뀌어서 표기되어 있다.
38 다투던: '敗北된'(원 발표문).

칩복蟄伏하고 있던 시민시市民詩[39]의 현대적 후예後裔이다.

대정大正 14~15년[40]부터 자기를 문단적으로 건립키 비롯한 신흥 경향이[41] 소화昭和 연대에 와서 고조高潮된 정치주의와[42] 도식주의적인 고개를 넘어 점차로 그 사회적 활동의 수면水面이[43] 옹색하게 되는 틈에서 성립된[44] 것이다.

특히 '시는 언어의 기술技術이다!'라는 '순수시' 운동이 그 명칭으로부터 명확한 지상주의적至上主義的 본질을 띤 이 조류가 소화昭和 5~6년[45] 이후 점진적으로 세력을 가진 것으로서[46] 발전한 데는 대개 두 개의 이유를 들 수가 있다.

첫째는 그들의 문학적 발전의 연대적年代的 노순路順이 스스로 설명하는 것과 같이 그들은 신흥문학[47]의 쇠미과정衰微過程과 반비례하여 성장한 것으로, 진보적 시가에 대한 부자유한 객관적 분위기의 확대는 그들의 활동에 있어서는 자유의 천지의 전개이었다.

일시적으로나마 문학계의 표면과 독자 가운데로부터 위축되는 신흥[48]문학이 남긴 공간을 그들은 교묘히, 그야말로 기교적으로 자기의 배설물排泄物로서 채워간 것이다.

---

39 시민시 : '뿌루주아詩'(원 발표문). 원 발표문에서의 '뿌루주아(부르주아)'라는 표기 역시 대부분 『논리』에서는 '시민'으로 바뀌어 있다.

40 대정 14~15년은 서기 1925~1926년에 해당함.

41 신흥 경향이 : '푸로레타리아詩가'(원 발표문).

42 정치주의와 : '政治主義의'(원 발표문).

43 수면이 : 원 발표문에는 '水路가'로 되어 있는데, 문맥상 원 발표문의 것이 더 타당해 보인다.

44 성립된 : '成長된'(원 발표문).

45 소화 5~6년은 서기 1930~1931년에 해당함.

46 것으로서 : '詩로서'(원 발표문).

47 신흥문학 : 원 발표문에는 '푸로레타리아文學'이라 되어 있다. 원 발표문의 표현을 살려야 임화의 의도가 제대로 드러날 것으로 보인다.

48 신흥 : '푸로레타리아'(원 발표문).

마치 퇴조退潮를 따라 물러가는 해수海水 뒤, 차차로 넓게 노출하는 지면에 조개 줍는 아이들이 자기의 영토를 넓혀가듯 그들은 진보적 문학의 불행 위에 자기의 행복을 심어온 것이다.

다음에는 그들의 발전을 조장한 문학사적인 이유로서, 이것은 곧 그들로 하여금 시단詩壇 위에 저만치 많은 아류를 인솔케 한 이유이며, 동시에 적지 않은 독자 가운데 그들의 시가 전파된 이유이다.

이것은 다른 것이 아니라 그들의 시는 본질적으로는 소화昭和 2~3년대에 신경향파 시에게 격렬히 저항하던[49] 지상주의 시가와 동계열同系列의 것이면서도, 그들은 과거의 신시와 신흥시新興詩[50]의 약점 상에 자기의 출발점을 두었다는 것이다.

주지와 같이 신시의 기본적인 특징은 낭만주의이었다. 대정大正 10년 전후 신시의 초창기에 있어 그것은 대부분 감상주의感傷主義의 색채를 띠었었으며, 그 원숙기라고 볼 수 있는 12~13년대는[51] 잡지 『백조白潮』가 말하는 것과 같이 낭만주의 그것이었다. 물론 이곳에는 역사적 이유도 있는 것이나, 그들은 대체로 조황粗荒한 언어로 노래한 것이다. 그리고 그들이 비교적[52] 언어상의 달성을 획득하고 13~14년[53]대에는 벌써 그들이[54] 내포한 진보적 정신의 퇴거와 경향시[55]의 대두와

49 저항하던 : 『논리』에는 '抵抗하는'으로 되어 있으나 원 발표문('抵抗하든')에 의거해 바로잡는다.

50 신흥시 : '푸로레타리아詩'(원 발표문).

51 12~13년대는 대정(大正) 12~13년, 곧 서기 1923~1924년을 가리킨다.

52 언어로 노래한 것이다. 그리고 그들이 비교적 : 『논리』에서 누락된 구절인데 원 발표문에 의거해서 복원하였다.

53 역시 대정(大正) 13~4년 곧 서기 1924~1925년을 가리킨다. 한편 『논리』에는 '년'자가 탈자되어 있다.

54 그들이 : 『논리』나 원 발표문에는 '그들의'라 되어 있으나, 오늘날의 주어 표기 방식으로 수정하였다.

55 경향시 : '푸로레타리아詩'(원 발표문). 한편 『논리』에는 '시' 자가 탈자되어 있다.

함께 그들은 역사 과정 가운데서 탈락[56]되고 만 것이다.

이렇게 짧은 동안 또 이만치 통렬한 패배하에 그들이 자기의 시적 언어를 정비할 수는, 그들의 문학사 상의 지위가 허락지 않았다.

그리하여 그들의 다음의 세대의 문학인 경향시의[57] 오랜 지배가 계속하였다.

그러나 신흥시[58]는 너무나 유소幼少함과, 또 전前 시대로부터 받는 조악粗惡한[59] 언어상의 유산이라든가, 또 그 문학 전체를 지배한 정치 편중적인 도식주의의 경향 때문에, 그 사상적 예술적 달성에도 불구하고 경향시[60]의 가장 약한 부분은 역시 언어적인 그것이었다.

이러한 역사적인 조건하에서 우리 시단의 거의 횡포에 가까운 지배자이었던 경향시[61]가 통렬한 부자유 가운데서 일시적으로나마 그 기식氣熄이 미약해갈 제, 시는 언어의 기교다라는 태도를 조선적朝鮮的인 방법으로 번역해가지고 나오는 교활한 조류가 점차적으로 나와 '번영'한 것은 무리가 아니다.

그들은 결코 자기를 한번도 기교주의라고 부른 일이 없으며 또 낡은 예술지상주의와 동렬에 놓은 일이 없다.

위선 그들은 시가상의 조선적 언어의 애호자[62]로서 등장한 것이다. 사실 대정大正 10년대의 신시나 경향시[63]가 수다數多의 언어상의 공헌

56 탈락 : '落位'(원 발표문).

57 경향시의 : '푸로레타리아詩의'(원 발표문).

58 신흥시 : '푸로레타리아詩'(원 발표문).

59 조악한 : 『논리』에는 '數多한'으로 되어 있으나 문맥에 맞지 않는다. 원 발표문에는 '數惡한'으로 되어 있는데, '數'는 '粗'의 오식일 가능성이 높다. 그래서 '조악한'으로 복원하였다. 『논리』의 '數多한'은 원 발표문의 '數惡한'의 오식일 것이다.

60 경향시 : '푸로레타리아詩'(원 발표문).

61 경향시 : '푸로레타리아詩'(원 발표문).

62 애호자 : '擁護者'(원 발표문).

63 경향시 : '푸로레타리아詩'(원 발표문).

을 불고不顧하고, 그들이 적지 않게 외국의 경향하를 벗어나지 못하였고, 또 능숙한 언어의 구사자驅使者[64]이지 못했다는 점은, 일부분의 후진한 독자층에서나 또 문학청년 간에 그들의 이러한 주장이 용인될 여지를 만들었다.

그러므로 그들은 외국의 기교파나 순수시인들과 같이 시는 언어의 기교라고 하는 대신, 신시와 경향시[65]의 언어적 결합을 공격하고 똑바른 조선어를 쓰라는 데서 출발한 것이다.

이것이 정지용鄭芝溶,[66] 신석정辛タ汀 씨 등의 주장이다.

다음으로 그들은 '신시'가 경향시[67]와의 투쟁에서 사용한 낡은 무기 그것으로 패배한!인 예술을 위한 예술의 사상을 차용借用하지[68] 않았다.

이곳에도 그들의 기지機智가 있다. 즉 그들은 신시의 패배에 의하여 그 효용가치가 널리 알려진 지상주의로부터 자기들의 지상주의를 구별하였다.

> 예술지상주의는 차라리 윤리학의 문제에 속하나 기교주의는 순전히 미학권(美學圈) 내의 문제다.[69](김기림, 「시에 있어서의 기교주의의 반성과 발전」 조보[朝報],[70] 2.14)

보는 바와 같이 이곳에는 완전한 동의어를 논리상의 기교로 이분

---

64 구사자 : 원 발표문이나 『논리』에는 '使驅者'로 되어 있어 글자 순서를 바로잡았다.
65 경향시 : '푸로레타리아詩'(원 발표문).
66 『논리』나 원 발표문 모두 '鄭芝鎔'으로 표기되어 있다.
67 경향시 : '푸로레타리아◯'(원 발표문). '◯'은 '詩'자의 오식이겠다.
68 차용하지 : '信用하지'(원 발표문).
69 김기림의 발표 원문(「詩에 잇서서의 技巧主義의 反省과 發展」하, 『조선일보』, 1935.2.14)에 의거해서 수정하였다. 『논리』에는 "藝術至上主義는 차라리 論理上의 問題이고 技巧主義는 完全히[純全히－원 발표문] 美學圈內의 問題이다"로 되어 있다.
70 '조보'는 물론 '조선일보'를 가리킨다.

二分하고 있다. 그리하여 기교주의란 예술지상주의와 같이 그렇게 진부한 것이 아니라 아직 무슨 방법으로이고 현실과 관련하고 또 예술적으로 구출될 수 있는 가능성이 남아 있는 것과 같은 암시를 주고 있다.

그리하여 이것을 전전대前前代의 모든 시가로부터 구별되는 하나의 예술상의 진보적 성질의 반항으로서 적극적인 의의를[71] 부여한다.

이러한 사상은 그들의 작품에만 아니라, 김기림 씨의 상기 인용구를 가져온 논문에도 명확히 논리화되고 있다.

기림 씨는 기교주의를 비판하면서 결코 그것에 본질적인 비판을 가한 것이 아니라, 그의 시론 「오전의 시론」 제1부에서도 명확히 말하고 있는 것과 같이, 입체파나 다다, 초현실파의 시로부터 기교주의를 동同 계열 상에서 한 개 혁명적 예술로 취급하고 있다.

뿐만 아니라 보다 완전한 전체적인 시로 발전키 위한 한 개 진화의 과정으로서, 다시 말하면 원래의 시의 적극적인 선조先祖로서 모시고 있는 것이다.

그러므로 씨는 사실에 있어 순수시와 기교주의의 옹호자로서 좀 더 '전방前方'의 자기를 구별하려는 데 불과하다이 차이는 별항에서 이야기하기로 한다!.

그리하여 기교주의 시는 마치 10년대의 '신시'가 중세적 시조나 한시에 대하여, 또 경향시[72]가 '신시'에 대하여 혁명적이었던 것과 같이, 그들 이전의 모든 시가에 대하여 신시대를 체현하는 시적 반항자인 것과 같은 관념적 환상을 조직하는 것이다.

그러나 이것은 전全혀 고의의 논리적인 기교이거나, 그렇지 않으면

71 의의를 : '主義의'(원 발표문).

72 경향시 : '푸로레타리아詩'(원 발표문).

지식계급의 완전한 주관적 환상이다.

전후戰後의 시단, 미술계를 장식한 입체파, 표현파,[73] 미래파, 다다 등등의 주관적 환상을 상기하라!

이곳에서 인텔리겐차적 환상이라 함은 근본적으로는 지식이나 관념상의 변혁이 현실 생활을 좌우할 수 있다는 인텔리겐차의 자기에 대한 과신이며, 전후의 신흥예술이 가지고 있던 예술상의 환상이란 이 환상의 예술상 반영으로, 신시대의 예술적 창조자는 인텔리겐차 자기이며, 그들의 급진적인 예술이 곧 혁명의 예술이라고 오인하는 그것을 말함이다.

이러한 경향은 구라파의 전후적 혼란, 러시아의 내란 시대의 무질서 가운데서 역사 과정의 합법칙성을 인식치 못하는 급진적 소시민의 주관적 환상의 산물이었다.

그러나 이러한 환상의 금일의 발전이란 전후의 신흥예술과 같은 그러한 급진성을 가진 것이 아니라 오직 모든 사상성을 거세한 양식상의 점차적인 변형만이 남아 있음이 그 특색이다.

그러므로 전후의 신흥예술의 행진이 다이나믹했다면 금일의 그것은[74] 심히 스태틱[75]한 것이다.

이러한 시대적 차이란 우리 조선의 예에서도 찾기 어렵지 않은 것으로, 10년 전에 '다다'나 '표현파'의 모방자들은 시의 사상과 내용에 있어서 동일적인 반항자이었다.

그러므로 박팔양朴八陽, 김화산金華山, 혹은 필자[76]까지가 일시적으로

73 표현파: 원 발표문이나 『논리』의 원문에는 '表現的'이라 되어 있으나 바로잡는다.
74 그것은: 원 발표문이나 『논리』에는 모두 '그것을'로 되어 있으나, 문맥에 맞게 수정했다.
75 static. 원 발표문이나 『논리』에는 '「스타—틱」'이라 되어 있다.
76 원 발표문에는 이 사이에 '(可能타면)'이 삽입되어 있다.

나마 그 급진적 정열로 말미암아 프로문학[77]에까지 도달했던 것이다.

그들에게 본질적인 것은 양식상의 과거 부정일뿐만 아니라 생활, 세계관 그것에 있어서 보다 더 큰 반항의 열정가熱情家이었다.

그러나 현대의 혁명시인이려는 이들 기교파의 시인들은 시의 내용과 사상을 방기하고 있다. 다만 있는 것은 언어의 표현의 기교와 현실에 대한 비관심주의非關心主義 그것이다.

이들에게서 특유한 것은 시적 열정의 전무全無이다.

그러므로 그들은 일률로 낭만주의의 무조건적인 부정자이며, 고전주의의 질서와 지성의 찬미자인 것이다.

그들의 지성이란 위선 냉질冷質한 것으로, 그들의 예술을 통하여 생활상의 어느 편의 지지자로도 열중 경도傾倒함을 면케 하는 실로 편의한 것이다.

그러므로 그들은 감정을 노래함을 멸시하고 감각감정이 아니라![78]을 노래한다. 감정이란 곧 사상에 통하는 것이므로…….

따라서 그들은 사상 없는 시, 즉 그들은 시의 대상인 자연이나 인간생활이 사유를 통하여 시적 표현의 길을 밟는 것이 아니라, 감각된 현상을 신경부神經部를[79] 통하여두뇌로 가져오는 것이 아니라 그것을 그대로 말초末梢 부분에[80] 적재積載해두고 시의 제작만을 위해서 사유한다는 것이다.

그들의 이론대로 하면 사람의 신체 구조는[81] 두뇌와 신경이 전연

77 프로문학 : '푸로레타리아文學'(원 발표문).

78 원 발표문에는 이 괄호 안의 구절(감정이 아니라!)이 빠져 있다.

79 신경부를 : '中軸神經을'(원 발표문). 한편 『논리』에는 '神經部을'로 되어 있다.

80 말초 부분에 : '末梢神經部에'(원 발표문).

81 그들의 이론대로 하면 사람의 신체 구조는 : '그들의 身體構造는 그들의 理論을 빌면' (원 발표문).

분리되어 있어 양자의[82] 사이에는 그것을 연결하는[83] 중축신경中軸神經이 없는 셈이다김기림 씨의 「오전의 시론」―「시의 제작 과정」[84] 등 참조.

다시 말하면 그들은 생활자가 아니라 활자 제조기에 불과하다.

그들의 시는 두뇌의 시가 아니라 신경의 시인 셈이다.

김기림 씨의 초기로부터 최근까지의 작품을 위시爲始로, 박재륜朴載崙, 이서해李瑞海, 유치환柳致環, 그타他의 유상무상有象無象의[85] 신인이란, 이들이 부끄럼도 모르는 아류자亞流者들이다.

잠깐[86] 이곳에 주의할 것은 얼른 누구나 알 수 있는 것이요, 또 민감한 독자는 곧 반문하리라고 생각하는 사실로, 그것은 정지용, 신석정 씨 등과 김기림 씨 등 일견 그 작시作詩 경향이 상당히 다른 두 시인들을 필자가 동일 계열하에 취급하는 그것일 것이다.

이 의문을 풀기 위하여, 사실로 여태까지 이 두 경향 다른 시인들을[87] 같은 기교주의자로 취급해온 것인데, 이 근본 이유로서 나는 그들의 작시 상의 근본입장인 사상상思想上의 동일성을 가지고 이 점의 해답에 충당코자 한다.

첫째 그들은 시적 내용에 대하여 시적 기교를 상위에 놓는 것으로 동일한 지상주의자들이다.

둘째로는 그들이 다같이 현실생활에 대한 관심의 회피자로서 현실

---

82 분리되어 있어 양자의 : '別作의 것으로 兩個의'(원 발표문). '作'은 '個'의 오식일 것이다.
83 그것을 연결하는 : 원 발표문에는 이 구절이 빠져 있다.
84 과정 : 원 발표문이나 『논리』에는 '道程'이라 되어 있으나 김기림의 원 글에 의해 수정했다. 한편 「시의 제작 과정」은 「오전의 시론」 중 일부분이다.
85 유상무상의 : 원 발표문에는 '有學無學의'로 되어 있다. '學'은 '象'의 오자일 것이다.
86 원 발표문이나 『논리』의 원문에는 '漸間'으로 되어 있다. '暫間'의 오식이겠는데, 수정하는 김에 우리말로 바로잡았다.
87 시인들을 : 원 발표문이나 『논리』에는 '詩人들은'로 되어 있으나, 문맥에 맞게 수정하였다.

이나 자연의 단편斷片에 대한 감각(결코 감정의 정도에 오르지 않는)을 노래하는 데 있다.

다음으로는 그들은 이러한 결과로서 현실이나 자연에 대하여 단순한 관조자觀照者의 냉철[88] 이상을 시에서 표현하지 않는 것이다.

정관靜觀, 체관締觀,[89] 허무, 신앙이 그들의 시적 발전의 순서로, 최대의 정관자로 신석정 씨를 들 수가 있고, 최대의 신앙자로 카톨릭 교도 정지용 씨를[90] 들 수가 있다.

후자(김기림 씨류流)의 시에서는 우리는 현실생활의 소비적 반면反面[91]에 대한 인상의[92] 감각적 점묘點描,[93] 하등 실생활의 체질을 띠지 않은 자연이 동양화적 정밀靜謐함을[94] 가지고 노래되고 있다.

「바다의 독수獨愁」, 「바다의 연단演壇」, 「계절의 애인」[95] 등의 시의 제목은 그 내용을 규시窺視하기에[96] 족한 것으로, 그들은 자연에 대해서까지 흥분하기를 두려워하고 오직 조심성스럽게 가벼운 '물物'에 대한 '독수獨愁'쯤을 노래하고 있다.

오직 유일의 목적은 언어적 질서의 정리 그것이다.

이들의 경향은 본질적으로는 신고전주의 그것에 속할 것으로, 언어상에까지 그 공통된 특색을 가지고 있으며,[97] 그들은 감정의 시인이

88 냉철 : '冷暖'(원 발표문).
89 체관 : '識觀'(원 발표문).
90 카톨릭 교도 정지용 씨를 : '鄭芝溶氏의 「카토릭」敎를'(원 발표문).
91 반면 : 원문대로이나, '半面'의 오식이 아닐까 싶다.
92 인상의 : '數學의'(원 발표문).
93 점묘 : 원 발표문이나 『논리』에는 '點擁'이라 되어 있으나 '擁'은 '描'의 오자일 것이다.
94 정밀함을 : '고요함을'(원 발표문).
95 「바다의 독수(獨愁)」는 김기림의 「바다의 향수」(『조선일보』, 1935.6.24)의 오식이 아닌가 싶고, 「바다의 연단(演壇)」은 박재륜의 작품(『중앙』, 1935.7)이며, 「계절의 애인」은 누구의 작품인지 확인 못하였다.
96 원 발표문에는 이 사이에 '實로'가 삽입되어 있다.
97 있으며 : '있는 것으로'(원 발표문).

아니라 감각의 시인이라는 것이다.

그러나 사실상에서 그들은[98] 현실로부터의 소극적인 '회피의 감정'의 시인들인 것이다. 감정 없이는 시가 형성될 수가[99] 없는 것이므로 …….

하나 이러한 감정은 진실한 감정의 이름에 해당치 않는 것이다.[100] 이러한 시의 '융성'은 결국[101] 금년대今年代의 문화적 암흑을 말하는 가장 좋은 사실일 것이다.

*

그러나 이러한 조류 가운데서 한 개의 색다른 '진보'를 우리는 간과할 수가 없다.

다른 것이 아니라 전술前述한 기교파 일방一方의 지도적 시인인 김기림 씨의 최근작 「기상도氣象圖」나, 또 그의 논문 「시에 있어서의 기교주의의 반성과 발전」,[102] 「객관에 대한 시의 포즈」[103]와 시론 「오전의 시론」[104] 등에서 작시상作詩上에나 이론상에 피력한[105] 한 개의 반反기교주의적 사상이다.

98 사실상에서 그들은 : 『논리』에는 '事實上에서 그을'로 되어 있고, 원 발표문에는 '事實上에서는'으로 되어 있다. 『논리』에 기초해서 문맥에 맞게 재구성하였다.
99 시가 형성될 수가 : '詩는'(원 발표문).
100 이름에 해당치 않는 것이다. : 『논리』에는 '이름'이 '이즘'으로 오식되어 있다. 한편 원 발표문에는 '이름에 該當치 않는 것으로'로 되어 다음 문장과 합쳐져 있다.
101 결국 : 원 발표문에는 이 단어가 빠져 있다.
102 김기림의 글 원 제목에 의해 수정하였다. 『논리』에는 '「現代詩에 있어서 技巧主義의 反省과 發展」'이라 되어 있다.
103 역시 김기림 글의 원 제목에 의해 바로잡았다. 『논리』에는 '「客觀에 대한 詩人의 포－즈」'로 되어 있다.
104 원 발표문에는 이 사이에 '(아즉 發表中에 있으나－)'가 삽입되어 있다.
105 작시상에나 이론상에 피력한 : '作詩上에 나타난 그의'(원 발표문).

그는 근대시그는 이것이 시민의[106] 시인 것을 몰각하고 있다!가[107] 순수성과 기교주의적 방향을 걸어온 것을 한 개 불가피한 필연적인 과정이라고 평가하면서, 그러나 이것은 시의 위기, 시의 상실을 의미하는 것이라고 결론하여 시의 기교와 내용의 새로운 전체성에로의 융합을 주장하였다.

그리하여 씨가 시에 있어서 "그 음악성이나 외형 같은 것은 각 시의 기술技術의 일부분이 아닐까? 그 중의 어느 것만을 추상하여 고조高調하는 것은 시의 순수화가 아니고 차라리 일면화편향화가 아닐까?"라고 지적한 것은 심히 정당한 것이다.

그러나 이 '정당성'이란 우리가 이해하는 것과 전연 다른 의미를 가진 것으로, 이것은 근대시가 순수화의 방향을 꾸준히 더듬어왔다는 것을 십분 정당하다고 평가하는 곳에서 유래하는 것이다.

씨는 소위 근대시시민의 시가 데카당스의 동굴을 지나고[108] 전후戰後의 광풍을 통과하여 순수시의 운동에 이르는 전 과정에[109] 대하여 전연 반역사적 견지에서 관찰하고 있다.

이 그릇된 관찰은 또 '근대시'의 개념에 대한 전全혀 추상적인 해석에서 유래하는 것으로, 나는 일찍이 작년도 시평詩評을 쓸 때 씨가 파인巴人의 '민중'의 개념의 범박汎博함을 비평한[110] 동일한 말로 씨를 역시 비난치 않을 수가 없다.

씨는 정당하게도 파인의 '민중'의 개념을 가리켜[111] "조선의 [흥분된]

---

106 시민의 : '뿌루주아'(원 발표문).

107 근대시가 : 원 발표문이나 『논리』에는 '近代詩의'로 되어 있으나, 오늘날의 주어 표기 방식에 따라 수정하였다.

108 데카당스의 동굴을 지나고 : '「데카단쓰」의 「멜랑코리」을 지나'(원 발표문).

109 전 과정에 : '全過程에'(원 발표문).

110 개념의 범박함을 비평한 : '推念의 汎薄함을 批判한'(원 발표문).

111 가리켜 : 원 발표문이나 『논리』에는 '가릇처'로 되어 있으나, 오늘날의 맞춤법에 맞게 수정하였다.

민중주의자의 머리 속에[서]는 계급 분화 이전의 민중이 18세기의 옷을 입은 채 우상이 되어 [남아] 있다"[112]고 정당히도 비판하였다.

그러면 반문하건대 '김기림 씨의 머리 속에는 계급 분화 이전의 근대시가 18세기의 옷을 입은 채 우상이 되어 들어 있지 않습니까?'

씨여! 당신은[113] 남을 보기에 명민하였으며 자신을 보는 데 어두웠습니다.

'근대시' 가운데의 계급 분화도 '민중' 가운데의 계급 분화와 마찬가지로 일어난 것입니다. 대전大戰 전후前後의 근대시는 한 개 폭풍적인 과정을 지나면서 격렬한 '계급 분화'를 경험하였다.

불란서 낭만주의의 최대의 계승자의 한 사람인 로맹 롤랑Romain Rolland과 앙리 바르뷔스Henri Barbusse는 불란서 노동자의 깃발 밑으로 갔고, 마야코프스키V. V. Mayakovskii를 비롯하여 러시아의 시민시市民詩에[114] 있어 이 과정은 일층 전형적이었습니다.

일본은 또 조선은 팔봉八峰, 상화相和, 팔양八陽, 회월懷月 등 조선 근대시의 최고의 대표자의 일부분이 공연公然히 이곳 노동계급 예술의 창시자의 영예를 갖지 않았는가?

씨는 단지 계급 분화 이전의 근대시의 개념을 가지고 모든 것을 척도尺度하기 때문에 대전을 전후로 한 방대한 계급적 기초에 의한 역사적인 시의 세대 교체를 몰각하였고, 그 교체 이후 즉 예술적 사상적으로 신세대의 시가가 부화孵化한 껍질—찌꺼기를 아직도 근대시의 진정한 계승자로 오인하고 있는 것이다.

---

112 김기림, 「신춘의 조선시단」(『조선일보』, 1935.1.3)에서의 인용이다. [ ] 안의 부분은 임화의 원문에는 빠져 있는 것을 김기림의 원문에 의해 채워넣은 것이다.

113 원 발표문에는 이 사이에 '얼르'란 단어가 삽입되어 있다. '얼르'는 '얼른'의 오식이겠다.

114 시민시(市民詩)에 : 원 발표문에는 이 단어가 빠져 있다.

근대시의 진정한[115] 후계자는 각국의 프롤레타리아 시일 것으로서[116] 베지멘스키A. I. Bezymenski, 데미안 베드느이Demian Bedny, 에른스트 베헬,[117] 에른스트 톨러Ernst Toller[118] 등에서 근대 시문학의 그 후의 발전을 보지 않고, 씨는 아주 한 눈을 가리고 발레리P. Valéry, 브레몽H. Bremond,[119] 지드A. Gide, 하루야마 유키오春山行夫 등에서만 근대시를 본 것이다.

그러므로 마치 암야暗夜에는 흰 소도 검은 소로 보인다는 격언처럼 시의 순수화 운동이나 기교주의가 그렇게 명확히 예술지상주의적인데 불구하고 근대시의 영예 있는 발전으로 보인다.

'민중' 가운데서는 벌써 18세기 즉후即後에서 신흥계급을[120] 발견한 사람이 시가 상에서는 어째 20세기의 금일에 있어서까지 신흥계급과 그 대립자를[121] 발견 못했는지 암만 생각해도 알 수 없는 일이다후일 씨의 현명한 해답을 듣고 싶다!.

그러므로 씨는 '순수화'를 시의 일면화라고 정당히 지적[122]하면서도 정당히 이해치 못하고 있다. 이것은 시의 일면화일 뿐만 아니라 본질적으로도 역사성을 상실한 시민의[123] 시의 퇴화된 양태의 하나이라는 것을 이해치 못하였다.

---

115 진정한 : 원 발표문에는 '眞正한'으로 되어 있다. '眞'는 '眞'의 오자일 것이다.
116 시일 것으로서 : '詩로서'(원 발표문).
117 원문대로인데, 독일의 좌파 시인 요하네스 베허(Johannes Becher, 1891~1958)가 아닐까 싶다.
118 원 발표문에는 여기에 '안드레 말로'가 추가되어 있다.
119 『논리』에는 '「뿌레봉」', 원 발표문에는 '「뿌레봉」'이라 되어 있으나, 김기림이 「시에 있어서의 기교주의의 반성과 발전」에서 소개하고 있는 프랑스의 순수시 이론가 브레몽(1865~1933)을 가리킬 것이다.
120 신흥계급을 : '푸로레타리아를'(원 발표문).
121 신흥계급과 그 대립자를 : '푸로레타리아와 뿌루주아를'(원 발표문).
122 지적 : 『논리』에는 '指指'로 되어 있으나, 원 발표문에 의거해 바로잡는다.
123 시민의 : '뿌루조아'(원 발표문).

동시에 시의 상실, 시의 위기라는 것이 결코 근대시 그 전체의 위기가 아니라 이미 역사적으로 반反근대화한 시민의[124] 시 그것의 위기 급及 상실이며, 자본주의의 세계적[125] 지배의 위기의 반영인 것을 전연 이해하지 못하고 있다.

그러므로 역사적 발전의 다른 일면에 대하여 전연 한 눈을 감은 씨에게는 금일의 '문명의 합칙적合則的 활로'가 보이는 대신에 '문명' 그것의 부정에 끝나고, 시의 내용과 기교와의 분열을 '문명'에 대한 비평적 지성이란 것으로 통일하려고 하는 것이다.

그러나 이 통일도 씨의 근본적 견해의 결함에 의하여 결국 진정한 의미의 통일이 아니라 단순한 시의 기술적인 '질서화'의 기도企圖에 시종시키고 만다.

이 '질서화의 의지'의 근저에는 곧 범박汎博하기 짝이 없는 인간정신 — 휴머니즘이 가로놓이게 된다.

이것이 씨의 문학사상이다.

그러면 다시 씨의 논법에 의하여 반문코자 한다.

만일[126] 민중의 개념이 계급 분화 이전의 18세기적 의장衣裝을 입은 우상이라면! 인간정신=휴머니즘의 개념은 계급 분화 이전의 18세기적 '인간'의 의장을 입은 우상이 아닐지?

기림 씨여! 당신의 사유는 너무나 시적입니다. 씨의 다른 것에 대한 과학적인 관찰은 문학, 시에 이르러서는 한없이 무디어진다.

씨의 사유 과정은 무척 단순하여 전全혀 일직선적으로 진행되고 있다.

---

124 시민의 : '뿌루주아'(원 발표문).
125 자본주의의 세계적 : '이 危機는 資本主義의 體制的'(원 발표문).
126 원 발표문에는 이 단어가 빠져 있다.

기교주의에 대한 반성, 그 발전으로서의 새로운 내용성의 설정, 즉 문명비판의 의식을 주입한다, 이곳에 반성은 발전한다, 그리하여 한 개 비판적 지성의 획득의 지점에 안심하고 상륙한다.

이곳에서 시의 제작과정은 비판적 지성에 의한 질서에의 의지로부터 시작하여 시적 대상인 자연 급及 사회의 질서는 시적 질서로 번역되며, 그것은 최후적으로 언어의 질서화를 과정過程하여, 한 개의 완성된 시에 도달한다.

이것이 씨의 사유 급及 시적 창조 과정의 전 노정全路程으로서, 정서와 감정이 존재할 위치는 일분一分도 없고 감각까지도 비판의 지성에 의하여 구축驅逐된다.

그럼에도 씨가 기교시나 순수시가 상실한 시적 감격의 원천을 인간정신 위에서 찾는다는 것은 씨의 지성 그것과 함께 한 개 모순된 기적이다.

인간은 정감情感하지 못하면 지각知覺할 수 없는 것이며, 따라서 비판할 수도 없고, 또 씨의 논법대로 정서, 정감을 거세한 지성[127]이란 것이 성립한다면 더 한층 시적으로 감흥感興한다는 것은 불가능한 때문이다.

씨의 이론은 지성과 감성의 절대적 분리, 또 사유하는 두뇌와 감각하는 신경을 기계적[128]으로 절단한, 바꾸어 말하면 A씨의 신경과 B씨의 두뇌에 의하여 생산된 사상이다.

하나 감정이 없는 곳에는 시도 문학도 없는 것이다. 동시에 감정이 감상주의로부터 구별되는 것은 후자가 정관적靜觀的인 대신에 전자가 능동적인 것, 즉 감정이란 정관적 감상感傷이 아니라 행동에의

127 지성 : 『논리』에는 '知能'으로 되어 있으나, 원 발표문에 의거해 바로잡는다.
128 기계적 : '無機的'(원 발표문).

충동인 것이므로 행동하지 않으려는 인간에게는 감정진실한 의미의은 없는 것이다.

또한 시란 결코 단순한 사고 혹은 지식의 소산이 아니라 생활의 산물이다.

그러므로 씨의 지성이란 비행동성의 산물이며, 감정·정서에의 기피는 곧 행동에의 기피인 것이다.

동시에 지성적 비판성이란 것도 현실에 대한 지적 판단을 통한 행동적 격투, 즉 비판하는 행동이 아니라 비판하는 사고에 불과하다.[129]

그러나 항상 진정한 비판은 반드시 행동에로 통한 것이며, 오직 사고로만 비판한다는 것은 충심[130]으로부터의 비판자이지 못한 유일의 표치標幟이다.

그러므로 씨의 시적 감격의 원천으로서의 인간정신이란 무력無力에 대한 한 개 이론적 미봉彌縫이며 인텔리겐차의 과분한 주관적 자신自信의 결과이리라.

그러므로 그들은 단순한 지성의 신도信徒인 것이다.

씨의 새로운 경향을 대표하는 역작 「기상도」가 보여주는 문명비평이라는 것이 얼마나 미미한 것인지를 우리는 이미 발표된 부분만을 가지고도 능히 알 수가 있다.

오히려 이 「기상도」에는 비판 정신 그것보다도 자연, 기물器物, 인간 등의 대상을 인텔리겐차류流의 소비적 취미에 의하여 시적으로 '질서화'하고 있는 한 개 감각적인 심미성審美性[131]이 보다 더 강하게 노현露

129 비판하는 행동이~사고에 불과하다 : '批判의 行動이 아니다 批判, 思考 그것에 不過하다'(원 발표문).

130 충심 : 원 발표문에는 '喪心'이라 되어 있으나, '喪'은 '衷'의 오자일 것이다.

131 심미성 : '唯美思想'(원 발표문).

現되어 있는 것이다.

그들은 이 문명의 사실을 본질로부터 받아들이지 않고, 마치 군함을 그 성능에서가 아니라 그 외형미에서만 찾는 퇴폐적 군인과 같이 문화의 번지르르한 외면만을 감수感受하고 있는 것이다. 그러므로 그의 새로운 언어는 합리성을 떠난 어감語感 중심重心의 연락連絡이요, 비판의 지성이란 것도 전연 명확히 찾아보기 어려운 것이다. 이것은 씨와 더불어 우리 독자에게도 한 개 교훈이 아니면 아니 된다.

여기서 이상 더 씨와 더불어 이야기하지 못함이 유감이나 다음을 기약하자.

*

이곳에서 우리는 과거의 시의 사상적 또 예술적인 후계자로서 기림씨 등이 우려하고 있는 시의 내용과 형식의 위기를 벌써 옛날에 통일하여 한 개 역사적인 의미의 전체적인 시로 발전해온 프롤레타리아 시의 근황을 일별一瞥코자 한다.

위선 무엇보다 지난 1년간에 과연 프롤레타리아 시는 이 땅에 존속해 있었는가를 의심케 할 만치 그것 위에 내린 타격은 심했고 그 영향은 심대하였다.

이 영역에 있어 창조적 비평적인 활동가의 대부분은 참담한 육체적 운명에 있고, 그 조직적 모체의 붕괴는 심히 아프게 영향하였다.

그러나 이러한 침통한 속에서도 가장 냉정히 자기의 지난날과 현재, 그리고 미래를 내어다보는 것은 역시 이 그룹의 시인들이었다. 또 이 시대적 압력을 가장 민첩히 감지하고 그것을 육체적인 감각을[132] 가지고[133] 예술 위에다 하나의 시대정신으로 노래한 것도 이 시인들이었다.

이찬李燦 씨는 이 그룹 중에 가장 많은 작품을 발표하였고, 양우정梁雨庭,[134] 이정구李貞求, 안용만安龍灣, 필자 등이그것이 비록 초라했을망정[135] 오랜 영예 있는 예술의 전통 위에서 노래한 시인들이다.

위선 우리들의 시의 특징은 작금 이래로 강화된 시대적 중압을 가장 명확히 반영하고 있는 점이다.[136] 진화적進化的인 제 세력의 일체적一體的인 후퇴의 그림자가 이들의 시에는 역력히 반영되어 있다. 이 반영은 대부분 비극적 패배에 대한 아픈 육감肉感과, 그 가운데서도 아직 모든 것을 방기하지 않고 자기의 약점을 추구하고 그것으로 새로운 길을 모색하고, 다시 역사적 전진의 대도大道로 일어서려는 비장한[137] 격투가 그 기본적 성격이 되어 있음은 불가피한 일이다.

물론 이 가운데는[138] 깊은 암흑과 절망 가운데서 죽음과 같은 패배의 슬픔을 노래한 것도 없지 않다. 그러나 자기의 약점에 대한 무자비한 추구는 그들을 미래에로의 용기를 가진 히로이즘을 환기치 않을 수가 없을 것이다.[139]

그들은 역사 과정 중에 자기인텔리의 위치를 잊어버리거나 과신치는 결코 않는다. 반대로 그 약점을 대담히 인식하고 그것을 시정하려는 불같은 노력이 표현되어 있다.

---

132 감각을: '感覺의 둘내를'(원 발표문).
133 원문에는 '가리고'로 되어 있다.
134 원 발표문이나 『논리』에는 '梁雨廷'이라고 되어 있다.
135 원 발표문에는 이 괄호 속의 구절이 빠져 있다. 그리고 '초라'는 『논리』에 '초래'라 되어 있으나, 수정하였다.
136 있는 점이다: '있다'(원 발표문).
137 원 발표문에는 이 사이에 '圓內'가 삽입되어 있다.
138 가운데는: '가운데도'(원 발표문).
139 없을 것이다: '없다'(원 발표문).

그러나 우리들의 시의 대부분이 개인적 내성적內省的인 자기 추구로만 향하고 있는 것은 의심할 수 없는 하나의 위험이다. 이것은 곧 탄식과 영탄에로 통하기 쉬운 것이며, 또 일방一方 이러한 가운데서도 역시 전진하고 있는 객관적 과정을 과소평가하기 쉬우며, 또 개성을 사회적 전체 위에서 노래하던 우리 시의 최대의 전통으로부터 이탈키 쉬운 것이다.

우리는 내성적인 방면으로부터 객관화의 방면으로 그 노래의 총부리를 시급히 돌려야 할 것이다.

또 하나는 이 내성적 경향의 나머지, 잘못하면 한 개 회고적 감상주의로 일탈逸脫하기 쉬운 위험 그것이다. 이것은 이미 이찬 군의 시에서 보는 시적 영역의 신변잡사적 한계로의 퇴각과 영탄적 운율에 의하여 표시되고 있다. 이곳에는 진실한 낭만주의 대신에 감상주의가 자리잡기 쉬운 것이다.

이 경향은 곧 금일의 시대적 암흑의 과중평가, 시적 과장과 관계하는 것으로, 필자의 몇 개의 시는 이러한 주관적 과장의 한 개 전형적 결함을 가진 것이 아닌가 한다.

그러므로 이곳에서 과분過分의 내성화, 또 신변잡사적 경지에서의 회고적 영탄이 일어나기 쉬운 것이다. 회고하고 영탄하기에는 우리들은 너무나 젊고, 또 시대의 물결은 너무나 험하다.

이러한 가운데서 시적으로는 낡은 낭만주의의 과장적 수법이 무비판적으로 우리들의 시에 잠입하여 우리들의 언어를 무가치한 것으로 바꾸기 쉬운 것이다.

그러나 이러한 괴로운 모색의 혼돈[140] 중에서 안용만 씨의 시 「강동

140 혼돈 : '混流'(원 발표문).

江東의 품」『중앙일보』[141] 신년 당선시은 찬연히 빛나는 것이었다.

나는 이 작품 1편을 생각할 때 우리는 이 1년을 무단히 보냈다고는 생각지 않는다.

이 시에는 여태까지의 조선 프롤레타리아 시의 최초의 발전을 볼 수가 있다.

그리고 진실한 낭만주의의 전형적 일례로서 나는 이 시를 생각한다.

자연, 인간, 감정, 모두가 골수에까지 밴 생활의 냄새로 용해되고[142] 시화詩化되어 있다.

이 시에는 위선爲先 진정한 민족성, 그 가장 큰 것으로 향토에 대한 한없는 사랑이 표시되어 있다.

그러나 동시에 그는 동경만東京灣 내의 공장 지대 아라카와의 탁류를 단풍 든[143] 무사시노武藏野[144]보다도 사랑한다 했을 때, 그 자연을 생활을 통하여 생생한 자태로 노래한 것이다.

자연을 이만치 생활적으로 노래한 예는 우리 땅의 시 가운데서 그 비比를 찾기 어려울 것이다.

그러나 그는 감상가感傷家는 아니었다. 그들의 '사업'[145]의 위대한 명령을 그들이 이곳에서 떨쳤을 때 그는 결연決然하였다.

"나는 너를 버리었다!" 이 일구一句는 최대의 적확성을 가진 언어이다.

그리고 또 그는 감정의 기계가機械家는 아니었다. 그는 고향에 와서

141 『중앙일보』의 후신인 『조선중앙일보』를 가리킨다.

142 『논리』에는 '溶解고'로, '되'자가 탈자되어 있다.

143 원 발표문에는 이 사이에 '찬'이란 단어가 삽입되어 있다.

144 무사시노(武藏野) : 원 발표문이나 『논리』에는 '武野'라 되어 있으나, 그 가운데 '藏'자가 탈자된 것이다.

145 사업 : '賤業'(원 발표문).

도 아라카와 연안을, 그가 동경東京서 '얄루강반江畔'을[146] 사랑했던 그것과 못지않게 회상하고 사랑한다.

그가 노래한 '얄루강'은 이 땅의 운명과 같이 슬펐고, 아라카와[147]의 거센 물결은 그의 계급의 히로이즘과 같이 약동적이었다.

그러나 그는 이 불행한 고향을 문명인과 같이 버리지 않고 무엇보다 큰 슬픔의 감정을 가지고 노래한 것이다.

이것이 진실한 시의 민족성이고, 또 그가 노래한 소년의 슬픔이 진실한 민족의 감정[148]이며, 그의 낭만주의야말로 참말의 로만티카이다.

우리는 이 시인에게 커다란 기대를 두면서, 오는 해에도 우리의 시적 명예의 최대의 건설자이기 위하여 정진할 것을 바라며 붓을 놓는다.

의심할 것도 없이 이 시대적 암운이 우리들의 마음에 찍은 지울 수 없는 감정으로 언어의 기념비를 세우는 것만이 정말 시인의 명예이다.

그것을 위하여는 시인은 최대한으로 사랑하고 또한 미워할 줄을 알아야 한다.

146 얄루(Yaloo)강은 압록강의 영어명.
147 아라카와 : 원 발표문이나 『논리』에는 모두 '「아라가요」'로 되어 있다.
148 감정 : '感性'(원 발표문).

기교파와 조선 시단•

*

거년去年 『신동아』지12월호에 게재한 졸고 「시단 일년」[1]이 조우遭遇한 저항은 조선 시단이란 것의 근황을 이해함에 좋은 표징表徵의 하나일까 한다.

박용철朴龍喆 씨는 『동아』지東亞紙에 실린 논문 「을해乙亥 시단 총평」[2]의 대부분을, 김기림金起林 씨는 『조선』지朝鮮紙에 논문 「시인으로서 현실에 적극 관심」[3]의 일부분을 졸론拙論을 위하여 할여割與하였다.

그러나 이 두 분의 졸론에 대한 태도에 있어 가진 바 상당히 거리[4]

• 『중앙』, 1936.2.

1 원 제목은 「曇天下의 시단 일년」. 『논리』에 이 글 바로 앞에 수록되어 있다.

2 『동아일보』, 1935.12.24~12.28에 발표된 글.

3 『조선일보』, 1936.1.1 · 1.5에 발표된 글.

면 차이를 발견키는 그리 곤란치 않다.

이 차이란 물론 시에 대한 근본 입장의 차이에 기인하는 것으로서, 위선爲先 조선 시단의 기교파라고 불러지는 경향이 단일한 완전성을 가진 무엇이 아님을 독자로 하여금 짐작케[5] 한다.

이 비단일성을 가장 명료히 보여주는 이는 역시 김기림 씨로서, 거년去年 중에 발표한 「시에 있어[서의] 기교주의의 반성과 발전」,[6] 「오전의 시론」[7] 등의 노작勞作으로부터 비롯하여 씨의 기교주의에 대한 반성은 부단한 모색 과정을 통하여 금번의 논문 「시인으로서 현실에 적극 관심」에서 보는 바와 같은 상당히 명확한 현실적 자각에 도달하고 있다.

씨는 시에 있어 현실적 관심의 새로운 태도를 '전체주의'라는 개념으로 명명하였다.

'전체주의'라는 씨의 개념 가운데는 내용과 형식을 동렬에 놓는 등가적等價的 균형론의[8] 여훈餘薰이 적지 않음에 불구하고 시 가운데 생활현실이 차지할 중요한 자리를 장만하고 있음은 사실이다.[9]

기교를 가지고 시의 전체를 삼음으로써 현실로부터 완전히 도피하던 기교주의에 비하여 이것은 하나의 당목瞠目할 전환이라고 평가함은, 지나친[10] 과장이 아닐 것이다.

비록 완성을 바라기엔 먼 도정道程[11]에 있고 그 길은 심히 우회적이

4 거리 : 『논리』에는 '矩離'로 되어 있으나 오식이다. 원 발표문에는 '距離'로 되어 있다.
5 짐작케 : '自知케'(원 발표문).
6 『조선일보』, 1935.2.10~2.14.
7 『조선일보』, 1935.4.20~5.2.
8 원 발표문에는 이 사이에 '낡은 形式論理의'가 삽입되어 있다.
9 있음은 사실이다 : '있다'(원 발표문).
10 지나친 : 원 발표문이나 『논리』에는 모두 '지내치는'이라 표기되어 있다.
11 도정 : '餘程'(원 발표문).

나, 현실—시적 내용의 중요점—에 대한 접근의 이러한 점진적인 반성의 노선은 기교주의에서 성장한 성실한 시인이 자기 완성의 길 위에서 걷는 바 거의 전형적인 코스일 것이다.

시인적 발전의 이러한 특이성은, 곧 개개의 작가의 예술적 발전 과정을 가지고 획劃할 수 없는 하나의 중요한 이유이다.

작금년간昨今年間에 보이고 있는 기림 씨의 이러한 특이한 행정行程은, 먼저 말한 기교파의 불통일, 비단일성을 이야기하는 사실일 뿐 외外라, 기교파의 현재라는 것이 한 개 격렬한 동요 가운데 놓여 있음을 의미하는 것으로, 더욱이 씨가 과거 기교파 시인들 가운데서 점유하고 있던 바 지도적 지위에 비추어 볼 때 그 중요성은 개인적 사건의 범위를 훨씬 초월하는 것일까 한다.

기림 씨의 이러한 발전적인 전진에 비하여 우리는 한 개 대척적對蹠的인 예를 박용철 씨가 이론적으로 변호하고 있는 보수적인 기교파에서 찾을 수가 있다.

그러므로, 정확히 말하자면 기림 씨가 우리와 논의하고 있는 대신, 박용철은 우리들에게 대항[12]하고 있는 것이다.

이 대항[13]의 배후에는 곧 씨 등氏等이 현대의 계관시인桂冠詩人으로[14] 만들고 있는 정지용鄭芝溶[15] 씨를 비롯하여 그 뒤에 따르는[16] 유상무상有象無象의 기교주의적 아류들의 초라한 표정을 엿보기가 어렵지 않다.

기회있는 대로 계속하여 기교주의 시인들과 이야기하려는 나의 기도는 결코 박용철 씨가 얼굴을 붉히고 말씀하시는 바와 같이 무슨 '문

12 대항 : '抵抗'(원 발표문).
13 대항 : '抵抗'(원 발표문).
14 계관시인으로 : '「호메로쓰」로'(원 발표문).
15 『논리』에는 '鄭芝鎔'으로 되어 있으나, 원 발표문에는 '鄭芝溶'으로 되어 있다.
16 따르는 : 원 발표문에는 '똙른'으로, 『논리』에는 '똙은'으로 되어 있다.

단 헤게모니를 유일한 목표로 삼는 비열한 도배徒輩'의 심사로서가 아님을 밝히고 싶다.

단지 우리나라 시문학의 찬란한 새벽을 맞기 위하여 성실한 협동을 의논하고 그 가운데서 바르고[17] 옳은 길을 찾으려는 것이 나의 의도이다.

왕왕 우리나라의 순수예술의 옹호자라고 스스로 인정하는 이들은 비평이란 것을 한 개의 한일閑逸한 독후감이나 인상의 설화로 생각하는 습관을 가지고 있음을 볼 수 있다. 비평이 시인을 원조하는 것이 결코 단순한 찬사에 있지 않고, 때로 시인의 그릇됨을 지적하여 시정是正의 길을 지시하고, 나아가서는 개개의 시인뿐만 아니라 모든 시인이 개척해야 할 일반적 방향을 가리키기도[18] 하는 것이다. 이러한 것이 시인과 비평이 그것의 발전을 위하여 협동하는 형태인가 한다.

그러므로 현명한 작가, 시인은 결코 찬사를 즐겨 않으며, 성실한 비평은 반대로 장점보다도 그 단점을 지시함으로써 문학의 전진을 돕는 것이다.

우열愚劣한 시인만이 비평을[19] 두려워하는 것이다.

항상 평가評價에는 비평할[20] 의무가 수반隨伴한다.

우리가 지금 시단에[21] 있어 시의 기교적 일면에의 편향을 주요한 논란의 대상으로 삼는 것은, 시의 발전을 위하여 지극히 자연스러운 일이다.

17 바르고 : '빠르고'(원 발표문).

18 가리키기도 : 원 발표문이나 『논리』에는 '가리치기도'로 되어 있는데, '가르치다'는 의미보다는 '가리키다'는 의미로 읽힌다.

19 비평을 : '批判을'(원 발표문).

20 비평할 : '批判할'(원 발표문).

21 지금 시단에 : '例로 詩評에'(원 발표문).

더욱이 현재에 보는 바와 같이 시를 언어적인 기교화의 사도邪途로 이끌려는 조류가 시단을 압도하고 있을 때 건전한 시문학의 건설자이려는 의지가 때로 수구적守舊的인 기교시에의 적의로 표시됨은 역시 어찌할 수 없는 것이다.

기교주의에 대하여 결별을 고하는 성실한 시인이 낡은 동료들에게 '현실로의 돌아 우편 앞으로!'[22]의 군호軍號를 부르는 열성과 우리들의 감정은 그 질에 있어 모순하지 않는다.

그러나 박용철 씨 등의 방향은 일찍이 기교파의 성실한 시인까지가 포기한, 이미 부정되어 버린 입장에서[23] 졸고拙稿에 대하여[24] 적의에 가까운 격렬한 어조로써 비난을 가한 것은 정히 이 수구적 기교주의이다.

*

지금 새삼스럽게도[25] 기교주의라고 불려지는 시단의 유령은 사실은, 졸고 「시단 일년」에서도 언급한 바와 같이, 낡은 '예술을 위한 예술' 사상이란 전前 세기의 유물의 부활로서,[26] 현대시 가운데 지상주의적至上主義的 시가를 통틀어서 부른 명칭이다.

언젠가 기림 씨가 말한 것과 같이 예술지상주의라는 것이 범박汎博한 윤리—사상—상의 개념인 대신, 기교주의란 미학상의 개념으

22 김기림이 현실에의 적극 관심을 촉구하면서 사용한 구호이다. 김기림, 「시인으로서 현실에의 적극 관심」, 『조선일보』, 1936.1.5.
23 원 발표문에는 이 사이에 '守舊的 執着으로'가 삽입되어 있다.
24 졸고에 대하여 : '拙稿에 있어'(원 발표문).
25 원 발표문에는 이 사이에 '까다롭게'가 삽입되어 있다.
26 유물의 부활로서 : '遺物로써'(원 발표문).

로,[27] 그 가운데는 '이마지즘', '슈르레알리즘', '포르말리즘', '모더니즘'[28] 기타가 잡거雜居하고 있다.

단지 그들은 잡다한 외모를 가지고 있으면서도, 시로부터 일체의 현실적 내용을 사상捨象하고 기교적 완성을 가지고 시의 목적을 삼는 데서 일치하는 것이다.

즉 시란 생활하고 존재하는 무엇을 표현하고, 그러함으로써 시가 인간의 광범한 생활의 하나가 되는 대신, 시란 그 자신을 위하여 노래되는 것으로 미학적 완성을 그 종국의[29] 이상으로 삼는다.

요컨대 낡은 용어를 빌면 수사학의 이상으로부터 일보도 앞으로 나갈 것을 기피하는 것이다.[30] 무엇이고 생활적 현실적인 것으로 말미암아 그들의 예술을 더럽히지 않겠다는 것이다.

시문학 상의 예술지상주의가 금일의 '영화榮華'를 누리기까지에는 고난에 찬 몇 개의 고비를 지나온 것이다.

기교주의란 시원적始源的으로는 1920년대 전후에 발족한 조선의 시민적 시가의 성격 가운데 배태된 것으로, 신시新詩의 진보적인 생명을 단축케[31] 한 최중요最重要의 성분이었다.

태초로부터 사회적 입장에 있어 과분히 절충적이었던 조선의 신시, 한 번도 시민적 계급의 본래의 욕구를 혁신적인 언어로써 노래해보지 못한 신시가 겨우 최초의 발전기를 맞이한 것은 소시민적 혼란의 형태이었다.

---

27 김기림이 이런 논의를 펼친 것은 「시에 있어서의 기교주의의 반성과 발전」(『조선일보』, 1935.2.10~14)에서이다. 이 글은 또 김기림, 『詩論』(백양당, 1947)에 「기교주의 비판」이란 제목으로 수록되었으며, 이 책 138면에 해당 논의가 나온다.

28 '포르말리즘', '모더니즘' : '「크라시즘」「스타일리즘」'(원 발표문).

29 종국의 : 원 발표문에는 이 단어가 빠져 있다.

30 것이다. : '것으로,'(원 발표문).

31 단축케 : '短少케'(원 발표문).

신시사新詩史 최초의 융성기가 1922~3년경, 『백조白潮』 기타의 세기말적 영탄 가운데서 자기의 화환花環을 받았다는 사실은 부끄러운 일이다.

그러나 이 시대가 대표하는 노작露雀, 월탄月灘, 안서岸曙, 상화尙火, 회월懷月 등의 시인이 현실로부터 도망하는 포즈는 결코 금일의 기교주의 시인들이 취하고 있는 바와 같은 비겁하고 소극적인 것은 아니었다.

기림 씨가 기교주의의 시조라고 보는 보들레르C. P. Baudelaire 같은 사람의 태도, 즉 현실이란 친밀하기엔 너무나 추악하기 때문에 아주[32] 현실을 떠난 곳에 시의 세계를 건설하려고 하였던 그것과 근사近似하였다.

그들의 현실로부터 떠나가는 태도 속에는, 추악한 현실에 대한 억제할 수 없는 격앙된 증오의 화염이 숨었었다.

산문의 세계에서 현실의 악을 폭로하려는 자연주의와 그들은 직접의 관계를 맺고 있어, 악을 노래하는 것으로 악에 대항한 것이다.[33]

[34]그들은 얼마 가지 않아 '역力의 시', '역力의 예술'『백조』을 갈망하며 자연주의에까지 반대하면서 독특한 낭만주의의 방법을 가지고 신세기新世紀의 시의 문을 두드린 것이다.

이리하여 그들은 신경향시新傾向詩 발전에 있어 그[35] 직접의 예술적 산모의 하나가 된 것이다.[36] 이 격렬한 변이의 과정에서 낙오한 일군

32 아주: '그들은'(원 발표문).

33 원 발표문에는 이 사이에 다음 한 문장이 삽입되어 있다. "二○年代의 詩歌 속에는 自然主義의 小說에서와 같이, 己未의 고개를 넘어 激變된 社會現實에 對한 不技['不拔'의 오식-편자]의 否定이 있었다."

34 원 발표문에는 이 앞에 '그러므로'가 삽입되어 있다.

35 이리하여~발전에 있어 그: '그 뒤에 오는 新傾向詩-푸로詩의 發展에 있어 그들의' (원 발표문).

의 시인과 새로운 에피고넨이 혹은 전통주의에[37] 떨어지고 혹은 시를 버리고 하면서, 갈수록 자기의 예술을 발전하는 현실로부터 격리시키면서 오늘날에 이른 것이다.

이들 20년대에 출발한 시인들이 그 뒤에 하나도 우수한 작품을 보여주지 못함은 교훈적인 예이다.

24~5년대로부터 6~7년에 긍亘한 오랜 동안에 지상주의 시는 갈수록 현실과의 거리를 멀리하여, 사상과 의지와 생활의 감정으로 시를 만드는 대신 언어적 기교와 개인의 푸념으로 시를 만들기에 열중했었다.[38]

그러면 그들의 오늘날의 '영화'는 과연 오랫동안의 내구적耐久的인 각고정진刻苦精進의 자연의 과보果報일까?

그렇다마다! 이것이 박용철 씨 등의 대답이다.

그러나 전기前記 졸고拙稿에도 말한 바와 같이 이 '영화'의 기초에는 다른 한 개의 커다란 자유가 따르고 있음을 어찌 부정하랴.[39]

이것은 단지 시단의 유파流派 성쇠盛衰를 현상적으로, 또는 자기의 한 개 주관을 가지고 관찰하려는 고의故意도 아무것도 아니다.

문학적 현상의 변이, 교체에는 순수한[40] 예술적 이유 외에 그것을 제약하는 사회사의 법칙이 따름을 필자는 믿기 때문이다.

---

36 하나가 된 것이다. : 『논리』에는 '하나임인 된것이다.'로 되어 있고, 원 발표문에는 '하나임을 否定치못할것으로'로 되어 다음 문장과 결합되어 있다. 『논리』의 것을 적절히 수정하였다.

37 전통주의에 : '右로 民族主義에'(원 발표문).

38 원 발표문에는 이 다음에 다음 문장이 별도의 단락으로 삽입되어 있다. "푸로레타리아 文學의 躍進的 發展期는, 그 不幸한 蟄居期이었다."

39 원 발표문에는 이 다음에 다음 두 문장의 두 단락이 삽입되어 있다. "그것은 곧 一九三一年代 以後로 加速度的으로 繼續된 푸로文學의 不自然한 萎縮이다. / 嫡子가 죽은 뒤에 庶子가 富貴를 누림이 무슨 不自然함이 있을까?"

40 순수한 : '純粹히'(원 발표문).

기교파 금일의 '영화'를 하나의 아름다운 '시'적 이유로 돌리려는 자만이 '경향문학'[41]의 불행과 기교파의 영화가 동시에 존재하는 이상하고 야릇한 현상의 사실대로의 지적을 '불근신不謹愼한 무고誣告'와 '사실 인식의 착오'로 돌리는 것이다.[42]

그러나 나는 기교파의 번영을 결코 사회적인 이유로써만 설명하지 않았다. 경향시[43]가 숙아宿痾로 가지고 있던 지나친 내용편중주의內容偏重主義, 그것이 결과하는 언어상의 약점이, 또한 시의 기교적 완성을 목표로 하는 기교파의 시가 독자나 문학청년들 가운데 이러한 외적 정세와 아울러 일시적으로 수용될 가능성을 가졌음을 잊지 않고 지적하였다.

차등此等의 '가능성'은[44] 사실에 있어 1931년 이후 점진적으로 현실화되어, 이상하고 우연하게도 경향시[45]의 불행의 도度가 증가할수록 기교파의 번영의 도는 반대로 증장增長하였다.

사회정세의 변화가 신비주의, 상징주의, 지상주의의 발전을 조장하리라는 예단을 말한[46] 함대훈咸大勳 씨의 소론所論은[47] 이러한 의미에서 수긍受肯되는 것이다.

'진보적 시가에 대한 부자유한 객관적 분위기의 확대는 그들의 활

41 경향문학 : '푸로文學'(원 발표문).
42 원 발표문에는 이 다음에 다음 문장이 삽입되어 있다. "「詩壇一年」에서 列擧한 條件은 정말로 事實 그대로이다. / 누구나 알 수 있는 바와 같이, 「푸로文學」의 不幸과, 至上主義의 安在는, 「푸로文學」 自身도, 技巧派 自身도 아닌 第三者的 努力, 그남아 文學的이 아닌 存在에 依하야 決定되고 있음은 나의 憶斷이 아닐 것이다."
43 경향시 : '푸로詩'(원 발표문).
44 '가능성'은 : 원 발표문에 따랐다. 『논리』에는 '「可能性」을'로 되어 있다.
45 경향시 : '푸로詩'(원 발표문).
46 예단을 말한 : '豫斷을 가지고 朝鮮文學의 危機를 부르지즌'(원 발표문).
47 소론은 : 원 발표문이나 『논리』에는 '所論을'로 되어 있으나 바로잡는다. 그리고 여기서 함대훈의 소론이란, 「현하 사회정세와 조선문학의 위기」(『조선일보』, 1935.6.16~20)를 가리킨다.

동에 있어 자유의 천지의 전개'라는 나의 지적이 어디의 사실을 왜곡하고 있는지 나는 알고 싶다.

한편의 시가가 저렇게도 통렬痛烈히 추구追求되는데,[48] 기교주의가 갈수록 안재安在하고 번영함을 그럼 무엇으로 설명할 것인가?[49]

이러한 아픈 사실 때문에 나는 기교파 시인 가운데 가장 유능한 시인인 기림 씨와 더불어 오랫동안 이야기하고자 한 것이다.

유감된 일이나 박용철 씨는 기교파에 대한 나의 일반적 논란論難을 기림 씨의 머리에 던지는 나의 적의敵意로 무고誣告하였다.

물론 광범한 의미에 있어 조선의 기교파에 대한 논란은 기림 씨 자신에 있어서도 적용됨은[50] 면치 못할 것이다.

그러나 기림 씨에 대한 현재의[51] 불만은, 근본적으로 보면 씨의 이론에서 보는 바 현실에 대한 증대하는 관심과 기교주의 부정의 열정에도 불구하고 씨의[52] 근작은 심히 그곳에 미치지 못함에 있다.

다음으로는 씨가 금번 논문을 보여주기 전까지의 제 노작諸勞作에

48 여기서 '추구'는 '(탄압을 하여) 쫓다'는 의미의 '추급(追及)'이라는 의미에 가깝다. '한편의 시가'는 곧 '프로시'를 의미하므로, '한편에서는 프로시가 통렬하게 쫓김(탄압)을 당하는데'라는 의미가 된다.

49 원 발표문에는 이 사이에 다음 문장들이 삽입되어 있다. "朴氏의 말슴과 같이, 푸로詩는 「辯說」인 때문이고, 氏等의 詩는 「辯說以上」의 참된 詩인 때문일까? / 그러면 우리들은 참말로 幸福된 社會에 사는 것일 것이다. 이렇게도 잘 藝術과 詩를 理解하는 歷史上 未曾有의 文化國家의 市民일 것이다. / 다음으로, 朴氏가 「또 하나의 注意를 喚起」하기에 努力한 나의 「不謹愼」을 責한 一句에 對하야 言及치 않을 수가 없다. / 萬一 上記한 바와 같이 事實의 率直한 敍述이 「曇天下의 同僚에 對한 禮儀를 喪示['喪失'의 오식일 것–편자]」한 것이라면, 遺憾됨이나 禮儀란 果然 何者인가를 疑心치 않을 수가 없다. / 아마도 이러한 禮儀에 充實할랴면은, 우리는 詩人으로부터 俗吏로 變하여야 할 것이다."

50 적용됨은 : '適用되게 함을'(원 발표문).

51 원 발표문에는 이 사이에 '直接의'가 삽입되어 있다.

52 씨의 : 『논리』에는 'G의'로, 원 발표문에는 '詩의'로 되어 있으나 둘 다 오식일 것이다. 특히 'G'는 '氏'의 오식으로 추정된다.

있어, 근대시의 발전에 있어 심히 일방적인 사적史的 태도를 가지고 있는 그것에 향해진 것이다.

낡은 서정시로부터 19세기 말의 데카당스를 지나 금일에 이른 시의 발전사상上 프로시의 도정을 무시한 일점을 논란한 것은 기림 씨 자신도 긍정하고 있는 바와 같이 결코 나의 무고가 아니다.

이곳은 분명히 무엇이고 정상正常치 않은 사태에 의한 나의 소설所說의 왜곡이 있는 듯 싶다.

이 외에도 박씨의 논문을 비평으로서 경청하기에는 너무나 지나친 흥분이 논리의 명확성을[53] 가리고 있어 독자에게 유쾌치 못한 소감을 주는 것으로, 나의 이론적 태도를 비평함에 있어 졸작시拙作詩에 대한 장황한 비난으로부터 출발하는 등, 비평의 예의로서는 그리[54] 배울 바 되는 듯 싶지 않다.

졸작이 문자대로 졸렬한 '시'임은 오래 전부터 스스로 느끼고 부끄러워하는 바이다. 그러나 또 그와 마찬가지로[55] 씨가 '졸렬'에 대한 대척적對蹠的 '우월'로 해설의 노勞를 아끼지 않은 정지용鄭芝溶 씨의 제작諸作을, 나는 정씨 개인과 작품에 대한 연래年來의 경의에 불구하고 그다지 높이 평가치 못하는 자의 한 사람이다.[56]

우리들을 울리고 괴롭히고 때리고 노하게 하는 헤일 수 없는 많은 현실의 대해大海 가운데서, '미사'의 촛불을 밝히고 천국을 빌며 하나의 어린 자식의 죽음을 만 사람의 동포의 사死와 불행보다도 아프게 정감情感하는 '영혼'과 '감성'에 대하여 나는 금할 수 없는 적의를 느

53 논리의 명확성을 : '論現의 明晳을'(원 발표문). '現'은 '理'의 오자일 것이다.
54 그리 : 원 발표문에 따른 것이다. 『논리』에는 단지 '그'라고만 되어 있다.
55 그러나 또 그와 마찬가지로 : 원 발표문에는 이 구절이 빠져 있다.
56 자의 한 사람이다 : '者이다'(원 발표문).

낀다.

지용 씨의 작품 가운데는 「향수鄕愁」와 같이 슬픈 노래를 나는 버리는 자는 아니다.

그러나 심오心奧에 철徹하는 '슬픔'을 보복의 뜨거운 불길로 고치지 못하는 시인을 나는 조선 사람에게 유태인의 운명을 권함이라고 생각한다.

나는 서정시라는 것이 '영혼의 감동'을 노래하는 것이라든가, '감정은 다만 하나의 온전한 상태'이라든가, '그 자체는 말을 갖지 않았다'든가, '상태 감정狀態感情은 반드시 어떠한 형체에 태어나 그 표현을 달성한다'든가[57] 하는 신비적이고 계시적인 영감靈感에[58] 의한 시작설詩作說을 믿을 수는 없다.

씨에 의하면, 시는 '고귀한 영혼'만이 감지할 수 있는 세계이고, 시란 한 개의 '마술'이라 한다.[59]

'영혼설靈魂說'이란 천주교도와[60] 더불어 의논할 것이고 우리들 속배俗輩의 관지關知할 바가[61] 아니나, '감정은 하나의 온전한 상태'이라는 것은 낡은 말로 하면 '본능설本能說', 요새 말로 하면 생물학주의이다.

시는서정시도!, 감정에 의하여서만 노래되고, 감정을 통해서만 독자에게 전해지는 것은 아니다. 그것은 두 개의 이유에 의하는 것으로, 하나는 감정, 정서와 더불어 이지理智를 가지고 있고 이 양자로써 독자에게 호소하는 것이며, 감정이란 동물에 있는 것과 같은 온전한 생물적

57 이상 인용 구절은 모두 박용철, 「乙亥 시단 총평」, 『동아일보』, 1935.12.27로부터이다.
58 계시적인 영감에 : '天來의 啓示, 靈感에'(원 발표문).
59 이라 한다 : '인 것이다'(원 발표문).
60 천주교도와 : '聖「토-마쓰」僧正과'(원 발표문).
61 바가 : 『논리』나 원 발표문 모두 '배'라 되어 있으나 오늘날의 주어 표기 방식으로 수정했다.

본능의 발현이 아니라 인간에게만 고유한 사유와 지성과 연결되어 있는 때문이다.

감정혹은 감각이란 인식과 판단의 단초[62]이면서 또 그것에 의하여 확인되고 강화되며 자체를 현실화하는 것이다.

불을 보고 본능적으로 손을 떼는 중축신경中軸神經뇌에 달達치 않은의 반사작용을 우리는 감정이라고 부를 수는 없다.

또한 사랑하는 애인이 죽어 슬픈 것은 우리들의 지성의 감각으로부터 사유를 통하여 명확히 그가 존재하지 않다는 것을 판단 확인키 때문에 정말 슬픈 것이다.

어머니를 잃은 어린아이가 한참 울고 가다가 엄벙덤벙 동무들과 장난하는 통에 슬픈 것도 잊고 웃고 하다가 별안간 몹시 울고 하는 것은, 다시 생각하니 어머니가 분명히 죽었다는 것을 이성은[63] 일층 확실한 자태로 그 아이에게 확신케 하는 때문이다.

'영혼의 감동'[64] '그 자체는 말을 갖지 않았다는 것'은 '영혼'이란 것을 내가 무엇인지를 이해치 못하므로 무어라 말할 수 없으나,[65] 만일 '영혼의 움직임'을 인간적 사유의 일종이라고 가정한다면, 그것은 언어와 함께 있는 것이다.

금일의 인류사, 언어사言語史는 사유가 언어와 함께 있음을 말할 뿐더러, 일상으로 경험으로서 우리는 언어 없이[66] 사유를 영위할 수는 없다.

'상태 감정'은 내버려두어도, 자발적 표현을 달성한다는 것은, 창작

62 단초: '端緖'(원 발표문).
63 이성은: '理智는'(원 발표문).
64 감동: 원 발표문이나 『논리』에는 '?動'으로 되어 있다.
65 없으나: 『논리』에는 '없으니'로 되어 있으나 원 발표문에 따라 바로잡는다.
66 원 발표문에는 이 사이에 '秩序있는'이 삽입되어 있다.

도정을 신비적으로 흐리어버리는 것으로, 우리가 배고픈 감정을 밥을 달란다든지 집어먹는다든지 하는 말이나 행위로 표시하지 않는 한, 그것은 목구멍에 침만 넘기는 것으로 끝날 것이다.

표현의 달성이란 생각의 객관화를 의미하는 것으로, 침을 삼키는 것은 결코 배고픈 감정의 '달성'은 아니다. 지나치게 언구言句에 구애拘碍한 것 같으나, 실은 그의 시론의 오지奧地를[67] 밝히고 싶었으므로 이다.

요컨대 시는 마술이고 그 제작 도정은 과학적으로 불가해不可解의 것이며, 서정시란 지성이나 판단에 오르지 않는 저도감각低度感覺에 머물 것이고, 하잘것없는 감정을 고운 말로 써놓으면[68] 훌륭한 시가 되는 것이며,[69] 시란 생활이나 현실의 문제를 건드리지 말 것이라는 것이다.

"아름다운 변설辯說, 적절한 변설을 누가 사랑치 않으랴, 그것은 우리 인생의 기쁨"이라는, 소위 '변설시辯說詩'에 대한 씨의 돌연의 수긍은 곧 생활의, 현실의 문제의 변설이 아니라 감정의 변설을 의미하는 것이다.

우리는 생활의 좋은 변설자, 나아가서는 새로운 세계의 창조적 몽상의 변설자이려고 노력할 것이다.

수구적 기교주의란 천주교를 노래한 어느 시편에서 보는 바와 같이 시 그것을 위하여 있는 것이 아니라, 그실實 인간의 그 무엇을 위하여 있는 것을 은폐하는 일 방편이다.

그리하여 이러한 시편들이 가진 언어, 리듬의 특징은 평화롭고 목

---

67 오지를 : '奧處를'의 오식으로 보인다.

68 써놓으면 : 『논리』나 원 발표문에는 '씌워놓으면'으로 되어 있다.

69 것이며 : '것으로'(원 발표문).

가적이며 참새의 지저귐 같이 고요하고 얕다.[70]

신시대의 시는 생명을 표현하고 죽은[71] 자연까지도 산 말로 노래하는 길을 열어야 할 것이다.

*

> 일보를 양(讓)하여 예술상의 기교주의자가 담천하(曇天下)에 특별한 건조물(建造物)[72]을 설계하고 인공적으로 태양등(太陽燈)을 가설[73]한다고 하자. 이것으로 그들이 담천하의[74] 주민이 아니될 이유는 조금도 없는 것이며, 또 그들이 이 인공적 가설(架設)[75]을 유지하는 데는 우리의 상상 이상의 부정적 역량을 필요로 하는 것을 이해해야 한다. —(박씨)[76]

아마도 이 말은 모든 경향의 기교주의적 혹은 전통주의적인[77] 시가까지가 자기의 위치를 사회적으로 유효하게 설명하는 한 개의 푸념일 것이다.

요컨대 너희만 담천하曇天下의 고난을 겪고 있는 것이 아니라, 우리도 적지 않은 괴로움이 있다는 것인데, 문제를 기교주의 일방一方에 한

70 원 발표문에는 이 다음에 다음 문장들이 삽입되어 있다. "「亡해버릴 希臘이라면 어찌겟습니까? 그러나 오오 天日 아래서나마 亡처줍시사」 —(호—머) / 「토로이」의 英雄의 雨雷 같은 祈禱를 表現하게 된 그들의 言語, 「리듬」은 全혀 適切치 않다."

71 죽은 : '無機의'(원 발표문).

72 건조물 : 『논리』에는 '建築物'이라 되어 있으나, 원 발표문과 박용철의 글 원문에 의거해 정정했다.

73 가설 : 『논리』에는 '設設'로 되어 있으나, 원 발표문에 의해 바로잡는다.

74 담천하의 : 박용철의 원문에는 '曇天의'로 되어 있다.

75 가설 : 『논리』나 원 발표문에는 모두 '架論'으로 되어 있으나, 박용철의 원 발표문에 따라 '架設'로 바로잡는다.

76 박용철, 「을해 시단 총평」(2회), 『동아일보』, 1935.12.25.

77 전통주의적인 : '民族主義的인'(원 발표문).

정한다면, 상기 인용의 하반부가 말하는 바와 같은 소위 '부정적인 노력' 그것을 일컬음인 듯 싶다.

19세기 말의 데카당스가 현실은 추악하기 때문에 그곳으로부터 유리하고 도망한다는 태도를 본받음인 듯 싶은데, 물론 이러한 일반적 공통성을 인정하는 것이나, 첫째 이러한 현실 도피, 절망 자체가 우리들의 생존을 위하여 유해무익한 것이고, 다음으로 이런 동일한 비현실성에도 불구하고 양자가 갖는 바 역사적 차이를 간과치 말아야 한다.

살려고 하는 인간이 생활하는 것이 곤란하다고 절망하고, 도피하고, 단지 부정하는 것으로 만족한다면 그 사람은 죽을 수밖에 없는 것이다.[78]

다음에, 양자간의 내용적 차이란 곧 우리 20년대의 낭만파 시인들과 이들 현재의 기교파의 제諸 성질을 비교하는 것으로 용이하게 그 해답을 찾을 수가 있다.

상화, 회월, 월탄은 비탄하고 절망하고 현실을 부정만 한 것이 아니라, 자연주의에서까지 그들을 구별하는 최중요한 요인은 그들이 격렬한 현실에 대한 증오로 충만하였고 그 일우一隅에는 부단히 초조하면서도 암흑 가운데서 모색하는 정신이 숨어 있었던 때문에 그들의 시는 활줄 같이 우렁찼다.[79]

그러나 금일의 사상주의적寫象主義的[80] 시인들이나 지용 씨 등과 같은

78 원 발표문에는 이 다음에 다음 한 단락이 삽입되어 있다. "健全한 詩文學이 一切의 現實逃避의 文化와 對立하는 것은 그들이 生存 대신에 死滅을 가리치는 때문이고, 客觀的으로는, 살려는 사람까지 그 死滅을 利롭게 생각하는 者에게, 屈從케 하는 結果를 가저오는 때문이다."

79 원 발표문에는 이 다음에 다음 문장이 삽입되어 있다. "그들은 個人의 戀情을 노래할 때까지 낡은 封建道德과, 새로운 自由를 希求하는, 社會的인 感情과 더부러 聯結되었었다."

이, 혹은 기림 씨 같은 이의 제작諸作에서는 기운 없는 언구言句로 3이란 자字가 수 셋을 의미하듯이 사물의 말단을 그리는 데 만족하고, 개인의 불행을 노래하는 서정시나, 성모 마리아를 그리는 종교적 감정이라든가, 혹은 겨우 배태된 비판적 의지가, 시인이 갖는 기물器物에 대한 소비자적 집애執愛라든가 언어의 기교주의적 구사에[81] 의하여 무디어지고 있음을 볼 수가 있다.

금일의 조선에서 기교파라고 볼 수 있는 시인 가운데 기림 씨의 약간의 근작을 제한다면, 유감된 일이나 아무 곳에서도, 박용철 씨가[82] 말씀한 바 우리의 상상키도 난難한 부정적 정신은 발견할 수가 없다.

이러한 허무한 노력에 대하여 김기림 씨가 던진 언구言句는 심히 시사 깊은 것이다.

씨는 기교파 시가 금일에 차지하는 사회적 지위와 성질을 세심히 생각하면서,[83] 낡은 기교파 시인들에게 '현실에의 적극 관심'을 제의하는 이유가 다름 아니라, 실로 그것은 '기교의 시'인[84] 때문이라고 말

---

80 사상주의적 : '이미지즘'을 가리키는 것으로, 김기림으로부터 온 개념이다. 김기림은 「시인의 포-즈 : 오전의 시론, 기초론 속편」(『조선일보』, 1935.6.8)에서 '이마지스트(寫象派)'라 쓴 바 있고, 「시인으로서 현실에의 적극 관심」에서, 기교파를 "言語에 대하여 古典主義的 信念을 詩論으로 한 一派와 一群의 尖銳한 形而上學派와 數에 잇서서 그보다도 더 만흔 寫象派"로 구분하고 있다(『조선일보』, 1936.1.5).

81 구사에 : '使馳에'(원 발표문).

82 박용철 씨가 : 『논리』나 원 발표문에는 '朴龍喆氏의'로 되어 있으나 수정했다.

83 차지하는 사회적 지위와 성질을 세심히 생각하면서, : 『논리』에는 빠져 있는 구절로서 원 발표문에 의거해서 복원하였다. 누락된 구절이 원 발표문의 1행과 맞아떨어지는 점에서, 이 누락은 의도적인 것이 아니라 『논리』 인쇄 과정의 실수로 보인다.

84 실로 그것은 '기교의 시'인 : '正히 「技巧의 詩」가 「屈辱의 詩」인 데 있는'(원 발표문). 원 발표문을 살려서 "실로 그것은 '기교의 시'가 '굴욕의 시'인"으로 수정해야 제대로 문맥이 통하게 된다. 한편 김기림은 「시인으로서 현실에의 적극 관심」이란 글에서, 조선의 기교파의 시가 파리 국제작가회의에서 옹호하려고 한 시에 들지 않고 오히려 국제작가회의가 적대하려는 세력에 의해 방임된 시에 든다면, 그것은 문학의 명예가 아니고 굴욕일 것이라고 논하고 있다. 김기림이 '굴욕'이라는 개념을 다른 문맥에서 사용했기 때문에, 『논리』에서는 '굴욕' 운운의 표현을 삭제했을 것으로 보인다.

하였다.

만일 박씨의 말과[85] 같이 나의 관찰이 사실을 정시正視하지 못하고 인식을 그릇 했다 하더라도[86] 조선 기교파 시의 지도적 시인이었던 이 시인의 고백까지를 안 믿어야 할까?[87]

자기의 오랫동안의 신조이었고 일찍이 스스로 그 옹호·주장자의 1인이었던 이 시인이 기교주의에 대하여 반대한 것은[88] 정히 기교주의에 대한 경멸적·부정적 의지의 표현이 아니고 무엇일까?

최후로 기림 씨와 더불어 이야기할 것은 졸론拙論에 대한 씨의 약간의 오인으로, 나의 논고에서 '경향시'[89]의 역사적 지위와 근대시의 발전 도정에 대한 소묘는 씨가 이해한 그러한 것이 아니다.

물론 조선의 '경향시'가 씨가 말하는 바 근대시의 전체적 과정을 완전히 졸업했다는 의미는 아니며, 1930년 이전의 '경향시'가 내용 편중의 공식주의 가운데 있었다는 씨의 지적은 정당한 것이요, 그것의 완성이 금후에 있다는 것은 우리들 자신과 함께 긍정할 바 진실이다.

그러나 '경향시'가 갖는 근대시사 상의 지위와 성질은, 그것이 창작적으로 자기를 아직 완성치 못하고 있음에 불구하고, 고전주의 시로부터 근대 낭만주의, 데카다니즘 등의 역사적 발전의 일정한 달성과 그 과정 가운데서 필연적으로 성생成生한 것이라는 말이다.

이 모든 유파가 각기 그 선인先人의 시로부터 받아내려온 적극적인예술적, 사상적으로! 것의 필연적인, 접속적接續的인 계승자로서 자기의 출발점

85 말과 : '말슴과'(원 발표문).

86 그릇 했다 하더라도 : '그릇한다면'(원 발표문).

87 안 믿어야 할까? : '우리는 안 믿을 수는 없다.'(원 발표문).

88 반대한 것은 : '「屈辱의 詩」라고 일음한 것은'(원 발표문).

89 경향시 : '푸로詩'(원 발표문). 이하 이 글에서의 '경향시'는 모두 원 발표문에는 '푸로詩' 혹은 '푸로레타리아詩'로 되어 있다.

을 삼은 것이다.

물론 졸고에 있어 이것은 국제적인, 세계사적인 의미에서 말해진 것으로, 기림 씨가 "내가 시를 쓰고, 또 생각하기 시작한 때는 벌써 프로시가 왕성하지 못했고, 따라서 내 사고 속에 강렬하게 압박해오지 않았던 까닭에 그 일[90]은 극히 자연스러웠다"[91]는 고백은 우리 경향시사傾向詩史[92]의 사정을 정확히 반영한 말이다.

그러나 우리 조선 시사의 이러한 특수성을 가지고 그 역사적인 성질은 물론 부정될 것이 아니며, 오히려 앙드레 지드André Gide가 파리작가회의[93]에서 아직 미숙한 소비에트 문학을 발전시키기 위하여 협력할 것이고, 또한 '가치 있는 문학이란 금일에 있어 아마도 이 사회에 대립하는 문학 이외의 것이라고 생각할 수 없다'는 그러한 아량을 나는 우리 성실한 시인에게 기대하고 싶다.[94]

그러나 이러한 관념적 자긍自矜을 가지고 자기의 예술적 완성을 게을리함은 어리석은 일인 동시에 그 결함 때문에 가치있는 반면反面을 몰각함은 현명한 자의 취할 바 태도가 아닐까 한다.

우리들의 시가 그 결함을 극복하는 긴 도정을 통하여 도달하는 지점이 무엇인가에 대하여 기림 씨는 전체주의의 시라고 하였다.

물론 이 상태는 시의 이상적 상태로서 '내용과 기교를 통일한 한

90 원 발표문에는 이 사이에 '(푸로詩를 看過한 것—引用者)'가 삽입되어 있다.
91 김기림, 「시인으로서 현실에의 적극 관심」, 『조선일보』, 1936.1.5에서의 인용이다.
92 우리 경향시사 : '우리나라 푸로레타리아詩史'(원 발표문).
93 1935년 6월 21일에서 26일까지 파리에서 24개국 대표 230인의 문학자가 모여 개최했던 작가회의. 앙드레 지드가 중심이었으며, '문화옹호 국제작가회의'라고도 한다.
94 나는 우리 성실한 시인에게 기대하고 싶다 : '가지고 나의 論述의 不充分을 補足할 것이라고 생각한다'(원 발표문). 그리고 원 발표문에는 이 다음에 다음 단락이 삽입되어 있다. "그럼으로 技法의 無視, 內容에의 過度의 偏重 等의 諸缺陷을 가졌음에 不拘하고, 「푸로레타리아詩」가 敢히 朝鮮 近代詩의 가장 옳은 繼承者이라고 생각되는 것이다."

전체로서의 시'일 게 틀림이 없으나, 그것을 전체주의라고 이름하는 것보다는 가장 완성된 시, 다시 말하면 명일에 있어 유일한 완성된 시라고[95] 봄이 명확한 개념으로, 결코 아전인수적인 주견主見이 아닐까 한다. 이 완성된 시의 입장에서 볼 때, 나는 오늘과 같은 '경향'시를 그 유년시대라고 생각하며, 오히려 '경향'시라고 부름을 부끄러이 생각하는[96] 것이다.

오직 이 '내용과 기교의 통일' 가운데는, 양자가 등가적等價的으로 균형되어 있는 것이 아니라, 이 통일은 위선 전체로서의 양자를 가능케 하는 물질적 현실적 조건으로 성립하고, 그것에 의존하며, 동시에 내용의 우위성 가운데서 양자가 스스로 형식논리학적이 아니라 변증법적으로 통일되는 것이다.

이 '통일'과 '전체'의 변증법적 이해를 결缺할 때 균형론, 형식논리가 군림하는 것이며,[97] 기림 씨의 전全 논문을 통하여 이것에 대한 명확한 해답을 얻지 못한 것이므로[98] '전체'라는 개념이 형식논리적 여훈餘薰을 전한다고 나는 말한 것이다.

95 시라고 : '詩일 푸로레타리아詩라고'(원 발표문).
96 생각하는 : 원 발표문이나 『논리』에는 '생각되는'으로 되어 있으나 문법에 맞게 수정하였다.
97 것이며 : '것으로서'(원 발표문).
98 못한 것이므로 : '못하였음으로'(원 발표문).

수필론●

몇 해 전 어느 문예잡지의 좌담회에서[1] 수필에 대한 이야기를 교환한[2] 일이 있었다.

자세히 기억치는 못하나, 이야기의 초점은 아마 수필도 과연 다른 문학, 이를테면 시나 소설과 같이 하나의 독립한 장르로서 취급할 수 있느냐 없느냐 하는 것이었던 듯 싶다.

그때 이런 제목이 골라진 것은 수필이 차차 성왕盛旺해가므로 문학하는 사람들이 이런 것을 쓰는 데다가 다분多分의 정력을 경주해서 족한지 아니한지 하는 문제가[3] 아니었는가 생각된다.

그런데 당시로부터 벌써 5~6년의 세월이 지났고, 이즈음 와서는

●『동아일보』, 1938.6.18~6.22. 발표시 '文學장르로서의 再檢討'란 부제가 붙어 있었다.
1 『조선문학』 1933년 11월호에 실린 「문예좌담회」를 가리킨다.
2 교환한 : '바꾼'(원 발표문).
3 아니한지 하는 문제가 : '아닌지로 省察하기 爲함이'(원 발표문).

잡지에는 물론 신문에까지 수필이 여간 많이 실리는 것이 아니다.

뿐만 아니라, 그때에 비하면 수필의 성질도 꽤 변했고, 노산鷺山 같은 이는 이런 종류의 단행본—만일 기행紀行도 수필 속에 넣는다면—까지를 수삼종數三種 가지고 있다.

그러나 이런 현상만을 가지고 우리 문단에 수필이 새로운 지보地步를 요구할 만큼 성장했다든가, 수필을 논하는 게 이미 불가결의 과제가 되었다든가 하면 물론[4] 하나의 성급한 과장임을 면키 어려울 것이다.[5] 한데 도대체 수필이라는 것을 어떤 것을 가리켜[6] 이름이냐 하면, 우리는 곧 이것이다 하고 즉석에서 집어 보일만한 그런 무엇을 가지고 있지 못함이 또한[7] 수필의 수필다운 곳이 아닌가 한다.

항용 일기체의 문장이나 혹은 서한체書翰體의 글이나 또는 기행, 하다못해 무제목無題目의 그야말로 조팅[8]한 단편斷片까지도 모두 수필류라 부를 수 있지 않은가 한다.

그런데 이런 문장 가운데 통틀어서 볼 수 있는 공통된 특징은, 쓴 사람이 어떤 특정한 장르로서의 스타일의 규범을 받지 않고, 혹은 완성을 목적하지 않고 비교적 자유로이 제 생각이나 사물을 기술하는 것이다.

그러면서도 논문이나 일반 저술과는 달라 어디인지 문학적인 성격을 갖추고 있는 게 우리에겐 소위 수필이라고 느껴진다. 따라서 장르로서의 문학과 논문이나 저술의 중간에 수필이란 것의 위치가[9] 있다

4 물론: 원 발표문에는 빠져 있다.
5 어려울 것이다: '어렵다'(원 발표문).
6 원문에는 '가르처'로 되어 있어 수정하였다.
7 또한: '爲先'(원 발표문).
8 jotting. 메모, 약기(略記)라는 의미의 명사.
9 위치가: '立場이'(원 발표문).

볼 수 있다.

여기서 논문이나 저술이라는 것은 물론 과학적인 개념의 구사나 논리적 조작에 의한 분석이나 종합, 혹은 부단한 체계화에의 노력으로 성격화되어 있는 것을 말함이다.

그러나 수필이란 본시 분석이나 체계화의 의도와는 관계없이[10] 수시隋時, 수처隨處하여 씌어지는 것으로, 스타일에 있어서도 논리적 조작의 기술성技術性을 필요로 하지 않는 것이다.

또한 소설, 시, 희곡처럼 소위 장르로서의 문학과 같이 성격인간의이나 사건이나 줄거리나 그것들이 서로 얽어놓는 고유한 구조의 규범을 지킬 필요도 없는 것이다.

고유한 구조! 장르로서의 문학은 제각기 다 제게만 있는 구조의 법칙을 가지고 있는 법이다. 드라마와 시와 소설은 동일한 대상을 취급하면서도 이 구조의 각이성各異性 때문에 독자獨自의 영역으로 분립되는 것이다.

그러면 수필이 고유한 구조도 없고 논문이나 저작著作과 같이 개념이나 범주도 없다면 어떤 특장特長 때문에 눈에 띄는가? 먼저 나는 하나의 규범으로서의 특성을 찾기가 어려운 데 수필의 수필다운 점이 있다 하였다.

그것은 수필이 논문처럼 논리적 조작의 기술을 필요로 하지 않는 데서와, 장르로서의 문학처럼 고유한 구조를 갖지 않은 데서 기인하는 것이나, 사물이나 생각을 형상적인 방법으로 이야기한다는 데 과학이나 논문과 결정적으로 분리하는 대신 문학과는 분리할 수 없는 관계를 맺고 있음을 알 수 있다.

10 관계없이 : '無關係한'(원 발표문).

다시 말하면 그 이야기되는 형식에 있어서 아무래도 과학과 혼동될 수 없는 대신 현저히 소설, 시, 희곡에 가깝다.

그러면 우선 우리는 수필이란 고유한 구조를 갖지 않은 문학, 바꾸어 말하면 장르로서의 문학 이외에 아직도 존재 가능한 문학의 한 양식이란 규정을 내려둘 수가 있다.

그러면 문학이려면 불가불 가지지 아니할 수 없는, 장르, 즉 소설, 시, 희곡 등의 고유한 구조를 갖지 않은 어떤 종류의 문학의 존재를 인정할 수 있느냐 하는 것이 하나의 문제다.

하기는 시나리오 같은 것도 최근에 와서는 콘티뉴티[11]와 구별하여 시나리오 문학즉 새 장르로서으로 정립하려는 경향도 있다. 그렇지만 시나리오가 문학 장르로서 독립될 수 없다는 이유는 희곡과 많은 공통성이 있다.

왜 그러냐 하면 시나리오나 희곡은 소설이나 시처럼 제 자신 가운데 제 자신의 전부를 실현할 기능과 수단을 겸비해 가지고 있지 못하는 때문이다. 극장이나 필름이 시나리오나 희곡을 실현하는 수단이다.

다시 말하면 시나리오 같은 것은 희곡과 비슷이[12] 고유한 구조를 가질 수 있고 장르로서 확립될 수 있을지도 모른다.[13]

그러나 수필은 한가지 문학이라 할지라도 이러한 기존既存, 미존未存 여하를 물론하고 어떤 장르에도 편입될 수 없고, 장르로서의 문학으로도 확립될 수는 없다.

이 점이 수필이 여지껏 문학의 여러 장르와 더불어 문학적 저술의 일종으로 존속해 내려왔음에 불구하고, 한번도 한 시대의 문학의 확

11 continuity.
12 비슷이 : 같이(원 발표문).
13 있을지도 모른다 : '잇는 것이다'(원 발표문).

고한 주류를 이루지 못한 이유다.

또한 이 점이 여지껏 여러 사람이 수필을 완전한 의미의 문학이라고 평가하기를 꺼린 점이다.

그러면 수필이란 불완전한 의미에서는 어떻게 해서 문학일 수 있느냐?

완전하든 간 불완전하든 간 문학이기 위하여는 장르로서의 특징과 구조의 규범을 형성하지 아니하면 아니 된다.

그러나 '장르'와 '구조'에 있어서만 문학은 일체의 비문학非文學과 구별되는 것은 아니다. '장르'와 '구조'는 문학의 형식적인 측면에 불과하다.

요점은 내용에, 즉 사상에 있다. 다시 말하면 문학이 다른 비문학, 이를테면 과학 같은 것과 구별되는 것은 이 사상의 부분에서이었다.[14]

그러나 과학의 사상과 문학의 사상 그 자체가 근본에서 질을 달리하느냐 하면 그런 것은 아니고, 사상의 형성과 파악의 방법에 있어 문학과 비문학이 다르다.

문학은 사상을 형상의 직관直觀으로서[15] 파악하고 형상의 윤리로서 형성해간다.

문학에 있어 논리는 그것이 대단히 중용되는 때일지라도 윤리에 종속되는 것이고, 모든 논리적인 것은 형상적인 것으로 번역됨이 마땅하다. 그러나 비문학은 이것과 순차順次가 정히 반대다. 여하히 윤리나 형상성이 농후하다 할지라도, 그것은 어디까지든지 논리와 체계에 종속되고 또한 종속된 전자前者로 번역되어야 한다.

그러므로 비문학이 냉혈冷血의 객관자客觀者이라면,[16] 문학은 피가 흐

14 부분에서이었다 : '部分이엇다'(원 발표문).
15 직관으로서 : '「이메지」로서'(원 발표문).

르는 주관자主觀者인 감이 있다.

이런 점이 문학을 주관의 표현이라 하고 비문학을 객관의 인식이라 하는 등의 속설俗說과, 문학만을 정서의 문자라고 생각하는 치졸한 견해가 생기게 되는 근거[17]이다.

그러나 논리의 객관성과 윤리의 주관성은 진실한 것이 표현되는 두 가지의 다른 형식에 불과하다.

과학적 진리에 대하여 인간적 윤리적 진실![18] 이 한 점의 차이에 서서 우리는 문학과 과학을 이야기하는 것이다. 개념은 자연 논리를 통하여 체계가 되므로 진리란 것으로 끝맺는다면, 형상은 생활을 통하여 윤리를 전개하는 것이다. 여기서 윤리란 것은 물론 '모럴'이란 외어外語의 가탁假托이다.

다시 돌이켜 수필이란 것이[19] 문학이 되는 이유를 생각할 제, 이 모럴이란 것의 중대성을 생각지 않을 수가 없다.

중대성뿐만 아니라 그 형식이 비문학적인 데즉 문학적인 불완전성! 불구하고 그것이 사상으로서 전연 모럴적인 데 불가불 문학적인 외에 도리가 없는 것이다.

즉 작품 가운데 인간처럼, 작가[20] 몽테뉴M. E. Montaigne는 세상을 논리의 껍질을 쓰지 않고 살아가는 인간으로서 '에쎄'[21]를 이야기하는 것이다.

---

16 객관자이라면 : '客觀者인 대신'(원 발표문).

17 근거 : 원 발표문에는 '批評'이라 되어 있으나 오식일 것이다.

18 윤리적 진실 : '倫理'(원 발표문).

19 것이 : 원 발표문이나 『논리』에는 '것의'로 되어 있으나 오늘날의 주어 표기 방식으로 수정하였다.

20 인간처럼, 작가 : '「햄빌」과 같이, 作品'(원 발표문). '작품'은 '작가'의 오식일 것이다.

21 Essais. '에세이'의 프랑스어. 몽테뉴의 대표 저작인 『수상록(Les Essais)』의 제목이기도 하다.

이런 의미에서 수필은 체계나 법식法式을 좇아 무엇을 교설敎說하는 것이 아니라, 사색이나 생활의 진솔한 개성적인 기록임을 요하는 것이다.

이 개성적인 점, 일신상의 각도에서 모든 것이 이야기되는 친밀성, 육박미肉迫味는 수필이 문학인 때문에 생기는[22] 별다른 맛이다.

그러나 다 같이 사상을 모럴로서 표현하는데도 수필과 장르로서의 문학은 대단한 차이가 있다.

수필이 모럴리티를 갖는 것은 쓰는 사람 자신이 직접 제 일신상의 각도에서 사물을 보고 이야기하는 때문에 필자의 모럴이란 것은 대개 일인칭의 방법으로 표현된다.

즉 형상은 필자 자신[23]이다.

그렇지만 장르로서의 문학은 본래에 있어선예외가 적지 않으나 작자가 직접 제 일신一身을 작품 속에 노골적으로 내어놓는 것이 아니라, 작품을 구성하고 있는 개개의 형상과 그것들이 산 인간처럼 서로 관계하는 형상들의 생활을 통하여 간접으로 작품은 모럴을 표현한다.[24]

여기에는 형상의 독립성이 있고 독자는 이 형상들과 그들의 생활관계를 아는 것으로 충분하다. 단지 어떤 최후의 일점에서 책을 덮어둔 한참 뒤에야 작자의 모럴이란 것을 암시로서 향수享受할 따름이다. 즉 개성으로 생존하고 있는 작자 자신의 개성을 탈각脫却함으로써 개성이 표현된다.

[그러므로 작자를 둘러싸고 있는 현실이란 것은 작중 형상의 일상 환경으로 등장되나, 수필에서[는] 직접 필자의 주위에 산재한 잡답雜沓

22 생기는: '어는'(원 발표문). 여기서 '어'는 '오'의 오식일 것이다.
23 자신: 원 발표문이나 『논리』에는 '自信'이라 되어 있는데, '自身'의 착오일 것이다.
24 작품은 모럴을 표현한다: '作者의 「모럴」이 表現된다'(원 발표문).

한 일상 세계로 전개된다.

이러한 특징은 곧 수필의 산문으로서의 특징을 강조하는 것이다. 즉 형상이나 구조 그타他 일체의 장르적인 것의 매개 없이 일상 현실은 직접으로 수필 가운데 전개되므로, 수필 속의 일상 현실이란 정련되지 않은, 그러므로 조분粗笨한, 그러나 신선한 현실이다.][25]

이곳에 수필의 또 하나의[26] 특징이 나타난다.

즉 수필은 형상이나 구조의 도움을 받지 않고 직접 일상의 현실을 그대로 가지고 모럴리티를 표시하지 않아서는 아니 된다.

다시 말하면 가장 비시적非詩的인, 가장 산문적인 예술이다.

요컨대 사소한 우스꽝스러운 일상사를 통하여 심원한 것을 표현할 수 있는 기능이 수필에는 요구된다. 이것은 문학의 가장 어려운 방법의 하나다.

이런 의미에서 우리는 수필을 대단히 쉬운 문학적 표현의 양식이라고 생각는 속견俗見과 결별하지 아니할 수 없다.

참말 좋은 수필은 일상의 지지한 사소사些少事를 사상의 높이에까지 고양하고, 마치 거목의 하나 하나의 잎사귀가 강하고 신선한 생명의 표적이듯이, 일상사가 모두 작자가 가진 높은 사상, 순량純良한 모럴리티의 충만한 표현으로서의 가치를 품어야 한다.

이 점에서 교묘한 수필과 훌륭한 수필이 구별된다.

일상사를 찬찬히 잘 기술하는 것은 교묘한 수필일지는 모르나, 사상의 깊이가 없이는 훌륭한 수필이 되지 못한다.

25 [ ] 속의 부분은 원 발표문에 따른 것이다. 『논리』에서는 생략되어 있는데 착각에 의한 것(신문 편집관계로 이 부분이 따로 독립해 있어 누락된 것으로 보인다)으로 보이며, 삽입되어야 문맥이 통하므로 본문 내에 복원하였다.

26 하나의 : '한개의'(원 발표문).

이것은 작가의 사상이 도그마에서 교양으로 혈육 속에 용해溶解되고, 교양은 그 사람의 모든 생활과 감정의 세부에까지 삼투滲透하고, 그것이 그의 생활의 전부를 통하여 여유있는 자유로운 한 개 인성人性으로서의 모럴로 작용할 때 비로소 가능하다.

과학자의 수필을 예로 든대도, 그 사람이 제 과학의 방법을 그대로 척도尺度 삼아[27] 현실을 맞추어간다면 수필의 가치는 제로다.

과학이 작자 개인의 한 인성人性으로 생활세계의 모든 것을 개성적으로 분별하는 자유로운 모럴로서 원숙될 때, 그의 붓끝은 하잘것없는 일상세계를 다른 사람이 보지 못하는 신선한 시각에서 보게 된다.

즉 그 사람 개인이 아니고는 보지 못할 발견의 새로움을 독자에게 전개하는 것이다.

그러므로 수필이란 과학이나 사상의 견고함이나 체계의 정연整然함으로 일상세계를 처리하는 데서 생기는 문학적 미감美感이 아니라, 그 사상이나 과학이 진실로 그 일 개인의 것으로 용해되었을 때 수필은 미려美麗한 문학이 된다.

수필의 미는 요약하면 만인이 다 같이 보고 느끼는 일상세계 가운데서 투철한 개인만이 가지고 있는 개성의 자유로운 정신활동이 초래하는 소산이다.

그러므로 사상이 개성의 모럴이란 세계까지 충만[28]되지 못하면 정작 좋은 수필은 씌어지지 않는다.

때로 우리는 어느 작가가 작품을 쓰면 그리 흉치 않은 것을 쓰면서도 한번 수필에 붓을 들면 말이 아닌 소리를 펼쳐놓는 예를 볼 수가 있다.

---

27 척도 삼아 : '尺度로서'(원 발표문).
28 충만 : '遍滿'(원 발표문).

물론 기교로서 그런 작가가 수필에 능치 못한 때도 있을 수 있는 것이나, 정작은 그의 사상이 그 한 개인의 자유로운 정신활동의 높이에까지 도달치 못한 증거일 때가 많다.

작품이란 어느 의미에서는 작자의 생각의 불철저나 미숙을 가릴 수 있는 가능성을 주는 것이 아닌가 한다.

그것은 일상의 사소사些少事를 집어다가 직접 제 사상으로 찬연한 생명을 부어넣는 곤란한 사업이것은 수필의 중요한 성격의 일면일 뿐 아니라 예술의 결정적 요소다에 비하여 작품의 구조에 의하여 매개된다는 이로운 조건이다.

보기에 따라서는 직접 사물을 제 사상으로 여과濾過해낸다는 것보다 작품을 통하여 그 일을 해낸다는 것은 더 어려운 일 같으나, 그러나 작품의 구조나 성격 형성의 원리 등은 보편적인, 이미 만들어져 있는 어떤 규범으로서 작자의 노력을 덜어주는 측면도 있다.

바꾸어 말하면 타인의 방법을 가지고 제 생각을 이야기하는 것, 혹은 남도 다 널리 쓰는 규범으로 제 생각을 표현해가기 때문에 사상의 도그마로서[의] 생경미生硬味가 가리어질 수가 있다.

물론 이것은 최량의 작품에 적용될 이야기는 아니나, 작품이란 것의 구조상 성능이 다수인多數人의 공유재산인 반면半面이 있다.

구조—그것은 바로 형식의 한 개 법칙성, 합리성인 때문이다.

그러나 수필은 구조를 아니 가진 까닭으로 형식의 어떤 법칙이나 합리성이 없고, 따라서 타인이[29] 만들어놓은 어떤 규범을 이용하여 사물에다 제 생각을 접합시킬 수가 없다. 수필은 아무 매개물 없이 직접으로 현실과 사상이 융합되어야 한다.

따라서 실로 미미하고 사소한 일상사가 전專혀 개성의 강한 정신의

29 타인이 : 원 발표문이나 『논리』에는 '他人의'로 되어 있으나 수정했다.

힘으로 엄청난 가치를 발휘하게 된다.

이것은 사상이 도그마로서가 아니라 실로 개인의 모든 부면 가운데 침투하고 정서, 감정 생활의 귀퉁이에까지 충만[30]했을 때, 다시 말하면 원만한 교양으로서 그 사람의 일신 가운데 용해되어 있을 때 비로소 될 수 있는 일이다.

한 사상이란 항상 이러한 것이다. 즉 개인의 자유로운 정신이 모럴로서 정착되었을 때 견고하고 영구히 살 수 있는 것이다.

이것은 사상이 현실 속에 굳세이 발을 붙이고 있는 것을 의미한다. 일 개인에게 있어 사상과 현실과의 통일과 조화란 바로 이 좋은 모럴의 형성이다. 그러므로 수필은 좋은 생각만으로도 씌어지는 것이 아니며, 명석한 관찰안觀察眼을 가져야 하며, 또한 좋은 관찰안뿐이 아니라 좋은 사상을 가져야 씌어지는 것이라 할 수 있다.

이렇게 생각하고 볼 때 과거의 경향문학傾向文學의 수필이[31] 명석한 눈을 채 갖지 못한 사상의 언어였다면, 순문학純文學의 수필이란 단지 눈으로 쓴 글이지 마음이 쓰는 글이 아니었다고 말할 수가 있다.

마음과 눈의 조화, 높은 정도의 융합이 없는데, 좋은 수필을 기대할 수 없고, 그러므로 자연스러웠다 할 수 없다. 이것이 조선 수필의 성격이 아닐까?

교양은 사회적으로는 풍속으로 표현되고 개인에 있어서는 취미로 나타나는데, 돌이켜 우리 문단의 수필을 다시 이런 시각에 비추어 보면, 경향문학자의 것들은 아직 취미에까지 미치지 못한 생경한 관념의 조작이었고, 순문학자의 그것은 반대로 취미만의사상으로서의 중핵中核이[32] 없는 술회였다 할 수 있다.

30 충만 : '滿遍'(원 발표문).
31 경향문학의 수필이 : '傾向文學이 쓰는 隨筆은'(원 발표문).

그러므로 그들의 취미란 것은 근대화되지 않는, 즉 현대 정신을 통하여 현대문화로서의 교양이 되어진[33] 현대 취미 그것이 아니고, 전대前代의 소위 동양 취미 그것이었다.

노산鷺山 같은 이는 물론, 그 외에도 논문이나 소설에선 제법 현대인이면서 수필을 쓰면 의례依例히 동양 취미를 발휘하는[34] 것으로 예술가연藝術家然하는교양과 취미와의 불일치 실로 적지 않은 사람을 대할 수 있는 것은 이 까닭이다.

이 밖의 종류의 수필도 있지 않으냐 할지 모르나, 그것은 우리가 수필로서 논하기엔 상기上記의 종류의 글과 견주기 어려운 것들이다.

현대적인 의미의 사상개인에 있어선 교양과 취미의 조화가 생기기 전엔 우선 조선서 좋은 수필을 읽기 어려우리라는 게 나의 수필론의 막음이 아닌가 한다.

32 『논리』에는 '中核가'로 되어 있으나 원 발표문에는 '中核이'로 되어 있다.
33 현대문화로서의 교양이 되어진: '現代文化가 敎養이 되어 맺넌'(원 발표문).
34 쓰면 의례히 동양 취미를 발휘하는: '쓰는 一種 裸體같은 것을 내는'(원 발표문).

제8부

조선적 비평의 정신•

조선의 문예비평은 오늘날까지 그 어느 것을 물론하고 대부분의 작가들에게서 적지 않은 불만을 사고 있었던 것 같습니다. 그러나 한편으로는 작가가 아닌 다른 사람들에 의하여 어떤 종류의 지지와 만족감으로써 맞이되었다는 것도 역시 부정할 수 없을 것입니다.

이것은 그 선악의 판단이나 이곳에서 발생하고 수반되는 여러 가지 문제를 뒤에 밀어놓고라도, 위선爲先 우리 조선의 문예비평의 가장 특징적인 성격의 표현이[1] 아닌가 합니다.

이 지극히 애매한 개념이 조선의 문예비평의 고유한 성격이 되는 까닭은 전全혀 문학예술까지를 포함한 근대 조선의 정신사적 생활의 특이함과 그것의 현실적 토양인 사회생활의 성질에 의하여 제약된 것

• 『조선중앙일보』, 1935.6.25~29. 발표시 '雙樹台人'이란 필명을 사용하였다.
1 성격의 표현이 : '表現이'(원 발표문).

입니다.

다시 말하면 비평되는 대상과 비평하는 정신의 요구가 이러한 성격의 비평을[2] 형성한 것입니다. 물론 이것은 비평 자신의 자의적恣意的인 욕구라든가 지향으로 말미암음도 아니요, 오로지 우리들의 생활적인 제 관계를 구성하고 있는 객관적인 현실의[3] 제 내용과 그 한가운데를 꿰뚫고 있는 역사가 갖는 바 철의 필연성에 의하여 만들어진 숙명적 정신입니다.

그러므로 우리 조선의 절박한 근대 생활의 예술적 반영과 표현으로서의 문학이 오늘날에 이르도록 무엇을 더 많이 '의미'하려는 작품이[4] 더 곱게 '그리'려는 작품보다 관심되고 필요된 것이며, 따라서 조선문학이란 언제나 무엇을 의미하여 꿈꾸며 이상理想하며 이야기해야 할 의무를, 곱게 표현하려는 심미학적 요구보다 훨씬 더 많이 등에 지고 있었던 것입니다. 그러나 문예비평은 문학의 창작 그것보다 더 많이 현실 조선의 일반적인 요구를 문학예술 앞에 제시했던 것입니다. 다시 말하면 비평은 문학이 문학으로서 필요로 하는 현실상의 요구나 문학 고유의 미학적인 수요를 대변한다느니보다, 오히려 문학이 자신의 토대로 하고 있는 현실 조선의 보다 일반적인 광범한 욕구와 의욕을 대변한 것이라고 보아 대체로 무관할 것입니다. 다시 말하면 오늘날까지의 조선의 문예비평은 작가, 작품과 심미학적으로 관계하는 대신에 더 많이 사회학적 또는 정론적政論的으로 교섭한 것입니다. 이것은 조선적 비평이 다른 제諸 외국의 문예비평과 본질적으로 그 성질을 달리하는 주요점主要點일 것입니다. 즉 정론적 성질을 다분히 가진 사

2 성격의 비평을 : '結果로서의 批評의 性格을'(원 발표문).
3 객관적인 현실의 : '現實의 客觀的인'(원 발표문).
4 '의미'하려는 작품이 : '「意味」한 것이 恒常'(원 발표문).

회적 비평 그것입니다.

따라서 이곳에 오늘날까지의 조선의 문예비평의 장처長處와 단처短處가[5] 집중적으로 표시될 것도 역시 피치 못할 운명일 것입니다.

이러한 판단은 결코 필자의 독단은 아닙니다. 물론 이 점은 곧 문예비평의 역사에 관한 어느 정도까지의 형상적 소묘를 만들어야 할 필요에 직면하는 것이오나, 불여의不如意한 필자의 사정이나[6] 편폭篇幅의 제한 등은 유감이나, 이 모든 것을 후일에 기대할 수밖에 없습니다. 단지 엄밀한 의미의 문예비평은 신경향파新傾向派 문학의 대두와 함께 이 파의 문학자에 의하여 개척되었다는 사실입니다. 또 금일까지의 비평에 대한 작가들의 비난이란 것이 거개 비평이 너무나 이데올로기적이었다는 점, 과분의 정치성에 기울어져 작가들의 창조적 도정에 대한 미학적 조명과 지시에 부족하였다는 점에, 어느 경향의 작가들을 물론하고 일치되어 있었다는 간단한 사실의 적발로 만족코자 합니다.

이러한 사실은 지극히 평범한 것이오나, 기실 문예비평의 조선적 특질을 이해할 가장 전형적인 해답을 주는 것입니다.

물론 금일까지의 비평을 진실한 의미의 문예비평이라든가, 혹은 신경향파적 비평 이전에 참된 비평이 존재하지 않았다는 데 대하여는 수긍치 못하실 문학사가文學史家도 계실 것이며, 또 우견愚見이 우리의 비평사적 사실에 충실치 못함을 책할 비평가 역시 적지 않음을 모름도 아닙니다. 그러나 나는 유감이오나 신경향파적 문예비평 이전에서 비평다운 비평을 찾기 어려우며, 또 오늘날까지의 비평가와 비평의 대부분이 그 공과功過 여하를 별문제로 하고라도, 역시 신경향파의 그

5 단처가: '短點이'(원 발표문).
6 임화는 이 무렵 폐결핵으로 요양중이었다.

후의 발전인 원元 카프적 비평가와 비평이란 것을 부정할[7] 용기를 가지고 있지 못합니다. 왜 그러냐 하면 문학적으로 사유하는 인간이 사실의 과학에서 유리하는 괴로움은 지옥의 고통보다도 더 아픈 때문입니다.

그렇지만 필자 역시 오늘날까지의 우리의 문예비평을 완미完美한 이상적 의미의 비평이라고는 생각지 않습니다. 그러기 때문에 비평의 과거나 금일에서뿐만 아니라, 비평의 명일에 대하여 오늘날까지의 문예비평이 가진 바 장·단 두 점을 아울러 이야기하는 것입니다.

그리고 비평의 이러한 제점諸點이 가지고 있는 성격의 진실한 기초의 해명을 그 주요 화제로 한 것도 오로지 이유가 이곳에 있습니다.

다시 본제本題로 돌아가 위선 조선에 있어서 비평의 시작을 우견대로 긍정하고 생각한다면, '조선적 비평'의 사회적 정론적 성격의 첫째의 이유가 사실史實에 의하여 옳은 것이 됩니다. 그리고 과거의 카프적 비평, 즉 신경향파적 정신보다도 일층 사상적으로 순화된 맑스적[8] 정신으로 관철된 문예비평은 보다 더 문예비평의 조선적 특징에 대한 우견을 증좌하고 남음이 있을 것입니다.

그러면 대체로 이러한 소위 '조선적 비평'의 특이한 성격은 어디서 그 형성의 원천을 찾아야 할 것인지가 곧 문제입니다. 여기에 대하여는 맨 처음 좀 일반적인 해답을 주어놓고 출발하였기에 중언重言함을 피하거니와, 주로 문학적 현실의 구체적 범례 위에 더 한번 더듬어봄도 역시 필요할까 합니다.

신경향파 이전에 비평이 없는가 하면 그렇지도 않습니다. 하나 일

7 부정할: '鑑定할'(원 발표문).
8 맑스적: 『논리』에는 '××的'이라고 복자 처리되어 있으나, 원 발표문에 의거해 바로잡는다.

언一言으로 하면 비평이라고 말할 만한 비평이 없었습니다. 그것은 다른 이유로 그렇게 말함이 아니라, 작가와 작품에 대하여 미학적으로도, 사회학적 내지는 정론적으로도, 다 충분히 교섭하고 있지 못하였었던 때문입니다.

그리고 또 한 개의 특징은 그때 문학작품의 수준에 비평의 그것은 비교할 여지가 도무지 없었습니다. 20년대의 신문학은 마치 산야잡총山野雜叢 중에 자라던 고대의 원시 곡물류와 같이 자연적 원생적原生的[9]으로 자란 야생의 것이었습니다. 그러므로 그때, 또 그 시대의 작가들은 비평과 문예과학이 예술적 창조상에서 갖는 바 큰 위치와 역할에 대하여 충분히 자각하고 의식하지 못하였었던 듯 싶습니다.

그러나 신경향파문학의 세대에 와서 사태는 일변하였습니다. 위선 이 파의 특색이 활발한 논쟁과 비평적 이론적 전개에 있었던 만큼, 비평과 문학이론에다 분에 과하리 만치 많은 의의를 부여하고, 당시 그들이[10] 도달한 예술적 사회적인 모든 수단을 가지고 그때 차차 생활적 현실과 멀어지고 있는 낡은 문학에 대하여 비평하였습니다.

그들에 있어 문예비평은 그들의 주요한 ×[투]쟁의 연장이었습니다. 그리고 그들의 파派로서의 의의가 예술상의 경향의 상위相違보다도 더 많이 사회적 정론적인 것이었던 신경향파 본래의 성질상, 낡은 문학의 비사회성, 즉 그들이 현실 조선의 생활로부터 유리하고 있음을 통렬히 비평한 것입니다.

그러는 일방一方 오늘날의 프로문학의 선조인 그들은 이 광휘있는 격투로서의 비평적 활동을 전개하는 한편, 그들은 자신의 예술적 창

9 원생적 : '原始的'(원 발표문).
10 그들이 : 원 발표문이나 『논리』에는 '그들의'로 되어 있으나, 오늘날의 주어 표기 방식으로 수정하였다.

조의 철학의 수립을 위하여서도 커다란 노력을 한 것입니다.

저 유명한 회월懷月 대 팔봉八峰의 논쟁은[11] 이 시기에 있어 그들이 자신의 예술학을 정립整立하기 위한 업적의 대표적 고전적 사례史例입니다.

카프의 비평은 오늘날 볼 때, 과거의 모든 비평이 문학의 뒤를 따라 그것을 범주로 가르고 정의 붙인 대신에, 문학의 전방前方에서 그것을 이끌려고 하였습니다.[12] 다시 말하면 그들은 적극적인 미학의 체현자體現者이었습니다.

그러나 카프의 비평은 그 상세한 공과功過의 모든 점은 별문제로 하고 그들은 늘 과분의 정론적 사회적인 조급성 위에 지배되었음이 그 주요 특징이었습니다.

다시 말하면 과거 카프적 비평은 이러한 의미에서 조선적 비평의 제諸 특징을 가장 전형적으로 가지고 있었던 것으로, 소위 사회적 문예비평의 지극히 고조高調된 사적史的 장면이었습니다.

그러므로 카프적 내지는 그 동반적同伴的 경향의 작가로부터는 항상 심미적 배려의 부족을 비난받았으며, 비非프로적 작가들로부터는 항상 그 너무 사상적인즉 사회적 정론적인 비평 태도가 불만의 초점이었습니다.

그러나 이곳에는 일견 두 경향의 작가가 다 같이 그 심미적 배려의 부족을 불만케 생각했다는 표면상의 일치를 발견할 수 있으나, 사실은 이곳에 전혀 상반相反하는 본질적인 차이가 존재해 있었습니다.

11 1926년 말부터 회월 박영희(朴英熙)와 팔봉 김기진(金基鎭) 사이에 벌어졌던 내용·형식 논쟁을 말한다.

12 이끌려고 하였습니다: '잇끌냐고 하며, 또 그것의 길을 恒常 指示하랴고 하얏습니다' (원 발표문).

카프적 경향의 작가들은 이러한 비평에 대하여 부족을 느끼었지, 결코 본질적으로 불평을 느낀 것은 아니었습니다. 오히려 그들은 비평의 계발啓發로 말미암아 작가 자신의 세계관상의 위치를 정하려 하고, 늘 현실에 있어 보다 더 근원적인 중요한 과제를 예술적 창작의 대상으로 하고, 또 그들의 예술을 가지고 역사나 현실의 주변과 관계하는 것보다는 그 핵심에 도달하려는 불타는 의지와 정열을 비평 가운데서 끄집어내기에 게으르지 않았습니다. 즉 그들은 때때로 비평의 결함까지도 선의로 해석할 만큼 그들은 불평하는 대신에 부족을[13] 느꼈고, 기피하고 혐오하는 대신에 우려했고, 그것의 보다 더 완미한 발전을 기대한 것입니다.

그러나 비非카프적 내지 반反카프적 작가들에게 있어서는 카프적인 비평이 갖는 미학적인 부족이나 결함은, 대부분 그 세계관적인 사상적인 성질에 대한 격렬한 반감, 증오감을 표명하는 구실이었습니다.[14] 즉 그들의 문학이 현실 조선의 생활적 사실을 반영하지 않고 그것의 정신적인 요구를 표현하지 않는다는 좌익적 비평의 채찍을 그들이 공연公然히 물리치기에는 조선의 생활은 너무나 절박해 있었던 때문입니다. 이것은 단순히 예술이나 문학상에 나타나는 문예비평적 요구가 아니라, 조선적 현실의 일반적 요구인 때문에 그들이 이것에 공연히 칼을 든다는 것은 그들의 문학의 존망存亡 그것을 협위脅威[15]하는 것이었습니다. 그러므로 표면상으로는[16] 카프적 비평의 다른 점은 수긍하는 듯한 표정을 지으면서도 그 미학적인 결함과 조루粗漏에 대하여서

13 원 발표문에서는 '불평'과 '부족'에 각각 방점이 찍혀 있다.
14 증오감을 표명하는 구실이었습니다: '憎惡感의 허울조흔 吐露口이엇습니다'(원 발표문).
15 협위: '威脅'(원 발표문).
16 표면상으로는: '입으로(문학으로가 아니다!)'(원 발표문).

는 지극히 과장하고 확대하여[17] 그들 자신의 계급적 감정을 토로한 것입니다. 마치 그들은 카프적 비평이 미학적인 외모만 갖추면 곧 그들이 프로문학자가 될 듯이 소리친 것이외다.

그리고 그들이 프로문학과는 전연 별개의 상반되는 자기 자신의 미학을 가지고 있는 것을 한번도 이야기한 적이 없음은 특징적입니다. 사실 그들은 외국의 시민문학市民文學[18]과 같이 다소간이라도 자기의 체계화된 예술적 방법의 학學을 하나도 가지고 있지는 않습니다. 그러나 그들은 각개의 창작적 작품 가운데 각기 자기 자신의 원시적 미학을 가지고 있는 것입니다. 그러므로 그들의 '불만'이란 비평의 정론성에만 있는 것이 아니라, 과학적 미학과 유물론적 문예과학에 대하여서까지 증오하고 있었던 것입니다.[19]

그러므로 그들은 유물론적 문예과학과 사회적 비평이 부득이한 사정으로 잠잠히 있는 오늘, 겨우 수사학의 초보 지식과 낡은 관념적 미학의 파편을 가져다 오늘날의 비평을 만들려고 하고 있지 않습니까? 이것이 오늘날 가련한 조선 시민문학[20]의 이론적 내지 비평적 기도企圖의 전모입니다. 그리하여 그들은 실로 놀라운 용기를 가지고 문학이 사회생활과 관계하지 않음이 문학 본래의 사명이고, 너무나 현실 조선의 생활적 진실에 충실하려던 신경향파 이후 프로문학 10년의 역사는 조선문학사 상에 쌓아진 한 개의 예술적 죄악의 기념탑이라고 말하고 있습니다. 또 그뿐이겠습니까? 정론적 문예비평이 그 나라 문학과 일반 사회생활 상에 위대한 역할을 한 노서아露西亞문학의 전문가라

17 지극히 과장하고 확대하여 : '좀혀 낭만적 과장을 가지고 그가된 바 모든'(원 발표문). '그가된'은 아마 '그 가진'의 오식일 것이다.
18 시민문학 : '뿌르주아文學'(원 발표문).
19 대하여서까지 증오하고 있었던 것입니다 : '對한 憎惡가 숨어 있는 것입니다'(원 발표문).
20 시민문학 : '뿌루조아文學'(원 발표문).

는 '모씨某氏'[21]는 조선에 있어서 사회비평의 괴멸壞滅은 조선문학을 위하여 실로 경하하여 마지않을 일이라고까지[22] 말하고 있습니다.

그러나 이러한 사회적인 문예비평은 작가 이외의 영역에 일정의 만족을 주었다고 저는 이 글 꼭대기에 말하였습니다.

그것은 다름 아니라 우리 조선의 문예비평은 1820[년]대로부터 1860년대에 이르는 50년간의 러시아의 정론적인 문예비평이 연演한 바 위대한 역할을 생각하면 곧 수긍되는 것입니다.

크로포토킨P. Kropotkin은 그의 명저 『러시아 문학의 이상과 현실』 가운데서 "과거 50년 간 러시아에 있어서 정치사상이 그 표현의 주요 수로水路로 삼은 것이 문예비평이다", "그 필연의 결과로서 러시아의 문예비평은 어느 외국에도 볼 수 없을 만한 발달과 중요성을 갖게 되었다"고 말한 일이 있습니다.

물론 저는 1820~1860년대 러시아의 현실적 또는 정신적 생활과 금일의 조선의 그것과를 동일시하지는 않습니다.

그러나 조선에서 소위 비평적인 문필사업 가운데 문예비평만치 융성하였던 영역이 없었고, 또 의식·무의식 간에 정도 이상의 기대를 문예비평에 둔 것은 부정될 수 없을 것입니다.

저는 크로포토킨의 논법을 빌어 문예비평의 조선적 성격의 가장 중요한 점은 두색杜塞된 정치사상 혹은 사회비평의 한 개의 방수로放水路라는 점에서 찾고 싶습니다.

그러므로 조선의 문예비평의 정론성은, 그 문학이 그러함과 같이, 과거나 현재나 또 상당히 머-ㄴ 미래에까지 그러하리라고 믿습니다. 그러나 오늘날의 비평은 정론성에의 편중이 아니라, 그 일반적 세계

---

21 某氏 : '一流作家'(원 발표문).
22 일이라고까지 : '일이라고'(원 발표문).

관상의 요구로써 자기의 미학, 문예과학을 관철시키는 유물론적 정신과학의 확립의 길 위에서 조선적 비평 정신의 진실한 건설을[23] 달성하여야 할 것입니다.

그리하여 이것은 현실 조선의 일반적 요구의 기초 위에서 작품을 분석할 뿐 아니라 그 결과에서 문학의 미래를 지시하고, 작가만을 계몽함이 아니라 독자까지도 계몽하는, 쓰는 것과 읽는 것을 아울러 가르쳐[24] 주는 창조적 비평이어야 할 것입니다.

이것을 위하여는, 항상 산 현실의 객관적 과학적 인식 위에 선 유물론적 미학과 문예과학의 확립의 전제 위에 서야 할 것을 다시 강조하고 싶습니다. 후일에 또 붓을 들 기회가 있으면 이 문제의 진정한 해명을 시험코자 하오니 이것으로 불급不及하오나 독자 여러분께 용서를 빌며 붓을 놓습니다.

---

23 건설을 : '高昻으로'(원 발표문).

24 가르쳐 : 원 발표문이나 『논리』에는 '아르켜'로 되어 있으나, 오늘날의 맞춤법에 맞게 수정하였다.

비평의 고도(高度)●

신춘新春 문단의 간단한 전망을 쓰라는 것이 편집자의 부탁인데, 생각하면 현대란 어떤 의미에서든 그다지 전망이 용이한 시대가 아니다. 앞을 내다보기 위하여는 물론 시대에 비하여 우리의 입장이 일단一段 높아야 한다. 우리의 눈이 앞에 놓인 멀고 가까운 차단물이나 장애물을 넘어서야 비로소 안계眼界의 넓이를 확보할 수가 있다. 언제나 비평이나 평론의 지위가 시나 소설보다 높아 보이고 또 사실에 있어 어느 정도까지 높아야 하는 것을 느끼기 때문이다.

한 편의 소설이나 한 편의 시뿐 아니라 모든 작품을 이해하고 그것을 서로 비교하여 문학상 혹은 문화상에서 차지하는 위치를 결정한다든가, 더욱이 현실생활 가운데서 그것들이 점유해야 할 지위 같은 것을 밝히기 위하여는 비평의 정신이란 필연적으로 창작의 정신보다 넓은

● 『조선문학』, 1939.1. 발표시의 원 제목은 '문예시평'.

안계[1]를 필요로 한다. 그것은 언제나 일정한 높이의 고도高度가 필요하기 때문이다.

물론 비평혹은 평론의 고도란 창작의 고도와 같은 의미에서 비교될 수 있는 것이다. 창작은 현실에 대하여 고도를 유지하면 족한 대신, 비평은 작품과 현실 양자에 대하여 한가지로 고도를 유지하지 않으면 판단이 불가능하다.

비평적 판단비평이란 본디 단정과 판단을 의미하는 말임에 불구하고!이란 작품과 현실과를 관계시켜서 해답을 끌어낼 줄 알아야 비로소 가능한 것이다.

그런 의미에서 모든 예술작품이 모두 다 사상적이었다는 이상으로, 어떤 문예비평이든 그것이 단순히 비평이란 한 조건만으로도 능히 정치적이고 사회적이었다고 말할 수가 있다.

그러므로 어느 의미에선 작품에 대한 고도를 상실하기[2] 시작한다면 문예비평은 비평으로서의 본래의 기능을 잃은 것이라 할 수 있다.

작품에 대한 비평의 고도란 것은 항상 현실에 대한 비평의 고도의 가장 단적인 표현인 때문에…….

그런데 이 말은 결코 문예비평 내지 평론과 작품과의 분리를 긍정한다는[3] 복선伏線은 아니다. 솔직히 말하거니와 과거의 경향문학론傾向文學論의 결정적 약점을 나 역亦 이곳에 두는 자로서, 이러한 과제를 취급하는 마당일지라도, 우리는 작품에 대한 비평의 고도가 작품과 비평과의 유리의 표현임을 용서할 수는 없는 것이다. 그것은 벌써 대상 없는 판단을 의미하는 것이며, 대상의 정확한 파악 없이 판단을 내린다는 것은 비평도 아무것도 아닌 단순한 도그마의 활동이다.

1 안계 : 『논리』나 원 발표문에는 모두 '限界'라 되어 있으나 '眼界'의 오식일 것이다.
2 상실하기 : 『논리』나 원 발표문이나 모두 '表失하기'로 되어 있으나 '表失'은 '喪失'의 오식일 것이다.
3 긍정한다는 : '肯定할냐는'(원 발표문).

과오는 두 번 되풀이하면 곧 죄업罪業으로 변하는 것이다.

그러나 일찍이 문예평론의 안계가 사회 사정이나 정치 현상에까지 미쳤던 사실을 온전히 경향문학론적 혹은 그 전대前代의 계몽비평적인 과오의 일 산물로 평가해버리겠느냐 할 제, 우리는 약간 주저하지 아니할 수가 없다.

우리 문학이 이른바 정치주의그것은 신문학의 계몽주의의 연장이다!라든가 공식주의라든가로부터 소생하기 시작하였다는 수년래數年來, 조선의 문예비평이나 평론은 작품과 작가에게로 옮아온 것이 사실이다.

작품과 작가를 말하지 않고 문학을 의논한다는 것이 전혀 의미 없는 일인 만큼 이 현상은 비평과 평론을 모두 문학적이게 한 것이며, 하나의 진보라고 말할 수가 있을 것이다.

그러나 평단評壇의 최근의 추세를 본다면 평론이나 비평이 작품과 작가를 알게 된 대신 작품과 작가 이외의 아무것도 몰라가지고 있는 게 사실이다. 작품과 작가에 관한 지식만으로 비평은 과연 건전히 제 기능을 발휘할 수 있을까? 비평의 고도란 것은 본디 작품과 현실 양자의 위에 있는 것으로, 현대 비평은 결국 양각兩脚에서 일각一脚을 버리고 외다리로 걷고 있는 셈이다.

우리는 현대 비평과 평론의 성격을 논함에 무엇보다도 사회적, 정치적 내지는 사상적 고도의 상실[4]을 지적하지 아니할 수가 없다.

이런 사실의 구체적 표현으로서 우리는 여러 가지 사실을 열거할 수가 있다. 위선 평단으로부터의 일체의 원리론 즉 문예이론의 잠적이라든가, 그것에 따르는 필연적 현상인 논쟁의 종식, 공연公然한 의견 대립의 별무別無, 결정적인 것은 평단의 체계성의 결여다.

4 상실 : 원 발표문에는 '表失'로 되어 있으나 『논리』에는 '喪失'로 바로잡혀 있다.

그러므로 평론이나 비평 활동에 있어 우리는 명석한 판단을 구경할 수 없게 되었다. 언제인가 말한 바와 같이[5] 현대의 비평은 비평이나 평론이라기보다 단순한 해석의 시대가 된 감이 있다.[6]

이곳에서 다시 평론이나 비평이 사회 현상이나 정치의 영역에까지 활동력을 움직였던 시대의 그것을, 다분히[7] 작품과 이론이 유리되었던 대로의 오류를 그대로 한데 껴서, 즉 사태를 있는 대로 다시 한번 반성할 흥미가 필요치 않은가 한다.

먼저도 말한 것과 같이 그 시대에는 사실 작품과 이론이 충분히 결합되어 있지 못하였었으나, 그러나 그때의 비평정신은 작품뿐만이 아니라 일반의 현실에 대하여서도 지금보다는 훨씬 높다란 고도를 유지하고 있었다 할 수 있지 않을까?

요컨대 판단의 가능성만 아니라 실로 전망의 능력이 부여되어 있었고, 그런 때문에 지도적인 권위가 잠재해 있었다.

어느 의미에서 그때는 판단의 횡행橫行 시대, 지도성이 교권敎權처럼 군림했던 시대라 할 수가 있다.

그럼에 불구하고 오늘날의 평론과 비평이 가지고 있지[8] 못하고 있는 결정적인 것의 맹아가 그때에 있지 않았을까? 예例하면 일관한 이론, 체계성, 여기에 따르는 권위, 현실생활과 문학과를 교섭시키는 기능, 판단과 단정의 용기, 그리고 중요한 것은 먼저도 말했지만 행동을 가능케 하는 전망의 고도!

5 임화는 「비평의 시대」(『비판』, 1938.10)란 글에서 이런 진단을 내린 일이 있고, 이어서 나중에 발표한 「최근 10년간 문예비평의 주조와 변천」(『비판』, 1939.5)에서 동일한 진단을 가하고 있다.

6 된 감이 있다 : '된 것이다'(원 발표문).

7 원 발표문에는 이 사이에 '그것이'가 삽입되어 있다.

8 가지고 있지 : '자라지'(원 발표문).

따라서 일세一世를 들어 원리적인 탐구력이 왕성했다.

우리가 현재 그 시대를 단순히 우리의 청춘시대라고 돌려버리기엔[9] 우리는 아직도 청년이다. 그럼에 불구하고 현재 우리의 비평과 평론은 고도를 갖지 않은 것이 되었다.

사람들은 흔히 그때를 공식의 횡행 시대라고 한다. 그러나 중요한 것은 현재는 공식의 사멸의 시대란 것을 아는 데 있다.

최재서崔載瑞 씨 같은 이가 도그마에의 매혹을 표시하는 것도 당연한 일이나,[10] 우리는 지금이야말로 어느 의미에선[11] 도그마를 경계하지 않으면 아니될 때일지도 모른다.[12] 공식주의란 공식을 도그마로 만들었기 때문에 나온 현상이다. 바꿔 말하면 결코 책임은 공식에 있었던 것이 아니라 공식을 도그마적的으로 사용했었던 때문이었다.[13]

그러므로 우리는 다시 공식을 공식으로 살릴 수 있는 길을 탐구해야 할 것이 아닐까. 그것은 공식주의의 길이 아니고 문학과 현실을 같은 입장에서 처리할 수 있는 입장철학적, 문예학적!, 다시 말하면 수미일관한 체계의 건설, 그것 때문에 우리는 인식론의 가치를 생각하게 될 것이다. 같은 인식 활동으로서의 작품과 비평, 거기서 우리는 작품과 이론이 유리되지 않은, 그러면서도 비평을 현재의 이녕泥濘으로부터 높이는 본래의 고도를 회복해가지 않을까?[14]

---

9 돌려버리기엔: '들어버리기엔'(원 발표문).

10 최재서가 「현대 비평의 성격—19세기 비평의 결론적 고찰」(『조선일보』, 1938.11.2~11.8)에서 허버트 리드, I. A. 리처즈 등에 기대어 현대 비평에서 '도그마론'(나아가 '모럴론', '가치론', '역사관의 문제' 등)의 필요성이 제기되고 있음을 논한 것을 가리키는 듯하다.

11 어느 의미에선: 원 발표문에는 이 구절이 빠져 있다.

12 아니될 때일지도 모른다: '아니 된다'(원 발표문).

13 때문이었다: '때 있었다'(원 발표문).

14 원 발표문에는 이 다음에 한 문장이 덧붙여져 있다. "그러기 爲하야 여러 가지의 것이 必要하나 倉率間 이애기할 바가 못되어 後日을 기다리고 濶筆한다." 倉率間은 '倉卒間'의, '濶筆'은 '擱筆'의 오식일 것이다.

의도와 작품의 낙차(落差)와 비평•

특히 비평의 기능을 중심으로 한 감상

예술가의 의도에 반하여 …… 라는 말은 물론 의도하지 않았던 결과가 작품 위에 나타난다는 의미다.

수학적 도식을 빌면 작품에서 작가의 의도를 감減하고도 아직 한 뭉치의 잉여물剩餘物을 발견할 수 있는 상태다.

이 잉여물이 실상은 작품과 작가와의 사이를 갈라놓는 것으로, 작품을 중간에 두고 작가와 이 잉여물이 대립하게 된다.

그러면 이 잉여물은 어디서 생긴 것이냐 하면 먼저 우리는 작가의 의도란 것이 창작 과정 가운데 어떻게 작용하는가를 알아볼[1] 수밖에 없다.

잉여물이란 글자대로 작가의 의도가 작품 형성 가운데 미치지 못한

• 『비판』, 1938.4. 발표 시의 원 제목은 '작가와 문학과 잉여의 세계', 부제는 『논리』와 동일하다.

1 알아볼 : '알'(원 발표문).

틈을 타서 침입한 여분의 요소이니까.

의도란 창작하는 주체가 작품을 통하여 표현하려는 특종特種의 관념으로 어느 작품에든 작품 전체를 지배하는 최대의 힘이다.[2]

인물을 선정하고 시추에이션을 배치하고 플롯을 만들어 작품의 구성을 디자인하는 것이 모두 이 의도의 작용으로, 우리는 이 기능을 작가의 지성이라 생각할 수 있다.

만일 의도를 창작 과정 가운데 작용하는 작가의 지성적 한계 내의 것이라 하면, 지성이 끝나는 데로부터 전개되는 감성계感性界, 직관의 세계란 것을 또한 생각하지 않을 수가 없다.

문학이란 감성적 형식을 빌지 않으면 안 되는 지적 활동의 영역일 뿐 아니라, 오히려 감성적 세계 가운데 지성은 자기를 용해溶解함으로써만 형성되는 독자獨自의 세계다.

그러므로 의도하지 않았던 여분의 요소가 작품 가운데 들어오는 통로는 지성이 감성의 와중渦中을 통과할 때 생김을 상상할 수가 있다.

다시 말하면 작가의 지성과 감성의 차이가 잉여물이 생기는 계기라 할 수 있으며, 작가의 지성이 채 지배해버리지 못한 감성계의 여백이 곧 잉여물이 들어앉는 영역이라 할 수 있다.

양자의 차이는 각자가 대상현실에 대하여 가지는 바 관계의 특수성의 소산으로, 지성이 간접적인 대신 감성은 곧 직접적이라, 감성은 직관작용이고 지성은 사유작용이다.

그러므로 의도란 말 자체의 뜻대로 작가는 창작 이전에 미리 만들어진 어떤 관념이나 사상을 가지고 대상을 직관하여 얻은 바 잡다한 이미지를 예술적으로 조직하는 것이 작품의 제작 과정이 된다 할 수 있다.

2 힘이다: '能力이다'(원 발표문).

그러나 감성계에 전개되는 제상諸相은 결코 작자가 머리 속에 지녔던 어떤 관념의 단순한 표현 수단만은 아니다.

마치 실생활에 있어 환경이란 개인의 윤리나 신념을 전개해나가는 용구用具의 집합이 아니라, 그 윤리와 신념이 형성되고 굳어가며 또 변화하는 하나의 갈등의 세계인 것과 마찬가지로, 직관 세계는 작가의 지성으로 작품 가운데 지배되는 세계임과 동시에 작가의 지성 자체 가운데 스며들어 그것을 내적으로 변화시키는 화학적 능력을 가진 물건이다.

실제로는 대개 직관 세계는 지적 세계의 대립물로 등장하며 창작 과정은 양자가 갈등하는 심리적 영역이라 할 수 있다.

그러므로 직관 세계는 지성이 만들어진 애초의 근원임과 동시에 지성을 발달시키고 풍부히 해주고 또한 그것을 부절不絶히 갱신하는 활력소다.

지성에 대하여는 언제나 감성이란 새롭고 신선新鮮타고 말할 수가 있다.

왜 그러냐 하면 먼저도 말한 바와 같이 지성이 항상 감성이란 베일을 통하여 대상과 관계하고 있는 대신, 감성은 부절히 새로운 대상과 직관적으로 맞붙어 있는 때문이다.

마치 반숙한 계란이 열탕熱湯에 직면한 외곽만이 익고[3] 아직 내부는 액체대로 남아 있다가 서서히 전부가 익어버리듯이, 대상의 입장에서 본다면 지성이란 대상과 직면한 감성이 외계의 영향을 받은 다음에 뒤늦게야 서서히 감성에 전파된 외계의 영향을 받게 된다.[4]

따라서 인간의 인식 작용—예술적 창조란 그 특수한 일종이나—

3 외곽만이 익고: '外廓이 익고도'(원 발표문).
4 외계의 영향을 받게 된다: '外界가 影響하게 된다'(원 발표문).

가운데도,[5] 반숙한 계란처럼 내부 즉 노른자위는 액상液狀대로 있음에 불구하고 외부 즉 흰자위가 벌써 굳어버린 상태가 때때로 있을 수가 있을 뿐 외外라, 대범하게 말하여 지적 진보 — 그것은 인식 활동의 연속적 의미나 — 란 실상 이런 상태의 부단한 계속 혹은 반복이라 할 수가 있다.

흰자위가 익은 다음 노른자위마저 익고 노른자위가 겨우 익었는가 하면 인젠 다시 흰자위가 새로 변화하여 또 나중엔 노른자위까지 변화케 하는 연속적 과정이 인간 내부의[6] 지적 역사라 할 수 있다.

역사상에 부절히 수립된 사상은 이러한 직관과 감성계가 외계로부터 받은 영향의 결과나, 그것이 차례로 와해되고[7] 새 물건으로 갱생함은 또한 변화한 환경이 감성계에 파급한 영향이 지성의 내부까지도 파고들어온 결과라 할 것이다.

그러므로 인간의 지성이란 어떤 것이고 이미 인식된 직관의 결과 감성계의 산물을 조직화한 것이고, 직관의 손이 미치지 못하는 전체의 윤곽을 알게끔 돕는 직관 이상의 작용에까지 승화됨에 불구하고, 다시 새로운 대상이 보낸 직관의 결과, 감성계의 변화로 말미암아 와해되는[8] 것이다.

그러므로 이 과정을 주의해 보면 지성과 감성은 순서를[9] 가지고 있다. 다시 말하면 양자는 시간의 차이를 표시한다. 즉 감성계는 언제나 보다 더 새로운 데 불구하고 지성계는 언제나 보다 더 낡다고 할 수가

5 가운데도 : 『논리』에는 '가운대로'로 되어 있으나 원 발표문에는 '가운대도'로 되어 있다.
6 인간 내부의 : '人間의'(원 발표문).
7 와해되고 : 원 발표문이나 『논리』에는 '互解되고'로 되어 있는데, '互'는 '瓦'의 오식일 것이다.
8 앞 주와 마찬가지로 원문에는 '互解되는'으로 되어 있다.
9 순서를 : '次序를'(원 발표문).

있다.

그러므로 창작 과정 가운데 나타나는 양자의 갈등은 시간적 대립, 신新과 구舊의 충돌이라 볼 수가 있다.

즉 지성 가운데 의미된 내용은 이미 과거의 것으로 소멸된 감성계가 — 직관은 항상 순간적이고 그것이 지속적 의미를 취득하는 곳이 지성이다 — 가져온 낡은 세계이고, 감성계는 늘 지성 가운데 정착한 낡은 세계와는 판이한 생성의 신세계로 형성되는 것이므로!

지성과 감성의 갈등이 의미하는 신과 구는 실상 낡은 세계와 새 세계의 대립이다.

이 새 세계에 관한 직관의 결과가 새 지성 가운데 조직화되고 구舊지성이 아직 세력을 가지고 있을 때 비로소 지성과 지성과의 대립, 즉 한 시대에 볼 수 있는 정신적 갈등이 나타난다.

그러므로 이야기를 돌려 다시 작품 가운데 나타나는 지성과 감성의 대립, 그것으로 말미암은 잉여의 영역은 실상 작가에게 형성된 지성이 채 정복할 수 없는 새 세계의 일폭一幅이라 할 수 있다.

이것은 오래지 않아 새 지성의 모태가 될 것이며 그런 의미에서 작가의 지성과 정면에서 대립하게 되는 것이다.

그러므로 잉여의 영역이란 작가의 의도에 반反하는 것이며, 의도의 의식성에 비하여 그것은 무의식성을 띤다.

다시 말하면 작가의 무엇을 욕구하든 간[에] 작품이 감성계의 신선한 요소로 형상을 만들려는 한, 잉여의 세계는 강력히 자기 존재를 인간의 지성과 문학에 대하여 주장하려는 새 세계의 선명한 자태다.

그러므로 발자크H. Balzac와 같은 작가, 고골리N. V. Gogoli와 같은 작가, 톨스토이L. N. Tolstoy와 같은 작가, 즉 신·구세계가 격렬한 상호 갈등리葛藤裏에 교체하려는 과도기의 예술 위에 이 특성이 가장 뚜렷한 제

낙인烙印을 찍었다.

실상은 의도와 결과와의 모순, 잉여의 세계의 중요성이 발견된 단초도 이런 작가들의 과학적 연구로부터 발견된 것이다.

이러한 특성이 좋은 의미에서 작품의 내적 조화를 어그러트렸음에 불구하고 결과로선 그 작가들의 위대성의 표징表徵[10]이 된 것은 잉여의 세계 그것이 새 세계가 탄생할 입증자立證者가 된 때문이다.

그러므로 이것은 작가의 의도에 반하여 작품 가운데 우발偶發한 것임에 불구하고 '신성한 잉여물'이라 불러지는 것이며, 사실은 작가가 목적할 진정한 예술적 대상이었을지도 모른다.

발자크에 대한 이런 견해가 홀로 『카피탈』의 저자에게서만 아니라 작품에 충실한 여러 비평가—나는 라브린J. Lavrin이나 시몬즈를 읽은[11] 것이나—에게서도 발견됨은 흥미있는 일이라 할 수 있다.

적어도 이 사실은 잉여의 세계란 것이 문예작품의 결과라는 중요한 요소의 하나임을 짐작케 하는 것으로, 나는 이것을 작가의 의도와 대등對等하는 하나의 독자獨自한 사상이라 평가한 일이 있다.[12]

그것은 먼저도 말한 바와 같이 작가의 의도와 비교되고 그것과 대립할 수 있는 새 지성의 단초란 의미에서만 아니라, 먼저 의도된 작품 세계에 대하여 하나의 독립한 질서를 형성하는 데 고유한 의미가 있다.

즉 작가의 의도란 것이 작품 가운데서 현실을 구성하는[13] 하나의 질

10 標徵 : '標證'(원 발표문).

11 읽은 : 『논리』에는 '잃은'으로 되어 있으나 오식일 것이다. 원 발표문에는 '일근'으로 되어 있다.

12 '예술을 통한 현실 인식, 다시 말하면 리얼리즘을 통한 예술 창조상의 결과'도 작가가 지니고 있는 기존의 세계관이나 사상(이것이 이 글에서의 '의도'에 해당할 것이다)과 별도로 하나의 사상으로서의 가치를 지니며, 그 점에서 리얼리즘의 승리가 가능하다고 논한 「주체의 재건과 문학의 세계」(『동아일보』, 1937.11.11~14, 『논리』에 수록)를 가리키는 듯하다.

서 의식이라면, 잉여의 세계란 작품 가운데 든 작가의 직관 작용이 초래한[14] 현실이 스스로 만들어낸 질서 자체란 의미에서이다.

단지 그것이 작가가 의도하려는 질서와 다른 점은 후자가 작가에 의하여 의식되지 않았다는 것뿐이다.

그러나 하나의 질서로서 의미를 갖는 현실의 일폭一幅이란 이미 직관 이상의 것이며 세계에 대한 새로운 관념 체계의 의미를 갖는다 할 수 있다.

의식된다는 한 개의 사실만을 통과하면 벌써 잉여의 세계는 잉여의 세계임을 지양하고 그 자신 수미일관한 사상이 되는 것이다.

다시 말하면 작가의 의도에 반하여 작품[15] 위에 우발하는 것이 아니라, 작가에 의하여 의도되고 작품의 합리적 구조의 필연한 결말로 나타나는 것이다.

그러나 그것이 아직 잉여의 세계로서 작품 가운데 우발되는 한 어디까지든지 작가에 의하여 의식되지 않고 작품 가운데 은폐된 새 사상의 편린에 불과하다.

이러한 사상은 실상 작자의 형식적 구조 가운데 담겨진 것이 아니라 작품 현실로부터 새어나와 있는 것이라 할 수 있다.

그러므로 우리가 작가의 의도한 것보다 작품이 짜놓는 객관적 결과를 중시한다면, 잉여의 세계를 가진 작품은 벨라스케스D. R. Velazquez의 화면畵面과 같이 작품의 중핵中核이[16] 작품 가운데 있는 것이 아니라 작품 밖에 있게 되는 것이다.

---

13 구성하는 : '構造하는'(원 발표문).

14 든 작가의 직관작용이 초래한 : '作家의 直觀作用의 從來로 招來된'(원 발표문).

15 원문에는 '作者'로 되어 있으나 '작품'의 오식으로 보아 수정하였다. 다음 행 및 다음 단락과 그 다음의 단락의 '작품'도 마찬가지다.

16 중핵이 : 원 발표문이나 『논리』에는 '中核가'로 되어 있으나 바로잡는다.

그러나 작품을 읽을 때 항상 그 내부에 들어 있는 중심을 읽는 것이며 의도를 따라 작품을 해석하고 향수하는 것으로, 작품 구조와 의도와의 모순된 관계로 말미암아 외부에 결과된 또 하나의 핵심을 파악한다는 것은 용이한 일이 아니다.

그것은 벌써 하나의 새로운 발견이 아닐 수가 없다. 이런 발견은 극히 소수의 우수한 감수력感受力과 투철한 지성을 가진 독자만이 가능한 것이다.

실상은 이런 작품 외의 중핵을 발견함과 동시에 독자는 작가와 별리別離하게 되고 작품을 단순히 향수하는 한계를 넘어서는 것이다.

여기서부터 비평의 영역이 시작되고 비평의 기능이 작용하게 된다.

훌륭한 비평이란 언제나 훌륭한 작품과 같이 새 세계를 발견하고 새 영역을 창조하는 것이다.

그러나 비평가의 발견이나 창조는 작품의 발견이나 창조와 당초부터 다른 점이 있다.

작가는 광막한 현실 가운데서 아직 문학세계가 찾아내지 못한 처녀지를 발견하여 제 예술세계를 창조하는 것이나, 비평은 대상이 문학작품이라는 한계 내에 국한되어 있다.

즉 비평의 창조적 기능은 이미 만들어진 작품 가운데서 작가의 의도나 독자의 향수享受가 채 알아내지 못하고 방기해 둔 미경未耕의 옥토를 발견하여 새 가치를 부여하는 데 있는 것이다.

또한 이 발견과 새 가치의 창조 때문에 비평은 단순한 작품의 향수나 해석의 한계를 넘어서 제 독자의 세계를 건립하는 것이다.

그러므로 작품이 끝나는 곳으로부터 비평은 시작된다고 말할 수가 있다.

즉 작품의 의도를 넘어서는 순간부터 비평은 자유인으로서 제 의사를 행사할 수가 있게 된다.

요컨대 비평은 작가의 의도를 넘어섬으로써 벌써 작품 현실의 구속을 떠나 비평가가 제 자신을 이야기하는 경지로 들어가는 것이다.

타인의 작품을 빌린 자기 자신의 표현, 상트 뵈브Sainte-Beuve의 말을 빌면 작품 가운데 자기를 숨김으로써 자기를 표현하는 미묘한 전신轉身, 그러므로 아무리 작품에 충실한 비평가[라] 할지라도 타인의 재목材木을 가지고 제 가옥을 짓는 독특한 창조자가 되는 것이다.

작품은 벌써 비평적 창조의 소재에 불과한 것이다.

그러나 비평의 자유란 것은 먼저도 말한 바와 같이 그 창조의 소재인 대상으로부터 일정한 구속을 받는 것이다.

비평이 남의 작품을 가지고 어떤 세계를 창조하느냐는 비평가에게 허용된 진실한 자유의 천지天地나, 그 작품이 초래하지 않는 다른 재료를 가지고 제 자유를 행사할 수는 없는 것이다.

만일 비평이 그 작가의 작품이 제공한 재료를 전연 탈각脫却하여 비평의 세계란 것을 의도한다면 그것은 벌써 작품의 비평이란 한계를 넘어서는 것이다.

요컨대 새 작품의 창조자이거나 문학 이외의 다른 용구를 가지고 제 사상을 표현하는 어떤 학문에 불과하다.

그러므로 비평의 독자성은 남의 재료를 사용함에 불구하고 제 세계를 창조하는 데 있는 것이나, 작품이 아무런 가치도 제시하지 못한다면 비평의 창조는 성립하지 않는다.

비평도 창작과 같이 무無로부터 무엇을 만들어낼 수는 없다. 그러므로 모든 작품이 비평적 창조의 좋은 대상이 될 수는 없다.[17]

17 없다 : 『논리』에는 '있다'로 되어 있으나, 원 발표문에는 '업다'로 되어 있다. 문맥상 원 발표문의 것이 타당하다.

여기서 '작가의 의도를 넘어서 ……'라는 비평의 세계와 '작가의 의도에 반하여 ……'라는 잉여의 세계가 긴밀한 관계를 맺게 된다.

다시 말하면 비평하는 직능職能의 한계는 작가의 의도가 의식하지 않고 직관으로 초래한 잉여의 세계, 만일 그것이 의식된다면 작가에 의하여 부정될지도 모르는 새 세계를 작품으로부터 분리하여 그것의 독립적 가치를 승인하고 나아가 그 존재와 성장의 가능성을 증명하는 데 있을 것이다.

비평가는 그러므로 직접으로는 작가와 대립하나, 그 작품이 생산된 지반인 현실과 밀착하고 잉여의 세계를 작가의 의도보다도 가치있는 것이라고 승인하는 기준을 또한 그 현실에서 끌어내는 것이다.

이 사실은 비평과 작품의 창조적 대상의 차이를 말살한다.

즉 작품의 외부는 현실세계이고 비평의 외부는 작품이나, 잉여의 세계의 원천인 현실 가운데서 다같이 제 세계를 창조하게 된다 할 수 있다.

그러므로 비평의 기능이 작품의 잉여세계를 발견하고 그 가치를 긍정할 능력이 되려면 적어도 새로운 세계와의 공감력을 갖지 않으면 아니 된다.

바꿔 말하면 잉여의 세계와의 일치와 작가의 의도와의 대립에서, 비평은 비로소 제 독자의 가치있는 세계를 형성할 수 있는 것이다.

또한 비평이 문학의 창조와 더불어 문학사 위에 창조적인 공헌을 하는 것도 이러한 발견 때문이다.

비평의 이러한 발견은 곧 이러한 잉여의 세계가 작가의 의도를 넘어 우발될 것이 아니라, 작가에게 의하여 의도될 신성하고 가치있는 세계란 것을 지시함으로써 새로운 문학이 창조될 지반을 작가 앞에 닦아놓는 것이다.

즉 새로운 현실과 모순하는 낡은 지성의 무가치를 선언하고 그 와해를[18] 촉진시킴으로써 새 현실에 적합한 가치있는 지성의 체계의 형성을 돕는 것이다.

이것은 비평이 창작과 더불어 한가지로 가치있는 창조적 예술이며, 작품의 단순한 판단자判斷者가 아닌 산 증거다.

그러므로 이곳에서 생각할 것은 창조적 원천으로서만 아니라, 비평적 원천으로서의 현실의 재음미가 아닐 수 없다.

현대와 같이 착잡錯雜한 시대에 작자가 의도에 반하여 잉여의 세계를 결과하고 그것의 가치를 의식함으로써 제 의도를 개변하는 것이 현실의 직관이라면, 의식되지 않았던 것을 의식화하고 직관 내용에 불과하였던 것을 지성 가운데 정착하는 비평의 직능도 실상은 이 현실 가운데 연원한다.

그러므로 현대에 있어 비평가는 부단히 이 잉여의 세계를 탐색하고 잉여세계의 의식화를 통하여 자기 자신을 개변하려는 작가의 노력을 돕는 데 커다란 임무가 있다.

비평은 적어도 잉여의 세계를 사상의 수준으로 앙양함으로써[19] 작품의 의도와 결과와의 대립을 격성激成하고, 잉여의 세계란 작가의 주체를 와해로 밀치면서까지 제 존재의 가치를 협위적脅威的으로 시인해 달라는 새 세계의 현실적 힘임을 인식해야 할 것이다.

이런 의미에서 잉여의 세계를 앙양[20]함은 작가와 정면에서 대립하는 것이며 사상적으로 갈등하게 되는 것이다.

그러나 작가에 있어 내적 대립에 불과하였던 것이 비평의 영역에선

18 와해를 : 역시 원문에는 '互解를'로 되어 있으나 바로잡는다.
19 昻揚함으로써 : '高揚함으로서'(원 발표문).
20 앙양 : '高揚'(원 발표문).

외적 형식으로 전화된 데 불과함을 또한 잊어서는 아니 된다.

현대는 비평의 이런 직능의 자유스런 발양을 가장 엄격히 요구하는 시대가 아닌가 한다.

제9부

역사 · 문화 · 문학[●]

혹은 시대성이란 것에의 일 각서

*

역사가 의식되는 것은 단순히 과거에의 회고 때문이 아니다. 보다도[1] 우리가 항상 과거過去된 중의 한 부분 속에서 살고 있기 때문이다. 즉 현재란 언제나 과거의 연장이란 의미에서이다.

그러나 또한 인간이란 어느 때나 과거를 의식하고 살아가는 것도 아니다. 과거가 긴박한 심정에서 자각을 요청함에는 항상 하나의 특이한 정황이 필요하다. 다름이 아니라 미래와 현재를 과거와 더불어 일관하게 이해하지 아니할 수 없는 절박한 필요가 역사에의 의식을 환기한다.

● 『동아일보』, 1939.2.18~3.3.

1 보다도 : 원 발표문에는 빠져 있다.

어째 이런 일관된 이해가 절실히 필요하게 되느냐? 현재란 것이 재래의 상식을 가지고는 이해할 수[2] 없이 되고, 또한 재래의 상식을 기준으로 하여 형성되어왔던 그 현재의 의식이란 것이 그대로는[3] 미래란 것을 투시透視할 수 없이 되었기 때문이다.

다시 말하면 재래에 통용되어오던 현실 이해의 방법이나 행위의 기준 내지는 공상미래에 대한의 구도構圖가 일체로 통용이 정지되는 순간이다.

이러한 순간은 현실의 발전이 재래의 여러 가지 관념보다 아주 다른 방향을 취하기 비롯한 때, 객관적으로는 사람들의 생각과 외부의 현실이 조화를 잃고 모순하고 있는 때다.

이러한 시기에 인간은 어디까지 과거를 이해했던 자기들의 관찰력을 의심하고 행위의 기준을 상실하고 미래에 대한 투시와[4] 구도를 세우지 못하고 방황하게 된다.

이러한 순간 인간의 의식 활동은 극도로 혼란에 빠지는 것이다.

회의懷疑가 지식의 전제이라는 말은 패러독스일지도 모른다. 그러나 이러한 의식상의 혼란이 언제나 과거와 현재와 미래를 통한 어느 일관한 이해의 생성의[5] 전제가 된다는 것만은 문화사의 흔히 볼 수 있는 예이다.[6]

이것이 없이는 인간은 현재의 순간을 의식하지 않고 살아가야 하기 때문이다. '인간은 의식된 존재다!'라는 말은 인간은 항상 인간적[7]이

---

2 이해할 수 : '이해할 수밖에'(원 발표문). 원 발표문의 것이 잘못되어 있다.
3 그대로는 : '또한 그대로 해서는'(원 발표문).
4 투시와 : '透貌와'(원 발표문).
5 생성의 : 원 발표문에는 이 단어가 빠져 있다.
6 흔히 볼 수 있는 예이다 : '定例이다'(원 발표문).
7 인간적 : '人物的'(원 발표문).

란 말과 같은 의미일 때가 있다.

현재란 행위적 순간이다. 행위의 의식을 위하여는 과거와 현재와 미래에 대한 일관한 의도가 근저에 있지 아니하면 아니 된다. 페시미즘은 이러한 의식의 미형성未形成에 대한 하나의 차탄嗟嘆이다.

이러한 의식이 기실은 역사에의 의식이다.

역사란 엄밀히는 이미 되어진 일의 총칭이다. 금일과 명일을 사서史書에 써놓을 수는 없다. 그러나 역사에의 의식은 결코 과거에의 회고와 동의어는 아니다. 그것은 먼저도 말한 바와 같이, 현재의 일부분이 아직 과거 가운데 살고 있음에 불구하고 우리가 의식하는 것은 과거 가운데 살아 있는 현재가 아니라, 현재 가운데에 살아 있는 과거다. 그것은 곧 현재 가운데 살아 있는 미래에 대하여 우리의 주요한 관심이 향해 있기 때문이다.

현재란 현재 가운데 살아 있는 과거와, 현재 가운데 살아 있는 미래의 실로 델리키트한 연속점에 불과할지도 모른다.

그러면 현재란 과거와 미래와의 사이에 개재한 하나의 의미연관점意味聯關點에 불과한 영점零點이냐 하면, 그렇지는 않을 것이다.

언제나 현재란 과거가 미래로 살아가고, 혹은 이와 반대로 미래가 과거 속에 새 세계를 만들어내는 의미 깊은 생성의 순간[8]이다.

그러나 이 현재란 것이 누룩과 쌀밥을 빚어 담아서 술이 괴어 나오는 술독과 같이 단순한 물건이 아니다. 만일 그렇게 단순한 것이라면, 한번 형성되었던 역사나 사회에 대한 사람들의 관념이 척도와 준구準矩를 잃고 방황하고 혼란될 리는 없다. 즉 현실과 의식과의 부조화가 생겨나지 않을 것이다. 따라서 역사에의 의식이란 것이 인류문화사

8 순간 : '時間時間'(원 발표문).

위에 몇 번씩 되풀이하지 아니할 것이다.

여기에 자연의 역사와 인간의 역사의 생판 다른 점이 있다. 역사의 근간이 되는 시간이라는 것도 그러므로 전문용어에 의하면 자연사적自然史的 시간혹은 단순한 생물사적 시간과 사회사적社會史的 시간이란 두 가지로 나누어진다.

*

물론 사회사적 시간이란 것도 인간을 포함한 모든 존재가 자연적인 의미에서 자연사적 시간을 기초로 한 것이며, 또한 인간 자신이 진화론의 일 설명 도구가 될 수 있는 의미에서 생물사적 시간으로 스스로 안받혀져 있는 것이나, 인간이 자연이면서 산이나 바다가 아니고 생물이면서 물고기나 소가 아닌 것과 마찬가지로, 인간의 시간은 역시 사회사적 시간이다.

이 사회사적 시간을 빼면 인간의 역사는 무의미하다.

역사란 그러므로 결국 사회사적 시간의 운산運算 방법이다.

그런데 이 사회사적 시간이란 자연사적 시간을 인간의 힘으로 깨트린 결과로 수립된 새 시간이다. 다시 말하면 자연사적 시간을 정복하고 지배한 위에 세워진 시간! 그러므로 진화론으로 사회사를 계량할 수 없는 것이다.

진화론으로 볼 때 초산아初産兒가 헤겔G. W. F. Hegel을 배우자면 적어도 몇만 년을 요할 것이나, 오늘의 사회사에선 연年 20년이면 족하지 아니한가?

결국 인간을 지배하고 있던 자연사적 시간의 템포를 깨트리고 수립된 새 템포의 기록이 쉽게 말한 사회사적 시간이라 할 수 있다.

인간은 자연사적 시간을 단축한다. 이 힘은 인간의 의식성 가운데 있다. 오늘 우리는 이것을 주체성혹은 능동성이라고 부른다. 이 가능성은 인간에게만 있는 것이다. 또한 이 가능성의 실현이 자연사로부터 사회사를 만들어내었다.

그러므로 먼저 이야기한 현재란 것을 두고 볼 제, 이것이 사회사적 순간이란 것을 연상하게 되며, 그것이 고치에서 나비가 나오듯 하는 기계적 순간이 아님도 자명해진다.

이러한 순간만이 현실적이면서 가능적인 실재實在의 영역일 수 있는 것이다.

현실성과 더불어 가능성을, 그 반대로 가능성과 더불어 현실성을 가져야만 인간은 비로소 행위적일 수가 있다.

쉬운 말로 바꾸건대, 하면 될 수 있고, 되겠으니까 할 수 있는 것과 같은 자유롭고 융통성 있는 순간에만 행위는 성립한다.

그런데 현재란 어느 때나 이런 자유성과 융통성을 가진 것이다. 어떤 절망적 순간일지라도 이 두 개의 성질이 전연 상실된 순간이란 것은 없다.

동시에 인간은 어느 때나 이런 순간, 즉 현재에 있는 것, 즉 현존재現存在다. 이것은 또한 인간이 혹은 현재가 항상 미래와 과거 가운데 각각 한 부분씩이 살고 있다는 것과 동의어다.

그러면 행위에 있어 과거와 미래, 그리고 현재는 어떤 자태로 표현되는가? 즉 행위적 세계에 나타나는 역사의 성격이다.

그런데 행위라는 것은 결국 가능성을 현실화시키는 것, 혹은 현실성을 가능성의 높이까지 앙양[9]시키는 것이다.

9 앙양: '高揚'(원 발표문).

그러므로 현재란 가능성과 현실성이 교섭하고 혼재混在하며 상극相剋하는 순간이며 장소다.

또한 이런 의미에서 현재란 순간의 장소에 있어서만, 가능성은 순수히 가능성이며 현실성은 순수히 현실성일 수 있다 할 수 있다. 왜 그러냐면 현실화해버린 가능성은 순수한 가능성이 아니고 가능화될 수 없는 현실성은 순수한 현실성이 아니다.

그것은 현실화될 수 없는 것도 가능성이 아닐 것이며, 가능화될 수 없는 것도 현실성은 아니다.

순수한 의미에서 가능성과 현실성은 그것이 현실화될, 가능화될 전생轉生의 전제를 내포한 한에서 비로소 양자는 존재하기 때문이다.

이 전생의 계기는 노노呶呶한 바와 같이 행위다. 행위는 언제나 현존재인 인간의 존재 양식, 그러한[10] 가능성과 현실성을 시간적으로 표현하는 것은 미래와 현재가 아니될 수 없다.

미래를 만일 절대적인 가능성의 세계라 하면, 과거란 절대적으로 현실성의 세계이다. 과거란 어떤 힘으로도 변경할 수 없는 세계요, 그 대신 미래란 어떤 일이 있든지 간에 무한의[11] 가변성으로 충만한 세계다.

희랍, 라마羅馬[12] 사회를 빼어내고 그 자리에다가 중세 사회를 갖다 놓는다는 것은 이미 그때가 지나간 지 천년 뒤인 오늘날에는 신일지라도 불가능한 일이다.

그러나 만일 가설로서 웰스H. G. Wells가 예상한 백만년 후의 인류사회를 필연적의 것이라 하더라도, 인간의 힘은 그 자리에 서구 중세사

10 그러한 : 원 발표문에는 '그러면'으로 되어 있다.
11 무한의 : 원 발표문에는 '無理의'로 되어 있다.
12 로마의 한자식 표기.

회를 그대로 재흥再興시킬 수도 있다고 봄이 미래를 가능성의 세계로 보는 당연한 결론이다.

행위적으로 보아도 미래란 것은 적어도 이만한 무한의 가능성만은 언제나 가지고 있는 것이다.

*

여기에 이른바 역사의 커다란 희롱이란 것이 가능하게 된다. 예기하지 않은 돌발 사건, 대인물의 출현, 자명하리라던 역사 과정의 급격한 변환 등등, 사유하는 사람으로 하여금 정신을 어지러이 만드는 제현상이 그것이다.

요컨대 하룻밤 사이에 세계 지도가 일변해버리는 것은 지혜만으론 이해하기 어려운 일이다. 그러나 정치에 있어선 이러한 현상은 언제나 일상 다반사, 하나의 정치상 상식에 지나지 아니한다.

항용 정치를 경제의 집중된 표현이라 한다. 정치란 힘力이라기보다는 힘의 행사이기 때문이다. 정치에 힘을 주는 기초, 그 동력은 우리들이 일상의 국가생활에서 보는 바와 같이 언제나 생산이고, 그것이 고도로 조직화된 게 경제다. 물론 양자는 서로 제약하고 제약당하는 상관적相關的인 물건이나, 정치가 늘 표면에 나서고 우위를 차지하는 이유는 경제가 이미 집적集積된 제력諸力인 대신 정치는 이미 집적된 제력을 토대로 한 행위인 때문이다.

그러므로 정치에 관한 학문은 언제나 경제에 관한 학문만치 과학적혹은 실증적 수리적이지 못한다. 경제에는 기술가技術家가 있으나 정치에는 기술가가 없는 것은 정치가 행위인 때문이다. 행위는 수리數理일 수는 없다. 그러므로 정치상에는 경제상의 투기에 비하여 훨씬 더 많이 모험이 성행한다.

본시 정치의 모험이라는 것은 경제상의 투기와 근사近似한[13] 점이 있으나, 정치는 언제나 용기와 결단을 필요로 한다. 용기와 결단! 이 두 요소가 모험의 두 개 구성요소이고 행위의 전全 성격임을 생각할 때, 우리는 투기와 모험을 절연截然히 구별치 아니할 수 없다. 투기는 가능성이 문제가 아니고 요행이 문제다. 모험은 가능성을 최단기한에 단숨에 실현해보자는 심리에 더 많이 관계되어 있다.

행위는 따라서 언제나 적절한 모험에 의하여 찬연한 성과와 광영光榮을 가져온다. 이러한 모험 심리는 언제나 행위하는 인간의 필수물이다.

그러므로 인간의 역사가 여태까지 제왕의 역사로 혹은 장군의[14] 역사로 끝나는 정치의 역사로 윤색되어 있는 것이다.

인간의 역사는 어찌 되었든지 간에 행위의 역사이기 때문이다. 또한 인간의 행위, 더구나 역사적인 행위라는 것은 정치에 있어서 최고조에 달하기 때문이다. 정치는 또한 전쟁에 있어 열광적인 정점에 달한다. 여기에선 일 개인, 일 국민, 민족, 국가, 혹은 세계의 생과 사와 흥망의 운명이 실로 글자대로 일조一朝와 일석一夕에 결정된다는 것은 행위적인 세계의 최대의 매력이 아닐 수 없다. 이기느냐? 지느냐? 흥하느냐? 망하느냐? 힘의 가장 티피컬한 성격의 표현이 전쟁이 아닐 수 없다.

우리들이 배워오고 또한 가장 많이 감격해온 역사가 이러한 역사임은, 역사란, 인간의 역사란 자주성의, 능동성의 미래를 향한 개척과 모험과 전진의 역사인 때문이다.

그러나 정치사, 전쟁사, 혹은 제왕과 영웅의 전기傳記나 계보가 곧

13 근사한 : 원 발표문에는 '相近한'으로 되어 있다.
14 장군의 : 원 발표문에는 '將來의'로 되어 있으나, '來'는 '軍'의 오식일 것이다.

역사 그 자체는 아니다. 역사를 과학으로서 이해하려면 적어도 다른 견지가 필요하다. 이러한 필요는 적어도 옛날부터 사실史實을 기술할 제 어떻게 시대를 구분하는가에서 봉착해온 것으로, 역사에 관한 철학을 생각해온 것은 이 때문이다.

그것은 역사란 것의 본질이 정치사나 전쟁사로 끝나지 아니하는 것에의 자각이므로, 역사적 현상과 별달리 역사의 본질이란 것을 탐구해온 것이 18세기 이래 역사에 관한 철학의 부단한 노력이다.

이러한 노력은 역사상에 일어나는 잡다한 현상을 계통적으로 이해하려는[15] 욕망의 표현이며, 동시에 각 사건의 의의, 의미와 의미와의 사이의 연관, 최후로는 그것들이 유래하는 궁극인窮極因을 발견하려는 데 있었다. 무엇이 행위되는 일체의 것을 가능케 하느냐? 이 욕망은 뒤집어 보면 자기들의 행위가[16] 어떻게 해야 역사적인 합리성의 표현일 수 있느냐 하는 깊다란 실천적 근거와 연락連絡되어 있는 것이다.

바꾸어 말하면, 어떠한 행위가 가능성을 현실화시킬 수 있느냐 하는, 혹은 행위의 성공을 위하여 역사의 현실과 결부될 필요가 생긴 것이다.

이것은 행위하는 인간의 또 하나의[17] 필수물이 아닐 수가 없다.

*

일체의 행동이 저절로 성공이 보장되어 있지 않기 때문이다.

15 이해하려는: 원 발표문이나 『논리』에는 '理解할때는'으로 되어 있으나, 문맥상 '때'는 '려'의 오식으로 보인다.

16 행위가: '行慾가'(원 발표문).

17 또 하나의: '또한'(원 발표문).

결국 역사적 운동의 궁국窮局 원인[18]을 캔다는 것은 역사적 제諸 행위의 성공과 실패의 현실적 이유를 밝히는 데 불과하다.

그러면 어떤 행위가 실패하고 어떤 행동이 성공하는가? 행위하는 모든 사람의[19] 절실한 이해利害를 함축한 이 문제는 벌써 행위의 영역에 속하지 않는다. 그것은 행위의 권외圈外에 있다. 행위는 주체적인 것이다. 그러나 그 성공과 실패가 결정되는 궁극 원인[20]은 객관적인 곳에 있다.

아울러 행위는 일상적인 구체적인 물건이나 그것에 결말을 주는 것은 비일상적 추상적인 물건이다.

이것은 행위하는 인간의 주관이나 자의恣意로는 꼼짝도 않는 부동不動의 것이다. 그러기 때문에 행위는 그 결과에 성공의 가능성과 더불어 실패의 가능성도 상반相伴하고 있다.

무엇이 인간의 행위에 이다지 두려운 지배력을 가졌는가 할 제, 우리는 먼저 과거란 것이 신의 힘일지라도 불가변不可變의 세계란 사실을 상기할 필요가 있다.

인간은 이미 집적된 제력諸力을 기초로 하여 혹은 그 기술을 수단으로 하여서만 새 세계를 개척하는 행위가 가능하다.

행위는[21] 그 성질상 무한의 가능성을 내포하고 있다 할지라도, 그 행위의 기초가 되고 토대가 될 이미 집적된 제력이 허여하는 한계라는 것의 구속을 면할 수는 없다.

내연기관內燃機關의 존재를 기초로 하지 않고는 항공기의 발명은[22]

---

18 궁국 원인 : '窮局因'(원 발표문)
19 사람의 : 『논리』에는 '사람이'로 되어 있으나 원 발표문의 '사람의'가 더 타당하다.
20 궁극 원인 : '窮極因'(원 발표문).
21 행위는 : '그 行爲가'(원 발표문).
22 발명은 : '發見은'(원 발표문).

불가능하다. 항공기에 있어서 내연기관의 구속은 절대적이다. 행위에 있어서 이미 집적된 제력이라는 것은 마치 항공기에 있어 내연기관처럼 절대적이다. 그러므로 내연기관의 발견을 갖지 않은 모든 시대의 항공 연구가 무상한 공상의 실패로[23] 끝난 것이다. 바꾸어 말하면 행위에 있어서 이미 집적된 제력의 보장을 받지 않은 모험은 언제나 실패하는 것, 소위 무상의 행위에 끝나는 것이다.

따라서 미래가 과거의 연장인 것처럼, 가능성이란 현실성의 연장이다. 동시에 미래와 과거와의 사이에 현재가, 그리고 행위가 현존재인 인간의 존재 양식인 것처럼, 역사에 있어서 행위는 가능성과 현실성을 실현하는[24] 계기다.

가능한 것만이 현실화된다! 합리적인 행위만이 현실적이다.

일찍이 역사 운동의 내부에 흐르는 이 규정력을 필연성이라 불러오지 않았는가. 필연적인 것만이 실현되고, 또한 필연적인 것은 실현된다. 이것은 행위에 있어 정열의 원천일[25] 수 있고, 신념으로 살아나올 수 있는 것이다.

그러나 인간의 역사에 있어서 필연적인 것을 실현하는 것도 인간의 힘이라 할 제, 만일 그것을 현실화하려는 인간의 힘이 미치지 못하고 역사 진행이 마치 필연성을 중단하는 것과 같은 코스를 수受할[26] 제, 필연성이란 어떻게 되는가?

바꾸어 말하면, 이런 경우엔 사실상에 있어 필연성이 중단되는가, 그렇지 않으면 필연성의 행방은 어디서 찾아야 할 것인가?

---

23 무상한 공상의 실패로: '無用 空想으로 失敗에'(원 발표문).
24 실현하는: '建設하는'(원 발표문).
25 원천일: '淨泉일'(원 발표문).
26 受할: '取할'(원 발표문).

이 사실은 또한 인간에게 차탄嗟嘆과 페시미즘과 회의와 정신상의 혼란을 일으키기에 충분하다.

이럴 때 아직도 그 이미 중단된, 혹은 행방을 찾을 수 없는 필연적인 것을 믿고 있다는 것은, 보지 못하고 체험하지 못할망정 신앙에 있어 신의 존재를 확신하는 것과 같은 현상이 아닐까? 신념이란 그 생각의 현실성 유무를 불구하고 존재하는 것이다. 신념의 내용은 그러므로 언제나 도그마다.

그래서 이런 때는 흔히 사람들은 신념에로 경화硬化되든가 회의에로 투항하든가 둘 중에 하나를 취하는 법이다.

그러나 '현상은 항상 본질을 속인다'는 말의 의미는 이런 경우엔 어떻게 해석해야 옳을까? 항상 사람의 예상을 뒤집어엎던 우연사偶然事와 불의사不意事의 번복飜覆[27] 으로!, 번복으로, 라는 기묘한 과정을 통하여 표현되는 것이 아닐까? 그러므로 날마다 일어나는 역사상의 제 사건은 모두가 우연적인 예기하지 않았던 일의 부단한 연속일지도 모른다.

그곳엔 단지 어제 일어난 일과 오늘 일어난 일, 혹은 오늘 일어난 일과 내일 일어날[28] 일을 연결하는 한 줄기 인과성因果性만이 존재하지 않을까?

*

사실 인과적이 아닌 일은 세상에 없다. 제 아무리 우연한 일일지라도 원인을 갖지 아니한 일은 없다. 동시에 먼저 일어난 일의[29] 결과와

27 임화는 이 '번복(飜覆)'이란 단어를 '반복'이란 의미로 자주 사용하고 있다.
28 일어날: 원 발표문이나 『논리』에는 '일어난'으로 되어 있으나, 문맥에 맞게 수정하였다.

관련되지 아니한 새 일이라는 것도 없다. 즉 어떤 일이고 연락連絡되지 아니한 일은 없다. 바꾸어 말하면 시간 위에서 생기生起하고 종결되지 아니하는 일은 없다.

그러나 역사상의 제 사건을 그냥 단순하게 연결하는 시간이란 어떤 시간인가? 이것은 작일昨日 다음에 명일이 오는 그러한 시간과 조금도 다름이 없는 시간이다. 그것은 먼저 말한 자연사의 시간에 불외不外하는 것이다.

사회사적 시간은 이 자연사적인 시간을 기초로 하지 아니하면 불가능하다. 그러나 사회사의 시간은 그대로 자연사의 시간은 아니다.

인과성이란 바로 역사상에 나타나는 자연사적 시간의 표현에 불과하다. 그러므로 인과적인 것이 곧 필연적인 것, 혹 역사 과정을 지배하는 어떤 법칙적인 내용 자체는 아니다. 마치 사회사적 시간이라는 것이 자연사적 시간과 부단히 구별되면서도 결국은 자연사적 시간의 형식을 통하여 자기를 표현해가는 것과 같이, 필연적인 것은 인과적인 것이 아니면서, 또 인과적인 것이 곧 우연적인 것은 아니면서도, 인과적인 것은 우연적인 형식을 통하고 필연적인 것은 인과적인 형식을 통하여 표현된다.

그러므로 역사란 마치 그냥 인과적인 것, 우연적인 개개의 사실의 집합 같이 보이는 것이다.

바꾸어 말하면 역사란 실상 어느 때고 얼른 알기 어렵게 존재하는 것이다. 카오스와 같이 있다. 그것의 가시적可視的인 부분은 언제나 그 윤곽뿐이다. 자연사적인 시간이 역사 위에 형태를 부여한다.

그러나 사실에 있어 이런 것은 역사의 표현 형식에 불과하는 것이

29 일의 : 원 발표문이나 『논리』에는 '일은'으로 되어 있으나, 문맥에 맞게 수정하였다.

다. 역사란 혹은 현실이란 바로 외형적 일상적인 측면에서 우리의 눈앞에 나타나는 것이다.

*

여기서 우리는 문화라는 것의 존재 양식을 곧 연상할 가능성을 얻게 된다.

문화란 역사적으로 행위한 인간의 업적의 추상抽象된 총계다. 혹은 창조적 표현이라고 말하는 사람도 있다. 그러나 역사도, 아니 역사야말로 인간이 창조한 것이다. 그러나 생산과 경제와 그것의 집중된 표현으로서의 또는 정치로서의 역사는 인간적 행위의 구체적 물질적 총계로 나타난다.

그러나 문화는 생산과 경제와 정치가 축조된 위에, 혹은 축조되는 과정에서 인간의 사유와 상상에 의하여 추상되고 주체화되면서 정신적인 총계로서 형성된 것이다.

그러므로 문화의 물적物的 기념물, 혹은 생산상의 용구, 건조建造의 역사일지라도, 그것은 기술사技術史로서 나타나고 예술사藝術史로서 표현되어 전專혀 인간의 정신문화사精神文化史의 내용으로 계상計上된다.

그러나 문화가 그 성격에 있어서 어떻게[30] 일반사一般史로부터 구별되든지 간에 인간의 역사적 행위의 산물이라는 것은 변치 아니한다.

혹은 역사에 있어서의 인간의 행위의 정신적 측면이라고 말할 수도 있다.

그러나 본래[31] 행위라는 것은 행위되는 시간에 있어서 언제나 주체

30 어떻게 : '제아모리'(원 발표문).
31 본래 : '本原'(원 발표문).

적이다.

주체적이라는 것은 주관적으로 생각될 때는 언제나 정신적이다그러므로 유심사관이나 관념론의 형성이 가능하지 아니한가.

그러면 문화란 것은 그 정신성 때문에 대단히 주관적이요, 그 주관성 때문에 전專혀 주체적이며, 주체성에 있어 행위와 일치한다.

그러므로 어떤 부류의 학자들과 같이 역사를 물질의 역사와 정신의 역사로 나누어 볼 수도 있는 것이다. 혹은 정치사와 문화사?[32]

그것은 정치와 문화가 역사의 가장 티피컬한 두 가지의 측면인 때문이다. 왜 그러냐 하면 우리가 역사의 모든 것이 성생成生하는 원천으로서 경제사, 생산사生産史를 연상함에 불구하고 그것은 정치사와 문화사에서 구체적으로 완성되기 때문이다.

경제사는 그러므로 일체의 역사, 더구나 정치사와 문화사의 기반이다. 정치에 있어 문화에 있어 가능한 현실성의 토대로서 경제사는 존립해 있다.

*

그러므로 구체적인 역사의 산生 국면에 있어서 정치사와 문화사는 흔히 날카롭게 대립되어 나타난다.

정치냐, 문화냐? 오래 전부터 우리는 문제를 이렇게 제출하게끔[33] 사고 방식이 순육馴育되어왔다. 그러나 본시 정치와 문화가 한 행위의 두 가지 측면임을 생각할 제, 그 대립의 성질이 절대적이 아님은 쉽사리 알 수가 있다.

---

32 문화사? : '文化史로!'(원 발표문).

33 제출하게끔 : 『논리』에는 '提出하게쯤'으로 되어 있다.

차라리 단일한 행위의 두 가지 면에의 분열이라 봄이 타당할 것이다. 한 사람의 두뇌 가운데 정치의 의식이 문화의 의식과 용납되지 않고 존재한다는 것은 상상키 어려운 일이다. 오히려 그것이 분열되는 것은 한 사람의 인간에게 있어서보다도 인간의 사회적 관계 가운데서이다.

정치와 문화란 그런 때문에 어떤 구체적 역사 국면에 있어서의 행위의 커다란 분열이다.[34]

근원에 있어 정치는 문화일 것이며, 문화는 정치이어야 할 것이다. 그것들은 다 같이 행위요 또한 행위로서 다 같이 생산이란 단일한 토대에서 얻는 힘力을 행사하는 두 가지 형태에 불과하다.

정치와 문화의 본래적인 자기 동일성! 우리는 이 양자를 매개하는 것이 기술과 예술을 매개하던 것과 동일물同一物임을 안다.

예例하면 현실적인 것이 관념을 현명히 하고, 정신적인 것이 행위를 고상하게 만들었다는 고대의 세계를 우리가 이따금씩 지난간 청춘처럼 동경하는 것은, 그러한 꿈이 현실적이었던 때문이다.

요컨대 인간의 교양과 인사人事의 처리가 사람을 당황케 하는 야릇한 대립으로 분열되지 아니했던 한 시대에의 향수鄕愁다.

그러나 우리에게 방금 문제로 되어 있는 것은 문화와 정치의 자기 동일성에 대한 어느 원연적源淵的 고구考究는 아니다. 오히려 양자가 수화水火와 같이 분리되어 존재함에 불구하고 그 표현의 양식에 있어 예기하지 않았던 동일성 유사성보다는 훨씬 더 밀접한 발견이다.

문화와 정치는 그것이 구체적으로 존립하기 위해서는 개성적인 형태로 표현되지 아니할 수 없다. 질에 있어 물론 정치도 문화도 한가

34 분열이다 : '分業이다'(원 발표문).

지로 세계적이다. 그러나 세계적이란 추상적인 경우이고 구체적으로는 언제나 지방적이다. 더 현실적으로는 국가적 혹은 민족이란 것의 육체를 빌어 표현된다.

행위란 언제나 개성적인 때문이다.[35]

그러므로 문화와[36] 정치의 세계적 성질이란 것은 경제와 사회가 그 동력이 되는 기술과 생산력에 있어서 세계적이란 말과 비슷한 것이다.

경제와 사회는 국가에까지 높아져서 정치가 된다. 또한 경제와 사회는 민족에까지 높아져서 문화가 되지 않을까? 정부正否는 뒤로 미루고 우리는 우선 정치와 문화가 자기 동일적이고 이것들을 매개하는 생산과 경제에 있어 세계적임에 불구하고, 그것의 개성적으로 표현된다는 일면을 굳게 붙잡을 필요가 있다.

왜 그러냐 하면 행위의 역사로서의 인간의 역사가 구체적 더구나 전형적으로 표현되는 정치와 문화가, 우리가 여태 역사 과정의 자의적인, 우연적인, 그리고 현상적인 표현 형태인 점을 부여잡기 위함이다.

다시 말하면 역사가 정치상에 있어 제왕의 역사, 전쟁의 역사인 것과 같이 오로지 자의적인 면모를 정呈하듯이, 문화의 역사 역시 제 마음대로의 면용面容을 가지고 나타나 있다.

그러므로 통속적인 문학사가 작가의 계보나 정치적인 시대 구별의 방법으로 서술을 시험하게 된다.

그러나 과학이 문화사 가운데 들어가면, 마치 정치사에 과학이 들어갔을 때 여러 가지 추상화된 형型이나 법칙을 만들어내는 것과 꼭

35 때문이다 : 『논리』에는 '때뿐이이다'로 되어 있다.
36 문화와 : 원 발표문에는 '文化는'으로 되어 있다.

같이, 문화사의 표면에서는 예상도 하지 아니하였던 이론적인 것을 추상하고, 그것으로 역사를 개괄한다.

하지만 현재 우리에게 이 이론이 어떤 것이냐는 또한 뒤의 문제다.

다만 문화사이고 정치사이고 간에 역사 과정 가운데는 우리가 봉건 시대니 혹은 시민사회니 하는 추상화된 개념으로 포착捕捉[37]할 수 없는 무수한 면이 나타난다는 것이다. 대전大戰 후기, 혹은 대전 전기, 혹은 나치스 시대, 기타 여러 가지의 명칭으로 불러지는 것인데, 이것은 결국 역사의 특수한 구체적인 기간에 있어서의 고유한[38] 표현이다.

그것은 당대인當代人이 현대라고 생각한 한 역사면歷史面이 성격화된 것이다. 문화의 양식, 정치의 제도, 기타가 모두 이 시대와 관계되는 것이다. 여기에 시대성이란 것의 큰 의의도 있다.[39]

37 포착 : 원문에는 '捕促'으로 되어 있으나 수정했다.

38 고유한 : '特殊한'(원 발표문).

39 關係되는 것이다~의의도 있다 : '관계되는 것이나 他日로 미루고 이만둔다'(원 발표문).

가톨리시즘과 현대 정신[•1]

현대적인 혼란 가운데서 가톨릭 교의敎義가 다시 한번 반성된다는 것은 그다지 이해의 곤란한 일은 아니다.

문제는 근대문화의 위기가 어떠한 사상으로 극복되느냐 하는 역사적인 내용이 현대적인 혼란의 원동력[2]이기 때문이다.

그러기 때문에 우리는 현재 서구에서 보는 바와 같은, 혹은 동양에도 볼 수 있는 기다幾多의 철학을 일시에 읽어야 할 괴로운 의무를 걸머지고 있는 것이다.

그러니까 가톨리시즘[3] 혹은 신新스콜라 철학이란 것은, 다른 현대

• 『조선일보』, 1939.5.2~5.4.

1 원 발표문이나 『논리』의 본문의 제목은 '「카토리시즘」과 現代精神'으로 되어 있으나, 『논리』의 목차에는 '現代精神과 「카토리시즘」'으로 되어 있다.

2 원동력 : '中心動力'(원 발표문).

3 가톨리시즘 : 『논리』에는 '「타토리리즘」'이라 되어 있는데 오식일 것이다.

철학이라든가 소위 20세기 사상이란 것과 다음 두 가지 의미에서 근원적으로 구별되지 않는가 생각된다.

첫째는 전專혀 서구적인 전통주의의 표현이 아닌가 하는 점이요, 둘째는 근대문화의 시발점에 대한 근원적인 반성 형태가 아닌가 하는 점이다.

그것이 전통주의의 표현으로 볼 수 있는 점은 서구인의 정신 생활이나 일상생활에 있어 기독교가 차지하고 있는 위치의 중요성에 비추어서도 그러하거니와, 서구문화의 근원에 놓여가지고 죽지 않으면서 흘러가려는 요소가 무엇인가를 생각할 제 더욱 그러하다.

딜타이W. Dilthey는 서구 정신문화의 3대 계기로서 기독교와 희랍적希臘的 형이상학과 라마羅馬[4]의 법률 정신을 들었거니와, 이것은 근대에 들어와서도 의연히 변치 않은 것 같다.

중세문화가 기독교와 희랍적 형이상학의 통합이었다면, 근대문화는 기독교와 라마적 법률 정신이 통합된 일면을 가지고 있었다고 볼 수가 있다. 신교新敎란 정히 이런 것이 아닐까?

물론 문화의 이러한 형태적인 운동 형식의 내부에는 신으로부터 인간으로 향하는 일관된 선이 그어져 있다.

그러나 이 신이란 것 즉 인격적인 단일신이란 것은, 희랍의 고대 철학에서 보는 바와 같은 자연의 일부로서의 인간으로부터 자연에 으뜸가는 것으로서의 근대적 인간이 확립되기까지의 과도기의 사상 형태였다는 점, 다시 말하면 인간이 자연으로부터 자기를 분리하는 낡은 형태이었다는 것을 이해하지 아니하면 아니 된다.

인간이 개인으로서의 존엄이 채 수립되지 못하고 사회가 유기적

4 羅馬 : '로마'의 한자식 표기.

전체로서 겨우[5] 자연에 대하여 지배적인 기능을 얻을 때, 인간은 단일한 인격신人格神 가운데 자기의 모든 힘을 상징하여 자연으로부터 초월한 것이다.

그러므로 이 신 가운데 인간은 인간과 자연을 지배할 수 있는 절대적인 원리를 상상한 것이다. 어떻게 보면 인간이 아직 자연을 지배할 힘을 얻기 전, 제3의 입장에서 자연과 타협한 일 형태가 신이라고 할 수도 있다.

범신론汎神論은 그러므로 이런 신으로부터 인간을 지배하는 원리만을 제하고 단순한 자연의 원리만으로 개조하여[6] 자연을 정복함으로 동시에 신을 지배하려는 일 과정이었다.

그러나 우리 동양인은 이러한 전형적인 사고 과정을 지나와보지 못한 관계상 단일한 인격신의 권위라는 것을 체험해보지 못해왔다.

인간적 능력의 일정 한도 이상의 발전만이 다신교라든가 자연적 신[7]으로부터 인격적 단일신을 창조해낼 수가 있는 것이다.

먼저도 말한 바와 같이 단일신이란 인간이 세계를 단일한 원리에 의하여 지배되는 체계로서 인식하려는 욕망과 능력을 가지기 시작한 데 비로소 만들어낼 수가 있기 때문이다. 동양인이 이러한 신을 갖지 못했다는 것은 곧 고古 동양인은 세계 인식의 욕망과 능력을 가지지 못해왔다는 것, 바꿔 말하면 동양문화가 근원적인 의미에 있어 서양문화에 미치지 못했었다는 것을 의미하게 된다.

이것은 가톨릭적 사고라는 것이 서구인의 한 전통이라는 것을 말

5 유기적 전체로서 겨우 : '有機體로서'(원 발표문).
6 개조하여 : '改定하야 드디어'(원 발표문).
7 자연적 신으로부터 : 『논리』에는 '自然的으로부터'로 되어 있고, 원 발표문에는 '自然神的로부터'로 되어 있다. 『논리』에서는 '神'자가 탈자되었다고 추정하여, '자연적 신으로부터'로 재구성하였다.

하기 위함인데, 전통이라는 것은 상식적으로 말하여 문화형태나 사회관계가 모두 역사적으로 변화함에 불구하고, 위선爲先은 이것과 무관한 듯이 비역사적인 것처럼 변화하지 않고 남아오는 것을 의미하게 된다.

그러면 그 문화에 있어 어떠한 요소가 전통적이냐 하는 것은 그 문화의 생활의 성격을 묻는 말이 되는데, 동서양 문화를 가장 똑똑히 이런 의미에서 구별하는 것은 신성神性과 샤머니즘이다.

*

동양인의 샤머니즘적 사고와 서구인의 신적혹은 종교적인 사고!

전통적 요소란 언제나 문화적인 전환기에 그 본바닥을 드러내는 것으로, 우리는 현대 동양에 있어 샤머니즘적 사고의 부활 가운데 동양문화의 본성을 발견하거니와, 서구에 있어 가톨릭적 사고의 재생 가운데 역시 우리는 서구문화의 근본 성격의 한 점을 찾아낼 수가 있다.

가톨릭적 사고란 바로 이 서구적인 종교적 세계 관념의 가장 고도의 전형이기 때문에, 현재 서구적인 혼란 가운데 마치 피부가 벗겨진 속에 살이 드러난 듯이 노출되는[8] 것이다.

그러나 가톨릭 부흥은 이런 전통으로서의 일면이 있을 뿐만 아니라, 전언前言한 바와 같이 근대문화가 근원적으로 자기를 그 시발점에 돌이켜서 반성하는 의미를 갖는 것은 주지하는 바와 같이, 근대문화가 인간 중심의 문화이기 때문이다. 바꿔 말하면 소년이 부모의 지배를 벗어나면서부터 성인이 되는 것과 마찬가지로 근대문화는 신과의

8 노출되는 : '露出될 수 잇는'(원 발표문).

결별로부터 새 세기로 들어선 것이다. 스콜라적 형이상학의 신학적 이성 대신 인간 이성을, 교회적·종교적 질서 대신 사회적·생활적 질서를 기초로 근대의 문화는 성립하였다.

그러므로 근대문화란 인간의 존엄과 영예의 한 표징表徵이었으나, 이 문화가 오늘날과 같은 위기를 다시 맞이하였을 때 근대문화에 대한 일괄一括한 반성이, 신으로부터 인간이 분리하던 시대와 그 관계를 재고한다는 것은 역사적 사고의 당연한 순서라 할 수 있다.

이러한 장면에선 당연히 가톨릭 정신이 등장할 것이다.

세계를 종교적 질서와 신적 이성으로 이해하려는 견해에의 관심!

이것은 파스칼B. Pascal에 있어서 소위 '신을 잃은 인간의 비애[9]'라고 말해지는 하나의 반反근대주의에서[10] 시작한 회의懷疑 사상의 귀결이라 할 수 있다.

그러나 신의 세계를 부활시킴으로써 현대적 혼란을 구救한다는 것은 교회에서나 통용하는 교설敎說이지, 결코 사상과 문화의 세계에까지 울려올 말은 아니다.

그렇지만 신을 떠난 인간의 사회문화가 현대와 같은 지점에 이르렀다면 신과 분리했다는 사실은 대체 어떠한 의미를 갖는가?

20세기 스콜라 사상은 이러한 곳에다[11] 세인의 관심을 집주集注시킨다.

인간은 신과 별리한 대신 무엇과 만났는가? 자연, 물질이 아니냐? 그 결과가 20세기가 보여주는 현실이 아니냐?

9 비애 : '미제－르'(원 발표문). '미제－르'은 프랑스어 misere일 것이다.

10 반(反)근대주의에서 : 원 발표문이나 『논리』에는 모두 '反近代主義的에서'로 되어 있다. '的'자가 불필요하므로 삭제하였다.

11 곳에다 : '무류에다'(원 발표문).

그러면 인간은 다시 무엇과 더불어 인간이 일찍이 신과의 별리에서 얻은 상흔을 고쳐주며, 동시에 자연 물질과 야합했던 시대보다 진보할 수 있는가? 이 물음에 명쾌히 대답할 수 없는 것이 현세기 문화의[12] 고민이 아닌가 한다.

그러면 인간은 홀로는 독보獨步할 수 없는가? 또한 수다數多한 현대 '안트로폴로그'들이[13] 이 문제를 사고하고 있다. 그러나 주지하는 바와 같이, 그 사고 가운데서 20세기 사상의 전형이라고 말할 만한 지적 페시미즘이 생겨났다. 요컨대 신에게도 물질에게도 다시 돌아갈 수 없는 인간의 고독!

이리 되면 안트로폴로기는 다시 파스칼의 세계로 기울어질 어떤 심정을 맛보게 된다.

인간은 이른바 인간 존재란 것 외에 일반자一般者의 존재를 전제로 한다. 그것은 자연이냐? 그러면 범신론이나 19세기의 존재론으로 다시 돌아가게 되지 않는가?

여기에서 J. 마리탱Jacques Maritain 같은 사람이 서구에서 유니크한 사상가로서의 면모를 유지할 수 있는 가능성이[14] 생겨났다.

이른바 '인간중심적 휴머니즘' 대신 '신적 휴머니즘',[15] '인간 이성적 합리주의' 대신에 '신학 이성적 합리주의'!

그러므로 가톨리시즘이란 결코 현대에 있어 중세를 부활하려는 복고적 낭만주의가 아니라, 근대의 휴머니즘과 합리주의를 가톨릭 교의와 조화시켜보자는 의도의 표현이라 할 수 있다.

---

12 현세기 문화의 : '現世紀의'(원 발표문).
13 '안트로폴로그'들이 : 『논리』에는 '「안트로포로그」들이'로 되어 있으며, 원 발표문에는 '「안트로포로기」가'로 되어 있다. 각각 Anthropologue, Anthropologie를 의미할 것이다.
14 가능성이 : 『논리』에는 '可能이'로 되어 있으나, 원 발표문에 의거해 바로잡았다.
15 원 발표문에는 이 사이에 '과는'이 삽입되어 있다. '과는'은 '또는'의 오식일 것이다.

그러나 자연과 인간이 신을 매개로 교섭하던 시대의 수미일관성首尾一貫性과 다이나미즘을 이해할 수 있다면 직접으로 인간과 자연이 교섭한 근대의 결함이 이 적절한 매개자의 결여 때문이라는 것을 상상할 수도 있다.

우리는 근대에서 '사회'란 문자를 배웠다. 그러나 근대는 인간을 자연에 매개함에 있어 '사회'가 얼마나한 역할을 했는가? 원만했다고 우리는 대답하기 약간 어려운 바가 있지 않았는가 한다.

보편화된 인간적 태도의 양대 형태로서 신과 사회! 20세기는 이것의 상극相剋이 명일의 운명을 복卜하지 아니할까? 세계사의 무대엔 언제나 영웅은 두 번 의장衣裝을 고쳐 등장한다 한다. 한 번은 비극 배우로, 또 한 번은 희극 배우로!

가톨리시즘은 이 양자의 하자何者인지?

미켈란젤로Michelangelo는 '10세기나 지나보아라!' 했지만 우리는 '한 세기만 지나봐라'고, 아직도 '나는 믿는다, 비합리적이기 때문에 ……'라는 아퀴나스T. Aquinas의 교조敎條를 믿는 현대인에게 말할 따름이다.

전체주의의 문학론•

전체주의全體主義는 본시 정치의 이론으로 형성된 것이지 결코 문화의 이론으로 탄생한 것은 아니다. 그만치 문화의 영역에 있어 전체주의란 심히 생소한 외래자外來者다. 그러나 전체주의가 정치의 영역에 있어서보다 문화의 영역에 있어 보다 더 센세이셔널한 논제가 되는 것은 먼저 전체주의적인 정치 실천이 문화의 영역에 던진 커다란 영향의 파문 때문이 아닌가 한다.

르네상스 이래 서구의 문화혹은 세계의 문화는 주지周知와 같이 '전체'라는 것과는 인연이 먼 '개체'란 개념 위에서 성육成育되어왔다. 더구나 이 개체란 개체의 자유란 것을 그 정신적 내용으로 삼아온 만큼, 개체 대신 전체를, 거기에 따라 개체의 자유 대신 전체에의 개성의 종속을

• 『조선일보』, 1939.2.26~3.2. 발표 시 '「아스팔트」文化에 대신하는 것은?'이라는 부제가 붙어 있었다.

정신 내용으로 한 '이즘'의 출현은, 전체주의자의 언설言說을 빌지 않더라도 하나의 혁명적 의의를 갖기에 충분하였다.

하물며 이러한 획기적인 '이즘'이 문화의 권내에서 제출된 것이 아니고 외부에서 정치적 사건으로서 문화에게 투여될 때, 그 영향의 정도는 상상에 남음이 있다. 문화에 있어 전체주의는 이론으로서 주어진 것이 아니라, 행위로서 힘力으로서 초래되었기 때문이다. 바꾸어 말하면 문화에겐 전체주의를 수용하느냐 안하느냐 하는 채택의 결정권이 주어지지 않았다. 이론과 '이즘'을 수용하고 안하는 것은 자유의사로서 가능하나, 정치는 불가능하다. 정치는 언제나 구속력을 상반相伴한다. 정치는 권력이다. 권력은 언제나 강제하는 것이다. 그러므로 정치에 대한 태도는 복종과 반발 양자 중의 하나를 택하는 수밖에 없다.

그러나 문화는, 더구나 18세기 이래의 시민의 문화는 이러한 것을 즐기지 않고,[1] 또한 거기에 그리 능숙치도 못하였다. 자율적인 것으로 문화는 언제나 정치와는 멀리 떨어져 생활했기 때문이다. 그러므로 1933년 1월 독일 국민사회주의노동당國民社會主義勞動黨의 정권 파악은 세계대전보다도 더 큰 사건으로 문화 위에 막대한 파문을 던진 것이다. 불란서대혁명도 문화 위에 이만한 충동을 주지는 않았다. 종교재판 이래 정치가 문화 위에 이만치 제 권력을 노골하게 행사해본 일은 없었다. 문화에 있어 이 사건은 실로 미증유의 것이었다.

이것은 정치의 혁명이었을 뿐만 아니라, 보다 더 문화에 있어서 혁명이었다고 할 수 있다.

많은 정치상의 변혁을 좌시 방관해오던 문화의 낡은 전통으로서는

1 않고 : 원 발표문이나 『논리』에는 '안하고'로 되어 있다.

더욱 그렇지 아니할 수 없다.

이 현상은 결코 어느 시대의 정치적 변혁에나 다소간 따르던 문화상의 자기 숙청과는 대단히 성질을 달리한 것이었다.

'2500년래來 극히 소수의 예외를 제한 혁명이 좌절한 것은 그 지도자들이 혁명의 본질적인 것은 권력의 장악이 아니고 인간의 교육이란 것을 깨닫지 못했기 때문이다'라고 돌격대 지도자에게 연설한 히틀러A. Hitler의 교설敎說에서도 우리는 국민혁명의 문화정책이 범상한 정치행동의 부수 현상이 아님을 알 수가 있다.

그러면 국민혁명적인 인간의 재교육 혹은 문화의 재건설이란 어떠한 것인가? 이 기도企圖는 뒤에 여러 사람의 손으로 전체주의라는 이론적 외장外裝으로 시공施工된 19세기 문화에의 대담한 반항이었다.

그 내용은 현대 독일 악단樂壇의 거장 푸르트벵글러W. Furtwängler[2]가 라인하르트M. Reinhardt와 부르노 발터Bruno Walter[3]의 옹호를 위하여 괴벨스P. J. Goebbels 선전상宣傳相에게 보낸 공개장에 대한 괴벨스 자신의 회답에서 그 일단一端을 엿볼 수가 있다.

정치도 하나의 예술이다. 아마도 최고이면서 종합적인 예술일 것이다. 현대 독일의 정치를 형성하는 우리는 대중이란 소재를 국민에까지 만들어가는 예술가다. 그것을 위하여 장해가 되는 비국민적 요소를 배제하는 것으로 우리는 비로소 순수한 국민이란 예술품을 만들어낼 수가 있다. 이러한 예술

2 Furtwängler, Wilhelm, 1886~1954. 독일이 낳은 20세기 전반의 최고 지휘자의 한 사람. 나치가 집권하자 처음에는 저항했으나 1935년 베를린 국립오페라극장의 총감독을 인수한 것을 고비로 마침내 나치에 굴복했으며, 그 때문에 2차 세계대전 후 전범으로 몰리기도 했으나 무죄 판결을 받았다.

3 원 발표문이나 『논리』에는 '「브르-더-・빨터-」'라 되어 있는데, 독일의 지휘자였다가 유태인이었기 때문에 나치스의 박해를 받아 미국으로 망명한 부르노 발터일 것이다.

적 노작(勞作)에 있어선 예술은 훌륭하면서도 국민적이어야 한다. 아니 순수한 국민성에 뿌리를 박은 예술만이 비로소 훌륭할 수가 있다.

라인하르트나 발터가 받았다고 칭하는 압박도 이런 의미의 국민적 예술가가 전후(戰後) 14년간 받은 박해에 비하면 극히 경(輕)하고 극히 자연스런 반동에 불과하다. 나는 진실한 의미의 예술가의 활동을 조해(阻害)하지는 않는다. 오직 자유민주주의가 생각하는 절대적인 의미의 예술은 존재하지 않을 뿐이다.

*

이것은 직접으로는 패전 후 나치스의 정권 장악에 이르기까지 14년간의 독일문학에 대한 반항이고, 간접으로 19세기 독일문화에 대한 비판이다. 연延하여는 계몽시대 독일문화가 의존하고 있던 서구문화에의 단호한 결별의 사辭라 할 수 있다.

물론 이 제3제국적第三帝國的인 문예정책은 정치에 있어서 민주주의와의 결별의 하나의 자연스런 연장이다.

이 결과 독일 문단 급及 문화 전반에 긍亘한 인원의 국민주의적인 재편성이 단행되고 아카데미 지도부 급及 구성원의 철저한 개조가 수행되었다. 이러한 인적 공격과 더불어 국민혁명의 문학 정벌[4]은 다시 더 광범위에 미쳐 선전성宣傳省 관하管下의 저작국著作局은 비독일적인 저서의 리스트를 작성하여 이러한 책들의 보급을 금지하였다.

그러나 이 서적 금제禁制는 그 당시 외국에 전파된 것처럼 절대적인 것이 아니고, 분서焚書에 치値하는 것레마르크E. M. Remarque와 같은 사람의 소설,

4 정벌 : '遠征'(원 발표문).

도서관만의 장서藏書를 허許하는 것맑스 K. Marx, 레닌 N. Lenin의 저서가 이 속에 들었다, 즉결卽決에 의의疑義가 있는 것 등의 3계단으로 정해진 것이다.

이것은 나치스가 국민의 독서에 어떤 합리적인 한계를 생각했단 것을 규지窺知할 수 있는 자료다.[5]

이 한계로부터 좌편左便을 일괄하여 아스팔트문화라고 부른 것으로, 그 속엔 유태인 문학, 코뮤니즘문학, 사회민주주의문학, 자유주의적 문학 등이 포함되어 있다.

요컨대 이른바 비독일적 문학이란 그들에게 있어 아스팔트 문학이라 불러진 것으로, 심히 독단적인 형용이나, 그 개념 가운덴 또한 현대문학의 오래된 병폐의 일단을 적발하고 있다.

아스팔트란 그 말이 스스로 의미하고 있듯 무엇보다 도시의 문학, 가두街頭의 문학이다. 나치스는 문학의 이 도시성과 가두성 가운데 독일문화를 잠식하는 바이러스[6]를 발견한 것이다. 도시 정신이란 농민과 달라 향토에 대한 애착을 갖지 않은 보헤미안이고[7] 환경에 대한 100%의 기회주의자다. 이것은 시민의 정신이고 상인의 기질이다. 요컨대 이해利害가 모든 것을 좌우한다. 향토도 민족도 국가도 그들의 이익의 대변자일 때만 그들은 향토의 인人이고 민족의 일원이며 국가의 구성원이다. 일단 경제상의 이해利害가 그들을 몰아세우게 되면 향토이고 민족이고 조국이고 부모이고 간에 그들은 헌신짝같이 내버린다.

이것은 19세기래來의 근대 서구문화의 국제성이 민족적으로 반성될 때 자연스러이 느껴지는 측면이다.

---

5 할 수 있는 자료다 : '할 수 있다'(원 발표문).

6 바이러스 : 원 발표문이나 『논리』의 원문에는 '빠치르스'라 되어 있으나, '바이러스'의 오식으로 보인다.

7 원 발표문에는 이 사이에 'Uai beneibi patria라 式으로'가 삽입되어 있다.

민족이 하나의 단위로서 행위의 장면으로 진출할 것이 요청될 때 문화의 이러한 국제성은 또한 당연히 정신적 질곡이 아니될 수 없다.

패전한 독일 국민에게 세계가 전專혀 베르사이유의 철쇄鐵鎖로써 구속할 때, 그러한 문화 정신의 가장 전형적인 체현자로 나치스는 유태인을 발견한 것이다.

국내의 분열을 민족이란 형식으로 단속할 필요가 생길 때 배외주의는 필수물이나, 나치스가 특히 유태인을 고른 이유는 이와 같이 타산적 국제주의를 독일 민족의 정신적 우월성과 대비할 필요에서이다.

바꾸어 말하면 타산적 개인주의는 본질에 있어 무국적의 세계성과 동일한 것이요, 국가와 민족과 향토에 대한 연대성과 책임감을 아니 가진 것이며, 따라서 문명의 표면인 물질세계에 흥미를 집중하고 유행과 더불어 전전轉轉하는 문학이라는 것이다.

그러나 문명이란 근본에 있어 정신이고, 그 정신적 가치는 향토와 민족과 국가에 대한 불가리不可離의 책임의식에서 유래한다는 것이다. 그러므로 향토와 민족과 국가에 뿌리를 박지 않을 뿐 외外라, 목전의 이해利害에 따라 무시로 변화될 수 있는 문학이 국민주의에 의하여 일국의 문화의 적으로 간주된다는 것은 자연스런 결과다.

그러므로 국민주의에 의하여 민주주의가 적인 것처럼 제3제국의 문학에 있어 이 민주성 위에 선 문화는 불구대천不俱戴天의 구적仇敵이다.

잡지 『다스 인네르 라이히』[8] 권두에 게재된 '우리는 모든 나쁜 작품을 죄악과 같이 증오할 것을 배워야 한다'는 괴테의 말은 나치스문화에 있어 언제나 하나의 야광夜光처럼 황황煌煌한[9] 것이었다.

8 나치 독일하에서 알베르데스(P. Alverdes)와 메효브(B. Mechow)에 의해 창간된 국수주의 경향의 잡지 『내면의 제국(*Inneres Reich*)』을 가리키는 듯함.

9 황황한 : '滔滔한'(원 발표문).

이것은 하나의 백열白熱한 윤리다. 요컨대 예술 가운데 요구하는 행위적 결단이다.

이 윤리적 실천의 주체란 필연적으로 민족이 되지 아니할 수 없다. 국민이라든가 국가라든가는 많은 전체주의의 문화정책이 사용하고 있음에 불구하고 단일한 정신적 실체일 수는 없다. 국민과 국가, 그것은 하나의 구조에 불과하다. 그것은 어디까지나 하나의 형태다. 그것은 사회적으로 구성된 유기체이기 때문이다. 여기에 독일과 이태리 혹은 다른 전체주의적 국가와 독일과의 차이가 있다.

정신적 주체란 것은 언제나 내용의 순수성을 요구한다. 그것은 혈血의 연대連帶, 지방과 향토의 자연스런 결과로서의 인간 상호간의 불가분한 관계다.

여기에서 자연 독일의 문화정책이 애愛와 증憎이란 윤리적 표준을 세우는 것이며, 미워해야 할 문화의 일체의 성질을 그 아스팔트성性 가운데, 바꾸어 말하면 도시성, 가두성街頭性 혹은 민주성과 실증성 가운데 발견하는 것이다.

그러므로 비민족적이란 말은 곧 비독일인적—이 말은 국가의 성원으로서의 국민이란 말과 엄격히 구별될 필요가 있다—이란 의미로서, 비독일적이란 말은[10] 단순한 비평이 아니라 하나의 낙인烙印이다.

낙인은 한 번 찍힌 이상 다시 더 의논할 여지를 주지 않는 것이다. 그러므로 독일적 비평이란 곧 하나의 정벌征伐을 의미한다.

1933년 이래 계속하는 일련의 작가에 대한 독일 정부의 행동은 곧 독일적 문예비평의 간명한 표현이라 할 수 있다.

이것은 예술적으로는 필연적으로[11] 일체의 자연주의적 문학의 총구

10 원 발표문에는 이 단어가 빠져 있다.
11 필연적으로 : '自然히'(원 발표문).

축總驅逐이다.

그밖에 또한 현대 독일문학은 기교의 문학의 적이다. 일체의 행위적 견지見地는 기교화 가운데서 행위의 기피를, 정신의 퇴폐를 맛보기 때문이다.

이러한 비평이 특히 유태인 문학을 잡아내는 것은 유태인이 독일의 역사 가운데서 상인으로서 도회에 살아오지 아니할 수 없으며, 하이네H. Heine에 있어서와 같이 불가불 서구의 견지에서 독일을 아니 그릴 수 없었기 때문이다.

그리고 고명한 유태계 작가보다도 미미하나마 성실한 독일 시인들이 정확하고 함축 있는 독일어를 사용하고 있다는 것도 유태인 문학 배척의 한 이유를 삼고 있다.

이밖에 코뮤니즘문학이 나치스의 문학에 의하여 배격되는 것은 세계관상으로 보아 당연한 일로서 노노呶呶할 필요도 없다.

그러므로 기성의 작가로서는 자연 카로사H. Carrosa, 헷츠, 숄츠W. Scholz,[12] 슈페엘, 요스트Hanns Johst, 횔덜린J. C. F. Hölderlin, 릴케R. M. Rilke 같은 사람이 전면에 등장한 것이다.

독일의 방언과 전통과 풍토와 전설과 낡은 게르만 풍의 촌락과 시가市街,[13] 이런 것들의 에칭화畵와 같은 재생산이 이들의 예술이다.

그러나 나치스의 예술정책은 이러한 한적한 세계에의 침잠을 기도企圖하는 것은 아니다. 그것은 새로운 나치스의 문학이 건설될 한마당 토양에 지나지 않는다. 나치스의 문학이 과거의 독일문학사에서 재산으로 찾아내는 것은 고대 게르만의 문화이며, 그 다음엔 낭만주의다.

낡은 게르만족의 신화를 현대에 재현한다는 것이 나치스문화의 사상

12 원문에는 '쇼오르츠'로 되어 있다.
13 촌락과 시가: '거리'(원 발표문).

이다.

로젠베르크A. Rosenberg[14]의 의도와 같이 20세기의 세계 신화를 창조한다는 것이 나치스의 문학 이상이다. 이것이 세계문학 가운데 무엇을 가져오느냐는 것은 물론 역사만이 판단할 일이다.

14 로젠베르크(Alfred Rosenberg, 1893~1046) 나치스 독일의 정치가. 나치스 이론의 선전을 맡아서 활약했으며, 2차대전 뒤 뉘른베르크 재판에서 사형을 선고받았다.

19세기의 청산•

세계대전과 문학

서구의 어떤 문학사를 보아도 1914년으로부터 1918년까지 5년간에 긍亘한 기술이 빠져 있는 것을 보고 나는 퍽 기이하게 생각해온 일이 있다.

그럴수록 나는 이 공백이 되어 있는 5년간의 문학사를 알고 싶은 이상한 흥미를 일으켜서 손에 닿는대로 여러 가지 책을[1] 뒤져본 일이 있다.

이것은 벌써 몇 해 전 시골 있을 때 이야기인데, 나는 독일의 교수나 문학자의 공동위원회소위 93대가大家의 선언가 조국 옹호의 성명서를 발표했다든가, 불란서의 로맹 롤랑Romain Rolland같은 사람이 이와 반대되

• 『동아일보』, 1939.5.12~14. 「世界大戰을 回顧함」이라는 연재 기획물의 다섯 번째 '文學論 篇'으로 씌어진 글임.

1 손에 닿는 대로 여러 가지 책을: '甚至於는 東京에 있는 私立大學에서 刊行하는 講義錄까지를'(원 발표문).

는 행위를 했다든가 하는 유類의 사실보다도 이 5년간에 대체 서구문학은 어떤 길을 밟았는가가 제일 궁금했다.

그러나 더욱 우스운 일은 이[2] 5년간이란 세월을 계기로 해서 1918년으로부터 다시 시작하는 소위 전후戰後의 문학과, 1914년에서 끝나는 전전戰前의 문학이 가장 합리적으로 연결된다는 사실이다.

마치 그것은 고개의 이쪽과 저쪽을 구별하는 분수령과 같은 의미를 가지고 있었다.

이 5년간이란 결국 대전大戰이 점유하고 있는 공간인데시간으로서는 너무나 공간적이었다!, 그러면 현대의 서구문학사를 전전, 전후로 나누는 것이 단순히 편의만에 그치는 시대 구분이 아니라, 불가불 하나의 역사적 의미를 함축하고 있게 된다.

물론 그것은 문학의 한계 내에서 본 역사적 의미다.

그러면 전쟁이란, 구체적으로 구주대전歐洲大戰이란 어떠한 문학사적 의의를 가졌는가? 자못 대답하기 곤란한 물음이 아닌가 한다. 전쟁은 예술품도 아니고 시인도 아니다. 그것은 단지 하나의 대규모의 역사적 행위일 따름이다.

정치를 예술과 가장 대립되는 물건이라고 한다면, 정치의 일 연장이면서[3] 동시에 가장 고도화高度化된 정치인 전쟁은 인간의 사회생활 가운데서 예술과 가장 대척對蹠되는 물건일 것이다.

예술은 정치를 좌우할 수 없을망정 정치는 예술을 지배할 수 있다고 하면, 가장 고도의 정치인 전쟁은 예술사의 과정 가운데 결정적인 쐐기를 내려박을 수가 있을 것이다.

2 이 : '독일이'(원 발표문).

3 연장이면서 : 원 발표문에 따른 것이다. 『논리』에는 '延長이던지'로 되어 있는데, 오식일 것이다.

구주대전은 단순히 구라파의 각 국민이 전쟁 속에 뛰어들었다는 의미에서만이 아니라, 실로 이러한 의미에서 서구의 현대문학사를 1914년 이전과 1918년 이후와를 완전히 갈라놓은 것이다.

그러므로 1914~1918, 5년 간에는 문학적 내용이란 것은 없다. 각 국민이 전문적으로 전쟁에 종사한 기간이다.

독일 문화인의 애국주의나 불란서 시인들의 안티 밀리타리즘[4]이나 모두 문화나 문학은 아니었다. 정치이고 전쟁이었다.

교실에선 전쟁이 진행되고, 학생들은 운동장에서 놀고 있었던 셈이다.

그러나 이 기간 동안에 구라파문학사 위에선 19세기와 20세기가 비로소 깨끗한 형태로 교대하였다. 산업자본주의의 온상에서 자라나서 사실주의, 자연주의 이후 유미주의를 거쳐 소위 세기말의 데카다니즘 가운데 체류滯留된 19세기 문학은 20세기에 들어와서도 대전이 일어날 때까지 각국 상층 금융자본가들의 지지를 받으면서 그대로 존속해왔었다.

19세기가 낳은 세기병世紀病이라는 물질문명과 정신문화의 극한대極限大의 분리, 거기에서 오는 정신의 무명無明한 고독, 일찍 문화의 지반이라고 믿었던 물질문명에 대한 극도의 불신과 회의는 대략 다음의 두 가지 형태로 유형화되어 20세기 문학 위에 계승되었다.

일방一方으론 극도로 고도화된 쾌락적 기분, 타방他方으론 순화된 문학의 현실로부터의 유리, 이 위에 공업이나 기술, 더욱이 기계의 메커니즘을 반영하는 기다幾多의 조잡한 철과 콘크리트의, 나치스가 말하는 소위 아스팔트 문학이 탄생하였다. 이것은 웰스H. G. Wells나 줄르 로

4 anti-militarism.

맹Jules Romains이나 독일에 유행하던 '그롯쉬타트 리릭'[5]에서 보는 바와 같이, 19세기의 전통으로서나, 20세기의 새 문화를 상상하는 입장에서나, 다 같이 인내하기 어려운 남조문화濫造文化였다. 그것은 정신인 것보다 더 많이 물질이었다.

*

그러므로 문제는 한쪽의 고도화된 쾌락성과 다른 쪽의 순수화된 문학의 고립성—현실과의 절대적 부조화와 현실로부터의 유리—이 어찌할 수 없는 상태가 무엇으로 타개되느냐에 있었다.

그 위에 전前세기 말로부터 데카당스에서 꼬리를 끌고 내려온 음삼陰森한 세기병이 아직 깊어 구라파문학의 대공大空 위를 흑운黑雲과 같이 떠돌고 있었다.

우리는 이런 시기에 한 사람의 출중한 천재를 예상할 수가 있다. 그 하나의 천재에서 우리는 현상現狀의 용감한 개혁자를, 또한 오는 날의 희망을 발견할 수도 있는 것이다.

그러나 보들레르C. P. Baudelaire 이후 몇 사람의 천재가 출현했음에 불구하고, 구라파문화의 깊어진 절망 상태를 개혁할 수가 없었을 뿐만 아니라 외부의 환경이 반대로 천재들을 차례차례로 사로잡아갔다. 감수성과 재능의 도가 높으면 높을수록 그들은 페시미즘의 삼림 가운데로 들어갔다.

벌써 항상의 방법으로는 구라파의 문학혹은 정치이 타개될[6] 수 없는

5 원문에는 '그룻스탓트 리릭'이라 되어 있다. 독일어 'Groβstadt Lyrik', 곧 '대도시 서정시'를 의미하는 듯하다.

6 타개될 : '어찌할'(원 발표문).

상태에 있다는 것은 누구에게나 명백해졌다.

그러므로 쾌락성과 순수화, 절망감은 이 사실을 생각하면 생각할수록 깊어갔다.

외과수술만이 이 상태를 어느 정도일지라도 개변하지 않을까? 정치가들은 열심히 이것을 준비하고 또한 솔직히[7] 그 필요를 역설했으나, 문학의 세계는 오직 전율하고 있었을 뿐이었다.

결국 이것이 19세기의 문화와 정치의 총결산이 아닐까? 그러나 구라파인은 결코 기대를 버리지는 않았다오히려 전후에 와서 서구인은 일체의 희망을 버렸다.

위험한 외과적 수술에까지 일종의 기대와 호기심을 붙여보던 것이 당시 구라파인의 심리가 아니었을지!

이러한 때 사라예보의 총성이 울렸다.

14~18의 5년간이, 바꾸어 말하면 사유 대신에 결단이, 정신 대신에 행동이, 자유 대신에 복종이 구라파를 지배한 기간, 구라파의 문화나 문학은 휴지休止하지 아니할 수 없었다.

문화나 문학은 '결단'과 '행동'과 '복종' 가운데선 서식하지 못하는 것이다. 현대의 서구문학사가 이 5년에 공백을 삽입했다는 것은 결코 무리가 아니다.

그러나 사유와 정신과 자유가 휴식하고 있을 때, 결단과 행동과 복종의 구라파는 19세기 말로부터 20세기 — 1914년에 이르기까지 문화나 문학이, 바꾸어 말하면 사유와 정신과 자유의 구라파가 해결하지 못한 과제를 순수히 외과적인 방법에 의한 해결에 종사하고 있었다.

그것은 19세기가 장구한 시일 동안에 준비해가지고 20세기에 이르

7 솔직히:『논리』나 원 발표문 모두 '卒直히'로 되어 있으나, '卒'은 '率'의 오자일 것이다.

도록 거익去益 범람시켜오던 19세기 문화—문학상의 온갖 오예물汚穢物이다.

베르나르 파이란 사람의 『현대 불란서문학』이란 책을 보면, 1900년으로부터 1914년까지의 문학의 정신 상태를 대단히 흥미있게 이야기하였다. 「1900년으로부터 1914년까지의 불란서 산문문학」이란 항項의 결론은 다음과 같다.

> 1914년은 감(感)하기 위한 노력의 최고점을 보인다. 이 해는 항공, 카이요 사건, 프루스트(M. Proust)의 최초의 소설, 쾌락과 공포와의 어지러워진 안면(顔面) 같이 붉은 채 우리들의 감각이 세련됨으로써, 불란서는 세계에서 전대미문(前代未聞)의 섬세하고 하이칼라한 나라가 되었다. 육체도, 정신도, 혼도 불란서에 있어서는 모든 것이 무한히 풍요하고, 향락하고 고뇌하는 데 쾌적한 것 같았다. 불란서사의 어떤 시대에서도 우리는 이와 같이 복잡하고, 운향(韻響) 높고, 장식적인 존재를 가진 일은 일찍이 없었다.

운운.

이것은 서구문화의 교양과 전통 가운데서 아직 19세기인의 고전적 풍모를 보유하면서 에피큐어[8]의 세계의 가치를 음미하던 아나톨 프랑스Anatole France의 그것과는 현저히 성질이 다른 것이었다.

1912년, 그러니까 전쟁이 발발하기 2년 전에 출판된 발레리 라르보Valery Larbaud의 「바르나부트」[9]란 소설은 소개자의 말에 의하면 20세

8 epicure. 향락주의자, 특히 식도락가나 미식가란 의미. 원 발표문이나 『논리』에는 '「에피큐」'이라 되어 있다.

9 「바르나부트」: 『논리』에는 '「빠아나뿌우스」', 원 발표문에는 '「빠—나뿌—스」'로 되어 있다. 그러나 이는 라르보의 작품 『A. O. 바르나부트 *A. O. Barnabooth*』(1913)를 가리킬 것이다.

기의 구주歐洲에 있어 한 사람의 백만장자가 맛볼 수 있는 쾌락의 카탈로그라고 한다.

이것은 우리에게 있어 분명히 두려운 문학의 일 전형이 아닐까?

*

같은 책의 저자는 「1900년으로부터 1914년까지의 불란서의 시」란 제목 아래 혹은 '시의 순수화'란 부제를 붙이고 다음과 같은 말을 모두冒頭에 썼다.

> 산문문학이 그 사회적 사명을 충실히 지키고, 육체, 물질적 생활, 인간의 교섭 등이 주는 모든 감각에 도취하고 있을 때, 타방(他方)에서 시는 랭보(A. Rimbaud) 이래에 지배되고 있던 욕망에 이끌리어 민중, 물질, 현대로부터 멀리 괴리하는 것과 같이 보여왔다.

이것은 낭만주의 몰락 이후 불란서 시가 걸어온 길의 한 마감이었다. 20세기 초의 불란서 시단을 지배한 사람이 3인의 신비가神秘家 — 잠F. Jammes, 클로델P. L. C. M. Claudel, 페기C. Peéguy — 이었다는 사실 가운데 우리는 전전戰前 불란서 시단의 대강大綱을 알 수 있다.

심볼리즘은 현대로부터 시를 박탈剝脫시키고 순수화시키고 초자연超自然의 세계와 결부시켰다. 그들은 물질의 세계에 항抗하여 정신의 세계 가운데로 신뢰를 옮긴 데 불과하다. 가톨리시즘이 심볼리즘 가운데 기여한 가치를 상기함으로 우리는 충분한 해답을 얻을 수가 있다.

이것은 산문이 감각의 향락으로 몰입한 대신, 전專혀 시가 정신의 신비경神秘境으로 들어간 것이다.

이것은 곧 사람과 대지를 연결하는 공간과 같은 것이었다. 인간은 언제나 천상과 대지와의 사이 가운데 살아 있는 것이다. 여기가 어느 때나 역사가 만들어지는 장소가 아닐까?

그럼에도 불구하고 전전 서구문학과 시인은 정신의 천상天上을 비상飛翔[10]했고, 산문학散文學은 감각의 지면地面을 포복匍匐하여 정작 인간이 사는 곳에는 있지 않았다.

이 공간은 마치 맨 먼저 내가 말한 1914년과 1918년과의 사이 문학사적 공간과 대비할 수 있다. 대전大戰은 바로 이 5년간의 공간이 미증유의 폭력을 발휘하여 세계를 횡행한 사실이다. 모욕된 인간이 언제나 원수를 갚는 것처럼, 모욕된 현실은 또한 어느 때나 인간에게 보복하는 것이다.

이리하여 대전은 1914~1918년 간을 점유한 공간의 폭행이 아니라, 실로 정신을 향하여 비상하던 시와, 감각의 지면을 포복한 산문과의 사이에 의붓자식처럼 방기되었던 공간의 강력한 반항이었고 복수이었다.

아무리 훌륭한 정신일지라도 사실의 세계를 무시하지는 못하는 것이다. 무시된 사실은 언제나 정신에 복수한다.

결국 상극相剋하는 두 갈래 경향으로 문학이 분열하여 다투는 사이에 버려진 현실, 산 인간의 세계는 대전大戰이 되어 구라파 천지를 5년간 횡행한 것이다.

그러므로 수많은 도시와 가람伽藍과 인명을 파괴한 대전은 단순히 가능적可能的 세계의 낡은 양자樣姿를 깨트렸을 뿐만 아니라, 정신의 세계, 문학과 예술의 세계의 낡은 양자와 전통과 습관의 진멸盡滅에 종사

10 비상 : 『논리』에는 '飛翔'으로 되어 있으나, 원 발표문에는 '飛翔'이라 되어 있다.

한 것이다.

대전은 하나의 학교였다고 사람들은 말한다. 대체 어떤 학교였는가? 이 학교로부터는 실로 예기치 못했던 두려운 학생들이 새로운 교육을 받고 사회에 나간 것이다.

역시 베르나르 파이에 의하면 이 학생들은 대전이 인생의 최초의 경험이었던 청년들이다. 그들은 연애를 배울 나이에 전쟁을 배운 것이다.

불안, 위험, 광조狂躁, 무질서 등의 부자연한 모든 것이 어느 틈에 그들에겐 자연스런 것이 되었다.

이리하여 가장 젊고 감수성이 빠르고 명민한 사람들 가운덴 형용할 수 없는 광포狂暴한 일 풍조가 형성되었다는 것이다.

이것이 전후戰後 20세기 문학의 첫 출발을 담당한 새 제너레이션들이다.

지금으로부터 10여년 전 신흥문학新興文學이 물결치고 그 위에 헤아릴 수 없이 많은 '이즘'과 '파派'로 분립되어 세계를 횡행한 문학의 생산자들이 이 청년들이었다. 이것이 무엇이라고 설명되든지 간에 그것은 별문제다.

'병증病症이 있는 것이 아니라, 오직 환자가 있을 따름이다.' 벵자멩 크레뮤Benjamin Crémieux가 전후문화戰後文化의 정신 상태를 기술할 제 쓴 최초의 말이다.

베르사이유 회담은 이 '모욕된 사실'을 처리하지는 아니하였다. '병증 없는 환자'란 바로 19세기 말부터 20세기 초두에 긍亘하여 시인과 소설가들이 버려두었던 사실事實의 자식들이다.

이리하여 우리는 대전이 19세기를 청산한 때인 지금, 20세기의 문화는 아직 만들어내지 못한 채 10년을 살아온 것이다.

우리도 지금 새 학교에 들어가려 하고 있으며, 학교는 새 학생을 또 낳을 것이다. 어떠한 졸업생이 나올 것인지? 그것은 우리 역시 상상할 수 없는 일이다.

『대지』의 세계성•

노벨상 작가 펄 벅에 대하여

금년도 노벨상이 펄 벅Pearl Buck에게 돌아갔다. 이 뉴스는 어떤 의미에서이고 우리에 자극적인 화제다. 우선 근간의 여러 가지 사정으로 서구의 형편을 알 기회가 적어진 우리로서 서구인의 세계문학관世界文學觀을 규지窺知할 일 기회도 될 수 있는 것이고, 반대로 우리들이 비교적 평범히 독료讀了해버린 작품이 과연 인기 이상의 어떤 가치를 가졌는가를 반성할 좋은 기회도 되지 않는가 한다.

문제는 여하튼 간에 『대지』란 소설에 걸려 있는 것이다. 내 자신이 『대지』란 소설 이외에 펄 벅이란 작가에게 대하여 백지란 이유도 있을지 모르나, 다른 세계적 작가와 달라 펄 벅이란 작가는 『대지』란 소설을 떼어놓으면 그다지 세계적으로 문제될 만한 사상이라든가 혹은 문학적 문화적 업적을 쌓은 사람이라곤 말하기 어렵지 아니한가

• 『조선일보』, 1938.11.17~20.

한다.[1]

예例하면 지드A. Gide라든가 토마스 만Thomas Mann이라든가 내지는 말로A. Malraux 같은 사람들은 그들의 대표작이라고 하는 몇 개의 작품을 빼낸대도 인간으로서 일정한 업적을 가졌다고 할 수 있으며, 무형無形의 사상을 통하여 세계인이 그들과 관계하고 있다고 볼 수가 있는 것이다.

더구나 그들의 작품이라는 것도 그들의 인간이나 사상과 독립하여 세계문학사 위에 일정한 위치를 요구할 수 있고, 동시에 현대의 정신사 상上 일정한 계단의 표치標幟로서의 가치와 의의를 가지고 있다고 평가할 수가 있다.

그러나 펄 벅은 소설 『대지』의 작자인 이외에 여하한 개인적 업적으로도 사상으로서도[2] 평가될 만한 기여를 한 사람은 아닌 것 같다.

우스운 예이지만 그의 소설에 비하여 그의 전기傳記나 현재 생활이 도무지 알려지지 않은 사실을 보아도 저간這間의 일을 짐작할 수가 있는 것이다.

이런 의미에서 금번 노벨상 수상은 약간 세인의 의표意表를 나온 감이 불무不無한 동시에 지극히 평범한 거사擧事라고 생각할 수가 있다.

본래 노벨상이란 무슨 문학사적 평가나 비평적인 권위를 가졌다느니보다 극히 포퓰러한 의미에서 인류문화에 공헌한 사람을 골라 업적을 찬양하고 명예를 넓혀주는, 그저 실로 한림원적翰林院的인 성질의 것이라, 나이도 젊고 1931년 이래로 몇 개 소설을 써 인기를 넓힌 데 불과한 일- 미국 여자를 골랐다는 것은 분명히 이례異例라 말할 수가 있다.

---

1 어렵지 아니한가 한다: '어려운 것이다'(원 발표문).

2 원 발표문에는 이 사이에 '現代人에게 世界的으로'가 삽입되어 있다.

하지만 한편으로 생각하면 벌써 이만치 세계에 인기를 넓히고 있는 작가하물며 그것이 통속 작가가 아닌!에게 그 공적을 인정한다는 것도 이理에 어긋나는 일이 아니라고 말할 수도 있다.

그러나 한 가지 단언할 수 있는 것은 현재의 긴장한 세계사의 국면 가운데 황당한 걸음을 달리고 있는 지나支那를 취재로 한 소설의 작자가 아니었다면, 펄 벅의 인기쯤으로는 노벨상이 차지되지 않았으리라는 것이다.

동양의 독서 사회만 하더라도, 만일 지나를 취재로 하지 않았더라면 『대지』 이상의 대중성과 예술성을 아울러 가졌다 하더라도 결코 『대지』만한 인기를 박博할 수는 없었을 것이다.

[3]펄 벅의 작가로서의 세계성이나, 『대지』의 소설 가운데 묘사된 현실의 세계성 등이 주목되었다[4] 할 수 있다.

세계사적 국면에 등장한 지역만이 항상 세계적 문학의 토양에 있다고나 할까? 이것은 우리가 과거에 있어 여러 번 되풀이해오던 문학에 있어 소위 전형성을 재인식하는 하나의 기점基點이 될 수가 있는 것이다.

성격의 전형성, 환경의 전형성, 그리고 생활의 전형성, 운명의 전형성 내지는 지역의[5] 역사의 전형성이라고까지 넓혀서 이해할 수가 있다. 그 성격 가운데 다른 사람의 축도縮圖를, 그 환경 가운데 다른 환경의 정수精粹를, 그 운명 가운데 세계사적 운명의 상징을 발견할 수 있을 때만 우리는 비로소 전형성이란 말을 쓴다.

현재 지나에는 우리 동양인만이 아니라, 실로 서구인의 운명의 중

3 원 발표문에는 이 앞에 '이런 意味에서'가 삽입되어 있다.
4 세계성 등이 주목되었다 : '世界性이라'(원 발표문).
5 지역의 : 원 발표문에는 '地域과'로 되어 있다. 원 발표문의 표기가 더 적절해 보인다.

요한 일단一端이 연락聯絡되어 있고, 세계사의 운명의 결정적인 매듭의 한 알맹이가 풀리고 얽히는 분기과정分岐過程이 진행되고 있다 할 수가 있다.

세계사상世界思想과 세계문화는 언제나 이러한 조건과 이러한 환경을 토양으로 하여 만들어지는 법이다.

그러나 『대지』를 문제삼을 때 우리들에게 가장 큰 의문으로 남는 것은 어째서 그런 문학이 지나인 자신이나 혹은 동양인 자신의 손으로 창작되지 않고 일 서양인의 손에서 만들어졌느냐 하는 것이다.

이것은 우리 동양인 즉 동양의 운명을 세계의 누구보다도 사랑하는 우리들에게 있어 노벨상이 어느 사람에게 수여되었느냐 하는 것보다는 백 배나 더 중요하다.[6]

*

간단히 대답하기 어려운 문제나,[7] 그러나 다기多岐하게 해석할 수 있는 이 문제의 근저에 어떤 성격적인 사실을 연상할 수 있다. 그것은 흔히 서양이란 것에 대하여 대척적對蹠的으로 씌어지는 동양이란 말의 특이한 의미다. 서양이란 최초부터 동양의 대립자로 등장한 것으로, 그것은 동양과 서양의 문화적 경제적 우열優劣에서 오는 자연의 결과라고 볼 수 있었다. 열劣하다기보다는 뒤떨어진 문화체로서의 동양은 주지周知와 같이 서양의 수준을 따라가야 한다는 게 서양을 이기는 최초의 전제이었다. 선진한 수준에의 급격한 등척登陟[8] 없이는 후

6 하는 것보다는 백 배나 더 중요하다 : '하는 데 比하야 百倍나 더 큰 問題다'(원 발표문).
7 대답하기 어려운 문제나 : '대답하기엔 相當히 큰 問題다.'(원 발표문).
8 등척 : 원 발표문이나 『논리』의 원문에는 '登涉'이라 되어 있으나 '涉'은 '陟'의 오자

진 문화는 파멸의 운명에 봉착하고 마는 것으로, 자연히 이것은 갈등과 싸움의 형태로 전개된 것이다.

반 세기 전에 동양의 각지는 표면으로 서양을 숭배하고 그것을 모방하려고 급급하였음에 불구하고, 그실은 격렬한 투쟁장리鬪爭場裡에 들어섰던 것이다.

서양에 대비되어 씌어질 때의 동양이란 말의 특이성이란 곧 모든 동양인의 서양에 대한 역사적 운명의 어느 공통성을 의미하는 것으로, 이것은 또한 지나支那란 것에 대한 그 나머지의 동양인의 인식 능력을 제한하는 한정물限定物이 되는 것이다.

바꾸어 말하면 어떠한 동양인도 서양인과 같이 지나를 인식할 수는 없는 것이다. 이런 차이가 좋은 결과를 낳는지 그른 결과를 낳는지는 잠시 논외로 두고, 좌우간 동양인이 지나를 볼 때엔 지나 가운데서 언제나 자기 자신의 일부를 발견하는 대신, 서양인은 온전히 타인을 보는 데 불과하다.

우리가 남을 보는 눈이 밝은가, 자기를 보는[9] 눈이 밝은가는 상식으로 말해도 남을 보는 눈이 밝다고 아니할 수가 없다. 분명히 서양인은 지나에 대하여 보는 눈의 이利를 가졌다고 할 수가 있다.

소설 『대지』에 나타난 소위 지나적 특성이란 것이 대부분은 우리 동양인으로선 쉽사리 발견하기 어려운 제점諸點이 아닌가 한다. 그것은 지나의 근대사회로서의 혹은 일반 인류사회의 진보 행정行程에서 볼 때, 발전이 정체된 채 고착되어 있고 뒤떨어진 부분의 명석한 인식이다. 같은 동양인으로서 서양인이 쓴 소설을 통하여 지나의 뒤떨어진 부분을 비로소 안다는 것은 기이한 일이나, 누구나 『대지』를 읽고

일 것이다.

9 보는 : '도라보는'(원 발표문).

최초에 받는 강한 인상도 이것일 것이요, 또 가장 뒤에까지 남은 인상도 이것이 아닌가 한다. 그뿐 아니라 유감이지만 이 소설의 그런 부분에서 우리가 일상생활에서 급급히 서양적 문화를 추급追及하는 나머지 채 돌보지 못하고, 또한 아직 소청掃清되지 않은 자기 자신의[10] 자태의 일부분을 재발견한다는 것도 우리에게선 은폐할 수 없는 소감이 아닌가 한다.

아란阿蘭이란 동양의 어느 곳에서도 발견할 수 있는 인종忍從 그것과 같은 동양적 모성이요, 왕룡王龍 그리고 그 아들들과 일가의 운명과 자식들의 행로, 그것은 사소한 차이는 있을지언정 동양적인 가족의 현대적 운명이라 아니할 수가 없다.

그러나 하고많은 동양에 와 있는 서양인 중 하필 지나에 와 있는 서양인의 손으로 이런 소설이 씌어지느냐 하는 것은 또한 약간 달리 생각할 부분의 하나다.

그것은 지나라는 지역의 특수성이다. 먼저 나는 동양과 서양의 접촉이 세계사적 의미를 가졌다고 했는데, 그 세계사적 의미의 갈등이 가장 래디컬했고, 또 가장 먼저 서양과 겨루고 최후까지 서양의 손아귀에서 벗어나지 못하여 발버둥치는 나라가 지나다.

서양은 주지와 같이 자본주의로서 동양에 건너와 지나에 정착지를 발견함으로 다시 제 평화를 장만했는데, 이제는 그 정착된 기정既定 재산 때문에 서양은 자본주의 사회로서의 곤란한 운명을 맞이했으니, 원인은 서양 자체 가운데 있다 해도 표현의 중요한 또한 가장 노골적인 무대가 지나인 것이다.

구라파에선 제국諸國이 신사복을 입고 다투나, 지나에 와선 군복을

10 원 발표문에는 이 사이에 '□率한'이 삽입되어 있다.

입고 다툰다.

거기에도 또 중요한 것은 서양의 세례를 받아 지나는 우심히 변화 받았음에 불구하고 그 중의 한 가지도 철저히 변하지는 않은 점이다. 그래서 현대 세계가 해결해야 할 모든 문제의 요소가 전람회처럼 잡연雜然히 제대로 나열되어 있는 곳이 지나다.

이런 의미에서 지나는 개성적 의미의 동양의 전형이고, 또한 서양인에겐 일반적인 의미의 세계적 곤란의 전형이기도 해서, 서양인과 지나와의 접촉은 아직도 세계사적 중대성을 가지고 있다.

이런 사정이 동양의 다른 지방에 와 있는 서양인이 아니라, 지나에 와 있는 서양인에게 이런 소설을 씌운 것이며, 일 선교사의 딸에게다가 세계적 대작을 씌운 것이다.

지나에 있어선 우리가 이미 진부하다고 생각는 문제 — 그실實 철저히 해결된 것은 아니다 — 가 아직도 신선하며, 또한 우리가 먼 장래의 문제라고 생각하는 것도 박두한 문제인 것이다.

이런 의미에서 최근에 물의를 일으키고 있는 스메들리A. Smedley 여사나 연전年前에 A. 스트롱A. L. Strong 여사[11] 같은 일개 신문기자가 능히 무잡蕪雜한[12] 붓을 가지고 세계적 명성을 날리게 되는 것이다. 이것은 우리 동양인 자신에 의한 세계사적 행위란 것도 어쩐지 지나를 무대로 해야만 가능한 것임을 생각할 때, 지나란 어떤 의미에서 현재 세계사가 전개되는 대 무대임을 부정할 수 없게 된다.

이렇게 보면 또한 지나란 장소는 비교적 용이하게 세계적 인물과 세계적 문학을 만들어내는 일종 불가사의한 장소로 생각할 수가 있다.

11 스메들리 여사와 스트롱 여사는 모두 미국 언론인으로, 당시 내전 상황이던 중국을 취재하여 많은 글을 남겼다.

12 무잡한: '荒雜한'(원 발표문).

*

분명히 이런 의미에서 말하여 『대지』는 너무나 용이하게 '세계문학'의 영예를 차지한 문학이라 아니할 수 없다. 무엇보다 『대지』의 사상이 현대적인[13] 사고의 수준을 일보도 넘지 못한 것일 뿐더러, 현대인이 처리해야 할 곤란한 과제를 상당히 진부하게까지 생각하는, 바꾸어 말하면 현대적 사고의 첨단에서 볼 때 적지 않은 거리가 있다.

일례를 들면 20세기 서구문학의 새로운 지보地步가 그 가운데 암시되어 있는 것도 아니고, 19세기 문학의예例하면 발자크H. Balzac에서 졸라E. Zola에 이르는 선線 새로운 의미나 개조도 있는 것은 아니다. 이것은 동시에 이 소설의 스타일을 제약하는 것으로 장편소설 양식의 무슨 새 발전을 찾을 수도 없다.

그러나 오늘날에 우리가 기대하고 상상하는 세계문학은 사상 상에서 그것을 구求하는 것처럼 문학적으로도 전全혀 현대적 곤란의 와중에서 지주支柱로서 믿을 만한 하나의 새 기축機軸[이] 있어야 할[14] 것이다.

이러한 조건을 제 자신 가운데 준비하지 않고, 여하한 인기나 명성도 그 작품을 세계문학의 판테온[15] 가운데 모셔 올리지는 못하는 법이다.

그러나 노벨상을 앨써 세계문학 평가의 척도로 과장해 생각하느라고 이런 말을 꺼내는 것은 아니다. 오히려 노벨상을 이러한 것으로 오인하려는 조선식 미신을 타파하고 싶은 일념도 있고, 이런 기회에 『대지』를 세계문학이란 수준에서 간략한 반성이나마 베풀어보자는

13 현대적인 : 원 발표문이나 『논리』에는 '現代的의'로 되어 있다. 오늘날의 표기에 맞게 수정하였다.

14 새 기축(機軸)[이] 있어야 할 : '機軸일'(원 발표문).

15 Pantheon 신전.

데서 이런 관점을 한번 만들어본 것이다.

차라리 『대지』혹은 그 외의 작품도가 평범한 작품인 것이 당연할지도 모른다. 작자의 전기그나마 조그만 자전적 스케치와 소개를 읽은 데 불과하나를 본다 해도 미국 출신으로 지나에서 오래 생활한 일 선교사의 딸로서, 그 자신이 지나의 생활을 장구히 체험하고 지나인을 잘 안다는 이외에 신기한 아무것도 없는 사람이며, 그의 작품이 역시 세세한 지나 생활의 체험과 지나인의 이해란 일점一點이 오직 광채光彩일 따름이다.

작품의 구조가 또한 『대지』 3부가 보여주는 것처럼, 제1부가 농민 왕룽王龍의 일대기요, 제2부가 아들 왕대王大, 왕이王貳, 왕호王虎 3인의 세대 기록, 제3부가 그 손孫 왕인王仁, 왕연王淵, 왕맹王猛 등의 소위 가족사적家族史的 양식으로, 19세기 서구소설 양식의 그대로의 이식에 불과하다.

그러면 『대지』의 가치란 근근僅僅 스케일의 거대나 국면의 활대濶大, 풍속 서술의 세미細微한 데만 있느냐 하면, 또한 『대지』는 그렇게 평속일색平俗一色의 문학은 아니다.

먼저 우리는 『대지』 3부작만 하더라도 작자가 3대의 계보를 통하여 근대 지나사支那史를 그려낸 공적을 잊어서는 아니 된다.

가장 유명한 가족사적 소설 『카라마조프 형제』에 비한대도 작자는 도스토예프스키F. M. Dostoevskii보다는 가족이라든가 계보를 사회사적으로 이해하려고 든 것을 지적하지 않을 수 없다. 왕룽으로부터 손자 왕인 등에 이르는 동안에서 작자는 근대 지나가 통과한 모든 역사 계단을 밝게 그려내고 있다. 이 점은 현대의 서구적 장편의 수법을 배우려는 위태로운 우리 현대 작가의 배울 점이기도 하며, 이런 사실이란 원래 본격소설 가운데만 담아진다는 것을 다시 한번 생각케 한 기회도 될 수 있었다.

이 증거로서 작자가 『대지』 가운데 등장하는 인물들에게 막대한 의의를 부여한 점을 생각할 필요가 있다. 이국異國 작가다운 과장과 감상感傷은 비록 혼재되어 있다고 할망정 인물들을 시대나 민족, 혹은 그 외의 어떤 것의 체현물體現物로서 생각했다는 것은, 다른 말로 하면 문학적 형상을 전형으로서 파악할 줄 알았다고 말할 수가 있다.

만일 『대지』 가운데 이 한 점이 부족하였다면, 다른 외국인의 지나기행을 좀더 세심히 했다는 정도를 넘지 못했을 것으로, 우리가 읽고 문제삼는 소설은 되지 아니하였을 것이다.

즉 『대지』의 예술적 생명이라고 할 리얼리티는 골자를 상실한 것이 되고 말았을 것이다. 오히려 수법의 낡음이 작자를 도왔다고 말할 수까지 있다. 그러나 문제는 여기서 단순히 수법의 신구新舊의 역域을 넘어 이미 리얼리즘이란 문학 정신, 내지는 작자가 지나 혹은 일반으로 세계라든가 인간이라든가를 이해하는 중핵中核으로 옮아온다 아니할 수 없다.

작자의 출생지나 또는 전기에서 미루어볼 수 있듯이 그는 일개 선교사이었다느니보다 순박한 19세기인이 아니었던가 싶다. 이 점은 그의 최근 씌어지는 지나에 대한 폴리티컬한 문장에서도 느낄 수 있는 것으로, 그밖에 작자가 여성이란 조건도 가加하여 대단히 나이브한, 오히려 감상가感傷家에 가까운 휴머니스트로서 그는 아마 체험과 견문을 요리했으리라 생각된다. 그러나 감상하기 쉬운 여자로서 붓끝이 그만큼 리얼했다는 것도 놀라운 일이며, 아란阿蘭을 그린 솜씨는 그가 여자이었다는 사실이 가장 미려美麗히 산 것이 아닌가도 생각된다. 이런 요소는 미첼M. Mitchell[16]이 인기를 부르는 미국의 독서 사회에서 충분히 명

16 『바람과 함께 사라지다』의 작가 마가렛 미첼.

성을 박博할 수 있을 것이며, 구라파 중에서도 가장 19세기적인 스웨덴 아카데미 같은 데서 수상의 대상으로 고름직도 한 작품이다. 결국 현대의 서구문화가 아직 19세기적 전통을 떠나버리지 못한 증거라고도 생각되며, 또 한편으로 인제 와선 19세기인 것까지가 대단히 존중된다는 작금의 문화 사정을 반영한 것으로서 이번 수상을 생각할 수도 있다.

일본 농민문학의 동향•

특히 「토(土)의 문학」을 중심으로

1

전날 나는 어떤 잡지의 요청으로 「농민과 문학」이란 조그만 글을[1] 초草하면서 이 문제를 대략 다음과 같은 두 가지로 나누어 생각한 일이 있다.

하나는 농민을 제재로 하여 쓰는 문학이요, 다른 하나는 농민에게 읽히기 위하여서 쓰는 문학이라는 의미로…….

그런데 지금 이 글을 다시 음미하면, 두 가지 중 어느 경우를 물론하고 문학하는 사람의 입장이란 것을 어디까지든지 농민 이외에다 두고 생각하였다.

• 『인문평론』, 1940.1.

1 이 글은 『문장』(1939.10)에 발표되었다.

농민을 제재로 할 제는 작가는 다만 그것을 제재로 하였을 따름이지, 작품의 완성은 농민을 떠난 곳에서 수행되는 것이며, 농민을 상대로 한, 즉 읽히기 위한 문학의 경우에도 물론 농민 속을 향하여 문학을 가지고 들어간다는 외래자의 입장이란 것이 더욱 명백히 유지되어 있다.

그것은 문학이 농민적인 것과 도회적인 것으로 분류되는 것이 아니라, 그것은 하나의 정신문화인 점에서[2] 국가의 것이요, 혹은 사회의 것이며 나아가서는 전 인간의 것이라 생각되기 때문이다.

문학에 취급되는 소재의 분별이라든가, 제재의 성질이라든가, 혹은 작자의 주거지별住居地別이라든가, 그 사람이 시골 사람이나 도회 사람이라든가 하여 문학은 특별한 관사冠辭를 붙일 만큼 다른 것이 아니다.

다시 말하면 소위 도회문학都會文學이란 것에 대립하여 농민문학農民文學이란 것이 생각되는 것은 아니다. 농민문학이란 것이 넓은 의미의 국민문학, 혹은 민족문학 내지는 일반의 하나임에 불과하나, 그것이 다른 문학이 제재의 지역별이나, 등장하는 인물군人物群의 지위나 직업별로 분류할 수 없음에 불구하고, 농민이란 것은 문학상에서 특별한 관심과 취급을 요청할 만한 특수성을 가지고 있기 때문에 비로소 '농민문학'이란 특수 명칭으로 문제가 될 따름이다.

농민이란 첫째 다른 어떠한 직업의 국민보다도 우리 동양 제諸 지방과 같은 농업국에서는 인구의 대부분을 점하고 있는 만큼, 그들의 존재를 떠나 나라 전체의 정신상에나 현실상의 문제를 생각할 수 없을 만큼 중대성을 띠고 있기 때문이다.

둘째는 농민이란 그 양의 압도적 우세에 불구하고 도시 중심으로

2 원 발표문에는 이 사이에 '民族의 것이요'가 삽입되어 있다. 『논리』에서는 일제 당국의 검열로 인해 삭제된 것으로 보인다.

한 제층諸層 인간들과 같은 국민임에 불구하고 그들보다 문화상으로나 현실상으로나 이익과 편의를 몽蒙함이 지극히 적고 뒤떨어져서 차이가 현격한 때문이다. 요컨대 문명적으로 아주 저도低度의 상태에 있다.

그러므로 국민이니 국가 전체의 이익이니 문화상의 평형平衡을 생각할 제마다, 동양 더욱이 우리 일본에서는 현실 문제로서나 문화 문제로서나, 농민 문제란 것이 다른 어떠한 문제보다도 거대한 자태를 가지고 나타나는 것이다.

따라서 농민을 제재로 한다는 비농민적 입장이나, 농민을 상대로 한다는 외래자적 입장이나가, 곧 도회인의 입장이 아니라, 그것은 비록 잘못된 경우일지라도 문학에 있어서,[3] 국가, 국민 혹은 사회 전체의 문학적 정신적 입장임을 의미한다.

그것은 어떠한 때이냐 하면, 어떠한 형태로이고 국민 전체라는 전체적인 의식이 문학 가운데서 자각될 때이다.

이러한 때에 정치나 문학은 오래 잊어버렸던 고향을 생각하듯이 농촌이나 농민문학이란 것을 생각하게 된다.

이러한 때란 어떻게 보면 비상非常한 시기고, 또 어떻게 보면 정치나 문학이 구태舊態를 벗고 약진하려는 시기이기도 하다.

좌우간 정치나 문학이 부쩍 정신을 차리는 시기다.

2

일본에 있어 농민문학이란 것이 주지周知와 같이 프로문학의 이데올

3 역시 원 발표문에는 이 사이에 '民族'이 삽입되어 있다.

로기 사상이 대두할 때까지 문제된 일이 없었다.

여기에 소화昭和 14년[4]판 『토土의 문학작품 연감年鑑』에 실린 니이 타루新居格 씨의 자미있는 말이 있다.

> 나는 일본문학사에 대하여 충분한 지식이 없어 단언은 할 수 없으나, 내가[5] 아는 범위에선, 일본문학은 주로 도회문학(都會文學)이 아니었는가 한다. 나라조(奈良朝) 헤이안조(平安朝)의 문학도 대체가 그러하였고, 토쿠카와(德川) 시대의 문학은 에도(江戶)를 중심으로 한 에도(江戶)문학, 대판(大阪)을 중심으로 한 카미가타(上方)[6]문학, 그리고 명치(明治)시대로부터 금일까지 문학의 중심지는 동경(東京)이었다. 명치 이강(以降)[7] 현재까지의 문학작품을 조사해보면 농민문학이라고 부를 것이 물론 있기는 하나, 농경자(農耕者)가 전 인구 중의 최대 다수를 점하고 있듯이 농민문학이 문예작품의 최대 다수를 점한 것과 같은 퍼센티지는 일찍이 없었고 또 있을 수가 없었다.

이런 현상이 무엇에 기인하였는지는 니이新居 씨가 설명하고 있지 않으므로 알 바이 없고, 또한 우리 자신이 중세 상대上代의 일본문학사를 역시 상세히 알지 못하므로 용훼容喙할 바 되지 아니하나, 명치明治 연대年代의 나가츠카 타카시長塚節의 『흙土』을[8] 위시로 1~2의 농민문학의 수작이 산출된 것은 안다.

이것은 아마 명치 연대가 어느 시대보다도 전체로서의 일본국가,

---

4 서기 1939년.

5 내가 : 원 발표문이나 『논리』에는 '나의'로 되어 있으나, 오늘날의 주어 표기 방식으로 수정하였다.

6 카미가타(上方)는 江戶 지방에 대하여, 京都, 大阪, 近畿 지방을 이르는 말.

7 '이후'라는 의미.

8 원문에는 '『土』를'로 되어 있다. 제목을 『흙』으로 옮겼기 때문에 조사도 '을'로 바꾸었다. 이하 모두 마찬가지이며, '『흙』이'는 '『土』가'를 수정한 것이다.

단일한 것으로서의 일본민족이란 것을 의식한 근대 시민국가의 성장 도정道程이었기 때문이 아닌가 한다.

이데올로기론의 문학이 명치 이후 비로소 처음 농민문학이란 것을 생각하고, 그 이데올로기의 의도하에 농민소설 등을 제작한 것 역시, 나가츠카長塚의 『흙土』이 씌어진 시대와는 다르나, 한 사회로서의 일본 전체라는 것을 생각했기 때문이 아닌가 한다.

그러나 이데올로기슈[9]한 농민문학이라는 것은 그 이데올로기의 전파를 위한 일 수단으로서밖에 농민문학을 생각하지 못했고, 또 대상,[10] 제재로서 농민소설을 제작하는 데서 일보도 앞으로 나가지 못한 채 그 이데올로기의 퇴조와 함께 소멸하여버린 것이다.

이것은 현재 우리의 문제삼고자 하는 바이 아니나, 그들이 농민의 문학을 생각한 것은 도회의 문학에 대립하여 생각한 것이 아니요, 그 이데올로기라는 것을 인텔리겐차나 도시 노동자의 이데올로기가 아니라, 일본 국민 전체의 이데올로기라 생각하려는 의도에서 비로소 농민문학이란 것이 큰 문제로서 등장했던 것만은, 농민문학이란 것이 언제나 국민적인 문학이 자각될 때만 문제화된다는 것을 이해함에 한 참고가 될 수 있다.

그러나 현재의 농민문학이란 것은 전연 다른 조건하에서 발흥하였다. 그것은 국가가 전 운명을 도賭하여 외적外敵과 싸우기 시작하고, 국민이 모든 힘을 합하여 이 싸움에 당當하고 있는 사변事變[11] 뒤의 일이다.

다시 전기前期 니이 타루 씨의 논문 가운데 일절을 인용하면 대단히

9 ideologisch.
10 대상 : '事物'(원 발표문).
11 중일전쟁(1937년)을 가리키는 듯하다.

흥미가 있다.

나는 농민 작가도 아니요 일찍이 농민문학론을 제창한 일도 없다. 오히려 도회적인 감각을 사랑하고, 도회적 색채와 정조를 다분히 가진 자로서(그 양부[良否]는 별문제로 하고) 자기도 자인하고 있었다.

그러던 내가 무슨 까닭으로 토(土)의 문학, 농민문학에 유의하기 시작했는가? 나는 전쟁문학과 더불어 총후문학(銃後文學)에[12] 대하여 생각하였다. 이것은 전쟁과 더불어 총후를 생각하는 그 사고방법을 문학 위에다 이동시킨 것이다.

이것은 아마 위로는 위정爲政 당국으로부터 아래는 지식인에까지 공통한 감상感想이 아닌가 한다.

그러면 총후에 대한 관심이 어째서 농촌으로 향했는가?

현재 일본서 농민문학을 쓰고 또 논평하고 있는 여러 사람들의 견해 가운데서 비교적 성실하고 정곡正鵠[13]에 가깝다고 생각되는 견해를 요약하면주로 니이新居 씨의,

① 사변에 의하여 사람들이 성실해지고, 화미華美 대신 견실堅實에 기우는 경향이 있었다.

② 사변의 영향으로 소비 절약이 요구되고, 생활의 간이화가 개시되면서, 도시적 허식 대신에 농촌적 소박과 강건한 원시성을 찾고, 일종 도시의 농촌화 현상이 일어났다.

④[14] 사변을 체험하면서 사람들은 도시적 요소를 삭감하고 농촌적

12 '銃後'는 '후방'이라는 뜻.

13 정곡: 원 발표문이나 『논리』에는 '正酷'이라 되어 있으나 '正鵠'의 오식일 것이다.

14 『논리』나 원 발표문에도 3항이 없이 곧바로 4항으로 넘어가고 있다. 본 전집에서도 그

요소를 생활 기조로 하였다.

⑤ 국가의 총동원 체제는 모든 사람으로 하여금 전체적 시야에서 사물을 생각하는 습관을 일단一段 강화시켰다.

이것은 총후에 대한 문학자의 관심이라는 것보다 국민이 가지고 있는 총후의 성실誠實을 반영한 것이라 할 수 있다. 이 다섯 가지가 모두 농민문학을 오늘날과 같이 급격하게 발흥케 한 요소가 될 수 있는 점은, 역시 소화 14년도 『토土의 문학작품 연감』의 편찬자인 농민문학간화회農民文學懇話會가 그 책에 붙인 후서後書를 보면 또한 다른 의미에서 수긍할 수가 있다.

> 농민문학에 있어 소화 15년[15]은 대두(擡頭)의 시기로서, 그 작품의 양에 있어서나 질에 있어서나 그것을 중심으로 한 여러 가지 동향에 있어서나, 일찍이 보지 못하던 정도의 화려한 것이 있었다. 이러한 농민문학의 발흥은 하나의 문학적 저류(底流)로서 장기간 발전 성장해온 것이 결실의 때를 얻은 결과라고 생각할 수 있으나, 그 배후에는 팽배한 농촌 현실의 앙등(昂騰)이 있고, 또한 금일의 일본이 농촌적인 것을 문화의 피방(彼方)에다 방치해 둘 수 없는 사정에 당면해 있기 때문이라고 생각된다.

소화 13년[16]이라면 사변이 일어난 지 2년 뒤, 사변이 국내에 주는 영향이 점차 본격적으로 표현될 시기라, 도회의 농촌에 대한 관심이

대로 따랐는데, 임화가 바로 뒤에서 이들 요소를 '다섯 가지'로 언급하는 것으로 보아 착오에 의한 것이 아니라 아마도 검열 등의 이유로 인해 3항이 삭제된 것으로 보인다. 그리고 원 발표문에는 '사변을' 앞에 '따라서'가 삽입되어 있다.

15 원문대로인데, '소화 14년' 혹은 '소화 13년'의 착오로 보인다.

16 역시 원문대로인데, '소화 14년'의 착오일 수도 있겠다. 뒤이어 '사변이 일어난 지 2년 뒤'라고 하고 있는데, 사변이 중일전쟁(1937)을 의미한다면 그 2년 뒤는 1939년, 곧 소화 14년이 된다.

당연히 발흥할 것이다. 그러나 간화회懇話會의 의견은 도시가 농촌화한다느니보다 농촌의 현실 자체가 여태까지보다 새로운 자태로 머리를 들고 일어선다는 각도에서 문제를 생각했다. 그래서 문화에 있어동시에 현실적으로도 그러리라 농촌적인 것을 도저히 피안시彼岸視할 수 없이 일본의 현실은 긴장한 상태에 있게 됨을 강조하였다.

이것은 도시가 농촌화하지 아니할 수 없는 것과 정비례하여 농촌도 현상을 유지해서는 아니될 만큼, 전국이 새 각오를 필요로 하는 의미 깊은 시기에 들었[음]을 또한 암시하는 것이다.

이런 상태 가운데 중견의 일부와 신인들이 농촌으로 향하고, 또한 명치 시대에 씌어져서 오랫동안 매몰되었던 가인歌人 나가츠카 타카시長塚節의 가작佳作 소설 『흙土』이 급급急急히 양광陽光을 욕浴하고 세인의 주목을 끌게 되었다.

3

이러한 경로로 보아 우리는 현재 일본의 농민문학이 작가의 출신이나 개성에 따라 여러 가지의 세세한 작품상의 특색을 볼 수 있는 반면에, 전체로는 대략 두 가지 경향으로 분류해볼 수 있는 가능성을 획득할 수 있지 않은가 한다.

즉 하나는 소위 도회의 농촌화의 경향을 표현하는 작가와, 다른 하나는 농촌의 자주적 앙등昂騰의 경향을 정呈하고 있는 작가作家로…….

전자의 경향으로 우리의 염두에 오르는 것은 『생활의 탐구』의 작자 시마키 켄사쿠島木健作 씨이다. 그 다음 모리야마 케이森山啓라든가, 마미야 모스케間宮茂輔, 하시모토 에이키치橋本英吉 씨 등.

이 경향은 시마키 씨의 소설 『생활의 탐구』 급及 『속 생활의 탐구』 두 권을 통하여 가장 전형적으로 나타나 있는 것으로, 주인공 슌스케駿介가, 자기의 새 운명을 도회를 벗어나[17] 농촌 가운데 침잠해봄으로써 개척하자는 사실에서 역력히 볼 수가 있다. 요컨대 농촌을 청년의 시련의 장소로서 택한 것이다.

이것은 『생활의 탐구』를 관통하는 근본 정신이 아닌가 한다.

그러나 이러한 태도는 도회가 자숙적自肅的인 의미로서 농촌에다 관심하는 것과는[18] 다르지 않으냐 할지는 몰라도, 우리는 문학이 결코 수양修養의 강서講書가 아님을 생각할 필요가 있다.

문학은, 더구나 현대문학은, 그러한 경향을 취급한다 할지라도 결코 '농촌으로 돌아가라!' 한다든가 혹은 농민과 같이 검박儉朴하라든가 하는 유類의 설교를 베풂으로써가 아니라, 인간 혹은 인간의 정신문학자는 항상 이상理想에 있어 그 인간과 그 인간의 정신을 국민과 국민 정신으로 전제하는 습관이 있다을 개조하고 재생산한다는 과정을 통하여 도회와 농촌, 혹은 지식인과 농민의 결합이라는 것을 표현하는 것이다.

그러한 의미에 있어서 『생활의 탐구』는 비록 그것이 『흙土』이나 『옥토沃土』와 같은 성질의 농민문학이 아니라 할지라도 현대 일본 농민문학 중 일방一方의 경향을 대표하는 작품이라 할 수 있다.

그러나 다른 하나의 경향인 농촌의 자주적 앙등昂騰의 조류潮流를 타고 나온 작가는 누구냐 하면, 역시 현재 농민 작가로서 한창 문제가 되는 와다 덴和田傳 씨와 이토 에이노스케伊藤永之介 씨일 것이다.

와다 씨는 소설 『옥토』에서 보듯이 누구보다 순수하다고 할 수 있는 농민 자신의 현실과 정신과 요구를 또한 가장 농민에 가까운 언어

17 벗어나 : '버리고'(원 발표문).
18 관심하는 것과는 : '關心과는'(원 발표문).

로 표현하는 작가다.

그러나 같은 경향에 속한다 하더라도 이토 에이노스케 씨는 와다 씨보다 더 많이 농촌 밑바닥에 급격히 해결을 요하는 긴박한 현실 사태를 주로 가져다가, 무엇이 어찌되었든 농촌은 좀더 숨을 돌릴 방도를 강구하여야 하겠다는 기분을 표현하고 있다. 이것은 농촌의 상태나 농민의 요구를 개개의 그것보다 사회적으로 반영해보려는 방식을 취하고 있지 아니한가 한다. 단편집 『꾀꼬리鶯』에 수록된 작품들, 또는 작품연감 중에 실린 「제비燕」 등이 다 농촌의 잡답雜沓한 현실을, 마치 세태 작가가 시정市井을 그려 세인의 얼굴을 찌푸리게 하듯, 일종 그와 비슷한 감상을 독자에게 준다.

그러므로 나는 잡삽雜澁한 설화체로 씌어지는 이 작가의 소설을 일종 농촌 세태소설이라고 생각한 일까지 있다. 따라서 그 보는 방법이나 쓰는 태도에 있어 이토[伊藤] 씨는 농민과 꼭 같지 아니한 점이 있다. 즉 농촌의 상태라는 것이나 농민의 운명이란 것은 농촌이나 농민의 입장에서 무자각적으로 보는 것보다 더 많이 그들의 입장과 조금 거리를 두어 의식적으로 혹은 객관적으로, 전체로서 국민 생활과 국가 현실의 한 문제로 보는 특색이 있다.

소설 「제비」 가운데 응소병應召兵이 출정하는 날 역두驛頭에서 일어나는 수십인의 남녀가 일으키는 수십의 사건은 실로 총후銃後의 큰 문제로서 농촌이란 것을 인식시키는 암시적인 작품이다.

여기에 비하면 와다 씨는 더 많이 농촌을 농민 개개인에게서 보려하고, 또한 농민 개개인의 입장에서 농촌 현실이란 것을 비교적 단순히 보는 특색이 있다.

그러므로 이 작가의 작품에서는 농촌이 현재 총후 일본에 있어 실로 큰 문제의 대상으로 객관화되어 나타나느니보다 더 많이 시골 사람 같은 전원, 농경지 속의 생활은 어렵고 악착齷齪하고 있는 일종의 문학적 회화繪畵로서 농촌이란 것이 표현되는 때가 많다.

이 양자는 물론 일장일단이 서로 다 있는 것으로 시비를 판단하게[19] 되지 아니하나, 전자의 단점이 후자의 장점이 되고 후자의 단점은 전자의 장점이 되며, 우리가 더 이상적인 농민문학이라는 것을 요구할 때는 양자의 종합을 생각할 만큼한 정도인 것은 부정할 수 없는 사실이다.

이러한 부족감과 미흡한 점은 「문학의 신세대」란 논문에서 모리야마 케이森山啓 씨도 피력한 일이 있는 바로, 현대의 일본 농민문학뿐만 아니라 현대문학 전체를 관망하는 자로서 모리야마 씨의 말과 같이 적막함을 느끼게 하는 점이다.

4

그런데 현대 일본에서 농민문학을 특히 '토土'의 문학이란 이름으로 부르게 되었지 하는, 누구나 품을 수 있는 의문을 생각해봄도 흥미 있지 않은가 한다.

더구나 모리야마 씨의 설명을 빌면, 현대 농민작가들이 어느 사람을 물론하고 자연 묘사를 무시 혹은 경시하고, 소설 초두부터 인물과 사건의 묘사로 들어가 있음을 지적하고 있다.

이것을 그냥 호사好事의 저널리스트나 출판업자의 광고술로 돌리면 문제가 없으나, '토土의 문학' 총서叢書라든가 내지는 연감에까지 '토土의 문학'이라고 쓴 데는 '흙土'이라는[20] 것에 대한 현대인의 어떤 동경

19 판단하게 : '判斷함이'(원 발표문).

20 '흙(土)'이라는 : 원 발표문이나 『논리』에는 '「土」라는'으로 되어 있으나, ''흙(土)'이라

하는 심리가 들어 있지 않은가도 생각된다.

혹은 농민문학의 가작이라고 하는 나가츠카 타카시長塚節의 『흙土』에서 오는 영향일지도 모르나, 그보다도 중요한 것은 우리 국외자가 볼 때, 농촌이나 농민에 대한 도회인적 심리가 하나의 이미지로서 '흙土'이라는 것을, 농촌 전체를 대표하고 상징하는 말로 생각해내지 않았는가 한다.

작가가 아니라 발안자發案者가 저널리스트나 출판업자라 하더라도 그들이 독자 가운데 있는 '흙土'이라는 것에 대한 도회인적인 동경 심리를 촉발하기 위하여 고안해내었을지도 모른다.

만일 이것이 사실이라면, 농민문학은 아직도 진정한 의미의 농민문학, 즉 전 민족, 전 국민의 문학의 하나로서 작가들이 생각하지 않는 증거가 아닌가 한다.

즉 농촌을 당당한 한 현실로서, 농민을 한 독립한 인간으로서 보고 생각는 것이 아니라, 특수 지대, 특수 인간으로 보는 데 지나지 아니한 것이 아닌가?

그 경향이 가장 많은 작가가, 현재 농민작가 중 가장 농민적인 색채가 농후하다 할 수 있는 와다和田 씨에게서 발견할 수 있음은 결코 고의故意의 패러독스가 아니다.

와다 씨에 있어 농민의 본성 중 가장 일반적 의의를 갖는 토지에 대한 집착을 그린 『옥토』에서도, 작자는 그것을 현대에 있어 인간 전체가 빠져 있는 상태의 정신의 하나로 표현될 수 있는 높이에까지 문제를 끌어올리지 못하였다.

이 점이 역시 동경東京의 비평가로 하여금 와다 씨의 지적知的 부족

는'으로 수정하였다. 다만 '「土의 文學」'의 경우는 그 자체가 하나의 용어라고 보아 원문대로 '토(土)의 문학'으로 표기한다.

을 지적케 하는 점이 아닌가 한다.

좌우간 이 지적 부족이란 것을 바꿔 말하면, 농촌이란 그저 소박하고 무지하고 특수하게만 보려는 소박한 도회인의 심리라 할 수 있다. 도회적인 관찰, 도회적인 감수형感受型, 사고방법이라는 것은 다른 것이 아니라, 바로 이 소박한 도회인의 심리, 즉 농촌과 도회를 기계적으로 구별하여 생각하는 그런 것을 이름이다.

이것을 초월하여 전체적인 입장에서 보는 태도와 정신만이 비로소 도회에 향할 때는 진정으로 도회적일 수가 있고, 농촌에 향하면 진정으로 농촌적일 수가 있는 것이 아닌가 한다.

이러한 정신의 준비가 없으면, 농촌을 어둡게 보면 그냥 암담만 하고, 밝게 보면 그냥 명랑만 한 평판平板한 문학이 생긴다.

유마有馬 농상農相이 농민문학간화회에서 '밝은' 농민문학을 요구하였을 때, 결코 이러한 평판한 문학을 요구한 것이 아니라, 더 높은 국민 전체에의[21] 무엇을 의미했음은 다음에 인引하는 농상의 축사에서 명백히 알 수가 있다. 즉,

> 농민문학은 기성의 국책(國策)에 연(沿)하는 것이 아니라, 오히려 금후 진실로 국책을 수립하는 그 원동력이 될 것을 요한다.

이것을 위하여 예술적 양심이 허하는 최대한으로 즐거이 모든 노력을 아끼지 말라는 것이다.

그것이 농상이 말하듯 '흙土에 친하는 따뜻한 애愛'일 수도 있는 것이요, 더 나아가서는 일본의 현실을 전체로 정시正視 숙고하는 지적 정

---

21 전체에의 : 원 발표문이나 『논리』에는 '全體에는'으로 되어 있으나 문맥에 맞게 수정했다.

신일 수도 있는 것이다.

이것은 여담 같으나 조선도 농민이 인구의 8할 이상이요, 따라서 농민문학 문제가 항상 큰 문제인 만큼, 평판한 '시골'적인또한 그런 의미로 속된 도회적인 '흙土'의 문학을 넘어서는 데 금후의 농민문학이 농업국의 대문학大文學이 되는 길이 있지 않은가[22] 한다.

역시 문학간화회의 1인인 와다 케이치和田研一 씨가 「금후의 농민문학」이란 논문에서 "그것농민문학을 시국 내지 시대와의 긴밀한 관련 가운데 개척해나가야 하는 데 금일의 농민문학의 새로운 또한 중대한 문제가 있다" 함은 이러한 의미에서일 것이다.

22 있지 않은가 : '아닌가'(원 발표문).

제10부

신문학사의 방법[•]

1. 대상

신문학사新文學史의 대상은 물론 조선의 근대문학이다. 무엇이 조선의 근대문학이냐 하면 물론 근대정신을 내용으로 하고 서구문학의 장르를 형식으로 한 조선의 문학이다.

그러나 신문학 연구가 자기의 대상을 명확히 하는 데 있어 처리하지 아니하면 아니될 문제는 일반으로 무엇이 조선문학이냐 하는 문제다.

연전年前 모 잡지가[1] 이러한 질문을 각 방면의 문학자에게 발發하여 회답을 받은 일이 있고,[2] 춘원春園이 구인회九人會 강좌를 비롯하여 1~2

• 『동아일보』, 1940.1.13~20. 발표시의 제목은 '朝鮮文學 硏究의 一 課題-新文學史의 方法論'.

1 모 잡지가 : '『三千里』社에서'(원 발표문).

2 잡지 『삼천리』 1936년 8월호에서 '조선문학의 정의'에 대한 설문을 실시하였다.

처處에 조선문학관朝鮮文學觀을 발표한 일이 있다.[3] 가까이는 『문장』 신년호 좌담회에서도 한문문학을 조선문학사에 편입할 것이냐 여부를 문제삼은 일이 있어, 이 문제는 기회 있을 적마다 되풀이되고 있다. 문제의 발원發源은 조선인의 문학 생활이 자기의 어문語文으로 표현 형식을 삼아온 역사가 극히 짧은 데서 비롯한다. 주지周知와 같이 훈민정음이 생긴 이후 비로소 조선인은 자기의 문학을 자기의 문자로 표현할 수 있었다. 그 전에는 음音 혹은 훈訓을 좇아 한자로 조선어를 기록한 이두吏讀나 그렇지 않으면 순 한문으로 선대인先代人은 공사公私의 용무를 변처辨處하고 사상 감정을 표현해왔다. 순전한 유학儒學이 아니라 한시漢詩라든가 기행紀行이라든가 감상感想이라든가 소설이라든가 모두 한문으로 씌어졌으니, 그것은 한자를 문자만 따서 조선어를 기록한 이두와는 전연 다르다. 그러면 이두도 문제가 아니요, 오직 한문으로 된 문학적 작물作物만이 문제가 될 따름이다. 이것을 조선문학의 범주 안에서 축출하라고 한 사람은 춘원이다.

사실 라틴어로 씌어진 중세문학을 자기의 국민문학사國民文學史에서 제외한 서구의 약간국若干國의 예를 보더라도 이 견해는 일리가 없지 않다. 그러나 이두문학과 언문문학諺文文學만을 연결하여 조선문학사를 생각한다면 우리는 약 천년에 긍亘하여 조선인이[4] 영위한 문학적 작품을 자기의 역사로부터 포기해야 한다. 이 결과 문학사는 거의 중단되다시피 한다. 이 사실은 곧 한문에 의한 조선인의 문학 생활이 조선인의 정신사상精神史上 불발不拔의 중요성을 가짐을 의미한다. 약 40년 이

3 춘원 이광수는 다음과 같이 여러 차례에 「朝鮮文學의 槪念」이란 제목의 글을 발표한 바 있다. 『한빛』, 1928.9; 『新生』, 1929.1; 『사해공론』, 1936.5.

4 조선인이 : 『논리』에는 '朝鮮人의'로 되어 있으나, 원 발표문에는 '朝鮮人이'로 되어 있다. 원 발표문에 따랐다.

래로 비로소 언문이 조선의 문학 생활의 기본적 표현 형식이 된 점으로 보아 더욱 그러하다. 문학은 언어 이상의 것, 하나의 정신문화인 점을 생각할 때, 한문으로 된 문학은 조선인의 문화사의 일 영역인 문학사 가운데 당연히 좌석을 점령치 아니할 수가 없다. 그러나 한문문학사는 조선의 유학사儒學史와는 별개의 것으로 조선문학사의 한 특수 영역일 따름이다. 일본문학사에 비하여서도 더 다른 이와 같은 조건이 조선문학사에 용인됨은, 조선에서 고유 문자의 발명이 극히 뒤늦은 점과 거기에 따라 한문에 의한 문화 표현이 어느 곳보다도 압도적이었던 특수성 때문이다.

그러나 신문학사의 대상 가운데는 물론 직접으로 한문문학이 들어가지는 않는다.

그렇지만 신문학과 그 전의 문학과의 접촉을 연구하고 나아가서는 그 정신적 또는 형태적 교섭을 천명闡明함에 있어 한문문학은 초대初代의 언문문학과 더불어 신문학사와 곧 연결된다.

그러므로 신문학사는 상대上代의 이두문학과[5] 그 다음에 오는 언문문학과 한문문학의 병존의 시대와 교섭되는 것이다.

더욱이 이 연구 대상 문제에 있어 전대前代의 언문문학과 더불어 한문문학을 적당한 위치에 설정해둘 필요는 신문학의 정신적 토대가 될 전대의 정신적 전통과 문화적 유산을 고구考究함에 있어 언문문학만을 돌아봄은 중도반단中途半端에 떨어지기 때문이다. 한문문학을 무시하고는 전대 조선의 전통과 유산을 전체로 문제삼기 어려울뿐더러 어느 의미에선 전혀 알기 어려울 때가 있기 때문이다.

우리는 조선에 있어서 근대정신의 선구인 실사구시實事求是의 학문과

5 이두문학과 : 원 발표문에 따랐다. 『논리』에는 '吏讀와'로 되어 있다. 한편 원 발표문에는 '史讀文學'이라 되어 있는데, '史'는 '吏'의 오식일 것이다.

학사상이 한학자들에 의하여 씌어지고, 언문소설의 선구가 역亦 지나支那의 한문소설의 수입이나 또는 전래 설화를 한문으로 소설화한 데서 비롯함을 볼 제, 신문학사가 제 대상의 한 영역으로 당연히 한문문학을 고려하여야 할 것을 강조하지 아니할 수 없다. 직접의 대상은 아니라도 간접의 대상으로서 …….

2. 토대

신문학은 새로운 사회경제적 기초 위에 형성된 정신문화의 한 형태다. 다시 말하면 다른 여러 가지 문화와 더불어 물질적인 토대를 가지고 있다. 신문학이 생성하고 발전한 배경이 되고 기초가 되고 나아가선 그것의 존립을 제약한 근본적인 동력을 아는 의미에서 물론 물질적 토대라는 것은 중시되어야 하고 그것과의 상호관련에서 신문학은 부단히 고구되어야 할 것이나, 또 한 가지 중요한 것은 다른 정신문화와의 교섭과 관계를 천명함에 있어 이 토대는 극히 중요한 의의를 갖는다.

왜 그러냐 하면 다기多岐에 긍亘한 여러 가지의 정신문화가 물질적 토대를 같이하고 있기 때문이다. 이 토대의 연구 혹은 토대와의 상관적 고구 없이는 각개의 문화 형태의 근원적인 동일성을 이해할 수 없다. 동시에 이 근원적인 동일성을 발견치 못한다면 형태적 차이라는 것을 보기 어렵다.[6] 헤겔Hegel류로 말하면 문화 형태라는 것은 정신이 자기를 표현하는 고유한 형식에 불과하지 않는가? 또한 형식은 정신

6 보기 어렵다 : '그대로 根源的인 差異로 보기 쉬웁다'(원 발표문).

이 항상 보편적인 대신 개성적이다. 개성 가운데 은닉된 일반성, 이것의 발견이 문화과학의 임무이며 문화사의 목적인 만큼, 토대의 연구는 그것의 달성을 위한 거의 유일의 관건이다.

그러므로 신문학사는 조선의 근대 사회사의 성립을 토대로 하여 형성된 근대적 문화의 일 형태인 만큼 신문학사는 조선 근대문화사의 일 영역임을 부단히 의식하면서 독자적으로 근대 사회사와 관계를 맺고 교섭한다.

그러기 위하여는 신문학사의 토대로서의 근대 조선사회사라는 것이 따로 의식되어야 한다. 이것은 신문학사 연구에 있어 문학작품 이외의 가장 큰 대상의 하나이며 최중요最重要한 보조적 분과다.

이 가운데는 자연히 경제사, 정치사, 농업사 등의 자본주의 발달사와 민중운동사 내지 각 계급의 관계사, 더욱이 시민의 역사가 근간이 될 것이나, 또한 교육사라든가 종교사 혹은 언론 문화사라든가 기타 일반 문화사가 상당히 고려되어야 한다. 그것 없이는 조선에 있어서 새로운 시대정신의 표현 형태의 하나로서 신문학사를 예상할[7] 수 없게 된다.

토대에의 관심은 그러므로 신문학을 새로운 정신문화의 일 형태로 이해하기 위한 기초다. 주지한 바와 같이 새로운 시대정신의 형성 없이 신문학은 형성되었을 리 만무하며, 새로운 시대정신은 봉건적 사회관계의 와해와 시민적 사회관계의 형성을 표현하는 관념 형태다. 이 시민적 사회관계를 토대로 하여서 근대문화가 생성되며 서구적인 장르의 문학이 형성되었음을 생각할 제, 신문학이란 조선에 있어 근대정신만이 착용着用할 수 있었던 정신적 의장衣裝이라 할 수 있다.

---

7 예상할 : '理想할'(원 발표문).

그러므로 토대에의 관심은 단순히 사회사에 대한 배려라든가 혹은 문학과 사회와의 교섭에 대한 공식적인 연구가 아니라 시대정신의 역사란 것을 매개로[8] 택하게 된다.

만일 사회사라는 것이[9] 토대라고 할 것 같으면, 정신사라는 것은 신문학사의 배경이라고 말할 수가 있다. 그런데 정신사라고 할 것 같으면, 우스운 말 같지만, 역시 그것은 문화사와 구별되는, 즉 앨써 말하자면 문화사 전반을 관류貫流 하는 에스프리의 역사라 할 수 있다. 이 정신사가 토대의 역사의 정수精髓요 관념적 집약이라고 할 것 같으면 신문학사는 먼저도 말한 것처럼, 그것을 배경으로 한 각반各般의 문화사의 일 영역이 된다.

그러므로 우리는 막연한 시대정신이란 것과 구별하여 조선에 있어서 근대정신의 생성과 발전이란 것을 안중眼中에 두지 아니할 수 없다.

시대정신이란 것은[10] 시대 시대의 고유한 정신이라 할 수 있다. 즉 사회사나 문학사에서 장章이나 절節로 세분할 수 있는 시대의 고유한 체험과 분위기와 목표 등을 종합한 지적 혹은 정신적 상태라 할 수 있으나, 근대정신은 이런 각 시대의 개성적 차이를 초월하여, 그러면서도 각 시대가[11] 공유共有한 근원으로 연결되어 있는 것이다. 그러므로 간단히 말하면 근대정신이란 조선의 근대사회가 형성된 이래 오늘날까지의 정신 내용을 의미한다. 이것은 구舊 시대와는 근본적으로 구별되면서 또한 최근 3~40년간의 여러 가지 시대적 차이를 넘어 공동한 핵심이 될 수 있는 것을 아직껏 함유하고 있는 정신 형태다.

8 매개로: '媒介體로'(원 발표문).
9 것이: 원 발표문이나 『논리』에는 '것은'으로 되어 있으나 수정하였다.
10 원 발표문에는 이 사이에 '하나의'가 삽입되어 있다.
11 시대가: 원 발표문이나 『논리』에는 '時代의'로 되어 있으나, 오늘날의 주어 표기 방식으로 수정하였다.

이런 것들이 토대를 중심으로 하여 고구할 문제다.

3. 환경

환경이라고 할 것 같으면 우리는 곧 테느A. H. Taine의 밀리외[12]를 생각한다. '영문학사'나 '예술철학' 등에서 그것은 벌써 고전적 학설이다. 자연주의문학이나 실증철학과 더불어 환경이란 벌써 독특한 내용을 가진 개념이다. 그러나 테느의 환경은 먼저 이야기한 토대 가운데 포섭될 것이다. 사회적 혹은 국민적인 풍토라는 것은 곧 물질적 토대 혹은 정신적인 배경에 불외不外한다. 이러한 의미에서 우리가 사용하는 개념은 밀리외[13]보다 훨씬 명확하다. 그러므로 환경이란 말을 우리는 토대와 배경에서 분리하여 한 나라의 문학을 위요圍繞하고 있는 여러 인접 문학이란 의미로 쓰고자 한다.

즉 문학적 환경이다. 문화 교류 내지는 문학적 교섭이란 것이 환경 가운데서 연구될 것이다. 이것은 따로 비교문학 혹은 문학사에 있어서의 비교적 방법으로 별개로 성립할 수도 있는 것이다.

그러나 신문학사의 연구에 있어 문학적 환경의 고구란 것은, 신문학의 생성과 발전에 있어 부단히 영향을 받아온 외국문학의 연구다.

신문학이 서구적인 문학 장르구체적으로는 자유시와 현대소설를 채용하면서부터 형성되고, 문학사의 모든 시대가 외국문학의 자극과 영향과 모방으로 일관되었다 하여 과언이 아닐 만큼 신문학사란 이식문화移植文化의 역사다. 그런 만치 신문학의 생성과 발전의 각 시대를 통하여 영

12 milieu. 원 발표문이나 『논리』에는 '미류'라 되어 있다.
13 밀리외 : '환경'(원 발표문).

향받은 제諸 외국문학의 연구는 어느 나라의 문학사 상의 그러한 연구보다도 중요성을 띠는 것으로, 그 길의 치밀한 연구는 곧 신문학의 태반殆半의 내용을 밝히게 된다.

일례로 신문학사의 출발점이라고 할 육당六堂의 자유시와 춘원春園의 소설이 어떤 나라의 누구의 어느 작품의 영향을 받았는가를 밝히는 것은 신문학 생성사生成史의 요점을 해명하게 되는 것이다. 그들의 문학이 구舊 조선의 문학 특히 과도기의 문학인 창가唱歌나 신소설에서 자기를 구별하기 위하여 필요한 것은 일본[14]의 명치明治, 대정大正 문학이었음은 주지周知의 일이다. 그러나 그때 혹은 그 뒤의 신문학이 일본문학에서 배운 것은 왕년의 경향문학傾向文學과 최근의 단편소설들을 제외하면 극소極少한 것이다. 그러면 직접으로 서구문학西歐文學을 배웠느냐 하면 그렇지도 아니했다. 그럼에 불구하고 신문학은 서구문학의 이식과 모방 가운데서 자라났다. 여기에서 이 환경의 연구가 이미 특히 서구문학이 조선에 수입된 경로를 따로이 고구하게 된다. 외국문학을 소개한 역사라든가 번역문학의 역사라든가가 특별히 관심되어야 한다. 여기서 우리가 봉착하는 것은 서구문학의 직접 연구보다도 일본문학 내지 명치明治 대정大正 문학사의 상세한 연구의 필요다.

신문학이 서구문학을 배운 것은 일본문학을 통해서 배웠기 때문이다. 또한 일본문학은 자기 자신을 조선문학 위에 넘겨준 것보다 서구문학을 조선문학에게 주었다. 그것은 번역과 창작과 비평 등 세 가지 방법을 통해서 수행되었다.

소화昭和 초년初年까지 성서를 제외하고는 대부분의 번역이 화역和譯으로부터의 중역重譯이었고, 대정大正 초년에 성행하던 가몽柯夢, 일제一

14 일본 : 원 발표문에 따른 것이다. 『논리』에는 '內地'로 고쳐져 있다. 이하 '일본'은 모두 마찬가지.

齊, 우보牛步 등의 번안소설飜案小說도 모두 일본문학 혹은 화역으로부터의 중역이다. 그리고 창작의 영역에 있어서 맨 먼저 조선인에게 서구 근대문학의 양식을 가르쳐준 것이 일본의 창작과 번역이다. 단편소설이 그러하고 시가 그러하고 희곡이 그러하고 장편소설이 그러했다. 더욱 단편소설은 먼저도 말한 것처럼 어느 서구의 단편 양식보다도 일본의 단편소설의 양식을 그대로 이식해온 것은, 우리의 단편과 서구의 단편을 비교하여 생기는 막대한 차이를 보아 명백하다. 서구의 중편에 해당할 스케일과 내용을 가진 긴 단편은 전專혀 일본문학[15]의 독특한 산물로, 지금에 거의 동양 신문학의 한[16] 특성이 되어 있다.

이뿐 아니라 우리가 특히 유의할 것은 신문학의 생성기에서 가장 중요한 문제였던 언문일치의 문장 창조에 있어 조선문학은 전專혀 명치문학의 문장을 이식해왔다.[17]

다음으로 문학이론과 비평 급及 평론은 최근까지 일본의 그것의 민속敏速한 이식으로 살아왔으며, 앞으로도 막대한 영향을 받아갈 것이라고 믿는다. 우리의 외국어 지식의 부족뿐만 아니라 일본문학의 외국문학에 대한 관심과 조선문학의 그것의 근사성近似性으로 더욱 그러했다. 원서에 접하는 편의가 우리보다 훨씬 좋기 때문이기도 하다. 그런 의미에서 전체로 일본문학 위에 가장 많은 영향을 준 노문학露文學, 영불문학英佛文學 등이 역시 우리 문학의 환경으로서도 특히 중요성을 띠게 될 것이다.

---

15 일본문학 : 원 발표문에는 '모다文學'이라 되어 있으나, '모다'는 '日本'의 오식일 것이다.

16 신문학의 한 : '新文學에만'(원 발표문).

17 원 발표문에는 이 다음에 다음 문장이 삽입되어 있다. "이 新文學의 生成과 發展에 잇어 日本 文章의 影響은 朝鮮에 잇어 國語教育의 發展과 더부러 深大한 關係를 가진 것으로 特別한 注意를 要한다."

4. 전통

인접 문학의 압도적 영향에 생성되어 발전한 신문학사, 다시 말하면 이식문화사移植文化史로서의 신문학사가 조선의 고유한 전통과 교섭을 가졌다는 것은 일견 심히 기이한 일 같다. 그러나 문화의 이식, 외국문학의 수입은 이미 일정 한도로 축적된 자기 문화의 유산遺産을 토대로 하지 않고는 불가능하다. 그러므로 일찍이 토대를 문제삼을 제, 물질적 토대와 아울러 정신적 배경이 문제된 것이다.

정신적 배경이란 곧 문화적 유물遺物을 의미한다. 새로운 정신문화나 문학이 생성 발전하는 데 여건의 하나로서 제출되는 유산이라는 것은 좀더 객관적으로 생각하면 문화적 문학적인 환경의 하나로 생각할 수가 있다. 즉 새로운 것의 형성을 둘러싸고 있는 소여所與의 조건의 하나다. 그러한 의미에서 유산은 항상 객관적인[18] 것이다. 그러나 자기의 과거 유산이라는 것은 이식되고 수입되는 문화와 같이 타자他者의 여汝의 것은 아니다. 유산은 그것이 새로운 창조가 대립물로서 취급할 때도 외래문화에 대하여 주관적으로 향한다. 그러한 때에 유산은 이미 객관적 성질을 상실한다. 즉 단순한 환경적인 여건의 하나가 아니라, 그 가운데서 선발되며 환경적 여건과 교섭하고 상관相關한 주체가 된다. 이러한 것이 항상 한 문화 혹은 문학이 외래의 문화를 이입하는 방식이며, 새로운 문화의 창조는 좋은 의미이고 나쁜 의미이고 간에[19] 양자의 교섭의 결과로서의 제3의 자者를 산출하는 방향을 걷는다.

그러나 외래문화의 수입이 우리 조선과 같이 이식문화, 모방문화

18 객관적인 : 원 발표문이나 『논리』에는 '客觀的의'로 되어 있으나 수정하였다.
19 간에 : 원 발표문에는 이 단어가 빠져 있다.

의 길을 걷는 역사의 지방에서는 유산은 부정될 객체로 화하고 오히려 외래문화가 주체적인 의미를 띠지 않는가? 바꿔 말하면 외래문화에 침닉沈溺하게[20] 된다.[21] 또한 그러한 것이[22] 완전히 수행되기는 문명인과 야만인과의 사이에서만 가능한 것이다. 동양 제국諸國과 서양의 문화 교섭은 일견 그것이 순연한 이식문화사를 형성함으로 종결하는 것 같으나, 내재적으로는 또한 이식문화사 자체를 해체하려는 과정이 진행되는 것이다. 즉 문화 이식이 고도화되면 될수록 반대로 문화 창조가 내부로부터 성숙한다.

이것은 이식된 문화가 고유의 문화와 심각히 교섭하는 과정이요, 또한 고유의 문화가 이식된 문화를 섭취하는 과정이다. 동시에 이식문화를 섭취하면서 고유문화는 또한 자기의 구래舊來의 자태를 변화해 나아간다.

이 경우에 있어 고유문화라는 것은 외래문화에서 부정되고 있는 과거의 문화, 그 유산이다. 그런데 여기에서 우리가 주의할 것은 외래문화와 고유문화의 유산의 교섭이 인간을 매개체로 하고 있다는 점이다. 즉 행위에 의하여 매개된다. 그런데 행위자의 지향은 문화 의향意向만이 아니다. 그들의 계층적 성질, 혹은 그들의 실질적 기초가 제약한다. 다시 말하면 그들의 물질적 지향이 외래문화와 고유문화와의 문화 교류, 문화 혼화混和에서 새로운 문화 창조의 형태와 본질을 안출案出한다. 그러므로 문화 교섭의 결과 생겨나는 제3의 자者라는 것은,

20 沈溺하게 : '耽溺하게'(원 발표문).

21 원 발표문에는 이 사이에 다음 문장이 삽입되어 있다. "外來文化에의 耽溺은 곧 固有文化 在來遺産의 解體를 促進하고 그것의 完了가 곧 새 文化의 製造가 된다. 이것은 낡은 文化의 敗北다. 그러나 文化 交流에 잇어 이러한 一方法[一方'的'의 오식일 것—편자] 交涉은 政治的 侵略의 精神的 表現에 不過한다."

22 것이 : '侵略이'(원 발표문).

그실實 그때의 문화 담당자의 물질적 의욕의 방향을 좇게 된다. 그 의욕은 곧 그 땅의 사회 경제적 풍토다. 여기에서 유산은, 더욱이 외래문화와 마주서는 데서 표현되는 상대적인 주관성에서도 떠나 순전한 여건의 하나인 '유물Überreste'로 돌아가고 과거의 고유의 문화는 다시 '전통Tradition'으로서 부활된다.

처음에 그것은 의식하지 아니한 사이에 새 창조 가운데 들어오고, 나종에는 명확히 파악되고 표상表象 가운데 들어오는 대상으로 나타난다. 신문학의 성생成生과 발전에 있어 조선 재래의 문화가 정히 이러한 형식으로 신문학의 창조와 관계한 것이다. 그것은 신문학을 외국문학으로부터 구별하는 형식이 되고 또한 내용도 되는 것이다.[23] 신문학은[24] 고유한 가치를 새로운 창조 가운데 부활시키는 문화사의 한 영역이다. 신문학이 한문으로부터의 해방에서 출발한 것은 동시에 언문문화에의 복귀에서 출발했음을 의미한다. 그것은 단지 언어로서의 언문문화에 그치는 것이 아니라 정신으로서의 언문문화로 살아나는 데 신문학사가 전통을 간과할 수 없는 이유가 있다.

5. 양식

개개의 작품은 좋건 그르건 그 자체가 모두 완성된 것이다. 비평에 있어서와 마찬가지로 문학사도 작품 가운데 몇 개의 눈에 띄는 관념을 줍고 다녀서는 안 된다. 문예작품의 진정한 내용은 언제나 형식이

23 원 발표문에는 이 사이에 다음 문장이 삽입되어 있다. "그런 意味에서 西歐의 르넷상스와 같이 우리 文學史는 自己의 上代에 復興될 典範을 갖지 못했으나, 그러나"
24 원 발표문에는 이 사이에 '그러면서'가 삽입되어 있다.

라고 불러지는 문학적 형상의 조직으로 은폐되어 있다. 혹은 형상이 되므로 내용은 비로소 진정히 실재적實在的이라고 말할 수가 있다. 형상의 조직형식은 형체 없는 내용사상을 비로소 형체 있게 만든다. 형체를 갖추면서 비로소 사상은 자기를 완성한다.

그러므로 어떠한 연구에서이고 문예작품은 개개의 독특한 형상의 조직형식으로 나타난다. 바꿔 말하면 연구자 앞에 나타나는 대상은 모두 다른 형식으로 나타난다. 그러나 문학사가 형식의 역사도 아니요, 문예비평이나 연구가 형식의 비평이나 연구에 그치는 것도 아니다. 형식을 통하여 내부에 존재하는 것을 알기 위하여 형식이 먼저 대상으로 취급되는 것이다.

그러나 또한 문학사나 비평은 형식을 벗겨버리고 내용과 사상을 연구하는 것도 아니다. 그러한 형식으로밖에 표현될 수 없는 내용 혹은 그러한 내용을 가질밖에 없는 형식을 연구하는 것이다. 바꿔 말하면 형식과 내용의 통일물統一物로서의 문학작품을 연구하는 데 궁국窮局 목적이 있다. 한개 한개의 작품의 이런 것을 연구하는 것은 비평이요, 한 사람의 작품을 연구하는 것은 작가론이나 평전評傳이나, 한 시대를 연구하는 데서부터[25] 벌써 문학사에 접근한다. 그러나 그것도 아직 문학사이기보다는 비평이다.

문학사는 여러 가지 시대를 연속적으로 일관한 것으로 연구하는 것이다. 거기에서는 필연적으로 한 작품 한 작품이 문제가 아니요, 한 작가 한 작가가 문제가 아니다. 모든 역사 연구가 다 그러한 것처럼 문예사文藝史에 있어서도 시대란 것이 단위가 된다. 시대란 것이 연구의 단위가 될 때에는 또한 자연히 개개의 작품, 개개의 작가는 각 시

25 데서부터 : '데서부터는'(원 발표문).

대 가운데로 편입되며 그들의 개성이란 것은 또한 시대의 특색이란 가운데로 해소되지 아니할 수 없다. 그러므로 자연히 한 작품의 형식이든지 한 작가의 형식상 개성이란 것은 시대의 그러한 특색 가운데로 들어가서 그 시대의 고유한 어떤 문예상의 개성이란 것으로 재생되지 아니할 수 없다.

문예학에서는 이러한 것은 형식이라고 부르기를 피하여 예例하면 고전주의 혹은 낭만주의라 하듯이, 그것은 문학에 있어서는 시대적 양식이란 개념으로 불러온 것으로, 문학사는 이러한 몇 개의 특색 있는 양식을 발견하는 게 언제나 큰 임무다.

그러한 과제의 수행을 위하여 역사적 연구는 비평에서 얻는 바가 크다. 비평의 역사는 작품이나 작가의 역사를 연구하는 데 그 중 중요한 안내자다. 그것은 마치 비평이 문학사의 선구先驅인 것과 마찬가지다. 그러므로 양식의 설정은 비평의 최후의 과제이면서 문학사의 최초의 과제라 할 수 있다.

그러나 시대의 양식이란 것은 단순히 그것이 하나의 특이한 양식에 그치는 것이 아니라, 그 시대인時代人의 고유한 체험과 생활에서 형성된 시대정신이 자기를 표현하는 형식에 지나지 않는 것이다. 그것은 한 작품이나 작가의 경우와 변함이 없다. 이리하여 한 양식의 발견은 곧 여러 가지 양식의 발견으로 진전하는 것으로, 여러 가지 양식의 발견은 또한 양식의 역사란 것을 형성한다.

문학사는 외면적으로는 언제나 이 양식의 역사다. 모든 통속적 문학사가 이 양식의 역사를 기술하고 있다. 그러나 양식의 역사는 그실實 정신의 역사의 형식에 지나지 않는다. 양식의 역사를 뚫고 들어가 정신의 역사를 발견하고 못하는 것이 언제나 과학적 문학사와 속류 문학사와의 분기점이다.

문학사는 예술사의 대상일 뿐만 아니라 실로 사상사 정신사의 대상이기도 하기 때문이다.

우리 신문학사에선 양식의 창안 대신에 양식의 수입으로 여러 시대가 시작한 것은 주지의 일이나, 새 양식의 수입은 새 정신의 이식임을 의미한다. 여러 가지 양식의 수입사輸入史는 그러므로 곧 여러 가지 정신의 이식사移植史다. 문학사적 연구는 실상 이 연구가 결정적이다.

6. 정신

정신은 비평에 있어서와 같이 문학사의 최후의 목적이고 도달점이다. 양식의 역사를 통하여 하나의 정신의 역사를 발견함으로써 문학사는 정신문화사精神文化史의 한 분과로서의 확고한 지위를 차지한다. 문학이란 그 존재를[26] 들어 — 형태에 있어서나 기능에 있어서나 — 하나의 문화였기 때문이다. 또한 문학을 하나의 문화로서 정착시킴으로 문학은 명확한 역사의 한 영역이 된다. 문화사가 일반 역사의 한 분과인 의미에서다.

그러나 양식 가운데 정신이 나타나는 것은 결코 단일하고 간단하지는 않다.

양식사樣式史가 그러한 것처럼, 한 문학사 가운데는 여러 가지 정신의 시대가 존재한 것이며, 그것의 표현이 먼저 양식사를 이야기할 때 언급한 것처럼 여러 가지 시대의 양식이다.

그러므로 문학사 가운데, 구체적으로는 양식의 역사 가운데 나타나

26 존재를 : '全存在를'(원 발표문).

는 몇 가지 정신사는 그실은 여러 가지 시대의 정신의 역사다. 그것은 감수感受의 양식에서만이 아니라 사고의 방법까지를 지배하는 물건의 발전과[27] 변천이다.

문학사는 무엇보다 이 모든 문학적, 양식적 운동과 변천의 근원이 된 정신의 역사를 일관성에서 이해하는 일에 착수하지 아니하면 아니 된다. 무엇 때문에 시대를 따라 감수의 양식이나 사고의 방식 내지는 체계의 구조가 다른가? 또한 그렇게 서로 다른 구조를 가진 정신이 어떠한 동인動因으로 변천하였는가를 구명하지 아니하면 아니 된다. 그것을 위하여는 역시 인접문화, 예例하면 철학, 과학, 기타의 역사가 대단히 중요한 연구 거점을 제공한다.

그런데 여러 가지 시대의 정신을 연구하는 목적은 어디 있느냐 하면, 우리는 그 가운데서 서로 다른 정신이 어떤 한계를 나아가면 근사近似한 중심으로 통합될 가능성을 예상하기 때문이다.

예하면 19세기 문학사는 그 양식사와 같이 정신사에 있어서도 몇 개의 커다란 계단을 획劃하고 있음에 불구하고 우리는 지금 그것을 통틀어 19세기 문학이라든가 전세기前世紀의 정신이라고 하여 통칭通稱할 수 있듯, 개성적인 차이를 초과한[28] 어떤 보편적 동일성을 발견할 수가 있다.

그것은 마치 한 시대 내의 개인 개인의[29] 작가가 모두 그 개성에 있어 다름에 불구하고 시대의 양식이나 정신이란 곳으로 통합될 수 있듯이, 각개의 시대는 더 큰 역사적 한계에서 동일同一될 수 있다. 그런 의미에서 우리는 르네상스 이후를 전부 하나의 정신문화로 볼 수 있

27 지배하는 물건의 발전과 : '달리하는 물건의 文化와'(원 발표문).
28 초과한 : '超越한'(원 발표문).
29 개인 개인의 : '個人의'(원 발표문).

고, 문학사에선 그것을 또한 르네상스로부터 현대까지를 일관하는 문학정신이라고 볼 수도 있다. 여기선 19세기와 20세기 혹은 18세기의 차이도 사상捨象된다. 이것은 문학사를 정신문화의 역사로서 이해하는 데는 불가결의 것이다.

그러면 그러한 한계에까지 정신의 역사를 확대할 수 있다면 양식사도 과연 그러한 점까지 확대할 수 있을까.

만일 양식의 역사를 그러한 점에까지 확대할 수 없다면 문학사에 있어 이러한 의미의 정신사적 문제는 제기되지 아니한다.

양식에 있어서도 실로 거대한 전全 시대를 포섭할 수 있는 보편적 특징이라는 것이 존재한다.

그것은 하필 외국의 예를 구할 필요가 없이 우리 신문학사를 보아도 명백하다. 신문학사 이전과 이후를 구별하는 양식상의 차이는 실로 명확하다. 자유시, 근대소설, 우선 이런 장르의 형성이 하나[의] 양식사적 문제다.

우리가 커다란[30] 시대의 단일한 정신을 문제삼는다는 것은 결국 커다란 시대의 단일한[31] 양식이 존재하기 때문이다.

이것은 양식의 사회학이라고도 할 법칙을 우리가 세울 수 있기 때문이다.

이러한 점에서 문학사는 실로 문예학과 연결되어 있으며 또한 일반 사상사 가운데 문학사 연구가 중요한 좌석을[32] 차지하게 되는 것이다.

신문학사가 되나 안 되나 추구해야 할 문제는 대략 이러한 몇 가지의 것이다.

30 커다란: 『논리』에는 '커-단'으로, 원 발표문에는 '커-다란'으로 되어 있다.
31 단일한: 『논리』에는 가운데 '일'자가 탈자되어 있다.
32 원 발표문에는 이 사이에 '만히'(많이)가 삽입되어 있다.